會校會注會評會圖

西廂記【叁】

張燕瑾　張人和　汪龍麟　編纂
汪龍麟　執筆

教育部人文社會科學重點研究基地重大項目（12JJD750021）成果
教育部人文社會科學重點研究基地首都師範大學中國詩歌研究中心規劃項目成果
全國高等院校古籍整理研究工作委員會資助項目成果

學苑出版社

本册目錄

附錄一　《西廂記》各刊本附錄、序跋及凡例 …………………………… 903
 一、弘治岳刻本 ……………………………………………………………… 905
  刻書牌記 ……………………………………………………………………… 905
 二、謝世吉本 ………………………………………………………………… 906
  （一）刻出像釋義西廂記引 ………………………………………………… 906
  （二）插圖聯語 ……………………………………………………………… 907
 三、徐士範本 ………………………………………………………………… 908
  （一）崔氏春秋序 …………………………………………………………… 908
  （二）重刻西廂記序 ………………………………………………………… 909
 四、熊龍峰本與劉龍田本 …………………………………………………… 910
  插圖聯語 ……………………………………………………………………… 910
 五、繼志齋本 ………………………………………………………………… 912
  （一）刻重校北西廂記序 …………………………………………………… 912
  （二）重校北西廂記總評 …………………………………………………… 912
  （三）重校北西廂記凡例 …………………………………………………… 913
 六、屠隆本 …………………………………………………………………… 915
  （一）王實父西廂記叙（金在衡） ………………………………………… 915
  （二）新刻合并西廂叙（張鳳翼） ………………………………………… 916
 七、起鳳館本 ………………………………………………………………… 918
  （一）刻李王二先生批評《北西廂》序 …………………………………… 918
  （二）新校北西廂記考 ……………………………………………………… 918
  （三）凡例 …………………………………………………………………… 919
 八、徐畫本 …………………………………………………………………… 921
  （一）西廂記叙（一） ……………………………………………………… 921
  （二）西廂記題詞 …………………………………………………………… 921
  （三）西廂記叙（二） ……………………………………………………… 921

- (四) 西廂記序 ·· 922
- (五) 凡例 ··· 923

九、王驥德本 ··· 924
- (一) 新校注古本西廂記自序 (王驥德) ·· 924
- (二) 新校注古本西廂記序 (毛以遂) ·· 925
- (三) 凡例三十六則 ·· 926
- (四) 新校注古本西廂記跋 (朱朝鼎) ·· 931

十、玩虎軒本 ·· 933
- (一) 玩虎軒序 ··· 933
- (二) 凡例 ··· 933

十一、何璧本 ·· 935
- (一) 北西廂記序 ··· 935
- (二) 凡例四條 ··· 936

十二、陳眉公本 ·· 937
- (一) 六曲奇序 (余文熙) ·· 937
- (二) 西廂序 ··· 938

十三、文秀堂本 ·· 939
- 重刻北西廂記序 ·· 939

十四、凌濛初本 ·· 940
- (一)《西廂記》凡例 (十則) ·· 940
- (二) 凡例 ··· 942

十五、硃訂本 ·· 944
- (一) 千秋絕艷賦 (王伯良) ·· 944
- (二) 崔娘遺照跋 (陶九成) ·· 945
- (三) 崔娘遺照跋 (祝允明) ·· 946
- (四) 崔娘遺照跋 (閔振聲) ·· 946
- (五)《西廂記》制藝文一十六篇 ··· 947

十六、延閣主人本 ·· 959
- (一) 題辭 (陳洪綬) ··· 959
- (二) 跋語 (李廷謨) ··· 959
- (三) 北西廂記跋 (范石鳴) ·· 960
- (四) 西廂序 (董玄) ··· 960
- (五) 西廂叙 (魯浚) ··· 961
- (六) 徐文長先生批評北西廂記凡例 ·· 962

十七、張深之本 ... 963
- （一）叙（馬權奇） ... 963
- （二）秘本西廂略則 ... 963

十八、天章閣本 ... 964
- （一）題卓老批點西廂記（醉香主人） ... 964
- （二）書《十美圖》後 ... 964

十九、會真六幻本 ... 966
- （一）會真六幻序（閔寓五） ... 966
- （二）題西廂（閔寓五） ... 967
- （三）跋（閔寓五） ... 967

二十、三先生合評本 ... 968
- （一）合評元本北西廂序（王思任） ... 968
- （二）讀西廂記類語（李卓吾） ... 968
- （三）叙（湯若士） ... 969

二十一、田水月本 ... 971
- 西廂記序 ... 971

二十二、封岳本 ... 972
- 詳校元本西廂記序 ... 972

二十三、毛西河本 ... 973
- （一）論定西廂記自序（毛奇齡） ... 973
- （二）崔娘遺照（毛奇齡） ... 973
- （三）西廂記考實（毛奇齡） ... 974
- （四）毛西河論定西廂記序（吳興祚） ... 976
- （五）毛西河論定西廂記跋 ... 977
- （六）毛西河論定西廂記·附辨 ... 977

二十四、潘廷章本 ... 979
- （一）西來意序 ... 979
- （二）序西來意 ... 980
- （三）梅岩手評西廂序 ... 980
- （四）西來意小引 ... 981
- （五）序 ... 982
- （六）西廂説意序 ... 982
- （七）西廂説意（潘廷章） ... 983
- （八）西廂三大作法（潘廷章） ... 985

（九）西廂只有三人（潘廷章） …… 987
　　（十）讀西廂須其人（潘廷章） …… 988
　　（十一）附記語錄一則（王廷昌等） …… 990
　　（十二）記事（潘景曾等） …… 990
　　（十三）附西廂辨僞 …… 991
　　（十四）序（任以治） …… 1009
　　（十五）序（佚名） …… 1010
　　（十六）金評西廂正錯序 …… 1010

附錄二　《詞壇清玩·槃薖碩人增改定本西廂記》 …… 1011
　詞壇清玩小引 …… 1013
　詞壇清玩西廂記叙 …… 1014
　玩西廂記評 …… 1016
　刻西廂定本凡例 …… 1018
　會真記 …… 1021
　附各詩詞 …… 1026
　　古艷詩二首 …… 1026
　　古決詞三首 …… 1026
　　夢游春詩 …… 1027
　詞壇清玩 …… 1032
　　西廂記目錄 …… 1032
　詞壇清玩　槃薖碩人增改定本 …… 1034
　　○西廂總題 …… 1034
　　○張生登程 …… 1035
　　○崔氏旅嘆 …… 1036
　　○佛殿奇逢 …… 1038
　　○禪房假寓 …… 1041
　　○傳語會情 …… 1049
　　○墻角聯吟 …… 1051
　　○齋壇鬧會 …… 1056
　　○飛虎橫行 …… 1062
　　○感春幽嘆 …… 1062
　　○兵困求解 …… 1065
　　○馳書解圍 …… 1068

○移兵退賊	1071
○開筵請赴	1073
○杯酒違盟	1078
○琴心挑引	1084
○錦字傳情	1089
○妝臺窺簡	1094
○接書志喜	1098
○偸情阻興	1102
○問病通忱	1108
○月下佳期	1115

詞壇清玩　槃邁碩人增改定本　……… 1122

○縱情漏機	1122
○知情許姻	1126
○長亭送別	1131
○野宿驚夢	1138
○閑游遣悶	1143
○飛捷報鶯	1147
○接音志想	1151
○村郞求匹	1156
○榮歸完成	1159

附錄三　金聖嘆《貫華堂第六才子書西廂記》 ……… 1165

題聖嘆批點西廂序 ……… 1167
貫華堂繪像第六才子西廂目錄 ……… 1168
貫華堂繪像第六才子西廂卷之一 ……… 1169

序一曰慟哭古人 ……… 1169
序二曰留贈後人 ……… 1171

貫華堂繪像第六才子西廂卷之二 ……… 1174

讀第六才子書西廂記法 ……… 1174

貫華堂繪像第六才子西廂卷之三 ……… 1184

會真記 ……… 1184

貫華堂繪像第六才子西廂卷之四 ……… 1198

題目總名 ……… 1199
第一之四章題目正名 ……… 1200
一之一　驚艷 ……… 1200

- 一之二　借廂 …… 1210
- 一之三　酬韵 …… 1221
- 一之四　鬧齋 …… 1230

貫華堂繪像第六才子西廂卷之五 …… 1238
- 第二之四章題目正名 …… 1238
- 二之一　寺警 …… 1238
- 二之二　請宴 …… 1254
- 二之三　賴婚 …… 1262
- 二之四　琴心 …… 1272

卷之六 …… 1283
- 第三之四章題目正名 …… 1283
- 三之一　前候 …… 1283
- 三之二　鬧簡 …… 1292
- 三之三　賴簡 …… 1305
- 三之四　後候 …… 1318

卷之七 …… 1328
- 第四之四章題目正名 …… 1328
- 四之一　酬簡 …… 1328
- 四之二　拷艷 …… 1339
- 四之三　哭宴 …… 1351
- 四之四　驚夢 …… 1361

卷之八 …… 1372
- 續之四章題目正名 …… 1372
- 續之一　泥金報捷 …… 1372
- 續之二　錦字緘愁 …… 1379
- 續之三　鄭恒求配 …… 1383
- 續之四　衣錦榮歸 …… 1390

才子西廂醉心篇 …… 1399
- 驚艷 …… 1399
- 借廂 …… 1399
- 酬韵 …… 1399
- 鬧齋 …… 1399
- 寺警 …… 1400
- 請宴 …… 1400

賴婚	1400
琴心	1400
前後	1400
鬧簡	1400
後候	1401
酬簡	1401
拷艷	1401
哭宴	1401
送別	1401
驚夢	1401
捷報	1401
寄衫	1402
團圓	1402
步香塵底印兒淺	1402
怎當他臨去秋波那一轉	1403
穿一套縞素衣裳	1404
隔墻兒酬和到天明	1405
我是個多愁多病身，怎當他傾國傾城貌	1407
筆尖兒橫掃五千人	1408
我從來心硬，一見了也留情	1409
端詳可憎	1410
他誰道月底西廂變做夢裏南柯	1411
他做了個影兒裏情郎，我做了畫兒裏愛寵	1412
中間一層紅紙，幾眼疏櫺，不是雲山幾萬重	1414
這叫做才子佳人信有之	1415
晚妝樓上杏花殘	1416
金蓮蹴損牡丹芽	1417
親不親盡在您	1418
難道是昨夜夢中來	1419
立蒼苔綉鞋兒冰透	1421
昨宵今日，清減了小腰圍	1422
四圍山色中，一鞭殘照裏	1423
慘離情半林黃蘗	1424
一寸眉心，怎容得許多顰皺	1425

治相思無藥餌……………………………………………………………… 1427

偷韓壽下風頭香………………………………………………………… 1428

願天下有情的都成了眷屬 ……………………………………………… 1429

附録一

《西厢記》各刊本附録、序跋及凡例

一、弘治刻本

刻書牌記

　　嘗謂古人之歌詩，即今人之歌曲。歌曲雖所以吟咏人之性情，蕩滌人之心志，亦關于世道不淺矣。世治歌曲之者猶多，若《西廂》，曲中之翹楚者也。況閭閻小巷，家傳人誦，作戲搬演，切須字句真正，唱與圖應，然後可。今市井刊行，錯綜無倫，是雖登壟之意，殊不便人之觀，反失古制。本坊謹依經書，重寫繪圖，參訂編次，大字魁本，唱與圖合。使寓于客邸，行于舟中，閑游坐客，得此一覽始終，歌唱了然，爽人心意。命鋟梓刊印，便丁四方觀云。

　　　　　　　　　　　弘治戊午季冬，金臺岳家重刊印行

（明弘治十一年金臺岳家刻本《奇妙全相注釋西廂記》卷末）

二、謝世吉本

（一）刻出像釋義西廂記引

坊間詞曲，不啻百家，而出奇拔萃，惟《西廂》傳絶唱。

余嘗病人之論詞曲者曰：詞可以冠世，詞可以快心，詞奇而新，詞深而奧。殊不知詞由心發，義由世傳，作者未必無勞于心，述者亦未必無補于世也。

奇逢蒲救，固已逸而樂矣；月下聽琴，得非婉而妙乎？長亭送別，固已慘而切矣；草橋驚夢，得非悲而戚乎？

……實由元之王實甫所著，而世雲關漢卿作者，何其謬焉。雖然，亦有由也，大抵草橋驚夢以前，乃王氏所著，以後由漢卿之所續而成也。

東閣筵開、妝臺棗至，實甫之錦心寫于此矣；尺素緘愁、鄭恒求配，漢卿之繡腸見于斯乎？

蓋此傳刻不厭煩，詞難革故，梓者已類數種，而貨者似不愜心。胡氏少山，深痛此弊，因懇余校錄。不佞構求原本，并諸刻之，復校閱，訂爲三帙。《浦東雜錄》錄于首焉，補圖像于各折之前，附釋義于各折之末，是梓誠與諸刻迥异耳。鑒視他傳，奚以玉石之所混云。

（明萬曆七年金陵胡氏少山堂刻本《新刻考正古本大字出像釋義北西廂》卷首）

（二）插圖聯語

第一齣：相國已亡，擬葬博陵因路阻；夫人扶柩，暫依蕭寺守孤孀。
第二齣：侍女參禪，爲訂法僧三寶會；張生假寓，謾思相府百年緣。
第三齣：□□□□□□□□□□；佳人有意，月明禱告粉牆頭。
第四齣：□□□□□□□□□□；張先生禮借三寶，密約焚香。
第五齣：金鼓連天，半萬賊兵圍普救；玉書投寨，三千人馬出蒲關。
第六齣：侍妾相邀，東閣大開酹彩筆；張生聞請，西廂款步赴藍橋。
第七齣：君瑞尋盟，准備筵中諧鳳侶；夫人爽信，空勞窗下畫蛾眉。
第八齣：諧老無緣，空把相思調玉軫；□□□□□□□□□□。
第九齣：早夜傳書，落得鞋尖沾露濕；晨昏伏枕，徒勞夢裏得春多。
第十齣：四句新詩，包藏著跳牆啞謎；一場假怒，遮掩了期約幽情。
第十一齣：賣弄才高，尚難猜四言詩句；誰知膽大，却跳過百尺垣牆。
第十二齣：紅送藥方，片紙暗傳雲雨約；生聞佳信，數言真勝洞靈丹。
第十三齣：張珙會盟，倚定門兒顒望眼；鶯鶯赴約，懶將羅帶結同心。
第十四齣：侍妾訴一段情由，將沒做有；夫人主百年姻眷，弄假成真。
第十五齣：兩下離愁，任是車兒難載起；四行別泪，倩教河伯爲澆來。
第十六齣：勞役不堪，鞍馬忙投茅店靜；□□□□□□□□□□。
第十七齣：蕭寺成婚，今喜奪魁榮相國；妝樓覓簡，聊將心事寄才郎。
第十八齣：寄物慰思，慎囑貯箱須愛護；封書酹望，叮嚀在客要維持。
第十九齣：密地見紅娘，還想崔門舊好；當場辭鄭子，已偕君瑞新婚。
第二十齣：衣錦榮歸，重喜結鶯儔鳳侶；承恩謝闕，共爭誇才子佳人。

（明萬曆七年金陵胡氏少山堂刻本《新刻考正古本大字出像釋義北西廂》插圖兩側聯語）

三、徐士範本

（一）崔氏春秋序

余閱《太和正音譜》，載《西廂記》撰自王實甫，然至郵亭夢而止，其後則關漢卿爲之補成者也。二公皆勝國名手，咸富才情，兼喜聲律。今觀其所爲，記艷辭麗句，先後互出，離情幽思，哀樂相仍，遂擅一代之長，爲雜劇絕唱，良不虛也。而談者以此奇，繁歌叠奏，語意重複，始終不出一情；又以露圭著迹，調脂弄粉病之。夫事關閨闥，自應穠艷；情鍾怨曠，寧廢三思。太雅之罪人，新聲之吉士也。遂使終場歌演，魂絕色飛；奏諸索弦，療饑忘倦。可謂辭曲之關雎，梨園之虞夏矣。以微瑕而纇全璧，寧不冤也。近有嫌其導淫縱欲，而別爲《反西廂記》者，雖逃掩鼻，不免嘔喉。夫三百篇之中，不廢鄭、衛，桑間、濮上，往往而是。阿谷援琴，東山携塵，流映史册，以爲美談。惡謂非風教裨哉！曲士之拘拘，祇增達生一鼓掌耳。余宗仲仁，習歌詞曲，謂余："金元人之詞，信多名家，然不易斯記也。"乃搜諸家題詞，刻諸簡端以示余。昔人評王實甫"如花間美人"，關漢卿"如瓊筵醉客"，今覽之信然。然語有之："情辭易工。"蓋人生于情，所謂愚夫愚婦可以與知者。今元之詞人無慮數百十，而二公爲最；二公之填詞無慮數十種，而此記爲最。奏演既多，世皆快睹，豈非以其情哉！西廂之美則愛，愛則傳也，有以夫！

萬曆上章執徐之歲如月哉生明，泰滄程巨源著

（二）重刻西廂記序

古今之聲容色澤以姝麗稱者，豈特一崔氏哉！而崔、張之事盛傳于世，得非以爲之記者，其詞艷而富也。崔記俑于元微之，宋王銍、趙德麟輩捆織之，以爲其事出于微之，托張以自況，旁引曲證，遂成讞獄。此亦足償其志淫之罪。金有董解元者，演爲傳奇，然不甚著。至元王實甫，始以綉腸創爲艷詞，而《西廂記》始膾炙人口，然皆以爲關漢卿，而不知有實甫。關漢卿仕于金，金亡不肯仕元，其節甚高。蓋《西廂記》自草橋驚夢以前，作于實甫，而其後則漢卿續成之者也。夫世之姝麗，不獨一崔氏，而獨以其記傳；記作于王實甫不傳，而關漢卿以名傳；關漢卿以文掩其節，而獨以此記傳。元微之作崔、張記，遂身蒙其垢，而其記亦傳。嗚呼！天下事有若此，予睹之，竊有感焉，故爲之一刷之。

企陶山人徐逢吉士範題

（上二均見：明萬曆八年徐士范刊本《重刻元本題評音釋西廂記》卷首）

四、熊龍峰本與劉龍田本

插圖聯語

一、佛殿奇逢：游寺遇嬌娥，送目千瞧無限意；歸庭逢秀士，回頭一顧許多情。

二、僧房假寓：假寓僧房，張珙乘機圖匹配；來參佛寺，紅娘奉命問修齋。

三、墻角聯吟：墻角吟新詩，試引佳人興趣；園中賡舊韵，更添才子情懷。

四、齋壇鬧會：崔小姐薦相國父孤魂，虔誠設醮；張君瑞禮佛法僧三寶，密約焚香。

五、白馬解圍：普救賊圍，張學士得姻盟才申簡牘；蒲關兵至，杜將軍為友誼始動干戈。

六、紅娘請宴：紅娘奉命來迎，東閣宏開酬彩筆；君瑞聞言請宴，西廂隨步赴藍橋。

七、母氏停婚：張君瑞尋盟赴宴，圖夫妻好合；崔夫人背德停婚，改兄妹稱呼。

八、琴心寫懷：月下挑弦，訴恨者先存其義；花前聽韵，知音者已解其心。

九、錦字傳情：意求鸞凰莫能成，虧張珙病纏書舍；欲寄鱗鴻無自達，托紅娘遞到妝樓。

十、玉臺窺簡：發來假怒一場，明掩思春外迹；回奉新詩四句，暗藏乘夜中情。

十一、乘夜逾墻：謾道文才海樣深，尚難猜四言詩句；誰知色膽天來大，却易跳百尺垣墻。

十二、倩紅問病：紅送藥方，片紙暗藏雲雨約；生聞資訊，數言勝服洞靈丹。

十三、月下佳期：佇立閑階，月下候佳人密約；出離畫閣，花前赴才子幽期。

十四、堂前巧辯：小紅娘訴一段姻緣，將無做有；老夫人主百年姻眷，弄假成真。

十五、秋暮離懷：今朝酒別長亭，繾綣前來把盞；异日名題金榜，叮嚀早整歸鞭。

十六、草橋驚夢：勞役不堪，投宿休嫌村店小；別離難舍，夢魂豈憚路途遥。

十七、泥金捷報：才子奪魁，書寄一封歸捷報；佳人回簡，物緘六事慰相思。

十八、尺素緘愁：逐一觀詳復轉書，如逢對語寬前病；從頭整點將來物，方見相思別後心。

十九、詭謀求配：驀地見紅娘，爲造崔門修舊好；當場辭鄭子，已言張氏締新婚。

二十、衣錦還鄉：金榜挂名時，北闕初歸榮晝錦；洞房花燭夜，西厢重整舊風流。

（明萬曆二十年熊龍峰刊余瀘東訂《重刻元本題評音釋西厢記》插圖聯語，劉龍田喬山堂刻本同）

五、繼志齋本

（一）刻重校北西廂記序

　　詞曲盛于金元，而北之《西廂》，南之《琵琶》，尤擅場絶代。第二書行于衆庶，所謂"童兒牧豎，莫不眩耀"。而妄庸者率恣意點竄，半失其舊，識者恨之。頃《琵琶記》刻于河間長君，其人學既該涉，復閑宮徵，故所讎校，號爲精愜，蓋詞林之一快矣。北詞轉相摹梓，踳駁尤繁，唯顧玄緯、徐士範、金在衡三刻，庶幾善本，而詞句增損，互有得失。余園廬多暇，粗爲點定，其援據稍僻者，略加詮釋，題于卷額，合《琵琶記》刻之。風雨之辰，花月之夕，把卷自吟，亦可送日月而破窮愁，知者當勿謂我尚有童心也。

　　　　　　　　萬曆壬午夏龍洞山農撰，謝山樵隱重書于戊戌之夏日

（二）重校北西廂記總評

　　《西廂》久傳爲關漢卿撰，邇來乃有以爲王實甫者，謂至"郵亭夢"而止，或謂至"碧雲天"而止，後乃漢卿所補也。初以爲好事者傳之妄，及閱《太和正音譜》，王實甫十三本以《西廂》爲首，漢卿六十一首不載《西廂》，則亦可據。第漢卿所補【雙調·集賢賓】及【挂金索】"裙染榴花，睡損胭脂皺；紐結丁香，掩過芙蓉扣；綫脫真珠，泪濕香羅袖；楊柳眉顰，人比黄花瘦"。俊語亦不減前。

北曲故當以《西廂》壓卷。如曲中語："雪浪拍長空，天際秋雲捲"，"竹索纜浮橋，水上蒼龍偃"，"滋洛陽千種花，潤梁園萬頃田"，"東風搖曳垂楊綫，游絲牽惹桃花片，珠簾掩映芙蓉面"，"法鼓金鐃，二月春雷響殿角；鐘聲佛號，半天風雨灑松梢"，"不近喧嘩，嫩綠池塘藏睡鴨；自然幽雅，淡黃楊柳帶棲鴉"，是駢麗中景語。"手掌兒裏奇擎，心坎兒裏溫存，眼皮兒上供養"，"哭聲兒似鶯囀喬林，淚珠兒似露滴花梢"，"繫春心情短柳絲長，隔花陰人遠天涯近"，"香消了六朝金粉，清減了三楚精神"，"玉容寂寞梨花朵，胭脂淺淡櫻桃顆"，是駢麗中情語。"他做了影兒裏情郎，我做了畫兒裏愛寵"，"拄着拐幫閑鑽懶，縫合唇送暖偷香"，"昨日個熱臉兒對面搶白，今日個冷句兒將人廝侵"，"半推半就，又驚又愛"，是駢麗中諢語。"落紅滿地胭脂冷，夢裏成雙覺後單"，是單句中佳語。只此數條，他傳奇不能及。

重校北西廂記總評畢

（三）重校北西廂記凡例

一、諸本首列"名目"，今類作"題目"，但教坊雜劇并稱"正名"，今改"正名"二字，亦未泥家本色語。

一、舊本以外扮老夫人，末扮張生，淨扮法本作潔，扮紅娘曰旦徠，亦今貼旦之謂也。按，由來雜劇院本，皆有正末，當場男子謂之末。末，指事也，俗稱爲末泥。副末，古謂倉鶻，故可以撲靚者。靚，蓋孤也。如鶻之可以擊孤，若副末常執磕瓜以撲靚是也。狙，當場妓女謂之狙。狙，猿之雌者也，又曰猵狙。其性好淫，俗呼爲旦。孤，當場扮官長者。靚，傅粉墨者謂之靚，當場善顧盼獻笑者也。俗呼爲淨，非。鴇，妓之老者曰鴇。鴇，似雁而大，無後趾，身如虎文。性淫無厭，諸鳥就之即合，俗呼獨豹，今稱鵠者是也。猱，妓女總稱猿屬，喜食虎肝腦。虎見而愛之，常負于背以取虱，輒溺其首，虎即死，隨求肝腦食之。故古以虎喻少年，以猱喻妓也。捷譏，古謂之滑稽，即院本中便捷譏訕是也。俳優稱爲樂官。引戲，即院本中狙也。九色之名。但今名與人俱易，正之實難，姑從時尚。

一、《中原音韻》，有陰陽，有開合，不容混用。第八齣【綿搭絮】"幽室燈清，幾棍疏櫺"，八庚入一東。十二齣"秋水無塵"，十一真入十二侵。俱屬白璧微瑕。恨無的本正之，姑仍其舊。

一、詞家間有襯墊字，善歌者緊搶帶叠用之，非其正也。《中原音韻》載【四邊静】"今宵歡慶"一折，止三十一字，今諸本俱三十六字，則爲流俗妄增者多矣。又載【迎仙客】："雕檐紅日低，畫棟彩雲飛，十二玉闌天外倚。望中原，思故國，感嘆傷悲，一片鄉心碎。"七句三十二字。今十八齣【迎仙客】，俱作十句五十八字。甚者襯字視正腔不啻倍蓰，豈理也哉。今有元本可據者，悉削之。

一、曲中多市語、謔語、方語，又有隱語、反語，有拆白，有調侃，不善讀者率以己意妄解，或竄易舊句，今悉正之。

一、雜劇與南曲各有體式，迥然不同。不知者于《西廂》賓白，間效南調，增【臨江仙】【鷓鴣天】之類，又增偶語，欲雅反俗。今從元本一洗之。

一、沙波麽，是助詞；俺咱喒，是我字；您是你字，恁是這般，您恁二字，往往混膽。讀者切須分辯。

一、【絡絲娘煞尾】隨尾用之，【雙調】【越調】不唱，悉從元本删之。

一、諸本釋義，淺膚偽舛，不足多據。予以用事稍僻者，而詮釋之，題于卷額，餘不復贅。

一、諸本句讀，于詞義雖通，于調韵不協者，今皆一一正之。

秣陵陳邦泰校重校北西廂記凡例畢

（上三均見：明萬曆二十六年秣陵繼志齋陳邦泰重刊本《重校北西廂記》卷首）

六、屠隆本

（一）王實父西廂記叙（金在衡）

《西廂記》爲崔張傳奇，莫詳其始。説者謂有風流之士，沉思幽怨，托以自露焉爾。董解元者取而演之，製爲北曲。至王實父乃更新之，始于創見，終于夢思。爲套數凡十有七，仍析而爲二，以條其支，會而爲一，以要其成。顧其委曲蘊藉，靡麗華藻，爲古今絶倡。既而關漢卿再續四折以繫于末，詞雖不逮，而意自足，世遂并爲漢卿所製云。于是，薄海内外咸歌樂之，即其傳寫豈止千百？惜乎！梓行者未免于亥豕，口授者莫辨乎黄王，甚有曲是而名則非，曲非而名則是。亦或迂儒附會，妄自援引，强爲臆説，因仍既久，牢不可破。故雖老于詞宗者，且將忽之，矧其它乎？其尤甚者，淮本是也，至吴本之出，號稱詳訂。自今觀之，得不補失，何也？蓋由南人不諳乎北律，風氣使之然耳。故求調于聲者，則協以和，求聲于調者，則舛以謬。然則是刻也，固可苟乎。且以一字之訛病及一句，一句之訛病及一篇，姑舉其大者而正之，如以【村裏迓鼓】爲【節節高】，并【耍孩兒】爲【白鶴子】，引【後庭花】中段入【元和令】，分【滿庭芳】一曲而爲二，合【錦上花】二篇而爲一，【小桃紅】則竄附【幺篇】，【攪箏琶】則混增五句。習故弊而不知，略大綱而不問，抑又何哉？而逮一字一句，誤者點夥。今則緝其近似，删其繁衍，補其墜闕，亦庶幾乎全文矣。嗟乎，音律之學，古以爲難，雖前輩極力模擬，僅達影響。至于排腔訂譜，自愧茫然，彼以不知而强爲知者，非其罪人歟？余少即喜歌咏，旁搜遠詔，積五十年，其漸得者不過調分南北，字辨陰陽而已。（下缺）

（二）新刻合并西厢叙（張鳳翼）

　　詞家之有傳奇也，詩之流委也；而傳奇之有《西廂》也，變鳳之濫觴也。吾夫子與顏氏子斟酌禮樂，既矢口曰"放鄭聲"，而鄭衛之淫風，如所謂"男悅女、女惑男"之辭，較然布諸方策，與三百篇共著。余嘗睹逸詩之散見于雜帙中者，多微言警句，彼之是删，而顧此之久存，何無倫耶！自古載籍極博，皆爲君子之畏聖言者設。不爲小人之侮聖言者爲宣淫導欲之資也。蓋善者感發善心，惡者懲創逸志。然惟君子爲能感發，亦惟君子爲能懲創。如易之咸，初咸拇，二咸腓，三咸股，五咸脢，上六乃咸其輔、頰、舌。咸之言，皆也。以人身取象。又少男少女兩體相悅相應，自足至首無不與，皆明示人以交感之象。然惟君子爲能觀象玩辭，知其如此則往吝，如此則居貞，如此則悔亡。若小人則想像其形容，而求與之皆焉耳。惡知悔，惡知吝，又惡知有吉而居之哉！知此道者，可與口《西廂》，目《西廂》，雖日日而口之，而目之，亦何害已？《西廂》之記，爲崔張交歡而作，然張爲惡有先生。據王性之《辨證》，其事爲元微之之事，而《傳奇》亦即微之所作。微之生于唐大曆己未，至貞元庚辰，年正廿二，既與記中所稱吻合。而楊阜公讀微之所作《姨母鄭氏墓志》，則所云喪夫遭亂，與其所保護周旋者無不備至。要皆微之自己實事，則其後之逾東家墻而適所欲者，其爲微之無疑也。獨微之後自娶韋，而崔亦竟適他人，與記中成婚還鄉者不同。然悲歡離合，傳奇不可缺一，其誣而合也，亦多矣，亦久矣，何足深辨！余獨愛其詞旨婉麗，則開襟豁緒之儡偭也；音調諧適，則引商激羽之指南也；雅俗兼收，則援古證今之珠肆也；情興逸宕，則破拘摘攣之斧斤也。君子取節焉，可也。第其窮妍極態，則逾檢蕩制者則奮袂矣；鈎挑引攝，則穿穴隙窺者將攘臂矣；傳書遞簡，則驪蜂驟蝶者將塞途矣。此余所病其爲宣淫導欲之囮窟也。雖然，有說焉，蕭寺非媚孽寄迹之處，僧寓非佳冶藏身之所。臨圍無割愛之命，則頷珠弭覬覦之端；飲盟無共席之觴，則窺香杜目成之寶。木朽而蛀生之，罅不室而堤防隨之，自古記之矣。然而攬《西廂》者宜奈何？睹佛殿之相逢，則琳室梵宇，窈窕毋投足可也；戒食言之啓釁，則知輕諾詭盟，非防微杜漸之道也；懲杯酒之釀奸，則男女三分，慎不可以中表戚屬而輕于聚會也；睇往來之情詞，則下婢之賤，慎不可以佻儇慧捷而使得參貳于閨妹之側也。余謂惟君子爲能感發，亦惟君子爲能懲創，此之謂也。蓋以古人立教之意望人，而非直以《傳奇》爲傳奇也。海虞周子，鍾情歌曲，尤于《西廂》一集企慕之。一日手是編謂予曰："崔張奇傳，倡自元微之，宋王性之辨可證。然而是集有南北之分焉。董解元、王實甫演爲北調，李日華、陸天池演爲南調。此四君者，轄字束句，磨韵諧聲，能發微之所未發。其詞大都蹁躚婉麗，辭意含蓄，才藻高華，蓋缺一不可者。余見今之輕儇子弟，惟拾艷媚新詞，翼以炫耳目，娛心志，毫不諳作者勸懲大義。名流校正始末，徒以崔張奇遇傳爲美譚，詎知聖人刪詩不廢淫風。則古人立教常寓意于音聲外也。以古赤水屠先生爲當世博洽君子，亦于《西廂》訂正批閱，蓋不以曲辭直視之也。然訂正者非一人，張雄飛得董本而較，金在衡得實父本而較，梁少白得日華本而較。餘以爲非直餂飣補綴，傳奇中之雅調也。觀者能會作者之意，則庶幾得古人立教之旨矣。此《西廂》合并也。校既成矣，子期爲我序之。"因書此以弁諸首。

萬曆庚子仲秋十有六日，吳郡冷然居士張鳳翼伯起撰
嚴材伯梁書

（上二均見：明萬曆二十八年屠隆校正、周居易校梓本《新刊合并董解元西廂記》卷首）

七、起鳳館本

（一）刻李王二先生批評《北西廂》序

勝國時王實夫、關漢卿簸弄天孫五彩毫，爲崔張傳奇，雖事涉不經，要以跳宕滑稽、牢籠月露之態，直是詞曲中陳思、太白。□三□□有□吐氣，膾人口，代有評者。無足□王□風□，□□弇□王先生，楚有卓吾李先生，□□□□□□黃，虛室生白，□□萬匯。雖《西廂》殘霞零露，亦謂得宇宙中一段光怪，劚精抉微，義所不廢。曾已大發其武庫之森森戈戟者，既而施墨研朱，一點一綴，王、關譜之曲中，李、王評之曲外，皮髓韵神，濃淡有無之間，延壽之所不能臆寫，昭君之所不能色授也。自來《西廂》，富于才情見豪，一得二公評後，更令千古色飛。浮屠頂上，助之風鈴一角，響不其遠與！朝品評、夕播傳，鷄林購求，千金不得，慕者遺憾。頃余挾篋吳楚間，謁掌故，得二先生家藏遺草，歸以付之殺青，爲自嘆王、關功臣。第恐二先生精神又噪動，今日之域中怪見洛陽紙貴也。藉以風化見詬，宋理儒腐氣，上士失笑矣。

庚戌冬月，起鳳館主人叙
黃一彬刻

（二）新校北西廂記考

一、考西廂事。唐人自有《鶯鶯傳》（《會真記》），《侯鯖錄》尤詳，其爲微之中表無疑。

一、考王實甫。以詞手著名元代，關漢卿同時，亦高才風流人。王嘗以譏謔加之，關極意酬答，終不能勝王。忽坐逝，鼻垂雙涕尺餘。人皆嘆駭，以爲玉筯。關曰："是嗓耳，何玉筯爲？蓋凡六畜勞傷，鼻中流膿，則謂之嗓也。"衆大笑曰："若被王和卿輕薄半世，死後方還得一籌。"觀此，王先關卒，《西廂記》未成，故關續之。同時才人，成死後一功臣。

一、考宋世雜劇名號。每一甲有八人者，有五人者。八人有戲頭，有頭戲，有次净，有副末，有裝旦。五人第有前四色，而無裝旦。蓋旦之色目自宋已有，而未盛元。外，院本止五人：一曰副净，即古參軍；一曰副末，又名蒼鶻，可擊群鳥，猶副末可打副净；一曰末泥，即正末；一曰孤裝，即當場扮官長者，而無生旦。元時雜劇與院本不同，多用妓樂，旦有數色，所謂裝旦即今正旦也，小旦即今副旦也，以墨點破其面謂之花旦。以今憶之，所謂戲頭即生也，引戲即末也，副末即外也，副净、裝旦即與今净、旦同。關漢卿所撰雜戲《緋衣夢》等，悉不立生名，今《西廂記》以張珙爲生，當是國初所改，或元末《琵琶》等南戲出而易此名。

（三）凡例

一、奇中有市語、方語、隱語、反語，又有折白調侃等語，要皆金元一時之習音也，似無貴于洞曉。不諳者率以己意強解，或至妄易佳句，今盡依舊本正之。

一、雜劇與南北曲賓白自有體調不同，坊本間效南曲增【臨江】【鷓鴣天】之類，欲工而反悖。今盡從舊本一洗之。

一、諸本【絡絲娘煞尾】固互見媸妍。舊本亦或有或略，恨無的本可據，姑仍今刻。

一、"沙""波""價""呵""麽"是助辭；"俺""咱""咱"是"我"字，"您"是"你"字，"恁"是"這般"。唯"您""恁"二字本往往混淆讀者，亦須分辨。

一、諸本所刊率續以"秋波一轉"，論"金釧玉肌"、俞"錢塘夢""林塘午夢""鶯紅奕棋""蒲東珠玉"集等語，此皆村學究所作，事不相涉，詞不雅馴，徒足令人嘔噦。今刪去不錄。

一、坊本白盡訛，甚至增損攙入，不勝讎辯。竟依古今改正，不復載其增損。

一、諸本釋義有妄牽合故事，或又引述蔓衍，不能摘節明白，致觀者茫茫，今皆刪正。

一、諸本圈句，于詞義亦通。但與牌名調韵不合，今皆一一定正。

一、鳳洲王先生批評：

先生揚扢風雅，聲金振玉，《藝苑卮言》中點綴《西廂》百一，未張全錦，茲得之王氏家草。

一、卓吾李先生批評：

先生品隲古今，一字足爲一史。具載《焚書》《藏書》等編。《西廂》遺筆乃其游戲三昧，近得之雪堂在笥。

（上三均見：明萬曆三十八年起鳳館刊王李合評本《元本出相北西廂記》卷首）

八、徐畫本

（一）西廂記叙（一）

余于是帙諸解，并從碧筠齋本，非杜撰也。齊正所未備，余補釋之不過十之一二耳。齋本乃從董解元之原稿，無一字差訛，余購得兩册，都偷竊，令此本絶少，惜哉。本謂董張劇是王實甫撰，而《輟耕録》乃曰董解元。陶容儀，元人也，宜信之。然董又有别本西廂，乃彈唱詞也，非打本。豈陶亦從以彈唱爲打本也耶？不然，董何有二本？附記以俟知者。

漱者

（二）西廂記題詞

題唐伯虎所畫《鶯鶯圖次韵》：自是河中窈窕身，含愁猶帶怨參辰，月臨鏡底應同美，花到釵頭也讓春。虢國丹青空有願，洛神詞賦謾誇陳。容光一段渾如昨，豈似羞郎憔悴人。

會稽史槃

（三）西廂記叙（二）

余所改抹，悉依碧筠齋真正古本，亦微有記憶不明處，然真者十之九矣。

白亦差訛，甚不通者，却都碧筠齋本之白矣，因而改正也。典故不大注釋，所注者，正在方言，調侃語，伶坊中語，折白道字，俚雅相雜，訕笑冷語，入奧而難解者。

青藤道人

（四）西廂記序

天地咽氣，有自然之響。人觸之成聲，聲有自然之節奏，而歌謠出焉。觀風作樂，皆取諸此。歷漢而唐，馳鶩聲律，則爲詩，爲詞調，爲歌行。于是鉤玄掞藻，月露風雲，敷俳萬狀，漸失真旨。以之諷咏則得，以之入金石弦管則難。宋人因之競趨樂府，易詩爲調，而梨園曲譜，實開端焉。嗣此寖盛域中，至元而極矣。故古今較量，藝文賦宗漢，詩宗唐，詞調宗宋，而曲則遜元。各重其至處也。夫元人詞曲，名家有關漢卿、馬致遠、鄭德輝、宮大用及夢符、可久諸人，王實甫亦擅聲其間。《西廂》傳奇，乃其手筆，而漢卿續成之者也。然實甫在元人詞壇中未執牛耳，而《西廂》初出時，亦不爲實甫第一義。要于嘗鼎一臠，僅供優弄耳。而訖今膾炙人口，户誦家傳之，即幽閣之貞，倚門之冶，皆能舉其詞。若他人單詞小令雜劇，往往蕪没無聞，詞固有幸不幸哉！所以然者，微之擅唐季才名，故《會真》雙文一出，好事者翕然趨之。及實甫填詞，襯語又克，宣泄其男女綢繆慕戀，曠怨抑鬱之至情，故其詞獨傳，傳而獨遠，遂爲一代絕唱耳。今兹刻遍天下，品陟之亦非一人，然率哺其糟不咀其華，爬其膚不抉其髓，甚有禮法繩之若李卓吾者，此何异浴室譏裸、夢中詈人也？大抵本來劇戲，總繫情魔。種種色相寓言，亦亡是公、烏有之例，而必欲援文切理，按疵索瘢，反失之矣。且南北之人，情同而音則殊。北人之音，雄闊直截，內含雅騷；南人之音，優柔凄惋，難一律齊。今以南調釋北音，舍房闥態度而求以艱深，無怪乎愈遠愈失其真也。吾鄉徐文長則不然，不艷其鋪張綺麗而務探其神情，即景會真，宛若身處，故微辭隱語，發所未發者，多得之燕趙俚諺謔浪之中。吾故謂實甫遇文長，庶幾乎千載一知音哉。昔伯牙援徽叩弦，何與山水？而子期一俯仰間，盡得其意響。故伯牙惜子期知音，當代無兩。若文長之批評《西廂》，頗類于是。往時所製《四聲猿》，久傳播海内，識者取而匹之元劇，可知已。苧蘿鄉王君起侯父，幼抱奇禀，擅華未露，誦讀之暇，一見文長手稿，即欣然命梓。其欣然有當于心者，亦唯是識見同才情合也。梓成，問序于余，余既快文長能默契作者，又嘉王君能不吝之而公諸人人也，故樂爲之引其端云。

東海澹仙諸葛元聲書于西湖之樓外樓

（五）凡例

《西廂》難解處，不在博洽，而在陰冷，故舊釋易曉者不贅。另載批釋其上，免混賓白，更入眼改觀，一洗舊日見解。記中有疑難乎？亦略疏，附以便人。

曲中多市語、謔語、方語，又有隱語、反語，有折白，有調侃，率以己意妄解，或竄易舊句，今悉正之。

腔調中俱有襯墊字眼，流俗類妄增之，俾正腔失體，今據古削之，可仍者别以細字，令觀者瞭然。

沙波麽，俱語助。俺咱咱，俱我字。咱，亦或作語助。您是你字，恁是這般。您、恁二字，往往混謄，茲爲分别。

本首列總目，即雜劇家開場本色。記分五折，折分四套，如木枝分而條析也。復列套内題目于每折下，曰正名，提綱挈領，悉古意。

【絡絲娘煞尾】隨尾用之。從古載每折末。

奇妙，古今不同字并用。○精華，成響，└分載，囗古本多字，△古本不同字，Ⅰ俚惡，胥分辯。

中刻折爲卷，取式類諸韋編耳。

凡例終

（上五均見：明萬曆三十九年徐文長批點本《重刻訂正元本批點畫意北西廂》卷首）

九、王驥德本

(一) 新校注古本西廂記自序 (王驥德)

記崔氏不自實甫始也,微之既傳《會真》,入宋而秦少游、毛澤民兩君子爰譜《調笑》,實始濫觴。安定之趙復次第傳語,寄詞鼓子,則節拍有加矣。迨完顏時,董解元始演爲北詞,比之弦索,命曰《西廂》。然第搊彈家言,而匪登場之具也。于是實甫者起,沿用爨弄諸色,組織董記,倚之新聲。董詞初變詩餘,多粗樸而寡雅馴。實甫斟酌才情,緣飾藻艷,極其致于淺深濃淡之間,令前無作者,後撝來喆,遂擅千古絶調。自王公貴人,逮閨秀裏孺,世無不知有所謂《西廂記》者。顧繇勝國抵今,流傳既久,其間爲俗子庸工之簒易,而失其故步者,至不勝句讀。余自童年,輒有聲律之癖。每讀其詞,便能拈所紕繆,復扼掔而恨。故爲盲瞽學究,妄誇箋釋,不啻嘔穢,而欲付之烈炬也。既覓得碧筠齋若朱石津氏兩古本,序碧筠齋者,稱淮干逸史,首署疏注,僅數千言,頗多破的。朱石津,不知何許人。視碧筠齋,大較相同,關中杜逢霖序,言朱没而其友吴厚丘氏,手書以刻者。并屬前元舊文,世不多見。餘刻紛紛,殆數十種。僅毗陵徐士範、秣陵金在衡、錫山顧玄緯三本,稍稱彼善。徐本間詮數語,偶窺一斑;金本時更字句,亦寡中窾;獨顧本類輯他書,似較該洽,恨去取弗精,疵繆間出。然總之影響俗本,于古文無當也。故師徐文長先生,説曲大能解頤,亦嘗訂存別本,口授筆記,積有歲年。余往暨周生讀書湖上,携一青衣,故善肉聲。鉛槧之暇,酒後耳熱時,令手紅牙曼引一曲,桃花墮而堤柳若爲按拍也。輒手丹鉛爲訂其僞者，殳其蕪者，補其闕者，務割正以還故吾。余家藏元人雜劇可數百種許，間有所會，時疏數語，又雜采他傳記，若諸劇語之足相印證者，漫署上方。久之，遂盈卷帙。既又并微之本傳，若王性之氏辯證，及顧本所錄諸引篇章，有繫本記者，別爲考正一卷，附之簡末，稍爲崔氏及實甫一伸沉冤。蓋實甫之詞，稍難詮解者，在用意宛委，遣辭引帶，及隱語方言，不易強合。憶余入燕，故元大都，實甫枌榆鄉也，舉詢其人，已暗不能解。故余爲釋句，其微辭隱義，類以意逆，而一二方言，不敢漫爲揣摩，必雜證諸劇，以當左契。大氐取碧筠齋古注十之二，取徐師新釋亦十之二。今之詞家，吳郡詞隱先生，實稱指南。復函請參訂，先生謬假賞與。凡再易稿，始克成編。頃周生嗤我，謂："惜也，子志鵬翼而修鼠肝。曾是淫哇之靡，而搖其筆端也。謂《大雅》何？"余曰：螻蟻屎溺，何之非道？今風人學士，孰不爭口賞崔傳？而豕渡之疑，若耳食之陋，并塵阿堵，毋悵悵有詩亡之恨乎！余懼其以小道而日淪之漸滅也，故不惜猥一染指，詎敢稱實甫忠臣？聊以爲聽折楊、皇荂者，下一鼓吹云爾。抑舊傳是記爲關漢卿氏所作，邇始有歸之實甫者，則涵虛子之《正音譜》，故臚列在也。獨世謂漢卿續成，其後未見確證。然淄澠涇渭之辨，殊自不廢。兩君子他作，實甫以描寫，而漢卿以雕鏤。描寫者遠攝風神，而雕鏤者深次骨貌。持此以當兩君子三尺，思且過半。即有具眼者，或不以余言爲孟浪也。若編摩之概，與詮釋之指，并見凡例中，序不能悉。

萬曆甲寅春日，大越琅邪生方諸仙史伯良氏書

（二）新校注古本西廂記序（毛以遂）

　　《西廂》，桑間、濮上之遺也。然幾與吾姬孔之籍并傳不朽。李獻吉至謂"當直繼《離騷》"。夫非以其辭藻濃至，即涉淫靡，有不可得而屏斥者哉！顧其書三百年而傳，而是三百年之中，所爲鼠樸之竄，若金根之更者，已紛若列猬。文人墨士，匪慚睞目，輒操褊心，概津津稱艷弗置，不問魯鼎之多贗也。于是其書存也，而其實不啻亡矣。吾友會稽王伯良氏，博雅君子也。于學無所

不窺，而至聲律之閑，故屬夙悟，雅爲吾郡詞隱先生所推服，謂契解精密，大江以南一人。往先侍御令越，俾余二三伯仲，同伯良講業署中。鉛槧之暇，口及崔傳，每怳悢爲實甫稱冤。時援故不可解之文以質，而伯良倒囊以示，引據詳博，未嘗不犂然擊節，爲浮大白，一醉高榆叢桂間也。余數縱臾伯良，曷不更署爰書，爲實甫平反地乎？蓋抵今而始得絜令甲，以懸之國門矣。其書毋論，校讎之核，今魯靈光不改舊觀，而疏語以折蜩螗之喙，考說以破笱榼之疑，鉅苞經史，瑣拾稗官，淺叶康衢，精比黍籥，俾字無可奸之律，證有必信之文。破璧復完，群吠頓息。蓋詞隱夙有此志，而見伯良且先着鞭，輒閣筆自廢，作何平叔語曰："王輔嗣已注《老子》矣。"汲冢仍新，風流不墜。實甫有靈，當頓顙九原一笑，懷環報之感耳。抑崔氏于王，故有夙緣，自實甫始倡艷辭，性之繼伸宏辯，至伯良以窮搜冥解之力，踵成兩君子之緒，而又微之觀察，性之僑寄，咸于伯良氏之會稽陵谷遘矣。事若有待，非宇壞間一大奇也哉！伯良時髦，兼修兩漢六代之業，結撰甚富，多勒琬琰。時游戲爲今樂府，流布海內，久令洛陽紙貴。此第其牙後慧，然不妨爲才士之木屑也已。

萬曆歲在癸丑重陽日，吳郡粲花館主人書

（三）凡例三十六則

一、記中凡碧筠齋本曰筠本，朱石津本曰朱本，二文同曰古本。天池先生本曰徐本，金在衡本曰金本，顧玄緯本曰顧本，古今本文同曰舊本，各坊本曰諸本，或曰今本、俗本。

一、碧筠齋本，刻嘉靖癸卯，序言係前元舊本。第謂是董解元作，則不知世更有董本耳。朱石津本刻萬曆戊子，較筠本間有一二字异同，則朱稍以己意更易，然字畫精好可玩。古本惟此二刻爲的，餘皆訛本。今刻本動稱古本云云，皆呼鼠作樸，實未嘗見古本也。不得不辯。（《雍熙樂府》，全記皆散見各套中，然亦今本，不足憑也）

一、訂正概從古本，間有宜從別本者，曰古作某，今從某本作某。其古今本兩義相等，不易去取者，曰某本作某，某本作某，今并存，俟觀者自裁。或古今本皆誤宜正者，直更定，或疏本注之下。

一、注與註通。古注疏之注，皆作注，今從注。

一、元劇體必四折，此記作五大折，以事實浩繁，故創體爲之，實南戲之祖。舊傳實甫作，至草橋夢止，直是四折。漢卿之補，自不可闕。然古本止列五大折，今本離爲二十，非復古意。又古本每折漫書，更不割截，另作起止。或以爲稍刺俗眼，今每折從今本，仍析作四套。每套首另署曰第一套、第二套云云，而于下方則更總署曰今本第一折、第二折至二十折而止，（此折與五大折之折不同）以取諧俗。折，取轉折之義，元人目長曲曰套數，皆本古注舊法。（《輟耕錄》云："成文章曰樂府，有尾聲曰套數。"）

一、元人從折，今或作出，又或作齣。出既非古，齣復杜撰，字書從無此字，亦無此音。今試舉以問人，輒漫應曰摺。時戲往往取以標其節目，恬不知怪，是大可笑事。近《診痴符傳》以爲齣蓋齝字之誤，良是。其言謂："牛食已復出嚼曰齝，音答。"傳寫者誤以台爲句。齝、齣，聲相近，至以出易齝。又引元喬夢符云"牛口争先，鬼門讓道"語，遂終傳皆以齝代折，不知字書齝本作齝，又作呞。以齝作齣，筆畫誤在毫釐，相去更近，非直台句之混已也。即用齝，元劇亦不經見，又刺今人眼益甚。故標上方者，亦止作折。

一、古本以外扮老夫人，署色止曰夫人，又店小二、法本、杜將軍皆曰外，本又曰潔，張生曰末，鶯鶯曰旦，紅娘曰紅，歡郎曰俫，法聰、孫飛虎及鄭恒皆曰净，惠明曰惠，琴童曰僕。今易末曰生，易潔曰本，易俫曰歡，店小二直曰小二，亦爲諧俗設也。

一、北詞以應弦索，宮調不容混用，惟楔子時不相蒙（謂引曲也），記中凡宮調不倫，句字鄙陋，係後人僞增者，悉釐正删去。

一、記中用韵最嚴，悉協周德清《中原音韵》，終帙不借他韵一字。其有開閉不分，甲乙互押者，皆後人傳誤，今悉訂正。

一、古劇四折，必一人唱。記中第一折，四套皆生唱；第三折，四套皆紅唱，典刑具在。惟第二、四、五折，生旦紅間唱，稍屬變例。今每折首，總列各套宮調，并疏用某韵及某唱于下，亦使人一覽而知作者之梗概也。

一、《中原音韻》凡十九韻，記中前四折，各套各用一韻，惟第二折第二套中呂曲，重用庚青一韻，稍稱遺恨。至第五折之重用尤侯、支思、真文三韻，補用魚模一韻，此亦他人續成之一驗也。

一、元劇首折多用楔子引曲，折終必收以正名四語。記中第一、三、四、五折，皆有楔子如【賞花時】【端正好】等一二曲，每折後皆有正名等語，古法可見。至諸本益以【絡絲娘】一尾，語既鄙俚，復入他韻，又竊後折意提醒爲之，似擲彈説詞家所謂"且聽下回分解"等語，又止第二、三、四折有之，首折復闕，明係後人增入，但古本并存。又，《太和正音譜》亦收入譜中，或篡入已久，相沿莫爲之正耳。今從秣陵本删去。正名四語，今本誤置折前，并正。

一、今本每折有標目四字，如"佛殿奇逢"之類，殊非大雅。今削二字，稍爲更易，疏折下，以便省檢，第取近情，不求新異。

一、各調曲有限句，句有限字，世、并、襯、墊、搶、帶等字漫書，致長短參差，不可遵守。今一從《太和正音譜》考定，其襯墊等字，悉從中細書，以便觀者。襯字以取諧聲，不泥文字，識曲者當自得之。

一、記中曲語，有爲俗子本不知曲，妄加雌黄。（如謂"幽室燈青"等曲爲失韻之類）字面妄加音釋者，（如風欠，音作風耍之類）悉緒正其枉，并詳載注中。

一、記中有古今各本異同，義當兩存者，已疏注中。于本文復揭曰某古作某，或今作某，第省一"字"字，及本字，恐觀者未遑檢注，故不避複。

一、唱曲字面，與讀經史不同，故記中字音，悉從《中原音韻》，與他韻書，時有异同。

一、各曲平仄有法，其入聲字，元派入平上去三聲，不能字爲音切，用朱本例。每字加圈以識，惟遇叶韻處，有同聲者加音，無同聲而恐混他音者，加反；或止曰叶某字某聲。值難識字面，間加音反，遇入聲亦派入三聲，云叶音某字。或一字再見，于前一字加音，後止加圈，以從省例。韻脚字有作他音者，雖易識字亦加音，後有仍押此韻者，曰後同，或不盡載，當以類推。賓白遇難識字面，間疏本白下，餘則止于轉借加圈。

一、記中有一字而具二音，或三四音者，不能遍釋，須人自理會。其易識者，遵古發字例，止以圈代音，亦從省例。（發字例，見《史記》）二音如朝（昭）朝（潮），相（去聲）相（去聲），著（張略反）著（直略反），廝（平聲）廝（入聲）之類，止于後一字加圈。（凡入聲之著，盡叶作平聲；廝，盡叶作去聲）三音，如平聲强弱之强，上聲勉强之强，去聲倔强之强之類，止于後二字加圈，皆本古法，餘可類推。其易混字，如臉之或音作檢，（如"臉兒淡淡雅"之臉，音檢。）或音作斂，（上聲，如"把個發慈悲臉兒蒙著"之臉，音斂）用各不同，于斂音特加區别。俗音字，如的字本作上聲，今人盡讀作平聲，概不加音，俟人通融爲用。他如善惡之惡，《中原音韻》元叶作去聲，加圈則混于好惡之惡之類，更不著圈。又更字之平、去二聲加圈，那字之平、上、去三聲加圈之類，皆以便觀者。

一、記中凡入聲字，俱準《中原音韻》，叶作平、上、去三聲，其中間有其字叶，而施于句中，與本調平仄不叶者，不得不還本聲，及借叶以取和聲。（如第一折第一套【賞花時】曲"人值殘春蒲東郡"之值字，元以入叶平，然句中法宜用仄，却加圈，借作去聲。第四套【錦上花】曲"怎得到曉"之得字，元以入作上，然句中法宜用平，却加圈，借作平聲之類。）仍疏本曲下，觀者毋訾其失叶。

一、記中每與們，時通用；得與的，時借用。惟恁之爲如此也，您之爲你也，俺、咱、喒之爲我也，咱又與波、沙、呵、偌、兀地之爲助語也，皆當分别。

一、各調句或一字，或二字、三字以至七字，參錯不一。惟至八九字以外，係加襯字。自來歌者，于一二字句，多誤連上下文，致本調遂少一句；或斷一句爲兩，致本調遂多一韵。今于本文，悉加句讀，令可識别。其有句中字，必不可摘作襯書者，間從大書，亦《正音譜》例也。（讀音竇，意盡爲句，從傍斷；意未盡爲讀，從中略斷。）

一、記中有成語（如"惺惺惜惺惺"之類），有經語（如"靡不有初，鮮克有終"之類），有方語（如"顛不剌"之類），有調侃語（如"淥老爲眼"之類），有隱語（如"四星爲下稍"之類），有反語（如"與我那可憎才"之類），有歇後語（如"不做周方"之類），有掉文語（如"有美玉于斯"之類），有拆白語（如"木寸、馬户、尸巾"之類），皆當以意理會。

一、俗本賓白，凡文理不通，及猥冗可厭，及調中多參白語者，悉係僞增，皆從古本删去。

一、注中凡曲語襲用董記者，雖單言片詞，必曰董本云云。以印所自出，仍加長圍，恐其與注語前後文相混也。

一、凡注從語意難解。若方言、若故實稍僻、若引用古詩詞句，時一著筆，餘淺近事，概不瑣贅，非爲俗子設也。

一、凡引證諸劇，首一見，曰元某人某劇云云，後止曰某劇。亦從董例，以長圍圍之。若見他書者，止曰某書云云，更不著圍。

一、凡采用碧筠齋舊注，及天池先生新釋，并不更識別，時間揭一二。筠注曰古注，徐釋曰徐云，今本直曰俗注。凡詞隱先生筆曰詞隱生云，蓋先生自稱也。

一、注中詞隱先生評語，若參解頗繁，載僅什五。惟時著朱圈處，手澤尚新，今悉標入。

一、考正中，《鶯鶯本傳》見《太平廣記》《虞初志》《侯鯖錄》《艷異編》，各文互有异同，俗本轉成訛謬。今悉本四書參定，即有未妥，亦仍舊文，不敢輒易。其彼此不同，宜并存者，間疏上方。

一、王性之，故宋博雅君子。《辯正》作，而千古疑事，爛在目睫。偶附所見，業爲性之補闕，非敢云猥乘其隙也。

一、顧本雜録唐宋以來詩詞，及題跋諸文，間有佳者，或鄙猥可嗤，或無繫本傳事者，悉删去。其舊本未收，及各志銘宜采者，俱續補入。

一、逐套注，即附列曲後，一便披閲，亦懼漫置末簡，易作覆瓿資耳。坊本有點板者，云傳自教坊，然終未確，不敢溷入。

一、本記正訛，共八千三百五十四字（曲一千八百二十五字，白六十五百二十九字）。其傳文，及各考正，共三百七十三字。

一、繪圖似非大雅，舊本手出俗工，益憎面目。計他日此刻傳布，必有循故事而附益之者。適友人吳郡毛生，出其內汝媛所臨錢叔寶《會真》卷索詩，余爲書《代崔娘解嘲》四絕，既復以賦命，曰《千秋絕艷》，蓋其郡人周公瑕所題也。叔寶今代名筆，汝媛摹手精絕，楚楚出藍，足稱閨閫佳事。漫重摹入梓，所謂未能免俗，聊復爾爾。

（上三均見：明萬曆四十二年香雪居刻本《新校注古本西廂記》卷首）

（四）新校注古本西廂記跋（朱朝鼎）

嘗觀古今典籍，百千其體，傳奇亦一體也。大都有事實，即有紀載，有紀載，即有校注。校以正之，使句字之蕪者芟，殘者補，注以解之。使意旨之迷者豁，絕者聯。古人觸疑于睫，莫不求辨于心，而況傳奇。夫傳奇稱最善者，要在濃淡得體，而實不籍妝抹成。近世製劇，淡則嚼蠟無味，濃則堆綉不勻，斯亦無庸校注已。至如古本《西廂》，元劇也。劇尚元，元諸劇尚《西廂》，盡人知之。其辭鮮穠婉麗，識者評爲化工，洵矣。但元屬夷世，每雜用本色語，而《西廂》本人情描寫，此刺骨語，不特艷處沁人心髓，而其冷處着神，閑處寓趣，咀之更自雋永。一二俗子以本語難認，別而意竄易之，徒取艷調，形諸歌吟，而冷與肖，茫然未有會也。是不足爲西廂冤哉！且遇崔者，微之也。而《會真記》以張易元，此古來瀟灑之士，善隱現以俟自明。苟聽其移甲乙，混彩花，而不爲闡晰，則微之與崔娘一片映對心情，鬱勃不得達。昔人有靈，當必嘆百年無知己也。吾郡方諸生王伯良氏，受業徐文長公。文長解實甫本甚確，梓行于時。伯良宗其說，拓以己意，訂訛剖疑，極校注之妙。而纍代諸名流，辯核贊咏，交口作元崔證者，伯良復彙考成集，且彙考中仍不遺校注焉。余參究之餘，見其整而有次，如苗就耨；井而有緒，如絲向理；詳而不漏，如圖輞川，種種具備。非靈心爲根，而敷以博雅者，寧有是耶？此真《西廂》善本也，付剞劂，廣其傳，百世而下，欣慕往迹，不苦稽覽無地，其在斯編也夫。

萬曆癸丑歲嘉平月山陰朱朝鼎書于香雪居

（明萬曆四十二年香雪居刻本《新校注古本西廂記》卷六）

十、玩虎軒本

（一）玩虎軒序

☐☐☐☐其胸中固隱然自負，匀有大☐☐☐☐者，管齊桓區區伯主耳，猶知以☐☐☐☐☐。怎人之大美，乃此主所以失☐☐☐☐☐也。余獨不嫌激之，一于崔☐☐☐☐，而獨少其事功之尤未患。☐☐☐☐☐故不惜仿佛其形容，搜尋☐☐☐☐，載愚夫愚婦可以與知，吾儕可☐☐☐☐☐目快人心哉。于時客避席而☐☐☐☐☐，唯予言大江以南，紙價自☐☐☐☐☐☐，請即是論而鳴于首焉。

☐☐☐☐☐☐夏陽書于玩虎軒中

（二）凡例

☐☐☐☐《西廂記》凡例

☐☐☐以外扮老夫人，末扮張生，净扮法本，作潔，扮紅☐☐☐☐旦徠，亦今貼旦之謂也。按由來雜劇院本，皆有☐☐☐☐場，男子謂之末。末，☐☐☐☐事也，俗稱爲末泥。

副末，古謂蒼鶻，故可以撲靚者。靚，蓋狐也，如鶻。☐☐☐☐☐狐，若副末，常☐☐☐☐☐撲靚是也。

狙，當場妓女謂之狙。狙猿之雌者也，又曰猵狙，其性好☐☐☐☐☐當場扮□□□□官長者。

靚，傅粉墨者謂之靚。當場善顧鴇盼獻笑者也，俗呼爲净，非是。

鶻□□□□曰鶻鶻，似雁而大，無後趾。身虎文□□□□□鳥就之即合，今曰獨豹曰鶻是也。

猱，妓女。總稱□□□□□食虎肝腦，虎見而愛之，常負于背，以取虱。輒□□□□□。虎斃，隨求其肝腦食之，故古以虎喻少年，以□□□□□

捷譏，古謂之滑稽，即院本中便捷譏是也，俳優稱爲樂官。

引戲，即院本中狙也。

九□□□□之名，而今名與其人俱易矣，正之實難，姑從時好。□□□□□有市語、方語、隱語、反語，又有折白、調侃等語，要□元一時之習音也。似無貴于洞曉不諳者，率以□□解，或至妄易佳句，今盡依舊本正之。

□□南北曲賓白，自有體調，不同坊本，兼效南曲【□□仙】【鷓鴣天】之類，欲工而反悖，今盡依舊本一□□□

□□【絡絲娘煞尾】，固互見媸妍，舊本亦或有或略，恨□□本可據，姑仍今刻。

□□價、呵、麼，是助辭。俺、喒、咱，是我字。您，是你字。恁，是這般。唯您、恁二字，諸本往往混淆，讀者亦須分辨。

□□本釋義，每妄牽合，故事鄙陋可笑，間有一二可□。

□虎子一斑，大都廣博之見，目爲局趣而膚淺者，□□不益以歧多爲茫茫也。故不暇校錄。

□□□于詞義亦通，但與牌名調韵不合，今皆一□。

（上二均見：明萬曆閒汪氏玩虎軒刻《元本出相北西廂記》卷首）

十一、何璧本

(一) 北西廂記序

（前缺半頁）梅羅綺，歌舞絲竹，皆天地種種情（物）。天地若無此種種情物，便是一死灰世界，頃刻間地老天荒矣。白香山不云乎"人非土木，終有情"？詖嬰兒至懞也，見瓦礫不顧，見蟬蝶則争捉而嬉之，是知舍無情而逐有情也。《西廂》者，字字皆舂開情竅，刮出情腸，故自邊會都鄙及荒海窮壤，寧有不傳乎？自王侯士農而商賈皂隸，寧有不知乎？然一登場，即耆耋婦孺，喑瞽疲癃，皆能拍掌，此豈有曉諭之耶？情也。予尚論情有四種，而多情則爲才子佳人，情之剛處則爲俠，情之玄處則爲仙，情之空處則爲佛。進乎此又可以論《西廂》（矣）。客曰："然則世之窑宛于枕席者，皆情（乎）？"予曰："不，此禪家所謂觸也。夫倚翠偎紅者，知淫而不知好色；偷香竊玉者，知好色而不知風流。乃風流難言矣。名非司馬，詎許挑琴？才不陳思，寧堪留枕？此則可語風流。風流，固情也，世之論情者何瞶也！曰'英雄氣少，兒女情多'，此不及情之語也。予謂天下有心人便是情痴，便堪情死。惟有英雄氣，然後有兒女情。古今如劉、項，何等氣魄，而一戚一虞，不覺作嚅呢軟態，百煉剛化繞指柔矣。惟其爲百煉剛，方能作繞指柔，此固未易與羅幃錦瑟中人道也。每閱《英雄記》上，兼風流（神）彩者，予獨爲曹瞞伕一指，詖其朝破□陳，夜賦華屋；上馬斫强賊，下馬擁妖姬；至殘魂剩魄，猶低回銅雀臺上。此真爲情痴情死者，然亦不失爲鍾情中一大奸雄。視世之淫而好色者，不過如花中蛺蝶，月下杜宇耳。"客撫案曰："是真論情也，然非所以論《西廂》也。西廂，固劇也；其人其事，固烏有也。"予曰："唯唯。予曾與諸客觀劇，予指劇曰：'此假劇也，予與子乃真劇也。'復指場曰：'此小戲場也，予與子所處乃大戲場也。'"諸客茫然。噫，庸詎知《西廂》之果劇耶？果假耶？予之序《西廂》，果非劇耶？果真耶？

萬曆丙辰夏日渤海何璧撰

（二）凡例四條

一、《西廂》爲士林一部奇文字，如市刻用點板者便是俳優唱本。今并不用，置之鄴簽蔡帳中，與麗賦艷文，何必有間。

一、坊本多用圈點，兼作批評，或污旁行，或題眉額，灑灑滿楮，終落穢道。夫會心者自有法眼，何至矮人觀場邪？故并不以灾木。

一、市刻皆有詩在後，如《鶯紅問答》諸句，調俚語腐，非唯添蛇，真是續狗，兹并芟去之。只附《會真記》而已，即元白《會真詩》亦不贅入。

一、舊本有音釋，且有郢書燕説之訛，殆似鄉墪訓詁者，今皆不刻，使開帙者更覺瑩然。

（上二均見：明萬曆四十四年何璧校本《北西廂記》卷首）

十二、陳眉公本

（一）六曲奇序（余文熙）

（前缺）六曲小□□有□□□余既匯□□□"六合同春"，□年□得數語弁其首，□□成□□僧人持簿□□□□中，忽觸一個緣字，夫妻父母，兩而或離，離而或合，悲歡萬狀，并□□□□。張君瑞于鶯鶯，其□儷不□□□鄭生而西廂待月，歡□已極。蔡伯皆于真女，其琴瑟重諧也，以牛氏而□□□，酸楚□多。李藥思之□紅拂也，□□千里克□□志，則由虬髯助其合。潘必正之失妙常也，參商兩地，竟續前緣，則因姑□□和。蔣世隆之遇瑞蓮也，邂逅途次，卒成佳偶，雖相國之父，無以奪其趣而離其交。鄭元和之獲亞仙也，眷戀西室，終結絲羅，雖嫉妒之姥，無以携其志而□其好。彼其三子，係足于赤繩，訂盟于月老，兩情關切，□以往娉婷□□，俊雅才騷，傳其奇者，自有錦繡心腸，風月韵皮。千百年來，水流□榭，而一種麗詞艷曲，猶令消遣逸興者不絕吟哦。余□□情痴于諸傳，時爲婆娑，暇取而品評之。才月夫妻，何故而太師爲婚？緣之所合，□辭之而不能也。不然，何以萬里關山，游子欲歸不得，一介孝婦跋涉長途而有餘乎？崔氏女既許鄭恒矣，飛虎之圍幾爲賊手中物，□張生遠游公子也，伸志一書，傳情一曲，□諧月下之盟。豈非無緣則咫尺千里，有緣則邂逅百年乎？《拜月亭》之緣則尤奇矣，幽閨相女，成婚邸店，逃亡窮子，并贅侯家。合而離，離而合，夫妻子母，兄妹朋友，共成一緣場焉。至若《紅拂》之奔，《玉簪》之合，《綉襦》之感，則又奇矣。故主也而莽男兒，新知也而願倡隨，類《琵琶》之局而异其情。玉簪猶存，新詩入手，本是結髮人，對面不相識，殊《西廂》之旨而同其趣。柔情固結，雖窮不悔，剔目殷思，至死不變。花柳叢中，閑看公子乞丐；脂粉陌上，爭迎孤老狀元。無《幽閨》之婉孌而有其骨。此六者皆以緣而合者也。書以付僧人，問諸剞劂家能成就若所化者乎？則授之殺青。

戊午孟冬余文熙書于一齋畢

（二）西廂序

　　文章自正體、四六外，有詩、賦、歌行、律、絕諸體，曲特一剩技耳。然人不數作，作不數工。其描寫神情，不露斧斤筆墨痕，莫如《西廂記》。以君瑞之俊俏，割不下崔氏女；以鶯鶯之嬌媚，意獨鍾一張生。第琴可挑，簡可傳，圍可解，隔墙之花未動也，迎風之戶徒開也。叙其所以遇合，甚有奇致焉。若不會描寫，則鶯鶯一宣淫婦人耳，君瑞一放蕩俗子耳，其于崔張佳趣不望若河漢哉！予嘗取而讀之，其文反反覆覆重重叠叠，見精神而不見文字，即所稱千古第一神物，亶其然乎！閑以膚意評題之，期與好事者仝賞鑒，曰：可與水月景色天然妙致也。

雲間陳繼儒題

　　（上二均見：明萬曆四十六年蕭騰鴻師儉堂刊本《鼎鐫陳眉公先生批評西廂記》卷首）

十三、文秀堂本

重刻北西廂記序

　　夫崔張往迹，元微之傳叙悉已。余不暇叙其有無真贋，特叙其詞，詞曰：《西廂》，志遇合也。始遇則蒲關蕭寺，乃佳人才子之津梁；末合則西舍東牆，實怨女曠夫之天塹。夐除飛虎，盟締乘龍。皓月作良媒，五夜賽風流之咏；瑶琴通密約，七弦成露水之交。既合復違，魂逐郵亭夢寐；一違再合，心傾晝錦榮華。寫幽衷悲切，宛同猿鶴；鳴樂事優游，允協宮商。此誠樂府之奇音，詞場之絶調也。古本相傳北譜，韵協中原；邇來雜以南腔，聲多鄙俚。是集也，櫛句沐字，呼陰吐陽。正訛于亥豕魯魚，比律于金和玉屑。視坊間諸刻大不侔矣。豪俊覽觀，庶可助其清興歟？有詩之興者，更毋曰是詞也，宣淫者也。漫土苴弃之乎？

文秀堂謹識

（明萬曆閒金陵文秀堂刊本《新刊考正全像評釋北西廂記》卷首）

十四、凌濛初本

（一）《西廂記》凡例（十則）

一、《北西廂》相沿以爲王實甫撰，《太和正音譜》于王實甫名下首載之。王元美則云："《西廂記》久傳爲關漢卿撰。"邇來乃有以爲王實甫者，謂至《郵亭夢》而止，又云至【碧雲天】而止，此後乃漢卿所補也。徐士範《重刻西廂》則云："人皆以爲關漢卿，而不知有實甫。蓋自《草橋夢》以前，作于實甫，而其後則漢卿續成之者也。"俱不知何據。元人《咏西廂詞·煞尾》云："董解元，古詞章；關漢卿，新腔韵。參訂《西廂》的本。晚進王生多議論，把《圍棋》增。"則似謂漢卿翻董《彈詞》而爲此記，實甫止《圍棋》一折耳，于五本無涉也。又【滿庭芳】云："沽名吊譽，續短添長，別人肉貼在你腮頰上。"又似乎王續關者。蓋當時關之名盛于王也，亦無從考定矣。但細味實甫別本，如《麗春堂》《芙蓉亭》，頗與前四本氣韵相似，大約都冶纖麗，至漢卿諸本，則老筆紛披，時見本色。此第五本亦然，與前自是二手。俗眸見其稍質，便謂續本不及前，此不知觀曲者也。兹從周本，以前四本屬王，後一本屬關。

一、評語及解證，無非以疏疑滯、正訛謬爲主，而間及其文字之入神者，至如兜率宮、武陵原、九里山、天台、藍橋之類，雖俱有原始，恐非博雅所須，故不備。近又有注"孤孀"二字，云"孤謂子，孀謂母"，此三尺童子所不屑訓詁也。諸如此類，急汰之。

一、近有改竄本二：一稱徐文長，一稱方諸生。徐，贗筆也。方諸生，王伯良之別稱。觀其本所引徐語，與徐本時時异同。王即徐鄉人，益徵徐之爲僞矣。徐解牽強迂僻，令人勃勃。王伯良儘留心于此道者，其辨析有確當處，十亦時得二三。但其胸中有痼如認紅娘定爲幫丁，崔氏一貧如洗之類，故阿其所好，悍然筆削，而又大似村學究訓詁四書如首某句貫下，後某句承上，某句連上看，某句屬下看之類，爲可惜耳。然堪采者，一一錄上方。伯良云："其復有操戈者，原不爲此輩設也。"第此刻爲表章《西厢》，未嘗操戈伯良。具眼自能陽秋者，此輩也。嘆哉！

一、北曲每本止四折，其情事長而非四折所能竟者，則又另分爲一本。如吳昌齡《西游記》，則有六本；王實甫《破窰記》《麗春園》《販茶船》《進梅諫》《于公高門》，各有二本；關漢卿《破窰記》《澆花旦》，亦各有二本。可證。故周王本分爲五本，本各四折，折各有題目正名四句，始爲得體。時本從一折直遞至二十折，又復不敢去題目正名，遂使南北之體，淆雜不辨矣。

一、北體脚色，有正末、付末、狙、狐、靚、鴇、猱、捷譏、引戲，共九色，然實末、旦、外、净四人換妝。其更須多人者，則增付末亦稱冲末、旦徠亦稱冲旦、副净女妝者曰花旦，總之不出四名色。故周工本，外扮老夫人，正末扮張生，正旦扮鶯鶯，旦徠扮紅娘，自是古體，確然可愛。自時本悉易以南戲稱呼，竟蔑北戲，急拈出以俟知者，耳食者勿反生疑也。

一、北曲襯字，每多于正文，與南曲襯字少者不同。而元之老作家，益喜多用襯字，且偏于襯字中着神作俊語，極爲難辯。時本多混刻之，使觀者不知本調實字，徐、王本亦分別出，然間有誤處。兹以《太和正音譜》細核之，而襯字、實字了然矣。

一、北體每本止有題目正名四句，而以末句作本劇之總名，別無每折之名。不知始自何人，妄以南戲律之，概加名目如佛殿奇逢、僧房假寓之類，王伯良復易以二字名目如遇艶、投禪之類，皆係紫之亂朱，不思北曲非止一《西厢》，可能一一爲之立名乎？

一、此刻止欲爲是曲洗冤，非欲窮崔、張真面目也。故止存《會真記》，若《年譜》《辯證》，及詩詞題咏之類，皆不錄。其《對弈》一折時本所無，不詳何人所增，然大有元人老手，亦非近筆所能，且即鶯、紅事，弃之可惜。故特附錄之，以公好事。

一、是刻實供博雅之助，當作文章觀，不當作戲曲相也，自可不必圖畫。但世人重脂粉，恐反有嫌無像之為缺事者，故以每本題目正名四句，句繪一幅，亦獵較之意云爾。

一、此刻悉遵周憲王元本，一字不易置增損。即有一二鑿然當改者，亦但明注上方，以備參考，至本文不敢不仍舊也。

自贋本盛行，覽之每為髮指，恨不起九原而問之。及得此本，始為灑然。

即空觀主人識

（明天啓間凌濛初刻朱墨套印本《西廂記》卷首）

（二）凡例

院本止四折，其中有餘情難概入四折者，則又有楔子。楔子止一二小令，非長套也，其牌名止有【賞花時】【端正好】耳。四折首必【仙吕】，末必【雙調】，中二折雜用，此一定之規也。亦有二、三折先用【雙調】，而末用別調者，其變耳，十不得一也。人有見余雜劇而疑余折數少者，余曰："此元體，不可多也。"又或有詰之者曰："《西廂》何以二十折？"不知《西廂》是五本，正是四折之體。故每四折完則有題目正名四句，如"老夫人閑春院，崔鶯鶯燒夜香。小紅娘傳好事，張君瑞鬧道場"是也。是一本之體已完，故亦小具首尾。前有【賞花時】二段，楔子也；"游藝中原"，首折【仙吕】也；"梵王宮月輪高"，末折【雙調】也。而尾聲終則又別取一韵，以【絡絲娘煞尾】結之，多為承上接下之詞，以引起下本，如"只因閉月羞花容貌，幾致得翦草除根大小"，為下飛虎張本是也。考元劇有一事而各為數本者，則情同而本异，如李亞仙、陳琳、崔護之類，餘《紅拂》亦然。有數本而共衍一事者，則情聯而本分，如《西廂》之類，餘所未脫稿《吳保安》亦然。人自目前草草忽過，不知其體，而妄作妄議，止可為識者一笑。新坊刻以題目正名和【絡絲娘煞尾】為贅而删之，則尤可笑；又不識何物而有存有去，則更可笑。又北曲無别脚，止末旦外净。末即南曲之所謂生也。有副之者，則曰冲末，即南曲之小生也。末妝秀士，或稱細酸，或稱酸。旦，有冲旦，即南之貼旦；有外旦，是外所扮，即南老旦。至今《西廂》舊本，首折猶有"外扮老夫人"，可考也。外妝官人，則稱孤；妝老母，則稱卜；妝村老，則稱孛。而净妝旦，則稱花旦，或稱茶旦；妝盗賊，則稱邦。總之，止是四脚色而异其名。唱者止一人，非末即旦。其有前後另是人名而亦唱者，是即以末、旦脚色换扮之，易名而不易人也。餘人不唱一句，即冲末、冲旦，亦無唱者。此自北曲之體如此。今填詞家以南名入北本，有生有丑等字，既已非倫；而一折之中，更唱迭和，悉失北本一人爲椿之法。使深于演北之優人，固知其不可當塲也，反有疑余所度者，若何止四折？若何止一人唱？若何無生而止末？若何有孤卜等爲何物？剌剌問余，余安能人辨之而人解之。先輩云："王敬夫習三年唱曲乃度曲。"余謂猶少習三年做戲。詳書此，以俟觀者自理會。

（暖紅室重刻凌濛初校本《西廂記》卷首）

十五、硃訂本

（一）千秋絕艷賦（王伯良）

美夫河中麗人，洛下書生。娖娟蕙質，繾綣蘭情。嫣然色授，眷矣目成。宛轉生前之恨，嬋媛身後之名。爾其漢皋春麗，蕭寺花濃，心勞金屋，人閉珠宮。托嫻辭于尺素，尋芳信于飛鴻。迨夫佼人月下，綺樹墻東，既緘情于麗句，亦示報于頮容。淒其良夜，黯彼回風。于是酬卓琴兮多露，薦韓香兮下陳。雲棒瑤釵，不負明星之約。妝留角枕，猶嬌在榻之春。乃至王孫之草方青，河橋之柳堪結。殢錦帶于新歡，愴羅巾于生別，投夜弦而留連，報春鴻而淒絕。環一解于中摧，鏡長兮于永絕。憯紫玉之張羅，悵青陵之陷穴。海填衛而難平，血啼鵑而不滅。則有南宮詞客，北里騷人，綉腸欲絕，彩筆如新，韵清商于子夜，度艷曲于陽春；亦有丹青點筆之工，盤薄含毫之史，臆彼多情，圖其有美，高唐片障，雀徽一紙，未若秦嘉之婦，張玄之妹。麗比舜英，才方錦字，抽烏絲之逸藻，聊試隃糜，榻粉本之餘妍，詫傳側理；夫其塗黃乍就，浮渲欲飛，額瞬似語，態弱堪持，嫵然而狎，俯然而思，粲然而笑，戚然而啼。神情綽約，芳澤陸離。洛水無聲之賦，金荃設色之詞，乃知凡理有窮，惟情無盡，感可訣胭，愁堪雕鬢。楚楚短綃，茫茫長恨，俯仰今昔，我輩差近。噫嘻崔娘，窈窕天人，其儷張郎，才地則鈞。嗟紅顏之薄命，怨錦翼之離群。抱丹誠而不化，咏白首而難陳。即憔悴之見絕，仍掩抑而含辛。悲絕艷于既謝，寄麗辭于長鬘。儻有情之披覽，當三慨于斯文。

王伯良撰

(二) 崔娘遺照跋 (陶九成)

余向在武林日，于一友人處，見陳居中所畫唐崔麗人圖。其上有題云："并燕鶯爲字，聯徽氏姓崔。非烟宜采畫，秀玉勝江梅。薄命千年恨。芳心一寸灰。西廂舊紅樹，曾與月徘徊。"余丁卯春三月，銜命陝右，道出于蒲東普救之僧舍。所謂西廂者，有唐麗人崔氏女遺照在焉，因命畫師陳居中繪摹真像。意非登徒子之用心，迨將勉情鍾終始之戒。仍拾四十言，使好事者知佰勞之歌以記，云"泰和丁卯，林鍾吉日十洲種玉宜之題"。延祐庚申春二月，余傳命至東平顧市，鸞雙鷹圖，觀久之，弗見主人而歸。夜宿府治西軒，夢一麗人，綃裳玉質，逡巡而前曰："君玩雙鷹圖雖佳，非君几席間物。妾流落久矣，有雙鷹名冠古今，願托君爲重。"覺而怪之，未卜何祥，遲明欲行。忽主人携雙鷹圖來，且四軸。余意麗人雙鷹，符此數耳。繼出一小軸，乃夢所見，有詩四十字，跋語九十八。識曰："泰和丁卯，出蒲東普救僧舍，繪唐崔氏鶯鶯真。十洲種玉大志宜之題。"畫詩書皆絕，神品也。余驚詫良久。時有司群官吏環視，因縮不目，托以跋語佳勝，贖之。吁，物理相感，果何如耶？豈書法名畫自有靈耶？抑名不朽者隨神耶？遇合有定數耶？予嘗謂《關雎》《碩人》，姿德兼備，君子之配也；琴心雪句，才艷聯芳，文士之偶也。自詩書道廢，丈夫弗學，況女流乎？故近世非無色秀，往往脂粉腥穢，鴉鳳莫辨，求其彷彿待月章之萬一，絕世無聞焉。此亦慨世降之一端也。因歸于我，義弗辭已。宜之者，蓋前金趙愚軒之字，曾爲鞏西簿。遺山謂泰和有詩名，五言平淡，他人未易造，信然。泰和丁卯迨今百十四年。云"其月二日，璧水見士思容題"。右共五百九字。雖不知璧水見士爲何如人，然二君之風韵可想矣。因俾嘉禾繪工盛懋臨寫一軸，適舅氏趙公待制雍，見而愛之，就爲錄文于上。按，元微之事云云，見《侯鯖錄》書。

（元）陶九成跋

（三）崔娘遺照跋（祝允明）

崔娘鶯鶯真像，乃舊傳本，非宋即元人名手之所摹也。余向者都下，曾從一見之。繼于鄝城僧院中見一本，大約相類，妖妍宛約，故猶動人，第以微傷肥耳。陶南村説曾于武林見崔麗人遺照，因命盛子昭臨一本，且有趙宜之等題詠甚詳。此豈即其物耶？盛君之臨本歟？或好事者重翻盛本，抑因陶説而想像之，以暗中摸索而爲之者歟？既識蔑面游藝之隙，漫書以記吾曾云耳。意猶物移人，在微之猶不能當，余之德不足以騰妖孽，恐貽趙顔之戚，姑未暇引爾歸丹青也。

（明）祝允明

（見《祝氏集略》）

（四）崔娘遺照跋（閔振聲）

閲傳奇多矣，乃《西廂》尤爲膾炙人口，蓋亦情文兩絶。若崔娘遺照，則其亦辨真質也。予素有情癖，譚及輒復心醉。曾于數年前題鶯鶯像，云："翠鈿雲髻內家妝。嬌怯春風舞袖長。爲説畫眉人不遠，莫將愁緒對兒郎。"又一絶，云："修娥粉黛暗生香，泪眼盈盈向海棠。倚到月斜花影散，一番春思斷人腸。"今觀陳居中所圖，于當日崔娘，肖乎不肖乎？予復有情痴之感。因錄其名人手筆于像之後，以見佳人艷質芳魂，千載如昨，而予之癖，今昔不异云。

花月郎閔振聲爲馮處兄書并跋

（上四均見：明後期刻本《硃訂西廂記》卷首）

（五）《西廂記》制藝文一十六篇

第一齣"驚艷"　　蘭麝香仍在，珮環聲漸遠

有若近若遠者，而人以物留矣。夫蘭麝珮環，鶯身所有，實琪心所留也。是以流連不去乎？若曰茲者朱門寂寂，粉堞巍巍，美人安在耶？美人遠矣。乃獨于人去之後，睇盼既窮，轉若有可即而不可即者，何與我似無盡之慕也。彼其芳徑留踪，不覺心猿欲放，所恨梨花之乍隱耳，而竊以爲未隱也。思其臭之如蘭，尚拂襲人之氣。春陰鎖翠，空教意馬心馳。所冀鶯語之未遙耳，而無如其之遙也。念伊人之如玉影遲，禁步之聲。不有蘭麝乎？香則喜其仍在矣；不有珮環乎？聲則惜其漸遠矣。昔聞賈女之香，可竊而諧百歲。不願美人之贈吾以芍藥，而願其貽吾以麝蘭矣，不知美人之心許吾否？但縱懷想之餘，而覺青衫芬郁，有著衣欲透者，亦淡亦濃，與綠柳之烟相結，此衣香之裊裊耶？抑美人之香魂暗出斜扉外也？昔聞漢皋之珮可解，以訂相思，不願小姐之報我以瓊瑤，而願其投吾以珮環矣。不知小姐之心屬我否？但使徘徊之頃，而覺素袖飄揚，有隨之而不停者，乍高乍下，偕青條之轉争鳴，此珮玉之珊珊耶？抑小姐之玉趾潛移曲檻邊也？想夫深閨弱女，誰無蘭麝之薰？而一觸冰肌，則其香倍遠。誰無珮環之繫？而一經微步，則其聲倍和。獨怪小姐之既去，不若香與聲之繞于吾側也。從此羈旅萍踪，願在體而爲香，親玉質之無瑕，若春風而不散。願在裳而爲珮，繫蠻腰之一搦，垂錦帶以輕摇。吾深望小姐之相憐，竟似香與聲之置于其身矣。小姐念我耶？何以流芳未歇，綿綿生幽谷之情。小姐忘我耶？何以訴韵將沉，杳杳有冥鴻之想。夫安得有東風一陣，吹小姐使之出，又安得游絲千丈，囊小生使之入耶？

第二齣"借廂"　　你不合臨去也回頭望

深幸雙文之望者，而若轉怨其望焉。夫鶯鶯之情，固以一望而留也，乃生以爲不合者，思之至轉怨之深耳。張若曰：我今而知情之難也。情當不能自已之

處,則惟恐其無情。而情當不能自遂之處,則又轉不若無情,如吾之與小姐是也。憶自游藝中原,吾意本無你也。迨自尋春梵宇,我目中始有你矣。然使爾日者翩然而來,飄然而往,則你且不知有吾,亦何所用其綢繆?抑或俄焉而合,忽焉而離,則你無情于我,亦安得容其繾綣?無如你之不爾也。印湘鉤于苔砌,玉趾輕回,一似欲去而不忍去者,心之戀矣,身亦隨之。轉睇盼于花陰,秋波微送,一似不欲去而始去者,身雖行矣。心尚留之。不嘗回顧耶?我甚幸此一回也,由是而獲近芳顏,于此回爲卜矣。不嘗回頭望耶?我尤謝此一望也。從兹而屢蒙青盼,于此一望爲始矣。奈何梨花寂寂,嫦娥被禁廣寒宮,即欲涉漢相邀,悵藍橋之已斷。抑且繡閣深深,劉郎莫覓天台路,縱想乘槎會晤,恨弱水之難通。我于是不能不轉怨爾矣。你畏老母之威歟?只合香閨鎖艷,何須携女侍以尋芳?反以誘我者累吾也。你想老母之嚴歟?只合金屋藏嬌,底事向花階而拾翠?顧以引吾者負我也。蓋使你身心能自主,錯愛固所厚期,究之相見不相親,則昨日之俄延,寧非多事?抑使出入可無虞。垂情亦所深望,卒之相思不相見,則將歸之顧盼,真屬無端。由此而思,將以望爲無意耶?何以有此望也。將以望爲有意耶?何以止此一望也。將以爲非望我耶?何以欲去猶回也。將以爲誠望吾耶?又何以一去不回也?嗟乎!青鸞少信,思亦徒勞。紅葉無媒,計將安出?待揚下乎?奈又不能揚矣。

第三齣"酬韵" 今夜我却把相思投正

良夜不虛,而思有歸着矣。夫思,苦境也,而生若甚樂,則以此夜之思投正耳。珙曰:吾之與鶯也,自花間乍遇,而思已透于骨髓矣。雖然兩心未明,不得謂之思也。今幸矣,往日淒涼,空樂文園之病;今宵酬贈,足驚道韞之才。芳春虛度,吾固知其難度也。蘭閨寂寞,不殊雲館之蕭條。長嘆應憐,吾自爲之相憐也。墻内愁吟,似識厢中之客意。然則彼竟許我爲知音,有知音焉,則生感矣。感之至,則有所不忍忘,而迫而爲思。我竟得彼爲同志,有同志焉,則生慕矣。慕之至,則有所不能釋,而結而爲思。彼已遠去,而憩息于香幃。新愁和漏永,低頭不語對銀缸。我亦將去,而徘徊于斗室。隻影傳更殊,抱膝無心揮玉軫。今夜之思，非復仍前矣。我思其貌，則宜嗔宜喜。較親于初見之厐，今夜之思，非猶夙昔矣。吾思其聲，則如瑟如簧，倍切于隔花之語。且也爲之思其步，則徑行之慢，怳如洛女凌波，勝覓香塵之底印。且也爲之思其衣，則風過香生，宛若荀郎入座，能留百日之清芬。而深吾思者，態也。曲檻閑憑，有花欹柳嚲之嬌，覺風前却立，其態未全。而永吾思者，情也。新詩屬和，有彼唱此隨之樂，覺眼角遙傳，其情尤淺。月色其溶溶矣，而皎然入吾懷者，偏覺其嬋娟，則我之思月姨諒之。花陰其寐寐矣，而嫣然娛吾目者，倍呈其鮮好，則吾之思花神鑒之。我初不意其有今夜也，吾亦何幸有今夜也。今夜吾却把相思投正矣，夫安得小姐之芳魂入吾夢中，一訴相思也哉？

第四齣"鬧齋"　佛囉，成就幽期密約

祈于佛者，事褻而心誠也。夫幽期密約，豈可以告我佛？而珙以成就祈之，將冀有一誠之格乎？若曰：珙處洛下，鶯處河中，相距甚遠也。佛前之遇，佛若爲之引矣，尤願我佛之終始之也。蓋鶯之性情，梅香知之。梅香休劣，誰使之不劣乎？鶯之擧動，夫人知之。夫人休覺，誰使之不覺乎？至于籬邊暗犬，雄如寶座象兒鳴；墻角遙鶯，猛似蓮臺獅子吼。則犬兒之惡，亦大可恐怖也。又誰使之不惡？等于象降而獅伏乎？發慈悲心，運廣大力，非我佛不爲功也。佛囉，證身金界，雖五蘊皆空；佛囉，憫念凡夫，奈六根未净。佛囉，教秉如來，當來垂鑒；佛囉，寺名普救，宜救相思。佛囉，如珙之與鶯，可締同心于百歲，早移來撮合之山；佛囉，如鶯之與珙，曾私一日于三生，善付囑氤氳之使。佛囉，婆心素熱，忍看我欲斷肝腸；佛囉，法眼弘開，忍見伊空留顧盼。佛囉，渡我以般若船，離苦海而入愛河；佛囉，沃吾以清净水，滌六塵而降三昧。佛囉，陰爲之調護，芳晨良夜，好開方便之門；佛囉，默佑于虛空，旅客閨人，共證風流之果。佛囉，以戒珠照此昏衢，勿令曲院尋香，不識西來之路。佛囉，以慧劍破除煩惱，弗令蕭齋卧月，徒牽夢幻之緣。佛囉，幽期得遂，吾當一念皈依，五體投地；佛囉，密約如諧，吾且重光寶刹，再整金身。佛囉。

第五齣"寺警"　幡門遥見英雄

俺僧也而英雄，非凡僧矣。蓋和尚者，英雄之退步，而英雄者，菩薩之本色也。君子知惠明于是乎不凡。若曰：俺自一入空門，而不平之豪氣，幾無以自見矣。今乃得一見俺平生也，幾聲鼓，一聲喊，俺去矣。以課誦之鼓而易爲征伐之鼓，一鼓豈足以作氣，然陷敵衝鋒有俺在，而鼓聲乃益壯；以諷贊之聲而變爲納喊之聲，先聲豈足以奪人，而潰圍請援有俺在，而喊聲乃益高。俺去矣，何必擁大纛于行間，而柳映花遮宛似堂堂之陣，則綉幡開也。解元試憑高而望之，遥見夫鐵棒摧時，海波翻矣，山岩振矣，而俺惟是挺然一往，竟同獸起鳥伏之勢，非英雄而焉有是也？解元以風流人而見英雄，俺必且奮弱爲强也已。何必建高牙于馬上，而風馳電掃，儼如正正之旗，則綉幡開也。大師試極目而送之，遥見夫戒刀指處，天關撼矣，地軸摇矣，而掩不過蕭然一身，直走金戈鐵騎之中，非英雄而何敢然也？大師以慈悲人而見英雄，俺必且轉驚爲喜也已。夫自以爲英雄者，飛虎將也。然彼英雄假，不若俺英雄真，降幡之竪也。在此此矣。佛力雖云可恃乎，而憑虛莫濟，不得不託英雄于俺。擁華潼而奪赤幟，俺有進無退耳。抑其以爲英雄者，白馬將也。然俺英雄去，方得彼英雄來，捷旗之至也，在此此矣。神威雖曰可憑乎，而安坐無爲，不得不讓英雄于俺。去香靄而犯風塵，俺旋往旋還耳。向也，聞殿角之春雷，雄心暗動，無如削髮披緇，英雄無用武之地也。聽松梢之風雨，殺氣時騰，不謂提刀仗劍，英雄有建績之時。請觀今日之蒲東，竟是誰家之小姐？

第六齣"請宴"　吾從來心硬，一見也留情

心以情而動，情以見而生也。夫紅之心，慧心也，留情豈自此日始哉？彼以爲一見留情者，甚言生之易動人心耳。紅若曰：竊聞之語曰，我心非石，不可轉也，向亦嘗信之。由今而思，盡信書則不如無書也。我蓋于我驗之矣，如鶯不既爲生所引哉。憶自花間邂逅，而生之留情于鶯者，非一日矣。然而非我思存也，冰清自矢，豈同有女之懷春？抑自月底聯吟，而鶯之留情于生者，亦已久矣。然而于吾何有也？玉潔無瑕，寧謂伊人之堪慕，奈何今日者，猶是我也，

而非從來之心矣。無他，惟一見之故。豈不知青衣侍女，原難同叶夢之占，無如情之所鍾，不能自禁矣。未見而生在我心之外，既見而生在吾心之中。蓋一挹其風流，而覺前此矜莊之色。至是無能自飾，所謂坐不安、睡不寧者，非獨鶯爲然，而吾亦有然也已。豈不知紅粉韶年，不應作投桃之想，無如性之所動，一往而深矣。未見而自謂吾之心無生，既見而轉慮生之心無吾。蓋一欽其才蘊，而覺前此峭厲之言，至是反多自悔。所謂一見念心兒印者，非徒鶯若是，而吾亦若是也已。雖吾之于生，請齋期而再晤，討賊寇而重逢，見之似不一矣。然昔日之見遠而未親，今日之見近而甚切也。今而後，綠窗倦绣，睹花柳以增懷，將與鶯共作愁人之對矣，能免一日三秋之感也哉。柳生之于吾，避僧而伸款曲，附薦獻殷勤，其心亦屢次見之矣。然昔日之心生，有异于我今日之心，吾有戀于生也。今而後，寶篆烟消，臨風月而遥想，且難與鶯再爲寬解之詞矣。寧人無室邐遝之款也哉。要之鶯有情而可藉吾以通，我有情而斷難浼鶯以致。吾思之，我轉恨多此一見矣。其奈此傻角何？

第七齣"賴婚" 虛名兒誤賺我。

爲虛名誤者，不言怨而怨深矣，甚矣。虛名誤人不少也，而誤及青春之女，尤可惜耳。鶯能不怨其母之賺乎？若曰：嘗讀《詩》，至《蓼莪》一篇，而嘆親恩之罔極也。我不幸而抱終天之恨，猶幸而有母可恃，拊畜我，顧復我，當無不至，而今何如哉？大凡母之于女也，必爲其覓良緣。良緣成矣而不成，慈親諒不若此矣。大凡娘至于女也，必爲其擇佳偶，佳偶得矣而不得，愛女固當如是耶！博一擲之來以圖幸，全是孤注我也。吾之處此甚危。懸千金之軀，以爲重賞，是香餌吾也，娘之待我已薄。雙環花蕊，自此舒乎？母亦約爲雙環蕊也，人亦共知之也，然不過名而已。連理瓊枝，自此長乎？母亦約爲連理枝也，人亦共信之也，然不過名而已。同心縷帶，我意爲必綰也。而前言已謬，難尋鏡裏之花。錦片前程，我意爲可圖，而好事難成，竟作水中之月。噫嘻！是虛名也，誤矣，其賺矣。我幾賺于寇而轉賺于親，吾之薄命至斯極耶？親似欲賺生而先已賺吾，吾之終身將安托耶？如謂婚姻之非保也，深閨處子，豈容輕以許人？然許之原不誤耳。獨怪將合還離，徒以夫婦之名賺吾，吾不願受也。既知琴瑟之不諧矣，繡閣嬌娃，何必呼之見客？然見之亦未爲誤耳，獨怪夫似聯實斷，又以兄妹之名賺吾，吾不樂然也。夫天下無不是之娘，賺我亦復何辭；而天下無不嫁之女，舍生又將奚適？總之，凡事可賺，而今日之事決不可賺；他人可賺，而膝下之人斷不忍賺已矣。

第八齣"琴心"　只別恨離愁，做這一弄

傷別離者，情通于琴矣。夫天下恨人知恨人，愁人知愁人也。生因別離而成弄，非鶯孰能知之？雙文曰：月朗風清，如此良夜，千端恨，萬種愁，何自訴耶？不謂徵聲粲發，渢渢入耳，忽令恨與恨相牽，愁與愁相結也。夫更長漏永，非以曲中字耶？而我于有字之中，會其無字之處，覺琴以暢志，而此獨有鬱而不舒者，其心則何心？衣寬帶鬆，非以弦上聲耶？而我于有聲之後，想其無聲之先，覺琴以陶情，而此獨有悲而莫慰者，其意則何意？是有恨耶，殆別恨也？夫我雖寐處深閨，彼尚羈棲孤館，非爲別也，而靜好無期，不別而永別矣。其所恨者，豈在天涯咫尺乎？生蓋欲以此恨，伸之于吾，而纖指若冰弦，婉轉寫無窮之恨。這一弄也，如聞別鶴之篇，烟雲爲之鎖恨已。是有愁耶？殆離愁也。夫睽違僅逾晷刻，隔絕不遇花陰，未爲離也。而鴛央雖譜，未離而將離矣。則其所愁，豈因一日三秋乎？生蓋欲以此愁，達之于吾，而素心憑綠綺，低徊傳不盡之愁，這一弄也。如鼓離鶯之操，草木亦爲之含悲已。然則生固以一字之恨，一字之愁，而疊爲一弄也。茲者朱弦罷撫，鏗爾餘音，我誠不知彈者，此時何以爲情，而雅奏相宣。我已涓涓流淚，然則生固以一聲之恨，一聲之愁，而合爲一弄也。茲者玉柱停揮，杳然絕響。吾更不知彈者，今宵何以自遣，而幽懷相感，我已腸寸寸斷也。嗟乎！曲終人不見，書館一燈青。我憐其況，吾越重其人矣。

第九齣"前候"　管教那人來探你一遭兒

以雙文爲可致，能料之于意中也。夫紅已窺鶯之心，故以爲可致耳。然紅雖慧，恐鶯不若是輕也。紅云：今者我之來探你，固那人所使也。那人可使我

來，我獨不能使那人來乎？蓋綉房晝永，妝閣春寒，喁喁私語，其常也；故說詞易入，月榭聽琴，花窗遣婢，脉脉幽懷，如見也。知心不易傳，你雖能以一緘書，挂虛名于赤繩之薄，而那人與你總難成鸞凰之交。你不能以三寸舌，取佳配于尊酒之間，而你與那人，遂致有參商之嘆。猶幸而有我，介紹其中也，我一介紹，而疏者可親。猶幸而有我，周旋其際也，我一周旋，而離者可合。在那人則身未來，而心已來。然蜂媒蝶使之未逐，安必花香入手？在你則望其來，而尤速其來。然雁耗魚音之未達，難期海燕雙栖。我將爲靈鵲，爲你填橋，錦軸停歟？可安望而邀織女；我將爲桃花，爲那人引路，胡麻熟否？可預設以飼仙姬。今日者，我之來，不過一人，後將不止一人。當夫斗轉星移，而回廊緩步，有且先且却者，那人來也。那人來，而你之願于是乎遂。異日者，那人之來或不止一遭，要必先有是一遭。當夫更闌人靜，而素袖輕持，有乍喜乍驚者，那人探你也。那人探你，而那人之情于是乎長。沈郎病減，那人能減之。荒庭一片月，巫山岫上，准看携雨向陽臺；宋玉消愁，那人能消之，晚寺幾聲鐘，蕭史樓頭，會聽鳴簫乘彩風。放心波，張秀才也。

第十齣"鬧柬"　半晌抬身，幾回搔耳，一聲長嘆

春睡初醒，倦極而愁長也。夫紅既歸鶯，宜急問之矣，乃抬身、搔耳，而繼之以長嘆，倦耶？愁耶？抑別有思耶？紅云：適從書館，歸來已見。夫和衣睡起者，氣色則滯也，聲息則微矣。吾方且怪之，今觀小姐而知孤眠況味，大抵然矣。异哉，小姐之懶也。往者曉露初晞，遂陳菱花之匣，今日色橫窗矣，寧猶宿酲未解耶？往者新妝早試，輕匀翠黛之眉，今花影拂檻矣，將毋好夢未回耶？則見羅衣寬褪，欹斜如春柳飄風。小姐抬身矣，獨是纖腰款擺，一若欲倩乎嬌扶者，曷爲遲之半晌也。夫小姐之身，自夜氣一侵，而綉幕深深，尚覺寒之料峭，故半響延捱，猶是朦朧星眼已。則見雲鬢蓬鬆，隱約是明璫墜玉。小姐搔耳矣，獨見粉頸低垂，一若沉吟難決者，曷爲至于幾回也。夫小姐之耳，自琴聲一入，而芳閨悄悄，還留餘韵之悠揚，故幾回摸索，懸知搖漾春魂已。斯時也，鈎芙蓉之帳，意必呼女侍以來前；擁翡翠之衾，將必召青衣而細叩。

一聲長嘆，又何爲耶？或者傷幽客之難親而嘆？吁吁之聲，頓發乎香喉，不覺其聲之長也。抑知好音已至乎？我且從旁而睍之，倘注青眸，而鶯箋彩溢，深窺才子之心，則憶生者，能無感吾歟？或者恨慈闈之見賺，而抑鬱之情，遂形于太息，不禁其聲之長也。抑知芳信已通乎，吾且斂來而觀之。倘一舒素手，而蘭扎香投，隱動佳人之念，則怨母者，能毋德吾歟。噫，鴛侶分時，道是嬌酣之態；綺筵撒後，絕無喜笑之聲。小姐，小姐，何不諒之于紅娘也。

第十一齣"賴簡" 便做道搜得慌，也索覷咱

誤于搜者，急不擇人也。夫生欲搜鶯而誤及于紅，生固慌也，被搜者獨不慌。紅曰：聖人云：逾東家牆而搜其處子，則得妻。蓋既搜則無不得也，秀才之搜誠是矣。如不得妻，何想秀才之來也，過苔徑之滑，盼粉牆之高，得毋驚魂不定耶？驚之甚則不及致樣，而有此一搜。想秀才之至也，寐黃犬之音，近青鶯之信，得毋喜氣橫生耶？喜之甚則不能自持，而有此一搜。在秀才意中，豈不謂有此一搜，而好事定矣？玉人在抱，可酬昔日之情思，又豈不謂有此一搜，而灾障消矣？巫峽非遙，滿擬今宵之同夢。請試觀之，是耶？非耶？大抵幽期密約，原非躁率者可爲。（轉句甚輕）其事則甚忙，其心則甚暇。冒然一搜謹閉者，固如是耶？大抵雨意雲情，亦非倉猝間可畢。其既則甚褻，其初則甚莊。遽然一搜溫存者，固若此耶？無論吾非不應搜之人，即使其爲意中人也，白首之盟，何其鄭重？秀才一搜，遂乃願乎？猶幸吾非必不可搜人，假令其爲堂前人也，青春之子，何以爲顔？秀才竟一搜，敗乃事矣。吾固知搜之謬耳，借曰未謬，豈未得隴先望蜀也？吾獨喜言之早耳，倘言之不早，不幾乎以李代桃也？月朗風清之下，胡爲緣木以求魚？花香樹影之中，聊作望梅以止渴。年未三十而視茫茫，秀才你餓眼花矣。

第十二齣"後候" 從今後，由他一任

慧心成灰，遑恤其後也。夫紅爲琪之心，勝于爲鶯。曰由他一任，恨鶯之反覆耳。紅云：甚矣，小姐之寡情也。人爲爾愁，曰由他愁耳，人爲爾病，曰由他病耳，是反不若局外之人休戚相關也。然今且已矣。我之步履雖勤，今而知不

必勤也。一候再候,空教我踏破蒼苔,乃殊覺吾之無謂。吾之衷腸雖熱,今而知不必熱也。似假似真,不顧伊絲添綠鬢,乃深悔吾之徒勞。況顧可酬他之綠,願不可酬,亦他之命也。胡爲而喜怒恁無憑也?況謀之不成,我任其憂;謀之而成。吾不得分其樂也。吾亦何與而笑啼皆不敢也。良方須致,今姑爲之致耳。然客館之行,自今日止矣。冷句須投,今聊爲之投耳。然紗窗之報,自今日始矣。從前之撮合,非博于鶯娘;此後之旁觀,免貽譏于馮婦。淡淡春山由他損,溫溫秋水由他穿。斷腸詩由他自抹,相思泪由他自流,影裏情郎由他自想,畫中愛寵由他自傷。離魂倩女由他發付潘安,悔罪文君由他貌減梨花。三楚精神,由他腰寬錦帶;傳書遞柬,由他自倩東風;廢寢忘餐,由他自牽離恨。高唐曾入夢,由他撥雨撩雲;倚户俏迎風,由他瞞魚背雁。鮫綃枕上,由他情思睡昏昏;窈窕紗邊,由他雲山圍叠叠。東西各別,由他伯勞飛燕之無情;配偶難諧,由他雛鳳嬌鸞之失所。吾獨被美語甜言之相逼臨耳,從今後,斷不聽矣。吾獨憐隻身獨自之難恝置耳。從今後,何暇顧耶?送了人呵,亦一任之而已。小姐,好自爲之。

第十三齣"酬簡" 你破工夫今夜早些來

臨去而訂重來,難爲情矣。夫崔第難于一來耳,可一,則可再矣。早來之約,固所願也。若曰:珙不才,辱愛于佳人。(發端恰好)一夜綢繆,珙之感卿,無窮日矣,而卿之愛珙,亦寧有已時耶?夫角枕粲兮,錦衾爛兮,使清更未盡,而軟玉溫香,猶置予懷之内,(痴情如見)固珙之幸也,其如歡娱夜短耶?即晨鷄唱矣,曉鐘鳴矣,使翠袖可留,則畫眉傅彩相依鸞鏡之旁,然勢不能也,曷勝兒女情長乎?天公不做美,數聲殊漏,鴛鴦帳裏暗催人;旅客欲消魂,一徑飛花,芍藥階前低話别。卿將舍我去耶?卿之去,卿亦有不忍者。良會無多,一望竟成千里。吾竟忍卿去耶?卿之去,吾更有難戀者。後期非遠,相違不過六時。地久天長,情雖不可斷矣。昨夜肯耳,而我之病已痊。今夜不來,而吾之病如故。(句句俱妙)卿情種也,諒不爾也。雲尤雨㱿,雅趣不可忘矣。有昨夜之來,而吾之悶頓解;無今夜之來,而我之悶轉深。卿雅人也,斷不爾也。是故喜卿來，即望卿再來，不爾孤燈悶悶，離魂空自斷相思。而望卿來，尤願卿早來，勿令疏竹蕭蕭，晚景幾番疑玉珮。或者高堂之陪侍，未有餘閑，然而可婉辭也，不必俟黃昏人靜，而竊開玉鑰，嫦娥早降于蟾宮。或者弱弟之追隨，因多却阻，然而可善遣也，何須待碧漢星明，而乍倚雕欄，仙子早迎于蓬島。（入情入理之言）經兩度之春風，則花柳尤增顏色；尋隔宵之香夢，則魚水倍覺和諧。卿今去矣，芳叢露潤，休教亂漬湘裙；碧砌苔封，好自輕移蓮步。東方未白，尚堪圖半晌之眠；夏日初長，當勉進三餐之飯。玉體衝寒，多方將息，幽歡早續，幸留意焉。

第十四齣"拷紅"　他說小姐你權時落後

不可後而後，更出夫人意表矣。夫落後之說，非夫人所料也。小姐此時豈可後面哉？紅曰：往者書齋之候，小姐初心，亦謂一晤旋歸耳。孰意書生不諒，一時有身不自由者，即小姐無如何矣。夫我在與小姐同去，而生欲令紅娘先行也。吾方且訝之，訝夫遣我之速，得毋有不欲使紅娘見者耶？然吾猶遲留焉，徐候也，期小姐之共反閨闈也。吾轉復疑之，疑夫促我之頻，得毋有不堪使紅娘知者耶？然吾猶徘徊焉，却顧也，冀張生之無多絮聒也，乃他則更有說矣。他說小姐你莫若老夫人之恩仇不辨也，既來之則安之，客窗岑寂，權爲一晌之清談。維時紅娘尚在花陰之外，回視玉人，查不見至，諒小姐之步欲行未行，而張生已深阻之矣。他說小姐你莫若小紅娘之憂喜無關也，去者自去，留者自留，旅況蕭條，權作片時之雅敘。維時紅娘遙從柳影之中，潛聽西廂，寂無人聲，諒張生之言可允則允，而小姐已姑從之矣。雖紅娘亦思落後，挈小姐以偕行，然張生既能挽之使後，而紅娘何能推之使前也？況才子佳人，論心則倍覺綢繆。吾一侍婢耳，旨趣未諳，相對如無見聞。紅娘自計，維有聽其後焉耳。在紅娘原不敢先行，置小姐于在後。然小姐業有必後之情，則紅娘更無不行之理也。況長兄弱妹，覿面則倍加浹洽。吾一旁人耳，殷勤厮守，相形終別親疏。即夫人爲紅娘計，亦維有聽其後焉耳。夫潛過竹院，未必非小姐之達權；而暫止香跬，不信是張生之飾說。我于是飄然歸也。

第十五齣"哭宴"　倩疏林你與我挂住斜暉

斜暉催別，倩所以挂之者焉。夫人自別耳，與疏林何與？鶯乃倩之曰挂住斜暉，果能爲鶯挂否？鶯云：我愁人也，別愁事也，眼前愁景也。（拍題）而以今日之愁人，當今日之愁事，偏有戀于愁景者，此誠莫可告語矣。千條翠縷，難容過客之青驄；一輛征車，遠涉前途之皓日。嗟乎！同心相約，則重景恒遲；判袂有期，則流珠較速。離筵猶未張也，離尊猶未進也。長亭何在，秋暉已漸漸斜矣。昔日之鶯交，不堪回首；此時之駒隙，更足傷懷。猶幸而尚是斜暉耳，乃未幾而銜山，未幾而薄暮。（補筆）匆匆飲餞，岐路徘徊，盡在斜暉中矣。斜暉去耶，人亦與之俱去，吾不忍見其去也；斜暉留耶，人亦爲之暫留，我無計使之留也。恨不挂繩于青天，繫此西飛之日，更難移咸池于若木，轉爲東指之輪。有能解我憂者，其在疏林乎？（開）林之密也，猶吾之歡悰，綠陰濃矣，翠烟結矣，則夕照將涵，愈深葱蒨。（合）林之疏也，猶吾之別意，金風蕭矣，玉露凋矣，則殘曛欲落，更覺荒涼。然則疏林之與我所云同痛相憐者歟？疏林乎？汝與我籠絡金鳥，使蘂華發彩，勿下霜花紅樹之顛；汝與我挽回義馭，使騏步鳧飛，常羈衰草平坡之上。況我倩你，張郎亦必倩你。丹楓極目，誰云草木無情？我倩你，你即可倩斜暉。鬱儀有靈，肯借光陰少駐。悲哉！敗葉蕭蕭，那更餘暉之慘淡；中心耿耿，懸知客思之淒涼。我恐疏林終不與我挂也，斜暉，斜暉，其不忍照我愁容耶。

第十六齣"驚夢"

嬌滴滴玉人兒何處也。夢醒而憶玉人，猶未離乎夢也。夫鶯與生之事，始終一夢耳，乃夢既醒矣，而尤曰玉人何處。生將何時出夢耶？張若曰：頃者夜色將闌，款扉而入者，玉人來矣。半日分飛，一時聚首，玉人其常在吾左右乎？豈料是爲夢也。自長亭一別，而我與小姐，始有處矣。至不獲已而形之于夢，抑何苦也！雖然，反不若夢中之我，猶得與小姐一處也。茲者能無嗟嘆耶？絮絮叨叨者，驚夢之促織歟？是即驚我玉人去者也。韵悠悠者，催夢之寒砧歟？是即催我玉人返者也。夢中得見之玉人，而目中已無之矣。目中不見之玉人，而意中則有之矣。言乎逸韵，則迎風海棠耶？言乎秀色，則出水芙蕖耶？言乎香而艷，則芳蘭垂露，夭桃含雨耶？嬌滴滴玉人，而今安在耶？夫玉人之于我也，地則分，而情則合。而我之于玉人也，心則一，而思則千。其或花苑焚香，則倚檻而想征人，應夢長嘆。其或妝樓覓句，則挑燈而憶遠客，吟出相思。倘高堂未寢，此時尚侍慈幃。吾知其身在彼，而意在此也。倘侍女相依，此際或拈針指，吾料其手且停，而泪且零也。情思昏昏，得毋睡乎？則離夢方成也。我憐其翡翠衾寒凄凉種。其猶坐乎，則香夢未來也。我惜其鴛鴦枕冷，金風蕭瑟暗侵紗。吹吾者，即其吹玉人者也。難傳密意于風姨，璧月嬋娟斜入座。照吾者，即其照玉人者也。莫寄幽懷于月姊，視墻頭之柳葉，彷彿蛾眉，然亦相像而已。匣啓菱花，何處窺遠山之黛。聽簾外之竹氛，依稀鸞珮，然亦懸擬焉而已。香生蓮瓣，何處覓芳徑之踪。嗟乎！閉目凝思，則伊人宛在。牽衣欲問，則彼美奚存。我幸有此一夢，而觀片時啼笑也。我恨多此一夢，而益增萬種凄惶也。我恨夢之易醒，而未得罄盡欲言也。我幸夢之未遙，而猶將追而及之也。嬌滴滴玉人，嬌滴滴玉人，倘復以夢來乎？我且于夢中待之矣，我且于夢中以夢告之矣，如張生者，真所謂夢人也。【終】

（明後期刊本《硃訂西廂記》各卷卷眉）

十六、延閣主人本

（一）題辭（陳洪綬）

今人讀書，不唯不及古人之窮思機慮，即讀古人所評注之書亦然。古人讀書，必有傳授，至于箋注疏釋，考訂句讀，殫一生之力而讀之，經、子以降，雖稗官、歌曲皆然也。今人讀一書，無有傳授，箋注疏釋，考訂句讀，淺躐焉而已，稗官、歌曲與經、子皆然也者。無他，古人視道無巨細，此有至理不明，苟且嘗之；今人于道無巨細，率苟且嘗之，罕得其理，入理不深。故讀贗本、原本不能辨，往往贗書行而原本沒。其如文長先生所評《北西廂》，贗本反先行于世。今之真本出，人未必不燕石題之者，李子告辰有憂之。予以為今人中果無古人之窮思機慮者乎？子憂過矣。

庚午清秋，洪綬書于靈鷲之五松閣

（二）跋語（李廷謨）

予每見文人"一詩、一文、一語"，言之妙者，恨不即時傳遍天下，誦之歌之而後已，故喜刻書。猶惜書之訛偽者惑世，故喜刻原本，雖千百金不惜。惜耳目不廣，不能盡天下之書而刻之。必將盡天下之書而刻之焉。或有人誚予曰："經術文章顧不刻，何刻此淫邪語為？"予則應之曰："要則善用善悟耳，子不睹夫學書而得力于擔夫爭道者乎？"

庚午秋仲，李廷謨題于虎林邸中

使是人當道，人文可大盛矣。晁仲鄰云："嬉笑怒罵，可以觀用世之才。"予用其言有以觀李告辰矣。

洪綬書于寄園

（三）北西廂記跋（范石鳴）

　　雲痴子秋宵無緒，月冷風顛，似不勝情。因思選花茵片地，羅古今佳麗于其中，自署風流僉判，司花籍而評跋之。忽崔娘應聲而出，延閣主人曰："唐案久崩，毋乃老椽作奸，糊塗不律乎？"雲痴曰："否，否。《會真記》熟人牙吻，是其一生公狀也。吾且以墨圖筆梏，嚇醒草橋夢魄矣。痴煞鶯娘，琴媒詩妁，偷奔花營，惹動蒲東小寇，夢骨猶驚；呆儯張子，投禪薦佛，勾情蓮館，虧殺西廂一宿，病魔即療。飛虎失策，白馬帥成就白衣郎，折却全軍辱没；夫人變臉，半紙書賢于半萬賊，竟思杯酒消除。俏紅娘，錦隊幫丁，綉窩説客，戰書兩下，一次親征，女蕭何合當跪拜；戇惠明，殺性參禪，血心浴佛，戒刀一指，萬馬烟屯，秃先鋒將何犒勞？外而傍閑鑽縫之法本，舌破重圍，以須彌當撮合之山；吸海排山之杜將，兵結佳姻，以刀頭納百年之采。獨惜鄭子，寸木馬户，蹉跎風月，脂粉無緣，觸階尋盡。數傳之後，聞與崔家娘，齊眉偕好，托浪子而寄語人間，安知非其情報也耶？花銜初放，公案昭然。以王實甫除芙蓉院主，以徐文長領評花録事，以延閣主人典醉紅仙史，掃净情塵，打翻魔劫。崔娘有靈，當銜情泉下，思何以酬我。"

雲痴道人范石鳴天鼓氏走筆于西湖蓮舫

　　（李雲爐曰："好一位精明判官，但未免有登徒子之病。驚動玉皇帝子，囚之春檻，又坐一番風流罪過也。"）

（四）西廂序（董玄）

　　冬景瀟條，携酒坐偎紅爐，中睹雪花片片，撲人衣裾，自謂不勝之喜。況千山烟寂，諸鴉出没寒粉中，詎敢作人間想耶？于是急抽架上新編，聿得李刻《西廂》妙劇。爾時細一翻閱，祇覺竹石藤木，美人魚鳥，直如桃源洞底，水流花開，界絶人間，別有天地，豈僅僅以雕琢爲工也？且《西廂》落筆之際，實實有一鬼神呵護其間，恍如風雨飄揺，淋漓襟袖，即作者亦不自知耳。故每每從一二句中，而咀咏吟嘯之餘，真有不禁黲然魂消，陟然神化，鳥爲悲鳴，水爲嗚咽，月爲慘光，木爲落葉，而後已也。值今江山黯淡，故國淒淇，萬井烟愁，千村鬼哭，而余僅以一杯消之，此余所以倍多泫然耳。噫嘻！聲音之道，將爾中絶，故夫振起其響者，則惟湯若士、徐文長；羽翼其衰者，則惟祁幼文先生、李告辰兄而已。夫告辰以風流之才，合崔張風流之事，果爾相當，則刻之義存焉矣。而兼以陳章侯風流之筆，此誠葩綉相映，翠玉相臨，無煩余贅也。忽一日謁告辰兄，告辰與余素以豪興相契，而亦以見余，托以《西廂》序事，余以首肯而序之。然則世人不具告辰風流之骨、風流之眼者，則斷斷不可刻，亦斷斷不可讀也。

時在辛未春初，盟弟董玄天孫山人題于醉月樓

（五）西廂叙（魯濬）

天地間自有絶調神遇，斷不容人再睨者。文如子長之《史記》，經如《楞嚴》，小説家如羅貫中之《水滸傳》，曲則王實甫之《西廂》是也。實甫之先有董解元，亦猶《史記》之有《國策》。北地生謂其直接《離騷》，而温陵至比之于"化工"，殆亦心知其解者矣。吾鄉徐文長氏，舊有批解，余向曾一睹于王驥德所，與今刻小有同异，然大都不隨衆觀場，是其勝也。顧不佞非解中人，獨以詞曲之妙，痛癢着人，政于最淺最俗處會，而《西廂》其尤近者。倘令費解索解，縱工極巧極，穩妥鬥合之極，猶于天然恰好隔一塵耳。史家班、范已不稱，邇所行《西游記》《金瓶梅》，更足嘔噦。而三百餘年，詞曲一道，乃有臨川湯若士者，起而與之敵敵也。然而他詩文工力，皆以委謝無餘，蓋其技巧菁華，亦已竭于此矣。昔有高僧觀《西廂》，人問："何許最妙？"答曰："臨去秋波那一轉最妙。"此別一解也。然禪機道情，于曲行家無涉。告辰李子，兹以初刻多贋，復爲精鋟，貌圖恰如身在《西廂》者，亦何俟解人乎？文長《四聲猿》最奇辣，其《青霞忠孝記》未行世。

東海步兵魯濬阿逸氏題

（六）徐文長先生批評北西廂記凡例

一、刻本迭出，皆鼠樸未辨，殊失真本。甚至硬入襯書，令歌者氣咽。即文長曁本，傳寫差訛，反爲先生長喙。校讎嚴確，無如方諸生本，所謂繭絲牛毛，無微不舉，故本閣祖之。

一、評以人貴，吾越文長先生，長于北曲，能排突元人方語、隱語、調侃語，無不洞曉。批點之中，閑有注釋，鏤自己之心肝，臨他人之腑臟，開後學之盲瞽。《西廂》之有徐評，猶《南華》之有郭注也。

一、坊刻有點板者，便歌唱也。然字句塗抹，觀者眼穢。矧《西廂》《牡丹》，當與孔、孟諸書，永鎮齋頭。扳腔按調，自是教坊者流，不敢溷入，且以清目障也。

一、摹繪原非雅相，今更闊圖大像，惡山水，醜人物，殊令嘔唾。茲刻名畫名工，兩拔其最。畫有一筆不精必裂，工有一絲不細必毀。內附寫意二十圖，俱案頭雅賞，以公同好。良費苦心，珍此作譜。

一、俗刻《蒲東詩》，諸家題咏，深可厭恨。況茲刻一新，崔娘形神俱現，不必以歪詩惡句，反滋唐突也。故本閣自《會真記》外，并不濫刻，捍木災也。

一、梓人弋利，省工簡費，每多聊略。本閣不刻則已，刻則未嘗不精。家藏諸本，皆紙貴洛陽。翻版難禁，賈者須認延閣原板，他本自然行穢。

一、坊刻首推武林、閶門，然剞劂之工，考核之嚴，無出越人之右，獨恨不能鼎盛，何也？本閣素耽書癖，有志未逮，告諸同調，以藏金移而藏板，奇書雲集，亦一大都會也。渴候。

延閣主人謹識

（上六均見：明崇禎四年延閣主人訂正本《北西廂》卷首）

十七、張深之本

（一）叙（馬權奇）

此深老愛惜古人也，深老今日者得晞髮踏歌于湖海間，又得遠收太原薄田租，以稅粟飯客，老自苦風，無天涯淪落之感。呼門人鼓箏，侍兒斟酒，以得成此書者，非天子浩蕩恩乎！聞深老着左右射攬此書時，自不宜醉臥于紫簫紅友之間，詞客伶倌之隊，當張侯蘇公堤上，與虎頭健兒戟射焉，圖所以報天子爾。

己卯暮冬雪中，馬權奇題于定香橋
洪綬書

（二）秘本西廂略則

一、詞有正譜，合弦索焉，其習俗訛煩者，刪。
一、字義錯謬，諸本莫考者，改。
一、曲白混淆者，正。
一、襯字宛轉偕聲不礙本調者，辨。
一、方言調侃不通曉者，釋。
一、圈句旁者不同俗句，圈字者不同俗字。

張道濬白

（上二均見：明崇禎十二年刊本《張深之先生正北西廂記秘本》卷首）

十八、天章閣本

（一）題卓老批點西廂記（醉香主人）

看書不從生動處看，不從關鍵處看，不從照應處看，猶如相人，不以骨氣，不以神色，不以眉目，雖指點之工，言驗之切，下焉者矣，烏得名相？語曰："傳神在阿堵間。"嗚呼，此處著眼，正不易易，吾獨怪夫世之耳食者不辯真贗，但借名色，便爾稱佳。如假卓老、假文長、假眉公，種種諸刻，盛行不諱，及睹真本，反生疑詫。掩我心靈，隨人嗔喜，舉世已盡然矣。【天李旁】切中病根。吾亦奚辯？往陶不退語余，家藏卓老《西廂》爲世所未見，因舉"風流隋何""浪子陸賈"二語疊用，照應呼吸生動，乃評之曰："一用妙，二用妙妙，三用以至五用皆稱妙絕、趣絕，又如用頭巾語，甚趣。帶酸腐氣，可愛。"往往點出皆人所絕不着意者，一經道破，煞有關情。在彼作者，亦不知技之至此極也。卓老嘗言："凡我批點，如長康點睛，他人不能代識。"此而後知卓老之書，無有不切中關鍵，開豁心胸，發我慧性者矣。夫《西廂》爲千古傳奇之祖，卓老所批又爲《西廂》傳神之祖。世不乏具眼，應有取證在，毋曰劇本也，當從李氏之書讀之矣。【天李旁】主意。

崇禎歲庚辰仲秋之朔醉香主人書于快閣

（二）書《十美圖》後

夫惟生香難學，曠代所稀，是以繪畫偶精，一時共賞。顧虎頭戲圖鄰女，不聞擅譽風流；吳道子妙絕鬼神，未見標名窈窕。至于傳奇模肖，終屬優孟衣冠。乃斯册也，命旨絕去蹊畦，傳神不事筆墨。彼姝者子，眉宇間都有情思，匪真也人，緗素中盡堪晤對。若人代王之夢，依約苕華，苟居吳子之宮，宛然輕霧，我方涉是耶非耶想，君無作婉兮孌兮之觀。

庚辰陽月望日書《十美圖》後，西湖古狂生

（上二均見：明崇禎十三年西陵天章閣刊本《李卓吾先生批點西廂記真本》卷首）

十九、會真六幻本

（一）會真六幻序（閔寓五）

云何是一切世出世法？曰真曰幻。云何是一切非法非非法？曰即真即幻。非真非幻，元才子記得千真萬真，可可會在幻境。董、王、關、李、陸，窮描極寫，擷翻簸弄，洵幻矣。那知個中倒有真在耶？曰微之記真得幻，即不問且道個中落在甚地？昔有老禪篤愛斯劇，人問佳境安在？曰："怎當他臨去秋波那一轉。"此老可謂善入戲場者矣。第猶是句中玄，尚隔玄中玄也。我則曰"及至相逢，一句也無"，舉似西來意，有無差別？古德有言："頻呼小玉元無事，只要檀郎認得聲。""不數德山歌，壓倒雲門曲。"會得此意，逢場作戲可也，袖手旁觀可也，黃童白叟，朝夕把玩，都無不可也。不然，鶯鶯老去矣，詩人安在哉？眈眈熱眼，呆矣。與汝説《會真六幻》竟。

幻因：元才子《會真記》、圖、詩、賦、説、夢。

搦幻：董解元《西廂記》。

劇幻：王實父《西廂記》。

賡幻：關漢卿《續西廂記》，附《圍棋闖局》《箋疑》。

更幻：李日華《南西廂記》。

幻住：陸天池《南西廂記》，附《園林午夢》。

三山謏客閔寓五

（二）題西廂（閔寓五）

　　方金元氏之暴興也，非但不通文，亦未嘗識字；非但不識字，并未嘗有字。其後假他國番書，用以勾稽期會，悉南士之仕彼者教之云云。況聯章纍牘，鬥巧獻奇，起無地之樓臺，變立時之寒燠。虜雖黠，其遽能然乎？則今之所爲千秋絕艷者，安得動稱金元云乎哉？使其升關閩濂洛之堂，聰明膽識不下某某輩，成一家言。黼黻六經，即廟祀血食，寧异人任，不得用彼顯而以此聞，夫豈其才之罪哉？嗟乎，道器命性，徵角宮商，究竟亦無異，獨以三蒼不律，作蒙古皮膚，是可惜耳。然孰驅之也乎？孰驅之也乎？誰爲了此者，予將進而問焉。

三山謏客閔寓五

　　（上二均見：明崇禎十三年閔寓五校注本《會真六幻》卷首）

（三）跋（閔寓五）

　　舊本原有注釋，諸家頗多异同，強半迃疏，十九聚訟。將爲破疑乎？適以滋疑也。至有大可商者，漫不置辭，更于大紕繆處，迄無駁正。訛以承訛，錯上鑄錯，無或乎其不智也。世界原是疑局，古今共處疑團，不疑何從起信？信體仍是疑根。我今所疑，孰非前人之確信也？我今所信，孰非來者之大疑也？疑者不箋，箋者不疑，以疑箋疑，疑有了期乎？

湖上閔寓五識

　　（明崇禎十三年閔寓五校注本《會真六幻》卷末）

二十、三先生合評本

（一）合評元本北西廂序（王思任）

　　傳奇一書，真海內奇觀也。事不奇不傳，傳其奇而詞不能肖其奇，傳亦不傳。必繪景摹情，泠提忙點之際，每奏一語，幾欲起當場之骨，一一呵活眼前，而毫無遺憾，此非牙室利靈、筆巔老秀、才情俊逸者，不能道只字也。實甫、漢卿，胡元絕代雋才，其描摹崔張情事，絕處逢生，無中造有。本一俚語，經之即韵；本一常境，經之即奇；本一冷清，經之即熱。人人靡不膾炙之而尸祝之，良繇詞與事各擅其奇，故傳之世者，永久不絕。固陵孔如氏，敏慎士也，非聖賢之書、正大之文不讀，茲刻《會真》傳奇。請序于予。余以孔如氏素不悅此等奇書，今不惟好之，而且壽之木焉。或者證道于性，虛靜而難守；證道于情，靈動而善入耶？然合刻三先生之評語者又謂何？大抵湯評玄箸超上，小摘短拈，可以立地證果；李評解悟英達，微詞緩語，可以當下解頤；徐評學識淵邃，辨謬疏玄，令人雅俗共賞。合行之。則庶乎人無不摯之情，詞無不豁之旨，道亦無不虞之性矣。故盡性之書，木鐸海內，而聾瞶者茫然不醒；導情之書，挑逗吾儕，而頑冥者亦將點頭微笑。噫！茲刊之有功名教，豈淺眇者而可遽以淫戲之具，目之也哉？

笑庵居士王思任題

（二）讀西廂記類語（李卓吾）

　　《西廂》文字，一味以摹索為工。如鶯張情事，則從紅口中摹索之；老夫人及鶯意中事，則從張生口中摹索之。且鶯張及老夫人未必實有此事也。的是鏡花水月，神品！

白易直，《西廂》之白能婉；曲易婉，《西廂》之曲能直。

《西廂》曲，文字如喉中退出來一般，不見斧鑿痕、筆墨迹也。

《西廂》《拜月》，化工也；《琵琶》，畫工也。

作《西廂》者，妙在竭力描寫鶯之嬌痴、張之呆趣，方爲傳神。若寫作淫婦人、風浪子模樣，便河漢矣。在紅則一味滑利機巧，不失使女家風。讀此記者，當作如是觀。

讀《水滸傳》，不知其假；讀《西廂記》，不厭其煩。文人從此悟入，思過半矣。

讀別樣文字，精神尚在文字裏。讀至《西廂》曲，便只見精神，并不見文字。咦，异矣哉！

嘗讀短文字，却厭其多。一讀《西廂》曲，反反復復，重重叠叠，又嫌其少。何也？

《西廂記》耶，曲耶，白耶，文章耶？紅耶，鶯耶，張耶？讀之者，李卓吾耶？俱不能知，倘有知之者耶？

（三）叙（湯若士）

病鬼依人，宦情索寞。余守病家園，傲骨日峭。朝語官箋，則漱松風吹去；高人韵士，忙開竹户迎來。兼喜穢文艷史，時時游戲眼前，或點或評，不知不識。今日得意價，涂硃潑墨，春風撲面撩人；明日拂面價，挾矢摻戈，怒氣滿腔唐突。此皆一時無聊病况，初非有意于某爲善而善之，某爲惡而惡之者也。兹崔張一傳，微之造業于前，實甫、漢卿續業于後，人靡不信其事爲實事。余讀之，隨評之，人信亦信，茫不解其事之有無。好事者輒以旦暮不能自必之語，直欲公行海内，冤哉！毒哉！陷余以無間罪獄也。嗟乎！事之所無，安知非情之所有？情之所有，又安知非事之所有？余評是傳，惟在有有無無之間，讀者試作是觀，則無聊點綴之言，庶可不坐以無間罪獄，而有有無無之相,亦可與病鬼宦情而俱化矣。

（上三均見：明崇禎年間固陵孔如氏刻本《三先生合評元本北西廂》卷首）

二十一、田水月本

西廂記序

　　世事莫不有本色，有相色。本色，猶俗言正身也；相色，替身也。替身者，即書評中"婢作夫人，終覺羞澀"之謂也。婢作夫人者，欲塗抹成主母，而多插帶，反掩其素之也。故余于此本中，賤相色，貴本色。衆人嘖嘖者，我煦煦也，豈惟劇哉？凡作者，莫不如此。嗟哉，吾誰與語？衆人所忽，余獨詳，衆所肯，余獨唾。嗟哉，吾誰與語。

秦田水月

（明萬曆間徐文長批訂本《田水月山房北西廂記藏本》卷首）

二十二、封岳本

詳校元本西廂記序

王實甫、關漢卿《西廂記》，千秋不刊之奇書也。歷年既久，或經俗筆增減，迂僻點竄，或伶人便于諧俗，遂至日訛日甚。予留心殆二十年，惟周憲王及李卓吾本差善，崇禎辛巳乃于朱成國邸見古本二册，時維至正丙戌三月，其精工可侔宋板，蓋不啻獲琛寶焉。借校盡，五日始畢，擬發刻本未遑而日月逝矣。不永其傳，究將湮廢萬世已矣，亦復何所事哉？謹壽諸枣梨，期垂久遠，俾見真鑒者，不爲時本所亂，亦大快事，噫，是亦摩詰之所謂空門云爾。有謂北曲每本止四折，其情事長而非四折所能竟，則另分爲一本，故周本作五本，本首各有題目正名四句，末以【絡絲娘煞尾】結之，爲承上接下之詞。察每本四折雜劇體耳，全本或未然。得睹元刻，益悉偏執之隘，故拈出之，凡曲中時本錯誤字，略注于上，其易鑒別與白中字句不盡及。

含章館主人封岳識

（清順治間含章館刻封岳《詳校元本西廂記》卷首）

二十三、毛西河本

（一）論定西廂記自序（毛奇齡）

《西廂記》者，填詞家領要也。夫元詞亦多矣，獨《西廂記》以院本爲北詞之宗，且傳其事者，似乎有异數存其間焉。昔元稹爲《會真記》，彼偶有托耳。杜牧、李紳輩，即爲詩傳之，逮宋而秦觀、毛澤民即又創爲詞，作【調笑令】焉。暨乎趙安定郡王撰成【商調鼓子詞】，凡一十二章，俾謳師唱演，謂之傳奇。至金章宗朝，有所爲董解元者，不傳其名氏，實始爲填北曲，名曰《西廂記》，然猶是擲彈家唱本也。嗣後元人作《西廂》院本，凡幾本，而後乃是本以傳。繼此則又有陸天池、李日華輩，復叠演南詞，導揚未備。天下有演之博、傳之通如《西廂》者哉？或曰：《西廂》艷體詞，其詞比之詩之風、騷之九歌、賦之高唐，美人詩之同聲定情，董嬌嬈、寧子侯以下，其在詞則江南龍笛等也。雖不必盡然，然絕妙詞也。特刻繁板漶，魯魚亥豕。舊時得古本《西廂記》，爲元末明初所刻，曲真而白清，爲何人攫去久矣。萬曆中，會稽王伯良作《較注古本西廂記》，音釋考據尚稱通核。然義多拘蔥，解饒傅會，揆厥所由，以其所據本爲碧筠齋、朱石津、金在衡諸訛本，而謬加新訂，反乖舊文，雖妄題曰古，實鼠璞耳，然猶孔陽丑頃之間也。今則家爲改竄，户起删抹，拗曲成伸，疆就狂臆，漫……（後缺）

（二）崔娘遺照（毛奇齡）

宋畫院待詔陳居中摹本，西河僧開重臨

鶯像前不可考，宋畫院陳居中摹唐崔麗人圖，則始事也。然詳其圖跋，大抵泰和中有趙愚軒者，宦經蒲東，得崔氏遺照于蒲之僧舍，回購摹之，則居中實摹舊者。其後陶九成可得居中畫于臨安，而趙待制灘倩禾中畫師盛懋重臨，即今所傳刻本耳。若明唐六如改鶯像，見吳越坊本西廂。而近年吾越陳老蓮又改爲之，則皆非舊矣。予論西廂，或客有携居中刻畫，强予臨此，予曰：花無成艷，葉無定影耶？滕王所圖，爲東園之踺，得楊子華所爲畫，以當謝監階前之藥，亦無不可。特尤物難擬，每趨愈下，予恐今茲所傳，欲比之爲郞憔悴之後而猶未得焉。

丙辰上巳齊于氏跋

（三）西廂記考實（毛奇齡）

"西廂記"三字，標目也。元曲末必有正名題目四句，而標取末句。如雜劇有《城南柳》，因題目末句曰"呂洞賓三度城南柳"也。此名《西廂記》，因題目末句曰"崔鶯鶯待月西廂記"也。推此，則明曲之訛，如徐天池《漁陽三弄》，而題目末句曰"曹丞相神仙入洞"者，不知凡幾矣。特目列卷末，今誤列卷首，如南曲開演例，非是。

原本不列作者姓氏，今妄列若著若續，皆非也。說見左。

或稱《西廂》爲王實甫作，此本涵虛子《太和正音譜》也。涵虛子爲明寧王臞仙，其譜又本之元時大梁鍾嗣成《錄鬼簿》。故王元美《卮言》亦云："西廂久傳爲關漢卿作，邇來乃有以爲王實甫者。"

明隆、萬以前，刻《西廂》者皆稱《西廂》爲關漢卿作。雖不明列所著名，然序語悉歸漢卿。如金陵富樂院妓劉麗華刻《口授古本西廂》在嘉靖辛丑，尚云"董解元、關漢卿爲西廂傳奇"。而海陽黃嘉惠刻《董西廂》在嘉、隆後，尚云"《董西廂》爲關漢卿本所從出"，且引"竹索纜浮橋"等語，爲漢卿襲句，則久以今本屬關矣。但《正音譜》載元曲名目，其于漢卿名下，凡載六十本，而不及《西廂》，不可解也。

或稱《西廂》是關漢卿作，王實甫續，他不可考。嘗見元人咏《西廂》詞，其【滿庭芳】有云："王家好忙，沽名吊譽，續短添長。別人肉貼在你腮頰上。"又【煞尾】云:"董解元古詞章,關漢卿新腔韻,參訂《西廂》有的本。晚進王生多議論,把《圍棋》增。"則是在元時已有稱王續關者。但今按《西廂》二十折,照董解元本填演,其在由歷不容增《圍棋》一關目,而在套數又不容于五本之外,特多此一折也。且《圍棋》一折,久傳人間,亦殊與實甫所傳雜劇手筆不類。則意漢卿亦曾爲《西廂記》,有何人王生者,增《圍棋》一折,故有此嘲。實則漢卿《西廂》,非今所傳本,王生非實甫,增一折亦非續四折也。故詞隱生云:"向之所謂王續關者,則據元詞;王增關之說,而傅會之者也。今之所爲關續王者,則即向時王續關之說,而顛倒之者也。"此確論也。

或稱《西廂》爲王實甫作,後四折爲關漢卿續,此見明周憲王所傳本。又《點鬼簿》目,標王實甫名,則云:"張君瑞鬧道場,崔鶯鶯夜聽琴。張君端害相思,草橋店夢鶯鶯。"標關漢卿名則云:"張君瑞慶團圞。"故徐士範重刻《西廂》,則云:"人皆以爲關漢卿而不知有王實甫,蓋自'草橋'以前,作于實甫。而其後則漢卿續成之者也。"且《卮言》亦云:"或言實甫作至'草橋夢'止,或言至'碧雲天'止。"于是向以爲王續關者,今又以爲關續王,真不可解。

《西廂》作法,斷不得止"碧雲天"者。元曲有院本、有雜劇;雜劇限四折,院本則合雜劇爲之,或四劇,或五劇,無所不可。故四折稱一劇,亦稱一本。"碧雲天"者,第四本之第三折也,而謂劇與本有止于三折者乎?若其不得止"草橋"者,《西廂》關目皆本董解元《西廂》。"草橋"以後原有"寄贈""爭婚"以至"團圞",此董詞藍本也。元例傳演皆有由歷,由歷一定,即李白嚇蠻本傳所無,張儀激秦與史乖反,亦不得不照由歷。所謂主司授題者,授此耳。今由歷在董,董未止,何敢輒止焉?且院本雖合雜劇,然仍分爲劇,如《西廂》仍作五本是也。但每本之末,必作【絡絲娘煞尾】二語,繳前啓後,以爲關鎖,此作法也。今《西廂》第一本【煞尾】已亡,第二、第三、第四本猶在也。第四本【煞尾】云:"都則爲一官半職,阻隔得千山萬水。"此正起末劇得官報喜之意,而謂夢覺即止,作者閣筆耶?且《西廂》閨詞也,亦離合詞也。不特董詞由歷不可更易，即元詞十二科中有所謂"悲歡離合"者，雖白司馬《青衫泪》劇，亦必至完配而後已。公然院本，而離而不合科例謂何？

《西廂》果屬王作，則必非關續。按關與王皆大都人，而關最有名，嘗仕金，金亡，不肯仕元。雖與王同時，而關爲先進。關向曾爲《西廂》矣，惡晚進者增一折，而紛紛有詞，豈肯復爲後進續四折乎？且今之據爲王作者，以《正音譜》也。若據《正音譜》，則并無可爲續者。按《譜》所列，每一劇必注曰"一本"。一本者，四折也。今實甫《西廂記》下明注曰五本，則明明實甫已全有二十折矣。且兩人成一本，元嘗有之，如馬東籬《岳陽樓》劇，第三折花李郎，第四折紅字李二；范冰壺《鸜鵒裘》劇，第二折施君美，第三折黃德潤，第四折沈拱之類，然皆有明注。此未嘗注曰後一本爲何人也，凡此皆所當存疑，以俟世之淹雅有卓識者，今不深考古，而妄肆褒彈、任情删眛，且曰若編若續，若佳若惡，若是若否。嗟乎，吾不知之矣！

參釋曰：董解元《西廂》爲捌彈家詞，其人仕金章宗朝，爲學士。去關、王百有餘年，而時之爲《西廂》者宗之。今董本俱在也。碧筠齋、徐天池輩，不經見董詞，初指今所傳本爲《董西廂》，則尤謬誤之甚者，古之不易考每如此。

（上三均見：清康熙十五年浙江學者堂刊本《毛西河論定西廂記》卷首）

（四）毛西河論定西廂記序（吳興祚）

古樂之失傳久矣。《皇華》四篇亡于晋，《樂安世》軼于魏，六季三唐，凡詩歌之播樂者，五調相沿，儘遺其契注拍序之法。而宋樂引慢變爲捌彈，金元樂院本雜劇又變爲道念、筋斗、科汎，然猶雜劇之遺也。今南曲興而北音衰，院本雜劇又亡矣。舊傳院本只《西廂記》耳，雖不能歌，猶幸宮譜未滅，伊羊令吾，庶幾鐸音灰綫，可以尋其派而會其義。而今則僞本盛行，竄易任意，朱紫混列，淄繩莫辨。宜西河之奮而起，起而爲之論也。顧西河善音律，嘗欲考定樂章，編輯宮徵而蹉跎。有待洪鐘之響發于寸莛，豈其志與。嘗按元制以填詞十二科取士，其間所溥遺劇，如東籬、漢卿、德輝、仁甫，彬彬稱盛。然欲如《西厢》之經文緯質，出風入雅，粹然一歸于美善，仍亦罕有。蓋一代之文所傳有幾，而今俗人以竄易亡之可乎？世有以《西厢》爲艷曲者，吾不得知。若以謂才子之書唯才子能解之，則世不乏才，毋亦慎爲其真者而已矣。

時康熙丙辰仲春，延陵興祚伯成氏清泉主人題

（誦芬室重校本《毛西河論定西厢記》卷首）

（五）毛西河論定西厢記跋

從來賦西厢記辭，自唐人數詩後，宋有詞，金元有曲。金爲董解元《西厢》，元即是本也。《董西厢》爲是本由歷，本宜并觀，今卷繁不能載矣。且其中相同處，亦約略引證入《論定》內，無可贅者。特舊刻卷末，有無名氏詩，凡百餘首，從夫人自叙借居寄柩，以至張生衣錦，皆紀一律。其詞最俚淺，明係俗子譜入。且徒費梨棗，無裨考核，概從刪去，祇附唐宋迄今詩詞二十四首，以備餘覽。尚有唐伯虎題像一首，并徐文長和題一首，以本闕二句，不便補錄。

西河氏識

（誦芬室重校本《毛西河論定西厢記》卷末）

（六）毛西河論定西厢記·附辨

予據世傳秦貫所撰《鄭恒崔夫人合祔墓銘》，以爲《董西厢》入恒之由。後從毛稚黃許見秦貫銘拓，稱府君諱遇不諱恒，末有眉山黃恪辯證，而馳黃亦遂筆之入《詩辨坻》中，且以駁陳仲醇《品外錄》所載之繆。及予考王本所載《墅談》，稱內黃野中掘得墓志，其中是諱恒，後又傳汲縣令葺治得志石地中，亦是諱恒，與《品外錄》所載皆同。但瘞止一處，不宜各地掘出。而東平宋十河又稱，全椒張貞甫爲磁州守。磁屬武安，治西有民瘞冢，得鄭崔志石，亦是諱恒。臨川陳大士曾載跋語，在崇禎甲戌歲，則志石所出，不惟地殊，抑且時異，尤屬可怪。暨予過秣陵親見周雪客所藏志拓，與馳黃所藏同，而中亦稱諱

恒。是必諸拓所傳，原欲實恒名而故爲贗志，以示有由。若馳黃所藏本則又改恒爲遇，爲之出脱，實則皆贗物也。豈有一志石而瘞無定地、發無定時、文無定名之理？此公然可知耳。馳黃、雪客皆博雅好古，而雪客家藏書尤富，然猶彼此難據如此，況逞臆解斷，全無考索，其不至狂惑，鮮矣。

金陵富樂院妓劉麗華，作《西廂記》題辭，有云："長君嘗示予崔氏墓文，始知崔氏卒屈爲鄭婦，又不書鄭諱氏。"其題在嘉靖辛丑，則知是時又有僞爲崔氏墓志，與諸本崔鄭合志書諱氏者又异。第其所稱長君，不知何人，即志文亦不傳。又臨安汪然明，于崇禎甲申歲刻《西廂記》，其《發凡》有云："崔鄭元配墓志，崇禎壬申方發于古冢。"則知僞本迭出，復有在前所稱數本之外者。考古之宜慎如此。

（暖紅室匯刻傳奇《西廂記》附錄《重編會真雜錄》上）

二十四、潘廷章本

（一）西來意序

丹崖澹歸今釋題，原名金堡

佛以一音演説法，衆生隨類各得解。衆生各以一音演説，衆生亦各各隨類得解。辟支佛聞環珮聲，得悟道情冥到，不離有無處所，不堕有無處所，總不使一塵闌隔。衆生遇聲着色，爲有爲無，自是根性不同，領受亦別一等。是雨阿修羅見是兵器，龍見是珠間浮提，人見是水。若《西廂記》，又以一音演説法，一切衆生亦各隨類得解。雪鎧道人不爲《西廂》轉，更欲轉《西廂》于一切衆生，情場熱艷中下一貼清凉散。人生有情，因地那便心如墻壁，但令熱處冰銷，艷時火滅，欲海茫茫，回頭即岸。全副是斬關奪隘手段，不必別立名題，一切衆生亦隨類得解。譬如淳于髡一斗亦醉，一石亦醉，説到羅襦襟解，微聞薌澤也。没甚閑言長語，能使威王罷長夜之飲，領兵殺賊，擒了王便休。雪道人代王實甫現身演説，不脱聲聞，不着聲聞，不離緣覺，不受緣覺，具菩薩心，還大覺乘一片婆心，故是衆生慈母。但有一説，路上有花兼有酒，一程分作兩程行，也得便宜，也落便宜。澹歸者裏吃飯，三扒兩咽，正撞着五百年風流業冤。便與他一掌，嬌滴滴玉人兒何處也，發去舊王家作使下，衆生亦隨類得解，不干澹歸事。雪道人從漸處入門，澹大師從頓處下手。

時康熙己未歲八月望日

（二）序西來意

<small>五雲衲弟净挺拜題，原名徐繼恩</small>

中唐元、白齊名。白學士參歸宗，見烏窠禪道佛法，唯恐勿遑，而元八乃更以《會真記》。著《會真記》者，豈非江州司馬《長恨歌》耶？後五百年，更有董生填爲樂府，驚辭絶艶，獨擅風騷。托始西來，終歸夢覺。梅岩曰："此可以語道矣。"夫道，抑何常之有？性語之而得空，情語之而得幻，樓子纏情，歌郎引泪，則孰非道哉？昔人聞小艷詩，悟西來意，夫小艷之于詩，亦猶董子之于辭曲也。舍衛國兄弟三人，并由情種因緣證阿修羅果，婆須蜜女、柰女、青蓮華茇蒭女，又皆以色身説法，《净名經》曰："佛爲增上慢人，説媱怒痴爲非道耳。"若離增上慢人，媱怒痴性，無非佛性。以有下劣，寶几珍御；以有驚異，鴛奴白牡。木人起舞，石女興歌。于文字語言，不作文字語言相者，始可與論斯旨矣。先是，有以"臨去秋波"演爲制義，相尋别院，自擅奇書，人争慕之。此編出而才人、學人另開户牖，俾欲海沉淪，猛然得渡。然則黄山谷綺語一流，豈復墮泥犁地獄乎？亦以相救云爾。潘子梅岩避世，矜尚名節，研味理學，逃空耽寂者深矣。于言情之書，拈示乃爾。窺潘子之學，悟潘子之旨，則肉絲競奏，皆爲梵唄傀儡登場，悉現菩提，不必向天津橋畔作弱弄矣。

時康熙庚申清和月

（三）梅岩手評西廂序

<small>日庵居士查嗣馨</small>

有極莊嚴文字，又有妙莊嚴文字，莊嚴至矣，妙莊嚴則又過之。《孟子》"王何必曰利"一章，可謂莊嚴，如"賢者樂此，不賢者有此不樂"，以及"易羊好樂，色貨俱可王"，可謂妙莊嚴矣。韓文《佛骨表》以莊嚴失之，《鱷魚文》以妙莊嚴得之。元曲首推《琵琶》《西廂》，《琵琶》莊嚴者也，《西廂》妙

莊嚴者也。即如《西廂》，紅娘以孔氏之書、周公之禮責張生，此之爲莊嚴；至"一家兒喬坐衙，說幾句衷腸話"，"貪夜入人家，非奸做賊拿"，此之爲妙莊嚴；以"人而無信"責夫人，此之爲莊嚴；至"何必一一苦追求"，"得好休時便好休"，"女大不終留"，此之爲妙莊嚴。昔呆庵語日庵六晝夜，于書袛七卷，五經而外，一曰東坡，一曰《西廂》。其論《西廂》，與凡等迥絕。謂自佛殿至草橋，純寫《關雎》"樂而不淫，哀而不傷"之旨，《關雎》不淫不傷，何等莊嚴！而"琴瑟鐘鼓""寤寐反側"，各以極其哀樂之致而止，則妙莊嚴孰甚？《西廂》極其哀樂而不入于淫傷，何以異是？且匪直此也，即五經之蘊，盡寓其中。《易》首乾坤，高卑定位，莊嚴矣；至陰陽必戰，血辨玄黃，何其莊嚴入妙！《書》先咨警吁咈，莊嚴矣；以拜手賡歌終之，則又莊嚴入妙。《禮》毋不敬，固莊嚴也；而曰"儼若思"，遂使莊嚴入妙。《春秋》"春王正月"，最莊嚴也；書元年而不書即位，愈覺莊嚴入妙。日庵以是手評《西廂》數過，自謂飄飄欲仙，惜俱失去，然亦僅得其概耳。梅岩子獨出慧眼，詮成妙理，自佛殿煩惱起頭，終歸夢覺，發乎情止乎禮義，又脫乎禮義、超乎情力，能空諸一切，如秋月澄輝，游龍戲海，縱橫出沒不可方物，大地山河一塵不染，可謂莊嚴入妙。非妙莊嚴之筆，不能發妙莊嚴之旨。近可紹徽《周》《召》二南，遠堪觀光于《書》《易》。即云孔氏之書，周公之禮，又豈必外是而他求哉！梅岩未聞六晝夜語，而超脫過之，回語呆庵又將卷舌而退矣。

時康熙丁未七月既望題于微山草堂

（四）西來意小引

申庵居士蔣薰題

嗚呼，夢之由來久矣。然古夢真今夢，幻真者正夢也，幻者邪夢也。粵稽黃帝夢風后力牧，高宗夢傅說，孔子夢周公，皆實有其人、有其事，著之爲經，不同小說家。自楚襄遇巫女，陳思感甄氏，邪夢日多，幻而不真。吾謂五帝三王以後，舉世多白面紅顏，情緣覯接，人安得不夢夢耶？當此時，欲以覺破夢，夢者不覺；以夢破夢，覺者不夢，此佛入東土，而丈餘金人見夢于漢明帝也。佛法既行，大衆始知有夢，等于如泡如電。元人填詞百種，雖不皆以夢傳奇，莫非喚醒色欲界，譬諸鄭衛之邪，可附雅頌之正。乃雪鎧道人，則于《西廂》一夢，獨得西來意也。若曰："吾將轉戲諢場，洗脂粉色，令優人換本來面目，天下自是亦少夢矣。"雪道人固儒者乎？乃能善說佛法如此。澹歸、俍亭兩老和尚，余少時好友也，爲雪道人詮西來本旨，俱屬現身說法。而余獨好說夢，有子瞻之癖，因戲爲偈曰："才子佳人夢幾回，乾坤劫後未成灰，老僧喚破空饒舌，爭似法聰打諢來。"試以質之兩公，請再下一轉語，幸弗大喝一聲，使我三日耳聾。

時康熙庚申秋月

（五）序

寓村硯民褚廷琯

昔張新建相公見《臨川四夢》，語之曰："君辨才若此，何不用之講學？"臨川曰："某日在此講學。師所講者性，某所講者情。"夫情與性豈有二也？生而靜者，謂之性；感而動者，謂之情。程子曰："人生而靜。"以上不容說，然則可說者，特其情耳。情有迷明，猶神有夢覺，但使真性常存，則迷者可明，夢亦必覺。今人但于夢中說夢，不知向夢中求覺，所以靜處難說，動處愈難說也。唯上根人從靜中觀動，雖動不擾，此常惺不夢者也，是爲先覺；次根人從動中取靜，擾極思歸，夢而忽惺者也，亦稱後覺；若動時罔察，日與物馳，自等禽魚，終焉流浪，此爲下根，昧然罔覺者也。梅岩潘子，欲爲下根人覺迷，不使老生舌本作強，特借《西廂》標指，直欲破盡塵緣，還歸本際，使芸芸大夢中，盡向鷄鳴一覺，此夜氣初回，認情最切處也，由以證性不遠矣。《臨川四夢》俱本草橋，但從幻生夢，又復幻中生幻，深入迷津，出路少遲，固不若當前一覺，尤爲猛省也。推爲都講，當亦莫與爭鋒。

（六）西廂說意序

大滌山人俞汝言右吉氏題

聞學道人不作綺語，豈唯不作，亦不復索解。古尊宿隔簾聞墮釵聲，亦云破戒，蓋謂此也。梅岩學道有年，空諸一切，方將情種因緣，盡歸寂滅。茲復于情緣窟中，撥草尋根，反起一重魔障，從來大根人，出入三昧，顯諸解脫，意若生龍，乃于清净海中作百般游戲，愈覺圓通自在。昔裴公美醉心祖道，而晚年托鉢歌姬之院，自謂可説法渡人；白香山妙解乘理，至携群粉狐至牛奇章宅中鬥歌；坡老挾妓訪辨才大師，借伊拍板門槌參破老禪。蓋出水蓮胎，曾無污染，正不妨從情緣窟中了徹真旨，便可將竿頭百丈規一時打破，不必繞床三匝，復作嘘嘘聲也。試還詰之梅岩，梅岩曰："竿木隨身，逢場作戲，何用豊干饒舌。"

時康熙己未年正陽月佛誕日

（七）西廂説意（潘廷章）

　　西廂何意？意在西來也。以佛殿始，以旅夢終，于空生而即于空滅，全爲西來示意也。生自西來，滅亦從西去，來前去後，烏容一字，而其中所構諸緣，俱在西廂，故即以"西廂"名之。西廂者何？普救佛殿之西偏也。佛殿爲大乘，其偏則爲小乘，繫之佛殿以西，是雖小乘，猶不失西來之意云爾。大乘者，無上覺也。其法不由緣覺聲聞而得，曾何有乎悲思聚散？提唱衍演，作諸勞塵幻影，礙彼虛空乎？而無明作勞，無由斷滅，因于有生滅心，求無生滅義，遂以悲思聚散，提唱衍演，極諸勞塵幻影，而終歸無有。蓋從緣覺覺，從聲聞聞，以彼小乘通于大乘云爾。其俱繫之普救者，憫彼一切世間，魔女魔民，無明作勞，欲海茫茫，愛河浮溢，顛倒沉溺，莫能超脫，特爲現緣覺聲，聞身説法，而使皆得度，故以普救爲義救之。如何？世尊曾言之，觀彼世間解結之人，不見所結，云何能解？便當諦審，煩惱根本，何生何滅？不知生滅，云何知有不生滅性？因于六結而現六塵，因于六塵而得六人，因于六人而返六根，何意《西廂記》，揭示此旨？

　　佛殿撚花，空王示艷，則色入也（入一）。于時明暗相發，結爲狂華（結一）名爲見知，則有蓉面、柳腰、鬢雲、眉月，來何所從，去猶未遠。爲嗔、爲喜、爲笑、爲顰，流逸奔目。若彼虛空，曾何色相？當其無相，而入有相；當其有相，而入變相。眼亂魂飛，不可撲滅，得一妄塵（塵一），非真覺性。

聯詩送意，聞琴感心，則聲入也（入二）。于時動靜相擊，結爲幻音（結二）。名爲聞知，則有鶯聲燕語，別鵠離鸞，贈怨無端，寫愁難已。非肉、非絲、非金、非竹，流逸奔耳。若彼虛空，曾何音響？當其此響，而感彼響；當其後響，而續前響。錐耳裂腸，不可銷歇，得一妄塵（塵二），非真覺性。

園夜焚燒，齋壇拈蓺，則香入也（入三）。于時吹息相感，結爲幻臭（結三）。名爲齅知，則有金爐寶鼎，結雲成蓋，因心動搖，隨風縹緲。非霧、非烟、非蘭、非麝，流逸奔鼻。若彼虛空，曾何氣息？當其無息，而成有息；當其滅息，而復生息。展幽達冥，不可斷絕，得一妄塵（塵三），非真覺性。

東閣酬勞，長亭宴別，則味入也（入四）。于時恬變相參，結爲妄味（結四）。名爲嘗知，則有鳳膏龍炙，玉液金波，臟神失驚，輸腸塞滿。爲土、爲泥、爲愁、爲泪，流逸奔口。若彼虛空，曾何滋味？當其無滋，而後有滋；當其有滋，而若無滋。飲苦茹酸，無能辨別，得一妄塵（塵四），非真覺性。

明月佳期，幽歡定愛，則觸入也（入五）。于時離合相摩，結爲妄體（結五）。名爲覺知，則有羅襦薌澤，墜珥開襟，愛戀無已，驚魂難定。疑雨、疑風、疑雲、疑月，流逸奔身。若彼空虛，曾何體受？當其無體，而至有體；當其异體，而至合體。魄并魂交，不可離遏，得一妄塵（塵五），非真覺性。

草橋旅夢，曠野幽尋，則法入也（入六）。于時寤寐相感，結爲妄因（結六）。名爲意知，則有馭風奔月，打草驚蛇，城不能閾，水不能限。疑鬼、疑人、疑兵、疑馬，流逸奔意。若彼虛空，曾何憶想？當其是想，而入非想；當其非想，入非非想。離無造有，生有滅無，不可億量，得一妄塵（塵六），非真覺性。

忽焉曉鐘初動，荒鷄非惡。蘧然寐，成然覺。猛醒回頭，昭昭大夢。非覺而惡知其夢，非大覺而又惡知其大夢。因念前者，種種勞塵，無邊幻影，皆屬流根，非本根出。一旦業盡緣空，愛銷幻滅，煩惱破除，識想何有？即色滅色，色空真見（根一）；即聲滅聲，聲空真聞（根二）；即香滅香，香空真齅

（根三）；即味滅味，味空真當（根四）；即觸滅觸，觸空真覺（根五）；即意滅意，意空真知（根六）。流根既净，本根乃現，乃始得以真覺性，證無上覺路也已。

夫《西廂》，始于佛空，終于夢覺。除是空則忽夢，夢則未覺耳。當其空前無色也，覺後非緣也，則其間之爲色與緣者，曾幾何時，而忘色與緣者，無窮期矣。然則有生滅者暫，而無生滅者常也。以有生滅心，求諸無生滅義，而使夢者皆覺，覺不復夢，咸登大覺焉。此固西來之本意，而命《西廂》者所由托始也，是雖小乘詎不終歸于大乘乎？故曰：《西廂》可以入藏。

渚山恒忍雪鎧道人，本名潘廷章，號梅岩氏，述于渚山樓
時康熙十八年孟秋七夕

（八）西廂三大作法（潘廷章）

一、用大起落。大起處，在"正撞着五百年風流業冤"一句；大落處，在"嬌滴滴玉人何處也"一句。前一句，陡然而接；後一句，嗒然而盡。未有前一句時，無《西廂》也。自有此一句，而凡自"假寓"以後至"驚夢"，皆自空中鬥出。所謂五百年業冤，自生煩惱。既有後一句時，又無《西廂》也。自有此一句，而凡自"長亭"以上至"佛殿"，又皆從空中滅去。所謂嬌滴滴玉人，原無實相。華從空生，即從空滅。業冤不盡，大覺不開。觀其一起一落，作書者具何等心眼也。

一、具大體段。合全部爲十六折，其意止有八折，因而重之爲十六折。猶夫《易》書，其理止有八卦，因而重之爲十六卦，而六十四，四千九十六卦之變，皆于是成焉。（六十四者，四其十六也。四千九十六者，六十四其六十四而究餘夫十六之數也。）

如"奇逢"一折，因而重之，有"鬧會"之一折。奇逢，崔張初會于佛殿也；鬧會，崔張再會于佛殿也。初會無心，再會有心，無心妄緣，有心緣妄，皆佛殿之業也，作一遥對。"假寓"一節，因而重之，有"請宴"之一折。假寓，紅娘奉夫人之命而來也；請宴，紅娘又奉夫人之命而來也。前命請僧，後

命請張，請僧而藉寇，請張而揖盜，皆夫人之疏也，作一遙對。"聯吟"一折，因而重之，有"聽琴"之一折。聯吟，雙文月下至花園也；聽琴，雙文月下再至花園也。初至而賡句，再至而聞琴。詩以送志，琴受心挑，皆雙文之不戒也，作一遙對。"逾墻"一折，因而重之，有"佳期"之一折。逾墻，雙文召張生也；佳期，雙文就張生也。召張生以詩，就張生亦以詩。彼詩何以忽屬其色，此詩何以忽眤其情，此雙文之不測也，作一遙對。"停婚"一折，因而重之，有"送別"之一折。停婚，夫人宴張生也；送別，夫人又宴張生也。前宴而盟解，後宴而交離。彼亦一把盞，此亦一把盞，皆張生之勞塵也，作一遙對。"解圍"一折，因而重之，有"驚夢"之一折。解圍掠雙文也，驚夢又掠雙文也。初掠之而形存，終掠之而影滅。存亦非真，滅亦非幻，皆張生之見妄也，作一遙對。"傳情"一折，因而重之，有"問病"之一折。傳情，雙文遣紅過張生也；問病，雙文又遣紅過張生也。前過而以束來，後過而以方去。束以誠投，方從假使，紅之所由受顛倒也，作一遙對。"窺簡"一折，因而重之，有"巧辯"之一折。窺簡，雙文詰紅也；巧辯，夫人詰紅也。雙文詰而雙文之假破，夫人詰而夫人之怒降（平聲）。假破而私成，怒降而姻定，紅之所由稱敏辯也，作一遙對。此皆作者顯然相犯，隱然相生，立一以定體，兼兩以致用，而與《大易》十六卦反對之用，同其變化者也。至若以"佛殿"始，以"草橋"終，則又乾父坤母，孕藏六子，雖與互對，而不爲互對者矣。此《西廂》之至奇也。

一、作大開闔。凡文字必先開而後闔，傳奇尤必始開而終闔。而《西廂》不然，《西廂》則先闔而後開，始闔而終開，小闔則小開，大闔則大開，蓋直以闔爲開，以開爲闔者也。通本有四開闔，而崔也、張也、紅也，皆求爲闔者也；法本也、惠明也、白馬將也、孫飛虎也，亦皆爲闔之人也；不爲闔者，止一夫人耳，而亦終于爲闔者也。其截然而爲之開者，則其中四人爲之，又皆求爲闔，而終于爲闔之人也。當張生之至逆旅也，不過一宿，乃急求閒散而走寺中。小姐之在居停也，諒已有日。適又思閒散而游殿上，瞥然一見，臨去回頭，何其不謀而同，無端而合，此即從闔爲入手者也。及假寓東墻，托憑青鳥，忽得峻拒之詞，幾疑昨所見人，隔在巫山，遠在天上，視之若近，圖之甚難。遂借紅娘作一閃，以逆起向後之勢也，此一小開闔也。乃未幾而牆陰贈答，未幾而花宮目成，又未幾而退賊壘門，許婚堂上，公私相協，旦夕乘龍，浸浸乎其闔矣。忽而夫人敗盟，大勢盡去，此借夫人作一閃，以截斷前後之勢也，是又一開闔也。幸而侍兒善誘，書生至誠，挑之以琴而心動，達之以簡而心益動。崔雖善假，終于報章，明月三五，昭昭彤管，此非母氏所得禁當，而侍妾所能從更者也，又浸浸乎其合矣。及玉人飛渡，金宵頓失，如江如漢而不可求，胡帝胡天而不可即，而張始氣盡于此也已。此就雙文作一閃，以捲起從前之勢也，是又一開闔也。逮靈藥偷傳，秘辛顯授，兩人之真心假意，一時折證，半年之萬想千思，一筆勾除，勢固已大闔矣。況乎鳩媒舌巧，抵節爭盟，夫人因而悔心，予婚遂有成議，勢固已大闔，而無不闔矣。乃贈策求名，星言夙駕，攬袪遵路，把酒離筵，向以爲室邇而人遐者，今且人遐而室更遠矣。迨陽關暮出，故國雲迷，旅舍青燈，不堪回首，而邯鄲一枕，遽然夢破，于是歡愉悲憂，綢繆繾綣，一時都盡。此又就張生作一閃，以放散通前通後之勢也，是一大開闔也。蓋不闔則不開，不大闔則不大開。他書段段以闔作結，《西廂》段段以開作結。他書煞尾，以大闔作大結，《西廂》煞尾以大開作大結。《易》傳曰："物不可窮也，故受之以未濟終焉。"而不謂作《西廂》者，竟悟其旨，此不可于傳奇中求之，尤不可于著書中求之。此《西廂》之至奇也。

（九）西廂只有三人（潘廷章）

西廂只有三人，一張生、一雙文、一紅娘。三人有三副性情，三種作用。雙文性情，即張生所道"多情"二字；其作用，即紅娘所稱"撒假"二字。觸處看來多情，觸處看來撒假。張生性情，即雙文所稱"志誠"二字；其作用，即雙文所謂"懦"字。一味志誠，所以成得事來；一味懦，所以急成不得事來。紅娘性情，即張生所云"鶻伶"二字；其作用，即紅娘自道"慇勤"二字。惟鶻伶，則心眼尖利，事事瞞他不得；惟慇勤，則意思周密，事事缺他不得。一個多情，一個志誠，兩相固也；一個撒假，一個懦，又兩相制也。中間放着一個鶻伶殷勤底，一邊去憐懦，一邊去捉假；一邊爲懦用，一邊爲假用。

《西廂》只有三人，故只有三人唱。唱者，與其有辭也，有情而後有辭，欲盡其情，而後能盡其辭。張之有辭，所以寫張之情，尤以寫崔之情。崔之有辭，所以寫崔之情，尤以寫張之情。而崔之情，有崔之辭所不能盡；張之情，有張之辭所不能盡者。紅則爲之旁寫之。而崔之情，有張之辭所不能盡；張之情，有崔之辭所不能盡者。紅則爲之參寫之。而紅之辭盡，而紅之情亦盡，而崔張之情，亦遂無不盡。是故夫人，家之督也，而不必有辭也；法本，居停主也，亦不必有辭也；白馬將，大功臣也，亦不必有辭也。何也？情不與存焉也。獨其間惠明之得唱，則與惠明有辭矣。惠明寧有情乎？惠明之有辭，蓋截前後際而不與中參者也。彼自爲億萬世英雄煉膽，十方國智識斷魔，大千界男女銷劫，故特與之高唱、猛喝，作獅子吼聲，爲普天下設法也。雖然，惠明不去，則白馬不來；白馬不來，則山門不守；山門不守，則崔張必死；崔張必死，則情緣不盡；情緣不盡，則劫業不銷。故特與之高唱、猛喝，作獅子吼聲，爲《西廂記》說法也。非夫人、法本、白馬之所得例也。

《西廂》只有三人，其實只爲兩人而設，兩人者，崔也、張也。然而無紅，則崔張之事必不成，崔張之情亦必不出。夫崔張之事，不過男女之事；則崔張之情，亦不過男女之情。然事有同倫，而情有萬族。其間之或喜或悲、或怨或慕、或與或距、或合或離，非此一人，則挑逗不靈，亦非此一人，則旋轉不捷。故必有此一人，而後兩人之情出，兩人之事亦成也。譬如天地之理，不外陰陽，陰陽之體，成于對待，其間或盈或虛、或消或息者，則在于參互錯綜之用。是故，崔張對待之體也，紅娘參互錯綜之用也。而其間之或喜或悲、或怨或慕、或與或距、或合或離，皆紅爲之參互錯綜，有以極情之變，而生其文者也。不然崔張便如奇偶兩體，板板對待，即使陡然作合，不過如村老爲兒女完姻，拜堂已畢，生事都盡，惡知男女情中，有如許消息盈虛之致，足以成變化而行鬼神哉。然則《西廂》爲二人而設，又未必不爲一人而用也。

（十）讀西廂須其人（潘廷章）

讀《西廂》當別具心眼，非尋章摘句可求也，非舞文弄筆可學也，當于坐雪窮源處得之，當于鏡花水月中遇之。樸直人讀不得，雕巧人尤讀不得；優俳家讀不得，稗乘家尤讀不得；跳浪子讀不得，冬烘先生尤讀不得。須騷賦名家讀，須良史才讀，須伶利聰明人讀，須真正風流才子讀，須蓋世英雄讀，須理學純儒讀，須大善智識讀。

《西廂》一書，昔人稱爲化工，一字一句都有天然節奏。其旨溫厚，一些尖纖用不着；其氣和雅，一些叫囂用不着；其味沉凝，一些浮滑用不着；其思深曲，一些徑遂用不着，却亦委實難讀。驚采絶艷有之，佶屈聱牙有之，婉細和柔有之。其婉細和柔，似《古詩十九首》；驚采絶艷，似《離騷》；其佶屈聱牙，則似《左傳》。宇宙自有文字來，十三經外，凡子史騷賦，樂府詩律，以及填詞歌曲，繁然并興。每一格中，必有一至極者，冠絶群流，如歌曲中《西廂》允爲方員之至，譬猶時烏變聲，水風成縠，偶然神會所成，非擬議思維可到，極好人尋思，極耐人咀味。當如獨蠶抽絲，漫尋端緒，雪竇品茶，辨之色味之外可也。近者僞本突出，縱其諧浪之習演，成一片風魔，豈曰效顰，實爲唐突，奪朱亂雅，全失天然之致。歌曲雖小道，是亦宇宙來文字一大厄也。今悉從田水月、碧筠齋元本點定，絶不竄易一字，庶廬山之面目復存乎。俟與知味者共賞之。

讀古人書，須觀作此書者如何貯意，觀此書從何處入手，從何處結束，而後古人之意可得而求也。如《西廂》入手，可以不在佛殿，則閑園別館，無處不可停喪；崔張邂逅，何門不可曳裾，而作者必欲于普救之西廂也。相逢不在佛殿，則《西廂》可以不讀也。《西廂》結束，全在草橋，科白中一"覺"字，前者都是夢。此時方覺夢中多幻，覺後無文，故《西廂》終于草橋也。若"驚覺"二字可以抹去，則《西廂》可以不讀也。吾不知具何眼眶而必欲閱此一書，吾不知主何肺腸而必欲竄此一書，其意不可以告錦綉才子，并未可以遍告天下。錦綉才子也，必如伯牙學琴，待成連刺船而去，然後得之；必如康子琵琶，不近樂器十年，而後可以語之。

梅岩氏漫識

（十一）附記語録一則（王廷昌等）

昔丘公瓊山，至南海寺，見一僧面壁趺坐。公曰："是參何案？"僧曰："只爲臨去秋波那一轉，未曾下得一轉語。"此案至今未有道得，近見《北游集》中。

世祖皇帝嘗語弘覺禪師曰："請和尚將臨去秋波那一轉，下一轉語。"師曰："不是山僧境界，此語殊欠擔當。"上顧首座曰："天岸何如岸？"曰："不風流處也風流，又未免騎驢覓驢。今竊于岸語下，更作一轉，留得廬山一片石，此身何處不風流。"渚山師曰："又來多事。"渚山一日在普救上堂，學者進曰："如何是西來意？"師曰："隨喜。"到上方佛殿復進曰："如何是西歸意？"師曰："千種相思，對誰説。"又進曰："如何是西來復西歸意？"師曰："臨去秋波那一轉，使當日面壁老僧覿面受偈，便當撒下蒲團矣。"

掌記弟子王　廷昌　廷彦　廷珍　廷獻　撰述

（十二）記事（潘景曾等）

一、《西廂》書緣情證性，即色歸空，而以鼓歌將其妙旨。所謂言之不足，故長言之；長言之不足，故嗟嘆之；且不知其手之舞之，足之蹈之矣。誠宇宙一大奇書也。家大父啓五百年未泄之秘，使作者心目始露，閲者手眼頓開，又宇宙一大奇緣也。拂塵清談，等于拈花微笑，或比之郭象之注莊，輔嗣之闡易，不啻道里矣。

一、家大父避迹河汾，逃虚耽寂，盡空一切，獨于古今記載之林，不能謝却。研思端理，寒暑忘倦，自《左》《史》而下，纂述評論，不止數十種。以身隱焉，文未敢問世。是書初因僞本突出，耳食者競相傳誦，特爲標指覺迷，是書便可入藏。禮俗之士猶誤認爲詞曲，故寧久緘笥中，而從游諸公互相傳寫，見知者靡不解頤，因不敢私爲帳秘，強而行之，非其志也。

一、樂府降爲歌曲，今之歌曲，古之樂府也，于開闢來，實爲創格。自院本盛行，世儒概以淫哇目之，實甫遂不堪爲秦漢作者奴矣。不知其原實出于古樂府，一經詮發，遂可與經史并垂。昔雲間趙桂丹先生，嘗啓家大父曰："吾于元人得兩書焉，于豪俠得《水滸傳》；于性情得《西廂記》，元文一代蕪靡，直以二書補之。蓋天運趨而日變，文運趨而日新，河岳英靈不鍾于正文，而見于詞說，可以觀老蒼之意矣。"

一、《西廂》之名舊矣，冠以"西來意"如何？張生云："小生自西洛而來。"此即其意也。蓋西洛者，西方極樂界也，其地無有根塵色相，并無憂愁苦惱。蒲東者，震旦國也。自極樂界而來，震旦始見微塵，種種以色身演說，而使皆得度，此命書之意也。要于本文，未嘗增損，近代評論不一家，莫善于田水月與玉茗堂、延訂閣諸本，雖手眼各見，而廬山之面目常存。是書之稱"西來意"，猶其稱田水月與玉茗堂、延訂閣也。

一、疁城陸君揚，近代之段善本也。不獨精諧音律，而于詞義考究尤深。間嘗與家大父論及"長亭送別"中"量這大小車兒如何載得起"一語，當于"這大"二字下落一剩板作句，"小車兒"另斷作句。人皆順口接去，此特領意微妙，其視錦綉才人，奚但上下床間哉？其他訂訛不一，如"馬兒迍迍行，車兒快快隨"，皆其所論定，謂皆得之元本。本文已經論及，不敢沒其慧眼，特命表而存之。

一、天地間缺限之事可憾，無端附益之事尤可憾。如人身之有贅疣，日月之有珥蝕，傷于氣體不小。《西廂》續四折，且不論其文詞之工拙，總不宜說起有此。查日庵先生《快樂編》中載，周顛仙降于乩，有客進問："續西廂四折何如？"周曰："笑死了。續一字之刺，勝于三千之刑。"

一、是刻楮板精良，刷印朗潔，文房珍玩，如有翻刻，千里必究。

孫男　景曾　綱曾　慶曾　謹識

（上十一種均見：清康熙十九年潘廷章評本《西來意》卷首）

（十三）附西廂辨偽

鴛湖褚元勳芳型氏偶筆

《西廂記》不知何人所作，或云王實甫，或云董解元。《輟耕錄》則載董作，陶儀客，元人也，當非漫傳。【潘夾】今董有別本西廂，乃彈唱詞，非打本也。漱者叙則云"得之董解元原稿"，尤可徵也。《西廂》一書，昔人稱爲化工，非騷人詞客，擬議思維可到，爲王、爲董。造物或者假手其間，以發其靈奇慧巧。即使董、王能作，輟筆之後，即欲復作一字不能。此如天籟所發，疾徐和怒，時至氣行，即有過量不及量處，亦無從追易也。近有貫華堂僞本，將原本從頭竄易，全非本來面目，而猶冠以"西廂"二字。何異山魈冒人形，意欲取媚于人，到底本相盡露。貫華才子，其無始稟受來，只有小説伎倆。故童年一見《水滸傳》，如逢故我，因遂沐浴寢處其中，即有竄易，自見鋒款，人亦以此見許。彼遂矜誇自得，便將此一副伎倆，逐處施去。施于小題，一《水滸》也；施于《西廂》，亦一《水滸》也。夫小題爲昔聖賢傳神寫照，其不可以放浪自喜也，固矣。

　　若夫《西廂》爲言情之書，筆筆風雲，字字波俏，情在或出或没之間，意在若近若遠之際。其靈洞恍惚，使人捉着猶將飛去。而才子所説《西廂》异是，其寫張生，必粗狠莽撞，渾身是一個李逵（辨詳後）；至其雄狐綏綏之狀，又似西門慶。其寫小姐，必易笑易哭，渾身是一個潘金蓮；做張做勢，又似閻婆惜。其寫紅娘，鬼頭鬼腦，渾身是一個時遷；忽然狠毒，又似石秀。只因才子止有一副《水滸》伎倆，心眼不能少變，遂欲將《西廂》作一例看。不知《水滸》與《西廂》，人物事情，各各不同。《水滸》一味爽快，《西廂》一味飄逸。《水滸》飄逸處亦皆爽快，《西廂》爽快處亦皆飄逸。將來一例看不得。才子未免多此一事，以至出乖露醜，彼猶喋喋于《左》《史》《莊》《騷》，又將誰欺哉！世或不察，存僞失真。因略舉紕繆，列爲四端，以質原詞。苟有耳目，自能辨析，然舛錯甚多，何堪殫述。

一改换關目

奇逢

　　開卷處道崔張相逢不在佛殿，便昧却作者立言本旨，即應一炬付之，猶欲終卷卒讀者，非愚則痴。

"正撞着五百年風流業冤"句，緊接上"參菩薩""拜聖賢"三句，此正色空相禪之介，陡然而變，文心靈妙恍惚，莫可言狀。此一部《西廂》緊關處也。乃于此一句上，橫添入"那裏一座大院子"，一發要去、法聰拖住等科白，不但一片靈機妙箸，全然不懂，將張君瑞寫作一個浮浪狂且，略無一些蘊藉。與上文雍容閑都氣象，全然不類。

《西廂》之有別院本，文自明。夫人開場便道"在這寺裏西廂下一座院子安下"。他日又云"自今先生休在寺裏下，請來家內書院安歇"，雙文之居別院明甚，無勞才子具眼。

夫人命紅娘："你看佛殿上無人燒香，同小姐閑耍一會。"今既云不到佛殿，只在前庭，又何必襲其句云："紅娘你看前邊庭院無人，同小姐去立一會。"夫人停喪既在別院，且有潭潭相府規模，此豈閑園空館，容人闌入者乎？將何時，是有人時節須你去看來。

雙文佛殿一行，去來飄忽，寫得一片驚疑。宛如洛水宓妃，巫山神女。今改作門前倚立，便是潘金蓮簾子下行徑，欲抬高雙文，正辱沒雙文也。必曰千金不出閨門，他日齊壇之會，何以稱焉。

假寓

"不做周方"二闋，是張從旅邸行到寺中，一路來，心口自想之詞。與聰相見在第三闋【迎仙客】上，今改于第一闋前即與聰拱手，遂將"不做周方"，作認真理怨和尚之語。張是何等人物，焉有魔頭魔腦，一直闖來。將和尚兜頭一唱，成何氣品？此何異李鐵牛在潯陽酒肆中索錢邐爾，摩拳相待。

聯吟

紅娘代祝祠云："願姐姐早配一個俊俏姐夫，拖帶紅紅娘咱。"今改入："願配姐夫，冠世才學，狀元及第，風流人物，溫柔性格，百年成對。"二十餘字，其雅俗冗倩，相去幾許。有客許霞真，性善詼諧，一日在學圃荷亭啜茗，雜引他事以銷盛夏。言及吳中有一貲郎謁見當事，盛稱今科鼎元某老的，係治晚中表至戚，莫逆通家、性命骨肉之交也。時傳以爲談柄，今觀紅娘代祝，俱可稱詞令妙品。

鬧會

"梵王宮殿月輪高"，謂是十四初更，不是十五，張欲急看鶯鶯，故黃昏扒起，誤認十五也。其如篇首原有"（法本引衆上殿）今二月十五開啓法筵，先請張先生拈香"科白，今突移在第二句"瑞烟籠罩"下，當日決非不諳晦朔弦望，而漫然下筆，待人捉綻。今觀通篇，但言夜，不言日，必自有故，枉自移山換海也。且【新水令】止六句，焉有分作上下兩半夜唱之理？高調方發，隨即輟弦停拍，多時多時，然後接唱，音律不亦破碎乎？此全本西廂未有之事，亦凡爲元曲未有之事。

解圍

"不揀何人，殺退賊軍，願與英雄結婚姻，成秦晉。"此論發門雙文，所以妙甚。夫本諸人一時見不及此，雙文胸有成竹，不惜和盤托出，果然張生挺身應命，鶯遂云："只願那生退了賊者。"今將此語抹去，改前論發自夫人，形得雙文羞澀。豈有獻與賊人，不惜明言，結婚英雄，翻爲害口？看得雙文身分，反不若扈三娘了。惠明既到蒲關，爲邏卒綁縛，膝行而進，將他一種威力神通從頭消盡。

請宴

"一緘書倒爲了媒證"，又云："這親事倒虧了賊來也。"此語出紅娘口中增多少香艷，今一筆抹去，于末處增張生科白一段，高叫"孫飛虎，我的大恩人"，索十千貫足錢做好事追薦他。前日追薦爺娘，止用五千錢，今用十千貫追薦賊頭才子，常説立言有體，不知此言之體安在？

停婚

落白張生，正以不能盡辭爲妙，所以夫人腸柔意轉，復留書院也。今易以一往抵突之語，如忽以"兄妹"二字兜頭一蓋。"請問小姐何用小生爲兄，小生真不要小姐爲妹，上有佛天，下有護法"等語，一派黠徒口吻，也算是錦心繡口。

聽琴

張改弦彈《鳳求凰》科白，本在【聖藥王】下，今移在前【麻郎兒】下，并前"其聲壯"一闋、"嬌鶯雛鳳"一闋，俱作和弦未成操時的話。前和弦既有【天沙净】兩大闋矣，今又益以三大套曲，焉有和弦和了半夜，正彈只得數句？正不知對誰彈了也。

崔、張兩意方投，將紅娘掩來掩去，末後突出，大喝道"甚麽夢中"。明明是時遷在翠屏山後，突然撞出，使楊雄、石秀陡然吃驚，忽作歡笑而去。

窺簡

聽琴前晚也，命看張生昨日也，回話今早也。紅明有"今早回他話去"數語，俱抹去，將遣看張生，回話小姐，作一早晨事說。小姐遣紅已起身，幾時至張生處，窗外立幾時，叙話幾時，寫書幾時，及至回來，小姐反未起身，銀缸猶燦乎？看《西厢》至此，直連日瞌睡未醒。

張生接得鶯鶯回書，讀畢笑云："呀，今日有這場喜事，紅娘姐和你也歡喜，小姐罵我都是假。"紅云："試讀與我聽。"只此數語，何其蘊藉？今作張生跪讀畢，起立大笑，笑畢又讀，讀畢又解，解畢又笑，笑畢又讀。張解紅問，紅問張又不解，張解紅又不明，問而又解，解而又讀，讀而又笑，衍成一片風話。寫得張生渾身呆氣，滿面魔頭，寫得紅娘全無乖覺，閱此一過，不覺嘔噦竟日。

問病

"桂花搖影"一闋，"小姐有一個藥方送與先生"白下，此時尚未授柬與張，便將贈方之意，隨口謅出許多藥名。明將書中機關逗破，使張開緘讀之，不覺失笑。今移在張生開緘之後，張既知情，紅復爲之蛇足，暗已不暗，明而不明，豈非嚼蠟？

佳期

鶯云："羞人答答怎生去。"紅云："我小姐語言雖是強，腳步蚤已先行也。"片語便見無數風雲，今增入許多科白："（紅云）小姐去來去來。（鶯不語，紅又云）小姐没奈何，去來去來。（鶯不語，做意科，紅又催）小姐，我們去來去來。（鶯不語，行又住，紅又催）怎麼住了，去來去來。（鶯不語，行科）"此全仿武大嫂在王婆樓上，砑光潘巧雲到海闍黎房中看佛牙，皆逐層逐層挨進去，全無一些大雅。

巧辯

紅娘直説過了，夫人教紅娘喚鶯鶯來。此時母子相見，有大家出口不得處，只好以一二語了之。今作夫人見鶯鶯，放聲大哭叫聲"我的孩兒"。鶯鶯又哭，紅娘也哭，夫人又哭，云："我那孩兒，今日被人欺負。"此四字完然從武大嫂口中抄撮來，雖是帷薄不修的事，也還要存大人家一分體面。

送別

【四邊靜】上，夫人一起車先去，此張與夫人總別也。【耍孩兒】【五煞】下，張別去，此與崔私別也。猶琵琶之有大分別，小分別也。今改夫人于張生去後方歸，又不與小姐同行，是何情節？

驚夢

據云北曲無兩人并唱之例，故不用鶯鶯唱，只用張生聽。遂將"走荒效曠野"四段，作鶯鶯在内唱，一在外唱，便不算兩人互唱矣。誠何異掩耳偷鈴謂人不聞也。至寫鶯鶯之唱，直是鬼出；寫張生之聽，直是魂出。惡聲惡口，衍成一片風話，使人念不得，使人聽不得，向者偶閱一過，至今作惡未了。

鶯鶯不被卒子搶下，卒子反被張生嚇下。鶯鶯猶在店中，醒來猶喚聲"姐姐"，全不知生滅關頭，業冤何時得了。如此看書，與他從何處説起。

"覺"字是一部西廂結束大主意所在，竟將張生驚覺科渾手抹去，改作張生抱琴童，叫聲"小姐"，全襲西樓錯夢于叔夜抱文葆之事。錯夢本仿驚夢，已是拾人餘瀋，今反將驚夢去仿錯夢，可謂舍却本來無盡藏，反去咬人乾矢橛。

強作解事

奇逢

"偏宜貼翠花鈿"，"偏"字一讀，猶言獨妙，襯在"春風面"之下，"宜貼花鈿"之上。明贊其面之獨宜于貼翠也。今解作雙文側轉身來，不但搖頭側腦，雙文無此醜態，亦不知鈿窩在兩眉之間。古宮妝安黃貼翠，多在此際，此豈側轉身來可見。

"游藝中原"，張不過自表其尋師訪友、游學論文之意，遂云張是游于藝的，便是志于道的，豈不賽過冬烘百倍？"行一步可人憐"，言凡行一步，有許多嬌態。今解作只行得一步，若只行一步，下爲何有"千般裊娜，萬般旖旎"？許多描寫，又將"行一步"句，搖接前"偏"字，謂側轉身來，便一步走進去了。中間尚有【勝葫蘆】兩闋，形容許多語默行止，此豈一步間可得？而必以此爲翩若驚鴻，方爲活雙文而不知，搖頭擺腦竟爲醜雙文也。

"襯殘紅"一闋，從雙文歸途，迤邐追踪而至，言其一路俄延，傳出無窮心事。若只在自家庭內，芳徑香塵，却從何處寫來？豈張與聰，闌入內庭，作如許輕狂乎？總欲遷就其不到殿上之語，便如敗絮行荊棘中，不覺處處挂礙。明明說"打個照面"，明明說"臨去秋波那一轉"，而必曰張生調謊，雙文實未見張生也。雙文胸有情苗，眼具慧力，不痴不瞎，豈有當面茫然？如曰一見張生，便爲售奸，則後文聯吟、聽琴等劇，俱可一筆删却，《西廂》直可不作也。

聯吟

"羅袂生寒，芳心自警"，是張自寫其初學偷香、心驚膽戰之狀。故下遂接"側耳躡步，悄悄潛潛"等句。乃云此二句，是說雙文。謂張算到夜深，其袂必寒，袂寒其心心動，心動必悟夜深，夜深必要燒香，燒香必要急去。此等見解，想從哭白丸子上得來。某甲于市中，見賣白丸子者，遂號慟不已，人問其故，則云"白丸子乃款冬花所造，款冬葉似枇杷葉，枇杷葉似驢耳，驢耳似馬耳，我對門馬二老官死了，因此痛哭"。才子錦綉肚腸，曲折往往類此。

"一更之後，萬籟無聲"，因下有"角門兒呀的一聲""聲"字，遂謂此無聲，是即不聽見開角門聲也。"萬籟"二字，出于《南華》，可惜將來放在門角落裏了。

"直至鶯庭"，是設想如此倘得邂逅也，便道一更之後，猶然萬籟無聲。他也無禮，我也無禮，遂爲排闥上床之計。此便是黑旋風等不得一清道人回話、半夜裏獨上二仙山斧劈羅真人的氣質。恐張生未必豪舉至此。

"香烟人氣，氤氳的不分明"，亦只借說如此。乃以"香烟"二字，接前燒香，遂以"人氣"二字，接前長嘆，謂雙文一嘆如許濃。至妙哉！雙文腹中竟有似窒烟者。

"忽聽、一聲、猛驚"，又道是關角門的聲，不知下句緊接"撲剌剌宿鳥飛騰"也。

鬧會

才子動稱《西廂》妙文，絕類《左傳》。從未見其指出《西廂》何折，與《左傳》何篇相類，止"引澗溪沼沚之毛"四句。謂四句只是一句，一句只是一字，用以證"淡白梨花面"四句。三家村裏八九歲孩子，甫畢經書，從舖子上買得必讀古文一册。開章第一篇，餘姚先生已作如此講解，其伶俐又不必若此講解，才子屢誇《左傳》，探討豈竟止此。

解圍

謂是畢竟無中策，用獻與賊人，先出下下策，以起傳示兩廊之下策。謂雙文未免孟浪，要知雙文不是泛然召募，兩廊僧衆中，如錐處囊者，幾人耶？雖在危急存亡之秋，此事豈是孟浪得的。

請宴

紅云："奉夫人嚴命。"張遽答云："小生便去。"于紅娘口中漏却"請"字，正與下"請字兒不曾出聲，去字兒連忙答應"關照得妙。今將下二句，改作"我不曾出聲，他連忙答應"，竟不知該出何聲，彼答何應也。且紅娘早有"奉夫人嚴命"一語，已曾出聲過來。于詞理承應處，全無一些照顧。

"來回顧影"，特將無鏡作波瀾，賣弄風騷也。乃解作張已出門，忽又回來，相頭相脚，遂有許多封米瓮蓋菜瓶之事。下"一事精"四句，謂即贊此，以爲養得鶯鶯活也。夫養得鶯鶯活，而須米瓮菜瓶耶？將張解元作武大一流人看，豈不是賣菜傭的話。

聽琴

謂紅娘不以張情告崔，令張自以琴挑，直以小姐守禮，紅娘知分，不敢以開外之語相干，不敢以卑賤之言上瀆。此時尚作如許夢話，必若所云，阿紅在二月十五以前，斷不得以二十三歲之言進矣。此皆不將眼光通顧前後者也。

傳書

"嗤，扯做了紙條兒"，此紅娘故作波瀾，乃不幸言而中。遂謂紅娘早早猜破，斷無便與傳去之理。下文何以又有"放心學士，我願爲之"等句？要之，紅娘事事布景，言言帶謔，一味認真不得。

"管教那人兒探你一遭兒"，謂故作此滿意語，反挑下文之不然也，眼光又看得忒近了。紅娘一身義俠，然諾必誠，意氣不減古押衙。此語既已出口，正爲他日就歡立案。

窺簡

"將暖帳輕彈，揭起梅紅羅軟簾偷看"一闋，寫出侍兒從容次候，無數小心。今看作放肆輕忽，道紅娘挨身進房，將帳兒一彈，彈帳不覺，揭簾偷看，全副是時遷偷鎖子甲行徑。閨閣中有禪理，粗人那得知。

雙文看見紅娘，不問起回音，便道雙文觀破紅娘輕忽，故作倦怠，及至妝盒得書，便一時發起威來。此便是閻婆惜見宋江，作病作嗔不通一話，忽然拿着招文袋，便放出嘴臉，獨不道傳情遞請束，第一要捉空便的，不是說了便走，走來便遞，人之有目，甚可畏也。耳屬于垣，不可度也。紅所以遲遲至今早，崔所以緩緩不急問也，情私中有禪理，粗人那得知。

"幾曾見寄書的，顛倒瞞着魚雁"五段，固是紅娘不平之鳴，然一味蘊藉尖酸，略無憤怒之色，乃曰惡罵惡詆，曾不少顧，至云毒心銜，毒眼射，毒手揮，毒口噴，千毒萬毒，欲殺欲割，將紅娘全然看做石秀拿奸一例。詞間并無此態，前云紅娘守分，必不敢以卑賤上瀆自家說過的話，也曾想一想否？

逾墙

紅云："我去關了角門，怕有人聽咱說話。"此正是紅機鋒藏不得處，明知小姐暗勾下人，特爲點破。此處反看道紅娘怕事，借端抽身，與前說千毒萬毒等語，了不相顧，又看得紅娘全無乖處。

問病

崔之用情，大約不欲明言，要人意受。以紅之機警，未免鋒穎太銳，失于回味。若此之贈方，却從紅昨者"病患要安"一語生出，明是以意語意，不復別作公案也。紅亦言下瞭然，略無猜疑，一路點逗，見面嗟憐，皆帶三分尖酸，二分諧謔。乃曰不通風縫，全無捉摸，仍作前文答簡時一例看，眼力不能少變，又看得紅娘全無乖處。

佳期

"瀟洒書齋，悶殺讀書客"兩句自作開闔，言如許瀟灑的書齋，宜無悶不破。今偏悶殺，甚言悶不可解也。今即將"瀟灑"二字作悶用，言雙文不來，故猶然瀟灑，豈雙文一來，遂加熱鬧乎？説得張生一團欲氣，抑且看得雙文渾身膻氣。

巧辯

"【收尾】來時節畫堂簫鼓鳴春晝"一段作多少歡喜之詞，且自誇其功伐也，便可省却許多榮歸合卺俗套。今偏解作悶辭，真是別有肺腸。

送別

"馬兒慢慢行，車兒快快隨。"謂一慢一快，一路趕上，車在馬右，馬在車左，男左女右，比肩并坐，此衛靈公與夫人招搖過市景象，不意于長亭復見之。且元本是"迍迍行"，世本誤作"逆逆"，今又改作"慢慢"，以訛傳訛去之愈遠。某甲主觴政，適當春雨，拈一口令，曰："春雨如膏。"其乙曰："夏雨如饅。"首蓋誤"膏"爲"糕"也，其曰："周文王像炊餅。"則又誤"夏雨"爲"夏禹"矣，若使其丁奉行，又不知作何許語？今"慢慢"之與"迍迍"，何以異是。

驚夢

謂北曲不用兩人唱，故藏過鶯鶯，而在內唱，便不算兩人唱矣。豈知鶯鶯在長亭別去，草橋店中無鶯鶯也。張生夢中所邁，即張生魂之所變也。此時猶執爲兩人，何異撲莊生之蝶、爭鄭人之鹿哉？語云"痴人前不可說夢"，洵然！

一竄易字句

《西廂》妙在正文之飄灑，尤妙在襯文之倩利，風流蘊藉，真所謂天姿國色也。今易以一往武夫悅氣，市井諢氣。彼則標指見月，此必刻舟求劍；彼則點睛欲飛，此必畫蛇添足；彼則拈花微笑，此必厲嘴張牙；彼則非馬喻馬，此必騎驢覓驢。不但靈蠢霄壤，抑亦雅俗冰炭，略不會心，毫無咀味。元本曲白，俱用北音，往往易以吳語，面目頓改，聲口并失，最可笑者。通本中橫添入無數你字、我字、他字，每篇有之，每段有之，甚至每句有之。如"奇逢"："我明日透骨髓相思病纏"，"我當他臨去秋波那一轉"，"我便鐵石人也，意惹情牽"。如"停婚"："他其實咽不下玉液金波"，"他誰道月底西廂，做夢裏南柯"，"他酩子裏搵濕香羅"，"他眼倦開"，"他手難抬"，"他斷難又活"，"你低首無言自摧挫"，"你不甚醉顏酡"，"你嫌玻璃盞大"，"你從依我"，"你酒上心來較可"，"你今煩惱猶閑可，你久後相思怎奈何"。此蓮子胡同中聲口，使人念不得，使人聽不得。如此等類，莫可殫述。

奇逢

"怕你不【潘夾】竄"空"字。雕蟲篆刻，有幾個【潘夾】竄"兀的不引了人"六字。意馬心猿"，不知此六字如何添上，如何解說。

"這邊是【潘夾】竄"你道是"。河中開府相公家，那邊是【潘夾】竄"我道是"。海南水月觀音院"，張因聰有"河中府小姐去遠"之句，故接口云："你道是河中府小姐，我道是海南觀音院也。"若那邊這邊，聰上人從幼剃度此山，豈不知之，須你今日來分剖？

"我明日【潘夾】竄"怎不教"。透骨髓相思病纏"【潘夾】竄"染"字。，請問何以必在明日？

假寓

"不要香積廚，不要【潘夾】二字增。枯木堂，不要【潘夾】竄"怎生離着"。南軒，不要【潘夾】竄遠着。東墻"，凡經上文有此一二字，下便連片接去，不管文理之安不安，以爲痛快。

"得他時我定要【潘夾】三字增。手掌裏奇擎"，此三字，真所謂下命釘也。

【耍孩兒】五煞，怨夫人有之，怨紅娘有之，怨小姐有之，自怨亦有之。乃于五段之首，每加"紅娘"兩字，第一段"紅娘你自【潘夾】四字增。年紀小，性氣剛"，第二段"紅娘你【潘夾】竄"夫人"二字。忒慮過，空算長"【潘夾】竄"小生空妄想"。，第三段"紅娘他【潘夾】三字增。眉兒是【潘夾】增。淺淺描，他【潘夾】增。臉兒是【潘夾】增。淡淡妝"，第四段"紅娘我【潘夾】四字增。院宇深，枕簟涼"，此自家家裏事也，來喚紅娘，某甲慕爲青樓之游。因平日見世俗稱青樓中人，必曰"小娘"，是夕每有所須，必高呼"小娘"。凡飲食寢處之事，無不連呼"小娘"者。聞者莫不撲口。明晚歸臥家中，夢裏猶呼"小娘",其妻大憤,曰:"今夜當呼大娘矣。"特爲紅娘一笑。

"下邊【潘夾】二字增。翠裙鴛綉金蓮小。上邊【潘夾】二字增。紅袖鶯銷玉笋長",河中府,觀音院,要分個那邊這邊。手脚也要分個上邊下邊,事事四至分明,不然手脚亦恐人倒認。此才子看書最爲精細處。

聯吟

"定要我【潘夾】竄"便"字。緊緊搜定",三字不但下命釘,渾是一種無賴口氣。

鬧會

"燭滅香銷"下抹去鶯白"那生忙了一夜"句,將崔與張無數關情處全然抛却。

解圍

"我只是【潘夾】三字增。風裊篆烟不捲簾",句首忽添三字,何異萬鈞頑石,壓在頭上。

"相你【潘夾】增。臉兒清秀,一定【潘夾】增。性兒溫克",好一個風鑒先生。

請宴

"封鎖過【潘夾】竄"淘下"二字。陳【潘夾】删去"黃"字。米數升,蓋好了【潘夾】竄"炸下"二字。七八瓮軟蔓菁",意謂謙其筵席之薄,恐與下"金帳玉屏"等詞不合,故易作張生酸腐實迹。張生酸腐,酸不至此,腐不到此,況以此養得鶯鶯活也,此便算張生的冠世才學了。

"正中是【潘夾】增。鴛鴦夜月銷金帳,兩行是【潘夾】增。孔雀春風軟玉屏,下邊是【潘夾】竄"樂奏"二字。合歡令",又要分出中間兩邊,上邊下邊來。恐鴛鴦帳不在中堂,孔雀屏亦非傍列,合歡令脫去"樂奏"二字,亦不知是何名目。未必便應在下"請才子另行擺設"。

"生成是一雙【潘夾】窜"明博得"三字。跨鳳秉鸞客，怕他不【潘夾】窜"俺到晚"三字。臥看牽牛織女星"，跨鳳秉鸞客，不兼兩人說。臥看牽牛織女星，又非指崔也，橫加"怕他不"三字，純是一種無賴口氣，用事至此，盡成穢褻。

停婚

"除非說【潘夾】增。我相思爲他，他相思爲我"，此三字如何接上？且此種口氣，總非北音中所有。

"肚腸閣落淚珠多"【潘夾】全窜"江州司馬淚痕多"。，此等句法，從何處搜索得來？有一新嫁娘，于花燭之夕，夢中小遺，其夫甚怒遣歸。其母曰："我女離母甚悲，因新婚不敢聲哭，故眼淚都從肚裏落了。"此亦可謂錦心繡口。

聽琴

"不是我【潘夾】增窜"令"字。他人耳聰，知你【潘夾】窜"訢"字。自己情衷，是爲【潘夾】增。嬌變雛鳳失雌雄，分明怕伯勞飛燕各西東"，用字千牢萬實，略無一些餘韵。

"外邊【潘夾】增。疏簾風細，裏邊【潘夾】增。幽室燈清，中間【潘夾】增。一層紅紙"，又分出外邊、裏邊、中間來。一帶房子，必要分別個那邊這邊；一雙手腳，也要分別個上邊下邊；一扇紙窗，亦要分別個外邊裏邊。可謂表裏精粗無不到，上下四旁皆方正矣。

遞簡

"遭橫事【潘夾】窜"因喪事"。幻女孤兒"，何其作不祥語也。"何干【潘夾】窜"足見"字。天地無私"，將感戴天地之詞，變爲呵罵，且"無私"二字，如何將"何干"二字搭上？文理種種若此，不知咳何物過日？

"弄得【潘夾】二字增。沈約病多般"，此等字面，斷不是騷人口吻。

窺簡

"我若遞與他，他必然撒假"，"撒假"二字，是雙文一生氣品，被紅娘鶻眼拈出，此是通本點睛處。後文"喜怒其間，性難按納"等語，俱從二字生來。竟將二語一筆抹去，此語全然不省。

"險些兒把娘拖犯"，紅自稱"娘"，雋妙异常，今將"娘"字改作"奴"字，風趣頓失，真是點金成鐵手。

逾墻

"你且【潘夾】竄"一個"二字。潛身在曲檻邊，他今【潘夾】竄"一個"二字。背立在湖山下"，作親對張生說，則張既見紅，下爲何又有搜慌之事？

"便是【潘夾】竄似字。紅紙護銀蠟，便是【潘夾】增。柳絲花朵垂簾下，緣莎便是【潘夾】竄"茵鋪着"三字。寬綉榻"，"寬"字更加没理。

"良夜又【潘夾】增。迢遥，閑庭又【潘夾】增。寂静，花枝又【潘夾】增。低亞"，叠三句寫來。文情何嘗不是一片，必用一字作綫，方爲貫串。此鈍漢縛卵之計，不爲巧手。

"嬌滴滴美玉無瑕，莫單看【潘夾】三字增。粉臉生春，雲鬢堆鴉"，從中忽添入三字，連上句播得穢褻之極，徹底是王乾娘口氣。

問病

張云："紅娘姐，此詩非前日之比。"紅云："哦，有之。"【潘夾】三字增。此吴音也，中如此類者甚多。

"俊的是龐兒，俏的是心"，中間襯入兩"是"字，何其婉約多風也。遂將"是"字連片插入，上下九句内不管文理安不安，語氣受不受，一直數去，以爲痛快。

佳期

本詞儘褻矣，又添入許多你字、我字。才子佳人初歡之夕，遽作如許狎昵之詞，得毋有傷大雅。

巧辯

"那小賤人做了饒頭"，"小賤人"三字，替夫人說得好，"做了饒頭"四字，陪小姐說得好，一語之間，無數風雲。今改作"我紅娘做了牽頭"，此語便何消說得，令人意味索然。

"釋之以去其污"一語，是夫人最心折處，此事所以迎刃而解也。便一筆抹去，全折中便少商量。

"他說【潘夾】竄"道"字。紅娘你且先行，他說【潘夾】竄"教"字。小姐權時落後。"道字、教字，口角輕雋宛妙，且分用二句，亦各虛實不同。今因夫人有他說甚麼之問，紅云："他說夫人事已休。"遂將此二字，連片用下，而不知其句法之各有相宜也。

送別

"倩疏林你與我【潘夾】增。挂住斜暉，你供食太急，你眼見【潘夾】增。須臾對面，頃刻別離"，你我字至此猶放不下。疏林上也加去，飲食上也加去，將何物何處不可加上？不必有詩爲證。

"大家是【潘夾】三字增。落日山橫翠"，請問此三字，如何放上。"方纔還是【潘夾】竄"笑吟吟"。一處來，如今竟是【潘夾】竄"哭啼啼"。獨自歸"，此潘金蓮哭武大郎聲口。

"紅娘，你看他在那裏【潘夾】此句增入。。四圍山色中，一鞭殘照裏"二句，情景在想望之中，何必看見，何必不看見，必曰你看他在那裏，又下命釘矣。

驚夢

將"驚覺"二字一筆抹去，此時猶然做夢也，不知魔頭何時得醒。

一橫分支節

元曲，一闋自爲一節，一節自爲一情，各有天然起落，界限井然，無煩別起爐竈也。忽然用右第幾節章法,橫分支節,不但頭腦冬烘,遂使首尾瓦裂。或割下段搭上段,作一節;或截上段搭下段,作一節;或從一段中割開作幾節;或將一句來截斷作兩節;或將界白移填;或將關目揑入。更可怪者,或截上段末一句,或三字或兩字,置下段首作領,不獨頭上安頭,而反使足加頭上;或割下段起一句,或三字或兩字,置上段尾作結,不獨脚下生脚,而反使首居足下。顛倒錯亂,割裂零星,莫可言狀,頓使文理周遮,音調破碎。今三吳有碎剮《西廂》、腰斬唐詩之謠,其爲不祥莫大焉。聞有才子唐詩,間過友人案頭,亦有此書,從來不敢索看,不忍又見少陵諸公身入苦海也。

奇逢

【上馬嬌】一闋,止四句,離爲三處,而將末句"宜貼翠花鈿",搭到第三句【幺】,首句"嚦嚦鶯聲花外囀"作一節,東扯西拽,竟有車裂之勢。

假寓

【哨遍】"待揚下"半句作一節,"教人怎揚"半句另粘下文作一節,全不按虛實呼應之理。

鬧會

【新水令】止六句,將"梵王宮殿月輪高"二句作一節,在上半夜唱;"香烟雲蓋結"四句作一節,在下半夜唱。一言之間,遂分長庚啓明之候。

傳書

【天下樂】第一句"才子佳人信有之",本爲下文"紅娘看時"數語作領,乃添"這叫做"三字在"才子佳人"之上,搭在上"一樣害相思",下作結。本句既曰"信有之",復添"這叫做"三字在上,試問凡有目者,文理念得去否?

逾墻

"(紅云)張生背地裏口硬"數句,本在【清江引】"没人處只會閑嗑牙"

上，所以合節。今移填【錦上花】中間，"逩定隋何"上，不知如何插入。

"香美娘，處分俺那花木瓜"，本是【清江引】結句，在鶯未喊賊之前，紅在傍私窺鶯將如何處分也。今移在【雁兒落】"一家兒喬坐衙"上作起，此時紅既代崔處分矣，又何須復說此句？前着後着之間，所爭死活不少。

問病

"不煞知音"四字，本在【禿廝兒】"凍得戰戰競競"末，今割"知音"二字，搭到【聖藥王】上作起，另爲一節。【混江龍】一闋，分八節。

佳期

"佇立閑階"四字作一節；"彩雲何在"四字作一節；"愁無奈"三字本【青歌兒】末句，移在【寄生草】上，又于三字上添入許多科白，此三字竟似空中挂落。

巧辯

"常言道女大不中留"，本在【聖藥王】末，直移至【麻郎兒】"一個文章魁首"上，又移後紅云"乃夫人之過"一大段科白，隔在此句之前。不知【聖藥王】全是爲崔釋過，【麻郎兒】三闋全是爲張解紛，話分兩頭，牽搭便謬。

"誰能穀"三字作一節，此三字，正穀到下"要人消受"上文理方完。只三字分截，不知其所云能穀者何等？

送別

"此恨誰知"四字在【滾綉球】末，移在【叨叨令】上，中間又插入"鶯紅科白"一段。

鶯夢

"做打草驚蛇"，在【喬牌兒】"疾忙趕上"者句下，移在【攪箏琶】上，中間增入張生科白一段，處處截頭去尾，使前調了而未了，後調起而不起，此全本《西廂》未有之事，亦凡爲元曲未有之事也。

　　他時見貫華堂《水滸傳》，嘆其心眼尖利，可啓年少聰明。後見《西廂記》，不覺廢然，于他書不敢復閱。貫華主人，其自謂必天下之錦綉才子也。今觀《西廂》種種評論，遂使本相盡露。心肝生得粗惡；口舌生得叫囂；思路生得尖織；筆意生得拖沓。曾一施于《水滸》，聊當劇談一出。其于《西廂》，不能更造心眼，出手不來，遂爾東塗西抹，衍成一片風話。偶拈一語，旋個不休；忽扯一淡，纏個不了。語語頂針，字字轉脚，漫漫若重霧，滾滾若飛灰。使人家子弟，見之損多少智慧，長幾許惡習。若李氏藏書，所載古人事實，而批詞橫肆無忌，如云胡說，如云放屁，成何詞令？此間巷負販，反唇渤碎之語，藝苑中從無有此。後生見之，徒以長其凌厲顛狂之習，其不得死固宜也。今貫華《西廂》，信手塗竄，全副是閭巷發科打諢之習，略無一些風雅。後生效其恢諧，遂成終風謔浪。此樂府鴟鴞、詞場害馬，屬意騷壇者，當急投諸水火，豈止與魏收藏拙。

（清康熙十九年潘廷章評本《西來意》卷尾）

（十四）序（任以治）

　　以《西廂》爲淫詞，此固正論。然觀《詩經》中，如《鄭》《衛》之變風不必論已，而《風》始《關雎》，予以不淫不傷，示學者以善讀之法，故《鄭》《衛》可以不刪。《西廂》其豈尼山錄《鄭》《衛》以示懲創之意歟！何以見其示懲創之意？曰：讀其開首一出，固已提挈了然矣。普救爲何人敕建？老夫人云："則天娘娘命夫主蓋造。"以崔委身女主，且職居宰輔，不能匡正其淫惡，而又逢君佞佛，釁血涂膏，況復侵國課之餘脂，私蓋別院，豈真能出堂俸爲避賢地哉？故生此不貞之女，即于此地顯示報應。此西廂待月所由來，而佛法之所以有靈也。他日，夫人云："這等事不是我相國人家做出來的。"嗚呼，亦知相國自作之孽歟！此意予得之方外人評本，而竊以爲《西廂》之意，在懲惡而勸善，可與尼山錄《鄭》《衛》之旨參觀也。至金評，不特大旨失却，并曲調亦不知坊間盛行，殊屬可笑。爰梓原本以覺世云。

乾隆戊戌夏日，于越任以治雁城題

（十五）序（佚名）

《西廂》，歌曲也，實即古之樂府。自院本盛行，碩儒輒同爲淫哇，而實甫之奇文，遂不堪與秦漢後作者比列矣。不知天運與文運必趨而日新，期固歷朝後，勢不得不另闢一途徑，而要自臻其極至者。是書向有玉茗堂、延訂閣及碧筠軒諸本，雖手眼各出，而廬山之真面常存。自聖嘆書出，而割裂改換，音調全乖，曲白皆非，文理頓塞。坊間之盛行，以無人出原本而一一指示之也。斯豈欲與聖嘆爲難哉，亦曰復實甫之舊觀，使奇文不繆埋没于穢朽中云爾。

（十六）金評西廂正錯序

貫華堂主人金聖嘆，名人瑞，吴縣諸生。時吴俗多逋賦，巡撫朱公昌祚上聞得嚴旨，一時大嘩，禍不測，金挺身自承，死西市。其生平用筆大權，規仿《華嚴》，所評以《莊》《騷》《史記》、杜詩，及《西廂》《水滸》，爲六才子書，號外篇，《西廂》尤盛行。惜其不解曲本，關目動輒改換，又强作解事，竄易字句，更且横分枝節，種種謬誤，不勝枚舉，全失天然之致。今略附條辨于後。夫以天造地設之《西廂》，而妄庸人亂之？歌曲雖小道，不可謂非文字之厄也。兹悉從田水月、碧筠軒北曲原本點定，絶不竄易一字，庶廬山真面復存，願與天下知音者共正之。

乾隆戊戌仲夏下浣，于越任以治雁城氏書于怡山草堂

（上三見：乾隆四十三年任以治評校本《西來意》卷首）

附錄二

《詞壇清玩·槃薖碩人增改定本西廂記》

詞壇清玩小引

　　善讀書者，即冶詞艷曲可作五經讀也。何也？在悟之耳。如《西廂》一曲，説者等之鄭、衛。然而鄭、衛諸咏，聖人不剗也，則以待人之悟也。人生世上，離合悲愉，在男女之情態極多，尤極變，難以筆舌罄。總之乎，宇宙是人生一大戲場也。觀場者或撫掌而笑，或點首而思，或感念而泣，均爲戲場迷也。鶯、生迷于場中，是居夢境，至草橋一宿夢而醒焉。歐陽公云："開户視之，不見其處，則醒矣。"夢之時見是色，醒之時見是空。空空色色，色色空空，鶯、生之情蓋如此。人生幾情態極變者，皆如此，知其如此則悟也。悟宇宙中爲一大戲場，又何事戀戀營營于其間？讀《西廂》能作是觀，則雖以冶詞艷曲，即以作之經讀也可。

薳中碩人漫語

詞壇清玩西廂記叙

　　《西廂》一書，昉自唐《會真記》。《記》出元微之所著，大約俱微之之事，而托名于張，昔人辨之詳矣。元董解元，即其事而演爲歌調，風韵忒古，然逐段可歌，特案前之書，非臺上之曲也。王實甫截爲二十折，每折意婉詞飄，語灑神曠，梨園子弟據以登壇演弄，欣人耳目，迄今用之。逮陸天池、李日華，又從王本而裁綴焉。大約以王本係北調，而更之爲便南人用也。然陸尚庶幾，而李之短淺，殊失作者之旨，均之去正始之音邈矣。槃阿館中有無用先生，謂《西廂》之曲清遠綿麗，無庸改削。第其白語鄙淺，不與曲稱，可改也；其每折多一人始終□唱，或有當背唱者，而亦當面敷陳，不免失體，可改也；且被傳襲既久，優人不通語意，插白作態皆非本旨，至入惡道，可改也；後附四折，出關漢卿所續，詞氣卑陋，不及王氏遠甚，可改也；曲中虛字斡旋，京本、閩本、徽本、北本以及元本，于各句應接不同，或通或礙，可改也。無用先生于是曲仍其舊，間有累句，即出自王氏原手者，不憚更換，然亦百中之二三耳。至于虛字斡旋者，則遍查各坊本，而酌其通順者從之。又或坊本皆礙，則不憚以己意點掇，然亦十中之二三耳。白語原本俱無足觀，則止用其意，而大變其詞。至于作法悖謬，或當背唱，或當面敷，或當先演，或當後及，則舉從來諸本之誤，及近日優人之陋，俱不憚變通。後附四折較前改易尤多，蓋由欲成其全美，以與前稱也，故不憚裁剪。如是，而《西廂》成其全璧矣。邇者，諸名家多有批點圈評《西廂》者，然于是書亦無所短長。昔徐文長獨自改訂字面，增釋意旨，其增釋處，果解人所未解。而字面改訂者，亦有當有不當也，孰與無用先生之善哉？先生于原本二十折中加爲三十折，其各折調停圓映不礙，其加折雅暢清明，即以兄實甫而弟漢卿可也。先生雖曰游戲之筆，坡仙云："嬉笑怒罵，皆成文章。"

巢睫軒主人叙

玩西廂記評

　　夫《西廂》傳奇，不過詞臺一曲耳，而至與《四書》《五經》并流天壤不朽，何哉？大凡物有臻其極者，則其精神即可以貫宇宙，曲而至此，則亦云極矣。百代兒女家之精神，總揭于此中，是以傳也。

　　子有《南華》，詞有《西廂》，可曰宇宙内兩奇。然兩者局雖不同，而其神氣則頗相似。昔人稱《南華》每篇段中，綻中引綫，草裹眠蛇。試詳味《西廂》每篇段中，變幻斷續，倏然搏換，倏然掩映，令人觀其奇情，不可捉摹，則其真與《南華》似。

　　拘儒者謂《西廂》第淫詞而已。然依優人口吻歌咏，妄肆增減，臺上備極諸醜態，以博傖父頑童之一笑。如是，則謂之淫也亦宜。誠于明窗净几琴床燭影之間，與良朋知音者細按是曲，則風味固飄飄乎欲仙也。淫也乎哉？

　　《西廂》曲中實有難解處，學不博則不解，趣不活則不解。惟博則知其援引之所自來，惟活則不爲虛字轉境之所礙。

　　看《西廂》者，人但知觀生、鶯，而不知觀紅娘。紅固女中之俠也，生、鶯開合難易之機，實操于紅手，而生、鶯不知也。倘紅而帶冠佩劍之士，則不爲荆、諸，即爲儀、秦。

　　王實甫著《西廂》，至"草橋驚夢"而止，其旨微矣。蓋從前迷戀，皆其心未醒處，是夢中也。逮至覺而曰："嬌滴滴玉人何處也？"則大夢一夕喚醒，空是色而色是空，天下事皆如此矣。關漢卿紐于俗套，必欲終以畫錦完娶，則王醒而關猶夢。

　　讀《會真記》及白樂天所廣《會真詩百韵》，俱是始迷終悟，夢而覺也。

玩《西廂》至"草橋驚夢",即可以悟從前情致,皆屬夢境,河愛海欲,一朝拔而登岸無難者。不然,則是書真導欲之媒,即以付之秦焰也可。

有伉儷嬌美,其相愛之情不減鶯、生,而又以迂輪正合,則遇猶善而德猶完也。但其中便不見許多媚景婉情,即無《西廂》之麗,而有《關雎》之雅。

嘗謂男子堂堂七尺之軀,只一個婦人可以斷送。匹夫溺之,顚趾不保;英雄豪杰溺之,喪心術,喪名節。即不然,温柔鄉老,此生漫漫宇宙,竟于衾枕中虛去了。言及于此,可爲痛省。樂天贈元稹詩云:"塵應甘露灑,垢得醍醐浴。障要智燈燒,魔須慧刀戮。"旨哉斯言,真可爲之三復。

居士獨處槃阿館,蓋取"考槃在阿,碩人之薖。獨寐寤歌,永矢弗過"。所改著《詞壇清玩》,蓋寤歌也,乃悟而歌咏及之也。因錄此數條,爲知者覽。

(上三見:明天啓元年刻本槃薖碩人《增改定本西廂記》卷首)

刻西廂定本凡例

一、是本曲皆從王、關二氏之舊。王之曲無可改,特其段中或字句重複,前後語意相戾者,微換易之,然亦十中之一二耳。關所續後四摺,其曲多鄙陋穢蕪,不整不韵,則所改者十之四五矣。總之,求其義通而詞雅。

一、從來元本,皆分二十摺。茲從前後文事想玩,欲求其事圓而意接,則或從元摺內分段,或另爲新增,演爲三十摺。

一、元本實甫創調頗高,但間有未體貼處。如"鬧道場"一摺,合宅哀慘,而張生獨于老夫人前,直以私情之詞始終唱之,此果人情乎?果禮體乎?又如餞別之時,鶯、生共于夫人、僧人之前,直唱出許多繾戀私情,其于禮體安在?今皆另立機局,巧爲脱活,而曲則依其原韵,善之善矣。至各摺中如此類者,皆如此正之,以成全雅。

一、元本白語類皆詞陋味短,且帶穢俗之氣,蓋實甫亦工于曲,而因略于此耳。今并易以新卓之詞,整雅之調,綽有風味。至其關會情致處,間注以擔帶語。且諸所增間,又不失之于艱深,而皆明顯,可便于觀場者。

一、其中詞曲各句只在打頭一二虛字,或轉接處一二虛字斡旋文意。倘一字有礙,即一句難通;一句不通,即數語皆戾。即京本、閩本、徽本、元本、俗本于此處各相矛盾,茲則遍查諸本,用其文意之通透無礙者。間有諸本字意皆礙,難以適從,則以意增裁,求爲各協。

一、是書自董解元填詞,王實甫注本,逮至陸天池、李日華各各裁截實甫之本,而漸失作者之旨。邇來海內競宗徐文長碧筠齋本,試詳觀文長所解,果能解人所不及解處。至其所改詞中字面,亦有當有不當,茲從其當者,間錄其所解。

一、此中詞調原極清麗，且多含有神趣。特近來刻本，錯以陶陰豕亥，大失其初。而梨園家優人不通文義，其登臺演習，妄于曲中插入諢語，且諸醜態雜出。如念"小生隻身獨自"處，捏爲紅教生跪見形狀，并不想曲中是如何唱來意義，而且惡濁難觀。至于佳期之會，作生跪迎態，何等陋惡！兹一換而空之，庶成雅局。

一、它本傳奇，唱依曲牌名轉腔，獨此書不然。故每段雖列牌名，而唱則北人北體，南人南體。大都北則未失元音，而南則多方變易矣。

一、《中原音韵》，有陰陽，有開闔，不容混用。第八摺【綿答絮】"幽室燈清，幾悵疏櫺"，八庚入一東；十二摺"秋水無塵"，十一真入十二侵。俱屬白璧之瑕，恨無的本正之，姑仍。

一、歌《西廂》者，不得一一拘曲中常牌名。玩《西廂》者，亦不可以常牌名拘其字句之長短，律其語調之多寡。如【攬箏琶】【四邊靜】，其前後不同，可見。

一、詩曲必論平仄，此正律也。然如晋陶元亮詩，唐駱賓王詩，平仄多有不協處，而詩却高于今古。徑之平仄整然不争毫末，而風味皆不逮焉。則《西廂》內之詞曲，當亦作是觀。

一、通部乃千古稱美之書，而首以"禄命終"一語，煞以"鄭恒苦"一語，則俱不協人意，兹皆爲更掇。

一、是傳每摺開場俱白，然原白多陋。兹多增有調語，皆稚致有韵。

一、鶯、生相寄書詞，原記及見于各集中者，皆清婉妙麗。如元本所載，一何陋也，今考入古者。《會真詩》乃屬一部中精神命脉所貫，必宜吊入。特鶯無和韵，則不免孤寂。兹以杜牧之所和詩，改爲鶯和詞，亦肖。

一、優人宜習琴，如"聽琴"一摺即當實實操弄五弦。一一按詞鼓之。兹集增以琴詞，俱雅當。

一、詞內"沙""波""麼"是助詞，"兀的不"是方語。"俺""咱""喒"俱是"我"字。"您"是"你"字，"恁"是"這般"，"您""恁"二字，諸本往往混膳,今皆正之。至有用"地"字,則即"的"字也;用"每"字,則即"們"字也。皆不可不知。

一、【絡絲娘煞尾】用之,舊本俱覺贅,【雙調】【越調】不唱。今或用或删,俱看上文來勢何如。

上巳日詞壇主人詳書于芝蘭一丈石室深處

(國圖藏本槃薖碩人《增改定本西厢記》卷首)

會真記

[唐] 元稹微之　撰

唐貞元中，有張生者，性溫茂，美丰容，內秉堅孤，非禮不可入。或朋從游宴，擾雜其間，他人或汹汹拳拳，若將不及，張生容順而已，終不能亂。以是年二十二，未嘗近女色。知者詰之，謝而言曰："登徒子非好色者，是有淫行耳。余真好色者，而適不我值，何以言之？大凡物之尤者，未嘗不留連于心，是知其非忘情者也。"詰者哂之。無幾何，張生游于蒲。蒲之東十餘里，有僧舍曰普救寺，張生寓焉。適有鄭氏孀婦，將歸長安，路出于蒲，亦止茲寺。崔氏女，鄭婦也，張出于鄭，緒其親，乃異派之從母。是歲，渾瑊薨于蒲，有中人丁文雅不善于軍，軍人因喪而擾，大掠蒲人。崔氏之家財產甚厚，多奴僕，旅寓惶駭，不知所托。先是，張與蒲將之黨有善，請吏護之，遂不及于難。十餘日，廉使杜確將天子命，以統戎節令于軍，軍由是戢。鄭厚張之德甚，因餚饌以命張，中堂坐之，復謂張曰："姨之孤嫠未亡，提携幼稚，不幸屬師徒大潰，實不保其身，弱子幼女，猶君之生也，豈可比常恩哉？今俾以仁兄禮奉見，冀所以報恩也。"命其子，曰歡郎，可十餘歲，容甚溫美。次命女曰鶯鶯出拜："爾兄活爾。"久之，辭疾，鄭怒曰："張兄保爾之命，不然爾且虜矣，能復遠嫌乎？"久之乃至，常服晬容，不加新飾，鬟垂黛接，雙臉斷紅而已，顏色艷异，光輝動人。張驚為之禮。因坐鄭傍，以鄭之抑而見也，凝睇怨絕，若不勝其體者。問其年紀，鄭曰："今天子甲子歲之七月，于貞元庚辰生，十七年矣。"張生稍以辭導之，不對，終席而罷。張自是惑之，願致其情，無由得也。崔之婢曰紅娘，生私爲之禮者數四，乘間遂道其衷，婢果驚沮，潰然而奔，張生悔之。翌日，婢復至，張生乃羞而謝之，不復云所求矣。婢因謂張曰："郎之言，所不敢言，亦不敢泄。然而崔之族姻，君所詳也，何不因其德而求娶焉？"張曰："予始自孩提，性不苟合，或時紈綺閑居，曾莫留眄，不謂當年，終有所蔽。昨所一席間，幾不自持。數日來，行忘止，食忘飽，恐不能逾旦莫。若因媒氏而娶，納采問名，則三數月間，索我于枯魚之肆矣。爾其謂我何？"婢曰："崔之貞順自保，雖所尊不可以非語犯之，下人之謀固難入矣。然而善屬文，往往沈吟章句，怨慕者久之。君試為諭情詩以亂之，不然則無由也。"張大喜，立綴春詞二首以授之。是夕，紅娘復至，持彩箋以授張曰："崔所命也。"題其篇曰《明月三五夜》，其詞曰："待月西廂下，迎風戶半開。拂牆花影動，疑是玉人來。"張亦微喻其旨。是夕，歲二月旬有四日矣。崔之東有杏花一樹，攀援可逾。既望之夕，張因梯其樹而逾焉，達于西廂，則戶半開矣。紅娘寢于床，生因驚之。紅娘駭曰："郎何以至？"張因紿之曰："崔氏之箋召我矣，爾為我告之。"無幾，紅娘復來，連曰："至矣！至矣！"張生且喜且駭，謂必獲濟。及崔至，則端服儼容，大數張曰："兄之恩，活我之家，厚矣。是以慈母以弱子幼女見托。奈何因不令之婢，致淫洗之詞？始以護人之亂為義，而終掠亂以求之。是以亂易亂，其去幾何？誠欲寢其詞，則保人之奸，不義；明之于母，則背人之惠，不祥；將寄于婢妾，又懼不得發其真誠。是用托短章，願自陳啟，猶懼兄之見難。是用鄙靡之詞，以求其必至，非禮之動，能不愧心。特願以禮自持，毋及于亂。"言畢，翻然而逝。張自失者久之，復逾而出，于是絕望。數夕，張君臨軒獨寢，忽有人，覺之。驚欻而起，則見紅娘斂衾攜枕而至，撫張曰："至矣！至矣！睡何為哉？"設衾枕而去，張生拭目危坐久之，猶疑夢寐，然而修謹以俟。俄而，紅娘捧崔氏而至。至則嬌羞融冶，若不能運支體。曩時端莊，不復同矣。是夕，旬有八日也，斜月晶熒，幽輝半床。張生飄飄然，且疑神仙之徒，不謂從人間至矣。有頃，寺鐘鳴，天將曉，紅娘促去。崔氏嬌啼宛轉，紅娘又捧之而去。終夕無一言。張生辨色而興，自疑曰："豈其夢邪？"及明，靚妝在臂，香在衣，淚光熒熒然，猶瑩于裀席而已。是後又十餘日，其杳不復知。張生賦《會真詩》三十韻，未畢，而紅娘適至。因授之，以貽崔氏。自是復容之，朝隱而出，暮隱而入。同安于曩所謂西廂者，幾一月矣。張生常詰鄭氏之情，則曰："知不可奈何矣，因欲就成之。"無何，張生將之長安，先以情諭之。崔氏宛無難辭，然而愁怨之容動人矣。將行之再夕，不復可見，而張生遂西，不數月復游于蒲，舍于崔氏者又纍月。崔氏甚工刀札，善屬文，求索再三，終不可見。往往張生自以文挑之，亦不甚觀覽。大略崔之出入者，藝必窮極，而貌若不知。言則敏辯，而寡于酬對。待張之意甚厚，然未嘗以詞繼之。時愁艷幽邃，恒若不識。喜慍之容，亦罕形見。异時獨夜操琴，愁弄淒惻。張竊聽之，求之，則終不復鼓矣。以是愈惑之。張生俄以文調及期，又當西去。當去之夕，不復自言。其情愁嘆于崔氏之側。崔已陰知將訣矣，恭貌怡聲，徐謂張曰："始亂之，終弃之，固其宜矣。愚不敢恨。必也君亂之，君終之，君之惠也。則没身之誓，其有終矣，又何必深惑于此行？然而君既不懌，無以奉寧。君嘗謂我善鼓琴，響時羞顏，所不能及。今且往矣，既君此誠。"因命拂琴，鼓《霓裳羽衣序》，不數聲，哀音怨亂，不復知其是曲也。左右皆歔欷，崔亦遽止之。投琴，泣下流漣，趨歸鄭所，遂不復至。明旦而張行。明年，文戰不勝，遂止于京。因貽書于崔，以廣其意。崔氏緘報之辭，粗載于此，曰："捧覽來問，撫愛過深。兒女之情，悲喜交集。兼惠花勝一合，口脂五寸，致耀首膏唇之飾。雖荷殊恩，誰復爲容？睹物增懷，但積悲嘆耳。伏承使于京中，就業進修之道，固在便安。但恨僻陋之人，永以遐弃，命也如此，知復何言？自去秋以來，常忽忽如有所失，于喧嘩之下，或勉爲語笑，閑宵自處，無不淚零。乃至夢寐之間，亦多叙感咽幽離之思。綢繆繾綣，暫若尋常，幽會未終，驚魂又斷。雖半衾如暖，而思之甚遥。一昨拜辭，倏逾舊歲。長安行樂之地，觸緒牽情，何幸不忘幽微，眷念無斁。鄙薄之志，無以奉酬。至于終始之盟，則固不忒。鄙昔中表相因，或同宴處，婢僕見誘，遂致私情。兒女之心，不能自固。君子有援琴之挑，鄙人無投梭之拒。及薦枕席，義盛意深，愚幼之心，永謂終托。豈期既見君子，而不能定情，致有自獻之羞，無復明侍巾櫛。没身永恨，含嘆何言？倘仁人用心，俯遂幽劣，雖死之日，猶生之年。如或達士略情，舍小從大，以先配爲醜行，謂要盟之可欺，則當骨化形銷，丹誠不泯。因風委露，猶托清塵。存沒之情，言盡于此。臨紙嗚咽，情不能申。千萬珍重！珍重千萬！玉環一枚，是兒嬰年所弄，寄充君子下體所佩。玉取其堅潔不渝，環取其終始不絕。兼亂絲一絇，文竹茶碾子一枚。此數物不足見珍，意者欲君子如玉之貞，俾志如環不解。淚痕在竹，愁緒縈絲，因物達誠，永以爲好耳。心邇身遐，拜會無期，幽憤所鍾，千里神合。千萬珍重，春風多屬，强飯爲佳，慎言自保，無以鄙爲深念。"張生發其書于所知，由是時人多聞之。所善楊巨源好屬詞，因爲賦《崔娘詩》一絕云："清潤潘郎玉不如，中庭蕙草雪銷初。風流才子多春思，腸斷蕭娘一紙書。"河南元稹，亦續生《會真詩》三十韻，曰："微月透簾櫳，螢光度碧空。遥天初縹緲，低樹漸蔥朧。龍吹過庭竹，鸞歌拂井桐。羅綃垂薄霧，環珮響輕風。絳節隨金母，雲心捧玉童。更深人悄悄，晨會兩濛濛。珠瑩光文履，花明隱繡龍。瑶釵行彩鳳，羅帔掩丹虹。言自瑶華圃，將朝碧帝宫。因游洛城北，偶向宋家東。戲調初微拒，柔情已暗通。低鬟蟬影動，回步玉塵蒙。轉面流花雪，登床抱綺叢。鴛鴦交頸舞，翡翠合歡籠。眉黛羞頻聚，唇朱暖更融。氣清蘭蕊馥，膚潤玉肌豐。無力慵移腕，多嬌愛斂躬。汗光珠點點，髮亂綠鬆鬆。方喜千年會，俄聞五夜窮。留連時有限，繾綣意難終。慢臉含愁態，芳辭誓素衷。贈環明運合，留結表心同。啼粉流清鏡，殘爐繞暗蟲。華光猶冉冉，旭日漸曈曈。乘鶩還歸洛，吹簫亦上嵩。衣香猶染麝，枕膩尚殘紅。冪冪臨塘草，飄飄思渚蓬。素琴鳴怨鶴，清漢望歸鴻。海闊誠難度，天高不易衝。行雲無定所，蕭史在樓中。"張之友聞之者，莫不聳異之，然而張亦志絕矣。稹特與張厚，因微其辭，張曰："大凡天之所命尤物也，不妖其身，必妖于人。使崔氏子遇合富貴，乘寵嬌，不爲雲爲雨，則爲蛟爲螭。吾不知其變化矣。昔殷之辛，周之幽，據萬乘之國，其勢甚厚。然而一女子敗之，潰其衆，屠其身，至今爲天下僇笑。予之德不足以勝妖孽，是用忍情。"于時坐者，皆爲深嘆。後歲終，崔已委身于人，張亦有所娶。適經其所居，乃因其夫言于崔，求以外兄見。夫語之，而崔終不爲出。張怨念之，誠動于顔色。崔知之，潛賦一章，詞曰："自從銷瘦減容光，萬轉千回懶下床。不爲傍人羞不起，爲郎憔悴却羞郎。"竟不之見。後數日，張生將行，又賦一章，以謝絶之，曰："弃置今何道，當時且自親。還將舊來意，憐取眼前人。"自是絶不復知矣。時人多許張爲善補過者矣，予嘗于朋會之中，往往及此意者，使夫知之者不爲，爲之者不惑。貞元歲九月，執事李公垂，宿于予靖安里第，語及于是。公垂卓然稱异，遂爲歌以傳之。歌載李集中。

　　按，元稹之爲此記，是即元稹之自叙其事也。嘗觀汝陰王性之《辨證》甚詳，云清原莊季裕述稹所作《姨母鄭氏墓志》，言其既喪夫遭亂軍，稹爲保護其家備至。又考白樂天作《微之墓志》，所載年月，俱與《會真記》中合。又韓退之作《微之妻韋氏墓志》，云作婿韋氏時，微之始選爲校書郎。又微之作《陸氏姊志》云："予外祖父授睦州刺史鄭濟。"白樂天作《微之母鄭夫人志》，亦言"鄭濟女"。而唐《崔氏譜》永寧尉鵬，亦娶鄭濟女。則鶯鶯者，乃崔鵬之女，于稹爲中表之親也。是皆可證其爲稹之事，特假他姓名以自避。就稹貽樂天詩，有序云："不可使不知吾者知，知吾者亦不可使不知。樂天知吾者也，吾不使不吾知。因寄夢游春詩。"即此言可見稹之意。

附各詩詞

古艷詩二首

記中所謂立綴春詞是也　　元稹

春來頻到宋家東，垂袖開懷待好風。鶯藏丫暗無人語，惟有墻頭滿樹紅。深院無人草樹光，嬌鶯不語趁陰藏。等閑美水流花片，流出門前賺阮郎。

古決詞三首

記中所謂崔知將訣而賦　　鶯鶯

乍可為天上牽牛織女星，不願為庭前紅槿枝。七月七日一相見，故心終不移。那能朝開暮飛去，一任東西南北吹。分不兩相守，恨兩相思，對面且如此，背面當何如？春風撩亂伯勞語，況是此乃拋去時。握手苦相問，竟不言後期。君情既訣絕，妾意衆參差。借如死生別，安得長苦悲？

憶春水之將泮，何予懷之獨結。有美一人，于焉曠絕。一日不見，比一日于三年，況三年之曠別？水得風兮，小而已波。苟在苞兮，高不見節。矧桃李之當春，競衆人之攀折。我自顧悠悠而若雲，又安能保君皚皚之如雪？感鏡之分明，睹淚痕之餘血，幸他人之既不我先，又安能使他人之終不我奪？已焉哉，織女別黃姑，一年一度暫相見。

夜夜相抱眠，幽懷尚沉結。那堪一年事，長遺一宵說。但感久相思，何暇暫相悅。虹橋薄夜成，龍駕侵晨列。生憎野鶴性遲回，死恨天鷄識時節。曙色漸朣朧，華星欲明滅。一去又一年，一年何時徹？有此迢遞期，不如生死別。天公却是妒相憐，何不便教相決絕？

夢游春詩

原七十韵，今缺其半　元稹

昔年夢游春，夢游何所遇？夢入深洞中，果遂平生趣。清冷淺漫溪，畫舫蘭篙渡。過盡萬株桃，盤旋竹林路。長廊抱小樓，門廡相回互。樓下雜蒼業，業邊繞鴛鷺。池光漾彩霞，曉日初明煦。未敢上階行，頻移曲池步。烏龍不作聲，碧玉曾相慕。漸到簾幕間，徘徊意猶懼。閑窺東西閣，奇玩參羌布。格子碧油糊，駝鉤紫金鍍。逡巡日漸高，影響人將寤。鸚鵡饑亂鳴，嬌娃睡猶怒。簾開侍兒起，見我遥相諭。鋪設是紅茵，施張鈿妝具。潛褰翡翠帷，瞥見珊瑚樹。不見蒼貌人，空驚香若霧。回身夜合偏，斂態晨霞聚。睡臉桃破風，汗妝蓮委露。叢梳百葉髻，金蹙重臺履。紕軟鷰頭裙，玲瓏合歡袴。鮮妍脂粉薄，暗淡衣裳故。最是紅牡丹，雨來春欲暮。夢魂良易驚，靈境難久寓。夜夜望天河，無由重沿沂。結念心所期，還如禪頓悟。覺來八九年，不向花前顧。雜洽兩京春，喧閧衆禽護。我到看花時，但作懷仙句。浮生轉經歷，道性尤堅固。近作夢仙詩，亦知勞肺腑。一夢何足云，良時自婚娶。當年二紀初，嘉節三星度。朝蕣玉佩迎，高松女蘿附。韋門正全盛，出入多歡裕。

廣夢游春詩　百韵

微之以前詩示樂天曰：是悔既往而悟將來也。悔于妄則宜歸于真，今而後非覺路之還也，非空門之歸也。將安還乎？將安歸乎？故廣足下韵爲百韵，重爲足下陳夢游之感。亦《法華經》叙火宅偈化城，《維摩經》入媱舍過酒肆之義也。

　　昔君夢游春，夢游仙山曲。恍若有所遇，以愜生平歡。因尋菖蒲水，漸入桃花谷。到一紅樓家，愛之看不足。池凉渡清泚，草嫩蹋緑蓐。門丫暗全低，檐櫻紅半熟。轉行深深院，過盡重重屋。烏龍卧不驚，青鳥飛相逐。漸聞玉珮響，始辨珠履躅。遙見窗下人，娉婷十五六。霞光搶明月，蓮艷開初旭。縹緲雲兩仙，氤氲蘭麝馥。風流薄梳洗，時世寬妝束。袖軟异文綾，裙輕單絲縠。裙腰銀綫壓，梳掌金筐蹙。帶纈紫葡萄，袴花紅石竹。凝情都未語，付意微相矚。眉斂遠山青，鬢低片雲緑。帳牽翡翠帶，被解鴛鴦襮。秀色似堪食，穠華如可掬。半掩錦頭席，斜鋪繡腰褥。朱唇素指勾，粉汗紅錦撲。心驚夢易覺，魂斷境難續。籠委停栖禽，劍分連理木。存誠期有感，誓志真無黷。游洛八九春，未曾花裏宿。壯年徒自弃，佳會應無復。鸞歌不重開，鳳兆從兹卜。韋門女清貴，裴氏甥賢淑。羅扇夾花鐙，金鞍攢繡轂。既傾南國貌，遂坦東床腹。劉阮心漸忘，潘楊意方睦。新修履信第，初食尚書禄。九醖備聖賢，八珍窮水陸。秦家重蕭史，彦輔憐衛叔。朝饌饋諸盤，夜醪傾百斛。親賓盛輝赫，妓樂紛曄煜。宿飽纔解酲，朝歡俄枕麴。飲過君子爭，令甚將軍酷。酩酊歌鷓鴣，顛狂舞鴝鵒。月流春夜短，日下秋天速。謝傅隙過駒，蕭娘風送燭。全凋夢花折，半死梧桐秃。暗鏡對孤鸞，哀猿留寡鵠。凄凄隔幽顯，冉冉移寒燠。萬事此時休，百身何處贖。提攜小兒女，將領舊姻族。再入朱門行，一傍青樓哭。櫪空無厩馬，水涸天池鶩。搖落廢井桐，荒凉故籬菊。莓苔上几閣，塵土生琴筑。舞榭綴蠨哨，歌梁聚蝙蝠。家分紅妝妾，賣散蒼頭僕。門客思徬徨，家人哭咿噢。心期正蕭索，宦序乃拘局。懷策入崤函，驅車辭郊鄘。逢時念既濟，聚學思大畜。端詳筮仕蓍，磨試穿楊鏃。始從雙校職，首中賢良目。一拔侍瑶池，再陞紆繡服。誓酬君王寵，願使朝廷肅。密勿奉封章，清明操憲牘。鷹鸇中病下，豸角當邪觸。糾謬靖東周，申冤動南蜀。危言詆閹寺，直氣忤鈞軸。不忍曲作鈎，乍能折爲玉。捫心無愧畏，騰口有謗讟。只要明是非，何曾虞禍福。車摧太行路，劍落豐城獄。襄漢問修途，荊蠻指殊俗。謫爲江府掾，遣事荊州牧。趨走謁麾幢，喧煩視鞭撲。簿書常自領，縲囚每親鞫。竟日坐官曹，經旬曠沐浴。宅荒渚宮草，馬瘦畬田粟。薄俸等涓毫，微官同桎梏。月中照形影，天際辭骨肉。鶴病翅羽垂，獸窮爪牙縮。行看鬢間白，誰勸杯中綠。時傷大野麟，命問長沙鵩。夏梅山雨漬，秋瘴海雲毒。巴水白茫茫，楚山青簇簇。吟君七十韵，是我心所蓄。既去誠莫追，將來幸前勖。欲除憂惱病，當取禪經讀。須悟事皆空，無令念將屬。請思游春夢，此夢何閃倏。艷色即空花，浮生乃焦穀。良姻在佳偶，頃刻爲單獨。入仕欲榮身，須臾成黜辱。合者離之始，樂子憂所伏。愁恨僧祇長，歡榮刹那促。覺悟因傍喻，迷執由當局。膏明誘暗蛾，陽焰奔痴鹿。貪爲苦聚落，愛是悲林麓。水蕩無明波，輪回生死輻。塵應甘露灑，垢待醍醐浴。障要智鐙燒，魔須慧刀戮。外熏性易染，內戰心難衄。法句與心王，期君羽三復。

商調蝶戀花十二首

麗質仙蛾生月殿，謫向人間，未免凡情亂。宋玉墻東流美盼，亂花深處曾相見。○密意濃歡方有便，不奈浮名，旋遣輕分散。最是多才情太淺，等閑不念離人怨。　其一

錦額重簾深幾許，綉履彎彎，未肯離朱戶。強出嬌羞都不語，縫綃頻掩酥胸素。○黛淺愁紅妝淡佇，怨緫情凝，不肯聊回顧。媚臉未勻新泪污，梅英猶帶春朝露。　其二

懊惱嬌痴情未慣，不道看看，逗得人腸斷。萬語千言都不管，蘭房跬步如天遠。○廢寢忘食思想遍，賴有青鸞，不必憑魚雁。密寫芳箋論繾綣，春詞一紙芳心亂。　其三

庭院黃昏春雨霽，一縷深心，百種成牽繫。青翼驀然來報喜，花箋微論相容意。○待月西厢人不寐，簾影搖光，朱門猶慵閉。花動拂墻紅萼墜，分明疑是玉人至。　其四

屈指幽期惟恐誤，恰道春宵，明月當三五。紅影壓墻花密處，花陰便是桃源路。○不謂蘭盟金石固，斂袂怡聲，恣把多情數。惆悵空回誰共語，只應化作朝雲去。　其五

數夕孤眠如度歲，將謂今生，會合終與計。正是斷腸凝望際，雲心捧得嫦娥至。○玉困花柔羞收泪，端麗嬌嬈，不與前時比。人去月斜疑夢寐，衣香猶在妝留臂。　其六

一夢行雲還暫阻，盡把深誠，綴作新詩句。幸有青鸞堪密付，良宵從此無虛度。○兩意相歡朝與暮，爭奈郎鞭，暫指長安路。最是動人愁怨處，離情盈抱終無語。　其七

碧沼鴛鴦交頸舞，正恁雙栖，又遣分飛去。灑翰贈言終不許，援琴請盡奴衷素。○曲未成聲先怨慕，忍泪凝情，強作霓裳序。彈到離愁悽咽處，弦腸俱斷梨花雨。　其八

別後思君心目亂，不謂芳音，忽寄南來雁。却寫紅箋和泪卷，細書方寸教伊看。○獨寐良宵無計遣，夢裏依稀，暫若尋常見。幽會未終魂已斷，半衾如暖人猶遠。　其九

尺素重重封錦字，未盡幽閨，別後心中事。佩玉彩絲文竹器，願君一見知深意。○環欲長圓絲萬繫，竹上斕班，畫盡相思泪。不意情郎成求去，心馳魂去人千里。　其十

夢覺高唐雲雨散，十二巫峰，隔斷相思眼。不爲傍人移步懶，爲郎憔悴羞郎見。○青鳥不來孤鳳怨，路失桃源，再會終無便。舊新愁都無計遣，情深何似郎情淺。　其十一

鏡破人離何處問，路隔銀河，歲會知猶近。只道新來消瘦損，玉容不見空傳信。○弃擲前歡俱未忍，豈料盟言，陡頓無憑準。地久天長終有盡，綿綿不似無窮恨。　其十二

待月詩　　張著

立盡黃昏瘦莫支，西廂朱戶半開時。風生蒼樹寒微動，露滴瑤釵濕未知。清思著人凝望久，柔情抱影欲眠遲。可憐最好今宵月，政恐風流負宿期。

赴約詩

薄薄微露濕庭莎，不覺涼侵襪底羅。自是夜深心膽怯，却嫌行處月明多。

謝晉題

新興結髻翠雲翹，坐笑行顰總是嬌。記得西廂花氣外，不勝春思月明宵。

張適題

拂墻花影夜朦朧，明月西廂兩意同。千古風流猶未盡，至今雲雨暗蒲東。

錢紳題

無意尋花倦已眠，花叢誰抱綉帳前。今朝夜月光輝滅，不信姮娥下九天。

俞貞未題

張生一見春情重，明月拂墻花影動。夜半紅娘擁抱來，脉脉驚魂若春夢。

秦觀題

古今名賢于此中題咏極多，今不能盡錄。錄其詞雅而神遠者，以使知音君子一覽。

詞壇清玩

西廂記目錄

首開場西廂總題

第一摺張生登程　　改掇　　曲依原白增新
第二摺崔氏旅嘆　　必掇　　曲依原白增新
第三摺佛殿奇逢　　仍舊　　曲易訛白換新
第四摺禪房假寓　　仍舊　　曲易訛白換新
第五摺傳語會情　　另增　　曲白皆係新定
第六摺牆角聯吟　　仍舊　　曲訂訛白增新
第七摺齋壇鬧會　　換局　　曲微改白增新
第八摺飛虎橫行　　另增　　曲白皆係新定
第九摺感春幽嘆　　改掇　　曲微改白增新
第十摺兵困求解　　改掇　　曲微改白換新
十一摺馳書解圍　　另增　　曲白皆係新定
十二摺移兵退賊　　改掇　　曲白皆係新定
十三摺開筵請赴　　仍舊　　曲微改白換新
十四摺杯酒違盟　　換局　　曲訂訛白增新
十五摺琴心挑引　　仍舊　　曲訂訛白增新

十六摺錦字傳情	仍舊	曲訂訛白增新
十七摺妝臺窺簡	仍舊	曲訂訛白增新
十八摺接書志喜	仍舊	曲訂訛白增新
十九摺偷情阻興	換局	曲訂訛白增新
二十摺問病通忱	換局	曲增補白更新
廿一摺月下佳期	換局	曲訂訛白更新
廿二摺縱情漏機	另增	曲白皆係新定
廿三摺知情許姻	換局	曲訂訛白換新
廿四摺長亭餞別	換局	曲訂訛白增新
廿五摺野宿驚夢	仍舊	曲訂訛白增新
廿六摺閑游遣悶	另增	曲白皆係新定
廿七摺飛捷報鶯	仍舊	曲訂訛白增新
廿八摺接音志想	仍舊	曲改削白增換
廿九摺村郎求四	仍舊	曲白皆易原本
三十摺榮歸完成	仍舊	曲白皆略改原
附摺一摺漁翁夢	仍舊	曲微改白增新

以上自總題以及午夢共三十二首，其中安頓作法，依原者皆曰"仍舊"；其有以原摺排，易前後分段者，曰"改掇"；其有摺中作法原欠雅妥，而茲換易其作法，以求安于情理者，曰"換局"；其有原諸本所無，而新添加者，曰"另增"；其有悉依舊曲，而特更其訛字者，曰"訂訛"；其有曲中語段未妥，而削置之者，曰"微改"；其有白語易原本而加之者，曰"增新"；其有折位係原本所有，而曲白盡行改定者，則上注"仍舊"兩字，而下曰"皆易"。覽者于中細玩自辨，茲亦不能一一。

詞壇清玩　槃邁碩人增改定本

○西廂總題

【西江月】放意談天論地，怡情博古通今。殘編披覽漫沉吟，試與傳奇觀聽。　編成一腔風月，染就萬古烟雲。莫嫌夜怨與春情，猶可衛風比幷。【眉】此段如董解元本無頭緒，如陸天池本太煩，不便登臺；如李日華本似俚。今姑從閩中舊本，略更改數字，似俗而亦雅。且問後堂子弟、今日敷演那本傳奇（內應科）崔張旅寓西廂故事。（末）原來這本傳奇，乃是古今希有，待小子略道幾句家門，便見大意。

【沁園春】西洛張生，博陵崔氏，一雙白璧兩南金。寄居蕭寺，無計達佳音。忽遇孫彪作耗，君瑞請兵退賊，當許下成親。豈料功成後，老母背前盟。托紅娘傳密意，遂初心。喜登黃甲，鄭恒何故更相尋，終藉故人大力，重諧伉儷，傳說到如今。【眉】此段全用李日華本。蓋以董、陸二本，多涉煩冗。而閩本舊所傳語，皆是罵倒一臺之人。焉有演此傳奇，而未說壞者乎？故從李本，更爲明爽。

張君瑞巧做東床婿　法本師住持南禪地

老夫人開宴北堂春　崔小姐待月西廂記
【眉】此四語乃從徐文長碧筠齋本中所著，如他本語，皆俚俗不堪誦。

○張生登程

小生姓張名珙，字君瑞，本貫西洛人也。先人官拜禮部尚書，不幸五旬之上，父母俱亡。小生隻身，書劍飄零，風雲未遂，游于四方。即今貞元十七年二月上旬，欲往京師應試，路經河中府。過蒲關上，有一人姓杜名確，字君實，與小生同郡同學，曾爲八拜之交。他如今以武選受職，官拜西征元帥，統領十萬大軍，鎮守蒲關。小生從此就去拜訪吾兄，然後往京。行走之間，自想雪案攻苦，雲路渺茫，何時得遂大志呵。正是：萬金寶劍含秋水，滿馬春愁壓綉鞍。【眉】嘗恨《西廂》一上臺，而首唱【賞花時】一段，云"夫主京師祿命終，子母孤孀途路窮"，殊覺清冷，令人愁悶。而繼以鶯唱"殘春""閒愁"數語，隨即子母并下後，而生即上唱，又殊覺零碎不成套。如陸天池本，以生先上，而盡改舊曲，人所不習。李日華本亦以生先上，而割裂原曲，詞氣太弱。茲則白曲皆依原，而更以生先上唱，方爲得體。至于生下時，略增詩咏，覺雅暢矣。

　　【點絳唇】（生）游藝中原，腳跟無綫，如蓬轉，望眼連天，日近長安遠。【眉】有一本作"醉眼"，意不協。

　　【混江龍】向詩書經傳，似蠹魚不出費鑽研，【眉】諸本"似"字在"蠹魚"二字之下，不順。將棘圍守暖，把鐵硯磨穿。投至得雲路鵬程九萬里，先受了雪案螢燈二十年。【眉】諸本作"雪窗螢火"，亦是。才高難對俗人言，【眉】諸本俱"才高難入俗人機"，"機"字，解不去。惟有"眼"字好，而韻又差。今改"難對俗人言"，似好。時乖不遂男兒願。空雕蟲刻鵠，【眉】諸本俱"雕蟲篆刻"，今改"刻鶻",更好。綴斷簡殘編。

來此已到蒲津。你看這黃河九曲,正古河內之地,真好形勝也呵!

【眉】閩本、京本俱無此白,則下段所唱無來歷矣。今增之。

【油葫蘆】九曲風濤何處險?【眉】諸本俱"何處顯",意不協,俱傳訛也。則除是此地偏。這河帶齊梁、分秦晉、隘幽燕【眉】徐文長云:"這河"二字,當作一句,略稱。,雪浪拍長空,天際秋雲捲【眉】"雪浪拍長空,天際秋雲捲"二語高絕。。竹索纜浮橋,水上蒼龍偃。東西潰九州,南北串百川。歸舟緊不緊如何見?似弩箭乍離弦。

【天下樂】疑是銀河落九天,高源雲外懸。【眉】諸本俱"淵泉雲外懸",徐文長改作"高源",甚有理。蓋祖"黃河之水天上來"也。入東洋不離此徑穿,滋洛陽千種花,潤梁園萬頃田,也曾泛浮槎到日月邊。

心馳學海文林裏,路入花街柳陌中。

未向闕中陳治策,且從河上寄行踪。【眉】此詩係今新增入,亦覺雅。

○崔氏旅嘆

老身鄭氏,乃崔相國夫人也。相國不幸中道而亡,生得個女兒,小字鶯鶯,年方十九歲。凡女工詩文,無不通曉。先夫存日,曾許下老身之侄鄭尚書之子鄭恒為妻。只因父喪未滿,未成合親事。有一個小妮子,名喚紅娘,乃自幼伏侍女孩兒的。有一個小孤兒,名喚歡郎。目今老身與女孩兒扶柩歸博陵安葬。因路途有阻,不能前去。來到河中府，將這靈柩權寄在普救寺內。這寺是先相公修造的則天娘娘香火院，況兼法本長老，又是我相公剃度的和尚。因此我就這西廂下一座宅子安下。一邊寫書附京師去，喚鄭恒來，同扶回博陵。我想先夫在日，食前方丈，從者數百人。今日止存下至親這三四口兒，好生傷感人也呵。【眉】此段自王實甫有作以來，爲首初一出也。習者皆仍之。今以鄭之叙情慘凄，不宜開臺見此景狀，故以張生之"游藝中原"爲首唱，而次及此段。其曲白俱未甚改，特編前後，以成大雅。

【賞花時】（夫）夫主京師禄命終，子母孤孀途路窮。因此上旅襯在梵王宮。盼不到博陵舊冢，血灑杜鵑紅。【眉】李日華本改此一段曲云："夫主喪京中，守孀居，路途窮，娘兒孤苦誰承奉？凄凉萬種，關山幾重，恨不能扶柩歸先塋。"係【黃鶯兒】。又鶯唱云："無語背東風，望河中，路未通。正容消瘦綠愁重，椿庭命終，萱堂運窮。一家飄泊誰堪共？"

今日仲春天氣，見景傷情，甚悶人也。女兒與紅娘，可前來聽我說着。

【幺】（鶯）可正是人值殘春蒲郡東，門掩重關蕭寺中。花落水流紅，閑愁萬種，無語怨東風。【眉】陸天池于此有"遠水雲埋，遙山霧阻，幽栖未穩"等句。又鶯唱有"月滿疏林散清影，羈人懷土夢難成"之句，然皆不若王實甫本語更含情。故兹盡仍之，但舊白殊少體認，悉改之。

（紅）夫人在上，小婢兒與小姐在此，謹候夫人嚴命。（夫）鶯鶯女兒，千里扶棺吾所事，三年服制爾當全。莫教懶惰居人後，要使行藏在母前。紅娘，你伏侍小姐呵，自宜閉戶藏春色，不許開軒納晚凉。旦夕可防僧出戶，往來須避客焚香。（鶯紅共應）謹遵嚴訓，不敢有違。【眉】諸本于此皆作老夫人諭紅娘云："你看佛殿上沒人燒香，可和小姐去閑耍一會。"此豈是訓諭兒女之道？故兹盡易舊白，改爲訓戒之詩數語，甚爲得體。

○佛殿奇逢

（生）琴童接下馬者。去問那店主人，這裏有甚麼名山勝境，福地洞天，可以散步舒懷去處？（店主內應）這裏有一座寺，名曰普救。真是靈皋秘壤，月地雲階，可以游玩。只是近來有個崔夫人與小姐，寄居在這寺中，恐去游玩有所不便。（生笑）天下那有婦女寄居僧寺之中。他既可以居，吾亦可以游，便走一遭不妨。【眉】舊本傳來此處白，皆煩穢不雅，今悉改正。且插入店主對，稱有"崔夫人小姐寄居"數語，見是。鶯上一到此寺，便道路傳聞，是以來孫飛虎之補也。此伏案處最妙。而張生笑答數語，即是書生觀望之意，體貼并到。（法聰）小僧法聰，乃普救寺法本長老的徒弟便是。今日師父赴齋去了，着我在寺中看守山門。望見一位官人來也。（張生）曲徑通幽處，禪房花木深。早來到此寺也。（相見）（聰問）客官從何而來？（生答）小生從西洛至此，聞上刹清幽，特來瞻仰。敢煩指引一游。（聰）師父偶不在寺，待貧僧開了佛殿、鐘樓、羅漢堂、香積厨，請先生盤桓一會，以待師父回來。（生）是真蓋造得好琳宮珠宇也。【眉】諸本此處白，多應插煩冗。今刪之，更爲明雅。

【節節高】（生）隨喜了上方佛殿，早來到下方僧院。行過厨房近西、法堂北、鐘樓前面，游了禪房，【眉】諸本俱"游了洞房"，恐于僧寺不協，今改"禪房"。登了寶塔，將回廊繞遍。數了羅漢，參了菩薩，拜了聖賢。

（紅引鶯撚花枝上佛殿云）苔生嫩綠沿階滑，蒼落殘紅滿地香。【眉】《西廂》一部命脈俱在此一遇引起。諸本并于此處草率少風致，今略爲潤色，殊妙。見諸本此處，俱作鶯引紅游佛殿，欠妥，今改之。（生撞見驚云）

胡然而天也，胡然而帝也。世間有這等樣女子。【眉】"胡然而天"二語，見《詩經》。今用在此，正合驚嘆之意。

正撞著五百年前風流業冤。

這女子呵，霞光抱明月，蓮艷開初旭。縹渺雲雨仙，氤氳蘭麝馥。【眉】"霞光"四句，乃白樂天和元微之詩。

【元和令】（生）顛不剌的見了萬千，【眉】顛不剌，乃外方所貢美女名，或以為美玉名，于此處意不協。又或以為北方助語詞。似這般可喜娘的龐兒罕曾見。則着人眼花繚亂口難言，魂靈兒飛在半天。他那裏儘人調戲軃着香肩，只將花笑撚。【眉】徐文長以"顛不剌"解作不輕狂，而以下"儘人調戲"三句，正是不輕狂處。

（鶯云）紅娘，且到兜率宮去看看。

【上馬嬌】（生）這的是兜率宮，【眉】兜率天在諸天之上，最高遠。謂鶯在兜率宮中游戲，莫使如此高遠難親也。休猜做離恨天。誰想這寺裏遇神仙。見他宜嗔宜喜春風面，偏宜貼翠花鈿。

【勝葫蘆】（生）你看那宮樣眉兒新月偃，侵入鬢雲邊。（鶯云）紅娘，你覷：寂寂僧房人不到，滿階苔襯落花紅。【眉】有此鶯一段白，則下"半晌方言"之句便有味。此處增白增關目，至妙。（生云）愛殺人也。未語人前先靦覥，櫻桃紅綻，玉粳白露，半晌恰方言。

（鶯云）紅娘，你看：蕊含千枝綠，花開一樹紅。（生云）愛殺人也。【眉】今又增此一段白，則下"鶯聲花外"之語方有味。

【幺】（生）恰便似嚦嚦鶯聲花外囀，行一步可人憐。解舞腰枝嬌又軟，千般婀娜，萬般旖旎，似垂柳晚風前。

（紅）小姐，那壁有人，你和我且回避。（鶯回頭覷生，生云）

這寺裏觀音出現。（聰云）這乃是河中開府崔相國的小姐。（生云）這天姿國色，可是驚人。休説他的容貌，則那一雙小脚兒，世間罕有。（聰云）偌遠地，小姐穿着拖地的長裙，你怎生便知道他的脚兒小？（生云）你道我怎生得知，你且在階前來看着。【眉】諸本法聰白有"休胡説"三字，大無禮，今削之。又云"小脚兒價值百金"，俚甚，今改之。

【後庭花】（生）若不是襯殘紅芳徑軟，怎顯得步香塵底樣兒淺？【眉】此當是驗其體之輕盈，非徒言其脚之短小。且休題眼角留情處，則這脚踪兒將心事傳。見他慢俄延，投至到櫳門前面，方那一步遠，剛剛的打個照面，風魔了張解元。似神仙歸洞天，空餘下楊柳烟，只聞得鳥雀喧。【眉】慢俄延，正是脚踪傳心事。蓋慢慢俄延，不肯急行，直到櫳門，只得舉步跨入。惟此一步那得遠些，其他步皆俄延而不肯那遠。其留戀張生的心事，于此可卜。故曰"脚踪傳心事"，舊以脚踪回轉爲傳心事，恐未是。諸本俱"剛那一步"，京本作"方那一步"，殊勝。

（鶯云）紅娘，你可把那西廂角門兒閉上。

【柳葉兒】（生）門掩着梨花深院，粉墻兒高似青天。恨天、天不與人行方便，好着我難消遣，怎留連。【眉】恨天，須叠一"天"字，方有風韵。小姐呵，兀的不引了人的意馬心猿。【眉】"兀的"二字，北人語聲。

（聰云）先生休得這等，【眉】諸本此白俱作"（聰云）休惹事"，語大陡率，今改"休得這等"。河中開府的小姐已去遠了。

【寄生草】（生）蘭麝香仍在，環珮聲漸遠。東風搖拽垂楊綫，游絲牽惹桃花片，【眉】京本"仍"字下有一"還"字，氣更舒緩。"東"字作"輕"字，亦好。"東風"二句，言其簾外花柳遮映，恍忽之景，諸解不免牽強。朱簾掩映芙蓉面。你道是河中開府相公家，我則説是南海水月觀音院。【眉】諸本俱"觀音現"，殊謬。古本作"院"，與"家"字相對，不惟其字之工，且上文自"門掩深院"説來，至于"朱簾掩映"，自其家院之景言也。

（生云）十年不識君王面，始信嬋娟解誤人。小生不往京師去也罷。（回身對聰云）敢煩和尚對長老説，有空閑精舍，願借半間居住。早晚可以温習經史，不似旅邸内雜冗也。今日暫且告辭，明日復來長叙。（生臨别復作顧望態）【眉】今改舊白，云暫辭長叙，皆有意味。又增臨别顧望關目，極有味，且接得下"餓眼"一段意。

【賺煞】（生）餓眼望將穿，饞口涎空咽，將著我透骨髓相思病染，怎當他臨去也秋波那一轉。休道是小生，就是鐵石人也意惹情牽。【眉】有本作"病纏"，作"恨惹情牽"，俱不似初見相思之始。"秋波那一轉"句，是一部西廂關竅。近庭軒，花柳依然。【眉】花柳之景，即指上垂楊、桃花。諸本俱作"花柳爭妍"，大無味。徐文長改作"依然"，甚妙甚妙。日午當庭塔影圓，春光在眼前。爭奈玉人兒不見，將這一座梵王宮，疑是武陵源。【眉】"近庭軒"，是將行出寺門唱；"將這一座"二語，是出寺門而回顧望其寺之情景也。此處須體貼其妙。

簾下三間出寺墻，滿階垂柳綠陰長，嫩紅輕翠閣濃妝。瞥地見來猶自可，却來閑處暗思量，如今情思隔仙鄉。【眉】數語覺幽情閑雅，而古本反缺，何也？今依俗本録之。

○禪房假寓

（法本）貧僧乃普救寺裏法本是也。近有崔相國夫人，帶家屬扶靈柩寄居于此寺。目下老夫人要修齋事，追薦先相國，已曾分付老僧先期備辦，但未的個日期。徒弟法聰在那裏？我出去這幾日，有甚麼客官到寺中没有？（聰云）昨日有位秀才到此，說今日又來拜望。【眉】諸本于此處，又以老夫人上臺說明做道場一段串白，旋而即下，殊不成套。今將此意插在法本白中，更爲簡便。（生）昨日見了那小姐，着小生念念在懷，一夜不眠。我想昨日法聰若不在傍，那小姐到有顧盼小生之意。今日且去問長老借一間僧房，托爲温習經史，實以親近裙釵，倘遇小姐出來，且飽看一會。

【粉蝶兒】（生）不做周方，昨埋怨殺一個法聰和尚。【眉】此段首二句，大約是恨法聰昨日在傍，有室小姐顧盼之意。故兹加一"昨"字與"今"字，不然則解不去。今借與我半間兒客舍僧房。與我那可憎才，【眉】不做周方，謂不與周旋方便也。可憎才，乃愛之甚，故反爲憎之詞。居止處門兒相向。雖不能勾竊玉偷香，且將這盼行雲的眼精兒打當。

我想起來，天下的女子多矣，那有昨日所見者，碾玉成仙骨，調脂作艷胎。

【醉春風】往常時見傅粉的委實羞，聞畫眉的敢是謀。今日呵，寡情人一見了多情娘，着小生心兒裏癢癢。迤逗得腸荒，斷送得眼亂，引惹得心忙。【眉】此段首四句，諸本俱無"見"字"聞"字，意欠通，今增之。諸本俱"多情人"，則于上"委實羞""敢是謀"，意大不通，且生原不輕易慕人者。徐文長改"寡情人"，甚有理。叠用兩"癢"字，最有風味。

（生見聰問云）那禪堂上坐誦經的是何人？（聰對生云）是師父回來了。昨日已先通尊意了。（生作遠覷法本科，云）是一個好和尚。

【迎仙客】（生）我則見頭似雪，鬢如霜，面如童，想是少年得内養。貌堂堂，聲朗朗，頭直上只少個圓光，好似一座捏塑的僧伽像。【眉】此段諸本俱作生見法本而唱，夫烏有初相見而單自詠完幾多語也？今白曲改作望見而唱，有理。諸本"少年"句上無"想是"二字，今增之，似通。"好"字，不用"似"字更妙。

（聰引生相見科，生云）久聞清譽，特來拜謁。昨日不遇，而今日得見，三生有緣矣。（本）敢問先生高姓大名？家居何鄉？（生）小生西洛人氏，姓張名珙字君瑞。

【石榴花】（生）太師一一問行藏，小生仔細述端詳。【眉】諸本"仔細訴衷腸"，然此非衷腸也。故兹改"端詳"。自來西洛是吾鄉，宦游在四方，寄居咸陽。（本）令尊大人何處作宦？（生）先人曾拜禮部尚書多名望。（本）後來如何？（生）五旬上一夢黃粱。（本）老相公弃世，必有所遺。（生）平生正直無偏向，止留下四海一空囊。【眉】諸本俱"五旬上因病身亡"，殊謬。俗演改作"衣錦還鄉"，又背本意。今改作"一夢黃粱"，極當。

（本云）老相公宦囊，既無所遺。先生于今也只得混俗和光。【眉】諸本此處，法本云"老相公在時，敢是混俗和光"，烏有初相見，便對人前而議人父如此？今改作問生語，極當，下生答唱亦妥。

【鬥鵪鶉】（生）說甚麽混俗和光，衡一味風清月朗。（本）先生此行，想必是上京應試。（生）小生無意去求官，有心待聽講。【眉】有本"求官"二句，無"去"字"待"字，覺突兀。此今旅魂驚栖，囊篋羞澀，今日拜謁長老，自歉無以相餽。量着窮秀才人情則是紙半張，又没甚七青八黃，儘着你說短論長，任待掂斤播兩。【眉】"七青八黃"三句，似可削。蓋長老原無計較禮物之意，何必唱此？金之成色，七青八黃，九紫十赤。

聊具有白金一封，奉上長老，權表寸心。（本）先生客中，何須如此？貧僧決不敢受。

【上小樓】（生）小生特來見訪，太師何須謙讓。這些也難買柴薪，不彀齋糧，且備茶湯。（生背法本唱）你若是把小張，對艷妝，【眉】"你若是"二句，是生口與心語，故宜背唱。諸本皆云"有主張"，惟徐文長本云"把小張"，似勝。故茲從之。將情詞說上，【眉】諸本俱是"言詞說上"，今改作"情詞"，更有味。我將你衆和尚們死生難忘。

小生因厭旅邸煩雜，敬問長老借一間閑房，晨昏溫習經史。（本）這房儘隨揀擇。

【幺】（生）也不要香積厨、枯木堂，怎生得離著南軒，遠着東墻，近着西廂。靠主廊、過耳房，都皆停當。【眉】"怎生得"三字，用得妙。乃是欲設法處置以近鶯居之意。諸本無此三字，係新增。下"離"字"遠"字"近"字"靠"字"過"字，俱有意在其中。字意敲推，比他本忞妙。

（本）先生請與老僧同榻何如？（生笑云）要你怎麼？你休題那長老方丈。

（紅上）夫人着我問長老，幾時好與老相公做好事。必須看得停當，然後可以回話。呀，則見那昨日游寺的官人，今又在與長老閑話。我既來此，只得向前相見。【眉】此白亦改得有關鎖，與諸本舊話不同。

（見生唱）斂衽見官人。（見本唱）整袂喏和尚。【眉】"斂衽"二句，係紅娘唱，頗有風致。俗演于此處，只用相見"萬福"，套語無味。長老，我曉承嚴命出蘭房，齋沐身心到講堂。爲問良因何日好，要修佛事薦先亡。乞長老明示，好回復老夫人。【眉】此一段係李日華本內語，今采來插入于此，增許多好態。

【脱衣衫】（生）大人家舉止安祥，【眉】諸本俱"舉止端祥"，今改作"安祥"，殊勝。全不見半點輕狂。太師行深深拜了，啓朱唇語言的當。

【小梁州】可喜娘的龐兒淺淡妝，穿一套縞素衣裳。胡伶渌老不尋常，【眉】胡伶渌老，眼也，此句謂紅娘一雙乖眼也。下"偷睛望"眼，即承此說。偷睛望，眼挫裏抹張郎。

【幺】若共他多情的小姐同鴛帳，怎捨得他叠被鋪床。將小姐央，夫人央。【眉】央者，商議得中也。此是深惜紅娘，不忍他爲婢之意。他不令許放，我獨自寫與從良。

（本）今擇定二月十五，可與老相公做好事。（紅）妾與長老同到佛殿上，看道場各事齋備沒有，好回夫人的話。（生）小生同行一看何如？（本）請便同行。（生）他是女流，可着他前行，小生略後些。（本）到是個知禮的秀才。（法聰）師父，你不曉得，他讓紅娘前行，他在後面，好仔細看。【眉】生令紅娘前行，諸本之白并未能表出其意。今故爲法聰以表之，蓋聰在昨日，已習見生之情態也。妙妙。（生覷本云）小生有句敢道麼？（本）怎的道？

【快活三】（生）崔家女艷妝，莫不是演撒你個老潔郎？（本）出家人那有此事？既不呵，却怎睃趁着你頭上放毫光？打扮得特來晃。【眉】演撒，即坊中調侃也。睃趁，乃看之意。顯毫光，嘲其禿首之辭。言若無演撒的事，何紅娘看着你光頭，打扮齊整，特來晃你也。

（本）先生是何言也？早是那小娘子不曾聽着，若知呵，成甚麼意思？（紅入佛殿科）

【朝天子】（生）過得主廊，引入洞房，好事從天降。我與你看着門兒，你進去與他。（本怒云）此等惡行，得罪于聖賢。先生何言此也？好模好樣忒莽撞。（生云）沒則便罷了。煩惱怎麼那唐三藏。怪不得小生疑你，偌大一個宅堂，可怎生沒個兒郎？教梅香來說勾當。【眉】碧筠齋本作"煩惱則麼耶唐三藏"，麼耶，亦高僧名。言太師非則麼耶唐三藏之比，則淫憨或不免，何用噴己之戲謔也？偌，鄉語。

（本）先生不知，那老夫人治家嚴謹，內外並無個男子出入。（生背云）這禿廝巧說。你在我行、口強，沒人處硬抵着頭皮撞。【眉】此二句中加"沒人處"三字，方與"我行"二字相照。"頭皮撞"句，雖甚俗，然必是"撞"字方解得去。碧筠齋本改"撞"字作"憧"字，疊上意，大欠通。

（本對紅云）這齋供道場都完備了，十五日請老夫人小姐拈香。（生問云）此是何為？（本）這是崔相國小姐孝心，為報父恩，今值老相公禫日，所以做好事。（生哭云）哀哀父母，生我劬勞。欲報深恩，昊天罔極。小姐是個女子，尚有報親之心。小生湖海飄零，並沒有一陌紙錢以酬父母。望長老以慈悲為念，容小生亦備錢五千，帶得一分兒齋，追薦父母。便老夫人知道，料也不妨。（本叫法聰）可與這先生帶一分者。（生背問法聰）那小姐明日可來麼？（聰）他為父親的事，如何不來？（生背云）這五千文錢使得有着落也。

【四邊靜】（生）人間天上，看鶯鶯強如做道場。軟玉溫香，休道是相偎傍，若能勾湯他一湯，到與人消災瘴。【眉】諸本俱是"相親傍"，不若徐文長改"親"字為"偎"字妙。幾人禮佛為消災瘴？然得美人一湯，災瘴自消，此語用于此處，最妙。

小生請出更衣咱。（生先出方丈云）那小娘子一定出來，我則在這裏等候問他。（紅辭本）我從此去，回復夫人。（紅出）（生揖迎科）小娘子莫非鶯鶯小姐的侍妾乎？（紅）我便是，何勞先生動問。（生）小生姓張名珙，字君瑞，本貫西洛人也。年方二十三歲，正月十七日子時生，并不曾娶妻。（紅）誰問你的生辰？又誰管你的妻小？【眉】從來諸本，于此處白煩俗。今改來如此，何等雅切？（生）敢問你小姐常出來麼？（紅）出來便怎麼？（生）小生有句知心的話兒，要對他說。（紅作怒科）先生是讀書君子，豈不聞《論語》云"非禮勿言，非禮勿動"？又豈不聞古詩云"瓜田不納履，李下不整冠"？我家老相公世承閥閱家風謹，老夫人操凜冰霜歲月長。我小姐幽姿未嘗離內閣，就是賤妾無事不肯步中堂。【眉】插入老夫人小姐數句，字字斟酌。先生今日此言，春心恣蕩，禮法何存？早是在我面前說，可以容恕，若老夫人知此，決不干休。倘小姐聞得，亦是怒發。今後撞遇，可言則言，不得亂舊。（紅去，生慚）這相思索害也。

【哨遍】（生）聽說罷心懷悒怏，把一大愁都撮在眉尖上。說夫人潔操凜冰霜，不召呼誰敢入中堂？【眉】"誰敢"下，諸本皆有一"輒"字，覺礙唱，今去之。自思想，早知你心兒裏畏懼老母親威嚴，則不合臨去也回頭望。【眉】此言鶯若守母訓，不應回頭看我。既看我，是不畏我也。我能獨不思哉？故承云"待颺下怎颺"。想起這意思來。待颺下教人怎颺？赤緊的情沾了肺腑，意惹了肝腸。【眉】諸本于此中無"想起這意思來"一句白。今增之，甚覺有趣。颺乃飄去之意。赤緊，猶云打緊。若今生難得有情人，則除是前世燒了斷頭香。我倘得他的時節，手掌兒裏奇擎，心坎兒上溫存，眼皮兒上供養。

【耍孩兒】想當初那巫山遠隔如天樣，聽說罷又在巫山那廂。我這業身軀雖是立在回廊，魂靈已在他行。我想小姐此時，【眉】諸本無"我想此時"一句白，今增之，方接得"恰待要"二語。意此二語，乃生體鶯之情而言也。恰待要安排心傳游客，【眉】閩本作"幽客"。京本作"游客"，今從之。又恐怕漏泄春光與乃堂。夫人怕女孩兒春心蕩，怨黃鶯兒作對，恨粉蝶兒成雙。

以今想像，這女多是情事可動，但誰説是情事易動？【眉】諸本無"以今想像"數句，句今增之，方起得下"年紀小"一段意。

【五煞】小姐年紀小，性氣剛，張郎未得相親傍。乍相逢怕厭見何郎粉，看邂逅怎便偷韓壽香。纔道是未得風流況，小姐呵你若肯，【眉】諸本皆"倘得相親傍"，則于下數語，意不相貫。今改"未"字，見是乍遇，恐他未會得這情況也。又加"小姐呵你若肯"句為一轉，何等婉致。此皆新增，點掇甚妙。成就了會溫存的嬌婿，怕甚麼能管束的親娘。

老夫人呵，你雖管束女兒這等嚴切，却也要為女兒覓一個快婿。【眉】此白亦諸本所無，今增之，方接得下"夫人忒慮過"一段意。

【四煞】夫人忒慮過，小生非妄想。【眉】俗本作"空妄想"，貫下意不近。郎才女貌合相彷。休待眉兒淡了思張敞，春色凋零憶阮郎。非是我自誇獎，他有德言工貌，小生有恭儉溫良。

小生再把那小姐容貌想一會。【眉】此白亦諸本所無，今增之，以起下"眉兒淺淺"一段意。此白用"再把"兩字，極妙。

【三煞】眉兒淺淺描，臉兒淡淡妝，粉香膩玉搽咽項。翠裙鴛繡金蓮小，紅袖鸞銷玉笋長。不想呵其實強，【眉】諸本"搭咽項"與"粉"字似贅。京本"其實是強",有一"是"字,文意亦覺明爽。**你掉下半天風韵,我拾得萬種思量。**【眉】陸天池本于紅娘搶白之後,有【鎖南枝】一段云:"你舌頭巧,我面皮慚。胡攪胡攬是我惹禍端。說是閨門守訓,不合到禪關臨去又流目盼。紅娘意忑寒,小姐情自暖,怎知俏心腸暗憐念。"

却忘了辭長老。(回身見本科)敢問長老房舍如何?(本指科)側邊西廂一間,正可先生安下。(生辭科)小生往旅肆搬取書囊就來。(本下,生嘆科)到是旅肆人事喧鬧,猶可消遣。移到寺中幽靜去處,時時刻刻只是那人在念頭,怎捱得過也。

【二煞】院宇枕簟凉,一燈孤影搖書幌。【眉】"凉"字"孤"字,深有味。縱然酬得今生志,着甚支吾此夜長。睡不着如翻掌,少可有一萬聲長吁短嘆,五千遍倒枕搥床。

【尾聲】嬌羞花解語,溫柔玉有香。我和他乍相逢,記不真嬌模樣,我則索手抵着牙兒慢慢的想。【眉】京本作"記不盡",亦有理。俗唱"記不得",又不如"真"字。

○傳語會情

(鶯)老夫人使紅娘去問長老修齋日期去了,許久還不見來回話。(紅)纔回了夫人的,又來與小姐說知。那長老取定了二月十五日,請夫人小姐拈香。只是在寺裏遇着一場好笑的事,前日我和姐姐所見的秀才,今日也在方丈。他先出門外等着我們,一見了便深深唱個喏,問:"小娘子莫非鶯鶯小姐侍妾乎?"(鶯云)你如何對他?他又有甚麼言詞?(紅云)他又說得好笑。【眉】前篇張生訴情于紅娘,此篇紅娘述情于鶯鶯,而鶯聞言于紅娘。此正是兩下關情之始,乃西廂一部大關鍵處也。諸本此處殊潦草,無風致,今增其曲而改其白。曲則俚而有致，白則但看鶯鶯所答所問處，字字會情，妙甚妙甚。

【鎖南枝】（紅）他說道尚書子讀書郎，姓張名珙住洛陽，二十三歲正年芳，正月十七子時養，有才名沒妻房。小娘若見鶯鶯也，和他訴衷腸。【眉】嘗恨《西廂》曲美而白不稱。如茲本諸摺內所改之白，無一句不妙。

（鶯）却原來是個公子，又是個才子，【眉】"公子""才子"二句，正是鶯鶯想處。只是你不合去問他。（紅）誰問他來，是他自己這樣直說。我也不知他在想甚麼哩，天下有這等的傻角。（鶯）你是如何應答他？【眉】上段白問他又有甚言詞，此段白問你是如何應答他。此中趣味入神。

【鎖南枝】（紅）我說道不知禮不忖量，我家溫柔體質情性良。先朝相府舊門牆，誰許伊來胡厮講？早妾身恕你行，先生若遇夫人也，決不肯輕讓。【眉】烏知紅所唱語，非所以試鶯鶯之心乎？

（鶯）他是讀書之士，你怎麼這般樣去搶白他？此事休得對夫人說。（紅背云）我觀小姐之意有在矣，我且做個朦懂不知的。【眉】說紅不該搶白，又說休令老夫人知，此情最深。故增紅背云幾句白，妙甚妙甚，諸本俱不能及。（鶯呼紅科）天色晚也，可安排香案，我到後花園內去燒香。正是無端春事關心事，閑倚薰籠待月華。（下，紅）小姐分付我安排香案，往後花園燒香。我曉得張生早晚在踪迹小姐，以圖一會。今晚小姐往花園，料那生一定來潛踪窺視。我今也不便與小姐說破，且只悄地看他兩個是甚麼樣意思。【眉】紅娘女中之狡俠也，生鶯成合之難易，其綫索皆在紅手。從來注《西廂》者、演《西廂》者，但知看鶯鶯生情事，而不知玩紅娘機關。今于此段增注此白，最得大窾。（琴童上）我相公移到這寺裏，終日只是想慕那小姐。今晚分付我們看守書房，説他要出去乘月閑游，想是去尋消問息，以窺視那小姐。我也且把房門鑰上，悄地裏行行，看我相公是甚麼形狀。（童遇紅科）紅娘姐在何處去？（紅答）在花園內伏侍小姐燒香。琴童哥，你在何處去？（童答）在花園外跟尋相公閑游。這個時分撞遇，是天緣奇遇。乞尊姐與我叙一叙去。（紅怒）那一個揪著你來。（童跪）我琴童想紅娘，就如相公想小姐一般。【眉】琴童攜琴從張生，諒非村童，想亦昆侖奴與張千牛之類也。彼其遇紅娘，安得忘情？今增此白此曲，最是體貼人情，非徒插諢之謂而已也。

【醉扶歸】（童）試看試看俺琴童好，東風搖擺興最豪。携得焦尾在書房，彈一曲更風騷。紅娘有意和俺交，腹下自有敖曹寶。【眉】《西廂》演至"僧房假寓"以後，"墻角吟詩"以前，全屬鶯生，而紅琴旁觀。豈得盡行冷局？故增此一段，覺俗而實雅，覺淡而實有關會在中。

【醉扶歸】（紅）怎得怎得俺紅娘嬌，誰敢輕把琴心招？嫦娥側畔桂影飄，雲捲鬢、柳擺腰，你色中餓鬼縱難熬，誰來羡你村丁俏？【眉】琴童唱處不離張生意，紅娘唱處不離小姐意。俱好。

（紅走入花園，童作又哭又笑，內問）哭甚麼？笑甚麼？（童答）哭紅娘不得到琴童的手裏來，笑小姐又常走在相公的心上去。

○墻角聯吟

（生）小生今寓寺房正近西廂，打探得那小姐每夜園內燒香。今夜月朗風清，料應他來也。小生且先潛身在太湖石畔墻角兒頭，等待他出來飽看一會。且喜眾僧已寢，夜深人靜。【眉】諸本俱云"聞和尚説，小姐每夜來園內燒香"，如此則鶯素為寺僧所窺，大失體矣。今削之。正是：日厭僧共語，夜望月長吟。

【鬥鵪鶉】（生）玉宇無塵，銀河瀉影。月色橫空，花陰滿徑。羅袂生寒，芳心自警。側着耳朵兒聽，躡着腳步兒行，悄悄冥冥，潛潛等等。【眉】諸本俱"花陰滿庭"，園外無庭，古本"滿徑"更是。

【紫花兒序】等待齊齊整整，裊裊婷婷，姐姐鶯鶯。【眉】"等待"二字直貫至"鶯鶯"句，方解得。此處宜急作一句唱，始得曲情。一更之後，萬籟無聲，直至鶯庭。若是回廊下沒揣的見俺可憎，【眉】可憎，指鶯鶯也。乃愛之甚而反稱之也。我索將來緊緊摟定。叫聲小姐呵，我和你會少離多，啐，形兒也沒有，緣何抱他問他？恍然間有影無形。【眉】此處增插此白，方見意明爽。諸本"則問他會少離多"句，尚解得。而突云"有影無形"，何所指也？今加此白，并用"恍然"三字，妙矣。

（鶯上呼）紅娘，開了那角門兒，將香案過來。

【金蕉葉】（生）忽聽得角門呀的一聲，便覺得風過處花香細生。香風一陣，是花香？是人香？殆是小姐來也，待我覷着。蹺着腳尖兒仔細定睛，比我那初見時龐兒越整。【眉】鶯至則衣香熏，而門開則風暗度，其香來墻外矣。但香從園內來，又疑是花香，故內加白數語，正是生從花香裏暗中索模鶯鶯。下又從月下明窺其貌，此中最妙情景。不然，則"花香"句無與人事，不相關涉。

（鶯）紅娘移香案，近太湖石畔放着。（生覷科）料想春嬌厭拘束，等閑飛出廣寒宮。看他花含百媚，玉蘊千輝。星眸剪兩道秋波，檀口噴一林香氣。似湘陵妃子，斜倚舜廟朱扉；如月殿嫦娥，微見蟾宮素影。真個是好女子也。【眉】諸本原白嘆鶯鶯之美，語亦幽雅。今又增數語，尤勝。

【調笑令】我這裏甫能見娉婷，比着月裏嫦娥也不恁般争。【眉】諸本俱"不恁般撑",解不去。獨碧筠齋作"不恁般爭",言與嫦娥不爭美也,今從之。但看他的行步,**遮遮掩掩穿芳徑,料應那小腳兒難行**。【眉】諸本俱"料應來",京本作"那",更渾然有味。今從之。但看他的眉宇,半愁半笑,**可喜娘的臉兒百媚生,兀的不引了人魂靈**。【眉】此段內加兩句白,便添多少風致。

（鶯）將香來。（生云）聽小姐祝告甚麼。（鶯）此一炷香,願忘過先靈,早昇天界。此一炷香,願堂上老母,福壽安康。此一炷香……（做不語科,紅云）姐姐不言,我替姐姐禱告。此一炷香,願姐姐早成佳偶,拖帶小紅娘的春光。（鶯長吁,嘆云）風月天邊有,佳期世上無。滿懷幽怨事,都付紫金爐。（生云）小姐倚欄長嘆,似有動情之意。

【眉】諸本此處白多穢俗字眼,今略更刪。諸本俱云"心中無限傷情事,盡在深深兩拜中",語亦俚俗,今易之,殊雅而幽。

【小桃紅】夜深香靄散空庭,簾幕東風靜。拜罷也斜將曲闌憑,長吁了兩三聲。別團圞明月如懸鏡,又不是輕雲薄霧,都則是香烟人氣,可恨一時遮掩了,不見小姐的面顏。氤氳不分明。【眉】必加"可恨"二句白,方有關會。如諸本直唱過,則此數句曲都無為。

【幺】一輪明月到天心,似對鸞臺鏡。常恨團圓照孤另,轉傷情,恰萬里長天淨。忽的風雲亂生,暈的清光掩映,吁的人作唱愁聲。【眉】古本無此一段,不知何人所增。然其語意俱妙,今并錄之。原是"一輪明月可中庭",以此篇"庭"字韻太多,故易之。"忽的"三語,具見天景心情,頗妙。

（生）小生雖不及司馬相如,那小姐頗有文君之意。試高吟一絕,使他聞之。月色溶溶夜,花陰寂寂春。如何臨皓魄,不見月中人?(鶯)有人在墻角吟詩。(紅)這聲音便是那二十三歲不曾娶妻的傻角。(鶯)皓魄,月也。月中人,嫦娥也。相看相望,如何説不見?【眉】此白内增鶯鶯解詩語,渾而有味。我也依韻和他一首。(紅叫)墻外人聽和詩來。(鶯和)蘭閨久寂寞,無事度芳春。料得行吟者,應憐長嘆人。(生)好應酬快也,好韵致幽也。我想小姐所説蘭閨寂寞,與小生花陰寂寂,意興一般。【眉】此又增生解鶯語,何等風味,妙,妙。但小姐既料得小生在此行吟,又憐小生在此長嘆,將何以安頓小生也呵。

【禿厮兒】早是那臉兒上撲堆着可憎,那更你心兒裏埋没着聰明。將新詩和得忒應聲,一字字訴衷情,堪聽。

【聖藥王】那語句兒清,音律兒輕,小名兒不枉了唤做鶯鶯。若是共小生,厮覷定,隔墻兒酬和到天明,方信到惺惺的自古惜惺惺。

(紅)姐姐焚香已罷,可轉綉房。夜久天寒,恐傷風露。正是:月微風細羅衣薄,只是嫦娥不耐寒。(生)我撞下去,看小姐説甚麽話。

【麻郎兒】我拽起羅衫欲待要行。(撞遇鶯,相見科)他陪着笑臉兒相迎。(鶯鶯問)何來?(生答)墻角吟詩,多謝尊教。(紅阻科)不做美的紅娘忒淺情。【眉】此處演者鶯生相遇,多作鶯問"是何人",生復陳姓名籍貫以答之。殊迂。今易其白,如此却雅。(紅叫)快出去呵。便做個謹依來命。【眉】必須要補"(紅叫)快出去"一句,生方説得個"謹依來命"。

(紅)姐姐有人,咱家去來。怕夫人嗔責。(鶯回顧下)【眉】生入遇則紅阻,鶯歸緩則紅催,紅真不做美。

【幺】忽聽、一聲、猛驚,我則道有人來也,元來是撲剌刺宿鳥飛騰，鸝巍巍花稍弄影，亂紛紛花紅滿徑。【眉】此景最堪想。蓋人起身去，則鳥驚飛，鳥飛則采動花影，花落則紅滿徑。

小姐去了呵，將那裏發付小生。

【絡絲娘】空撇下碧澄澄蒼苔露冷，明皎皎花篩月影，白日裏淒涼枉耽病，今夜把相思再整。【眉】上段情景之妙，在"猛驚"二字。此段情景之妙，在"空撇下"三字。

（鶯內叫科）紅娘，把簾兒垂下，門兒掩上。

【東原樂】（生）簾垂下，戶已扃。小姐門閉深閨，已無可奈何。但我想却纔個悄悄相問，他那裏低低應。【眉】"却纔"二句，正指上面撞問答之意言也。月朗風清恰二更，當這時分，有這會遇，厮溪幸，曾奈紅娘打散，他無緣，小生薄命。【眉】此與下段，須如此夾白在中間，方見文意明白。諸本無白，終解不去，故今一一增之。"厮"字，當解作相。

【綿搭絮】恰尋歸路，佇立空庭。（仰看科）竹稍風擺，斗柄雲橫。今夜淒涼有四星，他不偢人待怎生。全蒙他有顧盼的意思，只是多了紅娘在中間。雖然是眼角傳情，咱兩個口不言，心自省。【眉】言他若不偢人，我亦無如之何。今既聯吟，又笑臉相迎，則傳情而心可自省矣。

回到書房，只見殘燈未滅，孤幔難温，教我怎生睡得着也。【眉】此白俱他本所無，今增之，覺好。

【拙魯速】對着盞碧熒熒短檠燈，倚着扇冷清清舊圍屏。燈兒又不明，夢兒又不成。窗兒外淅瀝瀝風透疏櫺，忒楞楞紙條兒鳴。【眉】有本作"忒嘌嘌"，不協韻。枕頭兒上孤另，被窩兒裏寂靜，便是鐵石人也動情。【眉】今演者疊兩個"鐵石人"，亦覺便。

當此情景，何以消遣？我想我與小姐，若有緣分，終當成就。只是目下呵，【眉】諸本亦無此白，係新增。

【幺】怨不能，恨不成，【眉】有改"怨不消，恨不平"，頗通。然既增此白，則不能不成，可自去得？坐不安，睡不寧。有一日柳遮花映，霧幛雲屏，夜闌人靜，海誓山盟。恁時節風流嘉慶，錦片也似前程。美滿恩情，咱兩個畫堂春自生。【眉】此是作《西廂》者體，後面成親意，來説于此。

【尾聲】一天好事從今定，【眉】古本"從今認"，更好。一首詩分明照證。【眉】諸本"分明作證"，"作"字生，不如"照"字。再不向青鎖闥夢中尋，只去那碧桃花樹下等。

○齋壇鬧會

（本引聰上）今日是二月十五，開啓法筵，響動法器，當去請夫人、小姐拈香。那位張秀才，搭了一分齋兒。若老夫人來問時，則説是貧僧的親眷。（生上）

【新水令】梵王宮殿月輪高，碧琉璃瑞烟籠罩。香烟雲蓋詰，唪咒海波潮。幡影飄颻，諸檀越盡來到。

雲晴雨濕天花亂，海葳風翻貝葉輕。好個齊整的法壇。小姐今夜若來，便是紫竹寺觀音出現，青辭會裏麻姑降臨。小生且得借此飽看一會。【眉】諸本無此白，今新增，亦雅。

【駐馬聽】法鼓金鐃，【眉】閩本作"金鐸"，韵不協。二月春雷響殿角。鐘聲佛號，半天風雨灑松梢。（本）這時分夫人小姐還不來上香。【眉】諸本此段內無法本插白，今加一語，方生唱，理順。（生）侯門不許老僧敲，紗窗外定有紅娘報。害相思的餓眼難熬，【眉】諸本俱云"饞眼惱"，不知何解。有一本作"餓眼難熬"，與下"飽"字顯映，極妙。待見他時須看個十分飽。

小生且趁夫人未來，向佛祖前默地禱告一番。用祈佛力，以遂人緣。（禱科）【眉】諸本于此處俱作法本先命生去拈香，于禮不通。今改只作生私自去祈禱，大有理。俗云"佛度有緣人"。

【沉醉東風】惟願存在的人間壽高，亡化的天上逍遙。【眉】固知此曲改得甚妙。更爲藍橋波騰，乞渡這遭慈航。【眉】諸本此段內有"爲曾祖父先靈，禮佛、法、僧三寶"二句。但此既改爲僧私禱，則以私情爲重。故易語云"更爲藍橋波騰，乞渡這遭慈航"，覺妙甚。爇名香暗中禱告，則願得梅香休劣，夫人休焦，崔家的犬兒休惡。佛祖囉，早成就了幽期密約。【眉】諸本無"崔家的"三字，今依碧筠齋本增之，句便雅。京本無"佛祖囉"三字，今依閩本增之，氣更舒。

（夫人鶯紅並上，夫云）天花雨墜飄幡影，貝葉風翻奏梵音。（鶯云）哀感未能全大孝，修齋聊欲表微忱。（夫見生科，問）這位先生？（本答）是貧僧親戚，姓張名珙，洛陽人也。偶寓本寺，幸會法筵，央及貧僧節意，以追薦亡父張尚書之靈。禀過夫人，幸勿見責。【眉】諸本于此處白潦草，今改增之。諸本法本述生意白，具在後一段。然夫人一見生在會中，焉得不問？今改入于此，方妥。（夫云）既是長老親眷，又係名門子弟，況同是孝親之心，即同此經筵之會，有何妨也？（鶯背對紅云）那生昨夜墻外吟詩，今日壇前習禮。（生背對聰云）你看那小姐：朱顏燈前艷，素妝雲外飄。【眉】鶯生背語白，諸本俱無。今新增之，言情景又不脫佛堂意，妙甚。此處好關目。

【雁兒落】（生）我只道是玉天仙離了碧霄，元來是可意種來清醮。小子多愁多病身，怎當得傾國傾城貌。【眉】此二段俱宜背唱，不然老夫人面前，豈宜如此？

【得勝令】則見他檀口點櫻桃，粉鼻膩瓊瑤。【眉】諸本俱"倚瓊瑤"，"倚"字欠通。古本"膩"字好，今從之。淡白梨花面，輕盈楊柳腰。苗條，滿面兒堆着俏；【眉】諸本"樸堆着俏"，多一"樸"字，對下句不整，今刪之。妖嬌，一團兒衠是嬌。

（本）大眾住樂，聽我宣疏。【眉】諸本俱無此疏，則不似道場追薦。今補增此。伏以，阿鼻存鳩奸之力，慧劍寵開刹利，設善報之緣，金輪長轉。若非慈悲拯溺，安得罪業潛消？伏惟三世諸菩薩，尊居鹿苑，惻隱遍建于群生；穩坐蓮臺，靈光普臨乎下土。是以途開懺悔，法有皈依。幽魂苦魄，憑金手以超凡；六道四生，照玉毫而得度。伏願亡過相國崔公，早昇天界；其有附薦禮部張公，并游仙宮。【眉】不遺張公者，蓋以前已禀過夫人也。死者快樂逍遙，生者福壽康寧。宣疏已畢，請祭主上香。

【畫眉序】（夫人拈香）【眉】諸本從來無此四段，而只憑張生獨唱。其情不惟有老夫人在前，有所不便，即于眾僧道場，亦不成體。今采陸天池本四段語，插入于此，善矣。長跪爇名香，遙禮毫光合雙掌。嘆窮途，骨肉未還家鄉。脫苦海，早赴佳城；仗金手，超升天壤。此行步步蓮花地，大家同上慈航。

【畫眉序】（鶯鶯拈香）扣齒禱空王，法雨飛空洗災障。把幽魂，拔向淨土徜徉。保慈母，歲晚身安；復故苑，舊時家當。此行步步。（合上）

【畫眉序】（生拈香）漂泊乏行囊，一陌金錢望垂享。陰靈默，相早遂名揚。賴佛力，提挈無邊；就法界，諸凡如願。此行步步。（合上）【眉】私情前段已默地禱告矣。此則老夫人在前，則拈香時不便復露私情。陸本于此段有"買轉春心便成婚"講語，亦大善。今改之。

【畫眉序】（法本拈香）老衲謹宣揚，崔氏孤嫠苦難狀。共薦亡，祈福更有張郎。願過去，罪業潛消；希未到，福綠無量。此行步步。（合上）【眉】法本亦不可無此一段。

（生拜夫人科）多謝老夫挾帶，先君有靈，在九泉之下，亦知感激。（生揖小姐科）多謝小姐提携我，張珙免爲不孝之子，刻骨難報。【眉】此白從來諸本所無，今增，正見生因事而願親附于崔之意，妙甚妙甚。（本云）老夫人體倦，請入雲堂少息。留小姐拈香，紅娘秉燭，待老僧大張廣樂，以光盛舉。（鶯背對紅云）正要長老如此行作，方成一場好事。（紅云）但得久瞧着那生也。（生背云）難得夫人入雲堂，長老舉廣樂，小生趁此鬧哄中，得熟覷小姐也。但莫是小生喜看那小姐也。【眉】必須有此段機會，鶯生方得乘機熟視。不然，則老夫人在前，張生豈得連唱私情許多？故加此白，最妙。凡《西廂》各篇內，有情境礙而難通處，今悉增減舊白，以爲斡旋，而《西廂》一本皆活境矣。

【喬牌兒】（生）太師年紀老，法座上也凝眺。舉名的班首痴呆僗，覷着法聰頭做金磬敲。【眉】北方罵人長帶"僗"字。

【甜水令】老的小的，村的俏的，沒顛沒倒，勝似鬧元宵。稔色人兒，可意他家，怕人知道，看時節淚眼兒偷瞧。【眉】稔色，指崔；他家，生指自己言。美人可意我，又怕別人知道，故瞧我只偷瞧也。此處妙甚，須以解《南華經》解之，方得其趣。

（本叫科）看座上香銷了。（生）小生自去添香。（本又叫）臺前燭，風滅了。（生云）小生願去燃燭。【眉】諸本此處白亦突兀，今從元白潤色，便覺舒暢。（鶯對紅云）你看那生忙了一夜哩。（紅答）不知他爲甚的忙。【眉】增紅答"不知他爲甚的忙"一句，大有味。

【錦上花】（紅）外像兒風流，青春年少；內性兒聰明，冠世才學。扭捏着身子百般做作，來往向人前賣弄俊俏。【眉】諸本此段作鶯唱，然詞意無甚幽味。莫若作紅以生之情態，指說于鶯前更是。此處諸本有紅唱一段，云："黃昏這一回，白日那一覺，窗兒外那一會獲鐸。到晚來、向書帷，比及睡着，千萬聲長吁，捱不到曉。"此情意雖好，然不應唱于此處，今削之。

（本）道場將滿，化錢羨散。請夫人小姐回宅也。

【滴溜子】夫人小姐功果滿，功果滿。佛燈尚亮，歸去也，歸去也。鄰鷄早唱。【眉】此一段出陸天池本，今采而插入于此。了當深深老夫人的事。（本送唱）怪殺那西天夜茫茫，（生送唱）步隨落月光，素衣蕩漾。（合唱）猶帶諸天清淨香。【眉】加本與生送唱語，尤得體。

（夫人回顧科）紅娘且住。在後面收拾衣服，賞賜各僧，方可回宅。（鶯回顧生云）蟠桃歸宴早，勝事想依稀。【眉】諸本俱無此一段白，殊覺尾聲寂寥。今增留紅娘在後，最有餘興。又增鶯回顧生二語，隱隱有情而不露，正以動生下面之想苗也。妙甚妙甚。（夫人鶯并下，本）衆徒弟們散花羨滿。（法朗）散花散的是蓮花，幾朵坐在觀音下。紅娘若有觀音好，佛也伸手來摹他。（法聰）散花散的是桃花，王母瑤池曾種下。紅娘若赴瑤池會，飛瓊也賽不過他。（法本）散花散的牡丹花，貴妃娘娘手摘下。馬嵬山中花憔悴，出家人兒不想他。（紅）散花散的是梅花，落在壽陽公主窗兒下。翠鈿眉頭如仙女，尋常那得去想他。（生）散花散的是桂花，只許我才郎去摘下。嫦娥有意不相會，道場會上就是他。【眉】每散花用一花、用一美人故事，正合題情，與別處打諢語大不同。（衆僧云）我想先生之言，其意有在矣。我衆人且自散也。【眉】生于桂花嫦娥之說，意屬鶯而言，點出衆僧，知其意有在，最會得趣。（生扯住紅娘科）諸人散了，無限的寂寥。那裏發付小生也。沒奈何，把你當個小姐用也罷。（紅）噯，說那裏的話。（生抱紅科，唱）【眉】權以紅娘當小姐，演者有此狀，而諸本無此語。看來此語不可無。且說此語，而隨唱"迷留沒亂，心癢難撓"，何等肖神？乃從來諸本，俱以【折桂令】一段唱于鬧會道場之中，不惟于諸僧前聲口不便，而風味亦索然矣。今易在散後，而作生獨想景象之詞，以及下段，極當極當。

【折桂令】小生迷留沒亂，心癢難撓。（復開手放紅科）我想着那會哭聲兒似鶯囀喬林，泪珠兒似露滴花梢。太師難學，把個發慈悲的臉兒矇着。執磬的頭陀意惱，添香的行者心焦，那時燭影風飄，香藹雲飄，貪看鶯鶯，燭滅香消。
【眉】惟太師把發慈悲的臉兒矇着，難學。若其餘執磬添香的，皆偷看也。

齋筵之上，屢屢顧盼，且臨去之時，回顧小生而言曰："蟠桃歸宴早，勝事想依稀。"他亦恨其歸之早也，他亦依稀在想此會也。這樣嬌容，這樣深情，想殺人也。【眉】此白記憶那鶯顧盼之情及臨別之語，而隨接唱"情引眉梢"數語，體貼大到，妙甚妙甚。

【碧玉簫】情引眉梢，我心緒你知道；愁種心苗，你情思我猜着。彼時所恨者，衆和尚不知趣。暢懊惱，響璫璫雲板敲。行者又嚎，沙彌又哨，恁須不奪人之好。【眉】上段是說衆僧偷看，此段是說衆僧無知。雖看而不得其趣，惟自己則甚得其趣，而無奈衆人之擾亂而奪其興也。

我心在想小姐，連紅娘也不知他悄悄去了。

【鴛鴦煞】有心爭似無心好，多情却被無情惱。【眉】有心多情，生自指也。無心，指上行者沙彌也。無情，指紅娘方攜回而隨去也。勞嚷了一宵，月兒沉，鐘兒響，雞兒叫，玉人歸去得疾，好事收拾得早。道場畢，諸人散了。銘子里各歸家，葫蘆提鬧到曉。【眉】銘子裏，猶云昏黑也；葫蘆提，猶云不明也。俱方言。蓋謂天時人事混過了一晚之意。

○飛虎橫行

（孫彪上舞劍科）劍氣腥紅帶血磨，因貪財色逞僂儸。龍珠欲取探龍穴，虎子還求入虎窠。欺白起，笑廉頗，長槍大戟膽氣多。營門忽報非常樂，管取春嬌馬上駞。自家姓孫名彪，號爲飛虎將軍。只因主將丁文雅失政，軍校們不守紀律，只得將本部五千人馬，哨聚山林，劫掠閭閻。近聞得故相崔公之女，年芳貌美，名喚鶯鶯，現在河中府普救寺守喪。不免整點軍馬，圍住寺門，擄得鶯鶯爲妻，平生之願足矣。手下軍校，可聽吾號令，奮勇先登，連夜進兵，拿得多嬌，論功行賞。【眉】此段白從李日華本改定，較舊各本白更健爽。

【四邊靜】（孫）禪關幼女顏如玉，堪將伴幽獨。駿馬擁金釵，轅門列花燭。兵戈亂簇人馬去，速得勝，早歸來，齊歌合歡曲。

【四邊靜】率英雄賽主，恨孤宿，鐵衣不曾燠。強把破旗幡，改作舞裙綠兵戈。（同上）【眉】此二段曲從陸天池本改定，諸本此處無曲。

○感春幽嘆

（鶯上）與君相見即相親，辜負穠華過此身。莫怪楊花太無賴，此心原不自由人。【眉】諸本舊白，只承月下吟詩意來，不曾佛會。今改補之。自從那月佛會上見了張生，不覺神魂飄蕩，心事痴迷。追想那月夜聯詩光景，真是蝶有情，惜乎花無主。今日看看，已是暮春天氣，好感傷人也。【眉】蝶有情、花無主二語，會得妙。

【八聲甘州】（鶯）懨懨瘦損，早是傷神，那更殘春。羅衣寬褪，能消幾個黃昏。風裊篆烟不捲簾，【眉】徐文長本作"風裊串烟"，謂挂香也，恐未是。今從舊。雨打梨花深閉門。無語憑闌干，目斷行雲。

紅娘，你看闌干之外，是何風景？（紅）是花兒褪，柳兒垂，蝶兒舞，燕兒飛。這個光景甚好玩賞。（鶯云）自我們看起來，有甚好得。【眉】新補此白，以起下唱，似覺有致。

【混江龍】（鶯）落紅成陣，風飄萬點正愁人。池塘夢曉，闌檻辭春。蝶粉輕沾飛絮雪，燕泥香惹落花塵。（紅）姐姐這等嘆息，只是一段春心難繫。【眉】新補紅娘白語在中，便覺其醒。繫春心情短柳絲長，（紅）姐姐若想那人兒，到也不遠。隔花陰人遠天涯近，香銷了六朝金粉，清減了三楚精神。【眉】情本長，柳本短，人本近，天涯本遠。今與張無會期，則是情本短于柳絲，人反遠共天涯矣。

（紅）姐姐情思不快，我將這被兒薰得香香的，睡些兒。

【油葫蘆】（鶯）翠被生寒壓綉裯，你休將蘭麝薰。便將蘭麝薰盡，則索自溫存。噯亦空負了這錦衾，【眉】此處空負衾，下段空負枕，俱新插白，方見妙。昨宵個，錦囊佳趣明勾引；今日裏，玉堂人物難親近。這些時臥不安，睡不穩，登臨又不快，閑行又悶，每日價情思睡昏昏。

（紅）姐姐，你這等體倦，我扶起這綉枕兒，與你伏定養息些。【眉】諸本俱無此白，今增此。見上是擁衾，此是伏枕。甚體貼閨情得到。

【天下樂】（鶯）我則索搭伏定絞綃枕頭兒盹，噯，亦空負了這華枕。（做伏枕睡着科，紅背云）小姐十分憔悴，我想只是爲着那生也。我且潛身躲在背後，聽他説着甚的來。（鶯作夢中呼科）我張郎張郎。（紅突至前科）姐姐你在叫那一個來，只有紅娘在此，更没有那人兒。（鶯作驚醒責紅科）【眉】舊本俱無此白，亦無關目。今增此，方見輾轉的情，且亦起得"影兒不離身"之句。妙甚妙甚。這些時你做紅娘的，却似影兒不離身。【眉】此數句從舊本。內略加數字，方斡旋得妙。

（紅）這是老夫着紅娘伏事小姐，小姐有其心事，只管對紅娘説，紅娘豈敢拘持小姐？（鶯）俺娘呵，也不洞達人情。【眉】舊亦有此白，但無如此之婉曲，今改增之，亦起得下面"隄防着人"之句。這些時直恁隄防着人，我想小梅香伏侍勤，老夫人拘繫緊，則怕女孩兒折了氣分。【眉】折了氣分，徐文長解作去體面，有解作勞神情之意，亦可。

老娘雖是這等樣嚴訓，其奈我的心事？何如小姐往時和俺鬥草簪花，彈絲弄竹，何等歡悦？今日的無情無緒，悶悶痴痴，有何心事，何不直對紅娘説來？【眉】以上鶯雖云玉堂人物，尚未明説露，故今增紅娘此白一問鶯，方好下面明説出來。

【那吒令】（鶯）我往常但見個外人，氲的早噴；但見個客人，厭的倒褪。從見了那人，兜的便親。紅娘，那佛會上的俊容，你也見來；那墻角頭的吟詞，你也聞知。【眉】增此白甚妙。不然，則是止記得聯吟，而忘却佛會光景。想前夜的詩，依着前韵，和得清新。

【鵲踏枝】吟的字兒真，念的句兒勻，咏月新詩强織錦回文。（紅）那生綉口噴珠，小姐妙手裁雲，真是天生一對。（鶯）誰肯把針兒將綫引，向東鄰通個殷勤。【眉】諸本此中俱無白，今增此。下方接得"誰肯把針"二句意來。

（紅）小姐要通殷勤也不難，只是内裏怕老夫人知之，外面怕鄭官兒聞之。（鶯）自古才子宜配佳人。想天下的英俊，也沒有及得那生者。【眉】諸本俱無此白，今增之。殊得紅戲引鶯之意也。

【寄生草】（鶯）想着風流客，旖旎人，臉兒清秀身兒俊，【眉】碧筠齋作"身兒韵"，謂有風韵也。性兒温克情兒順，不由人口兒作念心兒印。恁的般一天星斗焕文章，怎生教十年窗下無人問。【眉】閩本"學得來一天星斗焕文章，不枉了十年窗下無人問"，其意不通。

（鶯下，紅云）前日齋壇散後，我到張生書房，見張生注意于小姐。今日看小姐憂嘆，是極注情于張生。兩下俱是相思癥候。但這兩個人肯吃紅娘的藥兒，這病到不難醫。【眉】紅娘，女俠也。當鶯生成合，難易之機權，皆制于紅之手。然必先窺見兩下之情，方能從中制其離合。故今于上篇道場之末，改生入書房對紅敘其情。此篇于鶯之春閨，而紅曲挑以得其情。彼此之情既得，然後從中以玩弄二人也。《西廂》一傳，在王實甫善作，非此不能善述。

○兵困求解

（夫人）孤城盡日空花落，歸馬無踪暮草寒。（鶯）四顧春光何處是，西樓望月幾時圓。（夫人）孩兒爲何垂鬟接黛，雙臉斷紅？（鶯）兵戈路阻，雲水心遙。廈屋無歸，春閨煩惱。【眉】舊本和尚所報白語太多，不似一時急語，今裁之。（本上）報老夫人知道，如今丁文雅失政，孫飛虎作亂，將半萬賊兵圍寺門，道是小姐有傾城之貌，欲強擄爲妻。倘不順從，將古寺一炬焚之。【眉】諸本俱以此連上"懨懨瘦損"數段，通作一摺。今易以上做鶯鶯思情，單爲一摺。而于此處老夫人先上，法本來報，另爲一摺，更是。

【六幺序】（鶯）聽説罷魂離殼，放着個禍滅身。袖稍兒搵住啼痕，去住無因，進退無門，可着俺窩兒裏人急偎親。孤孀母子無投奔，赤緊的先亡了有福之人。耳邊厢金鼓連天震，征雲冉冉，姤雨紛紛。【眉】閩本作"吐雨"，京本作"土雨"，俱不可解。古本"你姤雨"，僅通，今從之。

【幺】那廝每、風聞、胡云，道我眉黛青顰，蓮臉生春，似那傾國傾城的太真。兀的不送了三百個僧人，半萬賊兵，一霎時敢剪草除根。【眉】霎時，京本作"半會兒"，亦通。那廝每于家爲國無忠信，恣情的擄掠人民，更將這天宫般蓋造焚燒盡。那裏也没個諸葛孔明，便待要博望燒屯。

（夫人）先君旅櫬未歸，老身孤孀獨守。孩兒年少，未得從夫。今遭此變，如之奈何？（鶯）爲孩兒一身，惹動兵端，以驚憂老母。不如將我獻與賊人，庶得保全一家性命。【眉】諸本舊白突兀，今改其語之夢，而增以意之新。（夫人掩袂哭科）孩兒名家艷質，幽閨淑女，怎捨得與賊人爲妻。（鶯）涕出女吴，齊景公之計窮矣；明妃和戎，漢天子之情慘然。【眉】涕出女吴，是鶯欲保全母親之意。明妃和戎，是鶯示不忍别生之意。微哉妙哉。事出無奈。只得將孩兒獻了也罷。

【後庭花】（鶯）第一來免摧殘了老太君，第二來免堂殿作灰燼，第三來諸僧無事得安存，第四來先君靈柩穩，第五來歡郎雖是未成人，也是崔家後代孫。鶯鶯若惜己身，不行從亂軍，【眉】行，即古行成，與賊和親也。伽藍火内焚，諸僧污血痕，先靈爲細塵，斷絶了愛弟親，割開了慈母恩。

（夫人）孩兒，雖是這等説，却虧了你們，玷辱家風。（鶯）我反復思量，若是不從賊，【眉】諸本俱無此白，今增之，方轉下所唱之意。

【柳葉兒】將俺一家兒不留一個齠齔，待要從軍又怕玷辱了家門。罷了，駡賊而死，烈丈夫的事業，我則不能；墜井而亡，漢宮人的節義，今當自處。【眉】諸本亦無此白，今增之，方見患難危急之中，慷慨從容氣象。我不如白練套頭尋個自盡，【眉】諸本"白練套頭"下有"兒"字，此何時而作嬌聲也？京本。將我尸襯獻與賊人，也須得個遠害全身。

【青歌兒】母親，都做了鶯鶯生忿，【眉】碧筠齋本作"生分"，解不去。對旁人一言難盡，休愛惜鶯鶯這一身。孩兒別有一計，不揀何人，建立功勳，掃蕩烟塵，殺退賊軍。倒陪家門，情願與英雄結婚姻，成秦晋。【眉】上條陳利害，又斟酌榮辱，到此方露正意。多少委曲，此《西廂》之所以為妙。

（夫人）此計到好，只恐怕這寺裏没有這樣人兒。【眉】夫人白，今易舊本，更簡切。諸本作夫人慮門戶不相當語，非是。（長老在法堂上高叫）兩廊僧俗，但有退得賊兵計策者，許鶯鶯與他為妻。（本叫科，生鼓掌上）我有退兵之策，何不問我？（夫人云）這秀才就是前日帶追薦的秀才，計將安在？（生）重賞之下，必有勇夫。夫人若有信賞，【眉】信、賞二字極妙，軍法信賞必罰，又以彰下失信意，比舊白"賞罰若明"之語，大勝。小生自有妙計。（夫）纔與長老說下，能退賊兵者，送小姐為妻。（生）既是這等，休諕了我渾家，請自安息。待小生賦詩却虜，麾扇降胡也。（鶯對紅云）難得此生這一片好心，惟願他退得賊者。

（賺煞）（鶯）諸僧伴各逃生，衆家眷誰揪問，他也不相識橫枝兒着緊。【眉】鶯云"橫枝兒着緊"，夫為何事着緊也？非是書生多議論，也隄防着玉石俱焚。雖然是不關親，可憐見命在逡巡。濟不濟權將這個秀才來儘，果若是有出師表文，嚇蠻書信，【眉】徐文長改爲"下燕書信"，謬矣。則願得那筆尖兒橫掃了五千人。

（夫人問生）此事如何？【眉】此白從舊本中語改練，殊覺明健簡爽。（生）且先着長老出去，與賊人說：本待要將小姐送與將軍，奈父喪在身，于君不利。限三日功德圓滿，換了吉服，倒陪房奩，定將小姐送出成親。將軍此今可按甲束兵，退一射之地，以待三日之期。不然，金鼓喧天，干戈咂地，反致驚死小姐，彼此可惜。你去說來。（本問）三日如何？（生）有計在後。（本向賊營叫云云，虎答）權偃旗息鼓，以待三日。若不依期，寸草難留。（本回復說，生對夫人云）小生有一故人，姓杜名確，號爲白馬將軍。現統十萬雄兵，鎮守蒲關。此人與我爲莫逆之交。我修一封書去，必來救我。此去蒲關四十餘里，三日之內可以往還。只要差一個和尚去也。夫人、小姐且自安心，待小生寫書。（夫人下，鶯隨下，背顧紅云）只道他文章涌筆下，又誰想兵甲富胸中。

○馳書解圍

（生）琴童拿筆硯過來，寫書以奉杜將軍者。此一封書，所係非輕，我且寫着。【眉】自古本以至今，各本所載之書，煩偎軟俗。今改作四六語，雅麗而切要，妙甚。（寫科）曩屬連床風雨，今隔异地星霜。仁兄虎體掌雄兵，功標銅柱之上；愚弟蠹魚困下裹，名埋甕牖之中。偶寓禪關，幽栖旅況。乃以崔相國之孤女，致動孫飛虎之兵端。欲劫淑女以爲妻，崔氏如魚游于釜；且偕僧寺以同爐，弟命亦羊觸于藩。【眉】"劫淑女"一聯，意悲而語整。乞念頸刎之交，來解燃眉之急。旌飄雲陣，願借黃石兵機；劍拂霜花，早慰綠窗人語。【眉】"綠窗人語"句，不惟對上整雅，而且關會多情。肅此干瀆，伏惟鑒昭，珙再拜。

書已寫完，長老可擇個得力和尚，持書前去。（本云）我寺裏有個徒弟喚惠明，好吃酒，好廝打，可叫他去。惠明何在？（惠上科，生云）我有書寄與蒲關上杜將軍，乞兵解圍，你敢去麼？（惠應聲）我敢去，我敢去。

【端正好】（惠）不念法華經，不禮梁皇懺，彪了僧伽帽，【眉】"彪"字音丟。袒下偏紅衫。殺人心逗起英雄膽，兩隻手把烏龍尾鋼椽撏。【眉】北人謂把握爲"撏"。

【滾綉球】非是我攙，不是我攬，怎生喚做打參？大踏步直殺出虎窟龍潭。非是我貪，不是我敢，這些時吃菜饅頭委實口淡。五千人也不索炙膊煎燖，腔子裏熱血權消渴，肺腑內生心且解饞，有甚腌臢。【眉】昔吳水部爲文，輒先朗誦此詞一過，與崔延伯臨陣，則召田僧超爲壯士歌何异？

【叨叨令】浮沙羹寬片粉添些雜糝，酸黃虀爛豆腐休調淡，萬餘斤麵從教按。我將五千人做一頓饅頭餡，是必休誤了也麼哥，休誤了也麼哥，包殘餘肉把青鹽蘸。【眉】京本作"浮燴羹"。又，"從教按"作"雖然是黯"，不知何解。今只依閩本。更通。

（本）張秀才着你送書到蒲關杜將軍府裏去，你敢去麼？

【倘秀才】你那裏問小僧敢也那不敢，我這裏啓太師用咱也不用咱。飛虎威名播斗南，那廝最淫欲，最貪婪，誠何以堪。【眉】諸本俱是"能淫欲、會貪奸"，于文義不妥，今改"最"字更通。閩本"成何以堪","成"字亦難通。

【滾繡球】經文我也不會談，逃禪我也不會參。戒刀頭近新來教鋼蘸，鐵棒上没半星兒土漬塵緘。別的僧不僧、俗不俗、女不女、男不男，則會齋得飽去僧房中胡渰，【眉】鐵棒上無土漬塵緘，言用之熟也。京本作"塵含"，亦好，今從閩本。別的，謂他僧也。那裏管焚燒了兜率也伽藍。恐那能文會武人千里，【眉】諸本"善文能武"，不如"能文會武"更順。我這濟困扶危書一緘，有勇無慚。

（生）那賊兵不肯放你過去，却待如何？（惠）他不放我過去，你寬心。

【白鶴子】着幾個小沙彌把幢幡寶蓋擎，壯行者將杆杖火叉擔。【眉】寺中無引器，止幢幡火杖，今以之爲用。諸本云"杆棒"，又改後"繡幡"爲"繡旗"，失之矣。今悉依碧筠齋本，更是。你這壁列陣腳把衆僧安，我那裏撞丁子將賊名探。（生）如此果去得。

【二】遠的破開步將鐵棒颩，近的順着手把戒刀剼。小的提起來將脚尖兒撞，【眉】閩本"脚尖兒踜"。大的扳下來把髑髏砍。（生）如此果去得。

【三】瞅一瞅古都都翻了海波，愰一愰斯琅琅震動山岩。脚踏的赤力力地軸摇，手攀的忽剌剌天關撼。【眉】京本"唾一唾""厮琅琅"，又"振勘山岩"，俱不通，今從閩本。

（生）如此果去得。【眉】諸本俱無"如此果去得"二句。今增于各段之下，殊好。

【四】我從來駁駁劣劣，世不曾忐忐忑忑。【眉】忐忑，音祖禿。又別書讀懇倒。打熬成不厭天生敢。我從來斬釘截鐵常居一，不似恁惹草拈花沒掂三。劣性子人皆慘，【眉】碧筠齋本"就死也無憾"，不如閩本"劣性子人皆慘"更好，今從之。捨着命提刀仗劍，更怕我勒馬停驂。

（生）既是如此，果然去得。我就將這封書付與你前去。

【五】我從來欺硬不欺軟，吃苦不吃甘。【眉】諸本俱是欺硬欺軟、吃苦吃甘，殊不協。今改而增一"不"字，方順妥。你休只因親事胡撲俺。若杜將軍不把干戈退，你張解元乾將風月耽，且將你不志誠的言詞賺。倘或紕繆，倒大羞慚。【眉】此二句乃反譀張生之意。

（生）你用心前去，拜上杜爺，三日之內即望大兵至也。【眉】此白諸本俱無，今增之，方是。

【收尾】恁與我助神威擂幾聲鼓，【眉】諸本"助威風"，京本做"助神威"，與下"仗佛力"，相對甚工，今從之。仗佛力吶一聲喊。綉幡開處遙見英雄俺，【眉】一"俺"字，押得通篇意，最妙。管教那半萬賊兵唬破膽。（下）

（生）此書到日，必有佳音。眾人呵，你看：幾行書札逡巡至，十萬雄兵咫尺來。【眉】諸本此後有【賞花時】二段，然玩上文，詞意已盡了，故京中古本即從此住，無後唱，今從之。

○移兵退賊

（杜將軍）文帝鑾輿勞北征，條侯從此整嚴兵。轅門忽報將軍令，今日方知細柳營。下官姓杜名確，官拜大元帥之職。現統兵符，鎮守蒲東。近聞丁文雅失政，部曲散亂，擾掠良民。但我未審其虛實，不敢造次興兵。軍校們，轅門俟候。但有軍情緊急，容他來報。【眉】此處諸本但有此白，與上相連，共爲一摺。今析爲一摺，方攏列得傳中事意紓妥。（惠明撞入科）小僧是普救寺裏惠明和尚，奉張君瑞相公書，來報與元帥爺爺。目今有崔夫人與小姐，寄居寺內。孫飛虎五千人馬圍着寺，要擄小姐爲妻。張相公同在此寺，受其危困。望老爺作速起兵，以解倒懸。【眉】此報語詞練而意切，係新增，從來諸本所無。（杜做開書看科）我契弟久未相見，今既有難，義當往救。目今寺裏如何？（惠答云）

轅門外猛虎飛，野寺裏流鶯怨。【眉】鶯、虎二字，用得大趣。金盔照雪明，鐵甲耀霜寒。驚得生太君繡裙邊淚痕斑，諕得死相國旅襯內魂魄散。將鶯娘馱歸山寨雲和雨，將寺僧搶入禪門火裏烟。世尊皺眉坐，觀音悶無言。張解元修封魚雁書，請將軍早破虎狼關。

（杜）崔相國，故臣也，肉未寒而可念；普救寺，善地也，僧無罪而可矜。軍校們，快整戎鞭，飽抹精騎，星夜望蒲東進發。掃清狐鼠黨方還，保全鶯燕巢無患。【眉】此白整雅，諸本所無。（下復上科）且喜大兵一到，孫賊聞風遠遁。【眉】作"風聞遠遁"，更省得許多事。諸本說處置飛虎處，各不同。我且一邊表奏朝廷，以警賊子；一邊入此寺內，與兄弟相見。（生迎見科）多謝仁兄威靈，使小弟旅寓安寧。（杜答）這是義之當然，何必言謝。（老夫人出見，揖謝科）多謝將軍扶持，使老身合家安寧。（杜答）這是分之當然，何必言謝。（生）愚弟特備蔬酒一杯，與仁兄酬勞，幸少留片時。【眉】此白此關目，俱諸本所無。看來實不可少，今增之，大妙大妙。

【黃鶯學畫眉】（生）憶昔共分離，嘆參商幾載餘。青雲事業真堪愧，奔競道途，遭逢嶮戲，賴仁兄復見漢官儀。【眉】此三段采李日華本，改削用之此處。既另增爲一摺，則不可無此唱。

【二】（外）一自着戎衣，念交情會晤稀。誰知此地遭顛沛，見弟書，惟恐到遲。（生）有勞仁兄，何以克當？（杜）論兵家勞役何須懇。

【三】（夫人）最苦是娘兒，駕靈輀返故廬，依親暫向叢林寓。逢着亂離，全家痛悲。賴斯文，幸得恩人至。

（杜）下官不宜久離信地，從此拜辭。（生）愚弟還有一言。前者老夫人許退賊兵者，將女妻之。（杜云）老夫人，這正是淑女宜配君子也。你兩下既有山盟，下官此一來即當冰語。【眉】新增杜將軍，是此二語，亦大有意。（夫人云）這事自有處也。（杜別科）馬離普救敲金鐙，人望蒲關唱凱歌。（夫人顧生科）先生大恩，不敢忘也。自今先生休在寺中住下，移在我那書院裏安歇。明日略備小酌，着紅娘來請，乞來一會，別有商議。（夫下，生上）親事完已定也，又何必商議？這事都在長老身上。【眉】此時老夫人微露背盟之意，生亦疑之。增改此白，妙甚妙甚。（本云）酬恩報德，老僧自當贊成也。（生）只因兵火至，引起雲和雨。（并下）

○開筵請赴

（老夫人上）女孩兒這場親事，先年從夫之命，已許了鄭恒。今日退賊之功，又許了張生。兩下輾轉難處。我想起來，鄭恒倘到，教他置身何地？張生此時，尚可另結良姻。【眉】此處新增老夫人一段擬議之詞，最爲有理。今日且備小酒，着紅娘去請他來，表明我心，免掛他懷。（下，生上）方悲白虎成凶曜，豈料紅鸞是喜神。昨日夫人許我成親之宴，我今日打扮等他。【眉】諸本此處説張生打扮之意，大俗，今改之。烏紗帽兒刷得光光的，綠羅褶兒穿得艷艷的，鬢兒梳得整整的，臉兒洗得淨淨的。（紅上）老夫人使我請張生。我想若非張生妙計，俺一家性命亦難保也。

【粉蝶兒】（紅）半萬賊兵，捲浮雲片時掃盡。俺一家兒死裏逃生，舒心的列山靈，陳水陸，張君瑞合當欽敬。【眉】賊兵掃盡，寺裏暢心，可以列仙靈而陳水陸道場也。當日所望無成，則得那一緘書，到爲了媒證。【眉】言先時只説所望不能成就，得那退賊一書，爲之媒也。閩本"誰承望"與上句贅了，今依京本，作"則得那"。

我見那張生正在想小姐，小姐正在想張生。方咫尺，有天涯之恨也。【眉】此白諸本無，係新增。

【醉春風】今日個東閣帶烟開【眉】閩本作"玳筵開"。京本"帶烟開"，對下"和月"甚工，今從之。煞強如西廂和月等。薄衾單枕有人溫，【眉】閩本作"有誰溫"，京本"有人溫"，更是，今從之。早則不冷、冷。受用些寶鼎香濃，【眉】京本作"受用足"，閩本"受用些"，更是。蓋下三句乃清福，非艷福。綉簾風細，綠窗人靜。

行過了花陰深處，已來到那書院也。

【脱布衫】幽僻處可有人行，點蒼苔白露冷冷。隔窗兒咳嗽了一聲。（紅敲門科，生）是誰來也？（紅）是我。啓朱扉急來答應。【眉】京本"啓朱脣"，則與上"隔窗"句不叶。有本作"啓蓬門"，尤非，今從古本"朱扉"。

（生）小娘子拜揖。（紅）張先生萬福。【眉】此白連上起下，亦不可少。

【小梁州】則見他叉手忙將禮數迎，我這裏萬福先生。只見烏紗小帽耀人明，白襴淨角，帶鬧黃鞓。【眉】諸本做"黃鞓"，不可解。碧筠齋"鬧黃鞓"，謂骨相切聲也。

（生）我這等的儀容，可配得小姐的艷妝否？【眉】此白諸本無，今加此，方與下唱相協。

【幺】（紅）你衣冠濟楚龐兒整，可知道引動俺鶯鶯。據相貌，憑才性，小紅娘從來心硬，一見也留情。

（生）小娘子此來，莫非請小生去畢姻？（紅）領夫人的言命，特具小酌，敬來請先生赴宴也。（生）既蒙此意，我便去，我便去。【眉】兩個"我便去"，要應得急。

【上小樓】（紅）請字兒剛纔出聲，【眉】諸本"不曾出聲"，不同，今改"剛纔"爲是。去字兒連忙答應。可早鶯鶯跟前，姐姐呼之，喏喏連聲。秀才每聞道人請，恰便似聽將軍嚴令，和那五臟神願隨鞭鐙。

（生）夫人這會請我，你說爲着甚事，你曉得麼？

【幺】（紅）第一來爲壓驚，第二來因謝成。既是謝你，也不請街坊，不會親鄰，不受人情。避衆僧，請老兄。【旁】先生。待共鶯鶯匹聘。（生）如此小生十分歡喜。則見他歡天喜地，謹依來命。【眉】此段中必須夾白，方唱得有味。

（生作旋行顧影科，紅）先生爲何走動看顧地下？（生）借天光以照吾影，看俊整否？【眉】諸本于此處云"客中無鏡照"，大不通。今改此，好關目，好意趣。

【滿庭芳】（紅）來回顧影，則見這文魔秀士，風欠酸丁，【眉】風欠，猶云風耍。諸本無"風"字，止有"欠"字，甚不通。古本有"風"字，今從之。下工夫把額顱十分掙。遲和疾擦倒蒼蠅，光油油耀花人的眼睛，酸溜溜螫得人的牙疼。【夾】無字。

（生）今日筵席齊備如何？

（紅）茶飯早已安排定，淘下陳倉米數升，炸了七八碗軟蔓菁。【眉】"淘下"二句，乃紅嘲生而戲之之詞，不可認作真話。

（生）小生寺中初見，方謂小姐在天上，不意今日得入懷中。彼一時也，弱水無航渡；此一時也，仙源有路通。真是百年之交，可謂千載之奇。【眉】諸本俱無此白，今增此詞甚雅，且起得下段"一事精，百事精"意。

【快活三】（紅）正是一事精，百事精；一事成，百事成。【眉】諸本俱"一無成，百無成"，不通，今改之。自古云池生連理枝，水出并頭蓮。世間草木本無情，猶有相牽并。【眉】諸本"猶有相兼并"，"兼"字不如"牽"字更老。

先生也曾近女人的風味乎？（生）小生到不曾嘗此味也。【眉】諸本無此白，今增之。文雅而風味尤長，且接得下段唱意，妙妙。

【朝天子】（紅）休道這生，年紀後生，恰早害相思病。天生聰俊，打扮得净，奈夜夜成孤另。才子多情，佳人薄幸，兀的不擔閣了人性命。

小生思念小姐，是一點真心。你家姐姐于我，亦果有誠信？（紅）【眉】諸本此處插白太突兀，今改增之。

誰無個信行？誰無個至誠？您兩個今夜親折證。

只是一件，先生要聽吾言。（生）小生願領教（紅）春色雖芳，尚屬雛鶯乳燕；名花初放，難禁浪蝶狂蜂。【眉】舊白亦有此意，不甚暢。今增之，甚暢亦雅。

【四邊靜】今宵歡慶，軟弱鶯鶯，何曾慣經？你索款款輕輕。就是興到之時，也不可使盡。（生）多領尊教了。（紅）還有一件。【眉】增白體貼最到。燈下交鴛頸，端詳着可憎。（生）甚的可憎？（紅）海棠上新紅，好煞人無乾净。【眉】端詳，謂燈下細看也。可憎，正指其受用處言也。無乾淨，正指海棠新紅而言。今作此解，因加此白，殊覺雅妙。徐文長以爲人死方乾淨，是何說？

（生）小生自有折柳的風情，弄花的手段，不消講了。只問那裏有甚麼好景致？

【耍孩兒】（紅）俺這裏落紅滿地胭脂冷，休孤負了良辰美景。（生）小生收拾書房便去。（紅）夫人遣妾莫消停，請先生即便隨行。准備著鴛鴦夜月銷金帳，孔雀春風軟玉屏。樂奏合歡令，【眉】合歡令，乃樂府牌名。有鳳簫象板，錦瑟鸞笙。【眉】"鳳簫象板，錦瑟鸞笙"，與下文"珠圍翠繞"，是豔福，非清福。

（生）小生難以當此佳景，又愧客中消索，無以爲聘。全憑我溫柔性，偎傍嬌粉容。【眉】此處舊白亦突兀，今增改，得承上起下之意。

【四煞】（紅）聘財斷不爭，婚姻事有成，新婚燕爾無涯慶。【眉】前段已有"茶飯早已安排定"，此處諸本又云"新婚燕爾安排定"，是重疊矣。今改"無涯慶"。你今日明博得跨鳳秉鸞客，我到晚臥看牽牛織女星。【眉】閩本"晚"字下有一"來"字，對上不整，京本無之，可從。休徯幸，不用你半絲紅綫，成就了一世前程。

（生）如今小姐，說我怎麼樣？【眉】增此二句白，以起下"鶯鶯心順"之意。惟得鶯心順，故生受享而有結果也。妙妙。

【三煞】（紅）憑著你滅寇功，舉將能，兩般兒功效勝如紅定。【眉】古人每定親用紅也，故曰紅定。因甚鶯娘心下十分順？則爲君瑞胸中百萬兵，越顯得文風盛。今日呵，受享了珠圍翠繞，結果了黃卷青燈。

夫人等候久矣，請先生從此便行。

【二煞】（紅）夫人只一家，老兄【旁】先生。無伴等。爲嫌繁冗尋幽靜，單請你有恩有義閑中客，回避了無是無非廊下僧。【眉】諸本作"窗下僧"，非也。文長本云"廊下"，今從之。且此句下，從來諸本俱云"夫人命莫教推托，和賤妾即便隨行"，不推語句軟弱，且生此行乃是樂赴，有何推托？且此處既云云，又云"休作謙""專意等"，此語大背前"去字連忙答應"之旨，故今改之如此。夫人一意相等，小姐也在十分濃望。準擬着燈前熱話，早遂了枕邊微情。

（生）琴童，你速跟我去夫人處赴宴成親。

【收尾】（紅）先生福分堅，佳人有意等。請打點你探花手段，向嫦娥宮中走一遍。【眉】改此煞語，較舊大勝。（生）小生此去呵，撞入那玉圍香擁，好似個錦天綉地。【眉】諸本舊白，殊俚甚，今改之，殊雅暢有味。鵲橋邊佳人親手扶過來，鳳蠟下侍女低鬟送進去。酒興帶出風騷，詩魂飛冲天際。捱過了梵林內幾度鐘聲，纔得這湘裙下一點滋味。【眉】酒興、詩魂，梵林、湘裙，二聯語妙絕。小生歡喜去也。（下）

（琴童上）夫人請我相公去與小姐成親，那紅娘就該把與琴童了。【眉】舊亦無此白，今增之，亦俗亦雅。（法聰上）那紅娘是大家有分的，如何獨把與你？（童）我相公有退賊功勞，酬謝了琴童，就是酬謝相公。道不得個敬其主以及其使？若是夫人不把紅娘與俺，俺今日在酒筵中，也是一場是非。（聰）你在酒筵上去強爭，我只在寺門內去和取。【眉】童與聰對答之語，俱映帶有趣。

○杯酒違盟

【眉】從來此摺，以夫人先上設宴，生隨至命坐，鶯隨出。今詳玩鶯所唱，貌之美，相思之情，及罪母簡省之意，大不宜于母之前、生之側，說許多事也。今易以鶯先上，先說此白，先與紅擬議而唱，最有理。（鶯上）一見便留情，自覺成何益？姻緣天付與，自有團圓日。我每幽閨自想，秀才們相似張生這樣的才人，可以仰望而終身也。況得白馬解圍，則此身非吾有也，乃張生全活之也。今日母親着紅娘去請張生，料應是成合親事。但不見陳合卺之杯，正是備尋常之酒，不知爲何這等簡省？正是枝頭失翠鳥，先覺葉底消紅蝶。未知我且在此紗窗下，描蛾眉，整蟬鬢，點鸚唇，掠蟒首。斂飾輕衫，擺頓湘裙。倘然母親叫與張生相見，也好觀看。我想一家人，皆荷賴白馬解圍者。【眉】此白係新增。"不見陳合卺"數語極妙，不然，鶯亦慧人也，豈不能觀母情？至于"紗窗下描蛾眉"數語，是希此事決成，以待生來之意。而下【新水令】二段之語，亦有來歷，妙甚妙甚。

【五供養】（鶯）若不是張解元識人多，別個的怎退干戈？【眉】閩本"別一個"，今從京本。因此上排着酒果，列着笙歌，你看篆烟微，花香細，散滿東風簾幕。他救了咱全家禍，殷勤呵正禮，欽敬呵當合。

【新水令】我恰向碧紗窗下畫了雙蛾，拂净了羅衣上粉香浮墮。【眉】諸本俱是"粉香污"，不叶韵，今改"墮"字。將指尖兒輕輕的貼了鈿窩，若不是驚覺人呵，猶壓着綉衾卧。

（紅）覷俺姐姐這個臉兒，吹彈得破。張生呵，你有福也。

【幺】（鶯）你没查没立謊僂儸，【眉】没查立，無準誠也。京本作"僂科"，解不去，今依閩本作"僂儸"，猶言小輩也。道我宜梳妝的臉兒吹彈得破。（紅）姐姐天生成一個夫人樣兒。你那裏休聒，不當一個信口兒開合。知他命福是如何？我做一個夫人也做得過。【眉】"知他命福"二句，今人女子未嫁時言夫，亦多此等語。

（紅）往常時你兩個都害相思，今日裏早則喜也。

【喬木查】（鶯）我相思只爲他，他相思只爲我，今日裏相思都較可。想這酬和間，禮當酬和。只我看母親之意，相似不喜這一頭親事。【眉】"我看母親之意"二句白，方起得"好心多"語。此係新增，諸本無此白，難通。俺母親也好心多。

（紅）我也在想今日小姐與張生會親，乃是兒女一場大喜事，緣何不大張筵席，大會親朋？只如此小酒爲何？（鶯）紅娘你不知老夫人之意。【眉】必增此白方起得下鶯唱，諸本無此，係新增。

【攬箏琶】他道我是陪錢貨，一來壓驚，二來就親。兩當一便成合。據着他舉將除賊，也消得個家緣過活。費了甚一般，【眉】京本"費了甚麼"，古閩本"費了甚一股"，皆訛而不通。今訂是"般"字。便結絲蘿。休波，省人情的姐姐忒慮過，恐怕張羅。【眉】閩本無"休波"兩字，則韵短。今依碧筠齋本加之。張羅，即陳列。

（生上）客路乏茶紅，匆勉成交慶。滿眼物華新，助我于飛興。（鶯簾窺見生，羞退科）

【慶宣和】門兒外，簾兒前，將小脚兒那。我恰待目轉秋波，誰想那識空便的心靈兒早瞧破，諕得我倒趄倒趄。【眉】此段閩本作生唱，天下豈有男子被女人諕而倒趄耶？京本作鶯唱爲是。今人家新婿上門，女必窺之。

（夫人上揖科）多蒙先生活命之恩，特具小酌，以表微情。（生）杜元帥威驅强賊，老夫人福迓洪禧。小生何敢自以爲功也。（夫人把酒命坐科，生）小生不敢對坐。（夫人）老身自退賊以來，設此座以待卿久矣。（生背云）這却不相似待女婿的座位，且權坐下。（夫人喚）紅娘請小姐出來相見。（鶯出見科，夫人）孩兒，且拜謝了張解元活命之恩，然後老身有一句話講。（鶯拜，生回科，夫人云）此女當先夫存日，曾許配侄兒鄭恒。前者寄有書去，叫他來同奔喪回家。今蒙大恩，小女當拜先生爲兄，執妹禮以奉先生之酒。【眉】從來俱以生之見夫人，鶯之見生，俱在一入筵之時。而俟鶯唱完上面許多，老夫人纔說"小姐近前拜哥哥"，而生"呀"，曰"聲息不好"，鶯"呀"，曰"變了卦也"。俟鶯唱完了下面許多情事，生始怒而與夫人爭辨。今觀下面鶯所唱，皆戀生而怨母之詞，安得當夫人面前而長說若此？今易此白，見生爭辨對答，甚爲有理。而以生之唱爲對夫人之詞，以鶯之唱爲在夫人既退之後，何等體貼得妥。（生）老夫人差矣。前者賊勢危急，夫人親口許能退賊者，以女妻之。小生掃尺一之書，除半萬之賊，老夫人言猶在耳，小生事豈忘心。【眉】設此座數句白，大可味，係新增。以後諸白，雖係舊本所有之意，而其中或削或增，字字擔力，句句有情。（夫人）先生暫息洪怒，且受小女一杯酒也。（生）小生豈是徒爲酒食之人乎？（夫人）先生英標絕世，文采動人，不愁無良姻也。今多以金帛酬謝先生，以別尋名家之女。（生）小生豈是徒財帛之人乎？（夫人）固知先生大恩，但鄭恒來時，如之柰何？（生）老夫人但恐後日鄭恒來也，却不恐前日孫彪來也？【眉】鄭恒、孫彪二語，何等切當，妙甚妙甚。小生醉矣，從此告退。（夫人）這事又當再論，先生且飲杯酒去。（生）這恨液愁漿，那個飲他。

【雁兒落】（生）則爲荆棘列怎動那，死木藤無回豁。措支刺不對答，軟兀刺難存坐。【眉】荆棘列，皮破也；死木藤，不動也；措支刺，被刺也；軟兀刺，不安也。并胡語。

【得勝令】誰想這即即世世老婆婆，教鶯鶯做妹妹拜哥哥。白茫茫溢起藍橋水，赤騰騰焚着祆廟火。【眉】碧筠齋本作"不鄧鄧"，大不通，今依閩本"赤騰騰"。碧澄澄清波，樸刺刺將比目魚分破。急攘攘因何？一霎時扢搭的把雙眉鎖納合。

（夫人）我看張生怒意，我且退居後堂。紅娘，你看小姐入繡房，送張生歸書館。【眉】從來作夫人待鶯唱完，與生并散，大非。今改夫人于此別，以便下面鶯唱。

【折桂令】（鶯）我這裏粉頸低垂，蛾眉顰蹙，芳心無那。俺可甚相見話偏多，星眼朦朧，檀口嗟咨，擷窨不過。這席面兒，暢好是烏合。【眉】此段以後，改作鶯背母而唱，最有理。斷不宜于母面前唱也，即生在前亦不便。無那，無可奈也。烏合，易散之意。

（鶯）我也沒興趣奉他的酒，他也沒意思飲我的酒。【眉】諸本俱無此白，今增之，最合當日情景。

【甜水令】他其實咽不下玉液金波，誰承望月裏西廂，變做了夢裏南柯。泪眼偷淹，酪子裏搵濕香羅。他那裏倦開，軟癱做一垜；我這裏手難抬，稱不起肩窩。疾染沉疴，斷然難活，則被你送了人呵，當甚麼嘍囉。【眉】嘍囉，狡猾戲耍也。言斷送人之生命，當兒戲也。

（生）小生從此害殺也，自去書房裏罷。有分只熬蕭寺夜，無緣難遇洞房春。（鶯目送生科，生回顧云）今日若不是愛惜小姐，以留餘情，我與夫人決不干休也。（生下，紅）張生那一邊煩惱而去，小姐這一邊煩惱怎生是好？【眉】從來是生待鶯唱完【煞尾】而別，今改作于此處別，此關目極妙。且所云"愛惜小姐"二語，正合下面許多事意。此皆舊本所無，俱係新增。

【月上海棠】（鶯）而今煩惱猶尚可，久後思量怎奈何？我與他有意訴中腸，爭奈母親側坐。成拋趱，咫尺間似天河。【眉】諸本俱云"如間闊"，今改作"似天河"，大有意味。

（紅）姐姐，你何不扯住張生飲杯酒，以表此情？（鶯）這相似陽關酒，比不得齊眉案。【眉】此白舊本俱無，新增之，亦覺妙。

【幺】一杯酒尊前過，他低首無言自摧挫，不堪醉顏酡。

可知那玻璃盞易破，【眉】諸本俱云"可早嫌玻璃盞大"，俗而不韻，今改"可知那玻璃盞易破"，殊雅，且接得上意。張生呵，你縱因我，你且再飲一杯去，酒上心來較可。【眉】言你縱因我而愁不飲酒，然酒上心來，猶或可解。

母親母親，你縱有悔親的意，為何不先對孩兒說一句，到直待當場挫抹人也？

【喬牌兒】轉關兒没定奪，啞謎兒怎猜破？黑閣甜話兒將人和，【眉】黑閣落，猶云背地裏。請將來教人不快活。

（紅）姐姐，這場事兒，你也休怨着人來。

【清江引】（紅）佳人自來多命薄，【眉】此段閩本作鶯唱，京本作紅唱似是，今從之。秀才每從來懦。悶殺没頭鵝，撇下陪錢貨。不爭你不成親呵，久以後那裏發付我。【眉】鵝寒頭插翅下，人之悶似之。閩本作"下場頭"，京本作"久以後"，茲從之。故此紅娘亦嘆後日無定依也。

（紅）姐姐方纔出洞房來，好不歡喜，不想有這等的事。

【殿前歡】（紅）恰纔個笑呵呵，反做了江州司馬泪痕多。【眉】從徐文長本作"變做了"，亦是。老夫人也不思量，若不是一封書將半萬賊兵破，俺一家兒怎得存活，那張生，他不想結姻緣想甚麼？到如今難捉摸。老夫人說謊天來大，當日成也是你個母親，今日敗也是你個蕭何。

【離亭帶歇拍煞】（鶯）從今後玉容寂寞梨花朵，胭脂淺淡櫻桃顆。這相思何時可？【眉】諸本俱"何時是可"，今削"是"字更便。昏沉沉黑海來深，【眉】閩本"昏沉沉"，意不協；碧筠齋本"昏鄧鄧"，義不通。今作"昏沉沉"似是。白茫茫陸地來厚，碧悠悠青天來闊。太行山般高仰望，東洋岸般邈思渴。【眉】諸本俱是"東洋海般深"，上已云"黑海來深"，豈宜重說？今改作"東洋岸般邈"，且下"思渴"二字領得好，蓋指遠水難止渴，對上望高山難反也。毒害的您麼，將顫巍巍雙頭蒼蕊搓，香馥馥同心縷帶割，長攙攙遙理瓊枝挫。白頭娘不負荷，青春女成擔閣，將這錦片前程蹬脫。【眉】諸本"錦片也似前程"，多了"也似"字，文意反不妥，今削。俺娘呵，把甜句兒落空了他，虛名兒誤賺了我。

○琴心挑引

（生）世間萬事轉頭空，何似情濃。新情正擬愁眉展，怎知道新恨重封？媒妁無憑，佳期人誤，當通青鳥之信。【眉】"世間萬事"七句，乃【一叢花】調也，諸本俱無，係新增。小生正在愁悶中，小妮子如何不見來看我也。（紅）昨日老夫人背義，妾心甚是不安。先生休過罪者。（生）小生驚魂幾斷，離愁難遣，將不能自存矣。小娘子將何以慰我？（紅）先生不聞司馬長卿之事乎？長卿慕文君之色，無以自通，清夜以琴心挑之，得諧所願。今先生何不以此法行也？（生）小生今夜操弄絲桐，但得小娘引小姐出聽，使小生得以傳情，實為幸也。（紅）一更時分，俺與小姐同至花園，專聽先生琴聲。（紅下，生呼琴童整琴科）（生下，童上整琴科）我聞知相公要把琴來引婦人，我且把來比着婦人。【眉】琴童此白，諸本所無，今新增之，殊為雅俏。一捻腰兒骨格清，向有膝上逞妖精。下頭底板天生孔，上面星眸分外明。雅稱石床眠得穩，可將雙手抱來輕。官人，你若撥動鶯鶯弦上趣，百般嬌揉一樣新。我整一整看。暑往寒來春復秋，秋秋秋。夕陽西下水東流，流流流。將軍戰馬今何在？野草閒花滿地愁，愁愁愁。【眉】每句重字，正整琴音韻也。琴已整完，且焚香煎茶，以待相公來也。（生上）全憑案上焦尾，要達閫內芳心。我將水弦鼓動，願天賜一陣好風，送這聲兒到佳人耳朵中去。【眉】此數句白依現意而易其語。琴操，琴琴琴，軫玉徽金，其操雅，其趣深。生鶴集洞，啼鳥繞林。洗滌是非耳，調和道德心。漱松風于石壁，迸遠水于孤岑。不是秦箏合眾聽，高山流水少知音。【眉】此琴操諸本皆無，係新增。（紅上）今夜月明，姐姐，好去花園燒香。（鶯）事已至此，燒甚麼香？月兒，你團圓了咱。却怎生自來祇恨紅輪促，今夕方知玉漏長。【眉】依舊白略改。

【鬥鵪鶉】（鶯）雲斂晴空，冰輪乍涌。風掃殘紅，香階亂擁。離恨千端，閑愁萬種。夫人呵，靡不有初，鮮克有終。他做了個影兒裏情郎，我做個畫兒中愛寵。【眉】古本作"鏡兒裏"，對"畫"字雖切，然不如"影"字妙。

【紫花兒序】則落得心兒裏空想，【眉】諸本作"念想"，不如"空"字對下句"閑"字更穩。口兒裏閑題，則索向夢兒中相逢。俺娘昨日大開東閣，我則道怎生般炮鳳烹龍，朦朧，【眉】"朦朧"兩字，含蓄無限事。可教我翠袖殷勤捧玉鍾。那裏見主人情重，【眉】諸本俱是"却不道主人情重"，則是情重矣。今改"那裏見"，大是。只為那兄妹排連，因此上魚水難同。

（紅）姐姐你看，那月都暈了，敢有風起也。（鶯）風月天邊有，人間好事無。我想天上嫦娥，也是人間閨怨。（紅）正是：淚隨明月下，愁逐漏聲長。真好感傷人也。

【小桃紅】（鶯）人間看波，玉容深鎖綉幃中，怕有人搬弄。想嫦娥西沒東生有誰共？怨天公裝航不作游仙夢。何事這羅幃數重，【眉】諸本作"這雲似羅幃"，此未考實日月闌故事。終不然怕嫦娥心動，圍住在廣寒宮。【眉】人間玉容，著綉幃深鎖。此是怕人搬弄也。嫦娥在天上，裴航亦未必作游仙之夢以犯之，天公何用怕其心動，而用月暈，以圍嫦娥于廣寒之內耶？此所以愁天公也。此受母拘禁而并爲嫦娥伸冤，妙甚妙甚。

（紅咳嗽科，生）小姐來也。（作理琴科）春風兮淡蕩，春日兮融和。春愁兮如醉，春病兮如何？春花何處兮，春恨流兮長河。【眉】此處理琴數語并下段之語，皆係新增。不然，則生所誚者何聲也？但此處只宜如此，作會愁聲至。至後面方可變作一弄。（鶯云）是甚的響？（紅）姐姐，你猜一猜，是甚麼？【眉】紅娘明曉得是生之琴聲，特要透出鶯鶯來細認之耳。何等婉曲。

【天淨沙】（鶯）莫不是步搖得寶髻玲瓏，莫不是裙拖得環珮丁玲，莫不是鐵馬兒檐前驟風，莫不是金鉤雙控，吉丁當敲響簾櫳。（紅）你說的都不是也。

【調笑令】（鶯）莫不是梵王宮夜動鐘，【眉】諸本俱是"夜撞鐘"，失之俗。徐文長改作"夜聲鐘"，失之強。今改作"夜動鐘"，似好。莫不是疏竹瀟瀟曲檻中，莫不是牙尺剪刀聲相送，莫不是漏聲長滴響壺銅。（紅）這一發不是了。潛身再聽在墻東，【眉】諸本"墻角東"，京本去"角"字，更雅，茲從之。原來是近西廂理結絲桐。

（生再理琴科）夜色兮蒼茫，夜景兮未央。夜坐兮無伴，夜臥兮衾寒。夜月誰歸兮，夜夢慘兮可傷。（鶯）紅娘，你試聽。【眉】此段亦係新增。

【禿廝兒】（鶯）其聲壯，鐵騎刀槍冗冗；其聲幽，落花流水溶溶；其聲高，風清月朗鶴唳空。【眉】諸本各句上有一"似"字，碧筠齋本無"似"字，味更長，今從之。其聲低，如私語小窗中，喁喁。

【聖藥王】思不窮，意已通，嬌鶯雛鳳失雌雄。曲未終，恨轉濃，伯勞飛燕各西東，盡在那不言中。【眉】"思不窮"六句，兩邊對待原稱。諸本與俗演者俱云"我這裏思不窮，他那裏意已通"，又云"他曲未終，我恨轉濃，爭奈伯勞"云云，大失作者之句矣。今正之。

（紅）姐姐，你在此，我恐夫人來喚我，去瞧他一瞧來。（紅下，鶯）我且倚傍那窗櫺兒聽咱。（生）覺窗外有人，定是小姐。我將弦改過，復彈一曲，就歌一篇名曰《鳳求凰》。昔司馬相如得此曲，以諧其事。我試為之，看小姐文君之意何如？歌曰：有美人兮，見之不忘。一日不見兮，思之如狂。鳳飛翱翔兮，四海求凰。無奈佳人兮，不在東墻。張琴代語兮，歌訴衷腸。何時見許兮，慰我彷徨。顧言配德兮，携手相將。不得于飛兮，使我淪亡。（鶯）其詞哀，其意切，淒淒然如鶴唳天，使我聞之，不覺泪下。【眉】此白悉依舊本。

【麻郎兒】這裏是令人耳聰，訴自己情衷。知音者芳心自懂，感懷者斷腸悲痛。【眉】懂着也。

（生）百回消息千回夢，裁作長謠寄綠綺。好痛殺人也。【眉】諸本俱無此白，係新增者。

【幺】（鶯）這一篇、與本宮、始終不同，又不是清夜聞鐘，又不是黃鶴醉翁，却又不是泣麟悲鳳。

【絡絲娘】（鶯）字字更長漏永，一聲聲衣寬帶鬆。別恨離愁，變做一弄。張生呵，你越教人知重。【眉】"更長"句，捱不過長夜也。衣寬，病瘦也。此愁恨甚矣，故曰別恨離愁。一弄，言此情尤甚于前數段所云也。

（生）夫人雖然忘恩，小姐安得無情？（鶯）你差怨了我也。

【東原樂】（鶯）那是俺娘的機變，非干是妾身脫空。若由得我呵，乞求的效鸞鳳。（生）既蒙小姐相憐，何不尋空出來一會？【眉】閩本無此白，起不得下唱。京本有此，今從之。（鶯）俺娘無明無夜并女工，若得些兒閒空，則教你無人處把妾身作俑。【眉】諸本俱是"把妾身作誦"，解不去。今改作"俑"。俑，從葬之偶人也。

（生）聽小姐言詞，句句是真情。我待推開窗兒出去面他，又恐忒莽撞了，小姐呵，【眉】諸本俱無此白，無此關目，似欠體貼，今增之。

【綿搭絮】（生）我這疏簾風細，幽室燈清，都則是一層兒紅紙，幾棍兒疏欞，似隔着雲山幾萬重。怎得個人來信息通，便做道十二巫峰，也曾赴高唐，來夢中。【眉】諸本此一段皆作鶯唱，然玩語氣，俱是生欲出而會鶯之意。若作鶯唱，則是鶯已自擬赴高唐夢也。此尚太早，反失之兀突，今改作生唱。

（生）便出去一會何妨？（做急出拍鶯肩科）小姐小姐，如何發付小生？幸母斷送小生。（紅忙來撞科）夫人醒來喚小姐，可早家去也。（生速回身入內長吁氣科）【眉】此關目此白皆係新增。其連呼"小姐"二句，最有理會。

【拙魯速】（鶯）則見他走將來氣冲冲，怎不教人恨匆匆，諕得人來怕恐。早是不曾轉動，女孩兒家直恁響喉嚨。緊摩弄，索將他攔縱，則恐怕他向夫人行，把我廝葬送。【眉】言幸得己與生不曾動手也。你做婢女的，喉嚨這等響大，摩弄這等急。我今要把你來闌禁，又恐怕你在夫人前葬送我也。

（生叫科）紅娘，你對小姐說，琴聲無準，孤弦易斷。休休，休也，何必留此都也。（紅向鶯說科）張生說不日回去也。（鶯）你對張生說，既送餘音到耳邊，還擬好事來心上。叫他再住一程，不必忙也。【眉】此白係新增，生設言去，正以試問鶯之後情。而鶯之所答二語，已寓許之之意。妙甚妙甚。

【尾】你則說道夫人時下有個唧噥，好共歹不教你落空。你休問那口不應的狠毒娘，我則怕別離了這至誠種。【眉】有本作"怎肯心自離那至誠種"，對上句頗工。

（紅）張生且耐心者，小姐留你再住一程兒，畢竟有個好處。（生）無意謾勞終日想，有情誰怕隔年期。今夕琴聲之下，雖未狎小姐之體，却已領小姐之心。但乞紅娘姐常到小生書房裏來，以通往來情話者。【眉】此白從舊本而潤色之。

【絡絲娘煞】（生）不爭惹恨牽情鬥引，少不得廢寢忘餐病損。【眉】諸本多刪去此，然生白後必唱此，始韻不孤寂。

○錦字傳情

（鶯上）從聯詩後食已減，自聽琴來恨轉生。近來不知張生如何，紅娘你可往書院裏去，看他說甚麼話來？（鶯下，紅云）只因午夜調琴手，引起春閨愛月心。小姐命我看張生，我須向花園內走一遭。【眉】刪改舊白，去俗入雅。"從聯詩"二句見《蒲東詩集》。

【賞花時】（紅）俺姐姐針綫無心不待拈，脂粉香消懶去添。春恨壓眉尖，若得靈犀一點，敢醫可了病懨懨。（下）【眉】此段京本反無，今從閩本而錄之。

（生上）睡來遲，起來遲，春困淹淹入四肢。對花枝，雙眉鎖住人間怨，有誰知？窗外流鶯風外絲，捲簾時。【眉】"睡來遲"八句乃【風光好】調也，諸本俱無，係新增。小姐無一刻不在心頭，紅娘也不見來看我。這些時分，茶飯也不思，坐臥也不妥。不明不白的精神，難收難放的情懷。且行且住的脚步，似吟似泣的聲口。半醒半睡的意興，欲生欲死的身軀。（紅上）【眉】盡改諸本舊白。

【點絳唇】（紅）相國行祠，寄居蕭寺。因喪事，幼女孤兒，將欲從軍死。【眉】此篇語段段妙，奈何多用"死"字韻，似宜改，今且仍之。

【混江龍】謝張生伸志，一封書到便興師。顯得文章有用，足見天地無私。若不剪草除根那半萬賊，險些滅門絕户俺一家兒。【眉】"若不"兩句，原自對得整。乃諸本于"些"字下加一"兒"字，不惟不整，亦重，本句削之。鶯鶯君瑞，許配雄雌。夫人失信，推托別辭，將婚姻打滅，以兄妹爲之。【眉】碧筠齋本無"將"字"以"字，覺不舒，今從閩本增之。如今都廢却成親事，一個糊突了胸中錦綉，一個泪流濕臉上胭脂。【眉】諸本俱云"價糊突""價泪流"，甚不通，今從徐文長本削之爲是。

我想此時的病，張生和俺姐姐是一般的症候。【眉】此白惟閩本有，今從之，方貫得上下文義。

【油葫蘆】憔悴潘郎鬢有絲，杜韋娘不似舊時。一個個帶圍寬清減了小腰肢，【眉】徐文長以"帶圍寬"二句連住"杜韋娘"句看，故無"一個"二字。俗本俱有"一個"二字。然觀下文每一句説鶯，一句説生，"帶圍寬"二句乃總説鶯生，則疊用"個個"字爲長。一個睡昏昏無意觀經史，【眉】諸本俱"不待要"，今從古本云"無意"二字更整。一個意懸懸懶去拈針指。一個絲桐上調弄出離恨譜，一個花箋上删抹了斷腸詩。一個筆下寫幽情，一個弦上傳心事。兩下裏一樣害相思。

【天下樂】才子佳人信有之，紅娘看時，有些乖性兒，則怕有情人不遂心也似此。見他害的有些抹媚,我遭著沒三思,一納頭安排著憔悴死。【眉】俗本俱云"方信道才子佳人",下已"信有之"三字矣,何不通如是?今從徐文長本削之。抹媚,喬樣也。即乘性也。紅娘自言我若遭此境界,沒有許多三思,只一納頭憔悴死而已。紅每言鶯生,必以己意插入。妙妙。

(生作窗內睡吁聲科,紅)卻早來到書院前,我把唾津兒潤破窗紙,看他做甚麼?【眉】此處演者,生須在內作關目,作慨嘆聲息。

【村裏迓鼓】我將紙窗兒濕破,悄聲兒窺視,多管是和衣兒睡起。你看那羅衫上前襟褶裡,孤眠況味,淒涼情緒,無人伏侍。覷了他澀滯氣色,聽了他微弱聲息,看了他黃瘦臉兒。張生呵,若不病死,多應是悶死。【眉】諸本俱"悶死""害死",今從碧筠齋本,先說病,而後說悶。病則泛言,悶則指此也。

我且把門兒敲一聲,待進去見他。

【元和令】我將金釵敲門扇兒。(生)是誰人?我是個散相思的氤氳使。【眉】諸本俱"五瘟使",大不通。焦猗園云"氤氳使",蓋此乃主合婚姻之神也。俺小姐趁著這風清月朗夜深時,【眉】諸本俱"想著",古本"趁著"爲是,今從之。使紅娘來探你。(生)小姐近日如何?俺小姐至今胭粉未曾施。(生)也念小生否?一日間也念道有一千番張殿試。【眉】諸本無"一日間"三字,則下句無味,今增之。

(生)小姐既有垂念之心,小生有一簡帖兒,敢煩小娘子帶去,以達知肺腑。(紅)我小姐的意也難曉,只恐怕也番了面皮。【眉】得舊白。

【上馬嬌】他若是見了這詩,看了這詞,顛倒費神思。【眉】此即埋下妝臺窺柬意。說道這是誰的言語,你敢將來?這小妮子怎敢胡行事？可嗤、嗤扯做紙條兒。

（生）小生後來多以金帛謝小娘子。没奈何，與小生帶去。

【勝葫蘆】（紅）哎，你個饞窮酸俫没意兒，賣弄你有家私。我爲甚來到此？莫不是圖謀先生的錢物，與紅娘做賞賜，説我愛你金貲。【眉】諸本俱"莫不圖謀的東西來到此？先生的錢物，與紅娘做賞賜，非是愛你金貲"，文勢散緩，并不貫接。不玩此數句，只是一意説下。今改如此斡旋方是。

（生）你不愛我金貲，愛着甚的來？

【幺】你看人似春風桃李墻外枝，把我做一個賣俏的倚門兒。【眉】俗本俱"休猜人做春風桃李墻外枝，又不比賣俏的倚定門兒"，難通，文勢亦散緩，今改之。我雖是個婆娘到有些志氣，你則合道，可憐見小子，隻身獨自。你顛倒有個尋思。【眉】俗演者于此處做許多醜態。不想此處文意，乃是説你不要把財利來動我，只説你可憐隻身，是真情耳，你何顛倒不尋思也。

（生）小娘子你既如此憐憫小生，何不與帶此書去？（紅）你快寫來。（生做寫科）試念與你聽着。【眉】從來諸本所載書詞，俚俗之甚。今盡改之，惟詩依舊。珙百拜書奉芳卿可人妝次：思昔夫人，當筵已斷紅繫之絲；伏蒙小姐，聽琴乃示青垂之意。自兹以來，益難爲情。盼望東墙，勢如隔于九天；悶倚西廂，泪空灑于兩地。垂命在邇，救我何時。聊寫花箋數字，用陳妝臺清覽。相思恨轉添，謾把瑶琴弄。樂事又逢春，芳心爾亦動。此情不可違，虚譽何須奉。莫負月華明，且憐花影重。（紅）是寫得好也。

【後庭花】（紅）我則道拂花箋打稿兒，誰想你染霜毫不構思。【眉】諸本俱"不勾思"，京本"不構"更通，從之。先寫下幾句寒温叙，後題着五言風流詩。【眉】諸本俱"五言八句詩"，對上句不整，今改"風流"二字。不移時，把花箋錦字，叠做個同心方勝兒。你也忒聰明，忒煞思，【眉】閩本"忒三思"不通，今從京本。忒風情，忒浪子。雖然是假意兒，小可的難到此。【眉】作簡題詩，恭敬的意兒雖似假，然小可的亦難辨到，其真僞也。徐文長作"難辨此"，更通。

（紅）你且寫正外面的封皮，我且爲你送去。

【青歌兒】（紅）顛倒寫鴛鴦鴦鴛兩字，方信道在心在心爲志。【眉】鴛鴦、在心，兩字古本不叠，今叠之，從俗便唱。這簡帖兒，莫說我容易就送得，看我姐姐喜怒其間，覷那意兒。（生）多煩小娘子去，斟酌行事，放心波學士，我願爲之，并不推辭。此去呵，自有言詞。【眉】此段中須夾白，意方明白，故今增之。（生）且問你，你拿這簡帖兒，在小姐跟前是如何說（紅）我小姐性資，有些作喬。敢直道昨夜彈琴的人兒，教傳示。【眉】閩本"則說道昨夜"云云，太直，今增白而云"敢直道"，風味更遠。

（紅）這事兒我與你周旋，只是如今還當以經史爲業，以功名爲心，休墮志氣也。

【寄生草】偷香手准備着折桂枝，莫把淫詞兒污了龍蛇字，藕絲兒縛了鯤鵬翅，黃鶯兒奪了鴻鵠志。休爲這翠幃錦帳一家人，【眉】諸本俱"休教淫詞"下，又"休爲翠幃"，殊重叠，今改之。誤了你金馬玉堂三學士。

（生）多謝小娘子教我之言，愛我之意。只是佳人難再得，良會不可空。（紅）放心放心。【眉】此白諸本所無，今新增之，方見婉曲。

【尾】（紅）沈約病多般，宋玉愁無二，清減了相思樣子。咱這眉眼傳情未了時，中心日夜藏之，怎敢湮濡，有美玉于斯。我須教有發落，據着一張兒紙，賣着舌尖上說詞，更和簡帖兒裏才思，管教那人來探你一遭兒。【眉】從來諸本俱"因而有美玉于斯"，甚不可解。今改"湮濡"，謂遲緩也。言此情此帖，不敢遲緩蘊櫝不發也。下文"賣"字，正領此來，妙甚。乃諸本不作"賣"而作"憑"，未是，今從徐文長解而定之。

（紅下，生云）紅娘將這簡帖兒去了，這是一道會親的符籙。他明日回話，決有個好消息來。且將宋玉風流策，寄與蒲東窈窕娘。

○妝臺窺簡

（鶯上）天欲曉，殘漏穿花聲繚繞。夢羅幃，空悄悄，泪花落枕紅珠小。【眉】"天欲曉"數句，諸本俱無，惟徐文長本有之，今并録。着紅娘去探張生，還不見來回話。目今烏輪雖起，我蝶夢尚迷，神思困倦，只得擁衾再睡些兒。（紅）我們領張生之意，來回復小姐。入到蘭房來，不聞聲息，原來小姐又睡着了。正是綠窗未起遲遲日，紫燕啼殘寂寂春。

【粉蝶兒】風静簾閑，透紗窗麝蘭香散，【眉】一本作"繞莎窗"，以無風而簾不動也，甚通。啓朱扉搖響雙環。絳臺高，金荷小，銀釭猶燦。我將這暖帳輕彈，揭起梅紅羅軟簾偷看。

（紅做挈帳看科）俺只見象床中被不整，微露兩隻鳳頭鞋。錦帳裏席平鋪，高擁一團水雪體。斜褪寶釵，酥臂曲半，開檀口玉腮溫。【眉】諸本無此白，今新增，乃紅娘起帳觀鶯之狀。形容美人假寐景，最肖。只是那張生不得見此景狀也，若使他見了這個景狀，按彎緩入細柳營，輕手暗折海棠花。多少幽趣也。【眉】張一見了數語，説情尤幽。我要待醒來，將張生簡帖兒遞上，又恐怕假性兒發作，我實難當。不如趁他未醒之時，把這簡帖兒放在妝盒兒裏，看他見了說着甚麼。【眉】此數語白，舊本俱在【醉春風】後，今玩文義，當在前。（鶯做起身緩動長嘆科）

【醉春風】（紅）則見他釵嚲玉橫斜，鬢偏雲亂挽。日高猶自不明眸，暢好是懶、懶。半晌抬身，幾回搔首，一聲長嘆。

（鶯做整妝見帖科）這妝盒兒裏那裏得個簡帖兒來？（悄視科）想是那生來的。但此事豈可與紅娘直知之？【眉】"悄視"下二句白，最加得有關會，蓋此時即有瞞紅回書之意也。（紅做背地偷覷科，鶯佯怒叫）紅娘在那裏？

【普天樂】（紅）晚妝殘，烏雲嚲，輕勻了粉臉，亂挽起雲鬟。【眉】"亂挽"句，言方梳髮時，見書而速罷也。將簡帖兒拈，把妝盒兒按，拆開封皮孜孜看，【眉】此段亦只可作紅背唱，且窺而且唱也。顛來倒去不害心煩。【眉】不害心煩，言不以費心為害。（鶯又怒叫科，紅）則見他厭的攢雛了黛眉，忽的低垂了粉頸，盦的改變了朱顏。

（鶯）小賤人，這簡帖兒是你膽大拿來的？相國家風，誰敢將淫詞戲弄？我素心清白，豈曾慣此？且送到老夫人那裏去，以究爾之罪。（紅）這簡帖兒是張生的。且問昨日是那一個叫我去看張生？我且執這簡帖，在老夫人前窮究個根原出來。【眉】從舊白改演，氣較舒。

【快活三】（紅）分明是你過犯，沒來由把我摧殘。使別人顛倒惡心煩，你不慣，誰曾慣？

（紅）我又是不識字的人，知他寫着甚麼。只是同到老夫人面前去講明。（鶯背云）紅娘果不識字，這事瞞得過也。我且回個腔兒。【眉】增此白，見鶯欲瞞紅，會生之意，已立于此。妙甚妙甚。（做回身科）紅娘，你把你手裏簡帖兒我再看看。這上的言詞，也無方礙，你也不必惱。也罷，我且問你，張生近日病體如何？【眉】舊白鶯之轉腔處，殊覺突兀，今改此更好。（紅）又説他怎的？你要問他，就自己去看他，紅娘再不管這樣閒事。（鶯）好姐姐，我再不怪你，你説與我聽咱。

【朝天子】（紅）張生近間、面顏，瘦得來實難看。不思量茶飯，怕見動憚，曉夜將佳期盼。廢寢忘食，黃昏清旦，望東墻，淹泪眼。

（鶯）喚個好太醫，看他的症候何如？（紅）這症候吃藥也無效。【眉】此白是鶯的談話，即此便想見鶯之瞞紅之意。紅性慧却知之，故云"風流汗"。病患要安，則除是出幾點風流汗。

（鶯）我和張生只是兄妹之情，那有外事？何勞他這等樣想念，又把簡帖來戲侮。紅娘，早是你口穩哩，若別人知道，成甚麼模樣？（紅）姐姐，你哄着誰哩。你把這個餓鬼兒，弄得七死八活，却要怎麼？（鶯）這也不干我事。（紅）這事爲着那一個來？

【四邊静】（紅）怕人家調犯，【眉】人家，猶云他家，即指生也。若早晚夫人見些破綻，你我何安？問甚他遭危難，咱則攛斷得上竿，掇了梯兒看。【眉】言你既不肯，却爲何問他病勢之危？難不成謊人上竿，而掇去其梯耶？甚切甚切。

（鶯背云）紅娘所言，大是有理。張生患病皆爲俺之故，豈容坐視不救？若去救他，又恐老夫人覺其破綻，彼此何安？【眉】諸本俱無此白，今增此，以埋伏下面瞞紅暗約之意。我想起來，莫若約他私會，以安張生之病體。且瞞着紅娘，以杜夫人之耳目也。（回身叫紅娘科）我如今仍寫個簡帖兒，回復張生。你去説，分屬兄妹，禮別嫌疑。雖遣婢往看，特以念昔日之恩耳。非有他意。以後再不可如此也。紅娘，你此去，仍不可令老夫人知之。（紅丟書科）姐姐，又來耍人也。我不去，我不去。（鶯）這丫頭没分曉。這書是正理辭他的書，將去何妨？（下）【眉】改舊白，增新意。

【脱布衫】（紅）小孩兒家口没遮攔，一味裏言語傷殘。似你這等使性子，休思量那秀才，做多少好人家風範。【眉】言這樣使性子，休思去那秀才家作風范也。亦甚體人情。閩本無"這等"字。

（紅拾書科）姐姐又教我送書去，説這書是辭他的書。我只恐紅葉無憑，御溝空反，可不將相思害殺人也。

【小梁州】（紅）他爲你夢裏成雙覺後單，心迷意懶。【眉】諸本第二句俱是"廢寢忘餐"，此語上文有之，今改爲"心迷意懶"，方不重叠。羅衣不耐五更寒，愁無限，默地裏寂寞泪闌干。【眉】闌干，即瀾汗，俗作"欄杆"，不通。

【幺】他似等辰勾，天上三星燦。我將角門兒世不曾牢關。則願你做夫妻無危難，您向筵席頭上整扮，我做一個縫了口撮合山。【眉】勾辰，水星。出有常度，見之甚難。閩本"勾辰月"，乃連世英惑月精事。今依碧筠齋本去"月"字。諸本第二句俱是"空把佳期盼"，此句已見上文，奈何重叠？若此，今改"天上三星燦"，三星，乃民間婚姻所望見之星也，見《詩經》。紅説牢關門，示不泄漏其事之意，見不必忌己也，已到爲之撮合山。撮合山，荷包上壓口也。

我若不去，又説我違拗，兼以張生正等我回話，我只得拿這簡帖兒走一遭也。

○接書志喜

（生上）悶倚花臺芸戶，謹待蕙息蘭消。那紅娘傳我簡帖兒去，至今爲何還不見回報？（紅）須索去回張生的話。我不知小姐是甚樣的心情？前日聽琴，悲悲戀戀，也是他；今日回書，冷冷薄薄，也是他。【眉】諸本此篇俱連上爲一摺。今玩其搏腕，拆開又爲一摺，殊好。

【石榴花】（紅）當日個晚妝樓上杏花殘，【眉】此段京本無"當日"及"昨日"字，意不明言。往時常怯寒，昨日聽琴就不怕寒？彼時兩個敘情，幾私成就矣，豈不厚顏也？今增"當日""昨日"字，覺明。猶自怯衣單。那一片聽琴心，【眉】京本作"一遍"，不通，今依閩本"一片"。清露月明間。昨日個向晚不怕春寒，幾乎險被先生賺，那其間豈不胡顏？

彼聽琴之夜，不是紅娘走將來，小姐你的緊弦已被張先生彈幾曲矣。到今日到反費了許多的周摺也。【眉】諸本俱無此白，今增之，殊趣長。

爲一個不酸不醋的風魔漢，隔墻兒險化做望夫山。

【鬥鵪鶉】你用心兒撥雨撩雲，我好意兒傳書寄簡。不肯搜自己枉爲，則待要覓別人破綻。我受艾焙也，權時忍這番，暢好是奸。【眉】徐文長改"暢好是乾"，言乾乾受一番艾焙也。今依閩本作"奸"。

小姐小姐，只在我面前說是兄妹之禮，焉敢胡行？只恐你沒人處，便不索如此。

對着人前巧語花言，背地裏愁眉淚眼。

（生見科）小娘子，其事如何？（紅）再休說了。（生）莫是小娘子不用心，以致差遲？（紅）我爲先生之心，惟天可表。曾奈雲翻雨覆，以致蝶冷蜂寒。

【上小樓】這是先生命慳，非干紅娘違慢。那簡帖兒到做了你的招狀，【眉】碧筠齋本作"招伏"，不通。他的勾頭，我的公案。若不是覷面顏，廝顧盼，擔饒輕慢。

先生受罪，自取之也，于妾何干？受其摧殘。

爭些兒把娘拖犯。【眉】紅自己稱"娘"，亦謔詞。

（生）如此我小姐我小姐，幾時得相見也？（紅）他如今無情于你，你又想他怎的？

【幺】從今後相會少，見面難，月暗西廂，鳳去秦樓，雲斂巫山。你也赸，我也赸，請先生休訕，早尋個酒闌人散。

（紅做去科，生做扯科）我且問你，適纔小姐是如何形狀？【眉】諸本舊白，此處俱模糊。今必要如此說明方是。又做生扯科，不意之語，妙妙。（紅）他罵你打我。（生）聽琴之夜，小姐十分有意，今番何爲至此？罷罷，我命難保矣。央你再去，以達知肺腑。

【滿庭芳】（紅）你休呆里撒奸，待要你恩情美滿，却教我骨肉摧殘。【眉】京本"怎待恩情"，閩本"你待要"，今改"待要你"，對"却教我"，方整。他手執着檀棍摩娑看，【眉】閩本作"老夫人手執着"，非是。今從京本，只自小姐言。粗麻綫怎透得針關？教我拄着拐幫閑鑽懶，縫着唇送暖偷寒。【眉】拄拐，是撞之有所傷也，可幫閑鑽懶乎？合唇，是制之不得言也，可送暖偷寒乎？待去呵，小姐性如火發，消息兒踏着犯。待不去呵，無奈你的，熱話兒將人趲，【眉】京本"甜話兒熱趲"，閩本"禁不得你甜話兒熱趲"，俱對上不整，亦不捷，今改之。**好教我兩下裏做人難。**

（紅）先生不必苦苦央我，但看小姐回帖兒，則其情之難諧，可知矣。（生）我開書看。（做細念科）呀！有這場喜事，早知小姐是這個意思，大家歡悅了。（紅）怎的？【眉】依諸本舊白，而削其惡俗之態。（生）小姐罵我都是假詞，這書中之意，着我今夜在花園裏來相會。（紅）你讀與我聽。（生）是四句詩：待月西廂下，迎風戶半開。隔墻花影動，疑是玉人來。這是約我月下而來，他開門以待之。但見墻影動處，是喜我之到也。（紅笑）原來是如此。（生喜躍科）我是猜詩謎的杜家，風流隋何，浪子陸賈。是天上吊下的緣，是人間罕有的喜。（紅）小姐小姐你在我行是如何說？今有書中又如何說？其實此事何必瞞紅娘。【眉】夫既曰"迎風戶半開"以待其來矣，又何必解作使跳墻而下？【耍孩兒】一段，又唱跳東墻，此諸本之誤，習者演者皆未體認"戶半開"一句。予想鶯乃約生之由戶而來，特以墻花影為號，且紅憾其瞞已，故生入戶遇之，即推出于墻外。而使之跳墻以推之也，此乃紅之侮弄，非鶯之重生意也。故今改元白而斟酌之，又改此一段作遇東墻，更渾而無礙。

【耍孩兒】（紅）幾曾見寄書的瞞着魚雁，小則小心腸兒轉關。寫着道西廂待月等更闌，過東墻女字邊干。【眉】女字邊干是"奸"字。元來詩句兒裏包籠着三更棗，簡帖兒內埋伏着九里山。你着緊處將人慢，你只待會雲雨鬧中取靜，却教我寄音書忙裏偷閑。

（紅又拾書與生科）先生你再看看此來之書。【眉】諸本俱無此白，今看來必竟要此，方起得下所唱意，故增之。

【四煞】（紅）紙光明玉板，字香噴麝蘭。行兒邊湮透非是春汗。一緘情淚紅猶濕，滿紙春心墨未乾。從今後休疑難，放心波玉堂學士，穩猜取金雀丫鬟。

（生）小姐雖然瞞你，你也不要怪。大約美人嬌羞，多是如此。（紅）我冷眼看你兩個。【眉】諸本亦無此白，今增之，以見生之為鶯飾詞。而紅所答，則已起意難生二人矣，所以來跳牆之阻也。

【三煞】（紅）他人行別樣親，俺跟前取次看，便做道孟光接得梁鴻案。你這裏他甜言媚你三冬暖，我那裏他惡語傷人六月寒。我且回頭看看你個離魂倩女，怎發付擲果潘安？【眉】諸本俱是"別人行甜言"云云，"俺跟前惡語"云云，然不見重前矣？今改之，似明妥。閩本"美語三冬暖"，徐文長本改"媚語"，對下"傷人"甚整，碧筠齋本為"須看"，不通。今依閩本"我且回頭看"，何等風致。

（紅）姐姐，你到與紅娘商量，其事容易也，你今瞞着紅娘呵，【眉】諸本俱無此白，今增此方起得下唱，且合得紅責生跳牆之阻意。妙甚妙甚。此俱示以難意，惜生不悟。

【二煞】（紅）只怕隔牆花又低，迎風戶半捲。偷香手段今番按。（生）依你說，小生今番又是難去的。【眉】必插此二句白在中間，方轉得，係新增。此段打頭，諸本俱無"只怕"二字，不通，今增之。（紅）若怕牆高怎把龍門跳，嫌花密難將仙桂攀。放心去，休辭憚，你若不去呵，望穿他盈盈秋水，蹙損他淡淡春山。

（生）小生曾到花園，已經兩次，不見那好處。這一遭不知又何如？【眉】此白諸本所無，係新增，大有意思。我曾考《陰陽記》，說天下男女姻緣離合，俱是那大氤氳使掌管。我且望空中拜告大氤氳使者，許個大大的願信，祈保佑張生成親。（紅背云）張生張生，到不要向神明許願，何不向紅娘處許願？【眉】紅娘此語最可味，大抵此篇內，前後所增之白，所改訂之曲，皆埋下篇跳牆阻興章本，妙甚妙甚。較諸本舊語，大不同矣。

你雖是去兩遭，若由紅娘主張，則不如這番，隔牆酬和都胡侃，證果的是今番這一簡。

（生）今日好事將近，恨不得霎時間日落月升，以便行事。爲何太陽這等難下？無端三足鳥，團團光爍爍。安得后羿弓，射此一輪落。【眉】此白上一截，係刪舊；下一截，係增新。紅娘，這些時候，我興發了，一刻也捱不過。且權把你來當個小姐用一用也。（紅）這是甚麼説話。（生）我適纔聞得你説，要來你邊還願，到不如先把這願信還了更好。【眉】生語映前最有趣，紅語揣摩書生所爲之事甚到。此白俗而帶雅，妙甚妙甚。（紅）我常説你讀書人的精神都是亂用了，或在自己手指上用了，或在頑童背脜上用了。遇着當場大戰，反覺消索無用。我且勸你呵。

【重尾】玉露留向牡丹傾，莫爲溝渠用，轉眼看看玉兔東。【眉】諸本從來無此尾，係新增。

○偷情阻興

（紅上）花香繞徑東風細，竹影橫階淡月明。今日小姐着俺送書與張生，當面有許多假意，原來詩内暗約他來相會。小姐也不對我説，我也不説破他，且到其間，看他怎麼瞞我？【眉】諸本從來俱以鶯令生跳牆，大非。所以愛生之素心，而于戶半開之説，何爲？今改作紅憾鶯之瞞己而云云，最有轉挽精神，且寫明此白，妙甚妙甚。他説"迎風戶半開"，我且不開門與他，要耍他跳牆而入。他以花影搖動爲號，是不要紅娘引來之意。我且囑付張生説見我來，如此難他一難，小姐定然番帳。（鶯上叫科）紅娘伴我花園内燒香。（紅）姐姐，紅娘在此隨行。（鶯）

【新水令】晚風寒峭，透窗紗，控金鈎，繡簾不挂。門闌凝暮靄，樓閣斂殘霞。恰對菱花，樓上晚妝罷。【眉】此篇各枝俱係紅唱。

【駐馬聽】（紅）不近喧嘩，嫩綠池塘藏睡鴨。自然幽雅，淡黃楊柳帶棲鴉。如此時分，進到花園，【眉】此中加"如此時分"一句白，則便覺精爽。金蓮蹴損牡丹芽，玉簪抓住荼蘼架。夜涼臺徑滑，露珠兒濕透凌波襪。

我想那生和俺小姐，懸懸只在望天晚也。

【喬牌兒】自從那日初出時想月華，【眉】閩本"正是日初時"，京本有"出"字更明，今從之。捱一刻似一夏。柳梢斜日遲遲下，好教賢聖打。【眉】此段有作生唱者，謬。大約俱紅唱。

我看今日小姐妝束，比往時分外絕精也。

【攪箏琶】打扮得身子兒窄，【眉】閩本"身子兒詐"，徐文長改"乍"，俱不通，今作"窄"，僅通。准備着雲雨會巫峽。只爲這燕侶鶯儔，鎖不住心猿意馬。

則想俺小姐害得那生呵，

二三日來水米不粘牙。因小姐閉月羞花，真假，這其間性兒難按納，一地裏胡拿。【眉】"真假"二字，言其貌之美，是真是假，難以形容也。此色心一起，便難按納，一地裏胡拿耳。萬一拿得着，未可知也。

姐姐且在湖山下立着，待我去看看角門兒，怕有外人聽俺説話。（去做看科，生上）秀句藏情遠，文箋賣俏深。穩取諧繾綣，風月壯前程。【眉】此從舊白妝點來，正化俗爲雅。撞將進去，果然戶半開，小姐之言不虛矣。但未知其園內之虛實何如？【眉】體貼曲意，而增白甚妙，舊本俱無此。我且把槐枝兒摇動，探個消息。

【沉醉東風】則道槐影風摇暮鴉，是那生來也，元來是玉人兒帽側烏紗。我看他兩人兒，一個潛身在曲檻邊，一個背立在湖山下。那裏叙寒温，無由同打話。【眉】此時鶯生俱未會面，諸本俱云"并不曾打話"，似相見的説矣。今改"無由同打話"，更合味。

（生撞進門科）小姐，你來了。（摟住紅科，紅）啐，是那一個？

便做道來得慌呵，你也索覷咱，多管是餓得你窮酸眼花。

（生）小姐如今在那裏？（紅）在湖山下。（生）我自去會他。【眉】舊本俱非如此，殊突兀。不知紅正于此立機關，以阻兩人之事。今增此白，見是紅以有情有理之言，行其搬弄之權。妙甚妙甚。（紅）他若曉得你從門裏進來，他便恐你被人知覺了，定然不從。你今出去跳墻而來，他見門又未動，他心纔歡喜也。且見了他時，只説紅娘教我來，他心纔安穩也。（生）多謝尊教了。（紅笑科）你看今夜月色花陰，好風景，正助你兩個好興趣也。【眉】此段帖白處，皆新增語，諸本皆無。

【喬牌兒】你看淡雲籠月華，似紅紙護銀蠟。這個就當得洞房的花燭。柳絲花朵垂簾下，這個就當得綉屏的軟帳，緑莎茵鋪着綉榻，這個就當得芙蓉的裀褥。

【甜水令】良夜迢迢，閑庭寂静，花枝低亞。他是個女孩兒家，你須要意兒温存，話兒摩弄，性兒謙洽。他是個抱心的豆蔻，含蕊的牡丹，休猜做敗柳殘花。【眉】新增"抱心豆蔻"二語，甚妙。諸本俱作"浹洽"，亦通，今依古本"謙洽"。

【折桂令】這個嬌嬌滴美玉無瑕，粉臉生春，雲鬢堆鴉。

恁的般受怕擔驚，又不圖甚浪酒閑茶。先生呵，你夾被兒時當奮發。【眉】"夾被兒"四句，語甚褻，然亦讀書人所必有之事。只怕你指頭兒告了消乏，從今後打叠起嗟呀，【眉】諸本俱無"從今後"三字，氣不貫，今增之。畢罷了牽挂，收拾了憂愁，准備着撑達。【眉】舊本作"撑捷"，解往來相遇之貌，甚通。

（紅）我自進園內去。關着門兒，你可跳墻來。（生做跳科）點額龍門未脫塵，跳墻聊試小經綸。（跳過摟鶯科，鶯云）是誰？（生云）是小生。（鶯問）你從那裏來？（生答）跳過墻來。（鶯問）何不自重乎？（生答）因重小姐，不得自重也。（鶯問）你不曾見紅娘麽？（生答）是紅娘教小生來。（鶯怒）何不體人情乎？（鶯推開生科，叫）紅娘，這裏有賊人。你與我搜拿。（生作拱立長吁科云）爲何有這般樣形狀來？【眉】從來諸本于此處太突兀，不見鶯所以變卦之由矣。今改增白如此，鶯云何不自重？見已未嘗使爾跳墻。此句見他愛生之意，又云何不體人情？謂其不體諒已欲瞞紅之知也。此鶯變卦之由，亦渾亦明。妙甚妙甚。蓋明示其意于生，而終不欲紅識破也。生于此處只長吁云云，不言出其約己來之情由，亦是愛鶯之意以留情。後來若陸天池本、李日華本，直說出無味。舊本又欠明。

【錦上花】（紅）爲甚媒人，心無驚怕？赤緊的夫妻每，意不爭差。【眉】爲媒人的心無驚怕者，以夫妻之意不爭差也。我這裏躡足潛踪，悄地聽咱。一個羞慚，一個怒發。

【幺】張生無一言，【眉】玩此"無一言"之句，則上面生只可作長吁狀。小姐變了卦。一個悄悄冥冥，一個絮絮答答。却是禁住隋何，迸住陸賈。叉手曲身，【眉】諸本俱"叉手躬身"，大不通，今改"曲身"。妝聾做啞。

張生，你背地的嘴在那裏去了？只管向前，摟住丢翻，怕他怎麼？

【清江引】沒人處則會閑磕牙，就裏空奸詐。怎想湖山邊，不記西廂下，香美娘處分破花木瓜。【眉】香美娘，是牌兒名；花木瓜，看得吃不得也。"處分"二字，解不去，徐文長解作打發之意。

（鶯叫）紅娘，快來拿到那賊人。（紅捉科）原來是張生。（鶯）扯到夫人那裏去。（紅）若到夫人那裏去，彼此不便。莫若姐姐做一個堂上的官，把紅娘做一個案前的吏，將張生過來做犯人問罪。（鶯）張生，你知罪不知罪？（生）小生不知罪。罪在那約我來的身上。【眉】諸本從來此處白，俱穢雜不堪聽。至有生跪紅杖之狀，大謬。今改若此，何等雅趣！生對罪在"約我來的身上"，分明謂當反坐而卻不明露，正是愛惜小姐，以留後情，妙甚妙甚。（紅）你老實供招來。（生作誦供語科）待月西廂良夜，迎風花影墻下。玉人空自來，佳會又成虛話。誤也誤也，青着眼兒乾罷。（紅）你這口詞是反怨別人。

【雁兒落】（紅）不是俺一家兒喬作衙，【眉】喬作衙，猶云假裝家。說幾句衷腸話。我只道你文學海樣深，誰知道這色膽天來大。

（鶯）紅娘你不要聽他的口詞，可為我責罰他一番。【眉】此處增白叫紅去責罰，關目、白語俱有趣。

【得勝令】（紅）誰教你寅夜入人家，非奸做賊拿。本是個折桂客，到做了偷花漢。不想去登龍，反來學騙馬。【眉】從來諸本俱是"不想跳龍門"，今以其對下句不整，改作"登龍"更好，又改"攀龍"亦可。北方以哄婦為騙馬。

姐姐，且看紅娘面，饒過這一次也罷。（鶯）張生近前來，我也責罰他一番。【眉】上白既以鶯為官，以紅為吏，以生為犯人，則此段乃鶯之審詞也，俱係新增。甚妙甚妙。生死之恩，雖所當記。男女之分，實所宜遵。既爲兄妹以連枝，豈可穿窬而入室？非賈公閭之居，何勞尊跳；乃聖藥王之院，豈任狂爲？我非知恩而負恩，兄何以亂而易亂？擬聲之于慈母，則發人之奸不忠；欲告之于有司，則辜人之德不義。姑發轉原籍以讀書，容待其自新而改過。【眉】這個人情又把與紅娘做去，是鶯之轉腔處，亦見鶯之愛生處。然生不知也，只以得之爲愛耳。

（紅）謝小姐賢達，看我面逐情罷。若到官司詳察，先生呵，准備着精皮膚吃頓打。

（鶯）先生可思自知自忖，莫空怨人也。流鶯有恨空啼樹，塵榻無情自鎖埃。（下）（生背云）你本約我來，反做出這樣的勾當。（紅）羞也羞也，却不風流隋何，浪子陸賈？（生長吁科）蝶爲尋芳至，花猶未肯開。春英妒玉蝶，推倒百花臺。將可奈何？【眉】"自知自忖"句乃是鶯使生去，自想今日所見拒之由，是自己失其機會也。躍而不露，妙甚妙甚。"流鶯"二句，亦大有味。生畢直到此處，方説出"約我來"一語，最得體。而"春英妒玉蝶"句，生亦悟紅之弄己也。妙甚妙甚。

【離亭宴帶歇拍煞】（紅）再休題春宵一刻千金價，准備着寒窗更守十年寡。猜詩謎的杜家，㕸拍了迎風戶半開，山障了隔墻影動，【眉】㕸，音欺。㕸拍，猶言不停當也。山障，隔遠也。綠慘了待月西廂下。【眉】紅笑生猜詩謎，却一件也猜不着。嘗謂鶯鶯此詩，惟張悟得。如"半"字、"疑"字，皆是可以恍惚誤人處，亦是令傍觀者不甚曉。至後事之不諧，紅終謂鶯未必實約。予初謂紅慧，然生亦慧，鶯尤慧。任你將何郎傅粉搽，他自把張敞眉兒畫。強風情措大，【眉】措大，秀才之稱。言舉措合大道，故稱云云。晴乾了尤雲殢雨心，悔過了竊玉偷香膽，刪抹了倚翠偎紅話。

（生）小生再寫一簡帖兒，煩勞小娘子將去以盡小生衷情何如？

（紅）淫辭兒早則休，簡帖兒從今罷，尚兀自參不透風流調法。【眉】前事皆是風流調法，此總結之。從今後怎得回念波卓文君，使你去學波漢司馬。【眉】"波"字，是助語聲。

（生）小姐氣殺人也，紅娘誤殺人也。我也奈小姐不何，只是扯紅娘進我書房裏去，把着實當個小姐來用。【眉】此白語本所無，係是新。雖臺上諢語，却亦俗中之雅。（生扯科）（紅走科，云）你適纔遇着小姐不會强，到來强扯我。（生）小姐是個嫩嬌花，不禁强風驟雨，你則不同了。（紅）粉臉上象貌雖殊，羅裙下風味一般。（生）小姐莫較好些？（紅）他怯風的海棠，孰似俺耐霜的芙蓉？他出廐的神駒，孰似俺慣鞭的駟馬？（生）依你講起來，你更好似小姐，你何爲屢次不肯順從？（紅）非是賤妾不肯順從先生。我小姐的情思，終入先生之手。只恐此時以賤妾占了貴人之先，小姐妒我何詞？又恐後日得小姐，忘了賤妾之情，先生弃我何地？【眉】說出紅之所慮，極中人情。（生）只要小娘子以心相照，始終扶持，何敢忘之？同叙一叙何妨？（并下）

○問病通忱

（鶯上）西廂月冷濛花露，落霞零亂東墻樹。【眉】諸本從來無此白，今新增，最有理。蓋體鶯自己酌量，以當從生之意。彼實見得鄭恒非己之善配，若此處一失生，則此身未知置于何所。故增此一轉換，見鶯非徒淫于情者。舊本俱只云憫生之深病，其味便淺。且前屢難之，而此倏然憫其病焉，亦覺突兀而少婉致矣。一點靈心已暗通，玉環寄恨人何處？昨夜暗開園門，以待張生。可恨紅娘使他跳墻而入，成甚事體？我們因此不悦，遂把佳期誤了。張生決不曉得我相待之情，只說我真有背他之意。此情要親去看他說明，有多少不便處。想起來，我如今抱病在閨房，張生抱病在書館，彼此相隔，邈若山河。此事若不直與紅娘商量，終難成就，却不誤了張生錯愛之意，又誤了我仰望英豪之心？我今且只説寫個藥方兒，叫紅娘送去。（紅）小姐之情，紅娘知之久矣。自古佳人才子，不媒而合者頗多。況張生又有活命之恩，老夫人原有許姻之命？倘小姐欲成其事，紅娘願通其情。【眉】即紅兩言，便足以決鶯必遂之志。若張生當時無功于崔，又使夫人當無許于張，鶯諒不萌此志。故當以鶯爲貞女，非淫女。（鶯）你且去看他之病，不要直説我的意思。只説送個藥方兒，以觀那生近日情事何如？【眉】諸本之白俱非如此説，此皆係新增。（并下）（生上）未成雲雨情千鍾，先惹風流病幾場。小生自花園拂意，歸房幽恨轉深，病體日重。頓不開眉尖上病鎖，解不得心窩裏愁繩。如之奈何？（法本）聞知張相公爲小姐姻事未成，抱病已久，貧僧往書房去看看。（入看科）張先生，如何這等勞神？（生）小生病症，太師諒也略知其原由，一言也難盡。【眉】諸本亦皆無法本問病，及醫士看疾，并老夫人問答，曲白皆係新增。

【風入松】（本）聞君抱恙未安康，何事體顫心癢？最苦是客窗孤枕，夜雨送凄凉。俺爲你，然佛燈遣禍禳灾。（生）佛如何保得小生的病好？（本）願南海降靈光。先生安心保重也。

（醫士）小子承崔老夫人之命，到此來去看張相公的病症，不免進去呵。張相公，病中免禮。（生）是那個請你來？（醫）是崔老夫人之命。（生）這老人家大不曉得人情。他家有個良醫，在蘭房裏，到不請來醫我，反叫這個醫士來。（醫）小子既到此，也察一察脉，好用些藥。（做看脉科）相公此病，六脉不調，七情傷感，要用清心安神散。【眉】諸本舊亦有老夫人命醫一段白，然其白不雅，亦無曲。今改白而增曲，殊覺雅暢。

【風入松】（醫）病染孤身鬱恨多，怎得神清氣和。相似是花魂月魄，相送下這沉疴，神樓散輕身活氣。（生）藥如何醫得小生的病好？（醫）試用丹丸清欲火。相公好生珍重也。

（老夫人）張生是我家恩人，親事未成，大拂其願。目今抱病于書房，義當往看。【眉】曲白俱係新增，諸本從來所無。

【小女冠】（夫人）客鄉才子傷春病，因個甚？試探情，嘆孤身異鄉懸一命，何事沉臥花陰？

（老夫人）先生，你如今病體如何？果是爲功名未成，爲家鄉未歸，爲經史勞倦，爲寒暑侵凌？纔叫個醫來看你，你好直說來。（生做搖頭不語科）【眉】必設此問語，所以飾己違盟之意。

【紅衲襖】（夫人）你去家鄉千里程，沒親戚，孤隻影。不爭伊山高水低難支撐，枉負了海闊天高學業精。扶筇杖散心閑起行，強茶飯自把口腹閘。且自消情遣意也，養取精神赴帝京。【眉】上三段曲并此段及下一段曲，皆係新增。即插入原集中，恰恰風味相等。

（生）夫人休得多說。小生千愁萬恨，你說爲着那一件來？

【紅衲襖】（生）趕退了虎口中半萬兵，保全了刀頭上百口命。甜甜的許下俺鶯燕信，苦苦的分開了鸞鳳盟。我病腳何必問的巧舌頭斷送人，今日更要哄誰也，枉自慈悲假至誠。

（夫人）我好意來看你，你反埋怨我。張先生，凡事皆看佛面上，請君不必多惆悵。（生指科）過江許下千聲佛，到岸煮吃和尚肉。（紅上）領小姐言命，送藥方看張生。【眉】以上俱是新增，此段以下是訂正舊本。

【鬬鵪鶉】（紅）則爲那彩筆題詩，回文織錦，送得人臥枕着床，忘餐廢寢。折倒得鬢似愁潘，腰如病沈。恨已深，症已沉。昨夜個熱臉兒對面搶白，今日個冷句兒將人厮浸。

我看昨夜那般兒搶白起來。

【紫花兒序】（紅）把似你休倚着櫳門兒待月，【眉】言若依昨日搶白之情，則再休提前事矣。碧筠齋本無"休"字，解不去，令依閩本。依着韵脚兒吟詩，側着耳朵兒聽琴。

見了他有許多假話兒，説是兄妹之禮，授受也不親。

怒時節把一個書生來迭噷。【眉】徐文長作"迭窨"，總難解。

別了他，問不得些些時，就説紅娘，好姐姐，去望他一遭。

歡時節將一個侍妾來逼臨，難禁，可教我似綫脚兒般殷勤不離針，從今後教他一任。【眉】言教我與你穿孔眼，今後一任自教矣，妙趣。

這也是俺老夫人不是。

將人的義海恩山，都做了遠水遥岑。

到此是張生書房，進去看他。哥哥，病體若何？（生）害殺小生也。若是我這點英魂到閻王殿前，老夫人是個對頭，少不得你是個干連人犯。（紅）普天下害相思的，不似你這樣的傻角兒。【眉】諸本舊白亦趣。

【天净紗】（紅）心不存學海文林，夢不離柳影花陰。則向那竊玉偷香上用心，又不曾得甚。【眉】京本"不從得甚"，難解。今從閩本"又不曾得甚"。

我想你這病症，沾來已久矣。【眉】必須要來沾病已久一句白，方接得下唱，諸本無之。

自從海棠開想到如今。

（生）小生救了別人一家，反喪了自己一命。負恩義的毒婆，弄機關的侍妾，全貞烈的小姐，俺一生只吃着這三個人了。【眉】此白諸本所無，亦係新增。

【調笑令】（紅）喑沉爲邪淫，尸骨嵓嵓鬼病侵。更做道秀才每從來恁，似這般乾相思，好撒吞。功名上早則不遂心，婚姻上更還吟復吟。【眉】通篇段段是紅唱，乃閩本以此一段屬生唱，云"我這裏自審，這病爲邪淫"，今從徐文長本"喑沉爲邪淫"。

（紅）小姐再三致意，他有個好藥方兒，敬送來與先生。（生做慌）藥方在那裏？（紅）這藥兒件件有個製法，我說與你聽着。【眉】此製藥法乃紅從鶯所云樂方內想出來的意思。

【小桃紅】（紅）桂花搖影夜深沉，酸醋當歸浸。緊靠着湖山背陰裏窨。【眉】閩本"面靠"，不若京本"緊靠"更好。這方兒最難尋，一服兩服令人恁。【眉】"一服兩服"句大有趣。這藥還有所忌，忌的是知母未寢，怕的是紅娘撒沁。吃了呵，穩倩取使君子一星兒參。【眉】碧筠齋本無"穩倩取"三字，欠順透，今依閩本增之。

（紅）這藥方兒，你知道其中味滋也不知道？【眉】改過舊白，婉轉得好。不然，既説了藥方，又來説詩，豈不以贅？（生）小生略解其意，但難憑你的口説，且拆開小姐所來的封皮，看他親筆所寫的是如何？（讀科）原來是一首詩：何事惱詩懷？眉頭且暫開。自期完妾行，豈料作君灾。舊曲休彈怨，新詩可當媒。高唐須靜待，今夜雨雲來。【眉】諸本舊詩俱云：休將閒事苦索懷，取次摧殘天賦才。不意當時完妾行，豈防今日作君灾。仰酬厚德難從禮，謹奉新詩可當媒。寄語高唐休咏賦，今宵端的雨雲來。此詩俚俗，今改之。小生十分歡喜，不覺沉疴頓醒，料今夜不比前晚。（紅）怎見得？（生）前日説得進退今日説得明白。（紅）先生休説容易，紅娘費了許多贊成氣力。（生）你是怎麼樣贊成？【眉】此白亦從來諸本所無，今新增之。（紅）俺小姐欲期幽會，又恐玷清白之風；欲守空閨，又恐喪英賢之侶。正在兩意難決，紅娘近前贊曰：張解元文章滿腹，本可仰望終身；老夫人干戈定盟，原非不媒野合。被紅娘這兩句言語，小姐方決意相從。只是此一會來，不要又相似前番，自失了機會。

【鬼三台】（紅）足下其實咻，伴妝唔，【眉】閩本"其實咻"難解，作"休妝唔"似可，今從京本。笑你個風魔的翰林，無處問佳音。向簡帖兒上計稟，得了個紙條兒，恁般錦裏針。若見玉天仙，怎生軟廝禁？俺小姐正合忘恩，赤緊的傻人負心。【眉】言得這一紙帖，便若軟刺着一般。倘見小姐，當何如軟刺？我小姐遇此樣人，固宜全忘恩。

（生）小生諒小姐決非忘恩之人，必不終作負心之輩。小生讀其來詞，自是知音。（紅）俺小姐蘭姿蕙質，只恐怕見了你書房這等的凄凉景象，突了他的來興，却又是番面不肯從的。

【禿廝兒】（紅）身卧着一條布衾，頭枕着三尺瑶琴。他來時怎生和你一處寢？凍得來戰戰兢兢，説甚知音。【眉】此又紅之嘲其爲寒士也。

（生）諒小姐愛小生之才，決不厭小生之貧。（紅）也難説。他既是愛你，前晚是何如？

【聖藥王】（紅）果若你有心，他有心，昨日鞦韆院宇夜深沉。【眉】此又疑其未真。若是真情，則昨夜當成就，又奚必今又吟詩相寄？花有陰，月有陰，春宵一刻抵千金。又何煩詩對會家吟。【眉】諸本俱"何須"，今改"何煩"，于大意更明。

（生）既有玉人，當貯金屋。小生去另賃一副齊整鋪蓋來，以待小姐。

【東原樂】（紅）俺那鴛鴦枕，翡翠衾，便遂殺人心。何須別賃？【眉】諸本俱"如何肯賃"，今改"何須別賃"，言自抱衾來也。至如你不脫解，和衣兒更待甚？【眉】言張不脫解，即和衣與鶯共臥，亦自好，更待甚翠衾華枕也。不強如手勢執定指尖兒恁？【眉】手勢，出《五代史·史肇弘傳》，其事甚褻，其趣甚佳，且可以消妄作之動。倘成親，到大福蔭。

（生）小生爲小姐如此憔悴，莫不小姐也爲小生減些丰韵麼？

【綿搭絮】（紅）他眉黛遠山鋪翠，【眉】文長本"不翠"，訛矣。眼橫秋水無塵。體若凝酥，腰如嫩柳。俊的是龐兒，俏的是心，情態温柔性格兒沉。【眉】諸本"體態温柔"，"體"字重上，今改"情"字。雖不會法灸神針，猶勝似那救苦難觀世音。

（生）小生今夜裏成就此情，終身不敢有忘。【眉】此處若遺了紅娘，亦無趣。故合有此白此曲。

【幺】（紅）你口兒裏慢沉吟，夢兒裏苦追尋。【眉】京本"再追尋"，亦有味。往事已沉，只言目今，今夜相逢管教恁。【眉】篇中上幾段語法，有數個"恁"字，韻脚皆涵蓄有味。我也不圖甚白璧黄金，則要你滿頭花，拖地錦。【眉】滿頭花，雜妝也。拖地錦，長裙也。

（生）則怕老夫人拘繫得緊，不能勾出來。（紅）只怕姐姐不肯，果是肯，來何愁？

【煞來】（紅）雖然是老夫人曉夜將門禁，早共晚須教你稱心。【眉】閩本"好共歹"，不若京本"早共晚"，故從之。（生）則又恐似昨夜一般不肯，奈何？（紅）你須小心親近。來時節肯不肯怎由他，見時節親不親盡在恁。【眉】此兩語則又懲前事而戒之也。説"盡在恁"，則事機不制于人矣。

（生）臨時若小姐不果，望小娘子叫起一言；來時若小姐不速，望小娘子趲行幾步。【眉】諸本舊亦無此白，係新增。（紅笑）你數月以來，也捱過了。怎麼這些時候，如何要這等緊？（生）你豈不聞到行百里者半九十？言末路之難也，專望小娘子見諒一二。

【絡絲娘】因今宵傳言送語，看明日携雲握雨。

○月下佳期

（鶯上）一時兒女意相投，悄似風花不自由，陽臺欲赴半含羞。坐待更深後，頻捲朱簾望女牛。【眉】"一時兒女"五句，乃【懶立眉】調也，係新增。俺約了張生，今晚欲待去，負了母親；欲待不去，負了那生。且看紅娘如何説？（紅）臺燒銀燭人初静，月到朱簾夜未央。趁此時候，正好去與張生相會，姐姐請快行也。【眉】新增此白，見鶯有赴約之意，而紅爲決之。不然，何鶯之屢拒而遂可倏然決往耶？從來舊本，俱但云鶯欲睡而紅促之行，殊不見關係，兹所增妙甚。（鶯）雖是密約，難説同心。臉上羞慚，心下遲疑奈何？（紅）鄭郎作漂流之子，已絕魚書。張生懷眷戀之情，正叶鳳侶。正是：白茅束于吉士，又何紅葉之非？良媒夫人既已違背于始，幾至月缺花殘。小姐若再失信于終，將無玉碎珠飛。倘小姐有口無心，料此生非去即死。一失此人，追悔何及？小姐但請快去便是。【眉】紅此語句句擔力，鶯安得不赴？（鶯）既然如此，你可扶我前去。

【端正好】（紅）因姐姐玉精神，花模樣，無倒斷曉夜思量。今夜着一片至誠心，改抹了漫天謊。【眉】閩本無"今夜"二字，覺不明。今從京本。閩本"蓋抹了"，亦通。出畫閣，向書房。離楚岫，赴高唐。學竊玉，試偷香。巫娥女，楚襄王，楚襄王敢先在陽臺上。

（生上）玉宇澄風，銀河瀉露。月華鋪地，花氣薰人。但看人間良夜靜不靜，未知天上美人來不來。小姐當不失信也，如何這個時分，還不曾見到？【眉】此白從舊本所有者增飾之，便覺舒雅。

【點絳唇】（生）仁立閑階，夜深香靄橫金界。瀟灑書齋，悶殺讀書客。

【混江龍】（生）彩雲何在？月明如水浸樓臺。【眉】有本"浸"作"映"，亦通。僧居禪室，鴉噪庭槐。風弄竹聲則道金珮響，月移花影疑是玉人來。意懸懸業眼，急穰穰情懷。身心一片，無處安排。則索呆答孩，【眉】文長本"呆打孩"，言如呆子與孩兒打做一隊也。只倚定門兒待。越越的青鸞信杳，黃犬音乖。

小生一日十二時，無一時放下小姐，有那個知得。

【油葫蘆】（生）神思昏昏眼倦開，單枕側，夢魂兒飛入楚陽臺。早知道無明無夜因他害，當初不如不遇傾城色。【眉】諸本"當初"上有一"想"字，意不通。人有過，必自責，【眉】閩本"必自責"下，有"漫糊塗"三字，覺贅。文長本削之，宜也，今從之。勿憚改。我却待賢賢易色將心戒，怎禁他兜的上心來。【眉】文長本無"怎禁他"三字，意突兀不順，今依閩本加之。

【天下樂】（生）我則索倚定門兒手托腮，好著我難猜，來也那不來？夫人行料應難離側，望得人眼欲穿，想得人心欲窄，多管是冤家不自在。

小生等久矣，夜深矣，莫又是説謊呵。

【那吒令】（生）他是肯來，當早離貴宅。【眉】諸本俱是"早離了"，便對下句不整。今去"了"字，加"當"字于上。他若是到來，便春生敝齋。他若是不來，似石沉大海。數着脚步兒行，倚定着窗櫺兒待，寄語多才。

【鵲踏枝】（生）恁的般惡搶白，并不曾記心懷。博得個意轉心回，頻去頻來，【眉】閩板"夜去明來"不通，今依碧筠齋本"頻去頻來"。空調眼色，經今半載。這其間委實難捱。

我想自春初佛殿上相逢，到如今過了幾多時候，費了幾多神思。【眉】諸本于此處有白一句，云"小姐這一遭若不肯"，此以接"安排着害"二句可矣，然于下"异鄉"數句大不妥，故今易之。

【寄生草】安排着害，准備着抬，想着這异鄉身强把茶湯捱。則爲這可憎才，熬得心腸耐。辦一片至誠心，留得形骸在。試教那司天臺打算半年愁，端的是太平車約有十餘載。

（鶯）此行可不羞也。【眉】諸本于此處白，只云"紅娘接着衾枕，小姐入來，你休唬了他"語，殊無關係，亦無風致。今新增此，見鶯所慮之是，且埋伏後來許多意義，則知鶯向之屢拒者，有難言之故也。（紅）這是人間婦女終身不免的事，有甚羞得。（鶯）我暫時也沒有臉嘴便與那生說話。你可先進書房裏去，爲我說破三事。一來愁男兒性不定，後來休得捐弃。二來愁男兒口不穩，人前休得泄漏。三來愁男兒興不按，枕上休得强恣。（紅笑）前兩場紅娘去講得，後一場要姐姐臨時自講。姐姐今日怕强恣，過了兩三日後，怕不得强恣了。（鶯笑）你只管進去先說，我在此站住。（紅進見生科）小姐來矣。（生慌出迎科）（紅扯住科）小姐要講明三事，然後進來。一要後來不得捐弃，二要人前不得泄漏，三要枕上不得强恣。（生）前兩場此心可對天表誓，後一場小生自用些精工夫。（紅）小姐在門外，你可雙手扶他進來。（生扶科）【眉】諸本舊于此作"生跪迎"，殊爲失體。今改只作出迎，攜手而入，何等雅致。

【村裏迓鼓】（生）猛見了可憎模樣，早醫可了九分不快。先前見責，誰承望今宵歡愛。着小姐這般用心，不才張珙，合當跪拜。小生没有宋玉般容，【眉】諸本俱"無"字，今改作"没有"二字，便覺氣舒。潘安般貌，子建般才。姐姐，你則是可憐見爲人在客。

（生抱鶯挨褥上坐科）（又戲拈其足科）（又輕摟其腰科）姐姐如何不肯抬頭看看？【眉】新增此關目，亦體貼甚妙。

【元和令】綉鞋兒剛半折，柳腰兒勾一搦，羞答答不肯把頭抬，只將鴛枕捱。雲鬟彷彿墜金釵，偏宜鬆髻兒歪。

小姐這等偏捱，也不成事，我且抱你解衣就枕方好。【眉】以上作于榻傍捱，至此說解衣就寢。必貼此白，方見次序，諸本無之。

【上馬嬌】（生）我將你紐扣兒鬆，妙哉的嫩乳，將縷帶兒解，妙哉的酥胸，蘭麝散幽齋，小姐衣襟一開，异香滿室。不良會把人禁害。但乞正放些臉兒，使小生看真那嬌模樣。怎不肯回過那臉兒來？【眉】此段中夾白，亦諸本所共無，今增入，妙甚。

（生鶯俱下科）（生内唱科）（紅娘臺上悄聽科）【眉】此連下段若于臺上作關目，殊太褻。然欲刪之，則又無味。今改作生鶯下臺内唱，而獨留紅于臺上作潛聽狀，則雅妥矣。

【勝葫蘆】（生）我這裏軟玉温香抱滿懷，呀，劉阮到天臺。春至人間花弄色，將柳腰款擺，花心輕折，露滴牡丹開。【眉】俗本"露滴枝頭"，不必。

【幺】但蘸着些兒麻上來，魚水得和諧。嫩蕊嬌姿蝶恣采，半推半就，又驚又愛，【眉】俗本云"一個半推半就，一個又驚又愛"，不是，京本無此，今從之。檀口搵香腮。

（紅）這兩個何等歡愛，唧唧噥噥，沒有休歇。想是張生貪戰，小姐也樂于應承。【眉】此紅所說之白，并下三段所唱，皆係新增，諸本所無。

【好事近】（紅）含蕊牡丹，鮮喜遇東風施展。近人明月，比前宵圓得好看。痴心愛俏，爲他人捱盡更籌轉。試窺兩個相偎絆，只聽得枕邊微喘。【眉】此段及下二段，多采陸天池本内詞改點。既是生鶯在内，獨紅在臺上，不可無此數段唱語。

【千秋歲】脫花鈿，解下羅襟窄袖。我在窗兒外，也覺一陣陣蘭麝飛遠。聞淺笑，深顰小語，低聲款款。張生呵，你狂心性無拘檢，展羅襪橫施肩畔。兩兩流酥戰，把鮫綃試着細染紅鉛。【眉】"解羅襟"及"一陣飛遠"，領上"紐扣鬆"三語。而說到"試鮫綃細染紅鉛"，則又以映下"元瑩白"二語作引，妙甚妙甚。

【越恁好】想他模樣，俺也忍不住口頭流涎。羅襟緊嚙頻咽唾，足自軟。漸聲聲笑喧，漸聲聲笑喧。【眉】俗本所傳有紅唱"君瑞濟濟才，小姐多丰采"，及"無端春戀任催排，不顧紅娘在門外，只得咬住羅裙耐"等句，不知何人所撰，殊不雅。想應他吃橄欖，纔知口甜。看冉冉良宵，半河橫斗光移，催動漏傳。小姐呵，你也剩些愛情留與，與夜又相見。張生呵，你這病軍疲將，莫太貪戰。

（生持帕上科）這妝在臂，香在衣，那衾兒内尚有三點兩點兒紅。【眉】此數句白化《會真記》語來，係新增，諸本所無。

【後庭花】（生）這春羅元瑩白，早見紅香點嫩色。

（鶯）羞人答答，看他怎的？（生）小生明愛你是千萬般嬌，暗喜你是這一兩點紅。【眉】此段文長病其太俗，然此傳奇，亦不可少此語。

燈下偷情覷，胸前着肉揣。暢奇哉，渾身通泰，不知春從何處來。無能的張秀才，孤身西洛客，自從逢稔色，思量不下懷。憂愁因間隔，相思無擺劃，謝芳卿不見責。

（生）小生翹首楚雲，青鳥不傳天外信。舉頭秦月，玉簫空咽愁中聲。皆背日月盟，深恨無情之老鶴；今遂雲雨心，大感有意之驚鴻。（鶯）下妾綉擧眼巧，惟閑膝下教難輕。袖掩眉羞，不解人間情最重。麾千金之瑩潔，不惜托體于楚襄王；恐一旦之輕浮，切莫移情于茂陵女。（生）枕玉臂而抱花眠，方謂小姐之色千古無雙；對銀釭而紀蘭盟，自信此生之志百年不改。（鶯）緣深天作合，今日感蒙青眼之昭；誓重鬼難欺，异日喜免白頭之嘆。（生）執手言難盡。（鶯）開體情未終。【眉】諸本之白俱云"妾以千金之軀，托于足下，勿以他日見弃，使妾有白頭之嘆"，生對"焉敢如此"，此白殊味淺。今新增此語，覺兩情方暢。

【柳葉兒】（生）我將你做心肝兒般看待，斷不點污了小姐清白。小生忘餐廢寢舒心害，若不是真心耐，至誠捱，怎能勾這相思苦盡甘來。【眉】俗本俱是"點污了小姐清白"，閩本作"斷不點污"，大意頗妙。

【青歌兒】（生）成就了今宵今宵歡愛，魂飛在九霄九霄雲外，投至得見你個多情小妳妳。憔悴形骸，瘦似麻楷，今夜和諧，猶自疑猜。露滴香埃，風靜閑階，月射書齋，雲鎖陽臺。審問明白，只疑是昨宵夢中來，愁無奈。

（生）狎態堪歸畫，嬌顏可療饑。正是連蒂好，即爲并頭奇。

只是些事恐老夫人或知，望小姐勿以母命而弃小生。（鶯）妾既以心許君，義欲以身抗母，實處兩難之地。（紅）美人之心堅似石，必不忘却綢繆。紅娘之舌鉗如鋒，尚能僥幸解免你兩個。但當永締歡情，不宜先慮愁阻。只是此今紅娘置身無地，尚望小姐共靠所天。【眉】此白諸本所無，今新增之。鶯生所慮甚是，紅所解亦有理，而又致自薦之言，何等曲盡。（生）紅娘所言有理有情，小姐以爲何如？（鶯）這事都易得處也，且自暫回去。（鶯做浣手科，又做掠鬢科）寒泉慢濯春纖，牙梳略撩雲鬢。試把綉鞋緊整，羅衫輕彈。【眉】濯手掠鬢，是佳人畢事之景；彈衫整鞋，是佳人下榻之容。形容妙甚。

【寄生草】（生）多丰韵，忒稔色，乍時相見教人害，霎時不見教人怪，些兒得見教人愛。【眉】"乍時"句指佛殿初逢言也，"霎時"句指聽琴跳墻言也，"些兒得見"指今日會合言也。三語盡了西廂，蓋此一摺，可以總收上文許多情事，足見作者之苦心。今宵同會碧紗厨，何時重解香羅帶？

（紅）天色將亮，姐姐，好早家去也。（生）既蒙小姐不弃，專望必再來。

【煞尾】（生）春意透酥胸，春色橫眉黛。賤却人間玉帛，杏臉桃腮，（作扶鶯下階科）乘着月色，嬌滴滴越顯紅白。下香階，懶步蒼苔，動人處秀鞋鳳頭窄。【眉】此處見餘嬌餘情，無限風光，妙妙。嘆鱖生不才，謝多嬌錯愛。若小姐真愛小生，是必破工夫今夜早些兒來。

西廂定本上卷終

詞壇清玩　槃邁碩人增改定本

○縱情漏機

（生）小生昨宵與小姐相會，溫溫嫩乳，解叩輕彈。怯怯細腰，含羞慢展。步金蓮而弱態難支，度靈犀而嬌聲細出。小生得趣之時，也不知身在人間。可奈不肯做美的紅娘，催促而去。小生今想像起來呵，【眉】從來西廂本無此一摺，然必有此，方見春光漏泄，乃爲老夫人見責原由。且此部傳奇，原出自《會真記》，則《會真詩》亦此中關係之大者，不可不表而出之。

【臨江仙】（生）舌送香甜方美滿，愁聞蕭寺疏鐘。紅娘催起笑芙蓉，巫姬雲雨散，宋玉枕衾空。執手欲言容易別，新愁舊恨無窮，素娥已還水晶宮。【眉】婦人開口笑，如芙蓉花朵。巫姬雲雨散，是笑鶯；宋玉枕衾空，是笑生。半窗千里月，一枕五更風。

想起此情此趣，真是無窮無盡。

【混江龍】（生）兩情方美，斷腸無奈曙色通臨。【眉】此與上段，俱記憶初會時之雅趣，以見《會真詩》所由作也。臨去幽懷脉脉，別恨匆匆。洛浦人歸天漸曉，楚臺雲斷夢無踪。空回首，剩有閑愁悶應滿。東風起來搖首，數竿紅日上簾櫳。猶疑慮是實曾相見，是夢裏相逢。却有印臂的殘紅，香馥馥偎人的粉汗，滋溶溶鴛衾底，尚有三點兩點兒紅。【眉】《會真記》中，此時張生自疑曰："豈其夢耶？及明，靚妝在臂，香在衣，泪光熒熒然，猶瑩于裀席。"

小生此一段相會，真千載奇逢，人間樂景。不可無詩以記其事也。只是真趣難會，就是畫手也描得不出，我試將這情事吟而寫之。

因游洛城北，偶過宋家東。戲調初微拒，柔情已暗通。低鬟蟬影動，回步玉塵蒙。轉面流花雪，登床抱綺叢。鴛鴦交頸舞，翡翠合歡籠。眉黛羞偏聚，脣朱暖更融。氣清蘭蕊馥，膚潤玉肌豐。無力慵移腕，多嬌愛歛躬。汗光珠點點，髮亂綠鬆鬆。方喜千年會，俄聞五夜窮。留連時有限，繾綣意難終。慢臉含愁態，芳詞誓素衷。【眉】《會真詩》原有三十韵，今以其太多，誦之多，至于冷臺。故前摘落十七句，後摘落十八句。止用中間一段切要者。此名《會真詩》，試與小姐玩之。

【梁州纏令】（鶯）玉漏迢迢二鼓終，月影朦朧。裙搖步履響輕風，更防着牆兒外，有人躧芳踪。【眉】"裙搖履響"句，而接以"更防着"二語，最有針綫。（紅）鸚鵡出深籠，難捨這風流種。諒姐姐輕車熟路通，貼酥胸，比昨宵情較濃。【眉】此時鶯與生交月餘矣，故"輕車熟路"句，極有理會，甚肖紅娘口意。

（鶯見生，生携手入房科）小生適題有詩句，以咏此情，請小姐試看。（鶯看科）詩句妙甚，只是陽春白雪，難爲和也。（生）請小姐試和其韵，小生願傾心領教。（鶯和科）【眉】原記中無鶯鶯和韵，但作傳奇，有倡無和，殊覺孤寂。今移杜牧之所和詩句，以當鶯和，亦頗恰合。

　　精神通趙北，顏色隱蒲東。密約千金值，靈犀一點通。修眉蛾綠掃，媚臉粉香蒙。燕隱凝香壘，蜂藏芍藥叢。留燈垂細幕，和月籔簾櫳。弱體花枝顫，羞顏汗顆融。笋抽纖玉軟，蓮襯朵頤豐。笑吐丁香舌，輕搖楊柳躬。未酬前恨足，肯放此情鬆。幽會愁難再，通宵意未窮。錦衾溫未暖，玉漏滴將終。密語重言約，深盟各訴衷。【眉】此詩亦裁截前後之句，止用中一段。（生）小姐此詩清新雅暢，小生更難為敵。小姐藏小生之詩，小生藏小姐之詩，彼此各各珍留，以為吾兩人終身之記。【眉】董解元此處辭云："做得個詩陣令騷壇將，收拾雲雨，為郎今夜更相訪。"

　　【洞仙歌】（生）彩筆題來，一對兒才氣雄。恰似睍睆黃鶯兒弄。且把腰兒抱定裙帶兒鬆，也不負今宵高唐賦詠。【眉】又云："對郎羞懶無那，靠人先要偎摩。"相逢久矣，如何面猶帶羞紅，【眉】又云："抱來懷裏惜多時，貪歡處，鳴損臉窩。"燈下偎來越教人寵。【眉】此等辭意體貼大到，妙妙。小姐呵，諒你花心早已動，且竦起你身軀兒，把前程緊送。【眉】古【點絳唇】云："殢雨尤雲靠人緊，把腰兒貼，顫聲不徹。肯放郎教歇。""檀口微微，笑吐丁香舌，噴龍麝，被郎輕嚙，却更嗔人劣。"

　　【千秋節】（鶯）知郎意重，何敢自愛微躬。憑郎飽餐秀色，一任着乘鸞跨鳳。【眉】陸天池此處云："吃橄欖纔知口甜。"料此時，雲流湘浦，雨潤巫峰，入柘境剖蓮蓬。緊相貼，緩相攻，震動床頭，燈花落玉蟲。張郎呵，你謾說興無窮，只恐你東風力軟，能采得幾度花紅。【眉】又云："張生呵，病軍疲將，莫太貪戰。"（相抱下）

　　（紅）俺小姐自與張生交會，每日黃昏，紅娘送他到書館；每日五更，紅娘接他轉閨房。今日這個時分，日色久已上矣，他兩個還不曾醒來。只管顛鸞倒鳳，也不想外人耳目不便，我們只得在此窗檻兒外等候。我想小姐和張生兩個呵。【眉】若如記中所云"朝隱而出，暮隱而入"，則形迹不露。必說此一段貪歡晏起，方致歡郎撞見，方有理。舊本突入于老夫人問處，無來歷矣，固知增此爲妙。

【點絳唇纏令】（紅）重衾幽枕，殷勤共抱一副春。也不顧窗外有人，披帶霜華重。【眉】董解元云："并頭兒眠，低聲兒說，悄靜無人窺覰，有幽窗花下西樓月。"欲待直相呼，又恐怕形猜影動，倘隔院僧來問，將何言抵搪。

料此時分，老夫人亦將起矣。就是歡郎小哥哥，每早在花園內采花爲戲。只恐今番又來，見時也有些不便。【眉】設爲紅娘此慮，最是最是。

【瑞蓮兒】（紅）記得昨日來時甫黃昏，銀床久矣鳴雙鳳。堪憐侍婢蒼苔立，何處覓歸鴻？惹得俺一星欲火，燒遍巫峰。【眉】"惹得"二句，紅娘自語也。曲中之所以妙者，以紅每說生鶯處，插入己意也。陸天池本云："少年心性，忍不住口頭流涎，把襟緊嚙。"

到此時不得不叫他了。（做敲門叫）小姐快起來。（歡郎入園過紅）紅娘如何在這裏叫小姐？（紅答）俺在這裏與小姐摘花兒，理曉妝也。（歡）你分明敲門叫我姐姐，終不然我姐姐在這裏？我自己去叫他。（張作送鶯開門撞見歡郎隨即閉門科）（歡作摘花下，紅作復叫科）小哥兒去了，小姐快出來。歸自己房中去。【眉】場中關目須要臺上做得周摺圓捷方妙。

【風吹荷葉】（生）正夢回帳中，無奈門外妒花風。（鶯）嚇得人來多畏恐。（紅）姐不想濃中淡，君不悟色是空。（生）幾度臨風幾斷魂。

（紅）你兩個也不消歡喜，也不消愁悶，且看小哥兒去對夫人說也不說。若他不對夫人說，你兩個依舊這般樣來往。他若是對夫人說，【眉】增此白此曲，極于事情關切得好。

也是你兩個命逢孤宿，天擁愁雲。（生鶯扯紅科）紅娘，你可小心在老夫人處打探個消息何如？謹俟回報。

○知情許姻

（夫人引歡郎上）雕龍不解藏鸚鵡，綉幕何能護海棠？這幾日竊見鶯鶯神思恍惚，丰姿飄蕩。腰如柳帶朝烟，貌似桃含宿雨。【眉】魏野詩云："紅桃復含夜雨，綠柳更帶朝烟。"連環傳奇竊此意云："紅褪了含宿雨的桃花貌，瘦軟了舞東風的楊柳腰。"莫不是與那生做出醜事來也。歡郎，我且問你，近日見姐姐是如何？（歡答）我前日晚下，見紅娘和姐姐在花園內去。昨日早間，又見姐姐在書房裏出來，紅娘在窗檻外接着。（夫人）快呼紅娘出來。（歡）紅娘，妳妳知道你和姐姐去花園的事，如今要打你。（紅對鶯云）小姐，你事發也，今連累我也，怎生是好？（鶯）紅娘，你好生遮蓋咱。

【越調鬥鵪鶉】（紅）則着你夜去明來，【眉】徐文長本"你若是夜去明來"，意儘通。到有個地久天長。不爭你攜雨攜雲，常使我提心在口。也則合帶月披星，誰着你停眠整宿。老夫人心數多，【眉】閩本"心較多"，欠通，今依文長本改"數"字。情性惱，使不着我巧語花言，將沒作有。【眉】文長本無"使不着"三字，則"巧語"二句作老夫人身上看，接下"猜"意亦便。

（鶯云）如今俺娘猜疑我們怎麼樣？

【紫花兒序】（紅）猜那窮酸做了新婿，猜俺小姐做了嬌妻，只小賤人做了牽頭。【眉】文長本作"饒頭"，難解。小姐，你這些時春山低翠，【眉】"這些時"以下數句，見小姐形態更處，果啓人疑，妙妙。秋水凝流。別樣的都休，試把你裙帶兒拴，紐門兒扣，比你那舊時肥瘦，出落的精神，【眉】出落，猶言盡也，太也，閩本作"浴"，不知何解。今從文長本。別樣風流。

（鶯云）紅娘，你在夫人前小心回話。（紅云）我到那裏，夫人一定問道，那小賤人，

【金蕉葉】（紅）我着你但去住行監坐守，誰教你迤逗的胡行亂走。若問到那一節如何索休？【眉】碧筠齋本作"知到那時"，不切。今依閩本作"問到那一節"。我便索與他個知情的犯由。【眉】閩本"你便索與我個知情犯由"，說反了，今依碧筠齋本云云。

小姐受責情理當，然我圖甚麽來？

【調笑令】（紅）你綉幃裏效綢繆，倒鳳顛鸞百事有。我在窗兒外幾曾敢輕咳嗽？【眉】近本有作"着我在窗兒外"，欠自然。京本"我"字下有"却"字，亦贅。立蒼苔將綉鞋兒湮透，【眉】文長本作"冰透"，俗本作"濕透"，今依閩本"湮透"，更雅。今日個嫩皮膚倒將粗棍兒抽。姐姐呵，俺這通殷勤的着甚來由？

姐姐在這裏，着我向前去。說得過呵，休歡喜；說不過呵，休煩惱。（紅見夫人科）（夫人云）小賤人跪下，你知罪麽？（紅云）不知有何罪？（夫人云）你還口強。且問你，是誰引小姐在花園裏來往？（紅云）是誰見來？（夫人云）歡郎撞遇幾次，兀的尚自推調。（做打科）（紅云）夫人且自息怒，待紅娘說來。

【鬼三台】（紅）夜坐時停了針綉，共姐姐閑窮究。說張生哥哥病久，咱兩個背着夫人，向書房裏問候。（夫云）問候

他，他説甚麼？（紅）道夫人事已休，將恩變做讎，教小生半途喜作憂。道"紅娘你且先行，叫小姐權時落後"。

（夫云）小姐是個女孩兒家，着他落後怎麼？

【禿廝兒】（紅）我則道神針法灸，誰承望燕侶鶯儔。他兩個經今月餘則是一處宿，何須一一問緣由。【眉】"共書齋一處宿"句，此則是也。似覺促，今從閩本。

【聖藥王】（紅）他每不識憂，不識愁，一雙心意兩相投。夫人得好休，便好休，這其間何必苦追求，常言道女大不終留。【眉】諸本俱是"不中留"，今改作"終"字，更有理。

（夫人云）這事都是你賤人引誘，當鳴之于官府。（紅笑云）這罪不在紅娘，亦不在小姐，亦不在張生，實乃老夫人之罪也。（夫人云）小賤人怎敢歸罪于老身？【眉】此白諸本語腐句弱，今從陸天池本內語，改頓方可。（紅云）昔日飛虎之圍，夫人曾許射雀爲婚。旋賴白馬之功，張生指望乘龍作客。不意反婚姻之約，謬爲結兄妹之交。既不誠信以待人，又不厚幣以報德。顧乃移曠夫于內苑，鬧蝶喧蜂；以致窺怨女于中閨，排鶯擯燕。此事若聞之官司呵，一則夫人治家不嚴，二則夫人辜恩無義，三則污了相國昔年的名望，四則結了張生後日的冤讎。（夫人云）據爾之言，亦似有理，然則如之奈何？【眉】諸本白俱無此後面一段，便覺設議未完。今依陸天池本增此。（紅云）白羅入皂終難洗，覆水當庭不可收。他既兩心爲一心，夫人何不將錯而就錯？不如大開筵宴，惡姻緣化作好姻緣。使他早配鸞鳳，舊女婿即是新女婿。親族聞知，也顯得前言不負。鄭恒若到，當只以退賊爲辭。鄙心如此，尊意若何？夫人思之，夫人裁之。（夫人云）那措大有甚才能？俺今就肯把女兒配他。

【麻郎兒】（紅）那秀才是文章魁首，俺小姐是士女班頭。【眉】徐文長本用四"一個"字于首二句，突兀，今依近本云"那秀才""俺小姐"，殊妥。一個通徹三教九流，一個曉盡描鸞刺繡。

【幺】（紅）世有、便休、罷手，大恩人怎做敵頭？啓白馬將軍故友，【眉】徐文長本作"起白馬將軍"，"起"字欠通，今依閩本作"啓"。斬飛虎叛賊草寇。

【絡絲娘】（紅）不爭共張解元參辰卯酉，便是與崔相國出乖弄醜。到了干連着自己骨肉，夫人索體究。【眉】諸本作"窮究"，不肖意。今依碧筠齋本作"體"爲是。

（夫人云）這賤人到都也道得是。我不如將這不肖的女兒，配與那無恥的秀才也罷。（紅）夫人既有此美意，再不消更出惡言。待小賤人請他兩個出來拜見夫人。【眉】此于原白略改似雅。（紅喚鶯云）今日幸得這三寸舌尖兒，幾句話頭兒，逃過了我一餐狠打，又說合了你兩個姻緣。如今老夫許你與張生成親，叫你出堂前去見他。（鶯云）羞也，羞也，怎有臉嘴見我母親。（紅云）親娘跟前有甚麼羞得。

【小桃紅】（紅）當日個月明纔上柳梢頭，却早人約黃昏後。羞的俺腦背後將牙兒襯着衫兒袖。怎凝眸，【眉】徐文長本"你那月明纔到柳梢頭"，亦通，今只依閩本。諸本俱"羞得我腦背後"，亦通。今依京本作"羞的俺"，尤好。"怎凝眸"猶俗云看不得，閩本作"猛凝眸"，亦是。今依京本改之。看時節則見鞋底尖兒瘦。一個恣情的不休，一個啞聲兒廝耨。吓，那時間怎生不害半星兒羞。【眉】"則見鞋底"句，寫態逼真，又不涉俚，此《西廂》所以稱畫筆也。此又謂相沮曰耨，徐文長本末句無"怎生"字，不順，今依徽本。

（鶯見夫人，夫人云）鶯鶯，你乃綉閣名姝，香閨貴質，怎麼幹這不廉的事來？（鶯云）孩兒有負母親的嚴訓，羞赧羞赧。（紅喚生云）你的事我在夫人跟前說過了，許你和小姐成親。如今叫你出堂前去見他。（生云）俺自覺惶恐，怎有臉嘴去見夫人？（紅云）只管大放膽，低放頭，厚放臉皮兒去相見。

【小桃紅】（紅）既然泄漏怎干休？是我先投首。他如今陪酒陪茶到攔就。你休愁，何須約定通媒媾。我擔着個部署不周，你原來苗而不秀，你是個銀樣蠟槍頭。【眉】攔就，搓那成就也。部署，部中署部，有管束之。我言我今管束小姐不周全，以致有此事。我今既擔其責，而爾惢縮，不道是苗而不秀。徐文長本作"把定通媒媾"，非是。今從閩本作"約"。閩本作"不妝"，非是，今依文長本作"不周"。

（生見夫人，夫人云）秀才們是詩禮之家，文章之士，怎生幹這無恥的事來？（生云）小生實有玷老夫人的家風，惶恐惶恐。【眉】此從舊白潤已，自覺文理條暢。（夫人云）如今我把這女兒許你成姻。只是爲女者，每仰望于夫；爲夫者，當觀光于國。你須趁此青年，早圖功名，以爲門楣之光。（生云）小生憑着胸中抱負，筆下才華，先登雲路，芥拾青紫，以上報夫人，以下安小姐。（夫人云）既有此志，便當早求進取。來春乃賓興之期，今秋你可即此前往。明日是黄道日期，可安排行李，送你登程。我與你養着媳婦，等你回來。（夫人下）（紅娘顧生笑云）你如今却喜也。【眉】諸本此段，皆于夫人前直說，未便。今改作夫人先下，而紅顧生云云，妥矣。

【東原樂】（紅）相思事，一筆勾，早則展放從前眉兒皺。美愛幽歡恰動頭。既能彀，張生你覷，兀的般可喜娘龐兒要人消受。【眉】言此美貌，宜爲生所受用。

（生）多勞小娘子爲小生成就此事。只是花裏未蒙開芳宴，柳邊且說整別筵。【眉】花裏未蒙開芳宴，增此二句白，甚妙。蓋只口許姻，而宴禮未行，安排送別，此處亦可疑也。二語伏下鄭争净意。小生怎忍與小姐遂別也。今晚敢望小娘子引小姐到小生書房裏來，略敘別離之情，重訂山海之誓。是必來也。（紅云）今日膽大了些，臨晚一定等小姐同來。【眉】望引小姐至書房數語，此最切要之情也。諸本俱無此白，今增之，體貼大到。

【收尾】（紅）想後來畫堂簫鼓鳴春晝，【眉】諸本作"來時節"，意不明，今改"想後來"，善矣。列着一對兒鸞交鳳友。那時節纔受你說媒紅，方吃你謝親酒。

○長亭送別

（夫人）今日張生起程赴京，老身備酒送至長亭餞別。正是：寄語長亭堤畔柳，安排青眼送行人。遠望見張生與法本、琴童來也。（生、法、琴童齊上）

【臨江仙】（生）得效于飛樂未闌，誰知事有間關。人生自古別離難，小姐想必在後面來送俺。可憐含淚眼，一步一回看。【眉】從來諸本及梨園演者，于此處俱不以生先上，便無頭腦。且夫人與法本并不奉生之酒，直待鶯至，始命紅送酒，何無倫也。故此增【臨江仙】【小桃紅】【下山虎】三段，了夫人、法本贈送之意，則下面單演鶯情，方為得體。

（夫人）此去殷勤折桂枝，佇看四馬耀門楣。（生）彤庭獻賦時應到，繡閣看花日未期。心戚戚，淚依依，臨岐不忍捧離卮。（法本）何須更學兒曹態，壯士長征伏劍時。（夫人云）老身有杯酒奉餞也。

【小桃紅】（夫）柳風吹，雨濕征鞍，共絡銀瓶酒也。駐馬銜杯，片餉留連，小女辱高賢，終身望攀援。你去取科名，蔭家眷，歸庭院也。先相國靈魂兒喜歡。

（生作回望）小姐還不見到這裏來送俺。（法本云）小僧也奉一杯酒，以表離情。【眉】"小姐還不見到這裏來送"一句白，當背云云。

【下山虎】（法）禪房花木，曾伴青壇，今日文星去也。猿鶴慘然，願佛祖陰扶，管教營顯。帶挈山門作話傳。粉墻題咏遍，碧紗籠待你回時看。

（鶯紅并上云）彩鳳分群，文鶴失侶。金釵脫股，寶鏡殊臺。如之奈何？如之奈何？【眉】此白"彩鳳"數語，寫怨恨之情最妙。

【正宮端正好】（鶯）碧雲天，黃花地，西風緊，北雁南飛。曉來誰染霜林醉？總是離人眼中的淚。【眉】此二段是鶯紅一路而來之語，尚未至長亭。有本無"北"字，亦好。諸本俱"無眼中"的三字，殊促，今以意增之，亦好。

【滾綉球】（鶯）恨相見得遲，怨歸去得疾，柳絲長玉驄難繫，恨不得倩疏林挂住斜暉。馬兒迍迍行，車兒快快隨。【眉】徐文長本作"迸迸行"，未是，今從閩本。馬是生所乘，車是鶯所駕。鶯欲生馬緩，而己車快隨也。纔告了相思回避，破題兒又早別離。忽聽得一聲去也，鬆了金釧；遙望見十里長亭，減了玉肌。此恨誰知。【眉】破題兒，猶言起頭兒。言方纔脫却相思，又起頭來相思也。閩本作"聽道得一言"，未是，今從京本。文長本作"猛"字，亦不若"忽"字好。

（紅云）姐姐今日為何不打扮？（鶯云）你那裏知道我心兒哩。

【叨叨令】（鶯）見安排着車兒馬兒，不由人熬熬煎煎的氣；有甚心情花兒粉兒，打扮個嬌嬌滴滴的媚；準備着被兒枕兒，則索昏昏沉沉的睡；從今後衫兒袖兒，都搵做重重疊叠的泪。兀的不闷杀人也么哥，兀的不闷杀人也么哥。今以後書兒信兒，索與我悽悽惶惶的寄。【眉】碧筠齋本"則被他悶殺人也"，亦通。又作"久已後"，不若閩本"今以後"，更近之。

（鶯至長亭見生，夫人云）張生和長老坐這壁，小姐坐那壁，紅娘將酒提來。（鶯把盞奉酒作長吁氣科）【眉】如此分坐法，老夫人始終是隄防之嫌。

【脫布衫】（鶯）下西風黃葉紛飛，染寒烟衰草萋迷。酒席上斜簽着坐的，蹙愁眉死臨侵地。【眉】斜簽坐，謂簽坐不正。死臨浸，方言也，猶云死臨枕也。"地"字即"的"字，助語詞也。

【小梁州】（生）我見他閣淚汪汪不敢垂，恐怕人知。猛然見了把頭低，長吁氣，推整素羅衣。

【幺】雖然久後成佳配，這時間怎不悲啼。【眉】這時間，閩本作"奈時間"，亦通，今從徽本。意似痴，心如醉，昨宵今日，清減了小腰圍。【眉】徐文長本"清減"上有"則是"二字，贅。

（法本對夫人云）小姐與張生既有夫婦之義，夫人此時也不須提防。老僧伴夫人且先回，待紅娘伴小姐再勸張生幾杯酒，再說幾句話兒。（紅背云）好一個知趣的和尚。（夫人法本辭生科，本云）忍聽枝頭哭杜鵑，（夫人云）人生最有別離難。（紅云）願君此去登科第，一路啼鶯送玉鞍。（夫人法本下）（鶯做親遞酒與生科）【眉】此處設為法本叫夫人先回，則下面鶯生方可以剖私情敘別。而從來諸本，俱直至【朝天子】一段後，方夫人與法本請回。是當夫人和尚面前，而敘出昨夜私情，又敘出臉相偎、手相攜，又明言以母子之故隔斷，舉案齊眉之歡，豈不失體之甚？故今改。

【上小樓】（生）合歡未已，離愁相繼。想着前夜私情，昨暮成親，今日別離。我恰知那幾日相思滋味，【眉】閩本作

"我諗知",亦通,今依京本。却元來比別離情更增十倍。【眉】徐文長本"誰想這比別離情",領上意不妥,今依閩本作"却元來"。

【幺】(鶯)年少呵輕遠別,情薄呵易棄擲。全不想膚兒相貼,【眉】從來諸本俱是"腿兒相壓",徐文長亦病其惡俗而未改,今改作"膚兒相點",略可。臉兒相偎,手兒相携。你與俺崔相國做女婿,【眉】文長本作"你與那",不妥。閩本"你與俺",方是。妻榮夫貴。但得一個幷頭蓮,煞強似狀元及第。

(生)這非小生之輕別離也。一來承夫人遣行之命,二來爲小姐敵體之光,心下十分不忍去也。(紅娘云)你二人且收淚點兒,用些案上的酒肴。【眉】諸本此處白俱紅叫"姐姐吃些湯飯",大無味,今改之。

【滿庭芳】(鶯)供食太急,須臾對面,頃刻分離。纔時若不是子母當回避,酒席間有心與你舉案齊眉。【眉】碧筠齋本"有心與他",烏有對面稱"他"之理?諸本皆然,今改"你"字爲是。

【幺】(鶯)雖然是廝守得一時半刻,也合着俺夫妻共桌而食。眼底風流意,尋思起就裏,險化作望夫石。【眉】"廝守得"二句,因夫人分生坐一壁、小姐坐一壁而言也。風流意,徽本作"空留意",上下文意不貫。徐文長作"淒涼意",亦通。須知此是尋思舊日風流,而至此相隔遠也,故從閩本作"空"。

【快活三】(生)【眉】諸本此段俱屬鶯唱,看來還是生唱爲妥,見飲不得別酒之意也。將來的酒共食,嘗着似土和泥,假若是土和泥,也有些土氣息、泥滋味。

【朝天子】(鶯)暖溶溶玉醅,【眉】玉醅,俗本作"玉杯",不通,今從京本、閩本作"醅"。白泠泠似水,多半是相思淚。眼面前茶飯怕不待要吃，【眉】"泪"字上斷爲一句，"眼"字當連下。恨塞滿愁腸胃。只爲蝸角虛名，【眉】閩本無"只爲"二字，突兀，今依文長本。蠅頭微利，拆鴛鴦兩下裏。一個這壁，一個那壁，【眉】文長本"他在那壁，我在這壁"，俚甚，今依閩本用兩"一個"更雅。一遞一聲長吁氣。【眉】必用此白下所唱意方承接得。

（紅娘促小姐云）夫人久回矣，請小姐各別也罷。（琴童促生云）今日要趕路程，好借宿，請相公登鞍也罷。

【四邊静】（鶯）霎時間杯盤狼籍，車兒投東，馬兒向西。兩岐徘徊，【眉】文長本"兩處"，閩本"兩意"，皆通。予改作"兩岐"，神更遠。日落而山橋翠，則遮隔此兩岐矣。故夢難尋，此中意最微。又伏下"草橋鶯夢"張本，真妙真妙。落日山橫翠。知他今宵宿在那裏？有夢也難尋覓。【眉】文長本以此段作生唱，豈生不知鶯宿在那裏？故宜從閩本作鶯唱。

（鶯云）君今此行無以爲贈，口占一絶，爲君送行。弃擲今何在，當時且自親。還將舊來意，憐取眼前人。【眉】此白原有，决不可少。（生云）小姐之意差矣，張珙更敢憐誰？謹賡一絶，以表寸心。人生長遠別，孰與最關情。不遇知音者，應憐長嘆人。（鶯云）多感盛情，銘刻寸衷。但未知今日一別，歸期尚在何時？【眉】京本無語及歸期之白，則下所唱突兀。可爲痛哭，可爲流涕也。

【耍孩兒】（鶯）淋漓襟袖啼紅泪，【眉】元本"紅泪"，作"情泪"亦好。比司馬青衫更濕。伯勞東去燕西飛，未登程先問歸期。雖然眼底人千里，且進生前酒一杯。【眉】且進生前酒一杯，用韓詩成語也。予謂用在此處，"生"字當作"尊"字爲是。未飲心先醉，眼將流血，心已成灰。【眉】諸本俱是"眼中流血，心内成灰"，今依文長本"將"字、"巳"字自好。

（鶯云）解元，你旅舒風塵，异鄉水土，可要子細調養，十分保重。

【五煞】（鶯）你到京師服水土，趁程途節飲食，順時自保揣身體。荒村雨露宜眠早，野店風霜要起遲。琴童前來，你好生伏事相公，可聽我囑付。鞍馬秋風裏，最難調護，最要扶持。【眉】諸本于此處俱一直唱下，今以"鞍馬"三句作呼琴童，大有節奏。而又增生祝付紅娘數語以答之，大是體貼夫婦相愛真情。此改西廂之白者，大有功于作者，妙甚。

（生云）難得小姐這一片好心腸。但小姐獨守深閨，亦宜消遣，勿爲愁緒，致捐芳顏。紅娘可近前來，俺也囑付幾句。雕闌行共倚，繡褥坐相偎。睡醒衾同暖，力倦手爲攜。更防風露脫，共待牛女期。【眉】設爲生之囑紅語，意切至。（鶯云）我觀解元此言，愈覺情深。

【四煞】（鶯）這憂愁訴與誰？相思只自知，老天不管人憔悴。泪添九曲黄河溢，恨壓三峰華岳低。到晚來悶把西樓倚，只見那夕陽古道，【眉】諸本俱是"見了些"，今改作"只見那"，方是見景不見人之意。衰柳長堤。

（生云）自得小姐以來，何等歡喜。今日忽然遠離，此心痛如刀割。

【三煞】（鶯）意悠悠一處來，【眉】今改作"意悠悠"，大是。哭啼啼獨自歸。歸家若到羅幃裏，昨日個繡衾香暖留春住，今夜個翠被生寒有夢知。留戀你因無計，【眉】俗本"留戀你非無意"，是削圓方竹也。閩本作"別無意"，鶯與生尚豈有別無意之話？今從文長本作"因無計"。見據鞍上馬，各泪眼愁眉。【眉】閩本"閣不住泪眼愁眉"，京本只用一"閣"字，俱通。今依文長本用"各"字，見彼此皆泪相向也。

（生云）小姐有甚麽言語囑付小生，只管說來。

【二煞】（鶯）你休憂文齊福不齊，我怕你停妻再娶妻。休要一春魚雁無消息，我這裏青鸞有信頻須寄。你莫道金榜無名誓不歸，【眉】俗本"休得金榜無名"云，亦通。今從元本"你莫道"，更婉。還有第一節緊要的君須記。【眉】諸本俱是"此一節君須記"，似結上文語。須知鶯所唱者，懼生之花柳多情也。故通篇用此語煞之，則作者之苦心亦可見矣。故今改云"還有第一節緊要的君須記"，竊謂深得鶯之心，深得作《西廂》者之旨。（生云）那一節事來？若見了异鄉花草，再休似此處棲遲。

（生云）再有誰似小姐的？小生斷不生此念矣。小姐只管放心，兩下從此拜別了。忍泪佯低面，含情半斂眉。（鶯云）不知魂已斷，空有夢相隨。（生下，鶯作伫望科）

【一煞】（鶯）青山隔送行，疏林不做美，淡烟暮靄相遮蔽。夕陽古道無人語，禾黍秋風聽馬嘶。我爲甚懶上車兒去？來時自急，去後自遲。【眉】諸本俱"來時甚急，去後何遲"，予謂上文既云"我爲甚"，則末句不得用"何"字，故改作兩"自"字爲妥。

（紅云）去遠了，望不見了。小姐，且速轉家去也。（鶯紅并下，生帶琴童上云）泪隨流水急，愁逐野雲飛。俺纔時在馬上回首，相似小姐還在那林梢望我。今馬首漸遠，俺回望也不見影兒。料想小姐已含泪而轉矣，小生只得加鞭策馬前去罷。【眉】諸本與演者俱無此白，無此轉摺關目。今增彼此眝望情景，最妙最妙。

【收尾】（生）四圍山色中，一鞭殘照裏。遍人間煩惱填胸臆，量那大小車兒如何載得起？【眉】諸本以此尾作鶯唱，蓋語一

"車"字也，閩本作紅唱尤謬。今改作生唱，甚有理。末雖有"車"字，而"量那"二字甚活。"大"字宜略唱之，勿着。

○野宿驚夢

【眉】《西廂》原非實事，通一部是個夢境。王實甫作此，而以夢結之，蓋令人悟色空之意也。設意甚妙。關漢卿扭于常套，必欲以"榮歸"爲美，不免太泥。且後所續數摺，才華俱不逮前。（生引琴童上云）泪眸辭阿嬌，回首路途遙。無限凄涼景，碧車何處招。行來看看，離蒲東三十里也。望見前面是草橋店，不免趲行趕至店中，以便借宿也。正是：行色一鞭催去馬，羈愁萬斛引新詩。【眉】唐伯虎云：此摺是一部《西廂》。

【雙調新水令】（生）望蒲東蕭寺暮雲遮，慘離情半林黃葉。馬遲人意懶，風急雁行斜。愁恨重叠，【眉】閩本"離恨重叠"，與上"離情"覺贅，今依文長本作"愁恨"爲是。破題兒第一夜。

我想着昨夜受用，誰知這今日凄涼。

【步步嬌】（生）昨宵個翠被香濃薰蘭麝，欹珊枕把身軀兒趄。臉兒廝搵者，子細端詳，可憎的模樣別。【眉】文長本止云"可憎的別"，無"模樣"二字，不可解，今依閩本。鋪雲鬢玉梳斜，恰便似半吐初生月。

（生云）已到草橋店中，琴童，可叫店主，我酒飯都不用了，只要一間好房，待我睡也。（琴童做分付科，店主做請生入房科）（生云）小姐小姐，不知你此時是眠也，是坐也，是對着燭兒影也，是繞着屏兒站也，果有夢兒到小生身上來否也？【眉】人心想則有夢，故增此白。見是思量嘆息，夢所由來。妙甚妙甚。

【落梅風】（生）旅館欹單枕，秋蛩鳴四野。助人愁紙窗兒風裂，乍孤眠被兒薄，【眉】"乍"字，有本作"復"，未妥。京本、閩本俱"乍"。又怯冷清清幾時溫熱。

（生云）無奈無奈，只得按倒心腸睡也。正是：獨宿孤房淚如雨，秋宵只爲一人長。（生睡科）（鶯上云）郎如陌上塵，妾似堤邊絮。一別兩悠悠，踪迹無尋處。長亭別了張生，好生放不下懷。背了老夫人和紅娘，私自趕上他一程，和他同去者。【眉】加"郎如"四句白，見神魂不定之意，妙。

【喬木查】（鶯）走荒郊曠野，把不住心嬌怯。喘吁吁難將兩氣接，疾忙趕上者，打草驚蛇。【眉】文長本"打草"上有"做個"二字，便呆。

【攪箏琶】（鶯）他把我心腸扯，因此上不避路途賒。【眉】文長本無"因此上"三字，氣不接，今依閩本。瞞過俺能拘管的夫人，搵住俺慣齊攢的侍妾。想着他臨上馬痛傷嗟，哭得我似痴呆。【眉】文長本"穩下俺那收管的夫人，說過俺厮齊攢的侍妾"，又和"我也哭的似痴呆"，皆欠通，今悉依閩本。不是我心邪，自別離以後到日初斜，【眉】文長本"又西日初斜"，不免贅，今依閩本。愁得來陡峻，瘦得來唓嗻。纔離了半個日頭兒，【眉】諸本無"纔離了半個日頭兒"一句，則意不舒，今依元本增之。却早寬掩過翠裙三四摺，誰曾經這般磨滅。【眉】又有本"唓嗻"句即止，無下數句。大約《西廂》牌名比別傳字句不同，由高人以意增減，玩各本全部可見。

【錦上花】（鶯）有分姻緣【眉】諸本俱"有限姻緣"，不通，今以意改之。，方纔寧貼。無奈功名，使人離缺。害不了的愁懷，却纔放些；【眉】諸本俱"却纔較些"，不若"放"字更易解。掉不下的思量，如今又也。

【幺】（鶯）清霜净碧波，白露下黄葉。下下高高，道路凹折。四野風來，左右亂跫。我這裹奔馳，他何處困歇？

（鶯做聽科，云）走到此間，乃是一所店房，客歇的去所。

【清江引】（鶯）呆答孩店房兒裹没話説，【眉】碧筠齋本"呆答孩"，今依閩本。悶對如年夜。暮雨催寒蛩，曉風吹殘月，今宵酒醒何處也？【眉】有本"酒"字作"醉"字，全欠。

（鶯云）我郎在這店中，待我敲門。（生驚云）是那個敲門也？

【慶宣和】（生）是人呵，快分説；是鬼呵，合速滅。【眉】諸本俱"疾忙快説"，"疾忙快"三字何疊也？且對下句不整，今削之。

（鶯云）是我們，想你去了，幾時再得見？因此瞞了老夫人，特來和你同去也。

（生）聽説罷將香羅袖兒拽，却原來是俺小姐、俺小姐。【眉】却元來，有本作"真個是"，未妥，今依京、閩舊本，疊"俺小姐"三字，正見喜迎之意。諸本未體貼到此。

（生云）難得小姐這一片心勤。

【喬牌兒】（生）你爲人真誠徹，【眉】諸本"你爲人須爲徹"，不通，今改之。將衣袂不却。繡鞋兒不避露泥沾惹，【眉】諸本"被爾水泥沾惹"，便俚，今改之。脚心兒敢踏破也。【眉】"敢"字，當解作莫不意。

（鶯云）我爲你這分情事，也顧不得路途迢遞。

【甜水令】（生）想着那廢寢忘餐，香消玉减，花開花謝，猶自覺爭些。【眉】文長本"覺"作"較"，亦通，今依閩本。便枕冷衾寒，鳳隻鸞單，月圓雲遮，尋思來自是傷嗟。【眉】諸本俱

"有甚傷嗟"，是不傷嗟之意矣。從來傳訛若此，今改之。

（生云）正是鏡破釵分，簫斷笳悲。就是鐵心石腸，也自軟了。爾我情懷，何以消遣？【眉】必增此白，下所唱方有情。

【折桂令】（鶯）【眉】此段諸本俱生唱，予改作鶯唱，方見要生始終不負之意，觀末數句可見。想人生最苦是離別，可憐你千里關山，獨自跋涉。似這般割肚牽腸，到不如義斷恩絕。【眉】諸本于此處俱唱得混，不明，今為增改之。你說是一時間花殘月缺，我勸你休猜做瓶墜簪折。我這裏不忘豪傑，你那裏不羨驕奢。生則同衾，死則共穴。【眉】諸本云"不戀豪傑"，不通。又云"不羨驕奢"，亦何所指？今改"我這裏不忘豪傑，你那裏不羨驕奢"，則可以同生同死矣，此意方明。幾讀《西廂》，俱不可在一字二字，礙誤大意。

（卒子上）恰纔見一女子渡河，不知往那裏去了？打起火把，趕向前去。分明見他走在這店中來也，可快出來。（生云）這却怎了？（鶯云）你且退後，我自開門對他說。

【水仙子】（鶯）當日個硬圍着普救寺下鍬撅，【眉】諸本俱無"當日個"三字，大突，今依元本增之。強當住咽喉仗劍鉞，賊心腸饞眼腦天生得劣。【眉】諸本俱于"劣"字下有"休言語，靠後些"二語，此對生說，亦通，但白不成白，曲不成曲，今削之，極是。

（卒云）你是誰家女子，黃夜渡河？（鶯云）休得胡說。

杜將軍怎知道他是英傑，瞅一瞅教你為醯醬【眉】文長本"覷一覷"，不若閩本字"瞅"妙。，指一指化你為齏血，騎着一匹白馬來也。【眉】以白馬退賊，此鶯夢魂中不忘生之德也。

（卒搶鶯下，生驚醒云）却元來是一夢。且將門兒推開看，只見一天露氣，滿地霜華，曉星初上，殘月猶明。無端燕雀高枝上，一枕鴛鴦夢不成。【眉】此依元白，情景最肖。

【雁兒落】（生）綠依依墻高柳半遮，靜悄悄門掩清秋夜，疏剌剌林梢落葉風，昏慘慘雲際穿窗月。

【得勝令】驚覺我的是顫巍巍竹影走龍蛇，覺元來虛飄飄莊周夢蝴蝶。空聽得絮叨叨促織兒無休歇，【眉】閩本無"覺元來"三字，今依文長本增之，始圓。諸本又俱無"空聽得"三字，今搜舊本增之，始活。韻悠悠砧聲兒不斷絕。痛煞煞傷別，急煎煎好夢應難捨；冷清清咨嗟，嬌滴滴玉人兒何處也。【眉】人謂上數段是夢境，至【雁兒落】【得勝令】是覺境，予謂通部《西廂》，說人情為色所迷，是夢境。而此煞之曰"玉人何處也"，是覺境。而續云柳絲之牽惹，水聲之鳴咽，月燈之明滅，皆是難執存之義，而終以"紙筆代喉舌，千古相思對誰說"。作者之寓意可想矣，漢卿真可以無續也。

（琴童云）鐘鳴了，雞唱了，天明了。還了店錢，收拾了行囊，往前去者。

【鴛鴦煞】（生）柳絲長咫尺情牽惹，水聲幽彷彿人嗚咽。斜月殘燈，半明半滅。【眉】諸本"半明不滅"，不若元本俱用"半"字。舊恨連綿，新愁鬱結。【眉】諸本俱"恨塞離愁"，不成文，今改之。恨積愁煩滿肺腑，難淘瀉，除紙筆代喉舌，千古相思對誰說。【眉】諸本俱"千種"，今依元本"古"字，妙。

【眉】元本于此摺煞尾有【絡絲娘】，云"只為一官半職，阻隔了萬水千山"，予謂"除紙筆代喉舌，千古相思對誰說"，已煞盡了《西廂》一部之義。而【絡絲娘】二語，則此部猶然未煞也，宜乎漢卿之續之也。今有本亦刪之，然刪者亦未必知此義。

【尾】予讀《西廂》，初特賞其情致，及玩至"草橋驚夢"末端【得勝令】【鴛鴦煞】二段，始悟"玉人何處也"。人間離合悲歡，一夢而已。實甫自言以紙筆代喉舌，令千古之人自思之。拘儒有謂《西廂》乃淫詞不可讀，皆未悟夢之説也，此可已矣，漢卿可無續矣。漢卿猶然未悟耶？予爲登壇習玩者計，仍并正之于左。

碩人邁中碩人志

○閑游遣悶

【眉】增此一摺，以見人間諸色，皆不及鶯，所以入張肺腑也。又以見鄭恒所以啓謀之由。董解元、王實甫、關漢卿、李日華等本，俱無此。惟陸天池于生在京處，插有鄭恒求寄家書語。然趣短詞俚，不成套矣。此增得甚妙甚妙。小生自舊年暮秋別了小姐，來到京師。自今文場戰罷，筆陣已收。栖遲客舍，以待天榜。只是小生那有心情想到功名上去。日夜的小姐在念，時刻不能放下。

【應天長】（生）經雨紅花半開謝，含愁羞看捲簾。凝泪眼，碧天外，亂峰千疊。望中不見蒲州道，空目斷，暮雲遮。守着窗兒悶地坐，【眉】"地"字當作"的"字看。困花酣柳，離人心緒惡。强把文章來披閲，欲檢秦晋檢不着，到翻尋着吳與越，【眉】秦晋吳越四字用得巧。與愁人助凄切。

（扮李生上）自家李謨，字嘉言，來京師應試，與張君瑞同寓。竊見此兄愁眉不展，泪眼常凝，終日悶悶，不知爲何？且請他出來，問其原因。（見生問云）目今試事已罷，揭曉未期。朋友梦梦游樂，以消永日。張兄悶思慘然，何乃自苦如此？青樓之上，紅粉之中，最可消憂。小弟欲請兄一游何如？（生云）小生素不諳此風味，【眉】素不諳此風味，是體《會真記》"年二十三，未嘗近女色"意來。未可便往。（李云）這裏有一位朋友，名喚鄭恒。久寓京城，慣穿花柳。平康里、宣陽巷，是他熟游的田地。今欲邀他同往，庶得遍踏群花之量。【眉】插入鄭恒處，見恒是蕩子。（生背云）俺正要看鄭恒是甚人品。【眉】生要看鄭恒人品句，極有體貼。（復面對李云）既然如此，請李兄同邀鄭恒出游，以盡一日之興也。（行科，鄭恒上云）流落經年未回歸，蕩無拘。顧不得家破與人離，青樓美女隨心意。【眉】鄭云"流落"數句，乃【禿厮兒】。（撞遇張李科，李云）小弟與張君瑞兄正欲訪足下，同去花街一游，煩足下指引。（鄭云）這個使得，那裏面楊妙兒、王團兒、袁當兒、玉蓮兒、周巧兒、張奔兒、金鶯兒，和那鄭舉舉、王蘇蘇、張住住、李心心、趙真真、汪憐憐、顧山山、孫秀秀，又和那事事宜、般般好、玉玉梅、步步香、蓮蓮沼，又和那劉泰娘、杜韋娘、戴喜娘、黃四娘、蘇五娘，又和那燕山秀、朱簾秀、大都秀、丹墀秀、連芝秀、天然秀、小娥秀、順時秀、曹真秀、梁園秀、簾前秀，【眉】此諸妓之名，係内翰《北里志》、雪蓑翁《青樓集》及《平康錄》中采撮來，俱有考歷，非虛捏之名也。那一個不是我相知的表子，不知二兄還喜往那一家？（張李云）隨兄所引，擇其善者而從之。（張背云）據鄭恒所說許多的美女，我且劉覽遍觀，看有俺小姐的容貌否也。【眉】編此者，正在用諸美以形鶯尤美意。（鄭云）就先到那王團兒家去。（扮團兒上）（鄭云）二兄不知，這個女子乃崔侍郎所愛也，有詩贈為證。（鄭對團兒誦崔詩云）

綵翠仙衣紅玉膚，輕盈年在破瓜初。霞杯醉勸劉郎飲，雲髻慵邀阿母梳。不怕寒侵緣帶寶，每憂風舉倩居扶。謾圖西子晨妝樣，西子元來未得如。【眉】《青樓集》載有此詩，但集中是崔公贈團兒之女小福詩也。

（鄭云）這個好麽？（李云）可也。（張背云）那得似渠。【眉】此四段白用四個"那得似渠"，大有風味。（鄭又引云）且又到楊妙兒家去。（扮妙兒上，鄭云）二兄不知，這個女子乃趙公子所愛也。有

詩贈爲證。（鄭對妙兒誦趙詩云）

魚鑰獸環斜掩門，萋萋芳草憶王孫。醉馮青瑣窺韓壽，困擲金梭惱謝鯤。不夜珠光連玉匣，辟寒釵影落瑤樽。欲知明惠多情態，役盡江淹別後魂。【眉】《北里志》載有此詩，但此係趙光遠贈楊萊兒詩也。萊兒乃楊妙兒之妹。

（鄭云）這個好麼？（李云）可也。（張背云）那得似渠。（鄭云）再在前面去訪那李心心，是年最幼、色最嬌的。【眉】李心心，與于盼盼、于心心、燕雪梅，皆工於歌唱者。（鄭叫）心心姐，有二位相公相訪。（張李相見科，云）且坐下，請教歌一曲何如？（心心唱）

【樂春風】（心心）錦褥香浮，幽閨春鎖，幾番神到蓬萊。原來魂游夢所，風流何處值錢多？蘭蕙舒芳，正桃榴破顆。嬌羞裊娜，情重處玉堂金谷皆左，纔識得一刻千金價果。
【眉】事事宜，姓劉氏，姿色歌舞悉妙，馳名浙西。

（鄭云）這是絕妙的。（李云）到也妙。（張背云）歌聲雖亮，顏貌那得似渠。（鄭云）再在前面去訪那事事宜，那個色又佳，歌又妙，決然是中意的。（鄭叫事事宜）姐，有二位相公來相訪。（張李相見科，云）且坐下，請試歌一曲何如？（事事宜唱）

【樂春風】（事事）鸞鏡常圓，鵲橋頻渡，暗思昨夜風光。羞展金蓮小步，杏花天外玉人酡。難禁眉攢，又何妨鬢耽。情諧意固，管甚麼褪粉殘紅無數，須常記一刻千金價果。
【眉】此與上段末句用"果"字，大奇。

（鄭云）這是妙不過的。（李云）果然是妙。（張背云）這個庶幾可用。但我思想起來，天下女子，那得似渠。（鄭對李云）游這一日，所見都是妙人。張兄這等眼大，這一個也不似渠，那一個也不似渠，所云渠者，是何人也？（張云）是指拙荆。（鄭李并云）敢問令閫是怎麼樣？（張背云）俺不如把普救寺中的情事，陳說一番，使鄭恒聞之，以絕其後念。【眉】張于此處吐出緣故，以止鄭之後念，其體貼得到。然適以起鄭之詭謀矣。（轉而云）小生舊年游宿蒲東普救寺中，有崔相國的夫人和女兒鶯鶯小姐，正襯寓寺中。彼時孫飛虎爲亂，鳴言欲虜鶯鶯爲妻，圍困其寺。老夫人計無所出，危困可傷，親許能退賊兵者，以鶯鶯妻之。小生略施計策，飛虎授首，兵解人安。小生遂因而與鶯鶯小姐成親。那個眞是天姿國色，說甚麼墻花路柳，【眉】天姿國色，墻花路柳，收盡一篇大意。正是觀于海者難爲水也。二兄休怪了。（李云）張兄之遇眞奇哉奇哉。宜其無心于青樓諸妓也。（鄭背云）這事好怪。鶯鶯原俺姑娘自幼許我的，張生雖有退賊之功，老夫人也不合就把與他，不免速還蒲東，看是如何？（卒子持報單上云）列位相公，且來看朝廷榜意。第一名狀元楊巨源，第二名榜眼白居易，第三名探花張珙。其餘自李謨而下三百人，各依前後列次，以候除授。外有鄭恒等數百人，文理荒謬，不堪作養，俱發落回籍爲民充差。【眉】此處畢倒鄭恒，最協人情。（鄭恒作慌走科云）我也無志于科名，且急急轉蒲東去也。自古道無官一身輕，有妻萬事足。（傍笑云）有子萬事足。（鄭云）子不是妻生的。（下，張李并唱）

【甘草子】（生）最堪嘉，最堪嘉，一聲霹靂，果是魚龍化。名標金榜中，策對丹墀下。正是男兒得志秋，向晚來，瓊林宴罷。沉醉東風裏，控驕馬，鞭裊蘆花。【眉】大凡作者皆寓己意，元微之以己之事托爲崔張。如此摺之增，亦以其儷體之美，群芳不逮；又以其情愛所鍾，不以功名而易。故增爲此云云。

（李云）張年兄春榜已登，晝錦可期。再不必以尊夫人瑣瑣縈懷，且自歡樂者。（生云）年兄那裏曉得。

【脱布衫尾】（生）多少女孩兒家，看盡了不如他。怎能教人一刻捨，就是科名浮雲也。【眉】尾語雖似淺，風味殊佳。總煞一篇之意，大有力，非散散浪說者。

○飛捷報鶯

（生云）別來半歲音書絕，一寸離腸千萬結。難相見，易相別，空對玉梅花似雪。兩地相思無處說，惆悵夜來烟月，想得此時情切，淚染紅袖黑。【眉】"別來"九句，閩本俗本俱無。徐文長本有之，今從之。自舊年暮秋與小姐相別，已經半載。幸賴祖宗之蔭，得中高科，如今在客館中，俟候除授。惟恐小姐挂念，特修書一緘，着琴童前去報知小姐和老夫人，以安其心。取文房四寶過來。（作寫書科呼云）琴童，你持這一封書，星夜到河中府普救寺，報知小姐也。

【仙呂賞花時】（生）相見時紅雨紛紛點綠苔，別離後黃葉蕭蕭凝暮靄。今日見梅開，相違了半載。琴童，你見小姐呵，可說道官人怕新夫人憂憶。因此特地寄書來。（下）

【眉】諸本俱"別離半載"，字面重疊。京本"違了半載"大是，今從之。諸本俱唱"則說道特地"云云，今改作白更順。

（琴童云）領了這書，且望河中府走也。（下，鶯紅上）野花芳草，寂寞開山道。柳吐金絲，鶯語早惆悵。香閨暗老，羅帶悔結同心。獨憑朱闌思深，別後秦臺鳳杳，夢回湘浦魚沉。【眉】"野花"十六句，閩本、俗本俱無，今依碧筠齋本用之。（紅云）春愁南陌，千里音書隔。細雨霏霏梨花白，燕拂繡簾金額。盡日相望王孫，塵滿衣上淚痕。夜夜枕單香冷，覺來獨自消魂。（鶯云）自張生別後，至今杳無音信。這些時神思恍惚，妝鏡慵拈，腰肢瘦損，茜裙寬褪，好煩惱人也。

【商調集賢賓】（鶯）雖離了這眼前悶，却在我心上有。【眉】當于"悶"字上為一句，指昨日成親言也。下"却在我"句，自今日離別言也。甫能離了心上，又早眉頭，忘了依然逐又。啞思量無了無休，【眉】諸本俱"惡思量"，考元本是"啞思量"，妙。大都來一寸眉峰，怎當他許多顰皺。新愁近來接着舊愁，厮混了難分新舊。舊愁太行山隱隱，新愁似天塹水悠悠。【眉】文長本作"穩穩"，不如"隱隱"更含蓄，言舊愁已含蓄，而新愁又悠長也。

（紅云）姐姐往常時不快，將息便好。不似這一番，清減得有十分也。

【逍遙樂】（鶯）曾經消瘦，每遍猶閑，不似這番最陡。
（紅云）姐姐孤悶，尋個逍遣是好。

何處忘憂？【眉】元本于"何處"上有"着我"二字，亦好。

（紅云）登樓上去望望。

看時節獨上妝樓，手捲朱簾上玉鈎。空目斷山明水秀，見蒼烟迷樹，衰草連天，野渡橫舟。【眉】此處依文長本，夾白大好。有以"上玉鈎"作"控玉鈎"，亦通。"空目"數句，是見景不見人之意，妙甚。

（鶯云）對鏡觀形，自疑非我。穿衣挂體體瘦怯，不勝昏昏，此情自揣自知。【眉】此改舊白數語，覺妙。

【挂金索】（鶯）裙染榴花，睡損胭脂皺。紐結丁香，掩過芙蓉扣。綫脫珍珠，泪濕香羅袖。楊柳眉顰，人比黃花瘦。

（琴童上見紅娘云）相公得了官，敬奉家書，來報小姐。【眉】

削節舊白，殊爲雅潔。（紅轉身見鶯云）琴童回來報喜，説姐夫得了官。在門首先見了老夫人，隨後就來報小姐。（鶯云）這妮子莫是見我悶，想故來哄我。（琴童見鶯云）賀喜新夫人，相公得中高魁，特倩小人報與夫人。（鶯云）相公現在那裏？（琴云）現在京邸，以待御筆除授。有書一封，今在此。（遞上，紅做接書，轉遞鶯，鶯做捧書嘆息科）

【金菊香】（鶯）早是我只因他去減了風流，不爭你寄得書來又與我添些證候。説來的話兒不應口，無語低頭。書在手，泪凝眸。

【醋葫蘆】（鶯）我這裏開時和泪開，想他那裏修時和泪修，多管是筆尖兒未寫泪先流。【眉】閩本"筆尖"上有"閣着"二字，似贅，今依文長本。寄來書泪點兒兀自有，我泪痕和他泪痕共湮透，【眉】"兀"字，元本是"猶"字，更好。諸本俱"我新痕把舊痕湮透"，今改"我泪痕和他泪痕共湮透"，何等明婉。這真是一重愁翻做兩重愁。【眉】"一重翻做兩重"語，極有開封意義。

（鶯念書科）張珙百拜奉啓芳卿小姐可人妝次前：【眉】從來諸本，載張生所寄書詞，腐爛之氣，迂緩之調，不堪着目，今悉改之，覺詞雅而神遠，妙妙。自長亭一別，韶華頓更。每對風晨月夕，未嘗不魂飛于妝臺左右。帳前微笑，涉想猶存；衾内餘香，春情可掬。此情此念，何日忘之？兹令幸托鴻庇，名魁天榜，暫寄迹招賢館中，以候除授。誠恐老夫人與賢妻憂念，特令琴童馳報，并候興居。所囑者，清閨自愛，與紅娘共相消遣，慎勿以悶思，致凋損芳顏也。後會有期，千萬珍重。【眉】"清閨自愛"數語，此張生緊密情處，所改真妙。偶成一絶，附陳清覽：玉京仙府探花郎，寄與蒲東窈窕娘。指日拜恩歸畫錦，定須休作倚門妝。

【幺】（鶯）當日向西廂月底潛，今日在瓊林宴上搊。誰承望跳東牆腳步兒占了鰲頭，怎想道惜花心養成折桂手。
【眉】碧筠齋本用兩個"誰承望"，今依閩本，易下句作"怎想道"。脂粉叢裏包藏錦繡，【眉】閩本"包藏"下有一"着"字，亦少不得。從今後晚妝樓改做了至公樓。【眉】至公堂乃國家銓別用人之所。崔誇己識人，故云晚妝樓可改做至公堂。

（鶯云）琴童且去吃些酒飯，待我寫回書與你，去回復相公。【眉】此將舊白削其煩穢，殊覺清潔。（琴云）相公分付小人討回音，至緊至緊。（鶯做寫科，云）書已寫完，無可表意。特具汗衫一領，裹肚一條，絹襪一雙，瑤琴一張，玉簪一枚，班管一枝。琴童好收拾各件也。（紅云）這幾件只是些些微物，何故要寄此去？（鶯云）你怎知到我心事來。這個汗衫兒呵，

【梧葉兒】（鶯）他若是和衣臥，便是和我一處宿，但貼着他皮肉，【眉】閩本作"粘着"，亦通，今依京本"貼"字。不信不想我溫柔。這裹肚兒，常不離了前後，守着他左右，緊緊的繫在心頭。這絹襪兒，拘管他莫胡行亂走。【眉】諸本俱無"莫"字，似突，今增之。

（紅云）這琴他那裏自有哩，却又將去怎麼？

【後庭花】（鶯）當時五言詩緊趁逐，後來七弦琴成配偶。他怎肯冷落了詩中意，我則怕生疏了弦上手。（紅云）將這玉簪兒去，是何意也？我須有個緣由，他如今功名成就，則怕撇人在腦背後。（紅云）又將這班管兒去，是何意也？（鶯）湘江兩岸秋，昔日娥皇因虞舜愁，今日鶯鶯為君瑞憂。這九嶷山下竹，共香羅衫袖口。【眉】"九嶷山下竹"是淚所染，"香羅衫袖

口"亦是泪所漬，故此處用一"共"字，而下隨繼之曰"都一般啼痕湮透"。

【青歌兒】【眉】此段須連上段看，方得其趣。（鶯）都一般啼痕啼痕湮透，似這等泪班班宛然依舊。萬古情緣一樣愁，【眉】文長本"萬種情緣"，不若閩本"萬古"。蓋根上娥皇之泪，而煞之曰"一樣愁"也。涕泪交流，怨恨難收。對學士叮嚀説緣由，是必休忘舊。【眉】文長本末句無"是必"二字，語氣更健。可從。【眉】此處諸本舊有【醋葫蘆】一段曲，詞氣鄙俚甚，今段截數語作白。

琴童，我分付你一件件仔細收留。日間在肩上，休得風雨損壞；夜間宿旅店，休得油膩污蔑。我再囑付你，你見了相公，多多拜上。只説閨中獨守有文君，陌上切莫學相如。一受官爵，快整歸鞭，懸望懸望。【眉】鶯于此時，正要將緊要話。【眉】囑琴童轉達，乃諸本于此俱漫散不着意，大無風力矣。今增"閨中獨守"四語，的當有味。（琴云）小人理會得，星夜趕去也。（下）

【金菊查】（鶯）書封雁足此時修，情繫人心肯放休，【眉】諸本俱"早晚休"，不通，今改"肯放"二字。長安望斷天際頭。【眉】諸本俱"望來"，今改"望斷"。倚遍西樓人不見，水空流。【眉】諸本此段後俱有【浪裏來煞】一段，其詞意淺淡而腐，今削之，只"水空流"句便自煞得住。

【尾】關漢卿此枝續起，惟此枝詞調略可，次則下一枝，若末二枝鄙俚甚矣。李卓吾云：《西厢》傳奇至此，若不設出鄭恒來一攪，便無曲折，不成局矣。故并存而重改之。

○接音志想

（生上云）遠別多情赴帝畿，夢魂常自歸。關山縹緲人何處？甚日共枕鴛幃。【眉】"遠別"四句乃【風馬兒】也，出李日華本。小生一舉登科，蒙聖旨着俺在翰林院編修國史，以此羈留，未得還鄉。與鶯鶯小姐相違日久，十分挂念。前着琴童送書回，至今尚未見轉京來報。雙魚沉杳，隻燕孤寒。看看又到秋來，正近舊年小姐長亭送別時候，教我如何消遣？

【仙呂剔銀燈】【眉】從來諸本，此處有【粉蝶兒】【醉春風】二段，俱說生病瞞醫，詞甚鄙俚不堪讀，今改【剔銀燈】一段，采董解元語節用之差可。（生）寂寞空齋，淒清院宇，瀟瀟閑庭幽戶。檻內芳霏，黃花開遍，將近小春時序。無情緒，憔悴身軀，倩誰扶舉？【眉】原董詞有"誰扶舉"。豈料離情恁苦，病體兒不能痊愈。淚眼盈盈，眉頭鎮蹙，九曲回腸千縷。天遙地遠，水闊山高，【眉】原董詞"千山萬水"。故人何處？

【迎仙客】【眉】此段依諸原本未改。（生）忽然噪花枝的鵲兒，垂簾幕的蛛兒，恍似應着短檠上昨夜燈花時。【眉】原本"正應着"，今改"恍似"二字更活。

（琴童上云）小人自蒲東轉來，捧得新夫人有回書在此，遞上相公。（生接書）若不是斷腸詞，決定是斷腸詩。想他寫時節，多管是淚如絲。既不呵，怎生淚點兒封皮上漬。

（生開書讀科，云）薄命妾崔氏，復上才郎張君瑞相公文幾：【眉】諸本所載鶯所寄生之書，鄙俗庸淺，殊為可笑。考唐文集中，有鶯原書，婉麗多風，是一篇極妙文章。但其詞太長，不便梨園家登臺用也。今依原書裁節，妙矣妙矣。

自去秋別來，常忽忽如有所失。幽會未終，驚魂已斷。雖半枕如昨，而思之甚遙。長安行樂之地，觸緒牽情，何所不適？乃幸不棄幽微，來書眷念。無以奉酬，但愚幼之情，失侍巾櫛，沒身不改。倘仁人用心，俯遂幽芳。雖死之日，猶生之年也。如或舍小從大，以先配爲醜行，謂要盟之可欺，則當骨化形銷，丹誠不泯。因風委露，猶托清塵。存歿之忱，言盡于此。秋風方肅，強飯爲佳。千里神合，珍重珍重。外具汗衫一領，裹肚一條，絹襪一雙，瑤琴一張，玉簪一枚，班管一枝。因物達情，永以爲好。仍偶成一絕，附奉清覽：狂游恣宴錦重重，想見青驄踏軟紅。莫被凡英迷醉眼，可憐人在小樓中。【眉】諸本鶯詩俱和前韻云："闌干倚遍盼才郎，莫戀神京黃四娘。病裏得書知中甲，窗前覽鏡試新妝。"此詩鄙俚殊甚。惟陸天池本不拘前韻，其詩可觀，今用之。（生嘆云）世間那裏有這樣的女子，聰明才俊，就是騷人墨客也讓他一着，教張珙如何不想你。

【眉】從來諸本，此處有【上小樓】兩段，曲不成曲，白不成白，韵拗詞俚。今依其牌名，而悉改其語。

【上小樓】（生）我但誦了這詩，看了這字，見滿紙風雲，盈眸月露，句句爭奇。吟草兒、泪花兒，并見才思，若開科定爲女學士。

（生拿汗衫科，云）休說他的文字，則看他這針指的工夫，人間少有。小生且穿着。【眉】此段諸本俱云"怎不教張生愛你，堪與針工生色，女教爲師"，語大鄙陋，今改云云。

【滿庭芳】（生）試把汗衫兒穿起，是何等的溫柔。恰近肌膚，幾千般用意針針是。可索尋思，長共短又沒個樣子，窄和寬暗想着腰肢，好共歹沒個人兒試。想當初做時，用煞那一片俏心兒。【眉】諸本俱"小心兒"，元本"俏心兒"，更嫵媚。

（生云）穿着這汗衫在身上，就相似小姐貼肉一般。只是那袖兒裏纖婉，扣兒裏面酥乳，摺兒裏面細腰，一件也不見在這衫兒裏，如之奈何？（生拿裹肚看科）【眉】鶯所寄來諸物，原欲生用之而思之也。乃從來諸本，俱只把物嘆息一番，而末叫"琴童好生收起"，全不見趣味矣。今改將各物一一身用之,撥換其所唱之詞,而各增以肖情之白,妙甚妙甚。

【白鶴子】手中一縷綿,燈下幾回絲。表出腹中愁,果稱心間事。

(生做繫裹肚科云)小姐小姐,我緊緊繫你在心頭,知何日爲我解此圍。(拿襪看)

【二煞】針似蟻兒行,絹似鵝兒脂。足下步青雲,金蓮常相倚。【眉】諸本從來俱云"小生知禮不胡行,願足下當如此",不成話,今改"步青雲"云云。

(生做穿襪科,云)穿你在脚上,謹領小姐之意,又豈敢去胡行亂走?(拿玉簪看科)

【三煞】纖長如竹笋,細白似葱枝。溫潤有清香,瑩潔無瑕疵。

(生做插玉簪科,云)這玉簪插我頭上,與你白髮相守,并頭無折。(拿班管看科)

【四煞】霜枝栖鳳凰,泪點漬胭脂。哀聲慟娥媓,離情因舜帝。【眉】諸本俱云"當日舜帝慟娥皇,今日淑女思君子",亦通。

(生做吹班管科,云)小姐,你爲秦女吹招鳳侶,今日鳳鳥不至,猶記唇齒相猥,弄嬌恣媚,真是當年湘江之泪。(又拿瑤琴看科云)小姐把這來,我曉得他的意思。

【五煞】教我閉門學禁指,留意譜聲詩。調養聖賢心,洗蕩巢由耳。

(生呼琴童云)且焚香來,將小姐所寄來的瑤琴,試鼓一曲。(做鼓琴科)【眉】此處鼓琴,正以映"雲斂晴空"一支意,蓋琴乃二人之原作合者。

客院兮寥寥，長夜兮迢迢。歡情兮今何在？天涯兮一何遙。愁頻結兮不能消，魂已飛兮不可招，風流債兮償未了。

（生云）昔用你作求凰調，今用你作別鶴操。【眉】"昔用你""今用你"二句白，是關鍵意。試再鼓一曲，以寄相思之意。（再鼓科）

風一林，月一林，景寂情幽兩不禁，羞彈靖節琴。話歸心，鬱歸心，血淚班班滿素襟，西山月半沉。【眉】"風一林"曲乃【長相思】調也。

（生云）琴童，新夫人對你有甚說？（童云）他叫小人致意相公說，閨中獨守有文君，陌上切莫學相如。（生）小姐，你怎知我心。【眉】諸本于前一齣，鶯并無囑生之語。然則此處，生何爲有下數段之唱？故知茲所改白，并妙。

【快活三】（生）冷清清客舍兒，風淅淅，雨絲絲。雨兒零，風兒細，夢回時。多少傷心事。

小生傷心，只是爲伊一個。【眉】此處削去舊本【朝天子】一段，蓋其詞意俚陋甚也。且有"我是個浪子官人"之語，與下段"不比游蕩"語相反。此段各諸本首二句云"宰相人家，招婿嬌姿"，俱不成調。末二句俱云"想鶯鶯意兒，怎不教人夢想眠思"，何等俗氣，今并改之。

【賀聖朝】（生）少甚麼名園艷品，金屋嬌姿。其間縱有個人兒似你，那裏討這溫柔，取這才思。越教人想起，拋淚落紅珠。

【眉】諸本從來于此處有【耍孩兒】一段，叫起琴童收拾各物，其詞鄙俚令人欲嘔，今盡削之。又有"恰新婚，纔燕爾"一段，仍陋，并削。

【幺】（生）這天高地厚情，到海枯石爛時。此時作念何時止？燭灰眼下纔無淚，蠶老心中却有絲。我不比游蕩輕薄子，拋夫婦的琴瑟，析鸞鳳的雌雄。

適聞黃犬音，偶接紅葉詩。【眉】從來諸本俱"不聞黃犬音，難傳紅葉詩，驛長不遇梅花使"，并于當日得書之旨相反。今改如下云云。相思未斷復喚起。孤身作客三千里，一日歸心十二時。憑欄處，聽江聲浩蕩，看山色參差。【眉】舊本"憑闌視"，于下"聽"字"看"字不妥，查元本是"處"字。

【煞尾】憂則憂我在病中，喜則喜你來到此。投至得引人魂卓氏音書至，險將這害鬼病的相如盼望死。【眉】徐文長本無此四語，今依閩本用之。

未必臨邛色更殊，文君早已怨相如。暮雲深鎖陽臺路，腸斷崔娘一紙書。（下）

【尾】漢卿此一摺，冗穢不整。茲刪補之，方見成章，且覺體貼處風味悠長，庶與前稱。

○村郎求匹

（鄭恒上云）小子鄭恒便是。下在京城，聞得鶯鶯小姐嫁張君瑞為妻。此女原是姑夫姑娘許了我的，我因此上星夜轉到蒲東。但張君瑞中得探花，我又沒有官職，怎有臉嘴去見姑娘？今權在店肆中，先把人去叫紅娘出來，問他一個端的。【眉】此原白必不能外，只裁剪一二以便于說者。（紅娘見云）鄭哥哥來了，怎麼不進去見夫人？（鄭云）且問鶯鶯小姐，近日如何？我特趕來，與他成親。（紅云）這事休題了，小姐已嫁了西洛張君瑞也。（鄭云）老夫人當初有舊盟，如何把嫁他？（紅云）崔家子母，旅寓普救寺中。你又不早來，同扶柩歸博陵。偶遇孫飛虎為亂，將五千人馬圍住寺門，要虜鶯鶯為妻。

【雁兒落】【眉】此篇從來諸本所載，其詞氣之鄙瑣，音調之違拗，語意之惡陋，不可勝言。想漢卿當日，只是舉筆亂寫，未曾整頓。後人相仍，苟且塞責而已。不知天下事，不爲則已，爲則必求全美，方見妙絕。今人改之，雖不見其俊，庶幾可用。（紅）鬧轟轟，半萬賊兵强；泪潺潺，一家兒女殃；影重重，流風飛箭雨；光閃閃，夜月寒刀霜。

【二】殺騰騰，烟蒙着梵宇；兵冗冗，禍起在蕭墻。急煎煎，綠珠幾作樓前墜；哭啼啼，明妃翻成馬上冤。

【三】叫聲聲洛陽才子施韜略，誓旦旦堂上老母許紅妝。（鄭云）難説他一個人，能退得半萬兵。有一個雄赳赳白馬馳名將，原是個情殷殷與張學士交義長。【眉】只用一個牌名，演爲十支，到底亦是一法。

【四】虧了那膽粗粗惠明忒莽撞，持得那急慌慌請兵書一張。因此上整排排蒲關大兵到，威凛凛將飛虎賊子降。【眉】逐漸叙來，井井有條，得法得法。

（鄭云）這也是杜將軍之力，非張君瑞之功，如何便可許親？

【五】若不是意忙忙魚書求故友，怎能得軍浩浩將燕巢再安康。因此上喜孜孜老夫人將孔雀兒射，一對對少年人得鳳凰兒雙。

（鄭云）我是昔年自幼定有盟言，就是張生有退賊之功，也只該受些金帛謝禮。（紅云）昔日患難之時，你在何處去了？今安寧之時，你來爭親，是無禮也。

【六】當日個戰兢兢，不見親戚影兒。到今日個安妥妥，纔把婚姻事來講。假饒亂憧憧，將鶯花擄去也。如今呵，你口喃喃蜂蝶爲誰忙？【眉】説得甚有理，而詞調亦好。

（鄭云）非是我到如今來爭親。我在京城，因見那張生入贅在衛尚書家裏做女婿去了。因此來說，當把鶯鶯還我。（紅云）也難信你說，張生便有此事，我小姐原非水性之女，那張生自是山盟之夫。你今日也不要造這假事，以妄起爭端也。

【七】你白茫茫謾說個瞞天謊，我這裏心穩穩默地裏自主張。（鄭云）我多把人抬轎來搶親，由不得夫人主張。你是個習提提鄭尚書嫡親的子，終不然是村率率孫飛虎莽軍樣。【眉】諸本舊有云"你須是鄭相國嫡親舍人，須不是孫飛虎家生莽軍"，此篇盡改舊文，止用此兩語意化過，以成一聯。

（鄭云）這妮子說話只爲着張生，不爲着我鄭恒。我鄭恒還比張生高十分。（紅云）好不知羞也！你也不想張生是甚麼樣，你自己是甚麼樣。

【八】他是個秀挺挺青雲上的貴客。【眉】自首段以來至未，凡十段，每一段一轉，辨折有理，情味不俗。（鄭云）我是。你是懵懂懂紅塵內的村莊，他是個才楚楚浴鵬溟游鳳沼。（鄭云）我是。你是個醉昏昏的盛酒甕袋飯囊。

（鄭云）難說小姐單喜張生，不喜我們。（紅云）休講。

【九】俺小姐是個嬌滴滴乳鶯雛鳳，怎配你氣烘烘野鼠山狼。（鄭云）依你說我就没有了老婆。你只合去蘿苧山下東邊去尋伉儷，豈堪來蒲州寺裏西廂論短長。【眉】蘿苧山之東，家出醜女；山之西，家出美女。

（鄭云）你說我是如此，當時先相國如何又許我的親事？

【十】你去扶起那杳冥冥地下卧的泰山岳丈，來圓成這像昂昂門外說的女婿東床。【眉】此段又說辨得玄。

（鄭云）姑夫不在，姑娘猶存，難說舍親而就疏。

自古今理條條那有個姊妹爲夫婦，普天下只有個明朗朗淑女配才郎。【眉】此兩句煞得大義炯炯，文字之有關鍵者。

（鄭云）那張生已在衛尚書家裏成親，那小姐一定也要尋個配偶。我且親自去見老夫人面講，與你這妮子絮絮叨叨說話，可惡。（紅云）鄭哥兒，鄭哥兒。【眉】此處當作鄭先走下臺，而紅唱此尾聲，方有趣。

【尾】你也不思想，不忖量，紅粉中分明坐着個秦樓美玉，只怕你紫陌游童做不得楚襄王。

【尾】昔人稱王實甫如花間美人，關漢卿卿如瓊筵醉客，并雙美也。乃觀所補《西廂》後四首，遠不逮前。而"詭謀求配"一首，尤出惡道。及考關所著各劇，果不亞王也。

○榮歸完成

（生云）雙佩朝天辭北闕，一鞭指引望西廂。我們翰林修篡已完，受河中府尹。今日衣錦而歸，已到蒲東普救寺前。適纔已差人報知杜將軍，請他來此相見。【眉】此處插入報知杜將軍語，則下杜之來會有因。諸本白俱無此，今增之。我想昔日西廂之情，不意幸有今日。此會見了小姐，將這金冠霞帔，雙手遞上。

【新水令】（生）玉鞭嬌馬出皇都，【眉】閩本作"一鞭"，亦通。暢風流玉堂人物。今朝三品職，昨日一寒儒。御筆親除，將姓名翰林注。

【駐馬聽】（生）張珙如愚，酬志了三尺龍泉萬卷書。鶯鶯有福，穩受了五花官誥七香車。【眉】京本作"情取了"，閩本作"穩請了"，皆不是。今從文長本"穩受了"。身榮難忘借僧居，愁來猶記題詩處。從應舉，夢魂兒不離了蒲東路。

（生呼琴童接下馬，入見夫人云）女婿張珙參見老夫人。（夫人做變色科云）你是別人家的女婿，我怎敢消受你的拜。

【喬牌兒】（生）我謹鞠躬問起居，【眉】諸本俱"我謹躬身問起居"，不通，今改"鞠躬"是。夫人這辭色爲誰怒。【眉】諸本俱"慈色"，不若"辭色"更活。我見丫鬟使數都厮覷，莫不我身上有甚事故。【眉】諸本作"身邊"，其義遠。今查元本"身上"爲是。文長本"空厮覷"，不若閩本"都"字好。

（生云）小生去時，老夫人親自餞行，喜不自勝。今日中選而歸，夫人何爲不悅？（夫人云）我家女孩兒，雖然妝殘貌陋，也是出自相國之門。若非兵火危急，得足下氣力，怎得彼此議親？今乃一旦抛之度外，却于衛尚書家入贅，其理安在？（生云）夫人聽那一個説來？張珙若有此事，天不蓋，地不載。

【雁落兒】（生）若説着絲鞭士女圖，端的是塞滿章臺路。小生向此間懷舊恩，怎肯別處尋新婦。【眉】文長本"向故國"，不若閩本"向此間"，對下"別處"二字。文長本"尋親去"，京本"尋新配"，皆不順，今改"尋新婦"，覺整妥。

【得勝令】（生）豈不聞君子斷其初，我怎忘得有恩處。那一個賊心腸行嫉妬，【眉】文長本"賊醜生"，不順。閩本"賊畜生"，大猥。今改"賊心腸"，意妥詞順。走將來厮間阻。不能勾嬌姝，早共晚施心數。【眉】心數，猶言計校也。説來的糊塗，【眉】文長本無"説來糊塗"句，意不接。今依閩本加上，但閩本"無徒"二字不通，今改"糊塗"。遲和疾上木驢。

（夫人云）是鄭恒在京城，眼見你進衛尚書家裏去。他對紅娘是這等説，試叫紅娘來問。（紅上云）我正要見張郎，對着這是非也。（生一見紅，即背問云）小姐好麼？（紅云）爲你别做了衛尚書家女壻，俺小姐依舊嫁了鄭恒也。（生云）有這樣的事？

【慶東原】（生）那裏有糞堆上連枝樹，淤泥中比目魚，【眉】閩本"連"字上有"長"字，"比"字上有"生"字，不必，今依文長本削之。不明白展污了姻緣簿。鶯鶯呵，嫁得個油炸來獼猴的丈夫；紅娘呵，伏侍個烟熏過猫兒的姐夫；君瑞呵，撞着個水浸來老鼠的姨夫。成甚麽體，成甚麽務。【眉】諸本俱"壞了風俗，傷了時務"，欠通。文長本"傷了人物"，尤欠。今改"成甚麽"二句。

【喬木查】（紅）妾前來拜覆，省可的心頭怒。自别來安樂否？你那新夫人何處居？比俺姐姐是何如？

（生云）連你也胡蘆提了。小生爲小姐受過的苦，諸人不知，瞞不得你。甫能成就，方不勝歡喜焉，有别去之理？

【攪箏琶】（生）小生若是另求了婦，教目下便身殂。【眉】諸本俱"求了媳婦"，公姑稱兒妻曰媳，此豈可混稱也？故改"另求了婦"爲是。閩本"則目下"，突兀，今改"教"。嘗想着待月回廊，【眉】諸本俱"怎忘得待月"，"怎忘"二字，上文太多，今改"嘗想着"，應下"難撇下"，亦妥。難撇下吹簫鳳侶。受了些活地獄，下了些死工夫。甫能得夫婦，正將夫人誥敕，縣君的名稱，【眉】閩本以"夫人誥敕"二語作白，不若京本作唱爲是，今從之。怎生歡天喜地，雙手兒交付。【眉】諸本俱"分付與"，突兀，今改作"交付"。劃地到把人裝誣。

（紅對夫人云）我道張生不是背義的人，則請小姐出來自問他。（叫鶯科）姐姐快來問張生，便知端的。（鶯出見科，生云）小姐別來無恙？（鶯云）先生萬福。（紅云）小姐有的言語和他對面説破。（鶯做吁氣科云）待説甚麽。

【沉醉東風】（鶯）未見時准備着千言萬語，一見了都變做短嘆長吁。【眉】諸本俱"得相逢"，與下"及至相逢"架叠了，今改作"一見了"，更妥。他急攘攘却纔來，我羞答答怎生覷。將腹中愁恰待申訴，及至相逢一句也無，剛道個先生萬福。【眉】元本"剛"字作"則"字，亦通。

（鶯云）俺家何負于足下，足下何故弃我去衛尚書家爲婿？（生云）是誰説來？（鶯云）鄭恒在夫人前説來。（生云）小姐如何聽這無端之言？俺張珙之心惟天可表。

【落梅花】（生）從離了蒲東郡，來到京兆府。就見個佳人也不曾回顧。硬捏個衛家的女孩兒爲眷屬，曾見他的影兒，則教我滅門絶戶。【眉】文長本"至如見個佳人"，不妥。閩本"是不曾回顧"，"是"字亦不妥。文長本"硬揣着衛尚書家女孩兒"，皆不妥，今皆查元本改之，如下云，殊覺圓妥。

（生云）這事都在紅娘身上。紅娘，我且問你，有人説道你與小姐將簡帖兒去喚鄭恒來。（紅云）痴人，我不合作成你，便看得人一般去了。

【甜水令】（紅）君瑞先生，不索躊躇，何須憂慮。那廝本意糊塗，俺家世傳清白，禮教芳聲，【眉】諸本俱"祖宗賢良"，今改"禮教芳聲"更雅。相國名譽，我怎肯與他行寄柬傳書？【眉】閩本"他跟前"，不若京本"行"字更妥。

【折桂令】（紅）那喬才口強心痴，恁般數黑論黃，我索惡紫奪朱。俺姐姐這樣的雛鳳嬌鶯，怎嫁那不值錢樣的獺駒？愛你個俏東風與鶯花作主，誰肯將嫩枝柯折與樵夫。恨那廝澆欺將足下虧圖，激得我有口難言，氣破胸脯。【眉】諸本從來俱云："那吃敲頭怕不口裏嚼蛆，那廝數黑論黃，惡紫奪朱。俺姐姐更做道軟弱囊揣，怎嫁那不值錢人樣猇駒？愛你個東君索與鶯鶯作主，怎肯將嫩枝柯折與樵夫。那廝本意囂虛，將足下虧圖，有口難言，氣夯破胸脯。"此等字句牽礙，詞意糊塗，殊可厭。今詳查而改之，明爽圓順。

（紅云）先生真不曾在別人家做女婿，我去夫人跟前一力保你。等那廝來，你和他兩個對證。（紅見夫人云）張生並不曾在人家做女婿，都是鄭恒說謊。（夫人云）既然如此，等鄭恒來對證。（法本上云）昨日路中迎接張先生不遇，今在老夫人宅中。老僧且到那裏慶賀，又看這親事如何？聞知張先生未到之時，夫人又許了鄭恒。假饒鄭恒成了親，張先生來怎麽處？（本見生云）恭賀先生高擢危科，榮登仕版。（生云）小生濫得成名，歸而完娶。不意老夫人謬聽傍言，又將寒盟。（本見夫人云）張先生昔日是有功勞的人，今日是有信行的人。【眉】"昔日"二句白括盡。老夫人如何悔得這親事？（夫人云）老身也正在躊躇之際。（鶯私謂紅云）你可叫張生去，急請杜將軍來，方可斷成其事。【眉】此處改鶯作私謂紅語，極有理。諸本及演者，俱以【雁落兒】及【得勝令】二段作當夫人面前唱，夫恒夫之侄也，豈有當母前而叫人殺恒之理？此舊作之大不通也。今改作鶯私謂紅以轉達生，而生以下白慰之，善矣。

【雁落兒】（鶯）他曾笑孫龐真下愚，論賈馬非英物，正授征西元帥府，兼領陝右河中路。

（鶯云）紅娘，你背地裏對張生說杜將軍。

【得勝令】（鶯）他是咱前者護身符，況今日有權術。來時定把先生助，決將賊子誅。那不識親疏，【眉】京本"不識"上有"那廝"二字，亦明。啜賺良人婦。你若不辨賢愚，便無毒不丈夫。【眉】末二句閩本無"若"字"便"字，不明，今依文長本增之。

（紅將鶯意對生説科，生云）你且叫小姐安心。杜將軍先有音來，他一時就到。（杜上云）下官接得君瑞音書，不勝歡喜。這一來慶賀他榮歸，二來完成他親事。（生見杜云）小弟托兄洪庇，幸中魁名。今日旋歸，諧其親事。有夫人的侄兒鄭恒，捏稱小弟入贅衛府。夫人妄信讒言，依舊要將鶯鶯嫁與鄭恒。（杜云）目今夫人在後堂，俺直去見他，以講其事。【眉】此處改舊白，削去許多蕪蔓。詞質理順，妙甚。（杜見云）聞知老夫人將欲悔張生親事，其見差矣。老夫人以德報德，久有許親之盟；鄭氏子因親作親，式犯明條之禁。張探花青雲得路，正是乘龍佳婿；令小姐紅幕牽絲，適協關雎好逑。鄭恒欲奪命婦爲妻，法所當誅，且造誣言，爲計情所不赦也。下官奏聞，以候處治。（夫人云）小女親事，即依杜大人所命，與張生完成。但鄭恒係老身親侄，乞赦其無知之罪。（杜云）看老夫人情分，叫他自知退避也罷。（鄭恒上云）喜地歡天，眼見嬌娃入手；擔風握月，會遇良緣稱心。姑娘今日約我牽羊挑酒來成親，喜也喜也。（門外覷科，云）俺姑娘請得許多官長在堂。（下殘）

謝杜將軍以酬再造之功。（鶯做出拜科）

【沽美酒】（鶯）門迎四馬車，戶列八椒圖。驚鴻此際纔定處，平生願足，托賴衆相扶。【眉】諸本俱"四德三從宰相女"，俗甚。今換"驚鴻"句，意切而詞雅。諸本俱"托賴衆親故"，亦俚，今改"衆相扶"，僅可。

【太平令】（衆）若不是大恩人拔刀助，怎能勾成就？這合歡帶、連理樹，月下酬。琴心風前留詩韵，自古佳人配哲夫。名聲青簡迹，紀黄壚。【眉】諸本俱云："怎能够好夫妻如魚似水，得意也當時題柱，正酬了今生夫婦。自古相女配夫，新狀元花生滿路。"詞固淺陋，而煞局處無一擔力語，且狀元字，又背第三名之事。今改"琴心""詩韵"。（下殘）

附錄三

金聖嘆
《貫華堂第六才子書西廂記》

聖嘆外書　貫華堂原本

繪像第六才子書　古吳博雅堂梓行

題聖嘆批點西廂序

　　看書不從生動處看、不從關鍵處看、不從照應處看，猶如相人不以骨氣、不以神色、不以眉目，雖指點之工、言驗之切，下焉者矣，烏得名相？語曰："傳神在阿堵間。"嗚呼，此處着眼正不易易。吾獨怪夫世之耳食者，不辯真贋，但聽名色，便爾稱佳，如卓老、文長、眉公，種種諸刻盛于世，亦非真本。及睹真本，反生疑詫。掩我心靈，隨人嗔喜，舉世已盡然矣，吾亦奚辯？今睹聖嘆所批《西廂》秘本，實爲世所未見，因舉"風流隋何，浪子陸賈"二語，叠用照應，呼吸生動。乃評之曰"一用妙，二用妙妙，三用以至五用皆稱妙絕趣絕"，又如用頭巾語甚趣，帶酸腐氣可愛，往往點出，皆人所絕不着意者，一經道破，煞有關情，在彼作者亦不知技之至此極也。聖嘆嘗言："凡我批點，如長康點睛，他人不能代。"識此而後知聖嘆之書，無有不切中關鍵、開豁心胸、發人慧性者矣。夫《西廂》爲千古傳奇之祖，聖嘆所批又爲《西廂》傳神之祖，世不乏具眼，應有取證在幸，毋曰劇本，當從《史記》《左》《國》諸書讀之可也。

康熙癸巳天都汪溥勛廣困氏題于燕臺之旅次

貫華堂繪像第六才子西廂目錄

卷之一
    序一曰慟哭古人
    序二曰留贈後人
卷之二
    讀第六才子書《西廂記》法
卷之三
    會真記　附會真詩
卷之四
    第一之四章
    驚艷
    借廂
    酬韵
    鬧齋
卷之五
    第二之四章
    寺警
    請宴
    賴婚
    琴心

卷之六
    第三之四章
    前候
    鬧簡
    賴簡
    後候
卷之七
    第四之四章
    酬簡
    拷艷
    哭宴
    驚夢
卷之八
    泥金報捷
    錦字緘愁
    鄭恒求配
    衣錦榮歸
附　才子西廂醉心篇

貫華堂繪像第六才子西廂卷之一

聖嘆外書

序一曰慟哭古人

或問于聖嘆曰：《西廂記》何爲而批之刻之也？聖嘆悄然動容，起立而對曰：嗟乎！我亦不知其然，然而于我心則誠不能以自已也。今夫浩蕩大劫，自初迄今，我則不知其有幾萬萬年月也。幾萬萬年月皆如水逝雲卷、風馳電掣，無不盡去，而至于今年今月而暫有我。此暫有之我，又未嘗不水逝雲卷、風馳電掣而疾去也，然而幸而猶尚暫有于此。幸而猶尚暫有于此，則我將以何等消遣而消遣之？我比者亦嘗欲有所爲，既而思之，且未論我之果得爲與不得爲，亦未論爲之果得成與不得成，就使爲之而果得爲，乃至爲之而果得成，是其所爲與所成，則有不水逝雲卷、風馳電掣而盡去耶？夫未爲之而欲爲，既爲之而盡去，我甚矣，嘆欲有所爲之無益也。然則我殆無所欲爲也？夫我誠無所欲爲，則又何不疾作水逝雲卷、風馳電掣，頃刻盡去，而又自以猶尚暫有爲大幸甚也？甚矣，我之無法而作消遣也。細思我今日之如是無奈，彼古之人獨不曾先我而如是無奈哉？我今日所坐之地，古之人其先坐之，我今日所立之地，古之人之立之者，不可以數計矣。夫古之人之坐于斯，立于斯，必猶如我之今日也。而今日已徒見有我，不見古人。彼古人之在時，豈不默然知之？然而又自知其無奈，故遂不復言之也。此真不得不致憾于天地也！何其甚不仁也！既已生我，便應永在；脱不能爾，便應勿生。如之何本無有我，我又未嘗哀哀然丐之曰"爾必生我",而無端而忽然生我?無端而忽然生者,又正是我,無端而忽然生一正是之我,又不容之少住。無端而忽然生之,又不容少住者,又最能聞聲感心,多有悲涼。嗟乎,嗟乎,我真不知何處爲九原,云何起古人。如使真有九原,真起古人,豈不同此一副眼淚,同欲失聲大哭乎哉!乃古人則且有大過于我十倍之才與識矣,彼謂天地非有不仁,天地亦真無奈也。欲其無生,或非天地,既爲天地,安得不生?夫天地之不得不生,是則誠然有之,而遂謂天地乃適生我,此豈理之當哉?天地之生此芸芸也,天地殊不能知其爲誰也。芸芸之被天地生也,芸芸亦皆不必自知其爲誰也。必謂天地今日所生之是我,則夫天地明日所生之固非我也。然而天地明日所生,又各各自以爲我,則是天地反當茫然不知其罪之果誰屬也。夫天地真未嘗生我,而生而適然是我,是則我亦聽其生而已矣。天地生而適然是我,而天地終亦未嘗生我,是則我亦聽其水逝雲卷、風馳電掣而去而已矣。我既前聽其生,後聽其去,而無所于惜,是則于其中間幸而猶尚暫在,我亦于無法作消遣中隨意自作消遣而已矣。得如諸葛公之躬耕南陽,苟全性命可也,此一消遣法也。既而又因感激三顧,許人驅馳,食少事煩,至死方已,亦可也,亦一消遣法也。或如陶先生之不願折腰,飄然歸來可也,亦一消遣法也。既而又爲三旬九食,饑寒所驅,叩門無辭,至圖冥報,亦可也,又一消遣法也。天子約爲婚姻,百官出其門下,堂下建牙吹角,堂後品竹彈絲,可也,又一消遣法也。日中麻麥一餐,樹下冰霜一宿,說經四萬八千,度人恒河沙數,可也,亦一消遣法也。何也?我固非我也,未生已前,非我也,既去已後,又非我也。然則今雖猶尚暫在,實非我也。既已非我,我欲云何?抑既已非我,我何不云何?且我而猶望其是我也,我決不可以有少誤。我而既已決非我矣,我如之何不聽其或誤,乃至或大誤耶?誤而欲以非我者爲我,此固誤也,然而非我者則自誤也,非我之誤也,又誤而欲以此我,作諸鄭重,極盡寶護,至于不免呻吟啼哭,此固大誤也,然而非我者則自大誤也。非我之大誤也,又誤而至欲以此我,窮思極慮,長留痕迹,千秋萬世,傳道不歇,此固大誤之大誤也,然而總之非我者則自大誤大誤也。非我之大誤大誤誤也,既已誤其如此,于是而以非我者之日月,誤而任我之唐突,可也。以非我者之才情,誤而供我之揮霍,可也。以非我者之左手,誤爲我摩非我者之腹,以非我者之右手,誤爲我撚非我者之鬚,可也。非我者撰之,我吟之;非我者吟之,我聽之;非我者聽之,我足之蹈之,手之舞之;非我者足蹈而手舞之,我思有以不朽之,皆可也。硯,我不知其爲何物也,既已固謂之硯矣,我亦謂之硯可也。墨,我不知其爲何物也;筆,我不知其爲何物也;紙,我不知其爲何物也;手,我不知其爲何物也;心思,我不知其爲何物也;既已同謂之云云矣,我亦謂之云云可也。窗明几净,此何處也?人曰此處,我亦謂之此處也。風清日明此何日也?人曰今日,我亦謂之今日也。蜂穿窗而忽至,蟻緣檻而徐行,我不能知蜂蟻,蜂蟻亦不知我;我今日而暫在,斯蜂蟻亦暫在,我倏忽而爲古人,則是此蜂亦遂爲古蜂,此蟻亦遂爲古蟻也。我今日天清日朗,窗明几净,筆良硯精,心撰手寫,伏承蜂蟻來相證照,此不世之奇緣,難得之勝樂也。若後之人之讀我今日之文,則真未必知我今日之作此文時又有此蜂與此蟻也。夫後之人而不能知我今日之有此蜂與此蟻,然則後之人竟不能知我之今日之有此我也。後之人之讀我之文者,我則已知之耳,其亦無奈水逝雲卷、風馳電掣,因不得已而取我之文自作消遣云爾。後之人之讀我之文,既使其心無所不得已,不用作消遣,然而我則終知之耳,是其終亦無奈水逝雲卷、風馳電掣者耳。我自淡悟夫誤亦消遣法也,不誤亦消遣法也,不誤不妨仍誤亦消遣法也,是以如是其刻苦也。刻苦也者,欲其精妙也。欲其精妙也者,我之孟浪也。我之孟浪也者,我既已了悟也。我既已了悟也者,我本無謂也。我本無謂也者,仍即我之消遣也。我安計後之人之知有我與不知有我也?嗟乎!是則古人十倍于我之才識也。我欲慟哭之,我又不知其爲誰也,我是以與之批之刻之也。我與之批之刻之,以代慟哭之也。夫我之慟哭古人,則非慟哭古人,此又一我之消遣法也。

序二曰留贈後人

前乎我者爲古人,後乎我者爲後人。古人之與後人,則皆同乎?曰皆同。古之人不見我,後之人亦不見我。既已皆不見,則皆屬無親,是以謂之皆同也。然而我又忽然念之：古之人不見我矣，我乃無日而不思之；後之人亦不見我，我則殊未嘗或一思之也。觀于我之無日不思古人，則知後之人之思我必也。觀于我之殊未嘗或一思及後人，則知古之人之不我思，此其明驗也。如是，則古人與後人又不皆同。蓋古之人，非惟不見，又復不思，是則真可謂之無親。若夫後之人之雖不見我，而大思我，其不見我，非後人之罪也，不可奈何也。若其大思我，此真後人之情也，如之何其謂之無親也？是不可以無所贈之而我則將如之何其贈之？後之人必好讀書。讀書者必仗光明。光明者，照耀其書所以得讀者也。我請得為光明以照耀其書而以為贈之，則如日月天既有之，而我又不能以其身為之膏油也，可奈何！後之人既好讀書，讀書者必好友生。友生者，忽然而來，忽然而去；忽然而不來，忽然而不去。此讀書而喜，則此讀之令彼聽之；此讀書而疑，則彼讀之令此聽之。既而并讀之，并聽之，既而并坐不讀，又大歡笑之者也。我請得為友生并坐并讀并聽并笑而以為贈之，則如我之在時，後人既未及來，至于後人來時，我又不復還在也，可奈何！後之人既好讀書，又好友生，則必好彼名山大河，奇樹妙花。名山大河，奇樹妙花者，其胸中所讀之萬卷之書之副本也。于讀書之時，如入名山，如泛大河，如對奇樹，如拈妙花焉。于入名山、泛大河、對奇樹、拈妙花之時，如又讀其胸中之書焉。後之人既好讀書，又好友生，則必好于好香、好茶、好酒、好藥。好香、好茶、好酒、好藥者，讀書之暇，隨意消息，用以宣導沉滯、發越清明、鼓蕩中和、補助榮華之必資也。我請得化身百億，既為名山大河，奇樹妙花，又為好香、好茶、好酒、好藥，而以為贈之，則如我自化身于後人之前，而後人乃初不知此之為我之所化也，可奈何！後之人既好讀書，必又好其知心青衣。知心青衣者，所以霜晨雨夜侍立于側，异身同室，并興齊住者也。我請得轉我後身便為知心青衣，霜晨雨夜侍立于側而以為贈之。則如可以鼠肝，又可以蟲臂。偉哉造化！且不知彼將我其奚適也，可奈何！無已，則請有說于此，擇世間之一物，其力必能至于後世者。擇世間之一物，其力必能至于後世，而世至今猶未能以知之者。擇世間之一物，其力必能至于後世，而世至今猶未能以知之，而我適能盡智竭力，絲毫可以得當于其間者。夫世間之一物,其力必能至于後世者,則必書也。夫世間之書,其力必能至于後世,而世至今猶未能以知之者,則必書中之《西廂記》也。夫世間之書,其力必能至于後世,而世至今猶未能以知之,而我適能盡智竭力,絲毫可以得當于其間者,則必書中之《西廂記》也。夫世間之書,其力必能至于後世,而世至今猶未能以知之。而我適能盡智竭力,絲毫可以得當于其間者,則必我此日所批之《西廂記》也。夫我此日所批之《西廂記》,我則真爲後之人思我而我無以贈之,故不得已而出于斯也。我真不知作《西廂記》者之初心,其果如是其果不如是也。設其果如是,謂之今日始見《西廂記》可;設其果不如是,謂之前日久見《西廂記》,今日又別見聖嘆《西廂記》可。總之,我自欲與後人少作周旋。我實何曾爲彼古人致其矻矻之力也哉!

貫華堂繪像第六才子西廂卷之一終

貫華堂繪像第六才子西廂卷之二

聖嘆外書

讀第六才子書西廂記法

一、有人來說《西廂記》是淫書。此人後日定墮拔舌地獄。何也？《西廂記》不同小可，乃是天地妙文，自從有此天地，他中間便定然有此妙文。不是何人做得出來，是他天地直會自己劈空結撰而出。若定要説是一個人做出來，聖嘆便説，此一個人既是天地現身。

二、《西廂記》斷斷不是淫書，斷斷是妙文。今後若有人説是妙文，有人説是淫書，聖嘆都不與做理會。文者見之謂之文，淫者見之謂之淫耳。

三、人説《西廂記》是淫書，他止爲中間有此一事耳。細思此一事，何日無之，何地無之？不成天地中間有此一事，便廢却天地耶？細思此身自何而來，便廢却此身耶？一部書有如許纏纏洋洋無數文字，便須看其如許纏纏洋洋是何文字，從何處來，到何處去，如何直行，如何打曲，如何放開，如何捏聚，何處公行，何處偷過，何處慢搖，何處飛渡，至于此一事直須高閣起不復道。

四、若説《西廂記》是淫書，此人只須樸，不必教。何也？他也只是從幼學一冬烘先生之言，一入于耳，便牢在心；他其實不曾眼見《西廂記》。樸之還是冤苦。

五、若眼見《西廂記》了，又説是淫書，此人則應樸乎？曰：樸之亦是冤苦,此便是冬烘先生耳。當初造《西廂記》時,原發願不肯與他讀,他今日果然不讀。

六、若説《西廂記》是淫書,此人有大功德。何也?當初造《西廂記》時,發願只與後世錦綉才子共讀,曾不許販夫皂隸也來讀。今若不是此人揎拳捋臂,拍凳搥床,駡是淫書時,其勢必至無人不讀,泄盡天地妙秘,聖嘆大不歡喜。【眉】筆舌互用。

七、《世説新語》云:"《莊子·逍遥游》一篇,舊是難處。"開春無事,不自揣度,私與陳子瑞躬,風雨聯床,香爐酒杯,縱心縱意,處得一上。自今以後,普天下錦綉才子同聲相應,領異拔新,我二人便做支公許史去也。

八、聖嘆《西廂記》只貴眼照古人,不敢多讓,至于前後著語,悉是口授小史,任其自寫,并不更曾點竄一遍,所以文字多有不當意處。蓋一來雖是聖嘆天性貪懶,二來實是《西廂》本文,珠玉在上,便教聖嘆點竄殺,終復成何用。普天下後世,幸恕僕不當意處,看僕眼照古人處。

九、聖嘆本有才子書六部,《西廂記》乃是其一。然其實六部書,聖嘆只是用一副手眼讀得。如讀《西廂記》,實是用讀《莊子》《史記》手眼讀得。便讀《莊子》《史記》,亦只用讀《西廂記》手眼讀得。如信僕此語時,便可將《西廂記》與子弟作《莊子》《史記》讀。

十、子弟至十四五歲,如日在東,何書不見,必無獨不見《西廂記》之事。今若不急將聖嘆此本與讀,便是真被他偷看了《西廂記》也。他若得讀聖嘆《西廂記》,他分明讀了《莊子》《史記》。

十一、子弟欲看《西廂記》,須教其先讀《國風》。蓋《西廂記》所寫事,便全是《國風》所寫事。然《西廂記》寫事,曾無一筆不雅馴,便全學《國風》寫事,曾無一筆不雅馴;《西廂記》寫事,曾無一筆不透脱,便全學《國風》寫事,曾無一筆不透脱:敢療子弟筆下雅馴不透透、脱脱不雅馴之病。

十二、沉潛子弟,文必雅馴,苦不透脱。高明子弟,文必透脱,苦不雅馴。極似分道揚鑣,然實同病别發。何謂同病?只是不換筆。蓋不換筆,便道其不透脱;不換筆,便道其不雅馴也。何謂别發?一是停而不換筆,一是走而不換筆。蓋停而不換筆，便有似于雅馴，而實非雅馴；走而不換筆，便有似于透脫，而實非透脫也。夫眞雅馴者，必定透脫；眞透脫者，必定雅馴。問誰則能之？曰《西廂記》能之。夫《西廂記》之所以能之，只是換筆也。

十三、子弟讀得此本《西廂記》後，必能自放異樣手眼，另去讀出別部奇書。遙計一二百年之後，天地間書無有一本不似十日并出，此時則彼一切不必讀、不足讀、不耐讀等書亦既廢盡矣，眞一大快事也。然實是此本《西廂記》爲始。

十四、僕昔因兒子及甥侄輩要他做得好文字，曾將《左傳》《國策》《莊》《騷》《公》《穀》《史》《漢》、韓、柳、三蘇等書雜撰一百餘篇，依張侗初先生必讀古文舊名，只加"才子"二字，名曰《才子必讀書》。蓋致望讀之者之必爲才子也。久欲刻布請正，古因喪亂，家貧無貲，至今未就。今既呈得《西廂記》，便亦不復更念之矣。

十五、文章最妙，是目注彼處，手寫此處。若有時必欲目注此處，則必手寫彼處。一部《左傳》，便十六都用此法。若不解其意，而目亦注此處，手亦寫此處，便一覽已盡。《西廂記》最是解此意。【眉】門外漢惡足與于此。

十六、文章最妙，是目注此處，却不便寫，却去遠遠處發來，迤邐寫到將至時，便又且住，却重去遠遠處更端再發來，再迤邐又寫到將至時，便又且住；如是更端數番，皆去遠遠處發來，迤邐寫到將至時，既便住，更不復寫出目所注處，使人自于文外瞥然親見，《西廂記》純是此一方法，《左傳》《史記》亦純是此一方法。最恨是《左傳》《史記》急不得呈教。

十七、文章最妙，是先覷定阿堵一處已，却于阿堵一處之四面將筆來左盤右旋，右盤左旋，再不放脫，却不擒住。分明如獅子滾球相似，本只是一個球，却教獅子放出通身解數，一時滿棚人看獅子，眼都看花了，獅子却是并沒交涉。人眼自射獅子，獅子眼自射球。蓋滾者是獅子，而獅子之所以如此滾，如彼滾，實都爲球也。《左傳》《史記》便純是此一方法，《西廂記》亦純是此一方法。【眉】小題之所以必走完路也。

十八、文章最妙，是此一刻被靈眼覷見。便于此一刻放靈手捉住。蓋于略前一刻亦不見，略後一刻便亦不見，恰恰不知何故，却于此一刻忽然覷見，若不捉住，便更尋不出。今《西厢記》若干文字，皆是作者于不知何一刻中靈眼忽然覷見，便疾捉住，因而直傳到如今。細思萬千年以來，知他有何限妙文，已被覷見，却不曾捉得住，遂總付之泥牛入海，永無消息。

十九、今後任憑是絕代才子，切不可云此本《西厢記》我亦做得出也。便教當時作者而在，要他燒了此本，重做一本，已是不可復得。縱使當時作者他却是天人，偏又會做得一本出來，然既是別一刻所覷見，便用別樣握住，便是別樣文心，別樣手法，便別是一本，不復是此本也。

二十、僕今言靈眼覷見，靈手捉住，却思人家子弟何曾不覷見，只是不捉住。蓋覷見是天付，捉住須人工也。今《西厢記》實是又會覷見，又會捉住，然子弟讀時，不必又學其覷見，一味只學其捉住。聖嘆深恨前此萬千年，無限妙文已是覷見，却捉不住，遂成泥牛入海，永無消息。今刻此《西厢記》遍行天下，大家一齊學得捉住，僕實遥計一二百年後，世間必得平添無限妙文，真乃一大快事。【眉】切中。

二十一、僕嘗粥時欲作一文，偶以他緣不得便作，至于飯後方補作之，僕便可惜粥時之一篇也。此譬如擲骰相似，略早略遲，略輕略重，略東略西，便不是此六色，而愚之夫尚欲争之，真是可發一笑。

二十二、僕之為此言，何也？僕嘗思萬萬年來，天無日無雲，然決無今日雲與某日雲曾同之事。何也？雲只是山川所出之氣，升到空中，却遭微風，蕩作縷縷。既是風無成心，便是雲無定規，都是互不相知，便乃偶爾如此。《西厢記》正然，并無成心之與定規，無非此日佳日閑窗，妙腕良筆，忽然無端，如風蕩雲。若使异時更作，亦不妙另自有其絶妙。然而無奈此番已是絶妙也，不必云异時不能更妙于此，然亦不必云异時尚將更妙于此也。

二十三、僕幼年最恨"鴛鴦綉出從君看，不把金針度與君"之二句，謂此必是貧漢自稱，王夷甫口不道阿堵物計耳。若果知得金針，何妨與我略度。今日見《西厢記》，鴛鴦既已綉出，金針亦盡度，益信作彼語者，真是脱空謾語漢。

二十四、僕幼年曾聞人說一笑話云：昔一人苦貧特甚，而生平虔奉吕祖。感其至心，忽降其家，見其赤貧，不勝憫之，念當有以濟之，因伸一指，指其庭中磐石，粲然化爲黄金，曰：汝欲之乎？其人再拜曰：不欲也。吕祖大喜，謂：子誠如此，便可授子大道。其人曰：不然，我心欲汝此指頭耳。僕當時私謂此固戲論耳，若真是吕祖，必當便以指頭與之。今此《西廂記》便是吕祖指頭，得之者處處遍指，皆作黄金。

二十五、僕思文字不在題前，必在題後，若題之正位，決無有文字。不信，但看《西廂記》之一十六章，每章只用一句兩句寫題正位，其餘便都是前後搖之曳之，可見。【眉】此但是心，小題法耳。

二十六、知文在題之前，便須恣意搖之曳之，不得便到題。知文在題之後，便索性將題拽過了，却重與之搖之曳之。若不解此法，而誤向正位多寫作一行或兩行，便如畫死人坐像，無非印板衣褶，縱復費盡縕染，我見之，早向新宅中哭鍾太傅矣。

二十七、横直波點聚謂之字，字相連謂之句，句相雜謂之章。兒子五六歲了，必須教其識字。識得字了，必須教其連字爲句。連得五六七字爲句了，必須教其布句爲章。布句爲章者，先教其布五六七句爲一章，次教其布十來多句爲一章；布得十來多句爲一章時，又反教其只布四句爲一章，三句爲一章，二句乃至一句爲一章。直到解得布一句爲一章時，然後與他《西廂記》讀。

二十八、子弟讀《西廂記》後，忽解得三個字亦能爲一章，二個字亦能爲一章，一個字亦能爲一章，無字亦能爲一章。子弟忽解得無字亦能爲一章時，渠回思初布之十來多句爲一章，真成撒吞耳。

二十九、子弟解得無字亦能爲一章，因而回思初布之十來多句爲一章，盡成撒吞，則其體氣便自然異樣高妙，其方法便自然異樣變換，其氣色便自然異樣姿媚，其避忌便自然異樣滑脱。《西廂記》之點化子弟不小。

三十、若是字，便只是字；若是句，便不是，是章便不是句。何但不是字，一部《西廂記》真乃并無一字；豈但并無一字，真乃并無一句。一部《西廂記》，只是一章。

三十一、若是章，便應有若干句；若是句，便應有若干字。今《西廂記》不是一章，只是一句，故并無若干句，乃至不是一句，只是一字，故并無若干字。《西廂記》其實只是一字。

三十二、《西廂記》是何一字？《西廂記》是"無"一字。趙州和尚，人問："狗子還有佛性也無？"曰："無。"是此一"無"字。

三十三、人問趙州和尚："一切含靈具有佛性，何得狗子却無？"趙州曰："無。"《西廂記》是此一"無"字。

三十四、人若問趙州和尚："露柱還有佛性也無？"趙州曰："無。"《西廂記》是此一"無"字。

三十五、若又問："釋迦牟尼還有佛性也無？"趙州曰："無。"《西廂記》是此一"無"字。

三十六、人若又問："無字還有佛性也無？"趙州曰："無。"《西廂記》是此一"無"字。

三十七、人若又問："無字還有"無"字也無？"趙州曰："無。"《西廂記》是此一"無"字。

二十八、人若又問某甲不會，趙州曰："你是不會，老僧是無。"《西廂記》是此一"無"字。

三十九、何故《西廂記》是此一"無"字？此一"無"字是一部《西廂記》故。

四十、最苦是人家子弟，未取筆，胸中先已有了文字。若未取筆胸中先已有了文字，必是不會做文字人。《西廂記》無有此事。

四十一、最苦是人家子弟，提了筆，胸中尚自無有文字。若提了筆胸中尚自無有文字，必是不會做文字人。《西廂記》無有此事。

四十二、趙州和尚，人不問："狗子還有佛性也無？"他不知道有個"無"字。

四十三、趙州和尚，人問："過狗子還有佛性也無？"他亦不記道有個"無"字。

四十四、《西廂記》正寫《驚艷》一篇時，他不知道《借廂》一篇應如何；正寫《借廂》一篇時，他不知道《酬韵》一篇應如何。總是寫前一篇時，他不知道後一篇應如何。用煞二十分心思，二十分氣力，他只顧寫前一篇。

四十五、《西廂記》寫到《借廂》一篇時，他不記道《驚艷》一篇是如何；寫到《酬韵》一篇時，他不記道《借廂》一篇是如何。總是寫到後一篇時他不記道前一篇是如何。用煞二十分心思，二十分氣力，他又只顧寫後一篇。

四十六、聖嘆舉趙州"無"字説《西廂記》，此真是《西廂記》之真才實學，不是禪語，不是有無之"無"字。須知趙州和尚"無"字，先不是禪語，先不是有無之"無"字，真是趙州和尚之真才實學。

四十七、《西廂記》止寫得三個人：一個是雙文，一個是張生，一個是紅娘。其餘如夫人，如法本，如白馬將軍，如歡郎，如法聰，如孫飛虎，如琴童，如店小二，他俱不曾着一筆半筆寫，俱是寫三個人時所忽然應用之家伙耳。【眉】緣何無鄭恒、惠明？想來也是聖嘆捉筆，一時之誤。

四十八、譬如文字，則雙文是題目，張生是文字，紅娘是文字之起承轉合。有此許多起承轉合，便令題目透出文字，文字透入題目也。其餘如夫人等，算只是文字中間所用之乎者也等字。

四十九、譬如藥，則張生是病，雙文是藥，紅娘是藥之炮製。有此許多炮製，便令藥往就病，病來就藥也。其餘如夫人等，算只是炮製時所用之姜、醋、酒、蜜等物。

五十、若更仔細算時，《西廂記》亦止爲寫得一個人。一個人者，雙文是也。若使心頭無有雙文，爲何筆下却有《西廂記》？《西廂記》不止爲寫雙文，止爲寫誰？然則《西廂記》寫了雙文，還要寫誰？

五十一、《西廂記》止爲要寫此一個人，便不得不又寫一個人。一個人者，紅娘是也。若使不寫紅娘，却如何寫雙文？然則《西廂記》寫紅娘，當知正是出力寫雙文。

五十二、《西廂記》所以寫此一個人者，爲有一個人，要寫此一個人也。有一個人者，張生是也。若使張生不要寫雙文，又何故寫雙文？然則《西廂記》又有時寫張生者，當知正是寫其所以要寫雙文之故也。

五十三、誠悟《西廂記》寫紅娘，止爲寫雙文，寫張生亦止爲寫雙文，便應悟《西廂記》決無暇寫他夫人、法本、杜將軍等人。

五十四、誠悟《西廂記》止是爲寫雙文，便應悟《西廂記》決是不許寫到鄭恒。

五十五、《西廂記》寫張生，便雙是相府子弟，便真是孔門子弟。异樣高才，又异樣苦學；异樣豪邁，又异樣淳厚。相其通體自内至外，并無半點輕狂，一毫奸詐。年雖二十已餘，却從不知裙帶之下有何緣故。雖自說顛不剌的見過萬千，他亦只是曾不動心。寫張生直寫到此田地時，須悟全不是寫張生，須悟全是寫雙文。錦綉才子必知其故。

五十六、《西廂記》寫紅娘，凡三用加意之筆：其一于《借廂》篇中峻拒張生，其二于《琴心》篇中過尊雙文，其三于《拷艷》篇中切責夫人。一時便以周公制禮，乃盡在紅娘一片心地中，凛凛然，侃侃然，曾不可得而少假借者。寫紅娘直寫到此田地時，須悟全不是寫紅娘，須悟全是寫雙文。錦綉才子必知其故。

五十七、《西廂記》亦是偶爾寫他佳人才子。我曾細相其眼法、手法、筆法、墨法，固不單會寫佳人才子也，任憑換却題教他寫，他俱會寫。

五十八、若教他寫諸葛公白帝受托，五丈出師，他便寫出普天下萬萬世無數孤忠老臣滿肚皮眼泪來。我何以知之？我讀《西廂記》知之。

五十九、若教他寫王明君慷慨請行，琵琶出塞，他便寫出普天下萬萬世無數高才被屈人滿肚皮眼泪來。我讀《西廂記》知之。

六十、若教他寫伯牙入海，成連徑去，他便寫出普天下萬萬世無數苦心力學人滿肚皮眼泪來。我讀《西廂記》知之。

六十一、《西廂記》必須掃地讀之。掃地讀之者，不得存一點塵于胸中也。

六十二、《西廂記》必須焚香讀之。焚香讀之者，致其恭敬，以期鬼神之通之也。

六十三、《西廂記》必須對雪讀之。對雪讀之者，資其潔清也。

六十四、《西廂記》必須對花讀之。對花讀之者，助其娟麗也。

六十五、《西廂記》必須盡一日一夜之力，一氣讀之。一氣讀之者，總覽其起盡也。

六十六、《西廂記》必須展半月一片之功，精切讀之。精切讀之者，細尋其膚寸也。

六十七、《西廂記》必須與美人并坐讀之。與美人并坐讀之者，驗其纏綿多情也。

六十八、《西廂記》必須與道人對坐讀之。與道人對坐讀之者，嘆其解脫無方也。

六十九、《西廂記》前半是張生文字，後半是雙文文字，中間是紅娘文字。

七十、《西廂記》是《西廂記》文字，不是《會真記》文字。

七十一、聖嘆批《西廂記》是聖嘆文字，不是《西廂記》文字。

七十二、天下萬世錦綉才子讀聖嘆所批《西廂記》，是天下萬世才子文字，不是聖嘆文字。

七十三、《西廂記》不是姓王字實父此一人所造，但自平心斂氣讀之，便是我適來自造。親見其一字一句，都是我心裏恰正欲如此寫，《西廂記》便如此寫。

七十四、想來姓王字實父此一人亦安能造《西廂記》？他亦只是平心斂氣向天下人心裏偷取出來。

七十五、總之世間妙文，原是天下萬世人人心裏公共之寶，决不是此一人自己文集。

七十六、若世間又有不妙之文，此則非天下萬世人人心裏之所曾有也，便可聽其爲一人自己文集也。

七十七、《西廂記》便可名之曰《西廂記》。舊時見人名之曰《北西廂記》，此大過也。

七十八、讀《西廂記》便可告人曰：讀《西廂記》。舊時見人諱之曰看閑書，此大過也。

七十九、《西廂記》乃是如此神理,舊時見人教諸忤奴于紅氍毹上扮演之,此大過也。

八十、讀《西廂記》畢,不取大白酬地賞作者,此大過也。

八十一、讀《西廂記》畢,不取大白自賞,此大過也。

貫華堂繪像第六才子西廂卷之二終

貫華堂繪像第六才子西厢卷之三

會真記

唐　元稹

　　唐貞元中，有張生者，性溫茂，美丰容，內秉堅孤，非禮不可入。或朋從游宴，擾雜其間，他人或汹汹拳拳，若將不及，張生容順而已，終不能亂。以是年二十二，未嘗近女色。知者詰之，謝而言曰："登徒子非好色者，是有淫行耳。余真好色者，而適不我值。何以言之？大凡物之尤者，未嘗不留連于心，是知其非忘情者也。"詰者哂之。

　　無幾何，張生游于蒲。蒲之東十餘里，有僧舍曰普救寺，張生寓焉。適有崔氏孀婦將歸長安，路出于蒲，亦止茲寺。崔氏婦，鄭女也。張出于鄭，緒其親，乃异派之從母。是歲，渾瑊薨于蒲。有中人丁文雅不善于軍，軍人因喪而擾，大掠蒲人。崔氏之家，財産甚厚，多奴僕；旅寓惶駭，不知所托。先是，張與蒲將之黨有善，請吏護之，遂不及于難。十餘日，廉使杜確將天子命，以統戎節，令于軍，軍由是戢。鄭厚張之德甚，因飭饌以命張，中堂宴之。復謂張曰："姨之孤嫠未亡，提携幼稚，不幸屬師徒大潰，實不保其身。弱子幼女，猶君之生也，豈可比常恩哉！今俾以仁兄禮奉見，冀所以報恩也。"命其子曰歡郎，可十餘歲，容甚溫美。次命女鶯鶯："出拜爾兄，爾兄活爾。"久之，辭疾。鄭怒曰："張兄活爾之命，不然，爾且虜矣，能復遠嫌乎？"久之，乃至。常服睟容，不如新飾，鬟垂黛接，雙臉斷紅而已。顏色艶异，光輝動人。張驚，爲之禮。因坐鄭旁，以鄭之抑而見也。疑睇怨絕，若不勝其體者。問其年紀，鄭曰："今天子甲子歲之七月，于貞元庚辰，生十七年矣。"張生稍以辭導之，不對。終席而罷。

張自是惑之，願致其情，無由得也。崔之婢曰紅娘，生私爲之禮者數四，乘間遂道其衷。婢果驚沮，潰然而奔。張生悔之。翼日婢復至，張生乃羞而謝之，不復云所求矣。婢因謂張曰："郎之言，所不敢言，亦不敢泄。然而崔之族姻，君所詳也，何不因其德而求娶焉？"張曰："予始自孩提，性不苟合。或時紈綺閒居，曾莫留盼，不謂當年，終有所蔽。昨日一席間，幾不自持。數日來，行忘止，食忘飽，恐不能逾旦暮。若因媒氏而娶，納采問名，則三數月間，索我于枯魚之肆矣。爾其謂我何？"婢曰："崔之貞順自保，雖所尊，不可以非語犯之；下人之謀，固難入矣。然而善屬文，往往沈吟章句，怨慕者久之。君試爲喻情詩以亂之。不然，則無由也。"張大喜，立綴春詞二首以授之。是夕，紅娘復至，持采箋以授張，曰："崔所命也。"題其篇曰《明月三五夜》。其詞曰："待月西廂下，迎風戶半開；拂墻花影動，疑是玉人來。"張亦喻其旨。

是夕，歲二月旬有四日矣。崔之東墻，有杏花一樹，攀援可逾。既望之夕，張因梯其樹而逾焉。達于西廂，則戶半開矣。紅娘寢于床，生因驚之。紅娘駭曰："郎何以至？"張因紿之曰："崔氏之箋召我矣。爾爲我告之。"無幾，紅娘復來，連曰："至矣，至矣。"張生且喜且駭，謂必獲濟，及崔至，則端服儼容，大數張曰："兄之恩，活我之家，厚矣。是以慈母以弱子幼女見托。奈何因不令之婢，致淫佚之詞，始以護人之亂爲義，而終掠亂以求之，是以亂易亂，其去幾何！誠欲寢其詞，則保人之奸，不義；明之于母，則背人之惠，不祥；將寄于婢妾，又懼不得發其真誠。是用托短章，願自陳啓；猶懼兄之見難，是用鄙靡之詞，以求其必至。非禮之動，能不愧心；特願以禮自持，毋及于亂。"言畢，翻然而逝。張自失者久之，復逾而出，于是絕望。

數夕，張君臨軒獨寢，忽有人覺之。驚欸而起，則紅娘斂衾携枕而至，撫張曰："至矣，至矣，睡何爲哉！"設衾枕而去。張生拭目危坐，久之，猶疑夢寐，然修謹以俟。俄而紅娘捧崔氏而至，至，則嬌羞融冶，力不能運肢體，曩時端莊，不復同矣。是夕，旬有八日也。斜月晶熒，幽輝半床。張生飄飄然，且疑神仙之徒，不謂從人間至矣。有頃，寺鐘鳴，天將曉，紅娘促去。崔氏嬌啼宛轉，紅娘又捧之而去，終夕無一言。張生辨色而興，自疑曰："豈其夢邪？"及明，睹妝在臂，香在衣，泪光熒熒然，猶瑩于裀席而已。

是後又十餘日，杳不復知。張生賦《會真詩》三十韵，未畢，而紅娘適至，因授之以貽崔氏。自是復容之。朝隱而出，暮隱而入，同安于曩所謂西廂者幾一月矣。張生常詰鄭氏之情，則曰："知不可奈何矣，因欲就成之。"

無何，張生將之長安，先以情諭之。崔氏宛無難辭，然而愁怨之容動人矣。將行之再夕，不復可見，而張生遂西。

不數月，復游于蒲，舍于崔氏者又纍月。崔氏甚工刀札，善屬文。求索再三，終不可見。張生往往自以文挑之，亦不甚觀覽。大略崔之出人者，藝必窮極，而貌若不知；言則敏辯，而寡于酬對。待張之意甚厚，然未嘗以詞繼之。時愁艷幽邃，恒若不識；喜慍之容，亦罕形見。异時獨夜操琴，愁弄凄惻，張竊聽之；求之，則終不復鼓矣。以是愈惑之。張生俄以文調及期，又當西去。當去之夕不復自言其情，愁嘆于崔氏之側。崔已陰知將訣矣，恭貌怡聲，徐謂張曰："始亂之，終弃之，固其宜矣，愚不敢恨。必也君亂之，君終之，君之惠也；則没身之誓，其有終矣，又何必深憾于此行？然而君既不懌，無以奉寧。君當謂我善鼓琴，響時羞顏，所不能及，今且往矣，既君此誠。"因命拂琴，鼓《霓裳羽衣序》，不數聲，哀音怨亂，不復知其是曲也。左右皆欷歔，崔亦遽止之，投琴，泣下流漣，趨歸鄭所，遂不復至。明旦而張行。

明年，文戰不勝，遂止于京。因貽書于崔，以廣其意。崔氏緘報之詞，粗載于此，曰："奉覽來問，撫愛過深。兒女之情，悲喜交集。兼惠花勝一合，口脂五寸，致耀首膏唇之飾。雖荷殊恩，誰復爲容？睹物增懷，但積悲嘆耳。伏承使于京中就業，進修之道，固在便安；但恨僻陋之人，永以遐弃。命也如此，知復何言！自去秋以來，嘗忽忽如有所失。于喧嘩之下，或勉爲笑語；閑中自處，無不泪零。乃至夢寐之間，亦多叙感咽離憂之思，綢繆繾綣，暫若尋常。幽會未終，驚魂已斷；雖半衾如暖，而思之甚遙。一昨拜辭，倏逾舊歲。長安行樂之地，觸緒牽情；何幸不忘幽微，眷念無斁。鄙薄之志，無以奉酬。至于終始之盟，則固不貳。鄙昔中表相因，或同宴處；婢僕見誘，遂致私誠；兒女之情，不能自固。君子有援琴之挑，鄙人無投梭之拒。及薦枕席，義盛意深，愚幼之心，永謂終托。豈其既見君子，而不能定情，致有自獻之羞，不復明侍巾櫛。没身永恨，含嘆何言！倘仁人用心，俯遂幽劣；雖死之日，猶生之年。如或達士略情，捨小從大，以先配爲醜行，謂要盟之可欺，則當骨化形銷，丹誠不泯，因風委露，猶托清塵。存没之情，言盡于此。臨紙嗚咽，情不能申。千萬珍重！珍重千萬！玉環一枚，是兒嬰年所弄，寄充君子下體之佩。玉取共堅潔不渝，環取其終始不絕。兼彩絲一絇，文竹茶碾子一枚。此數物不足見珍，意者欲君子如玉之貞，俾志如環不解；淚痕在竹，愁緒縈絲；因物達誠，永以爲好耳。心邇身遐，拜會無期，幽憤所鍾，千里神合。千萬珍重。春風多厲，強飯爲佳。慎言自保，無以鄙爲深念。"

張生發其書于所知，由是時人多聞之。所善楊巨源好屬詞，因爲賦《崔娘詩》一絕云："清潤潘郎玉不如，中庭蕙草雪銷初。風流才子多春思，腸斷蕭娘一紙書。"河南元稹，亦續生《會真詩》三十韻，曰："微月透簾櫳，螢光度碧空。遙天初縹緲，低樹漸葱蘢。龍吹過庭竹，鸞歌拂井桐。羅綃垂薄霧，環珮響輕風。絳節隨金母，雲心捧玉童。更深人悄悄，晨會雨濛濛。珠瑩光文履，花明隱繡龍。瑤釵行彩鳳，羅帔掩丹虹。言自瑤華圃，將朝碧玉宮。因游洛城北，偶向宋家東。戲調初微拒，柔情已暗通。低鬟蟬影動，回步玉塵蒙。轉面流花雪，登床抱綺叢。鴛鴦交頸舞，翡翠合歡籠。眉黛羞頻聚，唇朱暖更融。氣清蘭蕊馥，膚潤玉肌豐。無力慵移腕，多嬌愛斂躬。汗光珠點點，髮亂綠鬆鬆。方喜千年會，俄聞五夜窮。留連時有限，繾綣意難終。慢臉含愁態，芳詞誓素衷。贈環明遇合，留結表心同。啼粉流清鏡，殘燈繞暗蟲。華光猶冉冉，旭日漸曈曈。乘鶩還歸洛，吹簫亦上嵩。衣香猶染麝，枕膩尚殘紅。幕幕臨塘草，飄飄思渚蓬。素琴鳴遠鶴，清漢望歸鴻。海闊誠難度，天高不易冲。行雲無定所，蕭史在樓中。"張之友聞之者，莫不聳異之；然而張亦志絕矣。

積特與張厚，因徵其辭，張曰："大凡天之所命尤物也，不妖其身，必妖于人。使崔氏子遇合富貴，乘嬌寵，不爲雲爲雨，則爲蛟爲螭，吾不知其變化矣。昔殷之辛，周之幽，據萬乘之國，其勢甚厚；然而一女子敗之，潰其衆，屠其身，至今爲天下僇笑。予之德不足以勝妖孽，是用忍情。"于時坐者皆爲深嘆。

後歲餘，崔已委身于人，張亦有所娶。適經其所居，乃因其夫言于崔，求以外兄見。夫語之，而崔終不爲出。張怨念之誠，動于顏色。崔知之，潛賦一章，詞曰："自從消瘦減容光，萬轉千回懶下床。不爲旁人羞不起，爲郎憔悴却羞郎。"竟不之見。後數日，張生將行，又賦一章以謝絶之曰："弃置今何道，當時且自親。還將舊來意，憐取眼前人。"自是絶不復知矣。時人多許張爲善補過者矣。予嘗于朋會之中，往往及此意者，欲使知之者不爲，爲之者不惑。

貞元歲九月，執事李公垂宿于余靖安里第，語及于是。公垂卓然稱异，遂爲歌以傳之。歌載李集中。

　　宋王銍云：嘗讀蘇内翰《贈張子野》詩云："詩人老去鶯鶯在。"注言所謂張生，乃張籍也。僕按：微之所作傳奇鶯鶯事，在貞元十六年春。又言"明年，生文戰不利"，乃在十七年。而唐《登科記》："張籍以貞元十五年高郢下登科。"既先二年，決非張籍明矣。每觀斯文，撫卷嘆息，未知張生果爲何人，意其非微之一等人不可當也。會清源莊季裕爲僕言，友人楊阜公嘗讀微之所作《姨母鄭氏墓志》云："其既喪夫，遭亂軍，微之爲保護其家備至。"則所謂傳奇者，蓋微之自叙，特假他姓以避就耳。僕退而考微之《長慶集》，不見所謂鄭氏志文，豈僕家所收未完，或別有他本？然細味微之所叙，及考于他書，則于季裕之所説皆合。蓋昔人事有悖于義者，多托之鬼神夢寐，或假之他人，或云見別書，後世猶可考也。微之心不自抑，既出之翰墨，姑易其姓氏耳。不然，爲人叙事，安能委曲詳盡如此？按樂天作微之墓志："以大和五年薨，年五十三。"則當以大曆十四年己未生，至貞元十六年庚辰正二十二歲。又韓退之作微之妻韋叢墓志文："作婿韋氏時，微之始以選爲校書郎。"又微之作陸氏姊志云："予外祖父授睦州刺史鄭濟。"白樂天作微之母鄭夫人志，亦言"鄭濟女"。則鶯鶯者，乃崔鵬之女，于微之爲中表。非特此而已，僕家有微之作元氏《古艷詩》百餘篇，中有《春詞》二首，其間皆隱"鶯"字。及自有《鶯鶯詩》《離思詩》《雜憶詩》與傳奇所載，猶一家說也。又有《古決絕詞》《夢游春詞》，皆叙所遇，後言捨之以義，及叙娶韋氏之年，與此無少異者。其詩多隱雙文，意謂二鶯字爲雙文也。并書于後，使覽者可考焉。又意《古艷詩》，多微之專因鶯鶯而作無疑。又微之《百韻詩寄樂天》云："山岫當階翠，墻花拂面枝。鶯聲愛嬌小，燕翼玩逶迤。"又云："幼年與蒲中詩人楊巨源友善，日課詩。"凡是數端，有一于此，可驗決爲微之無疑，况于如是之衆耶？然必更以張生，豈元與張，受姓命氏，本同所自出耶？僕性喜討論，考合同異。每聞一事隱而未見，及見而不同，如瓦礫之在懷，必欲討閱，歸于一説而後已。嘗謂讀千載之書，而探千載之迹，必須盡見當時事理，如身履其間，絲分縷解，終始備盡，乃可以置議論。若略執一言一事，未見其餘，則事之相戾者多矣。又謂前世之事，無不可考者，特學者觀書少而未見耳。微之所遇合，雖涉于流宕自放，不中禮義，然名輩流風餘韵，照應後世，亦人間可喜事，而士之臻此者特鮮矣。雖巧爲避就，然意微而顯，見于微之其他文詞者，彰著又如此。故反復抑揚，張而明之，以信其説。他時見所謂姨母鄭氏志文，當詳載于後云。

唐范攄云：元公初娶京兆韋氏，字蕙叢，官未達而苦貧。繼室河東裴氏，字柔之。二夫人俱有才思，時彥以爲佳偶。初，韋蕙叢卒，不勝其悲，爲詩悼之曰："謝家最小偏憐汝，嫁與黔婁百事乖。顧我無衣搜畫篋，泥他沽酒拔金釵。野蔬充膳甘長藿，落葉添薪仰古槐。今日贈錢過百萬，爲君營葬復營齋。"又曰："曾經滄海難爲水，除却巫山不是雲。"後自會稽拜尚書右丞，到京未逾月，出鎮武昌。是時，中門外構緹幕，候天使送節，忽聞宅內慟哭。侍者曰："夫人也。"乃傳聞："節鉞將至，何長慟焉？"裴氏曰："歲杪到家鄉，先春又赴任。寄情未半，相見所以如此。"立贈柔之詩曰："窮冬至鄉國，正歲到京華。自恨風塵異，長看遠地花。碧幢還照耀，紅粉莫冷嗟。嫁得浮雲婿，相隨却是家。"裴氏柔之答曰："侯門初擁節，御苑柳絲新，不是悲殊命，惟愁別是親。黃鶯遷古木，朱履陟清塵，想到千山外，滄江正暮春。"元公與裴氏琴瑟和諧，亦房帷之美也。余故手編錄之，與好事者共焉。

王楙云：《石林詩話》謂"開簾風動竹，疑是故人來"與"徘徊花上月，空度可憐宵"，此兩句，雖小説，實佳句。僕謂上聯在李君虞集中，此即古詞"風吹窗簾動，疑是所歡來"之意。梁費昶亦曰"簾動意君來"。柳惲曰："颯颯秋桂響，非君趁夜來？"《麗情集》曰："待月西廂下，迎風戶半開。隔牆花影動，疑是玉人來。"齊謝眺《懷故人》詩："離居方歲月，故人不在兹。清風動簾夜，明月照窗時。"皆一意也。

王楙又云：張先郎中子野能爲詩，年已八十，家猶畜聲妓。子瞻贈詩云："詩人老去鶯鶯在，公子歸來燕燕忙。"正均用當家故事也。按唐有張君瑞，遇崔氏女于蒲。崔小名鶯鶯，元稹與李紳語其事，作《鶯鶯歌》。漢童謠曰："燕燕尾涎涎，張公子，時相見。"又曰："張祐妾，名燕燕。"其事迹與人對偶，精切如此。鶯鶯對燕燕，已見于杜牧之詩曰："綠樹鶯鶯語，平沙燕燕飛。"前輩用事，皆有所祖。南唐馮延巳詞："燕燕巢時羅幕捲，鶯鶯啼處燕栖空。"亦以鶯鶯燕燕作對。

　　按《野談》：近內黃野中掘得鄭恒墓志，乃給事郎秦貫撰。其叙恒妻，則博陵崔氏。世遂以崔爲鶯鶯。余按《會真記》雖謂鶯鶯委身于人，而不著名氏。鄭恒之名，特始見于《西廂》傳奇，蓋烏有之辭也。世以墓志之名，偶與烏有之辭合，而鄭恒之配，又適與鶯鶯之氏同，遂以墓志之崔爲鶯鶯，誤矣。

　　陶宗儀云：余向在武林日，于一友人處見陳居中所畫唐崔麗人圖。其上有題云："幷燕鶯爲字，聯徽氏姓崔。非烟宜彩畫，秀玉勝江梅。薄命千年恨，芳心一寸灰。西廂舊紅樹，曾與月徘徊。"余丁卯春三月，銜命陝右。道出于蒲東普救寺僧舍，所謂"西廂"者，有唐麗人崔氏女遺照在焉，因命畫師陳居中繪模真像。意非登徒子之用心，迨將勉情鍾終始之戒。仍綴四十言，使好事有知伯勞之歌以記云。泰和丁卯林鍾吉日，十潤種玉宜之題。延祐庚申春二月，余傳命至東平，顧市鬻《雙鶯圖》，觀久之，弗見主人而歸。夜宿府治西軒，夢一麗人，綃裳玉質，逡巡而前曰："君玩雙鶯圖雖佳，非君几席間物。妾流落久矣，有雙鶯名冠古今，願托君爲重。"覺而怪之，未卜何詳。遲明欲行，忽主人攜鶯圖來，且四軸，余意麗人雙鶯，符此數耳。繼出一小軸，乃夢所見，有詩四十字，跋語九十八。識曰："泰和丁卯，出蒲東普救僧舍，繪唐崔氏鶯鶯真，十洲種玉大許宜之題。畫、詩、書，皆絶人品也。"余驚詫良久。時有司群官吏環視，因縮不目，托以跋語佳勝，贖之。吁，物理相感，果何如耶？豈法書名畫自有靈邪？抑名不朽者隨神邪？遇合有定數邪？余嘗謂《關雎》《碩人》，姿德兼備，君子之配也。琴心、雪句，才艷聯芳，文士之偶也。自詩書道廢，丈夫弗學，況女流邪？故近世非無色秀，往往脂粉腥穢，鴉鳳莫辨，求其彷彿《待月》章之萬一，絕代無聞焉。此亦慨世降之一端也。因歸于我，義弗亂已。宜之者，蓋前金趙愚軒之字，曾為鞏西簿。遺山謂泰和有詩名，五言平淡，他人未易造，信然。泰和丁卯，迨今百四十年云。其月二日，璧木見士思容題。

右共一百五十九字，雖不知"璧木見士"為何如人，然二君之風韻可想見矣！因俾嘉禾繪工盛懋臨寫一軸，適舅氏趙公侍制雍見而愛之，就為錄文于上。

附古艷詩二首　元稹

春來頻到宋家東，垂袖開懷待好風。鶯藏柳暗無人語，惟有牆花滿樹紅。
深院無人草樹光，嬌鶯不語趁陰藏。等閑弄水浮花片，流出門前賺阮郎。

鶯鶯詩　元稹

殷紅淺碧舊衣裳，取次梳頭暗淡妝。夜合帶烟籠曉日，牡丹經雨泣殘陽。
依稀似笑還非笑，彷彿聞香不是香。頻動橫波嬌不語，等閑教見小兒郎。

離思詩五首　元稹

自愛殘妝曉鏡中，環釵謾篸綠絲叢。須臾日射胭脂頰，一朵紅酥旋欲融。
山前散漫繞階流，萬樹桃花映小樓。閑讀道書慵未起，水晶簾下看梳頭。
紅羅著壓逐時新，杏子花紗嫩麴塵。第一莫嫌才地弱，些些紕縵最宜人。
曾經滄海難為水，除卻巫山不是雲。取次花叢懶回顧，半緣修道半緣君。
尋常百種花齊發，偏摘梨花與白人。今日江頭兩三樹，可憐葉底度殘春。

春曉　元稹

半欲天明半未明，醉聞花氣睡聞鶯。狌兒撼起鐘聲動，二十年來曉寺情。

古決絕詞　元稹

乍可爲天上牽牛織女星，不願爲庭前紅槿枝。七月七日一相見，故心終不移。那能朝開暮飛去，一任東西南北吹。分不兩相守，恨不爾相思。對面且如此，背面當何如？春風撩亂伯勞語，況是此時拋去時。握手苦相問，竟不言後期。君情既决絕，妾意亦參差。借如死生別，安得長苦悲！　一解

噫！春冰之將泮。何予懷之獨結？有美一人，于焉曠絕。一日不見，比一日于三年；況三年之曠別。水得風兮，小而已波；筍在籜兮，高不見節。矧桃李之當春，競衆人之攀折。我自顧悠悠而若雲，又安能保君皚皚之如雪？感破鏡之分明，睹淚痕之餘血。幸他人之既不我先，又安能使他人之終不我奪？已焉哉！織女別黃姑，一年一度暫相見，彼此隔河何事無？　二解

夜夜相抱眠，幽懷尚沉結。那堪一年事，長遣一宵説。但感人相思，何暇暫相悦？虹橋薄夜成，龍駕侵晨別。生憎野鵲性遲回，死恨天雞識時節。曙色漸瞳曨，華星欲明滅。一去又一年，一年何時徹？有此迢遞期，不如生死別。天公隔是妒相憐，何不便教相决絕。

雜憶詩五首　元稹

今年寒食月無光，夜色纔侵已上床。憶得雙文通内裏，玉櫳深處暗聞香。
花籠微月竹籠烟，百尺絲繩拂地懸。憶得雙文人静後，潛教桃葉送鞦韆。
寒輕夜淺繞回廊，不辨花叢暗辨香。憶得雙文籠月下，小樓前後捉迷藏。
山榴似火葉相兼，半拂低墻半拂檐。憶得雙文獨披掩，滿頭花草倚新簾。
春冰消盡碧波湖，漾影殘霞似有無。憶得雙文衫子薄，鈿頭雲映褪紅酥。

贈雙文　元稹

艷極翻合態，憐我轉自嬌。有時還自笑，閑坐更無聊。曉月行看堕，春酥見欲銷。何因肯垂手，不敢望回腰。

感事詩　元稹

富貴年皆長，風塵舊轉稀。白頭方見絕，遥爲一沾衣。

憶事詩　元稹

夜深閑到戟門邊，却繞行廊又獨眠。明月滿庭池水綠，桐花垂在翠簾前。

夢游春詞　元稹

昔君夢游春，夢游何所遇？夢入深洞中，果遂平生趣。清冷淺漫溪，畫舫蘭蒿渡。過盡萬株桃，盤旋竹林路。長廊抱小樓，門牖相回互。樓下雜花叢，叢邊繞鴛鷺。池水漾彩霞，曉日初明煦。未敢上階行，頻移曲池步。烏龍不作聲，碧玉曾相慕。漸到簾幕間，徘徊意猶懼。閑窺東西閣，奇玩參差布。格子碧油糊，駞鈎柴金鍍。逡巡日漸高，影響人將寤。鸚鵡飢亂鳴，嬌娃睡猶怒。簾開侍兒起，見我遙相論。鋪設綉紅茵，弛張鈿妝具。潛寒翡翠帷，瞥見珊瑚樹。不辨花貌人，空驚香若霧。身回夜合偏，態斂晨霞聚。睡臉桃破風，汗妝蓮委露。叢梳百葉髻，金蹙重臺履。紕軟殿頭裙，玲瓏合歡褲。鮮妍脂粉薄，暗淡衣裳故。最是紅牡丹，雨來春欲暮。夢魂良易驚，靈境難久寓。夜夜望天河，無由重沿溯。結念心所期，反如禪頓悟。覺來八九年，不向花回顧。雜沓雨京春，喧闐衆禽護。我到看花時，但作懷仙句。浮生轉經歷，道性尤堅固。近作《夢仙》詩，亦知勞肺腑。一夢何足云，良時自婚娶。當年二紀初，嘉節三星度。朝夢玉珮迎，高松女蘿附。韋門正全盛，出入多歡裕。甲第漲清池，鳴騶引朱輅。廣榭舞葳蕤，長筵賓雜厝。青春詎幾日，華實潛幽蠹。秋月照潘郎，空山懷謝傅。紅樓嗟壞壁，金谷迷荒戍。石壓破欄杆，門摧舊梐枑。雖云覺夢殊，同是終難駐。悰緒竟何如？芬紗不成絢。卓女《白頭吟》，阿嬌《金屋賦》。重壁盛姬臺，青冢明妃墓。盡委窮塵骨，皆隨流波注。幸有古如今，何勞縑比素。況余當盛時，早歲諧時務。詔册冠賢良，諫垣陳好惡。三十再登朝，一登還一仆。寵榮非不早，邅回亦云屢。直氣在膏肓，氛氳日沉痼。不盡意不快，快意言多忤。忤誠人所賊，性亦天之付。乍可沉爲香，不能浮作瓠。誠爲堅所守，未爲朋所措。事事身已經，營營計何誤。美玉琢文壇，良金填武庫。徒謂自堅貞，安知受礱鑄。長絲羈野馬，密網羅陰兔。物外各迢迢，誰能遠相個。時來既若飛，禍速當如鶩。曩意自未精，此行何所訴？努力去江陵，笑言誰與晤。江花綻可憐，奈非心所慕。石竹逞奸黠，蔓菁誇畎數。一種薄地生，淺深何是妒。節葉水上生，團團水中住。瀉水注葉中，君看不相污。

和微之夢游春詩百韵　　白居易

微之既到江陵，又以《夢游春》詩七十韵寄余。且題其序曰："斯言也，不可使不知吾者知，知吾者亦不可使不知。樂天，知吾者，吾不敢不使吾子知。"予辱斯言，三復其旨，大抵悔既往而悟將來也。然余以爲苟不悔不悟則已，若悔于此，則宜悟于彼也。反于彼而悔于妄，則宜歸于真也。況與足下外服儒風，内宗梵行者有日矣，而今而後，非覺路之反也，非空門之歸也，將安返乎？將安歸乎？今所和者，其章指卒歸于此。夫感不甚則悔不熟，感不至則悟不深。故廣足下七十韵爲一百韵，重爲足下陳夢游之中，所以甚感者；叙叙婚仕之際，所以至感者；欲使曲盡其妄，周知其非，然後返乎真，歸乎實。亦猶《法華經》叙火宅、偈化城，《維摩經》入淫舍、過酒肆之義也。微之，微之，余斯文也，尤不可使不知吾者知，幸藏之云爾。

昔君夢游春，夢游仙山曲。恍若有所遇，似愜平生欲。因尋菖蒲水，漸入桃花谷。到一紅樓家，愛之看不足。池流渡清泚，草嫩蹋绿蓐。門柳暗全低，檐櫻紅半熟。轉行深深院，過盡重重屋。烏龍卧不驚，青鳥飛相逐。漸聞玉珮響，始辨朱履躅。遥見窗下人，娉婷十五六。霞光抱明月，蓮艷開初旭。縹緲雲雨仙，氤氲蘭麝馥。風流薄梳洗，時世寬妝束。袖軟异文綾，裙輕單絲縠，裙腰銀綠壓，梳掌金筐蹙。帶纈紫葡萄，褲花紅石竹。凝情都未語，付意微相矚。眉斂遠山青，鬟低片雲綠。帳牽翡翠带，被解鴛鴦襆。秀色似堪餐，穠華如可掬。半捲錦頭席，斜鋪綉腰褥。朱唇素指匀，粉汗紅綿撲。心驚夢易覺，夢斷魂難續。籠委獨栖禽，劍分連理木。存誠期有感，誓志真無黷。京洛八九春，未曾花裏宿。壯年徒自弃，佳會應無復。鸞歌不重聞，鳳兆從茲卜。韋門女清貴，裴氏甥賢淑。羅扇夾花燈，金鞍攢綉轂。既傾南國貌，遂坦東床腹。劉阮心漸忘，潘楊意方睦。新修履信第，初食尚書禄。九醖備聖賢，八珍窮水陸。秦家重簫史，彥輔憐衛叔。朝饌饋獨盤，夜醑傾百斛。親賓盛輝赫，妓樂紛曄煜。宿醉纔解醒，朝歡餓枕麴。飲過君子争，令甚將軍酷，酩酊歌鸜鵒，顛狂舞鴝鵒。月流春夜短，日下秋天速。謝傅隙過駒，蕭娘風動燭。全凋舜花折，半死梧桐禿。暗鏡對孤鸞，哀猿留寡鵠。淒淒隔幽顯，冉冉移寒燠。萬事此時休，百身何處贖？提携小兒女，將領舊姻族。再入朱門行，一傍青樓哭。櫪空無厩馬，木涸失池鶩。搖落廢井梧，荒涼故籬菊。苺苔上凡閣，塵土生琴筑。舞榭綴蠮螉，歌梁聚蝙蝠。嫁分紅粉妾，賣散蒼頭僕。門容思徬徨，家人哭咿噢。心期正簫索，宦序仍拘局。懷策入崤函，驅車辭郊廓。逢時念既濟，聚學思大畜。端詳筮仕蓍，磨拭穿楊鏃。始從讎校職，首中賢良目。一拔侍瑤池，再陞紆綉服。誓酬君王寵，願使朝廷肅。密勿奉封章，清明操憲牘。鷹鞲中病下，豸角當邪觸。糾謬靜東周，申冤動南蜀。危言詆暗寺，直氣忤鈞軸。不忍曲作鉤，乍能折為玉。捫心無愧畏，騰日有謗讟。只要明是非，何曾虞禍福。車摧太行路，劍落豐城獄。襄漢問修途，荊蠻指殊俗。謫為江府掾，遣事荊州牧。趨走謁麾幢，喧煩視鞭樸。簿書長自領，縲囚每親鞫。竟日坐官曹，經句曠休沐。宅荒渚宮草，馬瘦畬田粟。薄俸等涓毫，微官同桎梏。月中照形影，天際辭骨肉。鶴病翅羽垂，獸窮爪牙縮。行看鬢閑白，誰勸杯中綠。時傷大野麟，命問長沙鵩。夏梅山雨漬，秋瘴海雲毒。巴水白茫茫，楚山青簇簇。吟君七十韵，是我心所蓄。既去誠莫追，將來幸前勖。欲除憂惱病，當取禪經讀。須悟事皆空，無令念將屬。詩思游春夢，此夢何閃倏。艷色既空花，浮生乃焦穀。良姻在佳偶，頃刻為單獨。入仕欲榮身，須臾成黜辱。合者離之始，樂兮憂所伏。愁恨僧祇長，歡榮剎那促。覺悟因旁喻，迷執由當局。膏明誘暗蛾，陽焰奔痴鹿。貪為苦聚落，愛是悲林麓。水蕩無明波，輪回生死輻。塵應甘露灑，垢待醍醐浴。瘴要智燈燒，魔須慧力戮。外熏性易染，內戰心難衄。法句與心王，期君日三復。

題會真詩三十韵　杜牧

鸚鵡出深籠，麒麟步遠空。拂墻花颯颯，透戶月朧朧。暗度飛龍竹，潛挨舞鳳桐。松篁搖夜影，錦綉動春風。遠信傳青鳥，私期避玉童。柳烟輕漠漠，花氣淡濛濛。小小釵簪鳳，盤盤髻綰龍。無言欹寶枕，赧面對銀釭。姑射離仙闕，嫦娥降月宮。精神絕趙北，顏色冠蒲東。密約千金值，靈犀一點通。修眉蛾緣掃，媚臉粉香蒙。燕隱凝香壘，蜂藏芍藥叢。留燈垂綉幕，和月簌簾櫳。弱體花枝顫，嬌顔汗顆融。笋抽纖玉軟，蓮襯朶頤豐。笑吐丁香舌，輕搖楊柳躬。未酬前恨足，肯放此情鬆。幽會愁難載，通宵意未窮。錦衾溫未暖，玉漏滴將終，密語重言約，深盟各訴衷。樹交連理并，帶結合歡同。烟篆消金獸，燈花落玉蟲。殘星光閃閃，曙色影瞳瞳。別淚傾江海，行雲蔽華嵩。花鈿留賓驛，羅帕記新紅。有夢思春草，無因繫短蓬。傷心怨別鶴，停目送歸鴻。厚德難酬報，高天可置冲。寸誠言不已，封在錦箋中。

春詞酬元微之　沈亞之

黃鶯啼時春日高，紅芳發盡井邊桃。美人手暖裁衣易，片片輕花落剪刀。

鶯鶯歌　李紳

伯勞飛遲燕飛疾，垂楊綻金花笑日。綠窗嬌女字鶯鶯，金雀鴉鬟年十七。黃姑上天阿母在，寂寞霜姿素蓮質。門掩重關蕭寺中，芳草花時不曾出。

河橋上將亡官軍，虎旗長戟交壘門。鳳凰詔書猶未到，滿城戈甲如雲屯。家家玉貌弃泥土，少女嬌妻愁被虜。出門走馬皆健兒，紅粉潛藏欲何處？鳴鳴阿毋啼向天，窗中抱女投金鈿。鉛華不顧欲藏艷，玉顔轉瑩如神仙。

此時潘郎未相識，偶住蓮館對南北。潛嘆凄惶阿母心，爲求白馬將軍力。明明飛詔五雲下，將選金門兵悉罷。阿母深居鷄犬安，八珍玉食邀郎餐。千言萬語對生意，小女初笄爲姊妹。

丹誠寸心難自比，寫在紅箋方寸紙。寄與春風伴落花，彷彿隨風綠楊裏。窗中暗讀人不知，剪破紅綃裁作詩。還怕香風易飄蕩，自令青鳥口銜之。詩中報郎含隱語，郎知暗到花深處。三五月明當戶時，與郎相見花間路。

貫華堂繪像第六才子西厢卷之三終

貫華堂繪像第六才子西廂卷之四

聖嘆外書

《西廂》者何？書名也。書曷爲乎名曰《西廂》也？書以紀事，有其事，故有其書也；無其事，必無其書也。今其書有事，事在西廂，故名之曰《西廂》也。西廂者，普救寺之西偏屋也。普救寺則武周金輪皇帝所造之大功德林也。普救寺有西廂，而是西廂之西又有別院。別院不隸普救而附于普救，是崔相國出其堂俸之所建也。先是法本者，相國之所剃度，是即相國之門徒也。相國因念，誠得一日避賢罷相，而芒鞋竹杖舍佛安適矣。然身願爲倉卒客，不願門徒爲倉卒主人，而于是特占此一袈裟，以爲老人莬裘，而不虞落成之日，不善頌禱，不聞歌，乃聞哭，不得以玉帶賭鎮山門，而竟以丹旐將諸煢獨，此老夫人所以停喪得于寺中之故也。故西廂者，普救寺之西偏屋也。西廂之西，又有別院，則老夫人之停喪所也。乃喪停而艷停，艷停而才子停矣，夫才子之停于西廂也，艷停于西廂之西故也。艷之停于西廂之西也，喪停故也。乃喪之停于西廂之西也，則實爲相國有自當莬裘故也。夫相國營莬裘于西廂之西，爾普救寺之西廂遂以有事，乃至因事有書，而令萬萬世人傳道無窮。然則出堂俸建別院，又可不慎乎哉！

聖嘆之爲是言也，有二故焉：其一，教天下以慎諸因緣也。佛言：一切世間皆從因生。有因者則得生，無因者終竟不生，不見有因而不生，無因而反忽生。亦不見瓜因而豆生，豆因而反瓜生。是故如來教諸健兒慎勿造因。嗚呼！胡不可畏哉！語云："其父報仇，子乃行劫。"蓋言報仇必殺人也，而其子者不見負仇，但見殺人，則亦戲學殺人。殺人而國且以法繩之，子畏抵法也，遂逃命萑蒲中；萑蒲中又無所得食也，則不得已，仍既以殺人爲業矣。若是乎仇亦慎勿報也。蓋聖嘆現見其事已數數矣。現見其父中年無歡，聊借絲竹，陶寫情抱也。不眴眼而其子手執歌板，沿門唱曲。若是乎謝太傅亦慎勿學也。現見其父憂來傷人，願引聖人，托于沈冥也。不眴眼而其子罵座，被驅墜車折脅。若是乎阮嗣宗亦慎勿學也。現見其父家居多累，竹院尋僧，略商古德也。不眴眼而其子引諸髡奴，污亂中冓。若是乎張無垢亦慎勿學也。現見其父希心避世，物外田園，方春勸耕也。不眴眼而其子擔糞服牛，面目黧黑。若是乎陶泉明亦慎勿學也。如彼崔相國當時出堂俸，建別院，一時座上賓客，夫孰不嘖嘖賢者？是慎勿之内秘菩薩，外現宰官，而已不覺不知親爲身後之西廂月下遠遠作因，不然而豈其委諸曰雙文爲之乎？委諸曰才子爲之乎？委之雙文，雙文無因。委之才子，才子無因。然則西廂月下之事非相國爲因，又誰爲之？嗚呼！人生世間，舉手動足，又有一毫可以漫然遂爲乎哉！

其一，教天下以立言之體也。夫老夫人，守禮謹嚴，一品國太君也。雙文，千金國艷也。既阿紅，亦一時上流姿首也。普救寺者，河中大刹，則其堂内堂外，僧徒何止千計，又況八部海涌，十方雲集？此其目視、手指、心動、口說，豈復人意之所能料乎哉！今以老猶未老，幼已不幼，雖在斬然衰絰之中，而其縱縱扈扈，終非外人習見之恒儀也。而儼然不施緯幕而逼處此，爲老夫人者，豈三家村燒香念佛嫗乎。不然胡爲無禮至此！聖嘆詳睹作者：實于西廂之西，別有別院。此院必附子寺中者，爲挽弓逗緣；而此院不混于寺中者，爲雙文遠嫌也。君子立言，雖在傳奇，必有禮焉，可不敬與？

題目總名

張君瑞巧做東床婿，法本師住持南禪地。
老夫人開宴北堂春，崔鶯鶯待月西廂記。

率爾一題，亦必成文。觀其請"東""南""北"三，陪"西"字焉。

第一之四章題目正名

老夫人開春院

崔鶯鶯燒夜香

小紅娘傳好事

張君瑞鬧道場

一部書，十六章，而其第一章，大筆特書曰："老夫人開春院。"罪老夫人也。雖在別院，終爲客居，乃親口自命紅娘引小姐于前庭閑散心。一念禽犢之恩，遂至逗漏無邊春色，良賈深藏，當如是乎？厥後詐許兩廊退賊願婚，乃又悔之，而又不遣去之，而留之書房，而因以失事，猶未減焉。

一之一　驚艷

今夫提筆所寫者古人，而提筆寫古人之人爲誰乎？有應之者曰：我也。聖嘆曰：然，我也。則吾欲問此提筆所寫之古人，其人乃在十百千年之前，而今提筆寫之之我，爲信能知十百千年之前真曾有其事乎？不乎？乃至真曾有其人乎，不乎？曰：不能知。不知，而今方且提筆曲曲寫之，彼古人于冥冥之中爲將受之乎，不乎？曰：古人實未曾有其事也。乃至古亦實未曾有其人也。即使古或曾有其人，古人或曾有其事，而彼古人既未嘗知十百千年之後，乃當有我將與寫之，而因以告我，我又無從排神御氣，上追至于十百千年之前，問諸古人。然則今日提筆而曲曲所寫，蓋皆我自欲寫，而于古人無與。與古人無與，則古人又安所復論受之與不受哉。曰：古人不受，然則誰受之？曰：我寫之，則我受之矣。夫我寫之，即我受之，而于提筆將寫未寫之頃，命意吐詞，其又胡可漫然也耶？《論語》："傳曰：一言智，一言不智。言不可以不慎。"蓋言我必愛我，則我必宜自愛其言；我而不自愛其言者，是直不愛我也。我見近今填詞之家，其于生旦出場第一折中，類見肆然蚤作狂蕩無禮之言，生必爲狂且，旦必爲倡女，夫然後愉快于心，以爲情之所鍾在于我輩也。如此夫天下後世之讀我書者，彼豈不悟此一書中，所撰爲古人名色，如君瑞、鶯鶯、紅娘、白馬，皆是我一人心頭口頭，吞之不能，吐之不可，搔爬無極，醉夢恐漏，而至是終竟不得已，而忽然巧借古之人之事以自傳，道其胸中若干日月以來七曲八曲之委折乎？其中如徑斯曲，如夜斯黑，如緒斯多，如蘗斯苦，如痛斯忍，如病斯諱。設使古人昔者真有其事，是我今日之所決不與知，則今日我有其事，是亦昔者古人之所決不與知者也。夫天下後世之讀多書者，彼則深悟君瑞非他君瑞，殆即著書之人焉是也；鶯鶯非他鶯鶯，殆即著書之人之心頭之人焉是也；紅娘、白馬悉復非他，殆即爲著書之人力作周旋之人焉是也。如是而提筆之時不能自愛，而竟肆然自作狂蕩無禮之言，以自愉快其心，是則豈非身自願爲狂且，而以其心頭之人爲倡女乎？讀《西廂》第一折，觀其寫君瑞也如彼，夫亦可以大悟古人寄托筆墨之法也矣。

亦嘗觀于烘雲托月之法乎？欲畫月也，月不可畫，因而畫雲。畫雲者，意不在于雲也；意不在于雲者，意固在于月也。然而意必在于雲焉，于雲略失則重，或略失則輕，是雲病也。雲病即月病也。于雲輕重均停矣。或微不慎，漬少痕，如微塵焉，是雲病也。雲病即月病也。于雲輕重均停，又無纖痕，漬如微塵，望之如有，攬之如無，即之如去，吹之如蕩，斯雲妙矣。雲妙而明日觀者沓至，咸曰：良哉月與！初無一人嘆及于雲，此雖極負作者昨日慘淡旁皇畫雲之心，然試實究作者之本情，豈非獨爲月，全不爲雲，雲之與月正是一副神理。合之固不可得而合，而分之乃決不可得而分乎！《西廂》第一折之寫張生也是已。《西廂》之作也，專爲雙文也。然雙文，國艷也。國艷，則非多買胭脂之所得而塗澤也。抑雙文，天人也。天人，則非下土螻蟻工匠之所得，而增減雕塑也。將寫雙文，而寫之不得，因置雙文勿寫而先寫張生者，所謂畫家烘雲托月之秘法。然則寫張生必如第一折之文云云者，所謂輕重均停，不得纖痕，漬如微塵也。設使不然，而于寫張生時，鼇毫夾帶狂且身分，則後文唐突雙文乃極不小。讀者于此，胡可以不加意哉？

（夫人引鶯鶯、紅娘、歡郎上云）老身姓鄭，夫主姓崔，官拜當朝相國，不幸病薨。只生這個女兒，小字鶯鶯，年方一十九歲，針黹女工，詩詞書算，無有不能。相公在日，曾許下老身姪兒鄭尚書長子鄭恒爲妻。因喪服未滿，不曾成合。這小妮子，是自幼伏侍女兒的，喚做紅娘。這小厮兒，喚做歡郎，是俺相公討來壓子息的。相公棄世，老身與女兒扶柩往博陵安葬，因途路有阻，不能前進，來到河中府，將靈柩寄在普救寺內。這寺乃是天册金輪武則天娘娘敕賜蓋造的功德院。長老法本，是俺相公剃度的和尚。因此上有這寺西邊一座另造宅子，足可安下。一壁寫書附京師，喚鄭恒來，相扶回博陵去。俺想相公在日，食前方丈，從者數百。今日至親只這三四口兒，好生傷感人也呵！

【仙吕】【賞花時】（夫人唱）夫主京師祿命終，子母孤孀途路窮。旅襯在梵王宮。盼不到博陵舊冢，血淚灑杜鵑紅。

今日暮春天氣，好生困人。紅娘，你看前邊庭院無人，和小姐閑散心，立一回去。（紅娘云）曉得。

于第一章大書曰："老夫人開春院。"雖曰罪老夫人之詞，然其實作者乃是巧護雙文。蓋雙文不到前庭,即何故爲游客誤見?然雙文到前庭而非奉慈母暫解,即何以解于"女子不出閨門"之明訓乎?故此處閑閑一白,乃是生出一部書來之根。即伏解元所以得見驚艷之由,又明雙文真是相府千金秉禮小姐,蓋作者之用意苦到如此。近世忤奴乃云雙文直至佛殿,我睹之而恨恨焉。

【後】(鶯鶯唱)可正是人值殘春蒲郡東,門掩重觀蕭寺中;花落水流紅,閑愁萬種,無語怨東風。已上【賞花時】二曲不是《西廂》一色筆墨,想是後人所添也。

(夫人引鶯鶯、紅娘、歡郎下)

(張生引琴童上云)小生姓張,名珙,字君瑞,本貫西洛人也。先人拜禮部尚書。周公之禮。盡在張矣,妙!小生功名未遂,游于四方,既今貞元十七年二月上旬,欲往上朝取應,路經河中府。有一故人,姓杜,名確,字君實,與小生同郡同學,曾爲八拜之交。後棄文就武,遂得武舉狀元,官拜征西大元帥,統領十萬大軍,現今鎮守蒲關。小生就探望哥哥一遭,却往京師未遲。暗想小生螢窗雪案,學成滿腹文章,尚在湖海飄零,未知何日得遂大志也呵!看其中心如焚,止爲滿腹文章有志未就,其他更無一言有所及。正是:萬金寶劍藏秋水,滿馬春愁壓繡鞍。別樣麗句,一氣説下,不對讀,質言之,只是不得見用,故悶人也。却將寶劍、繡鞍、秋水、春愁互得好。

【仙呂】【點絳唇】(張生唱)游藝中原,言游藝,則其志道可知也。開口便説志道游藝,則張生之爲人可知也。腳跟無綫、如蓬轉。其至中原也,不獨至中原也。不獨至中原,而今暫至中原,則其于別院中人,真如風馬牛也。望眼連天,日近長安遠。中心如焚,只爲長安,豈有他哉,看他一部書,無數偷香傍玉,其起頭乃作如實筆法。

右第一節。言張生之至河中,正爲上京取應,初無暫留一日二日之心。

【混江龍】向詩書經傳，蠹魚似不出費鑽研。棘圍呵守暖，鐵硯呵磨穿。投至得雲路鵬程九萬里，先受了雪窗螢火十餘年。才高難入俗人機，時乖不遂男兒願。怕你不離蟲篆刻，斷簡殘篇。哀哉此言，普天下萬萬世才子同聲一哭。○看張生寫來是如此人物，真好筆法。

右第二節。寫張生滿胸前刺刺促促，只是一色高才未遇説話，其餘更無一字有所及。

行路之間，早到黃河這邊，你看好形勢也呵！

張生之志，張生得自言之；張生之品，張生不得自言之也。張生不得自言，則將誰代之言？而法又決不得不言，于是順便反借黃河，快然一吐其胸中隱隱岳岳之無數奇事。嗚呼！真奇文大文也。

【油葫蘆】九曲風濤何處險，正是此地偏。帶齊梁，分秦晋，隘幽燕。雪浪拍長空，天際秋雲捲。便是曹公亂世奸雄語。竹索繩浮橋，水上蒼龍偃。便是治世能臣語也。東西貫九州，南北串百川。言其學之富。歸舟緊不緊如何見？似弩箭離弦。言其才之敏也。【天下樂】疑是銀河落九天，高源雲外懸。言其所本者高。入東洋不離此徑穿。言其所到者大。滋洛陽千種花，言其潤色帝圖。潤梁園萬頃田，言其霖雨萬物。我便要浮槎到日月邊。又結至上京取應也。

右第三節。借黃河以快比張生之品量。試看其意思如此，是豈偷香傍玉之人乎哉？用筆之法便如掔五石勁弩，其勢急不可就，而入下斗然轉出事來，是爲奇筆。

説話間，早到城中。這裏好一座店兒，琴童接了馬者！店小二哥那裏？（店小二云）自家是狀元坊店小二哥。官人要下阿，俺這裏有乾净店房。（張生云）便在頭房裏下。小二哥，你來，這裏有甚麼閑散心處？（小二云）俺這裏有座普救寺，是天册金輪武則天娘娘敕建的功德院，蓋造非常。南北往來過者，無不瞻仰。只此處可以游玩。（張生云）琴童，安頓行李，撒和了馬，我到那裏走一道。（琴童云）理會得。（俱下）

（法聰上云）小僧法聰，是這普救寺法本長老的徒弟。今日師父赴齋去了，着俺在寺中，但有探望的，便記着，侍師父回來報知。山門下立地，看有甚麼人來。（張生上云）曲徑通幽處，禪房花木深。却早來到也。（相見科，聰云）先生從何處來？（張生云）小生西洛至此，聞上刹清幽，一來瞻禮佛像，二來拜謁長老。（聰云）俺師父不在，小僧是弟子法聰的便是。請先生方丈拜茶。（張生云）既然長老不在呵，不必賜茶。敢煩和尚相引，瞻仰一遭。（聰云）理會得。（張生云）是蓋造得好也！

【村裏迓鼓】隨喜了上方佛殿，只一"了"字，便是游過佛殿也。而後之忤奴，必謂張、鶯同在佛殿，一何悖哉！○每曲一句，是游一處。又來到下方僧院。又游一處。○如忤奴之意，不成張、鶯厮趕僧院耶！厨房近西，又游一處。法堂北，又游一處。鐘樓前面。又游一處。游洞房，又游一處。登寶塔，又游一處。將回廊繞遍。又游一處。○已上于寺中已到處游遍，更無餘剩矣，便直逼到崔相國西偏別院。筆法真如東海霞起，總射天台也。我數畢羅漢，參過菩薩，拜罷聖賢。此三句，不接上文之下，乃重申上文處處所見。蓋上文以佛殿、僧院、厨房、法堂、鐘樓、洞房、寶塔、回廊襯出崔氏別院，而此又以羅漢菩薩聖賢，一切好相襯出鶯艷也。其文如宋刻玉玩，雙層浮起

那裏又好一座大院子，却是何處？待小生一發隨喜去。（聰拖住云）那裏須去不得，先生請住者，裏面是崔相國家眷寓宅。（張

生見鶯鶯、紅娘科)

驀然見五百年風流業冤。此即雙文奉夫人慈命，暫至前庭閒散心，小立片時也。忤奴必云：蕩然游寺，被人撞見。

右第四節。寫張生游寺已畢，幾幾欲去，而意外出奇，憑空逗巧。○如此一段文字，便與《左傳》何异？凡用佛殿、僧院、厨房、法堂、鐘樓、洞房、寶塔、回廊無數字，都是虛字；又用羅漢、菩薩、聖賢無數字，又都是虛字。相其眼覷何處，手寫何處，蓋《左傳》每用此法。我于《左傳》中說，子弟皆謂理之當然。今試看傳奇亦必用此法，可見臨文無法，便成狗嗥，而法莫備于《左傳》。甚矣，《左傳》不可不細讀也。我批《西廂》，以爲讀《左傳》例也。

【元和令】顚不剌的見了萬千，這般可喜娘罕曾見。言所見萬千亦皆絕艷，然非今日之謂也。看他用第一筆乃如此，便先將普天下蛾眉推倒。我眼花撩亂口難言，魂靈兒飛去半天。看他用第二筆又如此，偏不便寫，偏只空寫，此真用筆入神處。忤奴又謂張生少年涎臉。

右第五節。寫張生驚見雙文，目定魂攝，不能遽語。若遽語，既成何文理？

儘人調戲，軃着香肩，只將花笑拈。"儘人調戲"者，天仙化人，目無下土，人自調戲，曾不知也。彼小家十五六女兒，初至門前，便解不可儘人調戲，于是如藏似閃，作盡醜態，又豈知郭汾陽王愛女晨興梳頭，其執櫛進巾，捧盤瀉水，悉用偏裨牙將哉？《西廂記》只此四字，便是吃烟火人道殺不到。千載徒傳"臨去秋波"，不知已是第二句。【上馬嬌】是兜率宮？是離恨天？我誰想這裏遇神仙！純寫儘人調戲神韵。看他用第三筆又如此，只是空寫。

右第六節。寫雙文不曾久立，張生瞥然驚見。此一頃刻真如妙喜于阿閦佛國一現，不可再現。今乃欲于頃刻一現中寫盡眼中無邊妙麗，可知着筆最是難事，因不得已而窮思極算，算出"儘人調戲"四字來。蓋下文寫雙文見客既走入者，此是千金閨女自然之常理，而此處先下"儘人調戲"四字寫雙文，雖見客走入而不必如驚弦脫兔者，此是天仙化人，其一片清净心田中，初不曾有下土人鼠半星齟齬也。看他寫相府小姐，便斷然不是小家兒女。筆墨之事，至于此極，真神化無方。

宜嗔宜喜春風面，

右第七節。只此七字是雙文正面，下便側轉身來也。〇須知自"顛不剌"起至"晚風前"止，描畫雙文凡用若干語，而其實雙文止是阿閦佛國瞥然一現，蓋只此七字是也。此七字已上，皆是空寫；已下，則皆寫雙文入去。我不知雙文此日亦見張生與否。若張生之見之，則止于此七字而已也。後之忤奴，必謂雙文于爾頃已作目挑心招種種醜態，豈知《西廂記》妙文，原來如此？

偏、【上馬嬌】有此一字句，此恰用着，言雙文側轉身來也。宜貼翠花鈿。是側轉來所見也。【勝葫蘆】宮樣眉兒新月偃，侵入鬢雲邊。是側轉來所見也。

右第八節。寫雙文側轉身來。聖嘆遂于紙上親見其翩若驚鴻。即日我將以此妙文，持贈普天下才子，亦願一齊于紙上，同見雙文翩若驚鴻也。普天下才子讀至此處，愛殺雙文，安能不愛殺聖嘆耶！然世間或有不愛殺聖嘆者，聖嘆乃無憾。何則？渠固不知文心之苦者也。〇此方是活雙文，非死雙文也。傖乃不解，遂謂面是面、鈿是鈿、眉是眉、鬢是鬢，則是泥塑雙文也。

未語人前先覥靦，一、櫻桃紅破，二、玉粳白露，三、半響；四、恰方言。五、【後】似嚦嚦鶯聲花外囀，一句破作五六句，幾于筆尖不肯着紙。

（鶯鶯云）紅娘，我看母親去。

右第九節，雙文才見客來，便側轉身云："我看母親去。"此是一晌眼間事，看他偏有本事，將"我看母親"一聲寫出如許章法。

行一步上"偏"字，便是側轉身來，行此一步也。可人憐。解舞腰肢嬌又軟，千般裊娜，萬般旖旎，似垂柳在晚風前。此已是側轉身來之第一步也，再一步便入去了也。而張生此時未知也，遂極嘆之也。

右第十節。自"偏"字至此止是一晌眼間事，蓋側轉身來便移步入去也。

（鶯鶯引紅娘下）

雙文去矣，水已窮，山已盡矣。文心至此，如劃然弦斷，更無可續矣。看他下文憑空又駕出妙構來。

【後庭花】你看襯殘紅芳徑軟，步香塵底印兒淺。下將憑空從脚痕上揣摹雙文留情，故此特指芳徑淺印，以令人看也。傖父強作解事，多添襯字，謂是嘆其小、嘆其輕，彼豈知文法生起哉！休題眼角留情處，只這脚踪兒將心事傳。張生從何說起？作者從何入想？且又不便於脚痕上見鬼，又先於眼角上掉謊。行文可謂千伶百俐，七穿八跳矣！慢俄延，投至到攏門前面，只有那一步遠。誰曾俄延？先生謊也。如此文字，真乃十分是精靈，十二分是鬼怪矣！○上云"你看"，看底印也。看底印何也？看其將心事傳也。底印何見其將心事傳？有其步步慢，故步步近，即步步不忍舍我入去也。分明打個照面，自誇所揣如見也。寫用活張生來，真不是死張生也。瘋魔了張解元。

右第十一節。上文張生瞥然驚見，雙文翩然深逝，其間眼見并無半絲一綫，然則過此以往，真乃如鴻飛冥冥，弋者其奚慕哉。忽然于極無情處，生扭出情來，并不曾以點墨唐突雙文，而張生已自如蠶吐絲，自縛自悶，蓋下文無數借廂附齋，皆以此一節爲根也。○忤奴必欲于此一折中，謂雙文售奸以教張生心亂，我得而知其母、其妻、其女之事焉！此一折中，雙文豈惟心中無張生，乃至眼中未曾有張生也。不惟實事如此，夫男先乎女，固亦世之恒禮也。人但知此節爲行文妙筆，又豈知其爲立言大體哉？

神仙歸洞天，空餘楊柳烟，只聞鳥雀喧。【柳葉兒】門掩了梨花深院，粉墻兒高似青天。恨天不與人方便，難消遣，怎留連。有幾個意馬心猿？

右第十二節。正寫雙文已入去也。易解。

【寄生草】蘭麝香仍在，雙文既入，門便閉矣。門既閉，雙文便更不見矣。看他偏要逞好手，從門外張生，再寫出門裏雙文來，真是鏡花水月，全用光影邊事。此一句，是向門外寫也。佩環聲漸遠。此一句，便向門內寫也。東風搖曳垂楊綫，是從門外仰至墻頭也。游絲牽惹桃花片，是魂隨游絲，飛過墻去也。珠簾掩映芙蓉面。是魂在墻內，逢神見鬼也。這邊是河中開府相公家，墻外也。那邊是南海水月觀音院。墻內也。【賺煞尾】望將穿，墻外也。涎空咽，墻內也。

右第十三節。雙文已入，門已閉，却寫張生于墻外洞垣直透見墻內雙文，又是一樣憑空妙構，真正活張生，非死張生也。

我明日透骨髓相思病纏，我當他臨去秋波那一轉！我便鐵石人，也意惹情牽。妙眼如轉，實未轉也。在張生必爭云"轉"，在我必爲雙文爭曰"不曾轉"也。忤奴乃欲效雙文轉。

右第十四節。至此遂放聲言之也。

近庭軒，花柳依然，日午當天塔影圓。春光在眼前，奈玉人不見，依然，妙。半日迷魂，忽然睜眼。將一座梵王宮化作武陵源。

右第十五節。寫張生從別院門前覆身入寺，見寺中庭軒、花柳、日影、春光依然如故，與上第四節文字作呼應，所謂第四節入三昧，此節出三昧也。入得去，出得來，謂之好文字；殺得入去，殺得出來，謂之好健兒；入得定去，出得定來，謂之好菩薩。若前不知入去，後不知出來者，禪家謂之肚皮中鼓粥飯氣也。雙文不到佛殿，豈不信哉？

一之二　借廂

吾嘗遍觀古今人之文矣，有用筆而其筆不到者，有用筆而其筆到者，有用筆而其筆之前、筆之後、不用筆處無不到者。夫用筆而其筆不到，則用一筆而一筆不到，雖用十百千乃至萬筆，而十百千萬筆皆不到也，茲若人毋寧不用筆可也。用筆而其筆到，則用一筆，斯一筆到，再用一筆，斯一筆又到，因而用十百千乃至萬筆，斯萬筆并到，如先生是真用筆人也。若夫用筆而其筆之前、筆之後、不用筆處無處不到，此人以鴻鈞爲心，造化爲手，陰陽爲筆，萬象爲墨。心之所不得至，筆已至焉；筆之所不得至，心已至焉；筆所已至，心遂不必至焉；心所已至，筆遂不必至焉。讀其文，其文如可得而讀也，然而能讀者，讀之而讀矣；不能讀者，讀之而未曾讀也。何也？其文則在其文之前、之後、之四面，而其文反非也。故用筆而其筆不到者，如今世間橫災梨棗之一切文集是也。用筆而其筆到者，如世傳韓、柳、歐、王、三蘇之文是也。若用筆而其筆之前後、不用筆處無不到者，舍《左傳》吾更無與歸也！《左傳》之文，莊生有其駘宕，《孟子》七篇有其奇峭，《國策》有其匼緻，聖嘆別有《批〈孟子〉》《批〈國策〉》欲呈教。太史公有其寵嫟。夫莊生、《孟子》《國策》太史公又何足多道，吾獨不意《西廂記》，傳奇也，而亦用其法。然則作《西廂記》者，其人真以鴻鈞爲心，造化爲手，陰陽爲筆，萬象爲墨者也。

何也？如夜來張生之瞥見驚艷也，如天邊月，如佛上華，近之固不可得而近，而去之乃決不可得而去也。決不可得而去，則務必近之，而近之之道，其將從何而造端乎？通夜無眠，通夜思量，夫張生絕世之聰明才子也，彼且忽然而得算矣。謂天下之事，有鬥笋，有合縫。鬥笋，其始也；合縫，其終也。今日之事，不圖合縫，且圖鬥笋。夫驚艷之在深深別院中也，此縫未易合也；而相國別院之在無遮大刹中也，此笋或可鬥也。天明已乎？胡天正未明也。雞唱矣乎？胡雞正未唱也。鼓終矣乎？胡終正未終也。我不圖合縫，我且圖鬥笋。夫他日縫之終合與不合，事則在他日，我不敢料也。若夫今日笋之必鬥而不可不鬥，乃至必宜急鬥而不可遲鬥，事則在今日矣，我安得雞唱鼓終，天明入寺，而一問法聰乎！雞不唱，鼓不終，天不明，則不得入寺而問聰，此其心亂如麻可知也。設也倏忽之間而雞唱矣，鼓終矣，天明矣，乃入寺問聰，而聰不我應，此又當奈之何哉？夫聰之必我應而不不我應，固也；然聰之雖必我應，而萬一竟不我應，亦或然之事也。再思量之，則聰之或我應，或不我應，皆有之道也。再思量之，則聰之不我應也，其數多，其我應，乃數之少者也。再思量之，則聰必不我應者也，于是事急矣，心死矣，神散亂矣，發言無次矣，入寺見聰便發極云：不做周方，我必埋怨殺你。蓋聰聞之而斗然驚焉。何則？張生固未嘗先云借房，則聰殊不知其"不做周方"之爲何語也。張生未嘗先云借房而便發極云"不做周方"者，此其一夜心問口、口問心，既經百千萬遍，則更不計他人之知與不知也。只此起頭一筆二句十三字，便將張生一夜無眠，盡根極底，生描活現。所謂用筆在未用筆前，其妙則至于此，是惟《左傳》往往有之。借曰不然，而或順文寫之曰你借我半間客舍僧房，然後乃繼之曰"不做周方"。只略倒轉，便成惡札。嗟乎！文章之事，通于造化。當世不少青蓮花人，吾知必于千里萬里外遙呼聖嘆，酬酒于地曰：汝言是也！汝言是也！則聖嘆亦于千里萬里外遙呼青蓮花人，酬酒于地曰：先生，汝是作得《西廂記》出人也。已上，皆是"不做周方"一筆前，故意藏下之文。聖嘆特地代之寫出來，以明"不做周方"之一筆其手法神妙至于如此。試思"不做周方"二句，十三字耳，其前乃有如許一篇大文，豈不奇絕！

　　紅娘切責後，張生良久良久，此時最難措語。今看其【哨遍】一篇，極盡文章排蕩之法，是已爲奇事矣，偏有本事又排蕩出【耍孩兒】五篇。忽然從世間男長女大，風勾月引一段關竅，硬作差派，先坐煞小姐，以深明適者我并非失言，然後云"紅娘而肯做周旋耶，則我亦不過兩得其便；若紅娘畢竟不做周旋耶，則小姐自失便宜。"已又云："既已不做周旋，則我亦決計便不思量。"已又云："汝自不做周旋，我自終不得不思量。"凡五煞，俱是大起大落之筆，皆所以切怨紅娘也。切怨紅娘者，一題自有一題之文。若此篇則是切怨紅娘之文也，不知者悉以爲慕鶯之文，不成一部《西廂》篇篇皆慕鶯之文，又有何异同耶！

　　（夫人上云）紅娘，你傳着我的言語，去寺裏問他長老：幾時好與老相公做好事？問的當了，來回我話者。（紅娘云）理會得。（下）

　　（法本上云）老僧法本，在這普救寺內住持做長老。夜來老僧赴個村齋，不知曾有何人來探望？（喚法聰問科）（法聰云）夜來有一秀才，自西洛而來，特謁我師，不遇而返。（法本云）山門外覷者，倘再來時報我知道。（法聰云）理會得。

（張生上云）自夜來見了那小姐，着小生一夜無眠。今日再到寺中訪他長老，小生別有話說。（與法聰拱手科）

【中呂】【粉蝶兒】（張生唱）**不做周方，埋怨殺你個法聰和尚。**

右第一節。無序無由，斗然叫此一句。是為何所指耶？身自通夜無眠，千思萬算，已成熟話。若法聰者，又不曾做蛆，向驢胃中度夏，渠安所得知先生心中何事，要人"做周方"耶！豈非極不成文，極無理可笑語！然却是異樣神變之筆，便將張生一夜中車輪腸肚總撮出來。使低手為之，當云：來借僧房，敬求你個法聰和尚，你與我用心兒做個周方云云，亦誰云不是【粉蝶兒】？然只是今朝張生，不復有昨夜張生。聖嘆每云，不會用筆者，一筆只作一筆用，會用筆者，一筆作百十來筆用，正謂此也。

（聰云）先生來了，小僧不解先生話哩。

你借與我半間兒客舍僧房，與我那可憎才居止處門兒相向。"可憎"者，愛極之反辭也。王摩詰詩云"洛陽女兒對門居"。嘗嘆其"對門"二字，淫艷非常，不意本色道人胸中乃有如此設想。今此"門兒相向"四字，便是一副錦心繡手，不必定是青藍，而自然視之欲笑也。**雖不得竊玉偷香，且將這盼行雲眼睛打當。**筆皆起伏。

右第二節。後文至【上小樓】之後闋，始向長老借房者，借房之次第也。此文繞上場，便向法聰借房者，借房之心事也。借房不可不次第，則必待至【上小樓】之後闋也。借房之心事，刻不可忍，則必于此上場之一刻也。

（聰云）小僧不解先生話。

【醉春風】我往常見傅粉的委實羞，畫眉的敢是謊。不但是筆之起伏，此正是與張生爭殺身分。未與張生爭殺身分者，正是與雙文爭殺身分也。若張生平生，但見一眉一眼，一裙一襪，便連路喪節者，今日所見，乃不足又道也。今番不是，在先人心兒裏早癢句。癢。句。【醉春風】有此一重字作一句，最要用得恰妙。撩撥得心慌，斷送得眼亂，輪轉得腸忙。

右第三節，文自明。

（聰云）小僧不解先生話也。師父久待，小僧通報去。（張生見法本科）

【迎仙客】我只見頭似雪，鬢如霜，面如少年得內養。貌堂堂，聲朗朗，只少個圓光，便是捏塑的僧伽像。

右第四節，乃不可少。

（法本云）請先生方丈內坐。夜來老僧不在，有失迎迓，望先生恕罪！（張生云）小生久聞清譽，欲來座下聽講，不期昨日相左。今得一見，三生有幸矣。（本云）敢問先生世家何郡，上姓大名，因甚至此？（張生云）小生西洛人氏，姓張，名珙，字君瑞，因上京應舉，經過此處。

【石榴花】大師一一問行藏，小生仔細訴衷腸，自來西洛是吾鄉，宦游在四方，寄居在咸陽。先人禮部尚書多名望，五旬上因病身亡。平生正直無偏向，至今留四海一空囊。

右第五節，乃不可少。○雖不可少，然無事人向有事人作寒暄，彼有事人又不得不應。此景真可一噱也。○如送秧人被看鴨奴問話，緊急報船，誤行入木筏路中，皆何足道。莫苦于貧士一屋兒女，傍午無烟，不得不向鮑叔告乞升斗。乃入門相揖，不可便語，而彼鮑叔則且睜目看天，緩緩言"節序佳哉"，又緩緩言"某物應時矣，已得嘗新否"，殊不覺來客心頭淚落如豆。我願普天下菩薩鮑叔，于彼二三貧賤兄弟，無故忽然早來之時，善須察言觀色，慰勞無故，而後既安，此亦天地自然之常理，不足爲奇節也。聖嘆此語，守錢奴見之而怨怒焉。此亦大不解事矣！聖嘆此語。豈向守錢奴作說客耶！或曰：聖嘆亦大不解事，彼守錢奴胡爲得見聖嘆此書耶！

【鬥鵪鶉】聞你渾俗和光，句法是嘆，字法是嘲。果是風清月朗。小生呵，無意求官，有心聽講。

右第六節。此借廂之破題也，看其行文次第。

小生途路無可申意，聊具白金一兩，與常住公用，伏乞笑留。

秀才人情從來是紙半張，銀色也。他不曉七青八黃，任憑人説短論長，他不怕掂斤播兩。【上小樓】我是特來參訪，你竟無須推讓。這錢也難買柴薪，不彀齋糧，略備茶湯，寫秀才入畫。○作《西廂記》，忽然畫秀才，不怕普天下秀才具公呈告官府耶？

右第七節。此借廂之入題也。

你若有主張，對艷妝，將言詞説上，還要把你來生死難忘。

右第八節。反透過借廂一筆，令文字有跳脱之勢。上來作諸般殷勤，本爲借廂也，然理之所必無，是或事之所忽有，如"言詞説上"，"生死難忘"則是廂亦反不必借也。心頭亦明明知其必無此事，而心頭不覺忽忽定要説出來，痴人身分中眞有此景況，又不特作文勢跳脱而已。

（本云）先生客中，何故如此，先生必有甚見教。從來是禿廝乖。（張生云）小生不揣有懇：因惡旅邸繁冗，難以溫習經史，欲暫借一室，晨昏聽講。房金按月任憑多少。（本云）敝寺頗有空房，任憑揀擇。不呵，就與老僧同榻何如？李陵所謂不入耳之言，隨筆寫作一笑。

【後】不要香積厨，不要枯木堂。不要南軒，不要東墻，只近西廂。靠主廊，過耳房，方纔停當。快休題長老方丈。誦之如蕉葉兩聲，何其爽哉！又如鼓聲撇豆點動，何其快活哉！

　　右第九節。借廂正文也。

（紅娘上云）俺夫人着俺問長老：幾時好與老相公做好事？問的當了回話。（見本科）長老萬福！夫人使侍妾來問：幾時可與老相公做好事？（張生云）好個女子也呵！

【脫布衫】大人家舉止端詳，全不見半點輕狂。臨濟見牧千嫂有抽釘拔楔之意，便知住山人真是大善，知識杜子美，味北方佳人。天寒修竹，則雖其侍婢，必云"摘花不插髮"也。語云："不知其人，但觀所使。"今寫侍妾尚無半點輕狂，即雙文之嚴重可知也。大師行深深拜了。一、啓朱唇語言的當。二、【小梁州】可喜龐兒淺淡妝，三、穿一套縞素衣裳。四、○"縞素衣裳"四字精細，是扶喪服也。

　　右第十節。○昔有二人，于玄元皇帝殿中賭畫東西兩壁，相戒互不許竊窺。至幾日，各畫最前幡幢畢，則易而一視之。又至幾日，又畫中間旌鉞畢，又易而一視之。又至幾日，又畫近身纓笏畢，又易而一視之。又至幾日，又畫陪輦諸天畢，又易而共視。西人忽向東壁咥然一笑，東人殊不計也。殆明并畫天尊已畢，又易而共視，而後西人始投筆大哭，拜不敢起。蓋東壁所畫最前人物便作西壁中間人物，中間人物却作近身人物，近身人物竟作陪輦人物。西人計之，彼今不得不將天尊人物作陪輦人物矣，已後又將何等人物作天尊人物耶？謂其必至技窮，故不覺失笑，却不謂東人胸中乃別自有其日角月表、龍章鳳姿，超于塵境之外煌煌然一天尊，于是便自後至前一路人物盡高一層。今被作《西廂記》人偷得此法，亦將他人欲寫雙文之筆先寫却阿紅，後來雙文自不愁不出异樣筆墨，別成妙麗。嗚呼！此真非傖父所得夢見之事也。

鶻伶渌老不尋常，偷睛望，眼挫裏抹張郎。【後】我共你多情小姐同鴛帳，我不教你叠被鋪床。將小姐央，夫人央，他不令許放，我自寫與你從良。寫紅娘鶻伶渌老不尋常，乃張生之鶻伶渌老亦不尋常也。紅娘渌老不尋常，故趕眼挫偷抹張郎；乃張生渌老又不尋常，便早偷睛見其抹我也。一下筆寫四隻渌老，好看煞人。

右第十一節。又用別樣空靈之筆，重寫阿紅一遍也。抹，抹倒也，抹殺也，不以爲意也。將欲寫阿紅不是叠被鋪床人物，以明侍妾早是一位小姐矣，其小姐又當何如哉？却先寫阿紅眼中，全然抹倒張生，并不以張生爲意，作一翻跌之筆，然後自云：你自抹殺我，我定不敢抹殺你。此真非已下人物也。文之靈幻，全是一片神工鬼斧，從天心月窟雕鏤出來。傖父不知，乃謂寫阿紅眼好，夫上文之下，下文之上，有何關應須于此處寫阿紅好眼耶？蓋言你抹我，你不應抹我也。

（本云）先生少待，待老僧同小娘子到佛殿上一看便來。（張生云）小生便同行何如？（本云）使得。（張生云）着小娘子先行，我靠後些。

【快活三】崔家女艷妝，莫不演撒上老潔郎？既不是畯趁放毫光，爲甚打扮着特來晃。【朝天子】曲廊，洞房，你好事從天降。异樣鬼斧神工之筆。

右第十二節。張生靈心慧眼，早窺阿紅從那人邊來，便欲深問之。而無奈身爲生客，未好與人閨閣。因而眉頭一皺，計上心來，忽作醜語，抵突長老，使長老發極，然後輕輕轉出下文云。然則何爲不使兒郎，而使梅香？便問得不覺不知，此所謂明攻棧道、暗度陳倉之法也。儈父又不知，以爲張生忽作風話。斫山云：怪哉，聖嘆其眼至此！我疑此書便是聖嘆自製。

（本發怒云）先生好模好樣，説那裏話！（張生云）你須怪不得我説。好模好樣忒莽戇，煩惱耶唐三藏？妙句。便勘破普天下禪和子。偌大個宅堂，豈没個兒郎？要梅香來説勾當！一片閒心火熱熱地，止要問此一語，却駕起如此奇文。你在我行、口强，你硬着頭皮上。言欲于其腦袋上，鏨一百栗暴。蓋定欲其告我真語也。

右第十三節。三節真乃希世奇文，聖嘆不惟今生做不出，雖他生猶做不出。

（本云）這是崔相國小姐孝心，與他父親亡過老相國追薦做好事，一點志誠，不遣別人，特遣自己貼身的侍妾紅娘來問日期。（本對紅娘云）這齋供道場都完備了，十五日是佛受供日，請老夫人、小姐拈香。（張生哭云）哀哀父母，生我劬勞，欲報深恩，昊天罔極。小姐是一女子，尚思報本。望和尚慈悲，小生亦備錢五千，怎生帶得一分兒齋，追薦我父母，以盡人子之心。便夫人知道，料也不妨。（本云）不妨。法聰，與先生帶一分齋者。（張生私問聰云）那小姐是必來麽？（聰云）小姐是他父親的事，如何不來。（張生喜云）這五千錢使得着也。

斗然借廂，斗然抵突長老，斗然哭後，又斗然推更衣先出去。寫張生通身靈變，通身滑脱，讀之如于普救寺親看此小後生。

【四邊静】人間天上，看鶯鶯强如做道場。軟玉温香，休言偎傍；若能够湯他一湯，早與人消災障。南無消災障菩薩摩訶薩。〇絶世奇文。

右第十四節。又恐世間善男信女及道學先生讀至此處，謂張生真要薦親，故用正文說明之。

（本云）都到方丈吃茶。（張生云）小生更衣咱。（張生先出云）那小娘子一定出來也，我只在這裏等候他者。（紅娘辭本云）我不吃茶了，恐夫人怪遲，我回話去也。（紅出）（張生迎揖云）小娘子拜揖！（紅云）先生萬福！（張生云）小娘子莫非鶯鶯小姐的侍妾紅娘乎？（紅云）我便是，何勞動問？（張生云）小生有句話，敢說麼？（紅云）言出如箭，不可亂發；一入人耳，有力難拔。有話，但說不妨！（張生云）小生姓張，名珙，字君瑞，本貫西洛人氏，年方二十三歲，正月十七日子時建生，并不曾娶妻。千載奇話！（紅云）誰問你來！我又不是算命先生，要你那生年月日何用？千載奇文！（張生云）再問紅娘，小姐常出來麼？（紅怒云）出來便怎麼？妙！先生是讀書君子，道不得個非禮勿言，非禮勿動。俺老夫人治家嚴肅，凛若冰霜。即三尺童子，非奉呼喚，不敢輒入中堂。先生絕無瓜葛，何得如此！早是妾前，可以容恕；若夫人知道，豈便干休！今後當問的便問，不當問的，休待胡問！（紅娘下）

（張生良久良久云）這相思索是害殺我也！

【哨遍】聽說罷心懷悒怏，把一天愁都撮在眉尖上。說夫人節操凛冰霜，不召呼，不可輒入中堂。自思量，假如你心中畏懼老母威嚴，你不合臨去也回頭望。

右第十五節。寫張生被紅娘切責，一時腳插不進，頭鑽不入，無搔無爬，不上不落，于是不怨自己，不怨紅娘，忽然反怨鶯鶯。真是魂神顛倒之筆。

待揚下，承上文紅娘切責，救無路矣。定應如此措心，定應如此措筆也。

右第十六節。忽然作此一縱，筆如驚鷹撇去；然只是三字，下便疾收轉來。世間有如此神俊之筆！若真揚下，豈非世間第一有力丈夫？抑若真揚下，豈非世間終身不長進活死人哉！座間忽一客云："若真揚下，《西廂記》便止于此矣。"聖嘆不覺大笑。

教人怎揚？赤緊的深沾了肺腑，牢染在肝腸。若今生你不是并頭蓮，難道我前世燒了斷頭香。用兩"頭"字起色，便爲玉茗堂開山。我定要手掌兒上奇擎，心坎兒上溫存，眼皮兒上供養。

右第十七節。寫其一片志誠，雖死不變也如此。

【耍孩兒】只聞巫山遠隔如天樣，聽說罷又在巫山那廂。唐詩云："平蕪盡處是青山，行人更在青山外。"此用其句法。我這業身雖是立回廊，魂靈兒實在他行。莫不他安排心事正要傳幽客，也只怕是漏泄春光與乃堂。春心蕩，他見黃鶯作對，粉蝶成雙。春心之蕩，乃硬派之耶？奇文奇情。

右第十八節。將深怨紅娘，而先硬差官派。小姐春心之必蕩，以見已頃間之纖無差誤而甚矣，紅娘之謬也。

【五煞】紅娘你自年紀小，性氣剛。張郎倘去相偎傍，他遭逢一見何郎粉，我邂逅偷將韓壽香。風流況，成就我溫存嬌婿，管甚麼拘束親娘！

右第十九節。望紅娘肯通一綫，則有如是之美滿也。

【四煞】紅娘，你忒慮過，空算長，郎才女貌年相仿。定要到眉兒淺淡思張敞，春色飄零憶阮郎。非誇獎，他正德言工貌，小生正恭儉溫良。此二節反覆言之，以盡其事也。

右第二十節。諷紅娘不通一綫，則有如是之懊悔也。

【三煞】紅娘他眉兒是淺淺描，他臉兒是淡淡妝，他粉香膩玉搓咽項。下邊是翠裙鴛繡金蓮小,上邊是紅袖鸞銷玉笋長。不想呵其實强,你也掉下半天風韵,我也颩去萬種思量。絶世奇談。自欲不思量,乃先欲人不風韵,豈非謊哉!昔有人過嗜蟹者,人或戒之,遂發願云:"我有大願,願我來世,蟹亦不生,我亦不食。"相傳以爲奇談,豈知是《西廂記》妙文被他抄去。

右第二十一節。又作奇筆一縱,欲不思量也。

却忘了辭長老。(張生轉身見本云)小生敢問長老,房舍何如?(本云)塔院西厢有一間房,甚是瀟灑,正可先生安下。隨先生早晚來。(張生云)小生便回店中搬行李來。(本云)先生是必來者。(法本下)

(張生云)搬則搬來,怎麽捱這淒凉也呵!

【二煞】紅娘,我院宅深,枕簟凉,一燈孤影搖書幌。縱然酬得今生志,着甚支吾此夜長?睡不着如反掌,少呵有一萬聲長吁短嘆,五千遍搗枕捶床。

右第二十二節。至此節,方寫相思害殺我也之正文。

【尾聲】嬌羞花解語,溫柔玉有香。乍相逢記不真嬌模樣,儘無眠手抵着牙兒慢慢地想。

右第二十三節,輕飄一綫,遞過下節。人謂其不復結上,豈悟其早已襯後耶?益信前者之爲瞥見。

一之三　酬韵

曼殊室利菩薩好論極微,昔者聖嘆聞之而甚樂焉。夫娑婆世界,大至無量由延,而其故乃起于極微,以至娑婆世界中間之一切所有,其故無不一一起于極微。此其事甚大,非今所得論。今者止借菩薩極微之一言，以觀行文之人之心。今夫清秋傍晚，天澄地徹，輕雲鱗鱗，其細若縠，此真天下之至妙也。野鴨成群空飛，漁者羅而致之，觀其腹毛，作淺墨色，鱗鱗然，猶如雲天，其細若縠，此又天下之至妙也。草木之花，于跗蕚中，展而成瓣，苟以閑心諦視其瓣，則自根至末，光色不定，此一天下之至妙也。燈火之焰，自下達上，其近穗也，乃至淡碧色；稍上，作淡白色；又上，作淡赤色；又上，作乾紅色；後乃作黑烟，噴若細沫，此一天下之至妙也。今世人之心，竪高橫闊，不計道里；浩浩蕩蕩，不辨牛馬。設復有人語以此事，則且開胸大笑，以為人生一世，貴是衣食豐盈，其何暇費爾許心計哉？不知此固非不必費之間心計也。秋雲之鱗鱗，其細若縠者，縠以有無相間成文，今此鱗鱗之間，則僅是有無相間而已也耶？人自下望之，去雲不知幾十百里，則見其鱗鱗者，其間不必曾至于寸，若果就雲量之，誠未知其為尋為丈者也。今試思以為尋為丈之相去，而僅曰有無相間焉而已，則我自下望之，其為妙也決不能以至是。今自下望之而其妙至是，此其一鱗之與一鱗，其間則有無限層折，如相委焉，如相屬焉。所謂極微，于是乎存，不可以不察也。天雲之鱗鱗，其去也尋丈，故于中間有多層折，此猶不足論也。若夫野鴨腹毛之鱗鱗，其相去乃至為逼迮，不啻如粟米焉也，今試觀其輕妙若縠，為是止于有無相間而已也耶？如誠止于有無相間焉而已，則我試取纖筆，染彼淡墨，縷縷畫之，胡為三尺童子猶大笑以為甚不似也，則誠不得離朱其人諦審熟睹焉耳。誠諦審而熟睹之，此其中間之層折，如相委焉，如相屬焉，必也一鱗之與一鱗真亦如有尋丈之相去。所謂極微者，此不可以不察也。草木之花，于跗蕚中展而成瓣，人曰：凡若干瓣，斯一花矣。人固不知昨日者，殊未有此花也，更昨日焉，乃至殊未有此萼與跗也。于無跗無萼無花之中，而欻然有跗，而欻然有萼，而欻然有花，此有極微于其中間，如人徐行，漸漸至遠。然則一瓣雖微，其自瓣根行而至于瓣末，其起此盡彼，筋轉脉搖，朝淺暮深，粉稚香老。人自視之，一瓣之大，如指頂耳；自花計焉，烏知其道里，不且有越陌度阡之遠也。人自視之，初開至今，如眴眼耳；自花計焉，烏知其壽命，不且有纍生積劫之久也。此亦極微，不可以不察也。燈火之焰也，淡淡焉，此不知于世間，五色爲何色也。吾嘗相其自穗而上，訖于烟盡，由淡碧入淡白，此如之何其相際也；又由淡白入淡赤，此如之何其相際也；又由淡赤入乾紅，由乾紅入黑烟，此如之何其相際也。必有極微于其中間，分焉而得分，又徐徐分焉，而使人不得分，此一又不可以不察也。人誠推此心也以往，則操筆而書鄉黨饋壺漿之一辭，必有文也；書人婦姑勃谿之一聲，必有文也；書塗之人一揖遂別，必有文也。何也？其間皆有極微，他人以粗心處之，則無如何，因遂廢然以閣筆耳。我既適向曼殊室利菩薩大智門下學得此法矣，是雖于路旁拾取蔗滓，尚將涓涓焉壓得其漿，滿于一石，彼天下更有何逼迮題能縛我腕，使不動也哉？讀《西厢記》至《借厢》後，《鬧齋》前《酬韵》之一章，不覺深感于菩薩焉，尚願普天下錦綉才子皆細細讀之。上文《借厢》一章，凡張生所欲説者皆已説盡。下文《鬧齋》一章，凡張生所未説者，至此後方纔得説。今忽將于如是中間寫隔墙酬韵，亦必欲詳詳自爲一章。斯其筆卒墨渴，真乃雖有巧媳不可以無米煮粥者也。忽然想到張、鶯聯詩，是夜則爲何二人悉在月中露下，因憑空造出每夜燒香一段事，而于看燒香上，生情布景，別出异樣花樣。粗心人不解此苦，讀之只謂又是一通好曲，殊不知一字一句一節，都從一黍米中剥出來也。

（鶯鶯上云）母親使紅娘問長老修齋日期，去了多時，不見來回話。（紅娘上云）回夫人話了，去回小姐話去。（鶯鶯云）使你問長老：幾時做好事？（紅云）恰回夫人話也，正待回小姐話：二月十五佛什麼供日，請夫人小姐拈香。（紅笑云）小姐，我對你說一件好笑的事。咱前日庭院前瞥見的秀才，今日也在方丈裏坐地。他先出門外等着紅娘，深深唱喏，道："小娘子莫非鶯鶯小姐侍妾紅娘乎？"又道："小生姓張，名珙，字君瑞，本貫西洛人氏，年方二十三歲，正月十七日子時建生，并不曾娶妻。"（鶯鶯云）誰着你去問他？妙筆！幾乎屬殺紅娘。（紅云）却是誰問他來？本是一氣述下，中間略作間隔，以爲波折。他還呼着小姐名字，說："常出來麼？"被紅娘一頓搶白，回來了。（鶯鶯云）你不搶白他也罷。（紅云）小姐，我不知他想甚麼哩，世間有這等傻角，我不搶白他？（鶯鶯云）你曾告夫人知道也不？（紅云）我不曾告夫人知道。（鶯鶯云）你已後不告夫人知道罷。一路如憐不憐，如置不置，有意無意，寫來恰妙。天色晚也。安排香案，咱花園裏燒香去來。正是：無端春色關心事，閑倚熏籠待月華。（鶯鶯紅娘下）

（張生上云）搬至寺中，正得西廂居住。我問和尚，知道小姐每夜花園内燒香。恰好花園便是隔墻。比及小姐出來，我先在太湖石畔，墻角兒頭等待，飽看他一回却不是好。且喜夜深人靜，月朗風清，是好天氣也呵！閑尋方丈高僧坐，悶對西廂皓月吟。

【越調】【鬥鵪鶉】（張生唱）玉宇無塵，銀河瀉影，月色横空，花陰滿庭；四句妙月。羅袂生寒，芳心自警。二句妙人。○上四句，亦非妙月；下二句，亦非妙人；六句，總是張生等人性急，度刻如年，一片妙心。

右第一節。○禪門寶鏡三昧，有"銀碗盛雪、明月藏鷺"之二言，吾便欲移以讚此以下三節文。○張生聞雙文每夜燒香正在隔墻，又有太湖石可以墊脚，此那能忍而不看？那能忍而不急看耶？

此真日未西便望日落，日乍落便望月昇。那能月明如是，猶向不到牆角耶？若雙文則殊不然；或晚妝，或添衣，或侍坐夫人，或殘針未了，皆可以遲遲吾行，而至于黃昏，而至于初更，正不必着甚死急，亦復匆匆早至也。然張生則心急如火，刻不可待，窮思極算，忽肐算到夜深其袂必寒；袂寒，其心必動；心動，則必悟燒香太遲，不可不急去矣。此謂之"芳心自警"也。看他寫一片等人性急，度刻如年，真乃手搦妙筆，心存妙境；身代妙人，天賜妙想。既有此文，以後尚不望人看得，安望未有此文以前，乃會有人想得耶！

　　側着耳朵兒聽，躡着腳步兒行：悄悄冥冥，潛潛等等。【紫花兒序】等我那齊齊整整，裊裊婷婷，姐姐鶯鶯。人愛殺是"裊裊婷婷"，我愛殺是"齊齊整整"。夫"齊齊整整"者，千金小姐也。

　　右第二節。上是等之第一層，此是等之第二層也。質言之，止是"等鶯鶯"三字，却因鶯鶯是疊字，便連用十數叠字倒襯于上，纍纍然如綫貫珠垂。看他妙文，止是隨手拈得也。

　　一更之後，萬籟無聲，不文人讀之，謂是寫景；文人讀之，悟是寫情。蓋一更之後，猶言一更後了；萬籟無聲，猶言不聽見開角門聲也，可想。我便直至鶯庭。到回廊下沒揣的見你那可憎，定要我緊緊摟定；問你個會少離多，有影無形。恨其遲來，故謔之，非真有其事，亦非真欲為其事，只是恨恨之辭。

　　右第三節。等之第三層也。言一更之後矣，猶萬籟無聲，既已如此，便大家無禮，我亦更不等也，我竟過來也。心忙意促，見神搗鬼，文章寫到如此田地，真乃錐心取血，補接化工。

　　（鶯鶯上云）紅娘，開了角門，將香案出去者。

　　【金蕉葉】猛聽得角門兒呀的一聲，猛聽得者，不復聽中忽然聽得也。自初夜至此，專心靜聽，杳不聽得，因而心斷意絕，反不復聽矣。則忽然"呀"的聽得，謂之猛聽得也。**風過處衣香細生。**角門開後。不便寫出鶯鶯，且更向暗中又空寫一句。吾適言天雲之鱗鱗，其間則有委委屬屬，正謂此等筆法也。○第一句，鶯鶯在聲音中出現；第二句，鶯鶯在衣香中出現；下第三四句，鶯鶯方向月明中出現。**踮着脚尖兒仔細定睛，比那初見時龐兒越整。【調笑令】我今夜甫能**句。○只此"甫能"二字便是張生親口供云：前瞥見未的。其文極明，而儈父必云：前張鶯四目共睹，何耶？**見娉婷，便是月殿嫦娥不恁般撑。**在月下，因便借月夫人比之。文只是隨手拈得。

右第四節。寫張生第二次見鶯鶯。與前春院瞥見，與後附齋再見，俱宜仔細相其淺深恰妙之法。我嘗謂吾子弟，凡一題到手，必有一題之難動手處。但相得其難動手在何處，便是易動手之秘訣也。時賢于一切題，只是容易動手，便更動手不得。

料想春嬌厭拘束，等閑飛出廣寒宮。佳句。容分一臉，體露半襟；嚲長袖以無言，垂湘裙而不動。似湘陵妃子，斜偎舜廟朱扉；如洛水神人，欲入陳王麗賦。是好女子也呵！

遮遮掩掩穿芳徑，料應他小脚兒難行。行近前來百媚生，兀的不引了人魂靈！

右第五節。小脚難行，非寫早便憐惜之也，是寫漸字行近來也。上第四節只是出角門，此第五節方是來至墻邊。

（鶯鶯云）將香來！（張生云）我聽小姐祝告甚麽。（鶯鶯云）此一炷香，願亡過父親，早生天界！此一炷香，願中堂老母，百年長壽！此一炷香……（鶯鶯良久不語科）（紅云）小姐為何此一炷香每夜無語？紅娘替小姐禱告咱：願配得姐夫冠世才學、狀元及第，風流人物、溫柔性格，與小姐百年成對波！（鶯鶯添香拜科）

心間無限傷心事，盡在深深一拜中。（長吁科）（張生云）小姐，你心中如何有此倚欄長嘆也！好筆。

【小桃紅】夜深香靄散空庭，簾幕東風靜。凡作文，必須一篇之中并無一句一字是雜湊入來，即如此"簾幕東風靜"之五字，是言是夜無風，便留得香烟，與下"人氣"作"氤氳"，所謂有時寫風是風，有時寫風是無風，真正不是雜湊一句入來也。拜罷也斜將曲襴憑，長吁了兩三聲。上是寫香烟，此是寫人氣。剔團圞明月如圓鏡。雙承上文，半接此句。用筆何其透脫！又不見輕雲薄霧，都只見香烟人氣，兩般兒氤氳得不分明。曾見海外奇器，名曰鬼工。此等文亦真是鬼工。

右第六節。不過雙文長嘆，若不寫則下文不可斗然吟詩耳。乃并不于雙文嘆上寫，亦不于雙文心中寫，却向明月上看他陪一香烟，便寫得雙文一嘆如許濃至。絕世奇文，絕世妙文。

小生仔細想來，小姐此嘆必有所感。我雖不及司馬相如，小姐，你莫非倒是一位文君。小生試高吟一絕，看他說甚的。吟詩必如此寫來，方不唐突人。

月色溶溶夜，花陰寂寂春；如何臨皓魄，不見月中人。真是好詩。

（鶯鶯云）有人在墻角吟詩？（紅云）這聲音便是那二十三歲不曾娶妻的那傻角。一文凡三見，一見一回妙。（鶯鶯云）好清新之詩。紅娘，我依韵和一首。（紅云）小姐試和一首，紅娘聽波。（鶯鶯吟云）

蘭閨深寂寞，無計度芳春；料得高吟者，應憐長嘆人。也正是好詩。

（張生驚喜云）是好應酬得快也呵！

【禿厮兒】早是那臉兒上撲堆着可憎，堪那心兒裏埋没着聰明。他把我新詩和得忒應聲，一字字，訴衷情，堪聽。【聖藥王】語句又輕，音律又清，你小名兒真不枉喚做鶯鶯。

右第七節。"早是"二語寫驚喜意，如欲于紙上跳動。○欲讚雙文快酬，雖千言不可盡也，輕輕反借雙文小名，只于筆尖一點，早已活靈生現，抵搨無數拖筆墜墨，所謂隨手拈得。

你若共小生、廝覷定、隔墻兒酬和到天明。_{妙人痴語，驟不可講。}便是惺惺惜惺惺。

右第八節。雙文此酬，真乃意外。若使略遲一刻，張生實將不顧唐突矣。今及因驟然接得，正來不及，于是只圖再共酬和，便已心滿志足，更不算到別事。此真設身處地將一時神理都寫出來。

我撞過去，看小姐怎麼。

【麻郎兒】我拽起羅衫欲行。他可陪着笑臉相迎。不做美的紅娘莫淺情，你便道謹依來命。【後】忽聽、一聲、猛驚。_{關角門聲也。}

（紅云）小姐，咱家去來，怕夫人嗔責。（鶯鶯、紅娘關角門下）

右第九節。上寫因驟然，故不及；此寫略遲，却算出來也。乃張生略遲，鶯鶯蚤疾。一邊尚在徘徊，一邊撇然已揚。寫一遲一疾之間恰好，驚鴻雪爪，有影無痕，真妙絕無比！

撲剌剌宿鳥飛騰，顫巍巍花梢弄影，亂紛紛落紅滿徑。【絡絲娘】碧澄澄蒼苔露冷，明皎皎花篩月影。

右第十節。凡下宿鳥、花梢、落紅、蒼苔、花影無數字，却是妙手空空。蓋一二三句只是一句，四五句亦只是一句。一二三句只是一句者，因鳥飛，故花動，因花動，故紅落。第三句便是第二句，第二句便是第一句也。蓋因雙文去，故鳥飛而花動而紅落也，而偏不明寫雙文去也。四五句亦只是一句者，一片蒼苔，但見花影。第四句只是第五句也，蓋因不見雙文，故見花影也，而偏不明寫不見雙文也。一二三句是雙文去，四五句見雙文去矣。看他必用如此筆，真使吃煙火人何處着想。

白日相思枉耽病，今夜我去把相思校正。【東原樂】簾垂下，戶已扃，我試悄悄相問，你便低低應。月朗風清恰二更，厮覷幸：又見神搗鬼，妙妙。如今是你無緣，小生薄命。

右第十一節。來時怨其來遲，因欲直至雙庭；去時恨其去疾，又向垂簾悄問。身軀不知幾何，弱魂真欲先離矣。未來之前已去之後，兩作見神搗鬼之筆，以爲章法。

【綿搭絮】恰尋歸路，佇立空庭，竹梢風擺，斗柄雲橫。呀！今夜淒涼有四星，他不偢人待怎生！何須眉眼傳情，你不言我已省。"恰尋"二句者，張生歸到西廂也，"竹梢"二句者，歸又不便入戶，猶仰頭思之也。"今夜"五句者，仰頭之所思得也。"四星"者，造稱人每至一斤，則用五星，獨至稍盡一斤，乃用四星，"四星"之爲言下捎也，甚言雙文快酬，非本所望。

右第十二節。筆態七曲八曲，煞是寫絕。記得聖嘆幼年初讀《西廂》時，見"他不偢人待怎生"之七字，悄然廢書而臥者三四日。此真活人于此可死，死人于此可活，悟人于此又迷，迷人于此又悟者也！不知此日聖嘆是死是活，是迷是悟，總之悄然一臥至三四日，不茶不飯，不言不語，如石沉海，如火滅盡者，皆此七字勾魂攝魄之氣力也。先師徐叔良先生見而驚問，聖嘆當時恃愛不諱，便直告之。先師不惟不嗔，乃反嘆曰：孺子異日真是世間讀書種子！此又不知先師是何道理也。○看"何須眉眼傳情"之六字，想作《西廂記》人，其胸中矜貴如此，蓋雙文之不合則止是酬詩一節耳，自起至此，其于張生眞乃天下男子全不與其事也，直至《鬧齋》已後，始入眼關心耳。天下才子，必能同辨。自今以往，愼毋教諸忤奴于紅氍毹上做盡醜態，唐突古今佳人才子哉。

只是今夜甚麼睡魔到得我眼裏呵！

【拙魯速】碧熒熒是短檠燈，冷清清是舊幃屏。燈兒是不明，夢兒是不成，淅泠泠是風透疏櫺，忒楞楞是紙條兒鳴；枕頭是孤另，被窩是寂靜，便是鐵石人，不動情。【後】也坐不成，睡不能。亦是奇語。

右第十三節。至此始放筆正寫苦況也。讀之，覺其一片迷離，一片悲涼。蓋爲數"是"字下得如檐前雨滴聲，便搖動人魂魄也。

有一日柳遮花映，霧障雲屏，夜闌人靜，海誓山盟，風流嘉慶，錦片前程，美滿恩情，咱兩個畫堂春自生。

右第十四節。上已正寫苦況，則一篇文字已畢，然自嫌筆勢直塌下來，因更掉起此一節，謂之龍王掉尾法。文家最重是此法。

【尾】我一天好事今宵定，兩首詩分明互證；再不要青瑣闥夢兒中尋，只索去碧桃花樹兒下等。猶言取之如寄矣。并相思亦可以不必矣。

右第十五節。躊躇滿志，有此快文。想見其提筆時通身本事，閣筆時通身快樂。

一之四　鬧齋

吾友斫山先生嘗謂吾言：匡廬眞天下之奇也。江行連日，初不在意，忽然于晴空中劈插翠嶂，平分其中，倒挂匹練，舟人驚告，此即所謂廬山也者，而殊未得至廬山也。更行兩日，而漸乃不見，則反已至廬山矣。吾聞而甚樂之，便欲往看之，而遷延未得也。蓋貧無行資，一也；苦到彼中無東道主人，二也；又賤性懶散，略閑坐便復是一年，三也。然中心則殊無一日曾置不念，以至夜必形諸夢寐，常不一日二日，必夢見江行如駛，仰睹青芙蓉上插空中，一一如斫山言。寤而自覺，遍身皆暢然焉。後適有人自西江來，把袖急叩之，則曰："無有是也。"吾怒曰："儈固不解也。"後又有人自西江來，又把袖急叩之，又曰："無有是也。"吾又怒曰："此又一儈也。"既而人苟自西江來，皆叩之，則言然、不然各半焉。吾疑復問斫山，斫山啞然失笑，言："吾亦未嘗親見。昔者多有人自西江來，或言如是云，或亦言不如是云。然吾于言如是者，即信之；言不如是者，置不足道焉。何則？夫使廬山而誠如是，則是吾之信具人之言為真不虛也；設茍廬山而不如是，則是天地之過也。誠以天地之大力，天地之大慧，天地之大學問，天地之大游戲，即亦何難設此一奇以樂我後人，而顧吝不出此乎哉！"吾聞而又樂之，中心忻忻，直至于今，不惟夜必夢之，蓋日亦往往遇之。何謂日亦往往遇之？吾于讀《左傳》往往遇之，吾于讀《孟子》往往遇之，吾于讀《史記》《漢書》往往遇之，吾今于讀《西廂》亦往往遇之。何謂于讀《西廂》亦往往遇之？如此篇之初，【新水令】之第一句云"梵王宮殿月輪高"，不過七字也，然吾以為真乃江行初不在意也，真乃晴空劈插奇翠也，真乃殊未至于廬山也，真乃至廬山既反不見也；真大力也，真大慧也，真大游戲也，真大學問也。蓋吾友斫山之所教也，吾此生亦已不必真至西江也。吾此生雖終，亦不到西江，而吾之熟睹廬山亦既厭也，廬山真天下之奇也。其所以奇絕之故，詳後批中。

蓋至是而張生已三見鶯鶯矣。然而春院乃瞥見也，瞥見則未成乎其爲見也。墻角乃遙見也，遙見則亦未成乎其爲見也。夫兩見而皆未成乎其爲見。然則至是而張生爲始見鶯鶯矣。是故作者于此，其用筆皆必致愼焉。其瞥見之文，則曰"儘人調戲，將花笑拈、兜率院、離恨天，這裏遇神仙"，都作天女三昧，忽然一現之辭。其遙見之文，則曰"遮遮掩掩，小脚難行，行近前來，我甫能見娉婷，真是百媚生"，都作前殿夫人，是耶何遲之辭。若至此則始親見矣，快見矣，飽見矣，竟一日夜見矣。故其文曰"檀口點櫻桃，粉鼻倚瓊瑤，淡白梨花面，輕盈楊柳腰，滿面堆着俏，一團衡是嬌"。方作清水觀魚、數鱗數鬣之辭。人或不解者，謂此是實寫。夫彼真不悟從來妙文，決無實寫一法。夫實寫，乃是堆垛土墼子，雖鄉裏人猶過而不顧者也。

忽然巧借大師、班首、行者、沙彌皆顛倒于鶯鶯，以極襯千金驚艷，固是行文必然之事。然今日正值佛末法中，一切比丘，惡乃不啻，自非龜鱉蛇蟲，亦宜稍稍禁戢，清净閨閣，莫入彼中。蓋邇來惡比丘之淫毒，真不止于燭滅香消而已。彼龜鱉蛇蟲乃方合掌云："阿彌陀佛，罪過！"渠是真正千二百五十人善知識？吾妻、吾媳、吾女方將傾箱倒篋，作竭盡布施，面爲供養，事非小可，汝勿造拔舌地獄業也。嗟乎！今天下龜鱉蛇蟲之愚，而好與人用如是哉？亦大可哀也已！

（張生上云）今日二月十五日，和尚請拈香，須索走一遭。如此閑事，溫習經史人，何必去哉。一笑。雲晴雨濕天花亂，海涌風翻貝葉輕。

【雙調】【新水令】（張生唱）梵王宮殿月輪高，如此落筆，真是奇絕！庶幾昊天上帝能想至此，世間第二、第三輩，便已無處追捕也，記聖嘆幼時初讀《西廂》，驚睹此七字，曾焚香拜伏于地，不敢起立焉。○普天下錦綉才子，二十八宿在其胸中，試掩卷思此七字是何神理！不妨遲至一日一夜，以爲快樂焉。碧琉璃瑞烟籠罩。又加此一字一句，使上句失笑。

　　右第一節。寫張生用五千錢看鶯鶯，心急如火，不能待至明日，真乃"天遣風雲作君骨，世人不復知其故"。蓋月之行天，凡三十夜，逐夜漸漸自西而東。故初之十夜，既初昏已斜，廿之十夜，必更闌乃上，獨于十四、五、六，望之三夜，乃正與日之行天，起没相等。今修齋本是十五日，則必待十四夜之月落盡，衆僧方可開殿啓建。即甚虔誠，亦必待月已斜；乃至更極虔誠，半夜斯起，亦必待月正中，然而已嫌其太早也。今張生親口唱云"月輪高"，則是後東而起，初過殿鴟，殆還是十四日之初更未盡也。已又唱云"碧琉璃瑞烟籠罩"，可見殿楯正閉，悄無所睹，傍徨露下，遙夜如年，但見瓦上烟光迷漫。本意欲看鶯鶯，托之乎云看道場，今且獨自一人先看月也，看琉璃瓦也，真絶倒吾普天下才子！斫山云："聖嘆腸肚如何生？"

　　（法本引僧衆上云）今日是二月十五，釋迦牟尼佛入大涅槃日。純陀長者與文殊菩薩修齋供佛。若是善男信女，今日做好事，必獲大福利。張先生早已在也，大衆動法器者，待天明了請夫人、小姐拈香。

　　行香雲蓋結，諷咒海波潮。幡影飄飄，諸檀越盡來到。
和尚眼中發財，解元眼中添刺。

　　右第二節。正寫道場也。"諸檀越盡來到"，則無一人不到矣，而殊不知有三人未到也。然我亦數之，謂是三人耳，實則止有一人未到也。昌黎有云："伯樂一過冀北，而其野無馬。"解之者曰："非無馬也，無良馬也。"今云"諸檀越盡到"，無一人到也，非無一人到也，非此一人到也,妙筆。

【駐馬聽】法鼓金鐃,二月春雷響殿角;鐘聲佛號,半天風雨灑松梢。便如老杜悲涼之作。

右第三節。此非寫道場也,乃寫道場之震動如此。鶯鶯孝女,追薦父親而豈不聞之乎。

侯門不許老僧敲,寫張生如熱熬盤上蟻子。紗窗也沒有紅娘報。如熱熬盤上蟻子。我是饞眼腦,見他時要看個十分飽。

右第四節。心急如火,更不能待,欲遣一僧請之,又似于禮不可,因而怨到紅娘。如此妙筆,真恐紙上有一張生直走下來。

(本見張生科)(本云)先生先拈香,若夫人問呵,只說是老僧的親。只圖自家免罪耳。是和尚親,便怎麼耶?(張生拈香拜科)

【沉醉東風】惟願存在的人間壽高,亡過的天上逍遥。我真正為先靈禮三寶,再焚香暗中禱告:只願紅娘休劣,夫人休覺,犬兒休惡!佛囉,成就了幽期密約!紅娘,夫人,已無倫次,再入犬兒,一發無禮。所謂觸手成趣也。○斫山云:于三寶前,一切眾生普皆平等猶如一子,正宜犬兒、夫人一齊入疏。

右第五節。附齋正文。

(夫人引鶯鶯、紅娘上云)長老請拈香,咱走一遭。

【雁兒落】我只道玉天仙離碧霄,原來是可意種來清醮。我是個多愁多病身,怎當你傾國傾城貌。不是張生放刁,須知實有如此神理。【得勝令】你看檀口點櫻桃,粉鼻倚瓊瑤,淡白梨花面,輕盈楊柳腰。妖嬈,滿面兒堆着俏;一團兒衚是嬌。

右第六節。正寫鶯鶯。○世之不知文者,謂此是實寫,不知此非實寫也。乃是寫張生。直至第三遍見鶯鶯,方得仔細,以反觀前之兩遍全不分明也。或問：必欲寫前之兩遍不得分明者，何也？曰：鶯鶯千金貴人也，非十五左右之對門女兒也，若一遍便看得仔細，兩遍便看得仔細，豈復成相國小姐之體統乎哉？○從來文章家無實寫之法。吾見文之最實者無如左氏《周鄭交惡》，傳中"澗溪沼沚之毛，蘋蘩薀藻之菜，筐筥錡釜之器，潢污行潦之水"，板板四句，凡下四四一十六字，可稱大厭。而實則止為要反挑王子狐、公子忽兩家，俱用所愛子弟為質乃是。不必故言不過只采那澗溪沼沚中間之毛，喚做蘋蘩薀藻尋常之菜，盛于筐筥錡釜野人之器，注以潢污行潦不清之水，只要明信無欺，便可薦鬼神而羞王公。四句不意乃是一句，四四一十六字，不意乃是一字，正是异樣空靈排宕之筆，然後諦信自古至今無限妙文，必無一字是實寫，此言為更不誣也。附見。

老僧一句話，敬稟夫人：有敝親，是上京秀才。父母亡後，無可相報，央老僧帶一分齋。老僧一時應允了，恐夫人見責。（夫人云）追薦父母，有何見責？請來相見咱。（張生見夫人畢）

【喬牌兒】大師年紀老，高座上也凝眺；舉名的班首真呆勞，將法聰頭做磬敲。

右第七節。不惟寫國艷一時傾倒大眾，且益明鶯鶯自入寺停喪以來，曾未嘗略露春妍。何時之忤奴，必云小姐游佛殿哉？

【甜水令】老的少的，村的俏的，沒顛沒倒，勝似鬧元宵。稔色人兒，可意冤家，怕人知道，看人將泪眼偷瞧。寫女兒心性，不甚分明。正爾入妙，正不以不偷瞧為佳耳。【折桂令】着小生心癢難撓。

右第八節。老的少的，村的俏的者，即諸檀越也。夫鶯鶯不看人可也，若鶯鶯看人，則獨看張生可也。今張生則雖自以為皎皎然獨出于"老的少的，村的俏的"之外，而自鶯鶯視之，正復一例茫茫然并在"老的少的，村的俏的"之中。此時張生千思萬算，不知吾鶯鶯珠玉心田中果能另作青眼提拔此人，別自看待乎？抑竟一色抹倒乎？——所謂"心癢難撓"也。然此節亦既伏飛虎風聞之根矣。

哭聲兒似鶯囀喬林，淚珠兒似露滴花梢。大師難學，把個慈悲臉兒朦着。妙文！奇文！點燭的頭陀可惱，燒香的行者堪焦。燭影紅搖，香靄雲飄；貪看鶯鶯，燭滅香消。妙文，奇文！六句，一、二句喝，五、六句證，又橫插三、四句于中間作追。用筆之妙，真乃龍跳虎卧矣！

右第九節。上節，鶯鶯看人也；此節，人看鶯鶯也。大師難學者，言一切大衆俱應學大師也。學其朦着臉兒不看鶯鶯，則始得稱嚴淨毗尼活佛菩薩也。今一切大衆，至于"燭滅香消"則甚矣，大師之果難學也！〇聖嘆于此，有二語欲告君瑞；其一，孔氏之言也，曰"有諸己而後求之人，無諸己而後非之人"，"己所不欲，勿施于人"，"能近取譬，終身可行"。是則君瑞無以自解于諸禿也。其一，釋氏之言也，有秀才參趙州云："伏承佛法一切捨施，今某甲就和尚手中欲乞這拄杖，得否？"州云："君子不奪人所好。"秀云："某甲不是君子。"州云："老僧也不是佛。"是則諸禿反有以自解于君端也。君瑞且奈之乎哉？一笑。

【碧玉簫】我情引眉稍，心緒他知道：他愁種心苗，情思我猜着。忽作我他、他我，娓娓爾汝之言一向扯淡，一何繫緊。暢懊惱！響璫璫雲板敲。行者又嚎，沙彌又哨，你須不奪人之好。【鴛鴦煞】你有心爭似無心好，我多情早被無情惱。極勸諸人勿看鶯鶯，而以己之看而無益證之，欺三歲小兒哉！真爲化工之極筆右第十節。承上一節鶯鶯看人，一節人看鶯鶯，而急接之以我他、他我娓娓爾汝之聲，以深明己與鶯鶯四目二心方是東日照于西壁，若其他乃至無有一雄蒼蠅曾得與于斯也。而無奈行者、沙彌猶尚不曉，吱吱喳喳，惱不可言。○已上三節，文勢之警動如此，不知何一傖妄添[錦上花]之兩半闋，可恨！

　　（本宣疏燒紙科，云）天明了也，請夫人、小姐回宅。（夫人、鶯鶯、紅娘下）（張生云）再做一日也好，那裏發付小生。

　　勞攘了一宵，月兒早沉，鐘兒早響，雞兒早叫。玉人兒歸去得疾，好事兒收拾得早，道場散了。酩子裏各回家，葫蘆提已到曉。"道場散了"四字，無限悲感。又不止於張生而已。

　　右第十一節。結亦極壯浪，我曾細算此篇結，最難是壯浪。

貫華堂繪像第六才子西廂卷之四終

貫華堂繪像第六才子西廂卷之五

聖嘆外書

第二之四章題目正名

張君瑞破賊計
莽和尚殺人心
小紅娘晝請客
崔鶯鶯夜聽琴

二之一　寺警

文章有移堂就樹之法。如長夏讀書，已得爽塏，而堂後有樹，更多嘉蔭，今欲弃此樹于堂後，誠不如移此樹來堂前。然大樹不可移而至前，則莫如新堂可以移而去後，不然，而樹在堂後，非不堂是好堂，樹亦好樹，然而堂已無當于樹，樹尤無當于堂。今誠相厥便宜，而移堂就樹，則樹固不動而堂已多蔭，此真天下之至便也。此言鶯鶯之于張生，前于酬韵夜本已默感于心，已久于鬧齋日，復自明規其人，此真所謂口雖不吐，而心無暫忘也者。今乃不端不的出自意外，忽然鼓掌應募，弛書破賊，乃正是此人此時則雖欲矯情鉗口，假不在意，其奚可得？其理、其情、其勢，固必當感天謝地，心蕩口說，快然一瀉其胸中沈憂，以見此一照眼之妙人。初非兩廊下之無數無數人所可得而比，然而一則太君在前，不可得語也；二則僧衆實繁，不可得語也；三則賊勢方張，不可得語也。夫不可得語而竟不語，彼讀書者至此不將疑鶯鶯？此時其視張生應募，不過亦如他人應募，淡淡焉，了不繫于心乎？作者深悟文章有移就之法，因特地于未聞警前先作無限相關心語，寫得張生已是鶯鶯心頭之一滴血，喉頭之一寸氣，并心、并膽、并身、并命，殆至後文則只須順手一點，便將前文無限心語隱隱然都借過來，此爲後賢所宜善學者其一也。左氏最多，經前起傳之文，正是此法也。

又有月度回廊之法。如仲春夜和，美人無眠，燒香捲簾，玲瓏待月。其時初昏，月始東昇，泠泠清光，則必自廊籬下度廊柱，又下度曲欄，然後漸漸度過閒階，然後度至瑣窗，而後照美人。雖此多時，彼美人者，亦既久矣明明佇立，暗中略復少停其勢，月亦必不能不來相照。然而月之必由廊而欄、而階、而窗、而後美人者，乃正是未照美人以前之無限。如迤如邐，如隱如躍，別樣妙境。非此即將極嫌此美人，何故突然便在月下，爲了無身分也。此言鶯鶯之于張生，前于酬韵夜雖已默感于心，已于鬧齋日，復又明睹其人，然而身爲千金貴人，上奉慈母，下稟師氏，彼張生則自是天下男子，此豈其珠玉心地中所應得念？豈其蓮花香口中所應得誦哉？然而作者則無奈何也。設使鶯鶯真以慈母、師氏之故，而珠玉心地終不敢念，蓮花香口終不敢誦，則將終《西廂記》乃不得以一筆寫鶯鶯愛張生也乎！作者深悟文章舊有漸度之法，而于是閒閒然先寫殘春，然後閒閒然寫有隔花之一人，然後閒閒然寫到前後酬韵之事，至此却忽然收筆云，身爲千金貴人，吾愛吾寶，豈須別人堤備，然後又閑閑然寫"獨與那人兜的便親"。要知如此一篇大文，其意原來却只要寫得此一句于前，以爲後文張生忽然應募，鶯鶯驚心照眼作地。而法必閑閑漸寫，不可一口便說者，蓋是行文必然之次第，此爲後賢所宜善學者又一也。

文章有竭鼓解穢之法。如李三郎三月初三坐花萼樓下，敕命青玻璃，酌西涼葡萄酒，與妃子小飲。正半酣，一時五王三姨適然俱至，上心至喜，命工作樂。是日恰是太常新製琴操成，名曰《空山無愁》之曲，上命對御奏之。每一段畢，上攢眉視妃子，或視三姨，或視五王，天顏殊悒悒不得賜。既而將入第十一段，上遽躍起，口自傳敕曰："花奴，取羯鼓速來，我快欲解穢。"便自作《漁陽摻撾》，淵淵之聲，一時欄中未開衆花頃刻盡開。此言鶯鶯聞賊之頃，法不得不亦作一篇，然而勢必淹筆漬墨，了無好意。作者既自折盡便宜，讀者亦復乾討氣急也。無可如何，而忽悟文章舊有解穢之法，因而放死筆、捉活筆，斗然從他遞書人身上憑空撰出一莽惠明，以一發泄其半日筆尖嗚嗚咽咽之積悶。杜工部詩云："豫章翻風白日動，鯨魚跋浪滄溟開。"又云："白摧朽骨龍虎死，黑入太陰雷雨垂。"便是此一副奇筆，便使通篇文字立地煥若神明。此爲後賢所宜善學者又一也。

（孫飛虎領卒子上云）自家孫飛虎的便是。方今天下擾攘，主將丁文雅失政，俺分統五千人馬，鎮守河橋。探知相國崔珏之女鶯鶯，眉黛青顰，蓮臉生春，有傾國傾城之容，西子太真之色，現在河中府普救寺停喪借居。前日二月十五，做好事追薦父親，多曾有人看見。俺心中想來，首將尚然不正，俺獨何爲哉！大小三軍，聽吾號令：人盡銜枚，馬皆勒口，連夜進兵河中府！擄掠鶯鶯爲妻，是我生平願足。（引卒子下）問曰：當時若不寫惠明，竟寫飛虎，亦得耶？

答曰：如寫而不極暢，是不如勿寫也。然一欲寫得極暢，而遂忍以鶯鶯一在飛虎口中恣其詆侮，于我心有戚戚焉，故不爲也。

（法本慌上云）禍事到！誰想孫飛虎領半萬賊兵圍住寺門，猶如鐵桶，鳴鑼擊鼓，吶喊搖旗，要擄小姐爲妻。老僧不敢違誤，只索報知與夫人、小姐。

（夫人慌上云）如此却怎了！怎了！長老，俺便同到小姐房前商議去。（俱下）

（鶯鶯引紅娘上云）前日道場，親見張生，神魂蕩漾，茶飯少進。況值暮春天氣，好生傷感也呵！正是：好句有情憐皓月，落花無語怨東風。于白中則云"前日道場親見張生"，于曲中則止反覆追憶酬韵之夜，命意措詞俱有法。

【仙呂】【八聲甘州】（鶯鶯唱）懨懨瘦損，早是多愁，那更殘春！羅衣寬褪，能消幾個黄昏？我只是風裊香烟不捲簾，雨打梨花深閉門；莫去倚闌干，極目行雲。都是絕妙好辭，所謂千狐之白，萃而爲裘者也。

右第一節。此言"早是多愁"也。

【混江龍】況是落紅成陣，風飄萬點正愁人。昨夜池塘夢曉，今朝欄檻辭春；粉蝶乍沾飛絮雪，燕泥已盡落花塵；係春情短柳絲長，妙句。隔花人遠天涯近。妙句。有幾多六朝金粉，三楚精神！逐句千狐之白，而又無補接痕。

右第二節。此言"那更殘春"也。看其第一節抵空空說愁，第二節方略逗隔花一人字。筆墨最爲委婉，有好致也。

（紅娘云）小姐情思不快，我將這被兒熏得香香的，小姐睡些則個。

【油葫蘆】翠被生寒壓綉裀，"生寒"是雙字，不得將"生"字作活用，須知。休將蘭麝熏；便將蘭麝熏盡，我不自解溫存。然則不能睡也。妙妙！分明錦囊佳句來勾引，為何玉堂人物難親近？這些時坐又不安，立又不穩，登臨又不快，閑行又困。鎮日價情思睡昏昏。【天下樂】我依你搭伏定鮫綃枕頭兒上盹。然則仍又睡也。妙妙！

　　右第三節。紅娘請之睡，則不可睡；及至無可奈何，則仍睡。只一"睡"字中間乃有如許裊娜，如許跌宕，寫情種真是情種，寫小姐亦真是小姐。○看其第二節，祇空空逗一"人"字，第三節便輕吐是前夜吟詩那人，筆墨最為委婉，有好致也。

　　我但出閨門，你是影兒似不離身。斫山云：若不得聖嘆注，則此一行與下"小梅香"句，豈不重複哉。我聖嘆讀書，真異事也。

　　右第四節。上文口中方吐吟詩那人實縈懷抱，忽然自嫌我則豈如世間懷春女子，心蕩不制，故驟見一人，便作如是顛倒者哉？因急轉筆，牽入紅娘云，他人不知，你豈不曉？其下便欲直接"見個客人，慍的早嗔"等文，以深明己之實不容易動心；却又因還嫌此意未暢，故又轉筆再將夫人隄防反證己語，言我母之知我猶尚不及你之知我，如下文云云，以深明紅娘是真正知我者，而後鶯鶯之不容易動心殆非鶯鶯自己一人之私言。蓋其筆態之曲折，有如此也。斫山云：若不如聖嘆注，則鶯鶯不欲夫人隄防，其意乃欲云何？此豈復成人語哉！○看書人心苦何足道，既已有此書，便應看出來耳。莫心苦于作書之人，真是將三寸肚腸直曲折到鬼神猶曲折不到之處，而後成文。聖嘆稽首普天下及後世才子，慎勿輕視古人之書也。

　　這些時他怎般隄備人；小梅香服侍得勤，老夫人拘繫得緊，不信俺女兒家折了氣分。【那吒令】你知道我但見個客人，慍的早嗔；便見個親人，厭的倒褪。

右第五節，反覆以明己之實不容易動心，上文已明。

獨見了那人，兜的便親。我前夜詩，依前韵，酬和他清新。【鵲踏枝】不但字兒真，不但句兒勻，我兩首新詩，便是一合回文。誰做針兒將綫引，向東墻通個殷勤。

右第六節。直至此方快吐"獨見那人，兜的便親"之一言。看他上文，凡用無數層折，無數跌頓，真乃一篇只是一句。○讀此文，能將眼色句句留向張生鼓掌應募時用，便是與作者一鼻孔出氣人。○"誰做針兒將綫引"，亦奇筆也。諺云："只知其一，不知其二。"只知其一者，只知決無人做針兒將綫引；不知其二者，不知即刻有孫飛虎做針兒將綫引也。用意之妙，一至于此。

【寄生草】風流客，蘊藉人。相你臉兒清秀身兒韵，一定性兒溫克情兒定，不由人不口兒作念心兒印。我便知你一天星斗煥文章，誰可憐你十年窗下無人間。

右第七節。已至篇盡矣。又略露鬧齋日曾親見其人，以爲下文鼓掌應募時正是此人，如玉山照眼作地，通篇蓋并無一句一字是虛發也。○"一天星斗"二句，又奇筆也。即刻馳書破賊，兩廊下僧俗若干人等，無有一人不知了也。用意之妙，一至于此。

（夫人法本同上敲門科）（紅云）小姐，夫人爲何請長老直走到房門外？（鶯鶯見夫人科）（夫人云）我的孩兒，你知道麽？知今孫飛虎領半萬賊兵圍住寺門，道你眉黛青顰，蓮臉生春，有傾國傾城之容，西子太真之色，要擄你去做壓寨夫人，我的孩兒，怎生是了也！

【六幺序】我魂離殼，這禍滅身，袖梢兒搵不住啼痕。一時去住無因，進退無門，教我那堝兒人急偎親？妙！挑到張生。孤孀母子無投奔，赤緊的先亡了我的有福之人。妙妙！句句挑到張生。

　　右第八節。文自明。

耳邊金鼓連天震，征雲冉冉，土雨紛紛。【後】風聞，即一月十五做好事，多曾有人看見也。胡云。道我眉黛青顰，蓮臉生春，傾國傾城，西子太真；把三百僧人，他半萬賊軍，半霎兒便待剪草除根？那廝于家于國無忠信，恣情的擄掠人民。他將這天宮般造蓋誰揪問，便做出諸葛孔明，博望燒屯。

　　右第九節。正寫賊勢之披猖，以起下文匆匆定計也。文自明。

（夫人云）老身年紀五旬，死不爲夭，奈孩兒年少，未得從夫，早罹此難，如之奈何？（鶯鶯云）孩兒想來，只是將我獻與賊漢，庶可免一家性命。豈有此理！然而作者之爲此言，一則極寫匆匆無策，一則故作下下策。乃所以左折右折，折而至于下中策也，夫兩廊下衆人，但退賊兵便與鶯鶯，猶策之下也。（夫人哭云）俺家無犯法之男，再婚之女，怎捨得你獻與賊漢？却不辱沒了俺家譜！（鶯鶯云）母親休要愛惜孩兒，還是獻與賊漢，其便有五：

【元和令帶後庭花】第一來免摧殘國太君；第二來免堂殿作灰塵；第三來諸僧無事得安存；第四來先公的靈柩穩；第五來歡郎雖是未成人，算崔家後代兒孫。

　　右第十節。此下下策也。聖嘆今日述之，猶不忍述也。顧作者當日喪心害理，儼然竟布如此筆墨者，彼豈非爲下文漫然高叫"兩廊僧俗，但能退兵便許成婚"，此猶是策之最下，然而不免作是孟浪之舉，則獨爲轉出張生發書請將故耳。夫下文雖得轉出張生發書請將，然其策既出最下，則于其前文欲先作跌頓勢，固不得不出于下下也。蓋行文之苦，每每遇如此難處也。世有《班馬异同》一書，宜熟精讀之，是書深悉此苦。

若鶯鶯惜己身,不行從亂軍:伽藍火內焚,諸僧血污痕,先靈為細塵,可憐愛弟親,痛哉慈母恩。【柳葉兒】俺一家兒不留韶齔,末三句作一句讀。

右第十一節。反覆明之。

待從軍果然辱没家門,俺不如白練套頭尋個自盡,將尸櫬獻賊人,你們得遠害全身。

右第十二節。此又一策,亦下策也。然後下文再出一策。

(法本云)咱每同到法堂上,問兩廊下僧俗有見的,一同商議個長策。(同到科)(夫人云)我的孩兒,却是怎的是?你母親有一句話:本不捨得你,却是出于無奈,如今兩廊下眾人,不問僧俗,但能退得賊兵的,你母親做主,倒陪房奩,便欲把你送與為妻,雖不門當戶對,還強如陷于賊人。(夫人哭云)長老,便在法堂上將此言與我高叫者。我的孩兒,只是苦了你也,(本云)此計較可。

【青哥兒】母親,你都為了鶯鶯身分,你對人一言難盡。你更莫惜鶯鶯這一身。不揀何人,建立功勛,殺退賊軍,掃蕩烟塵;倒陪家門,願與英雄結婚姻,為秦晋。

左第十三節。此方是第三主策也。文自明。

(法本叫科)(張生鼓掌上云)我有退兵之計,何不問我?(見夫人科)(本云)禀夫人,這秀才便是前十五日附齊的敝親。(夫人云)計將安在?(張生云)禀夫人:重賞之下,必有勇夫;賞罰若明,其計必成。(夫人云)恰纔與長老說下但有退得賊兵的,便將小女與他為妻。(張生云)既是恁的,小生有計,先用着長老。(本云)老僧不會厮殺,請先生別換一個。(張生云)休慌,不要你厮殺。你出去與賊頭說:"夫人鈞命,小姐孝服在身。將軍要做女婿呵,可按甲束兵,退一箭之地。等三日功德圓滿,拜別相國靈柩,改換禮服，然後方好送與將軍。不爭便送來呵，一來孝服在身，二來與軍不利。"你去説來。（本云）三日後如何？（張生云）小生有一故人，姓杜，名確，號爲白馬將軍，見統十萬大軍，鎭守蒲關。小生與他八拜至交，我修書去，必來救我。（本云）禀夫人，若果得白馬將軍肯來時，何慮有一百孫飛虎！夫人請放心者。（夫人云）如此，多謝先生。紅娘，你伏侍小姐回去者。（鶯鶯云）紅娘，真難得他也！

【賺煞尾】諸僧伴各逃生，衆家眷誰偢問，他不相識橫枝兒着緊。非是他書生叨議論，也自防玉石俱焚。便代他辨。妙絕！甚姻親，可憐咱命在逡巡。濟不濟權將這秀才來儘，又爲自辨。妙絕！○是避嫌，是護短，必有辨之者。他真有出師的表文，下燕的書信，只他這筆尖兒敢橫掃五千人。愛之信之，一至于此，亦全從酬韵一夜來。

（鶯鶯引紅娘下）

右第十四節。寫鶯鶯早爲張生護短，早爲自己避嫌。接連二筆，便妮妮然分明是兩口兒。此稱入神之筆。

（法本叫云）請將軍打話。（虎引卒子上云）快送鶯鶯出來。（本云）將軍息怒。有夫人鈞命，使老僧來與將軍説。云云。（虎云）既然如此，限你三日；若不送來，我着你人人皆死，個個不存！你對夫人説去，恁般好性兒的女婿，教他招了者！（虎引卒子下）

（法本云）賊兵退了也，先生作速修書者。（張生云）書已先修在此，只是要一個人送去。（本云）俺這厨房下有一個徒弟，喚做惠明，最要吃酒厮打。若央他去，便必不肯；若把言語激着他，他却偏要去。只有他，可以去得。三四語耳，寫出好和尚。（張生叫云）

我有書送與白馬將軍，只除廚房下惠明不許他去，其餘諸僧，誰敢去得？（惠明上云）惠明定要去，定要去！

【正宮】【端正好】（惠明唱）不念《法華經》，是，是！念他做甚！我見念經者矣！不禮《梁皇懺》是，是！我見禮懺者矣！彫了僧帽，袒下了偏衫。是，是！我見戴僧帽著偏衫者矣！○農夫力而收于田，諸奴坐而食于寺，有王者作，比而誅之，所不待再計也，而愚之夫，尚憂罪業。夫今日之禿奴，其游手好閒，無惡不作，正我昔者釋迦世尊于《涅槃經》中所欲切囑國主大臣，近則刀劍，遠則弓箭，務盡殺之，無一餘留者也！聖嘆此言乃是善護佛法，夫豈謗僧之謂哉？殺人心斗起英雄膽，我便將烏龍尾鋼椽搦。《法華經》《梁皇懺》、"僧帽""偏衫"下，斗接"殺人心"一字，奇妙！

右第一節。寫惠明若不是和尚便不奇，然寫惠明是和尚而果是和尚亦不奇。今問普天下學人：如此惠明爲真是和尚，爲真不是和尚？不得趁口率意妄答，不得默然，不得速禮三拜，不得提起坐具便搣，不得彈指一下，不得繞禪床三匝，不得作女人拜，不得呵呵大笑，不得哀哭："蒼天！蒼天！速道！速道！"纔擬議便錯。斫山云：聖嘆無恥！聖嘆云：斫山會也。

【滾繡球】非是我攙，不是我攬，知道他怎生喚做打參，大踏步止曉得殺入虎窟龍潭。

右第二節。他也不攙，他也不攬，他只道你怎生喚做打參，小經紀止曉得做一個虎窟龍潭。此是近來坐曲盝床，提柳櫟杖，大善知識行樂讚也。被作《西廂記》人早早看破，因先造此反語相嘲，乃渠猶不知，還自擂鼓集眾。

非是我貪，不是我敢，這些時吃菜饅頭委實口淡，一切比丘、比丘尼，式叉靡那、沙彌沙彌尼，一起合掌，誦《古詩十九首》云：

"齊心同所願，含意俱未申。"○此斫山先生語也。

五千人也不索灸煿煎燀，腔子裏熱血權消渴，肺腑內生心先解饞，有甚腌臢！【叨叨令】你們的浮熰羹、寬片粉、添雜糝，酸黃虀、臭豆腐真調淡。我萬斤黑麵從教暗，我把五千人做一頓饅頭餡。你休誤我也麼哥！休誤我也麼哥！包殘餘肉旋教青監蘸。

右第三節。和尚言者是也。昔日世尊于涅槃場制諸比丘，不得食肉；若食肉者，斷大慈悲。夫大慈悲止于不食肉而已乎？麋鹿食薦，牛馬食料，蚯蚓食泥，蜩螗食露，乃至蛣蜣食糞，皆不食肉，即皆得為大慈悲乎？吾見比丘，筆販如來，壟斷檀越。偽鋪壇場，街招女色。一切世間，不如法事，無不筆造，但不食肉，斯真無礙大慈悲乎？夫世尊制不得食肉者，彼必有取爾也。昔我先師仲尼氏，釋迦之同流也。其教人也，務孝弟，主忠信，如是云云，至于再三，獨不教人不得食肉，亦以孝弟忠信之與不食肉，其急緩大小則有辯也。若食肉，即不得為孝弟忠信，但不食肉，即是孝弟忠信，則是仲尼有遺言也？今儒者修孝弟忠信于家，而食大享于朝；比丘分衛其中，一食于其城中，而廣造大惡于其屏處，此其人之相去，雖三尺童子能說之也。今諸禿奴，乃方欲以己之不食肉，救拔我之食肉，此其無理可恨，真應唾之，罵之，打之，殺之也。故曰和尚言者是也。

（本云）惠明呵，張解元不用你去，你偏生要去。你真個敢去不敢去？

【倘秀才】你休問小僧敢去也那不敢，我要問大師真個用咱也不用咱？如此跳脫之筆，使人失驚。○記聖嘆最幼時，讀《論語》至"子張問'士何如斯可謂之達矣？'"見下文忽接云："子曰：'何哉，爾所謂達者？'"不覺失驚吐舌，蒙師怪之，至與之夏楚。今日又見此文，便與大聖人一樣筆掃跳脫，《西廂》真奇書也！○昔有僧眈著苦吟，課誦都廢。一老師憫而訶之，僧亦深自悔恨，便捐弃筆墨，發願受持《妙法華經》。一日誦經至《重頌》中，忽見半偈云："香風吹萎華，更雨新好者。"不自覺又引手抵空作曼聲吟之曰：此一佳句也。言未畢，便吃然失音，口角喎斜，尋便命終。嗚呼！大聖人之實書，固不可作佳句讀哉。須是聖嘆惡習，切勿學也。

你道飛虎聲名賽虎般；那厮能淫欲，會貪婪，誠何以堪！

右第四節。不答敢與不敢，而已答敢與不敢矣。蓋"飛虎聲名"句，是人謂其不敢；"那厮能淫欲"三句，是自明其敢也。文甚明。

（張生云）你出家人怎不誦經持咒，與眾師隨堂修行，却要與我送書？

【滾繡球】我經怕談，禪懶參；戒刀新蘸，無半星兒土漬塵淹。別的女不女、男不男，大白晝把僧房門胡掩，那裏管焚燒了七寶伽藍。你真有個善文能武人千里，要下這濟困扶危書一緘，我便有勇無慚。女不女，男不男；佛又謂之細視徐行，如猫伺鼠。

右第五節。吾之于吾也，何毀何譽？如有所譽者，吾有所試矣，真好和尚也。相君之面，則女不女，相君之背，却男不男。白晝門掩，正做此事也。便說盡秃奴二六時中功課，而文又雅甚。

（張生云）你獨自去，還是要人幫扶着？

【白鶴子】着幾個小沙彌把幢幡寶蓋擎，病行者將麵杖火叉擔。你自立定脚把眾僧安，我撞釘子將賊兵探。小沙彌、病行者，其兵馬則如此。幢幡、寶蓋、麵杖、火叉，其器仗則如此。真乃异樣文情。

右第六節，偏不說不要幫，偏說要幫，奇文！○若真要幫，豈成惠明？故知"小沙彌""小"字，"病行者""病"字，下得妙絕。斫山每恨荆卿必欲生劫秦皇帝，此是何意？今看惠明，真是荆卿以上人也。

（張生云）他若不放你過去，却待如何？（惠云）他敢不放我過去，你寬心！

【二】我瞅一瞅古都都翻海波，喊一喊厮琅琅振山岩；脚踏得赤力力地軸搖，手攀得忽刺剌天關撼。【三】遠的破一步將鐵棒颩，近的順着手把戒刀鈊；小的提起來將脚尖撞。平聲。大的扳過來把骷髏砍。一闋虛寫，一闋實寫。

右第七節。句句是"不放過去"。斫山云："你不放過去，我過去也！"

（張生云）我今將書與你，你却到幾時可去？

【耍孩兒煞】我從來駁駁劣劣，世不曾忐忐忑忑，打熬成不厭，天生是敢。言"不厭"是打熬所成，"敢"則天生本性也。我從來斬釘截鐵常居一，不學那惹草拈花沒揣三。就死也無憾，便提刀仗劍，誰勒馬停驂。

右第八節。爲人不當如是耶？讀之增長人無數義氣。

【二】我從來欺硬怕軟，吃苦辭甘，你休只因親事胡撲俺。若杜將軍不把干戈退，你張解元也乾將風月擔。便是言辭賺，一時紕繆，半世羞慚。八字，雖金人銘不能復過。爲人不當如是耶？寄語天下後世，敬心奉持。

右第九節。上文皆是張生憂惠明不得過去，此節忽寫惠明憂張生書或恐無用者，此非憂張生也，正謂張生不必憂惠明。言除非你書無用，我自無有不過去也。一作惠明嘲戲張生，便減通篇神彩。

此乃真正神助之筆，須反覆讀之。

我去也。只三字，便抵易水一歌。唐張祐有詩云："黃昏風雨黑如磐，別我不知何處去。"總是一副神理，應白衣冠送之。

【收尾】你助威神擂三通鼓，仗佛力吶一聲。奇句！奇至于此。妙句！妙至于此。繡幡開遙見英雄俺，奇句！奇至于此。妙句！妙至于此。○斫山云："美人于鏡中照影，雖云看自，實是看他。細思千載以來只有離魂倩女一人曾看自也。他日讀杜子美詩有句云：'遙憐小兒女，未解憶長安。'却將自己腸肚，移至兒女分中，此真是自憶自。又他日讀王摩詰詩有句云：'遙知遠林際，不見此嶦端。'亦將自己眼光，移置遠林分中，此真是自望自。"蓋二先生皆用倩女離魂法作詩也。聖嘆今日讀《西廂》，不覺失笑，因寄語斫山："卿前語我言王、杜俱用倩女離魂法作詩，原來只是用得一'遙'字也。"你看半萬賊兵先嚇破膽。一"先"字，便有與白馬爭功之意。筆墨之奇峭，一至于此哉。

右第十節。只此一收，才四句文字，又何其神奇哉！"擂鼓、吶喊"句，寫惠明猶在寺；"幡開、遙見"句，寫惠明猶在眼；至"賊兵破膽"句，如鷹隼疾，已不見惠明矣。文章至此，雖鬼神雷電乃不足喻，而豈儈之所得夢見？而儈猶思搦筆作傳奇，而謂將與《西廂》分道揚鑣，儈真全無心肝者哉！

（張生云）老夫人分付小姐放心，此書一到，雄兵即來。鯉魚連夜飛馳去，白馬從天降下來。（俱下）（杜將軍引卒子上云）自家姓杜，名確，字君實，本貫西洛人也。幼與張君瑞同學儒業，後弃文習武，當年武狀元及第，官拜征西大將軍，正授管軍元帥，統領十萬之衆，鎮守蒲關。有人自河中府來，探知君瑞兄弟在普救寺中，不來看我，不知甚意。近日丁文雅失政，縱軍劫掠人民；即當興師剪而朝食，奈虛實未的，不敢造次。好！昨又差探子去了，好！今日升帳，看有甚軍情來報者。（開轅門坐科）

（惠明上云）俺離了普救寺，早至蒲關。這裏杜將軍轅門，俺闖入去。（卒捉住報科）（杜云）着他入來！（惠進跪科）（杜云）兀那和尚，你是那裏做奸細者！（惠云）俺不是奸細，俺是普救寺僧人。今有孫飛虎作亂，將半萬賊兵圍住寺門，欲劫故臣崔相國女爲妻。有游客張君瑞奉書使俺遞至麾下，望大人速解倒縣之危。（杜云）左右的放了這和尚者！張君瑞是我兄弟，快將他的書來！（惠叩頭遞書科）

（杜拆念云）同學小弟張珙頓首再拜，奉書君實仁兄大人大元帥麾下：自違國表，寒暄再隔，風雨之夕，念不能忘。辭家赴京，便道河中，即擬觀謁，以叙間闊。路途疲頓，忽邁采薪，昨已粗愈，不爲憂也。輕裝小頓，乃在蕭寺，几席之下，忽值弄兵。故臣崔公，身後多累，持喪聞戒，暫僦安居。何期暴客，見其粲者，擁衆五千，將逞無禮。誰無弱息，遽見狼狽，不勝憤懣，便當甘心。自恨生平，手無縛鷄，區區微命，真反不計。伏惟仁兄，仰受節鉞，專制一方，咄叱所臨，風雲變色。夙承古人，方叔召虎，信如仁兄，實乃不愧。今弟危逼，不及轉燭，仰望垂手，非可言喻。萬祈招搖，前指河中，譬如疾雷，朝發夕到。使我涸鮒，不恨西江，崔公九原，亦當銜結。伏乞台照不宣！張珙再頓首拜。二月十六日。

書既然如此，我就傳令。和尚，你先回去，我星夜便來，比及你到寺裏時，多敢我已捉了這賊子也。（惠云）寺中十分緊急大人是必疾來者。（下）

（杜傳令云）大小三軍，聽我號令：就點中權五千人馬，星夜起發，直指河中府普救寺救我兄弟，去走一遭。（衆應云）得令。（俱下）

（孫引卒奔上云）白馬爺爺來了，怎麼了！怎麼了！我們都下馬卸甲投戈跪倒？悉憑爺爺發落也！（杜引卒上云）你們做甚麼都下馬卸甲，投戈跪倒？你指望我饒你們也。也罷，止將飛虎一人砍首號令，其餘不願的都歸農去，願的開報花名，我與你安插者。（賊衆下）

（夫人、法本上云）下書已兩日，不見回音。（張生上云）山門外暴雷似聲喏，敢是我哥哥到也！（杜與生相見拜科）（張生云）自別台顏，久失聽教；今日見面，乃如夢中。（杜云）正聞行旌，近在鄰治；不及過訪，萬乞恕罪。（杜與夫人相見拜科）（夫人云）孤寡窮途，自分必死，今日之命，實蒙再造！（杜云）狂賊跳梁，有失防禦，致累受驚，敢辭萬死！敢問賢弟，因甚不至我處？（張生云）小弟賤恙偶作，所以失謁。今日便應隨仁兄去，却又爲夫人昨日許以愛女相配。不敢仰勞仁兄執柯，小弟意思，成過大禮，彌月後便叩謝。（杜云）恭喜賀喜！老夫人，下官自當作伐。（夫人云）老身尚有處分。安排茶飯者！（杜云）適間投誠五千人，下官尚須料理，异日却來拜賀。（張生云）不敢久留仁兄，恐防軍政。（杜起馬科）馬離普救敲金鐙，人望蒲關唱凱歌。（下）

（夫人云）先生大恩，不可忘也！誰云可忘哉？自今先生休在寺裏下，便移來家下書院內安歇。明日略備草酌，着紅娘來請，先生是必來者。（夫人下）

（張生別法本云）小生收拾行李，去書院裏去也。無端豪客傳烽火，巧爲襄王送雨雲。孫飛虎，小生感謝你不盡也。（法本云）先生得間仍舊來老僧方丈裏攀話者。（張生下）（法本下）

世之愚生，每恨恨于夫人之賴婚。夫使夫人不賴婚，即《西廂記》目當止于此矣，今《西廂記》方將自此而起。故知夫人賴婚，乃是千古妙文,不是當時實事如《左傳》。句句字字是妙文,不是實事。吾怪讀《左傳》者之但記其實事,不學其妙文也。

二之二　請宴

吾讀世間游記,而知世真無善游人也。夫善游之人也者,其于天下之一切海山、方岳、洞天、福地,固不辭千里萬里而必一至以盡探其奇也。然而其胸中之一副別才,眉下之一雙別眼,則方且不必直至于海山、方岳、洞天、福地,而後乃今始曰:我且探其奇也。夫昨之日而至一洞天,凡罄若干日之足力、目力、心力,而既畢其事矣;明之日而又將至一福地,又將罄若干日之足力、目力、心力而于以從事。彼從旁之人,不能心知其故,則不免曰:連日之游快哉!始畢一洞天,乃又造一福地,殊不知先生且正不然,其離前之洞天,而未到後之福地,中間不多,雖所隔止于三二十里,又少而或止于八、七、六、五、四、三、二里,又少而或止于一里、半里。此先生則于是一里、半里之中間,其胸中之所謂一副別才,眉下之一雙別眼,即何嘗不以待洞天福地之法而待之哉?今夫以造化之大本領,大聰明,大氣力,而忽然結撰而成一洞天,一福地,是真駭目驚心之事,不必又道也。然吾每每論視天地之間之隨分一鳥一魚,一花一草,乃至鳥之一毛,魚之一鱗,花之一瓣,草之一葉,則初未有不費彼造化者之大本領,大聰明,大氣力而後結撰而得成者也。諺言:"師子搏象用全力,搏兔亦用全力。"彼造化者,則真然矣,生洞天福地用全力,生隨分之一鳥一魚,一花一草以至一毛一鱗,一瓣一葉,殆無不用盡全力。由是言之,然則世間之所謂駭目驚心之事,固不必定至于洞天福地而後有此,亦爲信膚也。抑所謂洞天福地也者,亦嘗計其云如之何結撰也哉?莊生有言:

"指馬之百體非馬,而馬係于前者,立其百體而謂之馬也。"比于大澤,百材皆度,觀乎大山,水石同壇;夫人誠知百材萬木雜然同壇之爲大澤大山,而其于游也,斯庶幾矣。其層巒絕岳,則積石而成是穹窿也,其飛流懸瀑,則積泉而成是灌輸也。果石石而察之,殆初無异于一拳者也;試泉泉而尋之,殆初無异于細流者也;且不直此也。老氏之言曰:"三十輻共一轂,當其無,有車之用。埏埴以爲器,當其無,有器之用。鑿戶牖以爲室,當其無,有室之用。"然則是一一洞天福地中間,所有之回看爲峰,延看爲嶺,仰看爲壁,俯看爲溪,以至正者坪,側者城,跨者梁,夾者磡,雖其奇奇妙妙,至于不可方物,而吾有以知其奇之所以奇,妙之所以妙,則固必在于所謂"當其無"之處也矣。蓋當其無,則是無峰無嶺,無壁無溪,無坪坡梁磡之地也。然而當其無,斯則真吾胸中一副別才之所翱翔,眉下一雙別眼之所排蕩也。夫吾胸中有其別才,眉下有其別眼,而皆必于當其無處而後翱翔,而後排蕩,然則我真胡爲必至于洞天福地?正如頃所云,離于前未到于後之中間三二十里,即少止于一里半,此亦何地不有所謂"當其無"之處耶。一略彴小橋,一槎丫獨樹,一水一村,一籬一犬,吾翱翔焉,吾排蕩焉,此其爲洞天福地之奇奇妙妙,誠未能知爲在彼而爲在此也。且人亦都不必胸中之真有別才,眉下之真有別眼也。必曰先有別才而後翱翔,先有別眼而後排蕩,則是善游之人必至曠世而不得一遇也!如聖嘆意者,天下亦何別才、別眼之與有?但肯翱翔焉,斯亦別才矣;果能排蕩焉,斯即別眼矣。米老之相石也,曰要秀、要皺、要透、要瘦。今此一里半里之一水一村,一橋一樹,一籬一犬,則皆極秀、極皺、極透、極瘦者也;我亦定不能如米老之相石故耳,誠親見其秀處、皺處、透處、瘦處乃在于此,斯雖欲不于是焉翱翔,不于是焉排蕩，亦豈可得哉？且彼洞天福地之爲峰爲嶺，爲壁爲溪，爲坪坡梁硎，是亦豈能多有其奇奇妙妙者乎？亦都不過能秀、能皺、能透、能瘦焉耳。由斯以言，然則必至于洞天福地而後游，此其不游之處蓋已多多也。且必至于洞天福地而後游，此其于洞天福地亦終于不游已也。何也？彼不能知一籬一犬之奇妙者，必彼所見之洞天福地皆適得其不奇不妙者也。蓋聖嘆平日與其友斫山論游之法如此。今于讀《西廂》紅娘請宴之一篇而不覺發之也。斫山云："千載以來，獨有宣聖是第一善游人，其次則數王羲之。"或有徵其說者，斫山云："宣聖，吾深感其'食不厭精，膾不厭細'二言；王羲之，吾見其若干帖所有字畫，皆非獻之所能窺也。"聖嘆曰："先生此言，疑殺天下人去也。"又斫山每語聖嘆云："王羲之若別居家中，必就庭花逐枝逐朵細數其鬚，門生執巾侍直其側，常至終日都無一語。"聖嘆問此故事出于何書。斫山云："吾知之。"蓋斫山之奇特如此，惜乎天下之人不遇斫山，一傾倒其風流也。

　　前文一大篇，破賊也；後文一大篇，賴婚也。破賊之一大篇，則有鶯鶯尋計，惠明遞書，皆是生成必有之大波大浪也。賴婚之一大篇，則有鶯鶯失驚，張生發怒，亦是生成必有之大哭大笑也。今此，則于破賊之後，賴婚之前矣，此際其安得又有一大篇也乎？作者細思久之，細思彼張生之于鶯鶯，其切切思思如得旦暮遇之，固不必論也；即彼鶯鶯之于張生，其切切思思如得旦暮遇之，殆亦非一口之所得說，一筆之所得寫也。無端而孫飛虎至，無端而老夫人許，燄然二無端自天而降，此時則彼其一雙兩好之心頭口頭、眼中夢中、茶時飯時，豈不當有如雲浮浮，如火熱熱，如賊昧昧，如春蕩蕩者乎？乃今前文之一大篇，才破賊；後文之一大篇，便賴婚。破賊之一大篇，既必無暇與彼一雙兩好，寫此如雲如火，如賊如春一段神理；而賴婚之一大篇，即又何暇與彼一雙兩好，寫此如雲如火，如賊如春之一段神理乎？千不得已，萬不得已，算出賴婚必設宴，設宴必登請，而因于兩大篇中間忽然閑閑寫出一紅娘請宴。亦不于張生口中，亦不于鶯鶯口中，只閑閑于閑人口中恰將彼一雙兩好之無限浮浮熱熱、昧昧蕩蕩，不覺兩邊都盡。嗚呼！此謂之女媧氏不難補天，難于尋五色石。今既專門會尋五色石，其又何天之不補乎？然聖嘆又細思之，細思前一大篇破賊是真有一大篇，後一大篇賴婚是亦真有一大篇。今紅娘承夫人命請客走一遭，此豈不至輕至淡，至無聊，至不意，而今觀其但能緩緩隨筆而行，亦便真有此一大篇。然則如頃所云，一水一村，一橋一樹，一籬一犬，無不奇奇妙妙，又秀又皴，又透又瘦，不必定至于洞天福地而始有奇妙，此豈不信乎？普天下及後世錦綉才子，將欲操觚作史，其深念老氏當其無有文之用之言哉？破賊後，賴婚前，決不得更插一篇，吾亦嘗細思久之，而後嘆絕于紅娘請宴也。

（張生上云）夜來老夫人説使紅娘來請我，天未明便起身，直等至這早晚不見來，我的紅娘也呵！只一語，寫盡張生神理。

（紅娘上云）老夫人着俺請張生，須索早夫者。在紅娘方云早。

【中呂】【粉蝶兒】（紅娘唱）半萬賊兵，捲浮雲，片時掃净，俺一家兒死裏重生。

右第一節。叙功正文。

只據舒心的列仙靈，陳水陸，張君瑞合當欽敬。

右第二節。叙功旁文。○上正文叙功，人所必及也；此旁文叙功，真非人所及也。寫小女兒家又聰慧又年輕，彼見昨日驚魂動魄，今日眉花眼笑，便從自己靈心所到，説出小小一段快樂，反若撇開本人之一場真正大功也者，而是本人之一場真正大功，已不覺反于此一語中全現。才子作文，誓願放重筆，取輕筆，此類是也。

前日所望無成，倒是一緘書爲了媒證。【醉春風】今日東閣帶烟開，"前日""今日"，語意佳甚。○"帶烟開"是也。杜詩"高城烟霧開"，是招女婿詩，此用之也。再不要西廂和月等，薄衾單枕有人温，你早則不冷、句。冷。句。你好寶鼎香濃，繡簾風細，綠窗人静。此十二字是三句，是一句。看他輕輕只下"你好"二字，便使十二字并做一字。問并做何一字？依聖嘆俊眼看去，此十二字只并做一"人"字也。蓋窗外有簾，簾内無風，鼎中有香，香中有"人"也。

右第三節。請宴正文。○照定後篇賴婚，作此滿心滿願之語。妙絶！

可早到書院裏也。

【脱布衫】幽僻處可有人行，點蒼苔白露泠泠，隔窗兒咳嗽一聲。偶咳嗽也，隱不及敲門也。寫盡張生，非寫紅娘也。

（張生云）是誰？（紅娘云）是我。（張生開門相見科）

只見啓朱扉疾忙開問。【小梁州】叉手躬身禮數迎，我道不及"萬福，先生"。寫盡張生。

右第四節。寫紅娘未及敲門，張生已忙作揖。天未明起身，人便于紙縫裏活跳出來。

烏紗小帽耀人明，白襯净，角帶鬧黃鞓。【後】衣冠濟楚那更龐兒整，休説引動鶯鶯。據相貌，憑才性，我從來心硬，一見了也留情。作者何其狡獪！忽然欲牽紅娘并入渾水，豈非罪過哉！○斫山云：試問紅娘爲説今日，爲説問齋日，我最無奈聰明女兒半含半吐，不告我實話也！

右第五節。寫張生人物也，然而必略寫人多寫打扮者，蓋句句字字都照定後篇賴婚，先作此滿心滿意之筆也。

（紅云）奉夫人嚴命。（張生云）小生便去。紅娘將欲云："奉夫人嚴命來請先生赴席。"今張生不及候其辭畢。

【上小樓】我不曾出聲，他連忙答應。真正出神入化之筆。早飛去鶯鶯跟前，姐姐呼之，喏喏連聲。此紅娘摹寫其連忙答應之神理也。"姐姐呼之"者，鶯鶯無語，則張生欲語也。"喏喏連聲"者，鶯鶯有語，則張生敬喏也。真正出神入化之筆，不知如何想得來。秀才們聞道"請"，似得了將軍令，先是五臟神願隨鞭鐙。又嘲戲生員切己事情。

右第六節。天未明人起身活跳出來。

（張生云）敢問紅娘姐，此席爲何？可有別客？先生假也。

【後】第一來爲壓驚，第二來爲謝承。不請街坊，不會諸親，不受人情。避衆僧，請貴人，和鶯鶯匹聘。

右第七節。開宴正文。○俱照定後篇賴婚，作滿心滿意之筆。

見他謹依來命。【滿庭芳】又來回、句。顧影，句。○寫張生便去也。乃張生已去，而忽又來回；既已來回，而又復立定，秀才真有此情性也。下去都只寫此四字。文魔秀士，一句。風欠酸丁。一句。欠，如字。元曲有："本性謙謙，到處乾風欠。"又："改不盡強文搬醋飢寒臉，斷不了詩云子曰酸風欠。"俱押簾纖韵，此可據也。下工夫把頭顱挣，已滑倒蒼蠅，光油油耀花人眼睛，酸溜溜螫得人牙疼。安排定，猶言來回，何也？來回而顧影，何也？"文魔秀士"最要修容，今頭顱已極光挣，則是不必又顧影也。封鎖過陳米數升，蓋好過七八瓮蔓菁。猶言不必又顧影，則來回何也？"風欠酸丁"最重米瓮。今果然封鎖關蓋，件件經心也。真寫盡秀才神理。【快活三】這人一事精，百事精；不比一無成，百無成。此二句，乃是媒人選擇女婿經。言張生真養得鶯鶯活也。如此奇文妙文，聖嘆只有下拜。

右第八節。正寫張生疾忙便行，却斗然又用异樣妙筆寫出"來回顧影"四字，一時分明便將張生勾魂攝魄，召來紙上，如前殿夫人偏何來遲相似。○從來秀才天性與人不同，何則？如一聞請便出門，一也；既出門，反回轉，二也；既回轉，又立住，三也。"顧影"者，立住也。雖聖嘆亦不解秀才何故必如此，然普天下秀才則必如此。不但普天下秀才必如此，即聖嘆不能免俗，想是亦必如此，今日却被紅娘總付一笑也。○通節只是反覆寫"來回顧影"四字。若云去即去矣，"來回"何也？回即回矣，"顧"又何也？意者秀士性好修容，還要對鏡抿髮，爲復酸丁不捨，米瓮自來封鎖關蓋。下因趁筆極贊其"一精百精"，言真是養得鶯鶯活也。世間奇文妙文固有，亦有奇妙至此者乎？儈疑"下工夫"云云是贊其打扮，則前既有"烏紗小帽耀人"之文矣，不應更重出。儈又改"陳米"云云，是謙其筵席，則後又有"金帳玉屏合歡"之文矣，不應先刺謬，且"一精百精"之言，又何謂乎？○斫山云："意欲寫其去，却反寫其回；意欲寫其急，却反寫其遲。彼作者固是神靈鬼怪，乃批者亦豈非神靈鬼怪乎？"

世間草木是無情，猶有相兼并。【朝天子】這生，後生，怎免相思病。天生聰俊，打扮又素净，夜夜教他孤零。"并"字上聲。

右第九節。先寫張生是一情種。

曾聞才子多情，若遇佳人薄幸，常要擔閣了人性命。他的信行，他的志誠，你今夜親折證。

右第十節。次寫鶯鶯又是一情種。

【四邊靜】只是今宵歡慶，軟弱鶯鶯那慣經？你索款款輕輕，燈前交頸。端詳可憎，好煞人無乾净。"端詳"一轉，妙人妙事，妙筆妙文。猶言你雖依我言，果將款款輕輕矣，然仔細算來，終不能十分款款輕輕也。

右第十一節。次因話有話，遂寫至兩情種好煞人時。俱照定後篇賴婚，作滿心滿意之筆也。

（張生云）敢問紅娘姐，那邊今日如何鋪設，小生豈好輕造？先生假也。

【耍孩兒】俺那邊落花滿地胭脂冷，一霎良辰美景。夫人遣妾莫消停，請先生切勿推稱。正中是鴛鴦夜月銷金帳，兩行是孔雀春風軟玉屏。下邊是合歡令，一對對鳳簫象板，雁瑟鸞笙。

右第十二節。正寫宴也，定不可少。

（張生云）敢問紅娘姐，小生客中無點點財禮，却是怎生好見夫人？

【四煞】聘不見爭，親言便成，新婚燕爾天教定。你生成是一雙跨鳳秉鸞客，怕他不卧看牽牛織女星。滿心滿意，一至于此。真僥幸，不費半絲紅綫，已就一世前程。

右第十三節。此定不可少，然使聖嘆握筆，乃幾欲忘之，何也？夫前日廊下之匆匆相許，此所謂急不擇聲之言也。夫人而誠一諾千金，更無食言也者，則在今日正當遣媒議聘，嘉禮伊始。豈有家常茶飯，侘耳相招，輕以相府金枝，便草草出于野合者哉？此真不待兄妹之詞出，而早可以料其變卦者。作者細心獨到，遂特寫此。

【三煞】想是滅寇功，舉將能，你兩般功效如紅定。先是鶯娘心下十分順，總爲君瑞胸中百萬兵。自古文風盛，那見珠圍翠繞，不出黃卷青燈。反覆以明無聘也。"想是"二字妙。

右第十四節。又必重言以申其意者，可見是夫人破綻，張生心虛，紅娘乖覺，真不必直至于兄妹二字之後也。《西廂》妙筆如此，偺其烏知哉？

【二煞】夫人只一家，五字好。先生無伴等，五字好。并無繁冗真幽静。立等你有恩有義心中客，回避他無是無非廊下僧。夫人命，不須推托，即便同行。

右第十五節。正寫請也，定不可少。

（張生云）既如此，紅娘姐請先行一步，小生隨後便來。

【收尾】先生休作謙，夫人專意等。自古"恭敬不如從命"，休使紅娘再來請。

右第十六節。

（張生云）紅娘去了，小生拽上書院門者。比及我到得夫人那裏，夫人道："張生，你來了也，與俺鶯鶯做一對兒，飲兩杯酒，便去卧房裏做親！"（笑科）孫飛虎，你真是我大恩人也！多虧了他，我改日空閒，索破十千貫足錢，央法本做好事超薦他。惟願龍天施法雨，暗酬虎將起朝雲。（下）都作滿心滿志之言。

二之三　賴婚

《賴婚》一篇，當時若寫作夫人唱，得乎？曰：不得。然則寫作張生唱，得乎？曰：不得。然則寫作紅娘唱，得乎？曰：不得。胡爲其皆不得也？夫作者當時，吾則知其必已熟思之也。如使寫作夫人唱而得，寫作張生唱、紅娘唱而得者，彼亦不必定于寫作鶯鶯唱者也。蓋事只一事也，情只一情也，理只一理也。問之此人，此人曰果然也，問之彼人，彼人曰果然也，是誠其所同也；然事一事，情一情，理一理，而彼發言之人與夫發言之人心，與夫發言之人之體，與夫發言之人之地，乃實有其不同焉。有言之而正者，又有言之而反者；有言之而婉者，又有言之而激者；有言之而盡者，又有言之而半者。不觀魯敬姜之不哭公父文伯乎？實同一言也。自母之口則爲賢母，自婦之口即爲妒婦，觀其發于何人之口，人即分爲何人之言。雖其故與今之故不同，然而發言之人之不可不辨此，亦其一大明驗也。有言之而正者，如賴婚之事之情之理，自張生言之，則斷斷必不可賴，如云："非吾所敢望也，實夫人之許也，曾口血之未乾而遽忘于心與？"此其正也。若自夫人言之，則必斷斷必不可不賴，如云："非吾之食言也，惟先夫之故也。雖大恩之未報，奈先諾于心與？"此則言之而必至于反者也。有言之而婉者，如此事此情此理，自鶯鶯言之，則賴已賴矣，夫復何言？如云："欲不啼則無以處張生也，今欲啼又無以處吾母也。母得無曰：母一而已，人盡夫也。故不啼與。"此其婉也。若自張生言之，則賴已賴矣，夫復何忌？在夫人既不能以禮而自處也，安望我獨能以禮而處人也？夫人得無曰："雖速吾訟，亦不汝從，而怙終與？"此則言之而必至于激者也。有言之而盡者，如此事此情此理，自鶯鶯言之，則夫人賴矣，吾奈何賴？如云："母之賴之，是賴其口中之言也。若我賴之，是直賴吾心中之人也。吾賴吾心中之人，將使彼亦賴彼心中之人與？"此其盡也。若自紅娘言之，則夫人賴矣，誰又不賴？如云："夫人之口中，則不合曾有此言也。若小姐之心中，必不合曾有此人也。使小姐心中遂已真有此人，豈小姐亦早願爲此人心中之人與？"此則言之而止得其半者也。是何也？事固一事也，情固一情也，理固一理也，而無奈發言之人，其心則各不同也，其體則各不同也，其地則各不同也。彼夫人之心與張生之心不同，夫是故有言之而正，有言之而反也。乃張生之體與鶯鶯之體又不同，夫是故有言之而婉，有言之而激也。至于紅娘之地與鶯鶯之地又不同，夫是故有言之而盡，有言之而半也。夫言之而半是不如勿言也，言之而激是亦適得其半也。至于言之而反，此真非復此書之言也，彼作者當時蓋熟思之，而知《賴婚》一篇必當寫作鶯鶯唱，而不得寫作夫人唱、張生唱、紅娘唱者也。

（夫人上云）紅娘去請張生，如何不見來？（紅娘見夫人云）張生著紅娘先行，隨後便來也。

（張生上，拜夫人科）（夫人云）前日若非先生，焉有今日；我一家之命，皆先生所活。聊備小酌，非爲報禮，勿嫌輕意。（張生云）"一人有慶，兆民賴之。"此賊之敗，皆夫人之福。此爲往事，不足挂齒。（夫人云）將酒來，先生滿飲此杯。（張生云）長者賜，不敢辭。（立飲科）（張生把夫人酒科）（夫人云）先生請坐。（張生云）小子禮當侍立，焉敢與夫人對坐。（夫人云）道不得個"恭敬不如從命"。（張生告坐科）（夫人喚紅娘請小姐科）

（鶯鶯上云）迅掃風烟還净土，雙懸日月照華筵。

【雙調】【五供養】（鶯鶯唱）若不是張解元識人多，別一個怎退干戈？

右第一節。一篇文初落筆，便先抬出"張解元"三字表得此人，已是雙文芳心繫定，香口嗿定，如膠入漆，如日射壁，雖至于天終地畢、海枯石爛之時，而亦決不容移易者也！聖嘆每言作文最爭落筆，若落筆落得著，便通篇增氣力，如落筆落不着，便通篇減神彩。東坡先生作《韓文公潮州廟碑》時，云曾悟及此事最是難解之事也。○"別一個"妙，只除張解元外，彼茫茫天下之人，誰是"別一個"哉！既已漫無所指，而又自云"別一個"，然則口中自閑嗑"別一個"，心中實蕩漾"這一個"也。《古樂府》云："座中數千人，皆言夫婿殊。"吾嘗欲問何處座中，誰數千人，誰聞其言，誰又告卿？殆于卿自心憐卿之夫婿殊也！正與此"別一個"之三字，遙遙千載，交輝互映。○"識人多"，措辭妙絕。便以吾張解元爲宰相不愧耳！看他只三字，豈復三百字、三千字、三萬字所得換哉。○"怎"字又妙，一似曾代此"別一個"深算也者，而其實一片只是將他張解元驕奢天下人。蓋寫雙文此日之得意，真寫殺也。○試看其只得二句十六字，而出神入化乃至于此，普天下後世錦綉才子讀至此處，幸必滿浮一大白，先酹雙文，次酹作《西廂》者，次酹聖嘆，次即自酹焉。

排酒果，列笙歌。篆烟微，花香細，捲起東風簾幕。他救了咱全家禍，殷勤呵正禮，欽敬呵當合。"正禮""當合"字，出自雙文香口，妙絕！畢竟還是感，還是愛！

右第二節。先從雙文意中分付是日華筵之盛必須如此，以反剔後文之草草也。一節只是一句，猶言是日殷勤欽敬之故，則必應捲起簾幕，而後排列酒果、笙歌。而是日之簾幕之可以捲起，則又以香烟花氣霏微不動，而驗東風淡蕩之故也。

（紅娘云）小姐今日起得早也。

【新水令】恰纔向碧紗窗下畫了雙蛾，一句是梳妝已畢也。拂綽了羅衣上粉香浮污，二句是梳妝已畢，立起來也。將指尖兒輕輕的貼了鈿窩，三句是梳妝已畢，立起來了，又回身就鏡看其宜稱也。然則真起來得早也。若不是驚覺人呵，猶壓着綉衾臥。誰敢驚覺小姐？小姐謊也。

右第三節。此真異樣筆墨也。蓋欲寫雙文方始梳妝，則此日雙文不應一如平日遲起；然欲寫雙文梳妝已畢，則雙文又自有雙文身分，不可過于早起。于是而舒俏筆，蘸淺墨，輕輕只寫其梳妝之後一半，而雙文之此日起身遂覺遲固不遲，早亦不早。早雖不早，遲已不遲,翩翩然便有一位及瓜解字千金小姐,活現于此雙開一幅玉版箋中,真非世儈之所夢得也。《西廂記》寫雙文,至此日,猶作爾筆。吾恨近時忤奴,于最初驚艷時,便作無數目挑心招醜態,願天下才子,同聲痛罵之!○另找"猶壓"一句者,非寫雙文自家文飾,乃是深明他日決無如此早起,以見雙文今日之得意殺也。

(紅云)小姐梳妝早畢也,小姐洗手咱。我覷小姐臉兒吹彈得破,張生你好有福也。小姐真乃天生就一位夫人。

【後】你看没查没例謊僂科,道我宜梳妝的臉兒吹彈得破。你那裏休聒,不當一個信口開合。知他命福如何?我做夫人便做得過。【喬木查】除非説我相思爲他,他相思爲我,今日相思都較可。這酬賀當酬賀。忽然將"他我"二字分開,忽然將"他我"二字合攏,寫得雙文是日與解元貼皮貼肉,入骨入髓,真乃異樣筆墨。

右第四節。雙文快哉,便敢縱口呼一"他"字,敢問他之爲他乃誰耶?自謙未必做夫人,而公然牽連及人,云"看他福命",何意卿之與他同福共命,遂至此耶?快哉雙文,此爲是卿心頭幾日語,何故前曾不説,今忽然説?豈卿今日之與他,便得更無羞澀耶?甚至暢然承認云"我相思","他相思",甚矣,雙文此日之無顧無忌,滿心滿願也。○"我"之與"他",最是世間口頭常字,然獨不許未嫁女郎,香口輕道。此則正將此字,翻別出異樣妙文來,作《西廂記》人,真是第八童真住菩薩,無法不悟者也。

母親你好心多。【攪挣琶】我雖是賠錢貨,亦不到兩當一弄成合。"兩當一"者,一來壓驚,二來就親也。況他舉將除賊,便消得你家緣過活。妙妙!是非平心語哉。然自旁人言之,則公論也;今出雙文口,便是護惜解元,聖嘆先欲笑也!你費甚麼便結絲蘿。寫出是日不似結親席面也。與前"捲起東風簾幕"映耀。休波,省錢的奶奶忒慮過,恐怕張羅。"休波",雙文又急自收科也。此寫雙文小不得意于其母,所以襯後文之大不得意也。其法只應如是即止,不可信筆便恁麼去也。

右第四（五）節。上寫雙文快,此又忽寫雙文不快。寫快,所以反襯後文不快也；寫不快,所以反襯後文大不快也。蓋雙文于筵席草草便已不快,殊未知筵席之所以草草,後文則有其故,而雙文方在夢中也。〇此"我他"二字,更奇更妙,便將自己母親之一副家緣過活,立地情願雙手奉與解元。自古云"女生外向",豈不信哉。只不知作者如何寫得到,真是第八童真住菩薩,無法不悟者也。寫快以襯不快,奇矣。又寫不快以襯大不快,豈不奇絕哉！聖嘆多見世間御溫食肥之人,每自言心中不快,此正是其快極語也,渠指日必有大不快耳。爲之一嘆。

【慶宣和】門外簾前,未將那小脚兒那。我先目轉秋波,"未"字,"先"字,"倒"字,三個字合成异樣妙景。

（張生云）小生更衣咱。（做撞見鶯鶯科）

誰思他識空便的靈心兒早瞧破。唬得我倒躲,倒躲。

右第五（六）節。分明一對新人,兩雙俊眼,千般傳遞,萬種羞漸,一齊紙上活靈生現也。〇寫雙文出來,爲欲快出來,反得遲出來。又解元看見雙文出來,方將等不得快出來,不意反弄成不出來。妙妙！蓋美人出來,本是難寫,何況新人出來,加倍難寫,因而極力寫之,不意其直寫至此,作者真是第八童真住人也。

（夫人云）小姐近前來,拜了哥哥者。（張生云）呀,這聲息不好也！（鶯鶯云）呀,俺娘變了卦也！（紅娘云）呀！這相思今番害也。

【雁兒落】只見那荊棘刺怎動那！死懵騰無同互！措支

一不對答！軟兀剌難蹲坐！

　　右第六（七）節。寫驚聞怪語，先看解元也。先看解元，妙妙！

　　【得勝令】真是積世老婆婆，甚妹妹拜哥哥。真不可解。雖聖嘆亦不解，不止雙文不解也。白茫茫溢起藍橋水，撲騰騰點着祅廟火。碧澄澄清波，撲剌剌把比目魚分破；急攘攘因何，扢搭地把雙眉鎖納合。【甜水令】粉頸低垂，烟鬟全墮，芳心無那。還有甚相見話偏多？星眼朦朧，檀口嗟咨，擷窨不過。這席面真乃烏合。

　　右第七（八）節。驚聞怪語，次訴自家也。○先看解元，次訴自家。中有神理，不容倒轉。

　　（夫人云）紅娘看熱酒來，小姐與哥哥把盞者。（鶯鶯把盞科）（張生云）小生量窄。（鶯鶯云）紅娘，接了臺盞去者！

　　【折桂令】他其實咽不下玉液金波。"他其實"，妙，憐惜鳴咽一至于此。○解元不肯飲，固也，乃今先是雙文不肯教解元飲也。下逐句皆深明此句。他誰道月底西廂，變做夢裏南柯。"他誰道"，妙。代解元訴所以不飲之故也。淚眼偷淹，他酩子裏都搵濕衫羅。"他酩子裏"，妙。言解元只有工夫哭，那有工夫飲也。他眼倦開軟癱做一垛，他手難抬稱不起肩窩。"他眼倦開"，妙。言解元亦不看人把盞。"他手難抬"，妙。言解元亦接不起臺盞也。病染沉疴，他斷難又活。"他斷又活"，妙。言解元向未活，安能飲也？母親你送了人呵，還使甚囉羅。結言真不必勸之飲也。一篇只是一句。

　　右第八（九）節。寫夫人初命把盞，解元必不肯飲。乃雙文亦不肯教解元飲也。其文如此。此皆喚紅娘接去臺盞之辭。

　　（夫人云）小姐，你是必把哥哥一盞者！（鶯鶯把盞科）（張生云）説過小生量窄。（鶯鶯云）張生，你接這臺盞者。

【月上海棠】一杯悶酒尊前過，你低首無言只自摧挫。"你自摧挫"，妙。忽然換一言端，勸解元不如飲此一杯之愈也。你不甚醉顏酡，"你不甚酡"，妙。言親見解元面也。你嫌玻璃盞大。"你嫌盞大"，妙。言深體解元意也。你從依我，只四字中，下得"你""我"二字。你酒上心來較可。"你依我"，妙。言親昵也。"你較可"，妙。言疼痛也。皆手擎臺盞，憐惜嗚咽之辭。【後】你而今煩惱猶閑可，你久後思量怎奈何？"你而今""你久後"，妙。因把盞之便，直私問至後日也。我有意訴衷腸，怎奈母親側坐，與你成拋躲，咫尺間天樣闊。亦欲訴其"而今煩惱"與"久後思量"也。

右第九（十）節。寫夫人再命把盞，解元堅不肯飲，乃雙文忽又欲強解元飲也。其文又如此。○只一把盞，看他一反一覆，寫成如此兩節。前節向他人疼解元，後節向解元疼解元；前節分明玉手遮護解元，直將藏之深深帳中，幾于風吹亦痛；後節分明身擁解元，并坐深深帳中，通夜玉手與之按摩也。文章至于此極，真惟第八童真住人或優為之，餘子豈所望哉！

（張生飲酒科）（鶯鶯入席科）（夫人云）紅娘，再斟上酒者！先生滿飲此杯。（張生不答科）

【喬牌兒】轉關兒雖是你定奪，啞謎兒早已人猜破；還要把甜話兒將人和，越教人不快活。譏其還欲勸飲也。

右第十（十一）節。幾于熱揭面皮，痛錐頂骨，何止眼瞅口唾而已。快文哉！

【清江引】女人自然多命薄，秀才又從來懦。妙妙，不但自悲，兼怨解元。便宛然夫妻兩口，一心一意然。悶殺沒頭鵝，撇下賠錢貨，忽然放聲痛哭其父。不知他那答兒發付我！痛哭其父，所以深致怨于其母也。而其父不聞也，真乃哀哉！

右第十一（二）節。忽然哀叫死父，痛銜生母，而夫妻之同床共命，并心合意，分明如畫。妙絕！

（張生冷笑科）

【殿前催】你道他笑呵呵，這是肚腸閣落泪珠多。本作"江州司馬泪痕多"，我意元、白同時，恐未可用，故特改之。若不是一封書把賊兵破，俺一家怎得存活。他不想姻緣想甚麼？段段夫妻兩口，并心合意。妙絕，奇絕！難捉摸。你說謊天來大，成也是你母親，敗也是你蕭何。

右第十二（三）節。索性暢然代解元言之也。

【離亭宴帶歇拍煞】從今後我也玉容寂寞梨花朵，朱唇淺淡櫻桃顆，如何是可？昏鄧鄧黑海來深，白茫茫陸地來厚，碧悠悠青天來闊。

右第十三（四）節。索性暢然并自己言之，真不復能忍也。

前日將他太行山般仰望，東洋海般饑渴。如今毒害得恁麼。高鳥良弓，千古同嘆。把嫩巍巍雙頭花蕊搓，香馥馥同心縷帶割，長攪攪連理瓊枝挫。只道白頭難負荷，誰料青春有擔閣，將錦片前程已蹬脫。一邊甜句兒落空他，一邊虛名兒誤謙我。"白頭""青春"，錐心出想。

（夫人云）紅娘送小姐臥房裏去者。（鶯鶯辭張生下）

右第十四（五）節。看他至篇終，越用淋淋漓漓之墨，作拉拉雜雜之筆。蓋滿肚怨毒，撐喉挂頸而起；滿口謗訕，觸齒破唇而出。其法必應如是，非不能破作兩、三節也。有文應用拉雜者，所謂歡愉之音嘽緩，煩悶之音焦殺也。

（張生云）小生醉也，告退。夫人跟前，欲一言盡意，未知可否？前者狂賊思逞，變在倉卒，夫人有言："能退賊者，以鶯鶯妻之。"是曾有此語否？（夫人云）有之。（張生云）當此之時，是誰挺身而出？（夫人云）先生實有活命之恩。奈先相國在日……（張生云）夫人却請住者！當時小生疾忙作書請得杜將軍來，徒爲今日舖啜地乎？今日紅娘傳命相呼，將謂末踐諾金，快成倚玉，不知夫人何見，忽以"兄妹"二字，兜頭一蓋？請問小姐何用小生爲兄？若小生真不用小姐爲妹。嘗言"算錯非遲"，還請夫人三思。（夫人云）這個小女，先相國在日，實已許下老身侄兒鄭恒。前日發書曾去喚他，此子若至，將如之何？如今情願多以金帛奉酬，願先生別揀豪門貴宅之女，各諧秦晉，似爲兩便。（張生云）原來夫人如此。只不知杜將軍若是不來，孫飛虎公然無禮，此時夫人又有何說？小生何用金帛，今便索告別！（夫人云）先生住者，你今日有酒了也。紅娘，扶哥哥去書房中歇息。至明日咱別有話說。（夫人下）

（紅娘扶張生云）張先生，少吃一盞，却不是好！（張生云）哎呀，紅娘姐，你也糊突，我吃甚麼酒來！小生自從瞥見小姐，忘餐廢寢，直到如今，受無限苦楚，不可告訴他人，須不敢瞞你。前日之事，小生這一封書，本何足道，只是夫人堂堂一品太君，金口玉言，許以婚姻之約。紅娘姐，這不是你我二人獨聽見的。兩廊下無數僧俗，乃至上有佛天，下有護法，莫不共聞。不料如今忽然變卦，使小生心盡計窮，更無出路，此事幾時是了！就小娘子跟前，只索解下腰帶尋個自盡。可憐閉戶懸梁客，真作離鄉背井魂。（解帶科）

（紅娘云）先生休慌。先生之于小姐，妾已窺之深矣。其在前日，真爲素昧平生，突如其來，難怪妾之得罪。至于今日，夫人實有成言，況是以德報德，妾當盡心謀之。（張生云）如此，小生生死不忘！只是計將安出？（紅娘云）妾見先生有囊琴一張，必善于此。俺小姐酷好琴音。今夕，妾與小姐少不得花園燒香。妾以咳嗽爲號，先生聽見，便可一彈，看小姐說甚言語，便好將先生衷曲禀知。蓋紅娘之與雙文，其不敢率爾有言如此。忤奴其烏知相國人家家法哉。若有說話，明日早來回報。這早晚怕夫人呼喚，我只索回去。（下）

（張生云）依舊夜來蕭寺寞，何曾今夕洞房春。（下）

二之四　琴心

紅娘之教張生以琴心，何也？聖嘆喟然嘆曰：吾今而後，知禮之可以坊天下也。夫張生，絕代之才子也，雙文，絕代之佳人也。以絕代之才子，驚見有絕代之佳人，其不辭千死萬死，而必求一當，此必至之情也。即以絕代之佳人，驚聞有絕代之才子，其不辭千死萬死，而必求一當，此亦必至之情也。何也？夫才子，天下之至寶也；佳人，又天下之至寶也。天生一至寶于此，天亦知其難乎爲之配也；天又生一至寶于彼，天又知其難乎爲之配也。無端一日而兩寶相見，兩寶相憐，兩寶相求，兩寶相合，而天乃大快。曷快爾？快一事遂即兩事遂。言以此一寶配彼一寶也者，即以彼一寶配此一寶者也。天豈其日不然，而顧強一寶以配一樸，又別取一樸以配一寶，而反以爲快乎哉！然而吾每念焉，彼才子有必至之情，佳人有必至之情，然而才子必至之情，則但可藏之才子心中。佳人必至之情，則但可藏之佳人心中。即不得已久之久之，至于萬萬無幸，而才子爲此必至之情，而才子且死，則才子其亦竟死，佳人且死，則佳人其亦竟死，而才子終無由能以其情通之于佳人，而佳人終無由能以其情通之于才子。何則？先王制禮，萬萬世不可毀也。《禮》曰："外言不敢或入于閫，內言不敢或出于閫。"斯兩言者，無有照鑒，如臨鬼神，童而聞之，至死而不容犯也。夫才子之愛佳人則愛，而才子之愛先王則又愛者，是乃才子之所以爲才子；佳人之愛才子則愛，而佳人之畏禮則又愛者，是乃佳人之所以爲佳人也。是故男必有室，女必有家，此亦古今之大常，如何以無諱者也。然而雖有才子佳人，必聽之于父母，必先之以媒妁，棗栗段脩，敬以將之，鄉黨僚友，酒以告之。非是則父母國人先賤之，非是則孝子慈孫終羞之。何則？徒惡其無禮也。故才子如張生，佳人如雙文，是真所謂有唐貞元天地之間之兩至寶也者。才子愛佳人，如張生之于雙文，佳人愛才子，如雙文之于張生，是真所謂不辭千死萬死，而幾幾乎各願以其兩死并爲一死也者。然而其于未有賊警許婚以前，張生之愛雙文，即誠有之，然終不知雙文其果亦知我之愛之，且至于如是矣乎？抑竟不之知乎？雙文之愛張生，即誠有之，然終不知張生其果亦知我之愛之，且至于如是矣乎？抑竟不之知乎？夫張生之無由出于其口而入雙文之耳，猶之雙文之無由出于其口而入張生之耳，其事則同也。然則其互不得知信也。夫兩人之互愛，蓋至于如是之極也，而竟亦互不得知，則是兩人雖死焉可也。然兩人死，則寧竟死耳，而終亦無由互出于口，互入于耳者，所謂禮在則然，不可得而犯也。殆至于萬萬無幸而大幸猝至，而忽然賊警，而忽然許婚，我謂惟當是時，則張生之情，竟可不復通于雙文，雙文之情，竟可不復通于張生。何則？既已母氏諾之，兩廊下三百人證之矣，而今而後，雙文真張生之雙文也。兩人一種之情，方不難竟日夜自言之，乃至竟一月自言之，乃至竟一歲自言之，乃至竟百年自言之。是其中間奚煩別有一介之使，又爲將之于此，而致之于彼焉者，天亦不圖老嫗之又有變計也。自老嫗之計忽焉又變，而後乃今雙文仍非張生之雙文。夫雙文仍非張生之雙文，則是張生亦仍非雙文之張生，而後乃今于其中間真不得不別煩一介之使，先將之此以致之彼，冀得之彼以復之此矣。雖在雙文，我必代之謀曰：是但可含怨賚怒，汝終不得明以告之人也。然其在張生，則有何所忌憚，尚不可仗義執辭，明以告之人也？諺有之曰："心不負人，面無慚色。"夫夫人而未之嘗許，則張生雖死，實應終亦不敢，此自爲禮在故也。若夫人而既許之矣，張生雖至無所忌憚，而儼然遂煩一介之使，排闥以明告之雙文，我謂此已更非禮之所得隨而義之。何則？曲已在彼不在此也。而獨不知此一介之使，則將何以應之也哉？夫夫人之許之，耳實聞之也；夫人之賴之，耳又實聞之也：此不必張生言之也。夫張生即不言，我獨非人，不飲恨于吾心乎哉？此又不必張生求之也。夫張生即不言，我獨非人，不能爲一援手乎哉？且我今以張生之言，言于雙文之前，猶之以水入水焉耳。何則？頃者怨念之誠，動于顏色，我既亦察之審矣，然則我以張生之言，言于雙文之前，真猶之以雙文之言，言于雙文之前焉耳。此真所謂天下之不難，更無有不難于此也者。然而阿紅則獨以爲有至難至難者焉，何則？今夫崔家，則潭潭赫赫，當朝一品，調元贊化之相國府中也。崔之夫人，則先既堂堂巍巍，一品國太，而今又爲斬斬稜稜之冰心鐵面孀居嚴母也。崔夫人之女雙文，則雍雍肅肅，胡天胡帝，春風所未得吹，春日所未得照之千金一品小姐也。若夫紅之爲紅，則不過相國府中有夫人，夫人膝下有小姐，小姐位側有侍妾，而特于侍妾隊中，翩翩翾翾，有此一鬟也云爾！小姐而苟尋常遇之，此小姐之體也，小姐而獨國士目之，是小姐之恩也。如以小姐之體論之，則其不敢輕以一無故之言，干冒尊嚴者。是不獨一紅爲然，凡侍小姐之側無不盡然，而紅則亦不得不然者也。若以小姐之恩論之，則其尤不敢輕以一無故之言，干冒尊嚴者，吾意必當獨此一紅爲能然耳。不則胡爲小姐平日珠玉之心，悋不肯輸一人者，而獨于紅乎垂注乎哉！由斯言之，然則紅之諾張生，雖在所必不得不諾，而紅之告雙文，乃在所必不可得告。蓋其至難至難，非獨紅娘難之，雖當日張生亦已爲之難之；非獨聖嘆難之，雖今日普天下錦綉才子，亦當無不爲之難之。此見先王制禮，有外有內，有尊有卑，不但外言之不敢或聞于內，而又卑言之不敢或聞于尊。蓋其嚴重不苟有如此者，凡以坊天下之非僻奸邪，使之必不得伏于側，乘于前，亂于後，潰敗于無所底止，其用意爲至深遠也。然後則知紅娘之教張生以琴心，其意真非欲張生之以琴挑雙文也，亦非欲雙文之于琴感張生也，其意則徒以雙文之體尊嚴，身爲下婢，必不可以得言。夫必不可以得言，而頃者之諾張生，將終付之沉浮矣乎；又必不忍，而因出其陰陽狡獪之才，斗然托之于琴，而一則教之彈之，而一則教之聽之。教之聽之而詭去之，詭去之而又伏伺之，伏伺之而得其情與其語，則突如其出而使莫得賴之，夫而後緩緩焉從而釣得之。嗚呼，向使千金雙文深坐不來，乃至來而不聽，與聽而無言，其又誰得行其狡獪乎哉？蓋聖嘆于讀《西廂》之次，而猶愾然重感于先王焉。後世之守禮尊嚴千金小姐，其于心所垂注之愛婢，尚慎防之矣哉！賴婚後，寄書前，真乃何故又必要此《琴心》一篇文字？豈爲崔、張相慕之殷，前寫猶未盡意，故意更須重言之耶？今日讀嘆批，方恍然大悟，遂幷篇末"走將來，氣冲冲"等語，都如新浴而出。聖嘆眼，真有籤箕大也！

　　作《西廂記》人，吾偷相其用筆，真是千古奇絕。前《請宴》一篇，止用一紅娘，他却是張生、鶯鶯兩人文字；此《琴心》一篇，雙用鶯鶯、張生，反走過紅娘，他却正是紅娘文字。寄語茫茫天涯，何處錦繡才子，吾欲與君挑燈促席，浮白歡笑，唱之，誦之，講之，辨之，叫之，拜之。世無解者，燒之，哭之。斫山云：我先哭。

（張生上云）紅娘教我今夜花園中待小姐燒香時，把琴心探聽他。尋思此言，深有至理。天色晚也，月兒你與我分上不能早些出來呵！是二十日左右月也。呀，恰早發擂也；好。呀，恰早撞鐘也。好。

（理琴科，云）琴呵，小生與足下湖海相隨，今日這場大功都只在你身上。天那！你于我分上，怎生借得一陣輕風，將小生這琴聲，送到我那小姐的玉琢成、粉捏就、知音俊俏耳朵裏去者！

（鶯鶯引紅娘上）（紅云）小姐，燒香去來，好明月也！好。只增四字一句，懲懲之意如畫。（鶯鶯云）紅娘，我有甚心情燒香來！月兒呵，你出來做甚那？此句，非恨月，乃是肯燒香之根。從來女兒心性，每每如此，故嘆紅娘"好明月也"四字一句之妙也。

【越調】【鬥鵪鶉】（鶯鶯唱）雲歛晴空，冰輪乍涌；此非寫月也，乃是為美人見月也。風掃殘紅，香階亂擁；此非寫落紅，乃是寫美人走出月下來也。離恨千端，閑愁萬種。上四句之下，如何斗接此二句？故此上二句是人也，非景也。試反覆誦之。

右第一節。只寫雲，只寫月，只寫紅，只寫階，并不寫雙文，而雙文已現。有時寫人是人，有時寫景是景；有時寫人却是景，有時寫景却是人。如此節，四句十六字，字字寫景，字字是人。儻炙不知，必曰景也。

娘呵，"靡不初、鮮有終。"他做會影裏情郎，我做會畫中愛寵。【紫花兒序】止許心兒空想，口兒閑題，夢兒相逢。

右第二節。不得不敘事，却先作如許空靈澹蕩之筆。妙絕！

昨日個大開東閣，我只道怎生般炮鳳烹龍？妙妙。不是寫出來，竟是説出來。驟讀之，只道笑殺人；再讀之，眞要哭殺人也。朦朧，妙妙。却教我"翠袖殷勤捧玉鍾"。要算"主人情重"；妙妙。不是寫出來，竟是説出來。將我雁字排連，着他魚水難同。

右第三節。上先空敘，此更實敘，又作如許哀怨刺促之筆也。

（紅云）小姐，你看月闌，明日敢有風也？（鶯鶯云）呀，果然一個月闌呵！

【小桃紅】人間玉容深鎖繡幃中，是怕人搬弄。孫子荆每言"情生文，文生情"。如此斗然出奇，爲是情生，爲是文生？眞乃絕妙。想嫦娥，西没東生有誰共？妙絕。怨天公，裴航不作游仙夢。勞你羅幃數重，愁他心動，圍住廣寒宮。妙絕！無情無理，奇情奇理；有情有理，至情至理。

右第四節。一肚哀怨，刺刺促促，欲不説則不得盡其致，欲説則又嫌多嚼口臭，因忽然借月闌替換題目，翻洗筆墨。文章之能，于是極也！○細思作者當時，提筆臨紙，左想右想，如何忽然想到月闌？便使想到月闌，如何忽然想到如此下筆？使我讀之，眞乃不知其是怨月闌，不知其是怨夫人。奇奇妙妙，世豈多有。

（紅輕咳嗽科）（張生云）是紅娘姐咳嗽，小姐來了也。（彈琴科）

（鶯鶯云）紅娘，這是甚麽響？（紅云）小姐，你猜咱。

【天淨沙】是步摇得寶髻玲瓏？是裙拖得環珮玎玲？看他行文漸次。此二句，先從身畔猜想也。是鐵馬兒檐前驟風？是金鈎雙動，吉丁當敲響簾櫳？此二句，離身仰頭猜之也。【調笑令】是花宮，夜撞鐘？是疏竹瀟瀟曲檻中？此二句，又置此處，向別處猜之。○"花宮"二字句，李頎詩云"花宮仙梵遠微微"，是也。撞，平聲。是牙尺剪刀聲相送？是漏聲長滴響壺銅？此二句，雜猜之也。看也八句八樣，儈只謂可以漫然雜寫，豈知其中間又必有小小章法如是哉？

　　右第五節。此于琴前，故作搖曳，先媚之。

　　我潛身再聽在墻角東，元來西廂理結絲桐。【禿厮兒】其聲壯，似鐵騎刀槍冗冗；其聲幽，似落花流水溶溶；其聲高，似清風月朗鶴唳空；其聲低，似兒女語，小窗中，喁喁。韓昌黎《聽琴》詩云："昵昵兒女語，恩怨相爾汝。劃然變軒昂，勇士赴敵場。"正與此一樣文字也。歐陽文忠強作解事云："此詩雖甚奇麗，然只是聽琵琶詩，不是聽琴詩。"誤也。

　　右第六節。此正寫琴。

　　【聖藥王】他思已窮，恨不窮，是為嬌鶯雛鳳失雌雄。他曲未通，我意已通，分明伯勞飛燕各西東，"思已窮"，是言日間賴婚；"恨不窮"，是言此時彈琴；"曲未通"是言琴未入弄；"意已通"，是言聽者已先會得也。妙絕！盡在不言中。"盡"之為言，你我同也。

　　右第七節。○須知此為張生調弦未入弄時，其用"嬌鶯雛鳳""伯勞飛燕"等字，皆是日間心頭已成之語，非于琴中聽出來也。猶言日間之事如此，尚何心情弄琴？則解之曰："他思已窮，恨不窮"也。又問他調弦猶未入弄，汝乃何從知之？則解之曰：雖"曲未通，意已通"也。其文之妙如此。○寫成操後，雙文乃始嗟怨，此儈父優為之耳。看他偏于未成操前，寫得雙文早自心如合璧，便將下文張生特地彈成一曲，謂之《鳳求凰》操，恰如反被雙文先出題目相似。真乃文章妙處，索解人不得也。儈謂張生挑之，豈非大夢！

　　（紅云）小姐，你住這裏聽者，我瞧夫人便來。（假下）一篇，止此句爲正文。

【麻郎兒】不是我他人耳聰，知你自己情衷。"我他人"，妙妙。"你自己"，妙妙。昔趙松雪學士信手戲作小詞，贈其夫人管曰："我儂兩個，忒煞情多。譬如將一塊泥，捏一個你，塑一個我。忽然間歡喜呵，將他來都打破。重新下水再團再煉，再捏一個你，再塑一個我。那其間，那其間，我身子裏有你也，你身子裏也有了我。"知音者芳心自同，感懷者斷腸悲痛。此"知音者""感懷者"，乃遍指普天下相思種子也。其文妙至于此。

右第八節。言普天下才子，必普天下好色，必普天下有情，必普天下相思，不止是張生一人爲然也，又何疑于琴未成弄，我便心如合璧哉？文之淋漓滿志，已至此極，而儉必謂下文以琴挑之。

（張生云）窗外微有聲息，定是小姐，我今試彈一曲。（鶯鶯云）我近這窗兒邊者。

（張生嘆云）琴呵！昔日司馬相如求卓文君，曾有一曲，名曰《文鳳求凰》。小生豈敢自稱相如，只是小姐呵，教文君將甚來比得你！我今便將此曲，依譜彈之。

（琴曰）有美一人兮，見之不忘。一日不見兮，思之如狂。鳳飛翺翔兮，四海求凰。無奈佳人兮，不在東墻。張琴代語兮，欲訴衷腸。何時見許兮，慰我徬徨？願言配德兮，携手相將！不得于飛兮，使我淪亡。是手彈，不是口歌。

（鶯鶯云）是彈得好也呵！其聲哀，其節苦；使妾聞之。不覺泪下。

【後】本宮、終始、不同。此六字，三句，是言聞弦賞音，能識雅曲之故也。"本宮"者，曲各自有其宮也。"始終"者，曲之自始至終，有變不變也。"不同"者，辨其何宮，察其正變，則迥不同也。這不是清夜聞鐘，此辨其"本宮"也。"清夜聞鐘"，屬宮，今屬商也。這不是黄鶴醉翁，此辨其"始終"也，"黄鶴"變，此不變也。這不是泣麟悲鳳。此辨其"不同"也。悲泣雖無異，而麟鳳與求鳳，又不同也。【絡絲娘】一字字是更長漏永，一聲聲是衣寬帶鬆。別恨離愁，做這一弄。越教人知重。此"越重"字，則爲今夜又知其精于琴理至此故也。夫雙文精于琴理，故能于無文字中聽出文字，而知此曲之爲"別恨離愁"也。而今反云"越重"張生，從來文人重文人，學人重學人，才人重才人，好人重好人，如子期之于伯牙，匠石之于郢人，其理自然，無足怪也。○絶世妙文。

右第九節。聽琴正文，寫出真好雙文。必如此，方謂之知音識曲人也。偺乃必欲張生手既彈之，口又歌之，一何可笑！四"這"字，三"不是"字，兩"是"字，寫知音人如畫。○斫山云："我讀此一章，洋洋然，泠泠然，不知其是張生琴，不知其是雙文人，不知其是《西廂》文，不知其是聖嘆心。蓋飄飄乎，欲與漢文同去矣！"

（張生推琴云）夫人忘恩負義，只是小姐，你却不宜説謊。（紅娘掩上科）（鶯鶯云）你錯怨了也。

【東原樂】那是娘機變，如何妾脱空；他由得俺，乞求效鸞鳳？九字便是九點泪，便是九點血。雙文之多情，雙文之秉禮。雙文之孝順，雙文之爽直，都一筆寫出來。他無夜無明并女工，無有些兒空，他那管人把妾身咒誦！此文用三"他"字，推是夫人，足矣。必如俗本云"得空，我便欲來"，此更成何語耶？

右第十節。此雙文不覺漏入紅娘耳中之文也，如含如吐，如淺如深。在雙文出之已算盡言，在紅娘聞之尚非的據，便今後文一簡再簡，玄之又玄，幾乎玄殺也。○"無夜無明""無空"之爲言，不得乞求也。寫慈母嬌女之如可乞求，與嚴母莊女之終不乞求，兩兩如畫。俗本誤入襯字，直寫作如欲私奔然。惡是何言也！當時若是身作雙文，自然必爲此言；今日只是筆代雙文，奈何能爲此言？固知世間慧業文人，此是第七住地中人也。

【綿搭絮】外邊疏簾風細，裏邊幽空燈青，中間一層紅紙，幾眼疏櫺，不是雲山幾萬重。寫兩人相去至近，真乃妙絕！怎得個人來信息通？便道十二巫峰，也有高唐來夢中。紅娘聞之，可謂罄倒，而雙文殊未犯口。

（紅娘突出云）小姐，甚麼夢中？那夫人知道怎了！紅娘賊也。

右第十一節。此漏入紅娘耳中之後半也。在紅娘聞之已算盡言，在雙文出之反無的據。如淺如深，如含如吐，遂成後文玄殺也，妙哉！

【抽魯速】走將來氣冲冲，不管人恨匆匆，號得人來怕恐。我又不曾轉動，女孩兒家怎響喉嚨。我待緊磨蘑，將他攔縱，怕他去夫人行把人葬送。此亦後文低垂粉頸，改變朱顏之根。可細細尋之。

右第十二節。寫雙文膽小，寫雙文必虛，寫雙文嬌貴，寫雙文機變：色色寫到。○寫雙文又口硬又心虛，全為下文玄殺紅娘地也。妙絕！

（紅云）適纔聞得張先生要去也，小姐却是怎處？（鶯鶯云）紅娘，你便與他說，再住兩三日兒。

【尾】只說道夫人時下有些唧噥，好和歹你不脫空。此亦不為深言犯口，不過偶借前題，略作相留數日計耳。而自紅娘聞之，豈非雙文已作滿口相許哉？世間真有如此錯認，寫來入妙。我那口不應的狠毒娘，你定要別離了這志誠種！再讀此句，益知上句之偶作相留，并無所許也。

右第十三節。直寫至紅娘有問，雙文有答，而雙文口中終無犯口深言，而紅娘意中竟謂滿心相許。玄之又玄，幾乎玄殺，真世間未見之極筆也!

（紅娘云）小姐不必分付，我知道了也。明日我看他去。（鶯鶯、紅娘下）紅娘賊也，你玄殺也。

（張生云）小姐去了也。紅娘姐呵，你便遲不得一步兒，今夜便回覆小生波。沒奈何，且只得睡去。（張生下）

貫華堂繪像第六才子西廂卷之五終

卷之六

第三之四章題目正名

張君瑞寄情詞
小紅娘遞密約
崔鶯鶯喬坐衙
老夫人問醫藥

三之一　前候

上《琴心》一篇，紅娘既得鶯鶯的耗，則此篇不過走覆張生，而張生苦央代遞一書耳。題之枯淡窘縮，無逾于此。乃吾讀其文，又見其纏纏然有如許六七百言之一大篇。吾嘗春晝酒酣，閑坐櫻桃花下，取而再四讀之，忽悟昨者陳子豫叔則曾教吾以此法也。蓋陳子自論雙陸也，聖嘆問于豫叔曰："雙陸亦有道乎，何又有人于其中間稱曰高手耶？"豫叔曰："否否，唯唯。吾能知之，吾能言之。然而其辭不雅馴，我難使他人聞之。獨吾子性好深思鄙事者也，吾不妨私一述之。今夫天下一切小技，不獨雙陸為然。凡屬高手，無不用此法已，曰'那輾'。吳音"奴"上聲，"輾"上聲。'那'之為言

'搓那','輾'之爲言'輾開'也。搓那得一刻,輾開得一刻;搓那得一步,輾開得一步,于第一刻、第一步,不敢知第二刻、第二步,况于第三刻、第三步也。于第一刻、第一步,真有其第一刻、第一步,莫貪第二刻、第二步,坐失此第一刻、第一步也。"聖嘆聞之,已不覺灑然异之。豫叔又曰:"凡小技,必須與一人對作。其初,彼人大欲作,我乃那輾如不欲作。夫人欲作,必將有作有不及作也,而我之如不欲作,則固非不作也。其既彼以大欲作故,將多有所不及作,其勢不可不與補作。至于補作,則先之所作將反弃如不作也。我則以那輾故,寸寸節節而作,前既不須補作,今又無刻不作也。其後,彼以補作故,彼所先作既盡弃如不作,而今又更不及得作也,我則以不煩補作故,今反聽我先作,乃至竟局之皆我獨作也。"聖嘆聞之,不覺大异之。豫叔又曰:"所貴于那輾者,那輾則氣平,氣平則心細,心細則眼到。夫人而氣平、心細、眼到,則雖一黍之大,必能分本分末,一咳之響,必能辨聲辨音。人之所不睹,彼則瞻矚之;人之所不存,彼則盤旋之;人之所不悉,彼則人面抉别,出而敷布之。一刻之景,至彼而可以如年;一塵之空,至彼而可以立國。展一聲而驗,涼風之所以西至,玄雲之所以北來;落一子而審,直道之所以得一,横道之所以失九。如斯人,則真所謂無有師傳,都由心悟者也。"聖嘆聞之,愈大异之,豫叔又曰:"那輾之妙,何獨小技爲然哉。一切世間凡所有事,無不用之。古之人有行之者,如陶朱之所以三纍萬金也,瀛王之所以身相歷朝也,孫武行軍所以有處女脱兔之能也,伊尹于桐所以有啟心沃心之效也。更進而神明之,則抽添火符,成就大還,安庠徐步,入出三昧,除此一法,更無餘法。何則?天下但有極平易底下之法,是爲天下奇法、妙法、秘密之法,而天下實更無有奇妙、秘密法也。"上文,止引豫叔"那輾"二字,論此篇正用其法耳。以其語皆奇絕,故全載之。于是聖嘆瞿然起立曰:"嘻,果有是哉!"是日始識豫叔乃真正絕世非常過量智人,然而豫叔則獨不言此法爲文章之妙門。聖嘆异日,則私以其法教諸子弟曰:"吾少即爲文,横塗直描,吾何知哉!吾中年而始見一智人,曾教我以二字法曰'那輾'。至矣哉!彼固不言文,而我心獨知其爲作文之高手。何以言之?凡作文必有題。題也者,文之所由以出也。乃吾亦嘗取題而熟睹之矣,見其中間全無有文。夫題之中間全無有文,而彼天下能文之人,都從何處得文者耶?吾由今以思,而後深信那輾之爲功是惟不小。何則?夫題有以一字爲之,有以三五六七乃至數十百字爲之。今都不論其字少之與字多,而總之題則有其前,則有其後,則有其中間。抑不寧惟是已也,且有其前之前,且有其後之後。且有其前之後,而尚非中間,而猶爲中間之前;且有其後之前,而既非中間,而已爲中間之後,此真不可以不致察也。誠察題之有前,又察其有前前,而于是焉先寫其前前,夫然後寫其前,夫然後寫其幾幾欲至中間,而猶爲中間之前,夫然後始寫其中間至于其後。亦復如是,而後信題固慼,而吾文乃甚舒長也;題固急,而吾文乃甚紆遲也;題固直,而吾文乃甚委折也;題固竭,而吾文乃甚悠揚也。如不知題之有前、有後、有諸迤邐,而一發遂取其中間,此譬之以橛擊石,確然一聲則遽已耳,更不能多有其餘響也。蓋那輾與不那輾,其不同有如此者。"而今紅娘此篇則正用其法。吾是以不覺有感而漫識之:文章之事,關乎至微,其必有人驟聞之而極大不然,殆于久之而多察于筆墨之間,而又不覺其冥遇而失笑也。此篇如【點絳唇】【混江龍】詳叙前事,此一那輾法也,甚可以不詳叙前事也,而今已如更不可不詳叙前事也。【油葫蘆】雙寫兩人一樣相思,此又一那輾法也,甚可以不雙寫相思也，而今已如更不可不雙寫相思也。【村裏迓鼓】不便敲門，此又一那輾法也，甚可以即便敲門也。【上馬嬌】不肯傳去，此又一那輾法也，甚可以便與傳去也。【勝葫蘆】怒其金帛為酬，此又一那輾法也。【後庭花】驚其不用起草，此又一那輾法也。乃至【寄生草】忽作莊語相規，此又一那輾法也。夫此篇除去數番那輾，固別無有一筆之得下也，而今止因那輾之故，果又得纏纏然如許六七百言之一大篇。然則文章真如雲之膚寸而生，無處不有，而人自以氣不平、心不細、眼不到，便隨地失之。夫自無行文之法，而但致嫌于題之枯淡窘縮，此真不能不為豫叔之所大笑也。

（鶯鶯引紅娘上云）自昨夜聽琴，今日身子這般不快呵。不提賴婚，措辭最雅。紅娘，你左則閑着，你到書院中看張生一遭，看他說甚麼，你來回我話者。（紅云）我不去。夫人知道呵，不是耍！（鶯鶯云）我不說，夫人怎的知道？你便去咱。（紅云）我去便了，單說：「張生，你害病，俺的小姐也不弱。」乖，賊，妙妙！春晝不曾雙勸酒，夜寒無那又聽琴。

【仙呂】【賞花時】（紅娘唱）針綫無心不待拈，脂粉香消懶去添。春恨壓眉尖，靈犀一點醫可病懨懨。何人惡札，見之可恨。

（紅娘下）（鶯鶯云）紅娘去了，看他回來說甚麼。十分心事一分語，盡夜相思盡日眠。（鶯鶯下）好句。分明接着後篇。

（張生上云）害殺小生也！我央長老說將去，道我病體沉重，怎生不着人來看我？困思上來，我睡些兒咱。（睡科）

（紅娘上云）奉小姐言語，着俺看張生，須索走一遭。俺想來，若非張生，怎還有俺一家兒性命呵！

【仙呂】【點絳唇】（紅娘唱）相國行祠，寄居蕭寺。遭橫事，幼女孤兒，將欲從軍死。【混江龍】謝張生伸致，一封書到便興師。真是文章有用，何干天地無私。若不剪草除根了半萬賊，怕不滅門絕户了一家兒。鶯鶯君瑞，許配雄雌；夫人失信，推托別辭；婚姻打滅，兄妹爲之。而今閣起成親事。

右第一節。因此題更無下筆處，故將前事閑閑自叙一遍作起也。然便真自有一聰明解事女郎，于紙上行間，纖腰微裊，小脚徐那，一頭迤邐行來，一頭車輪打算。一時文筆之妙，真無逾于是也。

一個糊塗了胸中錦綉，一個淹漬了臉上胭脂。【油葫蘆】一個憔悴潘郎鬢有絲，一個杜韋娘不似舊時，帶圍寬過了瘦腰肢。一個睡昏昏不待觀經史，一個意懸懸懶去拈針黹；一個絲桐上調弄出離恨譜，一個花箋上删抹成斷腸詩；筆下幽情，弦上的心事：一樣是相思。【天下樂】這叫做才子佳人信有之。猶言，世上動云才子佳人，夫必如此兩人，方信真有才子佳人也。明是俊眼識取兩人，明是惡口奚落天下。作者真乃舉頭天外，無有別人也。

右第二節。連下無數"一個"字，如風吹落花，東西夾墮，最是好看。乃尋其所以好看之故，則全爲極整齊，却極差脱，忽短忽長，忽續忽斷，板板對寫，中間又并不板板對寫故也。○才子佳人，忽下"信有之"三字成句，妙絕。嗟乎！惟才子佳人，方肯下此三字耳；非才子佳人，雖至今亦終不肯下。何則？彼固以爲無有此事耳。

紅娘自思，句。乖性兒，何必有情不遂皆似此。他自恁抹媚，我却没三思，一納頭只去憔悴死。忽然紅娘自插入來。忽然插入紅娘來，乃是此中加一倍人。文情奇絶妙絶！

右第三節。言才子佳人，一個如彼，一個如此，兩人一般作出許多張致。若我則殊不然，亦不啼，亦不笑，亦不起，亦不眠，一口氣更無回互，直去死却便休。蓋是深譏張生、鶯鶯之張致，而不覺己之張致乃更甚也。此等筆墨，謂之加一倍法，最是奇觀。

却早來到也。俺把唾津兒濕被窗紙，看他在書房裏做甚麽那？便畫出紅娘來。○單畫出紅娘來，何足奇；直畫出紅娘聰明來，故奇耳。

【村裏迓鼓】我將這紙窗兒濕破，悄聲兒窺視。妙妙！便分明有一背轉女郎，遷延窗下。多管是和衣兒睡起，你看羅衫上前襟褶袿。從窗外人眼中，寫窗中人情事，只用十數字，已無不寫盡。孤眠況味，淒涼情緒，試想。無人服侍。試想。澀滯氣色，試想。微弱聲息，試想。黃瘦臉兒。試想。張生呵，你不病死多應悶死。妙妙！純是一片空明。

右第四節。與其張生伸訴，何如紅娘覰出；與其入門後覰出，何如隔窗先覰出。蓋張生伸訴便是惡筆，雖入門覰出，猶是庸筆也。今真是一片鏡花水月。

【元和令】我將金釵敲門扇兒。

（張生云）是誰？

我是散相思的五瘟使。"散"，布散也。我誦之，如聞低語，如睹笑容。

（張生開門，紅娘入科）

右第五節。輕妙之至，幾于筆尖不復着紙。如此逸邐行文，雖欲作萬言大篇，亦何難哉！

（張生云）夜來多謝紅娘姐指教，小生銘心不忘。只是不知小姐可曾有甚言語？（紅掩口笑云）俺小姐麽，俺可要說與你：

他昨夜風清月朗夜深時，使紅娘來探爾。他至今胭粉未曾施，念到有一千番張殿試。不云今早相央，而云昨夜受命，益信上文《琴心》一篇，誠如聖嘆之言也。○不云今朝而云昨夜，中有妙理，除紅娘更無第二人知道，此最是耐想文字。

右第六節。只此四語是一篇正文，其餘都是從虛空中蕩漾而成。

（張生云）小姐既有見憐之心，紅娘姐，小生有一簡，可敢寄得去，意便欲煩紅娘姐帶回。

【上馬嬌】他若見甚詩，看甚詞，他敢顛倒費神思。

他拽扎起面皮，道："紅娘，這是誰的言語，你將來，這妮子怎敢胡行事！"嗔、句。○裂紙聲。扯做了紙條兒。畫出紅娘來。畫出紅娘一雙纖手，兩道輕眉，頰邊二靨，唇上一聲來。畫絕也！

右第七節。此分明是後篇鶯鶯見帖時情事，而忽于紅娘口中先復猜破者，所以深表紅娘靈慧過人，而又未嘗漏泄後篇，故妙。細思此時紅娘，真無便與傳去之理也。

（張生云）小姐決不如此，只是紅娘姐不肯與小生將去，小生多以金帛拜酬紅娘姐。筆墨之事，隨手生發，所謂"文亦有情，情亦有文"。如不因張生此白，下節豈有紅娘如此一段快文哉。

【勝葫蘆】你個挽弓酸俫没意兒，賣弄你有家私，石崇、王愷決不賣弄，其最賣弄者，偏是秀才紙裏中家私也。我圖謀你東西來到此？此九字，雖出紅娘口，然我乃欲為之痛哭，何也？夫人生在世，知己有托，生死以之，乃至不望感，豈惟不望報也。自世必欲以金帛奉酬勞苦，而于是遂使出死力效知己之人，一齊短氣無語。嗟乎！以漢昭烈，猶有"不才自取"之言矣。自非葛公，誰復自明也哉！把你做先生的錢物，與紅娘爲賞賜，先生錢物，猶言束脩也，所謂紙裏中家私也。○雖一文錢，亦必自稱賞賜，亦秀才語也。我果然愛你金資？【後】你看人似桃李春風墻外枝，賣笑倚門兒。毒口便罵盡世間一輩望酬謝人，使我心中快樂也。

右第八節。世間有斤兩，可計算者，銀錢；世間無斤兩，不可計算者，情義也。如張生、鶯鶯，男貪女愛，此真何與紅娘之事，而紅娘便慨然將千金一擔兩肩獨挑，細思此情此義，真非秤之可得稱，斗之可得量也。顧張生急不擇音，遂欲以金帛輕相唐突。嗟乎！作者雖極寫張生急情，然實是別寓許伯哭世。蓋近日天地之間，真純是此一輩酬酢也。

我雖是女孩兒有氣志，你只合道"可憐見小子，隻身獨自"，我還有個尋思。

右第九節。寫煞紅娘。

（張生云）依着紅娘姐："可憐見小子，隻身獨自！"這如何？（紅云）兀的不是也！你寫波，俺與你將去。

（張生寫科）（紅云）寫得好呵，念與我聽。（張生念云）張珙百拜奉書雙文小姐閣下：昨尊慈以怨報德，小生雖生猶死。筵散之後，不復成寐。曾托槁梧，自鳴情抱，亦見自今以後入琴俱去矣。因紅娘來，又奉數字。意者宋玉東鄰之墻，尚有莊周西江之水。人命至重，或蒙矜恤，珙可勝悚仄待命之至。附五言詩一首，伏惟賜覽："相思恨轉添，漫把瑤琴弄。樂事又逢春，芳心爾亦動。此情不可違，虛譽何須奉？莫負月華明，且憐花影重。"張珙再百拜。書好。

【後庭花】我只道拂花箋打稿兒，元來是走霜毫不構思。先寫下幾句寒溫序，後題着五言八句詩。不移時，翻來覆去，叠做個同心方勝兒。此下便應接"又顛倒寫鴛鴦二字"句，看他又作間隔。你忒聰明，忒煞思，忒風流，忒浪子。雖是些假意兒，分明贊不容口，忽又謂之"假意"。寫紅娘真有二十分靈慧，二十分鬆快，真正妙筆。小可的難到此。【青哥兒】又顛倒寫鴛鴦二字，方信道"在心爲志"。《詩·大序》曰："在心爲志，發言爲詩。"此言既封後。人止見其"發言爲詩"也。我于未封前，實親見其"在心爲志"也。真正妙筆。

右第十節。寫張生拂箋、走筆、叠勝、署封，色色是張生照入紅娘眼中，色色是紅娘印入鶯鶯心裏：一幅文字便作三幅看也。一幅是張生，一幅是紅娘眼中張生，一幅是紅娘心中鶯鶯之張生。真是异樣妙文。

喜怒其間我覷意兒。放心波學士！我願爲之，并不推辭，自有言辭。我只説："昨夜彈琴那人，教傳示。"賴婚之前文，先作滿語者，所以反挑後文之不然也。此亦先作滿語，却非反挑後文，正是暢明前夜《琴心》一篇，已盡得其底裏。

右第十一節。一擔千金，兩肩獨任。看他急口便作如許一連數語，而下正接之云"昨夜彈琴那人"。信乎《琴心》一篇，爲紅娘之袖裏兵符，不謬也！

這簡帖兒我與你將去，只是先生當以功名爲念，休墮了志氣者！

【寄生草】你偷香手，還准備折桂枝。休教淫詞污了龍蛇字，藕絲縛定鵾鵬翅，黃鶯奪了鴻鵠志；休爲翠幃錦帳一佳人，誤你玉堂金馬三學士。【賺煞尾】弄得沈約病多般，宋玉愁無二，清減做相思樣子。

右第十二節。此爲餘文任意揮灑，乃是硯北人從來樂事，不必謂紅娘忽有書呆氣。

（張生云）紅娘姐好話，小生終身敬佩。只是方纔簡帖，我的紅娘姐，是必在意者。（紅云）先生放心。

若是眉眼傳情未了時，我中心日夜圖之。怎因而，"有美玉于斯"，此句，歇後法也，言決不將簡帖浮沉，如《論語》所云"韞匵而藏之也"。我定教發落這張紙。我將舌尖上説辭，傳你簡帖裏心事，管教那人來探你一遭兒。

右第十三節。此則滿心滿意，滿口滿語，反挑後文之不然也。此節方是反挑，第十一節果非反挑也。自非虛心平氣，誰其分別之。

（紅娘下）

（張生云）紅娘將簡帖去了，不是小生誇口，這是一道會親的符籙。他明日回話，必有好處。總作滿語。若無好賦因風去，豈有仙雲入夢來。（張生下）

三之二　鬧簡

此篇寫紅娘，凡有四段，每段皆作當面斗然變換，另見一樣章法。

第一段，寫紅娘帶得書回，一時將張生分明便如座主之於門生，心頭平增無限溺愛，無限照顧，意思不難便取鶯鶯，登時雙手親交與之。看他走入房來，其于鶯鶯，便比平日亦自另樣加倍珍惜。所以然者，意謂鶯鶯真乃一朵鮮花，却是我適間已許過我門生了也。門生是我之寶，此一朵鮮花便是我門生之寶也。只因心頭與張生別成一條綫索，便自眼中看鶯鶯別起一番花樣。是爲第一段。

第二段，寫鶯鶯斗然變容，紅娘出自不意，遂忽自念：適間容易過人簡帖，誠然是我不是，只是我自信平日精靈，又兼夜來鄭重仔細躊躇此事，何得逢彼之怒耶？豈有滿盤已都算過，乃于一子失着耶？明明隔墻酬韵，早漏春光；明明昨夜聽琴，傾囊又盡。我本非聾非瞽，悉屬親聞親見，而今忽然高至天邊，無梯可捫，深至海底，無縫可入，此豈前日鶯鶯是鬼，抑亦今日鶯鶯是鬼？豈紅娘今日在夢，抑亦紅娘前日在夢？本意揚揚然弄馬騎，何意趷踏地却被驢子撲？于是三分羞慚，七分怨憤，遂不自禁其口中之叨叨絮絮。是爲第二段。

第三段，寫紅娘昨日于張生前滿心滿意，滿口滿語，輕將一擔千金兩肩都任者，實是其胸中默默然牢有一篇把柄耳，初不自意鶯鶯極大不然也。諺蓋有之："行船無有久慣，生產無有久慣。"今日方知傳遞簡帖無有久慣。紅娘此時真無面目又見江東父老，只有一萬年不復到書院中，永取此事寄之高高天上，埋之深深地下，更不容一人提起，便如連日我不在世間者然。何意鶯鶯又必强之投以回簡，自鶯鶯又有回簡而紅娘遂不得不重入書院，再見張生。夫而後一面慚，兩脅憤，真更非一時三言兩句之所得而發脫也者。而張生不察，方且又如臂邊飢鳥，乳下嬌兒，百樣哀鳴，千般央及，此時我爲紅娘，真除非抽刃自决，以明我不負人。蓋從來任天下事，兩邊俱無以自解，實有如此苦事。是爲第三段。

第四段，寫紅娘初焉以退賊故，方德張生；既焉以賴婚故，方憐張生；既焉以揮毫故，方愛張生；既焉以不效故，方羞張生。至此乃忽然以苦纏故，不覺惱張生。夫以紅娘之于張生，固决無有惱之之事，而直以自己胸前煩悶無理，遂爾更不得顧，便唐突之。此真李白所云"泪亦不能爲之墮，聲亦不能爲之出"時也。何意拆書念出，乃是"户風花影"之句。若説是鬼，鬼中亦無如此之鬼；若說是賊,賊中亦無如此之賊;若説兵不厭詐,諸葛亦無如此之陣圖;若説幻不厭深,偃師亦無如此之機械。此時虛空過往,天地鬼神,聰明正直,盡知盡見。紅娘真欲拔髮投地,捶胸大叫:"自今以後,我更不能與天下女兒同居也!"是爲第四段。

(鶯鶯上云)紅娘這早晚敢待來也。起得早了些兒,俺如今再睡些。(睡科)

(紅娘上云)奉小姐言語,去看張生,取得一封書來,回他話去。呀,不聽得小姐聲音,敢又睡哩,俺便入去看他。綠窗一帶遲遲日,紫燕雙飛寂寂春。

【中呂】【粉蝶兒】(紅娘唱)風静簾閑,繞窗紗麝蘭香散,二句,寫紅娘自外行來。○簾内是窗,窗外是簾。有風則下簾,無香則開窗。今因無風,故不下簾,却因有香,又不開窗。只十一字,寫女兒深閨便如圖畫。○我從妙文得認鶯鶯,我又從妙文得認鶯鶯閨中也。啓朱扉摇響雙環。一句,寫紅娘行入門。絳臺高,金荷小,銀缸猶燦。三句,寫紅娘已入門。○細想紅娘回時,燈猶未息,則其遣去,一何早乎!

右第一節。寫紅娘從張生邊來入閨中,慢條斯里,如在意,如不在意,一心便謂自今以後三人一心更無嫌疑者。蓋特作此駘宕之句,以與下文通篇怨毒照耀也。

我將他暖帳輕彈,揭起海紅羅軟簾偷看。【醉春風】只見他釵嚲玉斜橫,髻偏雲亂挽。小姐正睡,侍兒彈帳,一不可也。彈帳不應,揭開偷看,二不可也。蓋紅娘此日已易視鶯鶯矣。見書而怒,得毋爲是與?日高猶自不明眸,你好懶、句。懶。句。不惟彈帳,不惟偷看,乃至竟敢率口譏之。鶯鶯慧心人,又何待見書而始悟紅娘之易視我哉。

右第二節。不知者謂是寫鶯鶯,不知此正寫紅娘也。夫寫鶯鶯不過只作一幅美人曉睡圖看耳,今正寫紅娘之滿心參透,滿眼瞧科，滿身鬆泛，滿口輕忽，便使鶯鶯今早眼中忽覺有异，而下文遂不得不變容也。真是寫得妙絕，此爲化工之筆。

（鶯鶯起身，欠身長嘆科）

半晌抬身，不問紅娘，此其事可知也。妙妙！幾回搔耳，不問紅娘也。妙妙！一聲長嘆。不問紅娘也。妙妙！

右第三節。不知者又謂寫鶯鶯春倦，非也。夫紅娘之看張生，乃鶯鶯特遣也，則今于其歸，急問焉可也。乃半晌矣，不問而抬身；抬身矣，又不問而搔耳；幾回矣，又不問而長嘆。豈非親見歸時紅娘，已全不是去時紅娘，慧眼一時覷破，便慧心徹底猜破故耶？看他純是雕空鏤塵之文，而又全不露一點斧鑿痕，真是奇絕一世。若作描寫鶯鶯春倦，有何多味耶？且何故不問紅娘：回來幾時耶？

是便是，只是這簡帖兒，俺那好遞與小姐？俺不如放在妝盒兒裏，等他自見。（放科）

（鶯鶯整妝，紅娘偷覷科）終不問也，妙妙！

【普天樂】晚妝殘，烏雲軃，輕勻了粉臉，猶不問也，妙妙！亂挽起雲鬟。已見簡帖也。將簡帖兒拈，把妝盒兒按，拆開封皮孜孜看，顛來倒去不害心煩。"顛來倒去"，是思何以處紅娘，非于張書加意也。只見他厭的扢皺了黛眉，是惱此帖如何傳來。忽的低垂了粉頸，是算今日還宜寢閣，還宜發作。氳的改變了朱顏。是決計發作，無有再說也，看他三句寫出鶯鶯心頭曲折。

（紅做意科，云）呀，決撒了也！

右第四節。寫鶯鶯見簡帖。或問：鶯鶯見簡帖，亦可以不發作耶？聖嘆答曰：不發作，則是一拍即合也，今之世間比比者皆是也。

（鶯鶯怒科，云）紅娘過來！（紅云）有。（鶯鶯云）紅娘，這東西那裏來的？我是相國的小姐，誰敢將這簡帖兒來戲弄我？我幾曾慣看這樣東西來？我告過夫人，打下你個小賤人下截來！（紅云）小姐使我去，他着我將來。小姐不使我去，我敢問他討來？我又不識字，知他寫的是些甚麼！其快如刀，其疾如風。

【快活三】分明是你過犯，沒來由把我摧殘；教別人顛倒惡心煩，你不慣，誰曾慣？

右第五節。寫紅娘妙口。真是妙絕。輕輕只將其一個"慣"字劈面翻來，便成异樣撲跌。蓋下文鶯鶯之定不復動，正是遭其撲跌也。不但一節只是一句，亦且一節只是一字，真可謂以少少許，勝人多多許矣。

小姐休鬧，比及你對夫人說科，我將這簡帖兒先到夫人行出首去。紅娘眼快手快，其妙如此。

（鶯鶯怒云）你到夫人行却出首誰來？鶯鶯又妙。

（紅云）我出首張生。紅娘又妙。

（鶯鶯做意云）紅娘也罷，且饒他這一次。鶯鶯又妙。（紅云）小姐怕不打下他下截來。紅娘又妙。○每讀此白，如聽小鳥鬥鳴，最足下酒也。

（鶯鶯云）我正不曾問你，張生病體如何？（紅云）我只不說。（鶯鶯云）紅娘，你便說咱！

【朝天子】近間、面顏，瘦得實難看。不思量茶飯，怕動彈；

右第六節。正答張生病體。

（鶯鶯云）請一位好太醫，看他證候咱。（紅云）他也無甚證候，他自家說來：

我是曉夜將佳期盼，廢寢忘餐。黃昏清旦，望東墙淹泪眼。我這病息要安，只除是出點風流汗。此代張生語，故有二

"我"字。

右第七節。旁答張生心事。雖于盛怒後，不可又說；然此時不說，更待何時？行文又有得過便過之法，無用多作顧慮。

（鶯鶯云）紅娘，早是你口穩來，若別人知道呵，成何家法。今後他這般的言語，你再也休題。我和張生只是兄妹之情，有何別事？（紅云）是好話也呵。

【四邊靜】怕人家調犯，早晚怕夫人行破綻，只是你我何安。又問甚他危難？你只攛掇上竿，拔了梯兒看。

右第八節。索性暢然勸之，以不負張生之托。

（鶯鶯云）雖我家虧他，他豈得如此？你將紙筆過來，我寫將去回他，着他下次休得這般。（紅云）小姐，你寫甚的那？你何苦如此。（鶯鶯云）紅娘，你不知道。（寫科）

（鶯鶯云）紅娘，你將去對他說："小姐遣看先生，乃兄妹之禮，非有他意。再一遭兒是這般呵，必告俺夫人知道。"紅娘，和你小賤人都有話說也！（紅云）小姐，你又來！這帖兒我不將去，你何苦如此？

（鶯鶯擲書地下云）這妮子，好沒分曉！（鶯鶯下）

（紅娘拾書嘆云）咳，小姐，你將這個性兒那裏使也！

【脫布衫】小孩兒口沒遮攔，一味的將言語摧殘，把似你使性子，休思量秀才，做多少好人家風範。用筆真乃一鞭一條痕，一痕一條血，遂令舉世口是心非，言清行濁之徒，誦之吃驚。固不止是鶯鶯聞之無以自解也。

右第九節。自此以下四節，則紅娘持書出戶，背過鶯鶯，自將心頭適纔所受惡氣，曲曲吐而出之也。○此一節，重舉鶯鶯適纔盛怒之無禮也。

【小梁州】我爲你夢裏成雙覺後單，廢寢忘餐。羅衣不奈五更寒，愁無限，寂寞泪闌干。【換頭】似等辰勾空把佳期盼，已上通爲一句。我將角門兒更不牢栓，願你做夫妻無危難。細玩此句，乃透過一步法也，言我何止與之傳遞簡帖而已。你向筵席頭上整扮，我做個縫了口的撮合山。

　　右第十節。○此一節，申言鶯鶯自于我無禮，乃我之知之實深，爲之實切，我于鶯鶯誠乃不薄也。

【石榴花】你晚妝樓上杏花殘，七字寫盡三春時和。猶自怯衣單，看你妙筆妙墨，無中造有，造出如此二句，以反剔下文，却令讀者于不意中，又別睹一位無愁鶯鶯，另是身分絶世。那一夜聽琴時露重月明間，爲甚向晚，不怕春寒，誦之口齒歷歷，鶯鶯誠何辨焉。幾乎險被先生饌。用《論語》入，妙。○湯海若先生《牡丹亭》傳奇，杜麗娘拜師，語曰："酒是先生饌，女爲君子儒。"用《論語》入，妙也。○吾友斫山王先生，文恪之文孫也，目盡數十萬卷，手盡數十萬金。今與聖嘆并復垂老，兩人相憐如一日也。偶于舟中，時方九日，忽一女郎掉文曰："何故此時則雀入大水化爲蛤？"座中斗然未有以應也。先生信口答曰："我亦不解汝家，何故雀入大蛤，皆化爲水也。"一時滿舟喧然，至有翻酒濡首者。此真用《禮記》入，妙也。○斫山讀盡三教書，而不願以文名；傾家結客，而不望人報。有力如虎，而輕裘暖帶，趨走揚揚。繪染、刻雕、吹竹、彈絲，無技不精，而通夜以佛火蒲團作伴。今頭毛皝皝，而尚不失童心。瓶中未必有三日糧，而得錢猶以與客。彼視聖嘆爲弟，聖嘆事之爲兄。有過吳門者問之，無有兩人也。嗟乎！未知餘生尚復幾年，脫誠得并至百十歲，則吾兩人當不知作何等歡笑。如或不幸而溘然俱化，斯吾兩人便甘作微風淡烟，杳無餘迹。蓋斫山二十年前曾與聖嘆詩，早便及之，曰："風雷半夜吳王墓，天地清秋伍相祠。一例冥冥誰不朽？早來把酒共論之。"今聖嘆亦是寒鳥啁啾，不忘故群，故時時一念及之，豈猶有意互相嘆譽，爲榮名哉？那其間豈不胡顏。爲他不酸不醋風魔漢，隔窗兒險化做望夫山。鶯鶯誠何辨焉。

右第十一節。○此一節特恐寫鶯鶯不承，故舉聽琴一夜以實之。上文，鶯鶯問張生病體，紅娘却敢便及他言者，亦爲胸中有聽琴一夜故也。

【鬥鵪鶉】你既用心兒撥雨撩雲，我便好意兒傳書遞簡。承上文，便咬定聽琴一夜，猶言是以來也。不肯搜自己狂爲，聽琴一夜也。只待覓別人破綻。簡帖也。受艾焙我權時忍這番。妙妙！怨毒之極，半吞不吐，便有授記後日之意。今便請問紅娘："卿權忍這番之後，將欲如何？"真寫盡女兒慧心、毒心也。暢好是奸，對別人巧語花言。背地裏愁眉淚眼。上"艾焙"句，語氣已畢，此又畢而復起，便活寫怨毒之極，説之不盡，因而又説，總是摹神之極筆。

右第十二節。○此一節咬定聽琴一夜，以明簡帖之所自來，而鶯鶯猶謂人在夢。然則鶯鶯真在夢耶？寫紅娘理明詞暢，心頭惡氣，無不畢吐，真乃快活死人也。

俺若不去來，道俺違拗他，張生又等俺回話，只得再到書房。（推門科）

（張生上云）紅娘姐來了，簡帖兒如何？（紅云）不濟事了，先生休傻。（張生云）小生簡帖兒，是一道會親的符籙，只是紅娘姐不肯用心，故致如此。（紅云）是我不用心？哦，先生，頭上有天哩！你那個簡帖兒裏面好聽也！

【上小樓】這是先生命慳，不是紅娘違慢。那的做了你的招伏，他的勾頭，我的公案。若不覷面顏，厮顧盼，擔饒輕慢，爭些兒把奴拖犯。若出他人庸筆，此時紅娘安有不便出鶯鶯回簡者。今看其默然袖起，恰似忘之者然，妙絶！

右第十三節。自此以下四節,則紅娘見張生,且不出回簡,先與盡情覆絕之。○此覆其去簡已成禍本,不應更問也。

【後】從今後我相會少,你見面難。斗然險語,妙絕妙絕!蓋張生方思得見鶯鶯,爾此云尚將不復得見紅娘也,不顧驚死人。月暗西廂,便如鳳去秦樓,雲斂巫山。絕妙好詞。又如口中吮而出之。你也趄,我也趄;請先生休訕,早尋個酒闌人散。《西廂》後半不知凡有若干錦片姻緣,而于此忽作如是大決撒語。文章家最喜大起大落之筆,如此真稱奇妙絕世也。

右第十四節。覆其此後連紅娘亦不復更來,使我讀之,分明臘月三十夜,聽樓子和尚高唱"你既無心我亦休"之句,諕嚇死人,快活死人也。○細思作《西廂記》人,亦無過一種筆墨,如何便寫成如此般文字,使我讀之通身抖擻,骨節盡變,聞古人有痼疾大發,神換其齒者,有如此般文字得讀,便更不須痼疾發也。最苦是子弟作文,粘皮帶骨,我以此跳脫之文藥之。

只此二字妙絕。復如方士所云:"海中仙山,理不可到,船有欲至者。風輒吹還之。"今下文正如海中仙山,此二字便風之吹斷之也。足下再也不必伸訴肺腑,加一句,妙妙。雖成連先生置伯牙于海島,其洞洞杳冥,亦不是過矣。怕夫人尋我,我回去也。再加一句,妙妙。莊生云:"遂君者皆自崖而返。"真乃泪迸腸絕之筆。

《西廂》白,其妙至此。數之只得三句,察之只得一句,又察之只得二字,乃我讀之便如立千丈崗,臨不測溪,只又逡巡二分垂外,真幾乎欲哭出來也。看他竟不出回簡。

(張生云)紅娘姐!(定科)妙妙,摹神極筆。

(良久,張生哭云)紅娘姐,你一去呵,更望誰與小生分剖?此哭,結上文。

（張生跪云）紅娘姐，紅娘姐，你是必做個道理，方可救得小生一命。此跪，起下文。

看其袖中回簡，不惟前不便出，至此猶不便出也。豈真忘之哉？正是盡情盡意，作此大決撒之筆，至于險絶斗絶矣，然後趁勢一落，别開奇境。文章至此，能事又畢也。儈讀此等白，便學一副涎臉，東塗西寫，無不哭者，無不跪者，我每見而痛罵者。嗟乎！亦嘗細察張生此哭此跪，悉是已上已下妙文之落處乎？只因不出回簡，故有張生此哭，哭以結上文之奇妙也；乃至今猶不肯出，故有張生此跪，跪以逼下文之奇妙也。夫張生一哭一跪，乃是結上逼下，非如儈所寫涎臉也。

（紅娘云）先生，你是讀書才子，豈不知此意！

【滿庭芳】你休呆裏撒奸；你待恩情美滿，苦我骨肉摧殘。他只少手搭棍兒摩娑看，我粗麻綫怎過針關。絶妙好辭，如吮而出。定要我拄着拐幫閑鑽懶，縫合口送暖偷寒，前已是踏着犯。絶妙好辭，使人失笑。〇凡能使人失笑文字，悉是刳心瀝血而出，莫容易讀過古人之文字也。

右第十五節。袖中回簡，不惟來時不便取出，項且欲去矣，猶不便取出，直至今欲去不去又立住矣，猶不便取出也。行文如張勁弩，務盡其勢，至于幾幾欲絕，然後方肯縱而舍之，真恣心恣意之筆也。

（張生跪不起，哭云）小生更無別路，一條性命都只在紅娘姐身上。紅娘姐！

我又禁不起你甜話兒熱鑽，好教我左右做人難。反作此語，然後落下，筆勢真如春蛇之矯矯然。

我没來由只管分說，方始落下。我回視前文，真如"群山萬壑赴荆門"矣。小姐回你的書，你自看者。（遞書科）

右第十六節。欲覆絶之,直至終不得覆絶之,夫然後方始出其袖中書,使自絶之。而不意峰回嶺變,又起奇觀。

(張生拆書,讀畢,起立笑云)呀,紅娘姐!(又讀畢云)紅娘姐,今日有這場喜事!(又讀畢云)早知小姐書至,理合應接,接待不及,切勿見罪!紅娘姐,和你也歡喜。(紅云)却是怎麽?(張生笑云)小姐罵我都是假,書中之意"哩也波,哩也囉"哩。(紅云)怎麽?(張生云)書中約我今夜花園裏去。(紅云)約你花園裏去怎麽?(張生云)約我後花園裏去相會。(紅云)相會怎麽?(張生笑云)紅娘姐,你道相會怎麽哩?(紅云)我只不信!(張生云)不信由你。(紅云)你試讀與我聽。(張生云)是五言詩四句哩,妙也!"待月西廂下,迎風户半開。拂墙花影動,疑是玉人來。"紅娘姐,你不信?(紅云)此是甚麽解?(張生云)有甚麽解?(紅云)我真個不解。(張生云)我便解波:"待月西廂下",着我待月上而來;"迎風户半開",他開門等我;"拂墙花影動",着我跳過墙來;"疑是玉人來",這句没有解,是説我至矣。(紅云)真個如此解?(張生云)不是這般解,紅娘姐你來解。不敢欺紅娘姐,小生乃猜詩謎的社家,風流隨何,浪子陸賈。不是這般解,怎解?(紅云)真個如此寫?(張生云)現在。(紅定科,良久)

(張生又讀科)(紅云)真個如此寫?(張生笑云)紅娘姐,好笑也,如今現在。(紅怒云)你看我小姐,原來在我行使乖道兒!

或云"春枝小鳥,雙雙鬥口",却不是春鳥鬥口;或云"深院回風,晴雪亂舞",却不是風回雪舞;或云"花拳綉腿,少年短打",却不是花綉短打;或云"鳴琴將終,隨指泛音",却不是琴終泛音。我細察之:一片純是光影,一片純是游戲;一片純是白净,一片純是開悟。維摩詰室中,天女變舍利弗,一時不知所云。我于此文不知所云。香岩大師至脫然撒手處，遙望溈山，連說頌曰："去年貧，未是貧；今年貧，真是貧。去年貧，無立錐之地；今年貧，錐也無。"我于此文，錐也無。文殊尸利菩薩，選二十五位圓通，拔取觀世音爲狀元第一。我于此文，如觀世音幸得第一。趙州和尚被人問："二龍戲珠，誰是得者？"州云："老僧單管着。"我于此文，單管着。南泉王老師，指庭前牡丹花謂陸亘曰："大夫，時人看此花，如夢相似。"我于此文，如夢相似。斫山云：聖嘆自論文，非論禪也。

【耍孩兒】幾曾見寄書的顛倒瞞着魚雁，奇奇！妙妙！自從盤古直至今朝，真并無此事也！亦并無此文也。小則小，只三字，寫盡怨毒不可言。心腸兒轉關。教你跳東墻"女"字邊"干"。避此字不雅馴，故拆之。乃續之四篇，遂謂紅娘專工拆字，一何可笑！原來五言包得三更棗，四句埋將九里山。你赤緊將人慢，你要會雲雨鬧中取靜，却教我寄音書忙裏偷閑。真乃于情于理，欲殺欲割，不可得解也，氣死紅娘也。

右第十七節。前惱尚不可説，今惱真不可説。不可説也，前惱紅娘幾欲哭，今惱紅娘反欲笑也。"于虛空中，駕構樓閣。"舊聞其語，今見其事矣。

【四煞】紙光明玉版，字香漬麝蘭，行兒邊湮透非嬌汗？是他一緘情泪紅猶濕，滿紙春愁墨未乾。從來"嬌汗"字、"紅泪"字、"春愁"字，俱入麗句填成妙辭，此獨作極鄙極醜字用，所以痛詆鶯鶯，自打憤懣也。我也休疑難，放着個玉堂學士，任從你金雀鴉鬟。妙妙，妙絕！

右第十八節。忽取其簡痛詆之，蓋一肚憤懣，搔爬不得也。

【三煞】將他來別樣親，把俺來取次看，"將他來"，"把俺來"，據斤播兩，誠然怒毒。是幾時孟光接了梁鴻案！妙妙，妙絕！昨夫人賴婚本是恨事，至此日反成紅娘心頭快意，口頭快語。將他來甜言媚你三冬暖，把俺來惡語傷人六月寒。今日爲頭看：看你個離魂倩女，怎生的擲果潘安？妙妙，妙絕！

　　右第十九節，佛言："欲過彼岸，而于中間撤其橋梁，無有是處。"今鶯鶯方思江皋解佩，而忽欲中廢靈修，此真大失算也。觀【四煞】云"放着玉堂學士，任從金雀鴉鬢"，蓋云不復援手，此已不可禁當。今【三煞】云"看你離魂倩女，怎生擲果潘安"，則是乃至欲以惡眼注射之。危哉，鶯鶯真有何法得出紅娘圈櫃哉！史公嘗云"怨毒于人實甚"，此最寫得出來。

　　（張生云）只是小生讀書人，怎生跳得花園墻過？

　　【二煞】拂墻花又低，迎風戶半栓，偷香手段今番按。你怕墻高怎把龍門跳，嫌花密難將仙桂攀。疾忙去，休辭憚；惡語痛詆。他望穿了盈盈秋水，蹙損了淡淡春山。"秋水""春山"，從來亦作麗字填入妙句，此亦是醜辭痛詆之也。

　　右第二十節。乃至爲勸駕之辭。此豈慫恿張生，正是痛詆鶯鶯。蓋惡駡醜言，遂至不復少惜。史公常言"怨毒于人實甚"，此最寫得出來也。○嘗聞大怒後不得作簡者，多恐餘氣未降，措語尚激也。然則不怒時欲作激氣語，此亦決不可得也。今作《西廂記》人，吾不審其胸前有何大怒耶，又何其毒心銜，毒眼射，毒手揮，毒口噴，百千萬毒，一至于是也！

　　（張生云）小生曾見花園，已經兩遭。

　　【煞尾】雖是去兩遭，敢不如這番。你當初隔墻酬和都胡侃，證果是他今朝這一簡。

　　右第二十一節。曾記吳歌之半云："故老舊人盡說郎偷姐，如今是新翻世界姐偷郎。"此真清新之句也,然實不知《西廂》先有之。蓋紅娘怨毒鶯鶯,詆之無所不至,因謂張生"汝偷不如他偷"。夫至謂張生猶不必如鶯鶯,而鶯鶯之爲鶯鶯竟何如哉!怨毒于人,史公嘗言實甚,此真寫得出來也。

(紅娘下)

(張生云)嘆萬事自有分定,適纔紅娘來,千不歡喜,萬不歡喜,誰想小姐有此一場好事。小生實是猜詩謎的社家,風流隨何,浪子陸賈。此四句詩,不是這般解,又怎解?"待月西廂下",是必須待得月上;"迎風戶半開",門方開了;"拂墻花影動,疑是玉人來",墻上有花影,小生方好去。今日這頳天,偏百般的難得晚。天那,你有萬物于人,何苦爭此一日?疾下去波!快書快文快談論,不覺開西立又昏;今日碧桃花有約,鰾膠黏了又生根。呀,纔向午也,再等一等。又看咱,今日百般的難得下去呵!空青萬里無雲,悠然扇作微薰,何處縮天有術,便教逐日西沉!呀,初倒西也,再等一等咱。誰將三足烏,來向天上閣;安得后羿弓,射此一輪落?謝天謝地!日光菩薩,你也有下去之日。呀,却早上燈也!呀,却早發擂也!呀,却早撞鐘也!拽上書房門,到得那裏,手挽着垂楊,滴溜撲碌跳過墻去,抱住小姐。咦,小姐,我只替你愁哩。二十顆珠藏簡帖,三千年果在花園。(張生下)餘文猶用爾許全力,益信古人,思以筆墨流傳後世,真非小可之事也。普天下才子念之哉!○末二句,真正絕妙好辭。

三之三　賴簡

文章之妙,無過曲折。誠得百曲千曲萬曲,百折千折萬折之文,我縱心尋其起盡,以自容與其間,斯真天下之至樂也。何言之？我爲雙文《賴簡》之一篇言之。夫雙文之于張生，其可謂至矣，獨驚艷之一日，張生目見雙文，雙文或未見張生耳。過此以往，我親睹其酬韵之夜，絶嘆清才，既又觀其鬧齋之日，極賞神俊。此其胸中一片珠玉之心，真于隔墙，乃不啻如鈎鎖錦纏，而況無何又重之以破賊，而況無何又重之以賴婚，此誠不得一屏人之地，與之私一握手，低一致問也。誠得一屏人之地，與之私一握手，低一致問，此其時，此其際，我亦以世間兒女之心，平斷世間兒女之事。古今人其未相遠，即亦何待必至于酬簡之夕，而後乃今微聞薌澤哉。何則？感其才，一也；感其容，二也；感其恩，三也；感其怨，四也。以彼極嬌小、極聰慧、極淳厚之一寸之心，而一時容此多感，其必萬萬無已，而不自覺忽然溢而至于閑之外焉。此亦人之恒情恒理，無足爲多怪也。夫然則紅娘以聽琴走覆，而張生以折簡爲寄，我謂雙文此日真如天邊朵雲，忽墮纖手，其驚其喜，快不可喻，固其所耳。即如之何而忽大怒？果大怒矣，何不閉關絶客，命紅娘胥疏前庭，與之杳不復通？即如之何而復以手書回之，而書中又皆鄙靡之辭，而致張生惑之，而至于感悦驚龍，而後始以端服儼容，大數責之，而後拒之？如是者，我甚惑焉。如曰："相國之女也，春風之所未得吹，春日之所未得曬也，不祥之言，胡爲來哉，是安得不驚？驚矣，安得不怒？"則夫張生之簡至于雙文，其非"胡爲之來"也明甚，此紅娘于前夜聽琴之隔窗而實親聞之者也。如曰："聽琴之隔窗之眷眷于張生也，内戢其恩也，外慙其負也。人實肉骨予，而道旁置之，我何以爲心？若其忽以不祥之言來加于我，則是無禮于我。無禮于我，則是以亂易亂也。其相去也，真幾何矣！是安得而不怒？"則我以爲誠怒之而不能復與顧之，則執書以鳴于高堂，先痛懲其不令之婢，而後厚酬以立遣之，彼必亦以醜辭之唐突也，而不能以靦顏更留，此其策之上也。若猶未忍高奇德也者，則毀書而掩閨薄治其婢，而其事則且容隱而寢閣之。《詩》亦有之："無忘大德，而思小怨。"此亦策之萬無奈何者也。如之何而顧乃有復寄手書之事？如曰："必欲數之，則能絕之；不數之，其終未必能絕之；必欲面數之，則能絕之；不面數之，彼婢之肯為彼持書以來者，必不肯為我痛切而陳也。"則天下固無中表之兄，又屬異派，又新有其婚姻之言，又其間連日正多參差，又彼方以淫泆之語來相勾引，而我則反復招之黌夜深入，以受我之面數者也。且語有之，曰"言為心聲"。我今觀其盛怒之時，而又能為婉麗之章，其聲嘽以緩，是果為何心之所感哉。抑我徒以人之無禮，故不得不一數之焉耳，而今我則命之逾牆以入以就數，數畢而仍命之逾牆以出以改過，天下之有禮，又新有如是之事乎哉？曰：然則雙文之有是舉也，其奈何？曰：雙文，天下之至尊貴女子也；雙文，天下之至有情女子也；雙文，天下之至靈慧女子也；雙文，天下之至矜尚女子也。雙文先以尊貴之故，而于大族所有之群從昆弟，以至戚黨僚吏之間之所往來，而既見之夥矣。如昔王氏所稱阿大中郎，封胡遏末之徒，是即不無一二，然初未有如張生其人焉者。一旦忽睹天壤之間，而又有張生其人，此其照眼動心，方極不可奈何，誠亦何意出于慈母之口，入于嬌女之耳，即又宛然同車攜手，從心適願之言也乎？此天為之，為人為之？此時雙文有情，直將梳新髻，試新裙，唧唧消息，已謂旦暮佳期。蓋自古至今，女兒之快，無有更快于雙文者。而忽然開宴，而忽然賴婚，此則何為也？此真不必張生之以簡來也。即使張生讀書學禮，過為拘謹，終亦不以簡來，而雙文實且欲以簡往。我于何知之？我于聽琴之夜知之。不聞其有【綿搭絮】之辭曰："一層紅紙，幾眼疏櫺，又不隔雲山萬重。怎得人來信息通？"此豈非欲寄簡之言哉！抑不寧惟是而已。前此猶爲初酬韻之後，未許婚之前也。不聞其有【鵲踏枝】之辭曰："兩首新詩，一段回文，誰做針兒將綫引，向東鄰通一般勤？"此已非欲寄簡之言哉！夫雙文而方將自欲寄簡，而適猶未及，然則其于張生今日之簡之寄，是最樂也，是日夜之所望而不得見也，是開而讀，讀而捲，捲而又開，開而又捲，至于紙敝字滅，猶不能以釋然于手者也。其如之何而有勃然大怒之事？夫雙文之勃然大怒，則又雙文之靈慧爲之也。其心以爲張生眞天下之才子。夫使張生非眞天下之才子，而我奈之何于彼乎顛倒，則至于如是之甚哉？然而其心默又以爲身爲相國千金貴女，其未可以才子之故，而一時傾倒遂至于是也。即我自以才子之故，而一時傾倒不免遂至于是，其未可令餘一人，得聞我則遂至于是也。是故雙文之欲簡張生，何止一日之心，然而目顧紅娘，則遂已焉；又目顧紅娘，則又遂已焉；乃至屢屢目顧紅娘，則屢屢皆遂已耳。此無他，天下亦惟有我之心，則張生之心也；張生之心，則我之心也。若夫紅娘之心，則何故而能爲張生之心？紅娘之心，既無故而不能爲張生之心，然則紅娘之心，何故而能爲我之心？故夫雙文之久欲寄簡，而終于紅娘難之者，彼誠不欲以兩人一心之心，旁吐于別自一心之人也；故夫雙文之久欲寄簡，而獨于紅娘礙之者，彼誠不欲令竊窺兩人之人，忽地得其間一人之心也。無何一朝而深閨之中，妝盒之側，而宛然簡在，此則非紅娘爲之而誰爲之？夫紅娘而既爲之，則是張生而既言之矣。夫張生而既言之，則是張生不惜于紅娘之前，遂取我而罄盡言之矣。我固疑之也，其歸而如行不行以行也，如笑不笑以笑也，如言不言以言也。昔曾未敢彈帳，而今舒手而彈也；昔曾未敢偷看，而今揭簾而看也；昔曾未敢于我乎輕言，而今儼然謂我"懶懶"也。凡此悉是張生罄盡言之之後之態,甚明明也。夫以我爲千金貴人,下臨一小弱青衣,顧獨不能遂示之以我之心哉。我亦徒以此態之不可以堪,故且自忍而直至于今日。至于今日,而不謂此小弱青衣,乃遂敢以至是。然則我寧于張生焉便付決絕,都無不可,我其誰能以千金貴人,而顧甘心于是也耶!蓋雙文之天性矜尚,又有如此,然而其于張生,則必不能以真遂付之決絕也。豈惟不能付之決絕而已,乃至必不能以更遲一日二日不見之也。取筆力疾而書之,而題之,而封之,而手自授之,謷之曰:"我欲其勿更出此。"則固并非欲其不更出此者也。其詩具在,詩曰:"待月西廂下,迎風戶半開。拂墻花影動,疑是玉人來。"欲人勿更出此,則其語固當如是者乎?且一詩之不足,而又有其題,題曰"月明三五夜"。欲人勿更出此,則固當詩之不足,而又題之者乎?蓋雙文有情,則既謂人之有情,皆如我也;而雙文靈慧,則又謂人之靈慧,皆如我也。夫我之大怒,頃者實惟不可向邇,我則計紅娘是必訴之者也。又我授書之言,頃者實惟致再致三,囑云"勿更出此"。我則又計紅娘是必又述之者也。夫張生而知我之大怒,至于不可向邇且如此,又聞我授書之言,致再致三,囑云"勿更出此"。又如此,然則啓書而讀,而又見其中云云,我憶其驟焉雖驚,少焉雖疑,姑再思焉,其誰有不快然大悟也者。夫張生快然大悟,而疾捲書而袖之,更多詭作咨嗟而漫付之,敬謝紅娘而遣還之,然後或坐或臥而徐待之,待至深更而悄焉赴之。彼爲天下才子,何至獨不能作三翻手、三豎指,如崔千牛之于紅綃妓之事哉?今也不然,更未深,人未靜,我方燒香,紅娘方在側,而突如一人,則已至前。夫更未深,人未靜,我方燒香,紅娘方在側,而突如一人,則已至前,則是又取我詩,于紅娘前,不惜罄盡而言之也。此真雙文之所決不料也，此真雙文之所決不肯也，此真雙文之所決不能以少耐也。蓋雙文之尊貴矜尚，其天性既有如此，則終不得而或以少貶損也。由斯以言，而鬧簡豈雙文之心，而賴簡尤豈雙文之心，而讀《西廂》者不察，而總漫然置之。夫天下百曲千曲萬曲，百折千折萬折之文，即孰有過于《西廂·賴簡》之一篇，而奈何不縱心尋其起盡，以自容與其間也哉？《西廂》如此寫雙文，便真是不慣此事女兒也。夫天下安有既約張生，而尚瞞紅娘者哉。真寫盡又嬌稚，又矜貴，又多情，又靈慧千金女兒，不是洛陽對門女兒也。

（紅娘上云）今日小姐着俺寄書與張生，當面偌多假意兒，詩內却暗約着他來。小姐既不對俺説，俺也不要説破他，只請他燒香，看他到其間怎生瞞俺！

（紅娘請云）小姐，俺燒香去來。（鶯鶯上云）花香重叠晚風細，庭院深沉早月明。

【雙調】【新水令】（紅娘唱）晚風寒峭透窗紗，從閨中行出來，未開窗也。控金鈎綉簾不挂。方開窗見簾垂也。門闌凝暮靄，臨階正望也。樓閣抹殘霞。下階回望也。恰對菱花，樓上晚妝罷。已上四句皆寫景，然景中則有人。此一句寫人，然人中又有景也。○吾吴唐伯虎寫雙文小影，貴如拱璧，又豈能有如是之妙麗耶。

右第一節。寫雙文乍從閨中行出來。○前篇【粉蝶兒】是紅娘從外行入閨中來，故先寫簾外之風，次寫窗內之香。此是雙文從內行出閨外來，故先寫深閉之窗，次寫不捲之簾。夫簾之與窗，只爭一層內外，而必不得錯寫者，此非作者筆墨之精緻而已，正即《觀世音菩薩經》所云："應以閨中女兒身得度者，即現閨中女兒身而爲説法。"蓋作者當提筆臨紙之時，真遂現身于雙文閨中也。

【駐馬聽】不近喧嘩，嫩綠池塘藏睡鴨；想見雙文低頭而行。

自然幽雅。淡黃楊柳帶栖鴉。想見雙文抬頭而行。金蓮蹴損牡丹芽，想見雙文一直而行。玉簪兒抓住荼蘼架。想見雙文回頭而行。早苔徑滑，露珠兒濕透凌波襪。想見雙文行而忽停，停而又行也，妙絕。

右第二節。寫雙文漸漸行出花園來。○是好園亭，是好夜色，是好女兒。是境中人，是人中境，是境中情。寫來色色都有，色色入妙。

俺看我小姐和張生，巴不得到晚哩。正説小姐，帶説張生，其妙可想。

【喬牌兒】自從那日初時何太早生，寫成一笑。想月華，捱一刻似一夏，見柳梢斜日遲遲下。自謂日初以至日斜，可謂遙矣，而必又于"柳梢"下"遲遲"字者，莊生固云"適百里者半九十"也。道"好教賢聖打"。

右第三節，已行至花園矣，更無可寫，遂復追寫其未來花園時。○問：此未來花園時語，亦得先寫在前耶？答曰：不得先寫在前也。夫先寫在前，則必累墜筆墨。從所謂日初時，鶯鶯便千吁萬嗟，又安得泠泠然有上【新水令】之輕筆妙辭哉。

【攪筆琶】打扮得身子兒乍，准備來雲雨會巫峽。《西廂》最淫是此二句。爲那燕侶鶯儔，扯殺心猿意馬。

右第四節。上忽振筆寫至未來花園以前，此仍轉筆寫入花園來也。

他水米不沾牙。越越的閉月羞花，"水米不沾"，則似有情；"閉月羞花"，則又似無情！只二句，寫盡紅娘賊。真假、妙妙。夫真耶？則胡爲越越豐艷。假耶？則又胡爲"水米不沾牙"哉！這其間性兒難按捻，分明從前篇毒心中生出毒眼來也。**我一地胡拿。**言亦更不反覆相猜，只待下文做出便見也。

右第五節。此節之妙，莫可以言。據文乃是紅娘描盡雙文；而細察文外之意，却是作《西廂記》人描盡紅娘也。蓋作《西廂記》人，細思紅娘從上篇來，此其心頭，雖說一半全是怨毒，然亦一半畢竟還是狐疑。豈有昨日于我，扎起面皮，既已至于此極，而今夜携我并行，忽然又有他事者。我亦獨不解張生所誦之詩，則何故而明明又若有其事耳。只此一點委决不下，自不免有無數猜測，然而此時又用直筆反覆再寫，則彼紅娘于上篇，已不啻作數十反覆者。今至此篇猶尚呶呶不休，豈不可厭之極也。今看其輕輕只換作雙文身上，左推右敲，似真還假，一樣用筆，而別樣用墨，文章乃如具茨之山，便使七聖入之皆迷，真异事也。

小姐，這湖山下立地，我閉了角門兒，怕有人聽咱說話。一面是打探，一面是抽身。（紅娘瞧門外科）

（張生上云）此時正好過去也。（張生瞧門內科）

【**沉醉東風**】**是槐影風搖暮鴉，**斫山云："從來只謂人有魂，今而後知文亦有魂也。"如此句七字，乃是下句七字之魂，被妙筆文人攝出來也。**是玉人帽側烏紗。**

右第六節。槐影烏紗，寫張生來，却作兩句；只寫兩句，却有三事。何謂三事？紅娘吃驚，一也；張生膽怯，二也。月色迷離，三也。妙絶妙絶！

你且潜身曲檻邊，他今背立湖山下。

右第七節。妙絶妙絶！昨與一友初看，謂此句是紅娘放好張生，此友人便大賞嘆，謂真是妙事、妙人、妙情、妙態也。今日聖嘆偶爾又復細看，却悟此句乃是紅娘放好自家。蓋昨日止因一簡，便受無邊毒害，今若適來關門，而反放入一人，安保雙文變詐多端，不又將捉生替死，別起波瀾乎？故因特命張生且復少停。得張生少停，而紅娘蚤已抽身遠去，便如聳身雲端，看人厮殺者，成敗總不相干矣。諺云："千年被蛇咬，萬年怕麻繩。"真是寫絕紅娘也。瞧門，而紅娘不在雙文邊，且停，而紅娘又不在張生邊，紅娘真賊哉。

那裏敘寒溫，打話。

（張生摟紅娘云）我的小姐！（紅云）是俺也！早是差到俺，若差到夫人，怎了也！痴句，妙句，得未曾有。

便做道摟得慌，也索覷咱，多管是餓得你窮神眼花。

我且問你：真個着你來麼？妙妙，此方是紅娘也。世間俗筆不寫到也。（張生云）小生是猜詩謎社家，風流隨何，浪子陸賈，准定扢扢幫便倒地。妙妙，偏要又寫一遍。

右第八節。紅娘安插張生，而張生不辨，竟直來摟之。此雖寫傻角急色，然是夜一片月色迷離，亦復如畫。

你却休從門裏去，只道我接你來。你跳過這墻去。

張生，你見麼？今夜一弄兒風景，分明助你兩個成親也。

【喬牌兒】你看淡雲籠月華，便是紅紙護銀蠟；實是麗句。柳絲花朵便是垂簾下，實是麗句。○"下"上聲。綠莎便是寬綉榻。實是麗句。【甜水令】良夜又迢遥，實是妙句。閑庭又寂静，實是妙句。花枝又低亞。實是妙句。

右第九節。才子佳人向花燭底下定情，是一片妙麗，才子佳人向花月底下定情，又是一片妙麗，今却將兩片妙麗合作一片妙麗，便是异樣妙麗也。○"良夜"云云，是三句，是一句，是無數句。若解作"迢遥"是迢遥，"寂静"是寂静，"低亞"是低亞，則是三句；若解作迢遥之夜何其寂静，寂静之庭何其低亞，低亞之影何其迢遥,則是一句;若解作儘人寂靜以受用其迢遥,儘人迢遥而暗藏于寂靜,儘人迢遥、寂靜以顛之倒之于低亞之中,則是無數句。普天下錦綉才子必皆能想到其事也。

只是他女孩兒家,你索意兒温存,話兒摩弄,性兒浹洽;"温存""摩弄",人所習聞,固莫妙于"性兒浹洽"四字也。休猜做路柳墙花。【折桂令】他嬌滴滴美玉無瑕,莫單看粉臉生春,雲鬢堆鴉。此之謂深深語,密密意,未經第三人道也。

右第十節。寫紅娘前篇之飲恨雙文,實惟不淺,至此又忽然又作千憐萬惜之文者,不惟此人實足使人千憐萬惜,實則此事亦真不得不作千憐萬惜也。○雙文之去我也,已不知幾百千年矣,乃我于今夜讀之,而猶尚爲之千憐萬惜也,曰:雙文爾奈何,雙文爾奈何!

我也不去受怕擔驚,我也不圖浪酒閑茶。妙妙!言悉與我無干也。總是昨日芥蒂未平。

右第十一節。幼讀《論語》《孟子》反入門策馬之文,以爲無大難事者,直以有功不伐,固學者應然之事也。兹讀《西廂》,崔、張臨欲定情之時,紅娘乃忽自誇無功于其間,以爲真大難事者,此自是作《西廂記》人筆墨精細,意便專寫紅娘昨日創鉅,至今痛深。蓋聖嘆則一生無此精細故也。

是你夾被兒時當奮發,指頭兒告了消乏。"消乏"之爲言得替也,此固極猥褻語也。然而不嫌竟寫之者,蓋佛經亦曾直說其事,謂之以手出精,非法淫也。打叠起嗟呀,畢罷了牽挂,收拾過憂愁,准備着撑達。

右第十二節。自【喬牌兒】至此,如引弓至滿,快作十成語也。

（張生跳墻科）

（鶯鶯云）是誰？（張生云）是小生。

（鶯鶯喚云）紅娘！（紅娘不應科）

（鶯鶯怒云）哎喲，張生，你是何等之人！我在這裏燒香，你無故至此，你有何説！（張生云）哎喲！

便如無簡招之者然，且又直至後止，另數其今夜之來，不聞數其前日之簡。作者用意之妙，真孤行于筆墨之外，全非近儕之所得知也。

【錦上花】爲甚媒人，心無驚怕？赤緊夫妻，意不爭差。

右第十三節。上文雙文已來花園矣，紅娘猶不信其真肯也，不信得最妙。此文雙文已自發作矣，紅娘猶不信其真不肯也，不信得又最妙。○"赤緊"二句，猶言貼肉夫妻有何閑話。

我躡足潛踪，去悄地聽他。一個羞慚，一個怒發。【後】一個無一言，一個變了卦。一個悄悄冥冥，一個絮絮答答。

右第十四節。此雖雙寫二人之文，然妙于第一、二句也。筆下紙上，便明明白白共見紅娘抽身另住一邊，自稱局外閑人，以謹避雙文之波及。○明是第二篇文字矣，却偏能使第二篇文字，尸尸閃閃，重欲出現，真是奇絶。

（紅娘遠立，低叫云）張生，你背地裏硬嘴那裏去了？你向前呵！告到官司，怕羞了你？爲甚迸定隋何，禁住陸賈，叉手躬身，如聾似啞？【清江引】你無人處且會閑嗑牙，就裏空奸詐。怎想湖山邊，不似西廂下。

右第十五節。此翻跌前文成趣也。不知是前文特爲翻此文，故有前文；不知是此文特爲翻前文，故有此文：總之，文文相生，莫測其理。

（鶯鶯云）紅娘，有賊！（紅云）小姐，是誰？妙妙，賊也，而又問"誰"哉。（張生云）紅娘，是小生。妙妙，問小姐也，而張生答哉。〇三句，三人，三心，三樣，分明是三幅畫。

《西廂》中如此白，真是并不費筆費墨，一何如花如錦。看他雙文喚紅娘，紅娘喚小姐，張生喚紅娘，三個人各自胸前一片心事，各自口中一樣聲喚，真是寫來好看煞人也！

（紅云）張生，這是誰着你來？妙絕，妙絕！須知其不是指扳小姐，只圖脫卸自身。你來此有甚麼的勾當？（張生不語科）

（鶯鶯云）快扯去夫人那裏去！（張生不語科）

（紅云）扯去夫人那裏，便壞了他行止。我與小姐處分罷。張生，你過來跪者！你既讀孔聖之書，必達周公之禮，你貪夜來此何幹？

香美娘處分花木瓜。【雁兒落】不是一家兒喬坐衙，千載奇事，煞是好看，被人搬熟，遂不覺耳。要說一句兒衷腸話。只道你文學海樣深，誰道你色膽天來大！【得勝令】你貪夜入人家，我非奸做賊拿。你折桂客，做了偷花漢。不去跳龍門，來學騙馬。

右第十六節，坐堂是小姐，聽勘是解元，科罪是紅娘。昨往僧舍，看晻摩變相，歸而竟日不怡，忽睹此文，如花奴鼓聲也。

小姐，且看紅娘面，饒過這生者！（鶯鶯云）先生活命之恩，恩則當報。既爲兄妹，何生此心？萬一夫人知之，先生何以自安？今看紅娘面，便饒過這次。若更如此，扯去夫人那裏，決無干休！

謝小姐賢達，看我面做情罷。若到官司詳察，先生整備精皮膚一頓打。可兒，可兒。

右第十七節。寫紅娘既不失輕，又不失重，分明一位極滑脫問官，最是鬆快之筆。〇紅娘此時，一邊出豁張生，正是一邊出豁雙文也。極似當時玄宗皇帝，花萼樓下與寧王對局，太真手抱白雪猧兒，從旁審看良久，知皇帝已失數道，便斗然放猧兒躁亂其子，于是天顏大悅也。

（鶯鶯云）紅娘，收了香桌兒，你進來波！（鶯鶯下）

（紅娘羞張生云）羞也吒！羞也吒！却不道"猜詩謎社家，風流隨何，浪子陸賈"，今日便早死心踏地也！

【離亭宴帶歇拍煞】再休提"春宵一刻千金價"，准備去"寒窗重守十年寡"。

右第十八節，結文。

猜詩謎社家，你拍了"迎風戶半開"，山障了"隔墻花影動"，雲罨了"待月西廂下"。極盡淋漓。一任你將何郎粉去搽，他已自把張敞眉來畫。極盡淋漓。強風情措大，晴乾了尤雲殢雨心，懺悔了竊玉偷香膽，塗抹了倚翠偎紅話。極盡淋漓。淫詞兒早則休，簡帖兒從今罷。尚兒自參不透風流調法。極盡淋漓。

右第十九節。于既結後，忽然重放筆，作極盡淋漓之文，使我想皓布裩，"昨夜雨滂烹，打倒葡萄棚"一頌，不覺遍身快樂。

小姐，你息怒嗔波卓文君，重作結。○又妙于作雙結。

右第二十節。此重作雙結也。此結雙文，請大人打鼓退堂，妙妙！

張生，你游學去波渴司馬。

右第二十一節。此結張生，犯人免供逐出，妙妙！○于紅娘口中，我亦細思必應作雙結。作者真乃極盡能事。

三之四　後候

儉近日所作傳奇，例必用四十折。吾真不知其何故不可多，不可少，必用四十折也。蓋南華老人言之也，曰："鵬之歸于南溟也，絕雲氣，負青天。"其去地既九萬里，則其視地，猶如地上之人之視之蒼蒼也，不知其為正色耶，抑為遠而無所至極之色耶？以言諸王貴人，生于後宮，氣體高妙，則不知白屋之下寒乞之士，何故終日竟夜，嘆嘆喈喈，其聲不絕也。諸葛忠武，以一身任天下之重，統百萬之軍，兵馬糧糗，器仗圖籍，天文地形，賓客刑獄，無不獨經于心，則不知傲然野生，疏巾單衣，步行來前，抵掌言事，其胸中有何等陳乞也。十住菩薩，于佛性義，能了了見，則不知一切眾生，于生死海，沒已得出，出已還沒，雖經千佛世尊，雲興于世，出家成道，說法度生，乃至入于涅槃，甚久甚久，而彼方復出沒如故，此是取何快樂也。蓋諸王貴人之不知，真猶如嘆喈寒士之不知諸王者也；諸葛忠武之不知，真猶如徒步野生之不知忠武者也；十住菩薩之不知，真猶如沒海眾生之不知菩薩者也；故曰："亦若是則已矣。"惟孔子亦曰："道不同，不相為謀。"馬牛風于澤，理豈互及哉，而獨不謂文章之事，亦復有然。昨讀《西廂》，因而諦思儉所作傳奇，其不可多，不可少，必用四十折，吾則真不知其遵何術，而必如此。若夫《西廂》之為文亦十六篇，則吾實得而言之矣：有生有掃，生如生葉生花，掃如掃花掃葉。何謂生？何謂掃？何謂生如生葉生花？何謂掃如掃花掃葉？今夫一切世間太虛空中，本無有事，而忽然有之，如方春本無有葉與花，而忽然有葉與花，曰生。既而一切世間妄想顛倒，有若干事，而忽然還無，如殘春花落，即掃花，窮秋葉落，即掃葉，曰掃。然則如《西廂》，何謂生？

何謂掃？最前《驚艷》一篇謂之生，最後《哭宴》一篇謂之掃。蓋《驚艷》已前，無有《西廂》；無有《西廂》，則是太虛空也。若《哭宴》已後，亦復無有《西廂》；無有《西廂》，則仍太虛空也。此其最大之章法也，而後于其中間，則有此來彼來。何謂此來？如《借廂》一篇是張生來，謂之此來。何謂彼來？如《酬韵》一篇是鶯鶯來，謂之彼來。蓋昔者鶯鶯在深閨中，實不圖墻外乃有張生借廂來，是夜張生在西廂中，亦實不圖墻內遂有鶯鶯酬韵來。設使張生不借廂，是張生不來，張生不來，此事不生；即使張生借廂，而鶯鶯不酬韵，是鶯鶯不來，鶯鶯不來，此事亦不生。今既張生慕色而來，鶯鶯又慕才而來，如是謂之兩來。兩來則南海之人已不在南海，北海之人已不在北海也。雖其事殊未然，然而于其中間，已有輕絲暗縈，微息默度，人自不覺，勢已無奈也。而後則有三漸。何謂三漸？《鬧齋》第一漸，《寺警》第二漸，今此一篇《後候》第三漸。第一漸者，鶯鶯始見張生也；第二漸者，鶯鶯始與張生相關也；第三漸者，鶯鶯始許張生定情也。此三漸，又謂之三得。何謂三得？自非《鬧齋》之一篇，則鶯鶯不得而見張生也；自非《寺警》之一篇，則鶯鶯不得而與張生相關也；自非《後候》之一篇，則鶯鶯不得而許張生定情也。何也？無遮道場，故得微露春妍；諱日營齋，故得親舉玉趾。舍是則尚且不得來，豈真不得見也。變起倉卒，故得受保護備至之恩；母有成言，故得援一醮不改之義。舍是則于何而得有恩，于何而得有義也。聽琴之夕，鶯鶯心頭之言，紅娘而既聞之；賴簡之夕，張生承詩之來，紅娘而又見之。今則不惟聞之見之，彼已且將死之。細思彼既且將死之，而紅娘又聞之見之，而鶯鶯尚安得不悲之，尚安得復忌之，尚安得再忍之，尚安得不許之？舍是則不惟紅娘所見，不得令紅娘見，乃至紅娘所聞，烏得令紅娘聞也。而後則又有二近三縱。何謂二近?《請宴》一近,《前候》一近。蓋"近"之爲言,幾幾乎如將得之也。幾幾乎如將得之之爲言,終于不得也。終于不得,而又爲此幾幾乎如將得之之言者,文章起倒變動之法也。三縱者,《賴婚》一縱,《賴簡》一縱,《拷艷》一縱。蓋有近則有縱也,欲縱之故近之,亦欲近之故縱之。"縱"之爲言,幾幾乎如將失之也。幾幾乎如將失之之爲言,終于不失也。終于不失,而又爲此幾幾乎如將失之之言者,文章起倒變動之法,既已如彼,則必又如此也。而後則有兩不得不然。何謂兩不得不然?聽琴不得不然,鬧簡不得不然。聽琴者,紅娘不得不然;鬧簡者,鶯鶯不得不然。設使聽琴不然,則是不成其爲紅娘;不成其爲紅娘,即不成其爲鶯鶯。何則?嫌其如機中女兒,當户嘆息,阿婆得問今年消息也。鬧簡不然,則是不成其爲鶯鶯;不成其爲鶯鶯,即不成其爲張生。何則?嫌其如碧玉小家,回身便抱,琅琊不疑,登徒大喜也。而後則有實寫一篇。實寫者,一部大書,無數文字,七曲八折,千頭萬緒,至此而一齊結穴,如衆水之畢赴大海,如群真之咸會天闕,如萬方捷書齊到甘泉,如五夜火符親會流珠。此不知于何年月日發願動手欲造此書,而今于此年此月此日遂得快然而已閣筆,如後文《酬簡》之一篇是也。又有空寫一篇。空寫者,一部大書,無數文字,七曲八折,千頭萬緒,至此而一無所用,如楚人之火燒阿房,如莊惠之快辨鯈魚,如臨濟大師肋下三拳,如成連先生刺船徑去。此亦不知于何年月日,發願動手造得一書,而即于此年此月此日,立地快然其便裂壞,如最後《驚夢》之一篇是也。凡此,皆所謂《西廂》之文一十六篇,吾實得而言之者也。謂之十六篇可也,謂之一篇可也;謂之百于萬億文字,總持悉歸于是可也,謂之空無點墨可也。若儈近日所作傳奇,不可多,不可少,必用四十折,吾則誠不能知其遵何術,而必如此也。彼視《西廂》,蒼蒼然正色耶?遠而無所至極耶?《西廂》視彼,亦蒼蒼然正色耶?遠而無所至極耶?蓋南華老人言之也,曰:"亦若是而已矣。"

(夫人上云)早間長老使人來說,張生病重,俺着人去請太醫。一壁分付紅娘看去,問太醫下什麽藥,是何證候,脉息如何,便來回話者。(夫人下)

(紅娘上云)夫人使俺去看張生。夫人呵,你只知張生病重,那知他昨夜受這場氣呵,怕不送了性命也!

(紅娘下)

(鶯鶯上云)張生病重,俺寫一簡,只說道藥方,着紅娘將去,與他做個道理。(喚科)(紅應云)小姐,紅娘來也。(鶯鶯云)張生病重,我有一個好藥方兒,與我將去咱!(紅云)小姐呵,你又來也。也罷,夫人正使我去,我就與你將去波。(鶯鶯云)我專等你回話者。(鶯鶯下)(紅娘下)

(張生上云)昨夜花園中,我吃這場氣,投着舊證候,眼見得休了也。夫人着長老請太醫來看我,我這惡證候,非是太醫所治,除非小姐有甚好藥方兒,這病便可了。

(紅娘上云)俺小姐害得人一病郎當,如今又着俺送甚藥方兒。俺去則去,只恐越着他沉重也。异鄉最有離愁病,妙藥難醫腸斷人。

【越調】【鬥鶴鶉】(紅娘唱)先是你彩筆題詩,回文織錦;"先是你",妙妙!引得人臥枕着床,忘餐廢寢;"引得人",妙妙!到如今鬢似愁潘,腰如病沈。恨已深,病已沉,"到如今",妙妙!多謝你熱劫兒對面搶白,冷句兒將人厮侵。"多謝你",

妙妙！

右第一節。"先是你""引得人"，言病之所由起也。"到如今""多謝你"，言病之所由劇也。如此望聞問切，真乃神聖巧功矣。○"先是你"句，便放過張生者，紅娘只知鶯鶯酬韵，不知張生借廂也。"多謝你"句，又放過夫人者，張生深恨鶯鶯賴簡，過于夫人賴婚也。此皆寫紅娘細心切脉，洞見臟腑處，非等閒下筆也。《西廂》筆筆不等閒，《西廂》篇篇起筆尤不等閒。

【紫花兒序】你倚着櫳門兒待月，依着韵脚兒題詩，側着耳朵兒聽琴。

昨夜忽然撇假諾多，說："張生，我與你兄妹之禮，甚麽勾當！"

忽把個書生來跌窨，

今日又是："紅娘，我有個好藥方兒，你將去與了他。"

又將我侍妾來逼凌，難禁，倒教俺似綫脚兒般殷勤不離了針。真爲可惱，真爲可笑。

右第二節。凡作三折，折到題，寫紅娘心頭全無捉摸，最爲清辨之筆。○猶言如此，則不應如彼；如彼，則不應又如此也。一、二、三、四句，似與第一節複者，第一節是叙張生病源，此是叙鶯鶯藥方，兩節固各不相蒙也。○"難禁"者，自言難熬。鶯鶯自前候至此，凡三遣紅娘到書房矣，不迸一縫，不通一風，真何以堪之哉！

從後今後由他一任。妙絕，妙絕！

右第三節。既多番遣到書房，而終于不迸一縫，不通一風，則我亦惟有袖手旁立，任君自爲，誰能尚有眷眷不釋也耶！○觀此言，則前兩番遣到書房，紅娘之喜，紅娘之怒，不言可知。

甚麼義海恩山，無非遠水遙岑。真是精絕之句。

右第四節。不覺爲"好藥方兒"四字啞地失笑也。

（見張生問云）先生，可憐呵，你今日病體如何？（張生云）害殺小生也！我若是死呵，紅娘姐，閻羅王殿前，少不得你是干連人。（紅云）普天下害相思，不似你害得忒煞也。小姐，你那裏知道呵！

真正妙白。不是寫紅娘憐張生，乃是寫張生病至重也。寫張生病至重者，寫鶯鶯之得以回心轉意也。蓋張生病至重而猶不回心轉意，則是豺虎之不如也。若張生病不至于至重，而早便回心轉意，則又爲雀鴿之類也。作文實難，知文亦甚不易，于此可見。

【天淨沙】你心不存學海文林，夢不離柳影花陰，只去竊玉偷香上用心。又不曾有甚，我見你海棠開想到如今。"又不曾有甚"五字，妙絕。便將夫人許婚，小姐傳簡，一齊賴過。○前夫人賴，小姐賴，此紅娘又賴，妙妙！

右第五節。總批後節下。

你因甚便害到這般了？（張生云）你行——我敢說謊！——我只因小姐來！昨夜回書房，一氣一個死。我救了人，反被人害。古云"痴心女子負心漢"，今日反其事了。（紅云）這個與他無干。

真是妙白，寫來便真是氣盡喘急，逐口斷續之聲。至于紅答之奇妙絕世，又反不論矣。

【調笑令】你自審，這邪淫；看尸骨岩岩是鬼病侵。"自審"妙，"邪淫"妙，"是鬼"妙，看他便一毫不提及鶯鶯。便道秀才們從來恁，看他純是扯過一邊語，更不欲提及鶯鶯。似這般單相思好教撒吞！"單相思"妙，既"單"矣，猶自稱"相思"耶？"撒吞"之爲言，撒而吞之。吳音言"吃屁"，蓋云"不成"其爲相思也。功名早則不遂心，扯到功名，一何無謂！**婚姻又反吟伏吟。**此亦扯語也，竟如張生命宮填注，全與鶯鶯無涉也。○前張生告紅娘生辰八字，至此忽推成命書，妙絕。

右第六節。此二節之妙，都在字句之外。何以言之？只看其各用一"你"字起，便是藏過鶯鶯更不道及，爲弃絕之至也。若更道及者，即不獨鶯鶯羞，紅娘先自羞也。○前《鬧簡》一篇，既作如許盡情極致之文，此如再作一篇，世安得崔顥詩下又有詩耶？看他只用兩"你"字純責張生，便將鶯鶯直置之不足又道，而其盡情極致，不覺遂轉過于前文。天下眞有除却死法，別是活法之理也。前"你"，是說張生病源；後"你"，是說張生病證。

夫人着俺來看先生，吃甚麽湯藥。這另是一個甚麽好藥方兒，送來與先生。

眞正妙白。蓋"另是一個甚麽"者，甚不滿之辭也。不言誰送來與先生者，深惡而痛絕之之至也。○前一簡，出之何其遲，遲得妙絕；此一簡，出之何其速，速得又妙絕。唐人作畫，多稱變相，以言番番不同。今如此兩篇出簡，眞可謂之變相矣。

（張生云）在那裏？（紅授簡云）在這裏。（張生開讀，立起笑云）我好喜也！是一首詩。（揖云）早知小姐詩來，禮合跪接。紅娘姐，小生賤體不覺頓好也。（紅云）你又來也！不要又差了一些兒。（張生云）我那有差的事？前日原不得差，得失亦事之偶然耳。妙妙！絕世聰明人語也。**（紅云）我不信！你念與我聽呵！（張生云）你欲聞好語，必須致誠斂衽而前。（張生整冠帶，雙手執簡科）**科白俱好。

（念詩云）"休將閑事苦縈懷，取次摧殘天賦才。不意當時完妄行，豈知今日作君災？仰酬厚德難從禮，謹奉新詩可當媒。寄語高堂休咏賦，今宵端的雨雲來。"詩醜絕！紅娘姐，此詩又非前日之比。（紅低頭沉吟云）哦，有之，我知之矣。妙妙！絕世聰明人語也。小姐，你真個好藥方兒也！

【小桃紅】"桂花"搖影夜深沉，酸醋"當歸"浸。真好藥方，緊靠湖山背陰裏窨，最難尋。真好修合。一服兩服令人恁。真好效驗。忌的是"知母"未寢，怕的是"紅娘"撒沁。真好避忌。這其間"使君子"一星兒"參"。人參也。人參"參"字，應作"葠"字，俗通作"參"。此又借作"參"字用也，妙絕！

右第七節。便撰成一藥方，其才之狡獪如此。

【鬼三台】只是你其實啉，休妝唔。真是風魔翰林，無投處問佳音，向簡帖上計稟。"稟"從禾，不從示，力錦切。得了個紙條兒恁般綿裏針，若見了玉天仙怎生軟廝禁？

右第八節。又非笑之。細思此時，真有得紅娘非笑也。

俺小姐正合忘恩，僂人負心。

右第九節。又謔嚇之。細思此時，真有得紅娘唬嚇也。

【禿廝兒】你身臥一條布衾，頭枕三尺瑤琴，他來怎生一處寢？凍得他戰兢兢！

右第十節。又奚落之。細思此時，真有得紅娘奚落也。

知音？【聖藥王】果若你有心，他有心，昨宵鞦韆院宇夜沉沉；花有陰，月有陰，便該"春宵一刻抵千金"，何須又"詩對會家吟"？真乃筆舌互用。

右第十一節。又辨駁之。細思此時，真有得紅娘辨駁也。

【東原樂】我有鴛鴦枕，翡翠衾，便遂殺人心，只是如何賃？此等花色，真是憑空蹴起。

右第十二節。又驕奢之。細思此時，真有得紅娘驕奢也。

你便不脫和衣更待甚？不強如指頭兒恁。即佛所云"非法出精"也。你成親，已大福蔭。純是憑空蹴起。

右第十三節。又欺詆之。細思此時，真有得紅娘欺詆也。○右自第八節至此，皆極寫紅娘滿心歡喜之文。

先生，不瞞你說，俺的小姐呵，你道怎麼來？

【綿搭絮】他眉是遠山浮翠，眼是秋水無塵，膚是凝酥，腰是弱柳，俊是龐兒悄是心，體態是溫柔性格是沉。他不用法灸神針，他是一尊救苦觀世音。

右第十四節。描畫鶯鶯一通，乃是斷不可少。○如看李龍眠白描觀音也，又不似脫候病語，妙絕。

然雖如此，我終是不敢信來。

妙妙！其事本不易信，何況其人又最難信。殷鑒不遠，便在前夜。

【後】我慢沉吟，你再思尋。妙絕，妙絕！

（張生云）紅娘姐，今日不比往日。（紅云）呀，先生，不然。

你往事已沉，我只言目今，妙絕，妙絕！

不信小姐今夜却來。

今夜三更他來恁。妙絕，妙絕！

右第十五節。上文一路都作滿心歡喜之文，至今忽又移宮換羽，一變而為驚疑不定之文，真乃一唱三嘆，千回萬轉矣。○世間有如此一氣清轉，却萬變無方，萬變無方，又一氣清轉之文哉？普天下後世錦繡才子，讀至此處，誰能不心死哉？

（張生云）紅娘姐，小生分付你，來與不來你不要管，總之其間望你用心。妙白。

我是不曾不用心。俗本失此一句。怎說白璧黃金，滿頭花，拖地錦。【煞尾】夫人若是將門禁，早共晚我能教稱心。

　　右第十六節。真心實意，代人擔憂，而反遭人所疑，于是滿口分説，急不得明。世間多有此事，又何獨一紅娘哉，只是筆墨之下，不知如何却寫到。

　　先生，我也要分付你，總之其間你自用心，來與不來，我都不管。妙白。可謂行文如戲。

　來時節肯不肯怎由他，見時節親不親盡在您。

　　右第十七節。一句剛克，一句柔克，天下之能事畢矣。

卷之七

第四之四章題目正名

小紅娘成好事
老夫人問由情
短長亭斟別酒
草橋店夢鶯鶯

四之一　酬簡

古之人有言曰："《國風》好色而不淫。"比者聖嘆讀之而疑焉，曰：嘻，异哉！好色與淫，相去則又有幾何也耶？若以爲"發乎情，止乎禮"，發乎情之謂好色，止乎禮之謂不淫，如是解者，則吾十歲初受《毛詩》，鄉塾之師早既言之，吾亦豈未之聞，亦豈聞之而遽忘之？吾固殊不能解，好色必如之何者謂之好色？好色又必如之何者謂之淫？好色又如之何謂之幾于淫？而卒賴有禮而得以不至于淫？好色又如之何謂之賴有禮，得以不至于淫，而遂不妨其好色？夫好色而曰吾不淫，是必其未嘗好色者也。好色而曰吾大畏乎禮而不敢淫，是必其并不敢好色者也。好色而大畏乎禮，而不敢淫，而猶敢好色，則吾不知禮之爲禮將何等也。好色而大畏乎禮，而猶最好色，而獨不敢淫，則吾不知淫之爲淫必何等也。且《國風》之文具在，固不必其皆好色，而好色者往往有之矣；抑《國風》之文具在，反不必其皆好色，而淫者往往有之矣。信如《國風》之文之淫，而猶謂之不淫，則必如之何而後謂之淫乎？信如《國風》之文之淫，而猶望其昭示來許爲大鑒戒，而因謂之不淫，則又何文不可昭示來許爲大鑒戒，而皆謂之不淫乎？凡此，吾比者讀之而實疑焉。人未有不好色者也，人好色未有不淫者也，人淫未有不以好色自解者也。此其事，內關性情，外關風化，其伏至細，其發至鉅，故吾得因論《西廂》之次而欲一問之：夫好色與淫，相去則真有幾何也耶？

《國風》之淫者，不可以悉舉，吾今獨摘其尤者，曰："以爾車來，以我賄遷。"嘻，何其甚哉！則更有尤之尤者，曰："子不我思，豈無他人！"嘻，此豈復人口中之言哉！夫《國風》采于初周，則是三代之盛音也，又經先師仲尼氏之所刪改，則是大聖人之文筆也。而其語有如此，真將使後之學者奈之何措心也哉！

自古至今，有韵之文，吾見大抵十七皆兒女此事。此非以此事真是妙事，故中心愛之，而定欲爲文也，亦誠以爲文必爲妙文，而非此一事，則文不能妙也。夫爲文必爲妙文，而妙文必借此事，然則此事其真妙事也。何也？事妙，故文妙；今文妙，必事妙也。若此事真爲妙事，而爲文竟非妙文，然則此事亦不必其定妙事也。何也？文不妙，必事不妙；今事不妙，故文不妙也。甚矣，人之相去，不可常理計也。同此一手，手中同此一筆，而或能爲妙文焉，或不能爲妙文焉。今而又知豈獨是哉，乃至同此一男一女，而或能爲妙事焉，或不能爲妙事焉。曰：何用知其同此一男一女，而獨不能爲妙事？曰：吾讀其文而知之矣。曰：彼其必爭吾亦妙事也。曰：彼猶必爭吾亦妙文也。書竟，不覺大笑。

有人謂《西廂》此篇最鄙穢者，此三家村中冬烘先生之言也。夫論此事，則自從盤古至于今日，誰人家中無此事者乎？若論此文，則亦自從盤古至于今日，誰人手下有此文者乎？誰人家中無此事，而何鄙穢之與有？誰人手下有此文，而敢謂其有一句一字之鄙穢哉？曰：一句一字都不鄙穢，然則自【元和令】起，直至【青歌兒】盡，如是若干，皆何等言語耶？曰：固也，我正謂如使真成鄙穢，則只須一句一字，而其言已盡，決不用如是若干言語者也。今自【元和令】起，直至【青歌兒】盡，乃用如是若干言語，吾是以絕嘆其真不是鄙穢也。蓋事則家家家中之事也，文乃一人手下之文也，借家家家中之事，寫吾一人手下之文者，意在于文，意不在于事也。意不在事，故不避鄙穢；意在于文，故吾真曾不見其鄙穢。而彼三家村中冬烘先生猶呶呶不休，詈之曰鄙穢，此豈非先生不惟不解其文，又獨甚解其事故耶？然則天下之鄙穢，殆莫過先生，而又何敢呶呶爲！

（鶯鶯上云）紅娘傳簡帖兒去，約張生今夕與他相會。等紅娘來，做個商量。

（紅娘上云）小姐着俺送簡帖兒與張生，約他今夕相會。俺怕又變卦，送了他性命，不是耍。俺見小姐去，看他說甚的。（鶯鶯云）紅娘，收拾卧房，我去睡。（紅云）不爭你睡呵，那裏發付那人？（鶯鶯云）甚麽那人？（紅云）小姐，你又來也！送了人性命不是耍。你若又反悔，我出首與夫人："小姐着我將簡帖兒約下張生來。"（鶯鶯云）這小妮子倒會放刁。（紅云）不是紅娘放刁，其實小姐切不可又如此。（鶯鶯云）只是羞人答答的。（紅云）誰見來？

除却紅娘，并無第三個人。斫山云：天下事之最易最易者，莫如偷期。聖嘆問：何故？斫山云：一事止用二人做，而一人却是我，我之肯已是千肯萬肯，則是先抵過一半功程也。

（紅娘催云）去來！去來！（鶯鶯不語科）好。

（紅娘催云）小姐，没奈何，去來！去來！（鶯鶯不語，做意科）好。

（紅娘催云）小姐，我們去來！去來！（鶯鶯不語，行又住科）好。

（紅娘催云）小姐，又立住怎麽？去來！去來！（鶯鶯不語，行科）好。

（紅娘云）我小姐語言雖是强，脚步兒早已行也。

【正宮】【端正好】（紅娘唱）因小姐玉精神，花模樣，無倒斷曉夜思量。今夜出個至誠心，改抹咱滿天謊。出畫閣，向書房，離楚岫，赴高唐，學竊玉，試偷香，巫娥女，楚襄王；楚襄王敢先在陽臺上。

（鶯鶯隨紅娘下）

（張生上云）小姐着紅娘，將簡帖兒約小生今夕相會。這早晚初更盡呵，怎不見來？更不可早，然實不遲。人間良夜静復静，天上美人來不來？

【仙呂】【點絳唇】（張生唱）伫立閑階，只用四字，便避過三之三【喬牌兒】"日初時想月華，挪一刻似一夏"等文。

右第一節。下文皆極寫雙文不來，張生久待，而此于第一句，先寫"伫立"字，便是待已甚久，而下文乃久而又久也。蓋下文極寫久待固久，而此又先寫甚久，使下文久而又久，則久遂至于不可說也，謂之只用一層筆墨，而有兩層筆墨，此固文章秘法也。

夜深香靄、橫金界。瀟灑書齋，悶殺讀書客。

右第二節。夜深矣，而書齋猶瀟灑，蓋"瀟灑"之爲言，寂無人來也。此其悶可想也。○書齋寂無人來，此真讀書之客之所甚樂也。書齋寂無人來，而客不樂而反悶，然則客之不讀書可知也。客既不讀書，而猶自名其屋曰書齋，甚矣，天下之無人無書齋也！連用兩"書"字，最有風刺。○"瀟灑書齋"四字，作"悶"用，真奇事也。杜詩亦有之，曰："卷簾惟白水，隱几亦青山。"自爲"白水""青山"字，亦未遭如是用也。

【混江龍】彩雲何在，每嘆李夫人歌真是絕世妙筆，只看其第一句之四字曰："是耶，非耶？"便寫得劉徹通身出神。今此"彩雲何在"四字，亦真寫得張生通身出神也。

右第三節。忽然欲其天上下來。○已下皆作翻床倒席，爬起跌落之文。應接連處忽然不接連，不應重沓處，忽然又重沓，皆極寫雙文不來，張生久待神理。

月明如水浸樓臺。僧居禪室，鴉噪庭槐。

右第四節。"月明如水"，天上不見下來也。"僧居禪室"，靜又不是也；"鴉噪庭槐"，動又不是也。皆寫張生搔爬不着之情也，非寫景也。細思寫此時張生，真何暇寫到景。

風弄竹聲，只道金珮響；月移花影，疑是玉人來。一片搔爬不着神理。

右第五節。忽然又欲其四面八方來。○"溪聲便是廣長舌，山色豈非清净身"，悟時便有如此境界。"風弄竹聲金珮響，月移花影玉人來"，迷時便又有如此境界。斫山則不然："風弄竹聲"，風弄竹："月移花影"，月移花。又何處氣噓噓地學得"廣長舌""清净身"兩句哉？斫山語。

意懸懸業眼，急攘攘情懷，身心一片，無處安排；呆打孩倚着門兒待。昔人謂"科頭箕踞長松下，白眼看他世上人"，不是冷極語，正是熱極語，此真知言也。"呆打孩倚定門兒待"，此不是倚得定語，正是倚不定語也。一片搔爬不着神理。

右第六節。倚在門，妙絕，妙絕！

越越的青鸞信杳，黃犬音乖。【油葫蘆】我情思昏昏眼倦開，單枕側，夢魂幾入楚陽臺。"幾入"者，欲入而驚覺不入之辭也。《小弁》之詩曰"假寐永嘆"。蓋心憂無聊，只得且寐，既寐不寐，嘆聲徹夜。此用其句也。

右第七節。倚在枕，妙絕，妙絕！○上文方倚在門，此文忽倚在枕，所謂應接連處忽然不接連也。一片搔爬不着神理。

早知恁無明無夜因他害，想當初不如不遇傾城色。人有過，必自責，勿憚改，一片搔爬不着，直搔爬向這裏去。奇奇妙妙，一至于此。

右第八節。倚枕靜思不如改過，真胡思亂想之極也。○道學先生聞張生欲改過，則必加手于額曰：賴有是也。一部《西廂》，只此一句，是非乃不謬于聖人也，而殊不知正不然也。不惟張生欲改過是胡思亂想，凡天下欲改過者，一切悉是胡思亂想必也。如《圓覺經》之于諸妄心亦不息滅，是則真我先師"五十學《易》可無大過"之道也矣。○搔爬不着，橫躺在床，胡思亂想，急寫不盡，看其輕輕只寫一句云"我欲改過"，却不覺無數胡思亂想，早已不寫都盡也，蓋改過，正是胡思亂想之天盡底頭語也。吾幼讀《會真記》，至後半改過之文，幾欲拔刀而起，不圖此却翻成異樣奇妙，真乃呱呱怪事。

我却待"賢賢易色"將心戒，怎當他兜的上心來。【天下樂】我倚定門兒手托腮，一片搔爬不着神理。

右第九節，忽然又倚在門，妙絕妙絕！○前倚在門，頃忽倚在枕；此忽又倚在門，所謂不應重沓處忽然又重沓也。

好着我難猜：來也那不來？

右第十節。恨之。

夫人行料應難離側。

右第十一節。諒之。○忽然恨之，忽然又諒之，應接連處不接連也。一片搔爬不着神理。

望得人眼欲穿，想得人心越窄。

右第十二節。忽然又恨之。

多管是冤家不自在。

右第十三節。忽然又諒之。○忽然又恨之，忽然又諒之，不應重沓處又重沓也。

偌早晚不來，莫不又是謊？

【那吒令】他若是肯來，早身離貴宅。

右第十四節。肯來。

他若是到來，便春生敝齋。

右第十五節。到來。○"貴宅""貴"字，"敝齋""敝"字，都有神理，不止作尋常稱呼用也。

他若是不來，似石沉大海。

右第十六節。不來。○須知來句是不來句，不來句是來句也。口中說此句，心中反是彼句，一片全是搔爬不着神理也。

數着他脚步兒行，靠着這窗櫺兒待。

右第十七節。倚在門，倚在枕；又倚在門，又倚在窗。妙絕，妙絕。

寄語多才：【鵲踏枝】恁的般惡搶白，并不曾記心懷；

博得個意轉心回，許我夜去明來。

右第十八節。真乃滴泪滴血之文也。昊天上帝，亦當降庭；諸佛世尊，亦當出定。何物雙文，猶未出來耶！

調眼色已經半載，這其間委實難捱。

右第十九節。一路搔爬不着，至此真心盡氣絶時也。

【寄生草】安排着害，准備着抬。

右第二十節。心盡氣絶，更無活理，只有死也。

想着這异鄉身强把茶湯捱，只爲你可憎才熬定心腸耐，辦一片至誠心，留得形骸在。試教司天臺打算半年愁，端的太平車敢有十餘載。

右第二十一節。又放透筆尖再寫一句，言今日之死，永無活理。蓋死原不到今日，到今日而仍死，則其死真更不活也。世間何意有如此二十成筆法。

（紅娘上云）小姐，我過去，你只在這裏。（敲門科）（張生云）小姐來也！（紅云）小姐來也，你接了衾枕者。（張生揖云）紅娘姐，小生此時一言難盡，惟天可表！（紅云）你放輕者，休諕了他！你只在這裏，我迎他去。（紅娘推鶯鶯上云）小姐，你進去，我在窗兒外等你。（張生見鶯鶯，跪抱云）張珙有多少福，敢勞小姐下降。

【村裏迓鼓】猛見了可憎模樣，早醫了九分不快。

右第二十二節。緊承前患病一篇，妙。

先前見責，誰承望今宵相待！

右第二十三節。緊承前前《賴簡》一篇，妙。〇細思張生初接雙文時，真乃一部十七史，從何句説起好。今看其第一句緊承前篇，第二句緊承前前篇，譬如眉目鼻口，天生位置，果非人工之得教小姐這般用心，不才珙，合跪拜。小生無宋玉般情，潘安般貌，子建般才；小姐，你只可憐我爲人在客。

右第二十四節。感激謙謝，正文不可少。

（鶯鶯不語，張生起，捱鶯鶯坐科）

【元和令】綉鞋兒剛半折。

右第二十五節。此時雙文安可不看哉，然必從下漸看而後至上者，不惟雙文羞顏不許便看，惟張生亦羞顏不敢便看也。此是小兒女新房中真正神理也。

柳腰兒恰一搦。

右第二十六節。自下漸看而至上也。如觀如來三十二相，有順有逆，此爲逆觀也。

羞答答不肯把頭抬，只將鴛枕捱。

右第二十七節。夫看雙文，止爲欲看其面也。今爲不敢便看，故且看其脚，故且看其腰。乃既看其脚，既看其腰，漸漸來看其面，而其面則急切不可得看。此真如觀如來者，不見頂相，正是如來頂相也。不然，而使寫出欲看便看，此豈復成雙文嬌面哉。文真妙文，批亦真妙批。

雲鬟彷彿墜金釵，紿之也。偏宜鬏髻兒歪。又紿之也。【上馬嬌】我將你紐扣兒鬆，又紿之也。上紿輕，此紿猛。我將你羅帶兒解；又猛紿之也。蘭麝散幽齋。不良會把人禁害，哈，怎不回過臉兒來？上數句，全爲此句，總必欲見其面也。

右第二十八節。看其釵，看其髻，則知獨不得看其面也。看其釵，釵不墜，看其髻，髻不歪，而紿之曰"釵墜""髻歪"者，其心必欲得一看其面也。紿之曰"釵墜"，紿之曰"髻歪"，而終不得一看其面，于是不免換作重語，猛再給之，而何意終不可得而看哉？真寫盡雙文神理也。○雙文之面，雖終不得而看，而雙文之扣，雙文之帶，則趁勢已解矣。夫雙文之扣，雙文之帶，此真非輕易可得而解也，今用明修棧道，暗度陳倉之法，輕輕遂已解得，世間真乃無第二手也。"但應報道金釵墜，彷彿還應露指尖。"正是此一法也。

（張生抱鶯鶯，鶯鶯不語科）

【勝葫蘆】軟玉溫香抱滿懷。

右第二十九節。抱之。○已下看其逐一句，逐一句，節節次次，不可明言也。

呀，劉阮到天台。

右第三十節。初動之。

春至人間花弄色。

右第三十一節。玩其忍之。

柳腰款擺，花心輕拆，露滴牡丹開。【後】蘸着些兒麻上來。蘸，音斬，去聲，以物投水也。

右第三十二節。更復連動之。

魚水得和諧。

右第三十三節。知其稍已安之。

嫩蕊嬌香蝶恣采。你半推半就，我又驚又愛。

右第三十四節。遂大動之。

檀口搵香腮。

第三十五節。畢之。○寫畢作此五字，真寫盡畢也。

【柳葉兒】我把你做心肝般看待，點污了小姐清白。

右第三十六節。伏而慚謝之。○聖嘆欲問普天下錦綉才子：此

"伏而慚謝之"五字，可是聖嘆出力批得出來？○"點污了小姐清白"，此其語可知也。聖嘆更不說也。

我忘餐廢寢舒心害，若不真心耐，至心捱，怎能勾這相思苦盡甘來，【青歌兒】成就了今宵歡愛，魂飛在九霄雲外。

右第三十七節。此真如堂頭大和尚說行腳時事，狀元及第歸來，思量做秀才日，其一片眼淚，正是一片快活也。定不可少。

投至得見你個多情小奶奶，你看憔悴形骸，瘦似麻秸！

右第三十八節。將一片眼淚，一片快活，又覆說一遍也。上是先說苦，次說快；此是先說快，次說苦。○便於言外想見其脫衣并臥，其事既畢，猶不起來。

今夜和諧，猶是疑猜。"疑猜"者，快活之至也。露滴香埃，明明是露。○一。風靜閑階，明明是風。○二。月射書齋，明明是月。○三。則不必疑猜也。雲鎖陽臺。上三句是景，此一句是景中人。夫景是景，人是人，然則不必疑猜也。我審視明白，難道是昨夜夢中來？妙絕。

右第三十九節。偏是決無疑猜之事，偏有決定疑猜之理。蓋不快活即不疑猜，而不疑猜亦不快活。越快活越要疑猜，而越疑猜亦越見快活也。真是寫殺。

（張生起，跪謝云）張珙今夕得侍小姐，終身犬馬之報。（鶯鶯不語科）

（紅娘請云）小姐，回去波，怕夫人覺來。（鶯鶯起行，不語科）（張生攜鶯鶯手，再看科）

愁無奈。【寄生草】多丰韻，忒稔色。乍時相見教人害，霎時不見教人怪，些時得見教人愛。如此寫出，真是妙手空空。今宵同會碧紗廚，何時重解香羅帶？

右第四十節。訂後期，文自明。

（紅娘催云）小姐，快回去波，怕夫人覺來。（鶯鶯不語，行下階科）（張生雙携鶯鶯手，再看科）

【賺煞尾】春意透酥胸，看其胸。春色橫眉黛，看其眉。此兩看毒極，正是看新破瓜女郎法也。賤却那人間玉帛。奇句，妙句，清絕句，入化句。杏臉桃腮，乘月色，嬌滴滴越顯紅白。從來麗句不清，清句不麗，如此清麗之句，真無第二手也。

右第四十一節。寫張生越看越愛，越愛越看，臨行抱持，不忍釋手，固也。然此正是巧遞後篇夫人疑問之根，最爲入化出神之筆。

下香階，懶步蒼苔，非關弓鞋鳳頭窄。嘆鯫生不才，謝多嬌錯愛。

右第四十二節。欲寫張生訂其再來，反寫雙文今已不去。文章入化出神，一至于此哉！從來异樣妙文，只是看熟了便不覺。《西廂》中如此等，真是异樣妙文也，切忌不得看熟了。

你破工夫今夜早些來。

右第四十三節。儈讀之，謂是要其來；錦綉才子讀之，知是要其去也。若説要其來，則是止寫張生，其文淺；必説要其去，則直寫出雙文，其文甚深也。詩云："最是五更留不住，向人枕畔着衣裳。"此正是不可奈何時節也。○聖嘆自幼學佛，而往往如湯惠休綺語未除。記曾有一詩云："星河將夜半，雲雨定微寒。屨響私行怯，窗明欲度難，一雙金屈戍，十二玉欄干。纖手親捫遍，明朝無迹看。"亦最是不可奈何時節也。

四之二　拷艷

昔與斫山，同客共住，霖雨十日，對床無聊，因約賭説快事，以破積悶。至今相距既二十年，亦都不自記憶。偶因讀《西廂》至《拷艷》一篇，見紅娘口中作如許快文，恨當時何不檢取共讀，何積悶之不破？于是反自追索，猶憶得數則，附之左方，并不能辨何句是斫山語，何句是聖嘆語矣。

其一，夏七月，赤日停天，亦無風，亦無雲。前後庭赫然如洪爐，無一鳥敢來飛。汗出遍身，縱橫成渠，置飯于前，不可得吃。呼簟欲臥地上，則地濕如膏，蒼蠅又來，緣頸附鼻，驅之不去。正莫可如何，忽然大黑，車軸疾澍，滂湃之聲如數百萬金鼓，檐溜浩于瀑布。身汗頓收，地燥如掃，蒼蠅盡去，飯便得吃，不亦快哉！

其一，十年別友，抵暮忽至。開門一揖畢，不及問其船來陸來，并不及命其坐床坐榻，便自疾趨入內，卑辭叩內子："君豈有斗酒，如東坡婦乎？"內子欣然拔金簪相付，計之可作三日供也，不亦快哉！

其一，空齋獨坐，正思夜來床頭鼠耗可惱。不知其憂憂者是損我何器，嗤嗤者是裂我何書。中心回惑，其理莫措。忽見一俊貓注目搖尾，似有所睹，斂聲屏息，少復待之，則疾趨如風，搜然一聲，而此物竟去矣，不亦快哉！

其一，于書齋前拔去垂絲海棠、紫荊等樹多種，芭蕉一二十本，不亦快哉！

其一，春夜與諸豪士快飲至半醉，住本難住，進則難進。旁一解意童子，忽送大紙炮可十餘枚，便自起身出席，取火放之。硫黃之香自鼻入腦，通身怡然，不亦快哉！

其一，街行見兩措大，執爭一理，既皆目裂頸赤，如不戴天。而又高拱手，低曲腰，滿口仍用"者也之乎"等字。其語刺刺，勢將連年不休。忽有壯夫掉臂行來，振威從中一喝而解，不亦快哉！

其一，子弟皆誦書，爛熟如瓶中瀉水，不亦快哉！

其一，飯後無事，入市閒行，見有小物，戲復買之。買亦已成矣，所差者至鮮，而市兒苦爭，必不相饒。便淘袖中一件，其輕重與前直相上下者，擲而與之。市兒忽收笑容，拱手連稱不敢，不亦快哉！

其一，飯後無事，翻倒敝篋，則見新舊逋欠文契不下數十百通，其人或存或亡，總之無有還理。背人取火，拉雜燒凈，仰看高天蕭然無雲，不亦快哉！

其一，夏月科頭赤脚，自持凉傘遮日，看壯夫唱吳歌、踏桔橰。水一時壟涌而上，譬如翻銀滾雪，不亦快哉！

其一，朝眠初覺似聞家人嘆息之聲，言某人夜來已死。急呼而訊之，正是一城中第一絕有心計人，不亦快哉！

其一，夏月早起，看人于松棚下鋸大竹作筒用，不亦快哉！

其一，重陰匝月，如醉如病，朝眠不起，忽聞衆鳥畢作弄晴之聲。急引手搴帷，推窗視之，日光晶熒，林木如洗，不亦快哉！

其一，夜來似聞某人素心，明日試往看之，入其門，窺其閨，見所謂某人，方據案面南看一文書，顧客入來，默然一揖，便拉袖命坐曰："君既來，可亦試看此書。"相與歡笑，日影盡去，既已自飢，徐問客曰："君亦飢耶？"不亦快哉！

其一，本不欲造屋，偶得閒錢，試造一屋。自此日爲始，需木，需石，需瓦，需磚，需灰，需釘，無晨無夕不來聒于兩耳，乃至羅雀掘鼠，無非爲屋校計，而又都不得屋住。既已安之如命矣，忽然一日屋竟落成，刷墻掃地，糊窗挂畫。一切匠作出門畢去，同人乃來分榻列坐，不亦快哉！

其一，冬夜飲酒，轉復寒甚，推窗試看，雪大如手，已積三四寸矣，不亦快哉！

其一，夏日于朱紅盤中自拔快刀，切綠沉西瓜，不亦快哉！

其一，久欲爲比丘，苦不得公然吃肉。若許爲比丘，又得公然吃肉，則夏月以熱湯快刀凈刮頭髮，不亦快哉！

其一，存得三四癩瘡于私處，時呼熱湯，關門澡之，不亦快哉！

其一，篋中無意忽撿得故人手迹，不亦快哉！

其一，寒士來借銀，謂不可啓齒，于是唯唯亦說他事。我窺見其苦意，拉向無人處，問所需多少，急趨入內，如數給與。然後問其必當速歸，料理是事耶？爲尚得少留其飲酒耶？不亦快哉！

其一，坐小船，遇利風，苦不得張帆，一快其心。忽逢艑舸，疾行如風，試伸挽鈎，聊復挽之。不意挽之便着，因取纜，纜向其尾。口中高吟老杜"青惜峰巒，黃知橘柚"之句，極大笑樂，不亦快哉！

其一，久欲覓別居，與友人共住，而苦無善地。忽一人傳來云，有屋不多，可十餘間，而門臨大河，嘉樹蔥然。便與此人共吃飯畢，試走看之，都未知屋如何，入門先見空地一片，大可六七畝許，异日瓜菜不足復慮，不亦快哉！

其一，久客得歸，望見郭門兩岸，童婦皆作故鄉之聲，不亦快哉！

其一，佳磁既損，必無完理，反覆多看，徒亂人意。因宣付廚人作雜器充用，永不更令到眼，不亦快哉！

其一，身非聖人，安能無過。夜來不覺私作一事，早起怦怦，實不自安，忽然想得佛家有布薩之法，不自覆藏，便成懺悔。因明對生熟眾客，快然自陳其實，不亦快哉！

其一，看人作擘窠大書，不亦快哉！

其一，推紙窗放蜂出去，不亦快哉！

其一，作縣官，每日打鼓退堂時，不亦快哉！

其一，看人風箏斷，不亦快哉！

其一，看野燒，不亦快哉！

其一，還債畢，不亦快哉！

其一，讀《虯髯客傳》，不亦快哉！

而實不圖《西廂記》之《拷艷》一篇，紅娘口中則有如是之快文也。不圖其【金蕉葉】之便認知情犯由也，不圖其【鬼三台】之竟說"權時落後"也，不圖其【禿廝兒】之反供"月餘一處"也，不圖其【聖藥王】之快講"女大難留"也，不圖其【麻郎兒】之切陳大恩未報也，不圖其【絡絲娘】之痛惜相國家聲也。夫枚乘之七治病，陳琳之檄愈風，文章真有移換性情之力。我今深恨二十年前，賭說快事，如女兒之鬥百草，而竟不曾舉此向斫山也。

（夫人引歡郎上云）這幾日見鶯鶯語言恍惚，神思加倍，腰肢體態別又不同，心中甚是委決不下。（歡云）前日晚夕，夫人睡了，我見小姐和紅娘去花園裏燒香，半夜等不得回來。（夫人云）你去喚紅娘來！（歡喚紅娘科，紅云）哥兒喚我怎麼？（歡云）夫人知道你和小姐花園裏去，如今要問你哩！（紅驚云）呀，小姐，你連累我也！哥兒，你先去，我便來也。金塘水滿鴛鴦睡，繡戶風開鸚鵡知。麗句。

【越調】【鬥鵪鶉】（紅娘唱）止若是夜去明來，倒有個天長地久；真有是理。不爭你握雨攜雲，常使我提心在口。真有是理。你止合帶月披星，誰許你停眠整宿。真有是理。

右第一節。雖為追怨鶯鶯之辭，然《西廂》每寫一事，必中其中窾會。何則？如世間男女之事，固所謂"夜去明來"之事也。夜去明來之事，則必須分外加意"帶月披星"；如果分外加意"帶月披星"，則雖至于"天長地久"，亦豈復勞"提心在口"也哉！獨無奈世之痴男痴女，其心亦明知此爲"夜去明來"之事，必當分外加意"帶月披星"，而往往至于其間，則不覺不知，自然都必至于"停眠整宿"焉。豈惟至于其間之"停眠整宿"而已，乃至不覺不知，自然偏向人面前"握雨攜雲"焉。嗚呼！只此平平六句，而一切痴男痴女，狂淫顛倒，無不寫盡。作《西廂記》人，定是第八童真住菩薩，又豈顧問哉？

夫人他心數多，情性傷；還要巧語花言，將沒作有。【紫花兒序】猜他窮酸做了新婿，猜你小姐做了嬌妻，猜我紅娘做的牽頭。"猜他""猜你""猜我"，妙妙！

右第二節。忽故作翻跌，言我三人即使并無其事，渠一人還要猜說或有其事。一節只作一句讀也。

況你這春山低翠，秋水凝眸，都休。妙妙！行文乃如洛水神妃，乘月凌波，欲行又住，欲住又行，何其如意自在。只把你裙帶兒拴，紐門兒扣，比舊時肥瘦；出落得精神，別樣的風流。芙蕖出水，未有如是清絕，如是艷絕，如是亭亭，如是裊裊矣。

右第三節。"況你"妙，"都休"妙，"只把"妙，與上節之翻跌，真乃异樣姿致也。○細思若不作此翻跌，便總無落筆處；纔落筆，便是唐突鶯鶯。

我算將來，我到夫人那裏，夫人必問道："兀那小賤人！【金蕉葉】我着你但去處行監坐守，誰教你迤逗他胡行亂走？"這般問如何訴休？

右第四節。先擬一遍，真是可兒。

我便只道："夫人在上，紅娘自幼不敢欺心。"

便與他個知情的犯由。

右第五節。此即下去一篇大文認定之題目也。稍復推諉，便成鈍置。《西廂記》從前至後，誓不肯作一筆鈍置也。

只是我圖着什麼來？妙妙！真有此事，真有此情，真有此理。大則立朝，小則做家，至臨命時，回首自思，真成一哭耳！

【調笑令】他并頭、效綢繆，倒鳳顛鸞百事有。我獨在窗兒外幾曾敢輕咳嗽？ 妙妙！"輕咳嗽"便不免也。**立蒼苔祇把綉鞋兒冰透。**【調笑令】第一句，二字押韵。

右第六節。上既算定登對，此便忽然轉筆，作深深埋怨語。而凡前篇所有不及用之筆，不及畫之畫，不覺都補出來。前于《酬簡》篇中，真是何暇寫到紅娘；然而《酬簡》篇中之紅娘，則豈可以不寫哉？此特補之。

如今嫩皮膚去受粗棍兒抽，我這通殷勤的着甚來由？

右第七節。豈獨紅娘，便喚醒天下萬世一輩熱血任事人，真乃痛哉！痛哉！

咳，小姐，我過去呵。說得過，你休歡喜；說不過，你休煩惱。你只在這裏打聽波。

（紅娘見夫人科，夫人云）小賤人，怎麼不跪下！你知罪麼？（紅云）紅娘不知罪。（夫人云）你還自口強哩。若實說呵，饒你；若不實說呵，我只打死你個小賤人！誰着你和小姐半夜花園裏去？（紅云）不曾去，誰見來？（夫人云）歡郎見來，尚兀自推哩。（打科）只略推耳，不力推也。力推便成鈍置，豈復是紅娘人物，豈復是《西廂》筆法哉？可想。（紅云）夫人，不要閃了貴手，且請息怒，聽紅娘說。

不惟夫人"且請息怒"，"聽紅娘說"，惟讀者至此亦且請掩卷，算紅娘如何說。蓋天下最可惜是迢迢良夜,轟飲先醉,一;見絕世佳人,疾促其解衣上床,二;夾取江瑤柱,滿口大嚼,三;輕將古人妙文,成片誦過,四。此皆上犯天條,下遭鬼僇之事,必宜有則改之,無則加勉者也。

【鬼三台】夜坐時停了針綉,先停綉,猶未說話,妙妙!看其逐句漸漸而出,恰如春山吐雲相似。○分明一幅雙仕女圖。和小姐閑窮究,說問話,猶未說張生,妙妙!看其逐句漸漸而出。○因此句忽然想得,男兒十五六歲,與其同硯席人,南天北地,無事不說。彼女兒在深閨中,亦必無事不說也,特吾等不與聞耳。說哥哥病久。說張生,猶未候張生,妙妙!看其漸漸而出。○不稱張生,却稱哥哥,憨便憨殺人,乖又乖殺人。咱兩個背着夫人,向書房問候。偏能下"背着夫人"四字,使夫人失驚。妙妙!

右第八節。更不力推,便自招承,已為妙絕;而尤妙于作當廳招承語,而閑閑然只如叙情也,只如寫畫也,只如述一好事也,只如談一他人也。嘻,異哉!技蓋至此乎!○細思若一作力推語,筆下便自忙,此正為更不復推。因轉得閑耳。

(夫人云)問候阿,他說甚麼?妙妙!看他下文,問出三個"他說"來。

他說"夫人近來恩做讎,教小生半途喜變憂"。

此一"他說"可也,猶夫人意中之說也。

他說"紅娘你且先行",他說"小姐你權時落後"。

此兩"他說"不可也,乃夫人意外之說也。

右第九節。紅娘之招承可也,但紅娘招承至于此際,則將如何措辭,忽然只就夫人口中"他說甚麼"之一句,輕輕接出三個"他說",而其事遂已宛然。此雖天仙化人,乘雲御風,不足為喻矣。

(夫人云)哎喲,小賤人!他是個女孩兒家,着他落後怎麼?讀至此句時，不得笑夫人呆，蓋從來事至于此，定不得不作如此問耳。

【禿廝兒】定然是神針法灸，難道是燕侶鶯儔？俗本之鈍置，真乃不足道也。

右第十節。普天下錦綉才子，齊來看其反又如此用筆，真乃天仙化人，通身雲霧，通身冰雪，聖嘆惟有倒地百拜而已。○既有夫人"哎喲"之句，則其事已自了然，便定應向萬難萬難中，輕輕描出筆來也，再說便不是說話也。妙批！

他兩個經今月餘只是一處宿。

右第十一節。夫人疑有這一夕，便偏不說這一夕；夫人疑只有這一夕，便偏要說不止這一夕，純作天仙化人，明滅不定之文。王龍標有"雲英化水，光采與同"之詩，我欲取以贈之。

何須你一一搜緣由？【聖藥王】他們不識憂，不識愁，一雙心意兩相投。夫人你得好休，便好休，其間何必苦追求！

右第十二節。已上是招承，已下是排解，忽然過接，疾如鷹隼。人生有如此筆墨，真是百年快事。

（夫人云）這事，都是你個小賤人！（紅云）非干張生、小姐、紅娘之事，乃夫人之過也。

快文，妙文，奇文，至文。○夫人云"都是小賤人"，乃紅娘忽然添出"張生、小姐"四字者，明是爲張生、小姐推夫人，而暗是爲自家推張生、小姐也，可想。

（夫人云）這小賤人倒拖下我來，怎麼是我之過？（紅云）信者，人之根本，人而無信，大不可也。當日軍圍普救，夫人許退得軍者以女妻之，張生非慕小姐顏色，何故無干建策？夫人軍退身安，悔却前言，豈不爲失信乎？既不允其親事，便當酬以金帛，令其舍此遠去，却不合留于書院，相近咫尺，使怨女曠夫，各相窺伺，因而有此一端。夫人若不遮蓋此事，一來辱没相國家譜；二來張生施恩于人，反受其辱；三來告到官司，夫人先有治家不嚴之罪。依紅娘愚見，莫若恕其小過，完其大事，實爲長便。

常言女大不中留。【麻兒郎】又是一個文章魁首，一個仕女班頭；一個通徹三教九流，一個曉盡描經文鸞刺綉。【後】世有、便休、罷手。

右第十三節。快然寫出，更無留難。人若胸膈有疾，只須朗吟《拷艷》十過，便當開豁清利，永無宿物。

大恩人怎做敵頭？啓白馬將軍故友，斬飛虎幺麽草寇。

右第十四節。再申説彼。

【絡絲娘】不争和張解元參辰卯酉，便是與崔相國出乖弄醜。到底干連着自己皮肉。

右第十五節。再申前説。

夫人你體究。

右第十六節。總結之。讀竟請浮一大白。

（夫人云）這小賤人倒也説得是。我不合養了這個不肖之女。經官呵，其實辱没家門。罷罷！俺家無犯法之男，再婚之女，便與了這禽獸罷。紅娘，先與我唤那賤人過來！

（紅娘請云）小姐，那棍子兒只是滴溜溜在我身上轉，吃我直説過了。如今夫人請你過去。（鶯鶯云）羞人答答的，怎麽見我母親？（紅云）哎喲，小姐，你又來，娘跟前有甚麽羞？羞時休做！

都是清絶麗極之文。

【小桃紅】你個月明纜上柳梢頭，却早人約黄昏後。羞得我腦背後將牙兒襯着衫兒袖。乍凝眸，只見你鞋底尖兒瘦。一個恣情的不休，一個啞聲兒斯耨。其淫至于使年老人尚不可卒讀，真是异事。○啞，音軛。那時不曾害半星兒羞！

右第十七節。忽又接雙文口中"羞"字，另作一篇沉鬱頓挫之文，儉讀之謂是點染戲筆，不知正是紛披老筆也。我又忽想《酬簡》一篇，只是寫定情初夕，然則此處真不可不補寫此節也。此方是一月以來張生、雙文也，然而遂成虐謔矣。

（鶯鶯見夫人科，夫人云）我的孩兒……只得四字。（夫人哭科）（鶯鶯哭科）（紅娘哭科）寫紅娘亦哭，便寫盡女兒心性也。妙絕，妙絕！記幼時曾見一《打枣竿歌》云："送情人，直送到丹陽路，你也哭，我也哭，趕腳的也來哭。趕腳的你哭是因何故？去的不肯去，哭的只管哭。你兩下裏調情也，我的驢兒受了苦。"此天地間至文也。

《西廂》科白之妙，至于如此，俗本皆失，亦何可恨！

（夫人云）我的孩兒，你今日被人欺負，四字奇奇妙妙！做下這等之事。都是我的業障，待怨誰來？

真好夫人，真好《西廂》！我讀之，一點酸直從腳底透至頂心，蓋十數日不可自解也。

我待經官呵，辱没了你父親。這等事，不是俺相國人家做出來的！（鶯鶯大哭科）（夫人云）紅娘，你扶住小姐，罷罷！都是俺養女兒不長進。你去書房裏，喚那禽獸來！

《西廂》科白之妙，至于如此。

（紅娘喚張生科）（張生云）誰喚小生？真乃睡裏夢裏。○試紿之云："小姐喚你哩。"看他又如何？（紅云）你的事發了也！夫人喚你哩。（張生云）紅娘姐，没奈何你與我遮蓋些。不知誰在夫人行說來？小生惶恐，怎好過去？（紅云）你休佯小心，老着臉兒，快些過去。

【後】既然泄漏怎干休？破其"與我遮蓋"及"怎好過去"之

語也。

右第十八節。寫紅娘只是一味快，真乃可兒。

是我先投首。破其"不知誰説"之語也。妙妙！

右第十九節。昔曹公既殺德祖，内不自安，因命夫人通候其母，兼送奇貨若干，内開一物云"知心青衣二人"。异哉，世間豈真有此至寶耶？爲之忽忽者纍月。今讀《西厢》，知紅娘正是其人，殆又將爲之忽忽也！

他如今賠酒賠茶倒擱就，你反擔憂！破其"惶恐"之語也。

右第二十節。嚼哀黎，便如嚼雪矣。

何須定約通媒媾？我擔着個部署不周。

右第二十一節。言今日之事，皆在于我，欲其放心速過去也。可兒可兒！

你元來"苗而不秀"。呸！一個銀樣蠟槍頭。

右第二十二節。有得奚落。可兒可兒！

（張生見夫人科）（夫人云）好秀才，豈不聞"非先王之德行不敢行"。我便待送你到官府去，祗辱没了我家門。我没奈何，把鶯鶯便配與你爲妻，只是俺家三輩不招白衣女婿，你明日便上朝取應去。俺與你養着媳婦兒，得官呵，來見我；剥落呵，休來見我。（張生無語，跪拜科）

（紅云）謝天謝地！謝我夫人。

【東原樂】相思事，一筆勾，早則展放從前眉兒皺，密愛幽歡恰動頭。

右第二十三節。回溯前文，遥遥自從《借厢》《酬韵》直至于今，真所謂而後乃今，心滿意足，神歡人喜也，却不謂又是反挑下篇。

誰能够！只三個字，便抵一大篇《感士不遇賦》。

右第二十四節。只用三個字作一篇。却動人無限感慨。只如聖嘆，便是不"能够"也。何獨聖嘆不能够，既張生、雙文，少前一刻，亦便不能够也。痛定思痛，險過思險，只三個字，灑落有心人無限眼淚。

兀的般可喜娘寵兒也要人消受。入化出神之句，非雙文固不敢當，非張生亦不敢當也。聖嘆餘生，當日日唱之，處處題之。

右第二十五節。妙絶妙絶！弄筆至此，真是龍跳天門，虎卧鳳閣，豈復尋常手腕之所得學哉？

（夫人云）紅娘，你分付收拾行裝，安排酒肴果盒，明日送張生到十里長亭餞行去者。寄語西河堤畔柳，安排青眼送行人。（夫人引鶯鶯下）

（紅云）張生，你還是喜也，還是悶也？

【收尾】直要到歸來時畫堂簫鼓鳴春晝，方是一對兒鸞交鳳友。如今還不受你説媒紅，吃你謝親酒。字字是快字，句句是悶句。妙妙。

右第二十六節。不必讀至後篇，而遍身麻木，不得動揮矣。

四之三　哭宴

佛言："一切衆生，于空海中妄想爲因，起顛倒緣。"唯然世尊云："何名爲'妄想爲因，起顛倒緣'？"佛言："善哉！汝善思惟，我今當説：妄想因者，是大空海。常自和合，非見面法；常自寂静，非別離法。無有彼我，非不數法；一切具足，非可數法。衆生無明，不守自性，自然業力，如風鼓蕩。于是妄想微細流注，先于無我清净地中，妄起計着，謂此是我，既已有我，于彼其餘，無量非我，純清静法，自然不得，不名爲人。由是轉展，彼諸非我，名爲人者，亦復妄起。各各計着，皆悉自謂，此決是我，既已各各自謂爲我，則彼于我，自然各各以爲非彼。既已非彼，自然不得不又名我，反謂之人。如是衆生，并住一國，或一聚落，乃至一家。于其中間，生諸慕悦，以慕悦故，則生愛玩。愛玩久故，則篤恩義。恩義極故，伸諸語言。或復倚肩，或復促膝，或復携手，或復抱持。密字低聲，指星誓水：我于世間，獨愛一人。所謂一人，則汝身是，我真不愛其餘一人。復有語言：我今與汝，便爲一人，無有异也。復有語言：汝非是汝，汝則是我；我亦非我，我則是汝。伸如是等諸語言時，兩情奔悦，猶如渴鹿，而赴陽焰。不受從旁一人教稟，亦復不令從旁之人得知其事。于其家中，起一高樓，莊校嚴飾，極令華好，中敷婉筵，兩頭安枕。簫笛箜篌，琵琶鼓樂，一切樂具，畢陳無缺。如是二人，坐着樓中，以晝爲夜，以夜爲晝。一切世間人所曾作，如是二人，無不皆作。復次世間人不曾作，如是二人，亦無不作。其樓四面，起大危垣，樓下階梯，盡撤不施，并不令人得窺暫見，乃至不令人得相呼。如是衆生，沉在妄想顛倒海中，妄想爲因，作諸顛倒。顛倒爲緣，復生妄想。妄想妄想，顛倒顛倒，如是衆生，墜墮其中。從于一劫，乃至二劫三劫四劫，遂經千劫。如人醉酒，中邊皆眩，非是少藥之所得愈。"于是尊者既從座起，涕泪悲泣，重白佛言："大慈世尊，如是衆生，云何度脱？"佛言："善哉！汝善思惟，我今當説：如是衆生，不可度脱。雖以如來，大慈大悲，方便説法，極大巧妙，猶不能令得度脱也。何况以下須陀洹人、斯陀含人、阿那含人、辟支佛人，而能爲彼，作大度脱？"尊者重又白其佛言："大慈世尊，如是衆生，如世尊言，然則終不得度脫耶？"佛言："善哉！汝善思惟，我今當說：如是眾生，終不度脫。設以先世，有福德故，不度脫中，忽應度脫，則彼眾生，自作度脫，非是餘人，來相度脫。"云："何名爲'不度脫中，忽應度脫，是彼眾生，自作度脫，非是餘人，來相度脫？'""汝善思惟，我今當說：如是眾生，正顛倒時，先世福德，忽然至前，則彼眾生，便當離別。或緣官事，而作離別；或被王命，而作離別；或受父母之所發遺，而作離別；或罹兵火之所波逆，而作離別；或遇仇家之所迫持，而作離別；或遭勢力之所脅奪，而作離別；或自生嫌，而作離別；或信人讒，而作離別；乃至或因一期報盡，死王相促，長作離別。汝善思惟：夫離別者，一切妄想，顛倒眾生，善知識也。離別名爲療痴良藥，離別名爲割愛慧刀，離別名爲快綱坦塗，離別名爲釋縛恩赦。汝善思惟：一切眾生，最苦離別，最難離別，最重離別，最恨離別。而以先世福德力故，終亦不得不離別時，自此一別，一切都別，蕭然閒居，如夢還覺，身心輕安，不亦快乎。汝善思惟：設使眾生，于先世中無有福德，則于今世，終無離別。既無離別，即久顛倒。顛倒既久，便成怨嫉。"云云。已上，出《大藏》擬字函，《佛化孫陀羅難陀入道經》。由是言之，然則《西廂》之終于《哭宴》一篇，豈非作者無盡婆心滴淚滴血而抒是文乎？如徒以昌黎"歡愉難工，憂愁易好"之言目之，豈不大負前人津梁一世之盛心哉？

（夫人上云）今日送張生赴京，紅娘，快催小姐同去十里長亭。我已分付人安排下筵席，一面去請張生，想亦必定收拾了也。

（鶯鶯、紅娘上云）今日送行，早則離人多感，況值暮秋時侯，好煩惱人也呵！

（張生上云）夫人夜來，逼我上朝取應，得官回來，方把小姐

配我。沒奈何,只得去走一遭。我今先往十里長亭,等候小姐,與他作別呵。(張生先行科)

(鶯鶯云)悲歡離合一杯酒,南北東西四馬蹄。(悲科)

【正宮】【端正好】(鶯鶯唱)碧雲天,黃花地,西風緊,北雁南飛。曉來誰染霜林醉?總是離人淚。絕妙好辭。

右第一節。恰借范文正公"窮塞主"語作起,純寫景,未寫情。

【滾繡球】恨成就得遲,怨分去得疾。柳絲長玉驄難繫。

右第二節。此"遲""疾"二句方寫情。○通篇反反覆覆,曲曲折折,都只寫此"遲""疾"二句也;又添"柳絲"一句者,只是甚寫其疾也。

倩疏林你與我挂住斜暉。"你與我","你"字妙。杜詩云"春宅棄汝去",又云"天風吹汝寒",又云"濁醪誰造汝",皆是此等字法也。

右第三節。前日即此日也,曾要教賢聖打,今日亦即此日也,却要教疏林挂。嗟乎!為汝日者,不亦難乎?○吳歌云:"做天切莫要做個四月天,天則天矣,乃云'做天',做天則做矣,乃云'切勿要做四月天'。世間有此奇奇妙妙之文。蠶要溫和麥要寒,種小菜個哥哥要落雨,采桑娘子要晴乾。"嗟乎!天地之大,人猶有憾,類如斯矣。"若事于仁,堯舜猶病",不其然乎?何獨怪于雙文焉?

馬兒慢慢行,車兒快快隨。

右第四節。二句十字,真正妙文,直從雙文當時又稚小,又憨痴,又苦惱,又聰明,一片微細心地中,的的描畫出來。蓋昨日拷問之後,一夜隔絕不通,今日反借餞別,圖得相守一刻。若又馬兒快快行,車兒慢慢隨,則是中間仍自隔絕,不得多作相守也。即馬兒慢慢行,車兒慢慢隨,或馬兒快快行,車兒快快隨,亦不成其為相守也。必也，馬兒則慢慢行，車兒則快快隨。車兒既快快隨，馬兒仍慢慢行，于是車在馬右，馬在車左，男左女右，比肩并坐，疏林挂日，更不復夜，千秋萬歲，永在長亭。此真小兒女又稚小，又苦惱，又聰明，又憨痴，一片的的微細心地，不知作者如何寫出來也！文真是妙文，批真是妙批，聖嘆亦不敢復讓。

恰告了相思回避，破題兒又早別離。"回避""破題"，字法妙極。"回避"者，任之終；"破題"者，文之始。

右第五節。此即上文"遲""疾"二句也，通篇忽忽只寫此二句。

猛聽得一聲"去也"，鬆了金釧；遙望見十里長亭，減了玉肌：

右第六節。上寫行來，此寫已到也。○驚心動魄之句，使讀者亦自失色。

（紅云）小姐，你今日竟不曾梳裹呵！（鶯鶯云）紅娘，你那知我的心來！

此恨誰知？【叨叨令】見安排車兒、馬兒，不由不熬熬煎煎的氣；妙妙！甚心情花兒、靨兒，打扮得嬌嬌滴滴的媚？妙妙！眼看着衾兒、枕兒，只索要昏昏沉沉的睡；妙妙！誰管他衫兒、袖兒，濕透了重重叠叠的泪！妙妙！兀的不悶殺人也麼哥！悶殺人也麼哥！誰思量書兒、信兒，還望他恓恓惶惶的寄。妙妙！

右第七節。自第一節至第五節，寫行來；第六節，寫已到；此第七節，則重寫未來時也。此非倒轉寫也，只為匆匆出門，其事須疾，則不應多寫家中事情，誠恐一寫，便見遲留，今歸至此時，正是不妨補寫也。《史記》最用此法，异日盡欲呈教。○又寫得沉鬱之至，最爲耐讀文字。

（夫人、鶯鶯、紅娘作到科）（張生拜見夫人科）（鶯鶯背轉科）

（夫人云）張生，你近前來。自家骨肉，不須回避。孩兒，你過來見了呵。（張生、鶯鶯相見科）科白妙。

（夫人云）張生這壁坐，老身這壁坐，孩兒這壁坐。紅娘斟酒來。張生，你滿飲此杯。我今既把鶯鶯許配于你，你到京師，休辱没了我孩兒，你掙扎個狀元回來者！（張生云）張珙才疏學淺，憑仗先相國及老夫人恩蔭，好歹要奪個狀元回來，封拜小姐。（各坐科）（鶯鶯吁科）科白妙。

【脱布衫】下西風、黄葉分飛，染寒烟、衰草凄迷，酒席上斜簽着坐的。

右第八節。寫坐，文甚明。○須知其"風葉""烟草"四句，非複寫【端正好】中語，乃是特寫雙文眼中，曾未見坐于如是之地也。【端正好】是寫別景，此是寫坐景也，可想。

我見他蹙愁眉死臨侵地。【小梁州】閣淚汪汪不敢垂，恐怕人知；張生怕人知，乃雙文偏又知之。昨讀莊、惠濠上互不能知之文，今又讀張、崔長亭脈脈其知之文，真乃各極其妙也。猛然見了把頭低，長吁氣，推整素羅衣。是何神理，直寫至此。

右第九節。真寫殺張生也。然是寫雙文看張生也，然則真看殺張生也。○寫雙文如此看張生，真寫殺雙文也。○《打枣竿歌》云："捎書人，出得門兒驟。趕梅香，喚轉來，我少分付了話頭。見他時，切莫説，我因他瘦。現今他不好，説與他又擔憂。他若問起我的身中也，只説災悔從没有。"已是妙絶之文，然亦只是自説。今却轉從雙文口中體貼張生之體貼雙文，便又多得一層，文心漩澓，真有何限。

【後】雖然久後成佳配，這時節怎不悲啼？

右第十節。此句于最前《借廂》篇中既有之，而今于此篇復更作之者，有文，作已不許又作，又作既成矢橛；有文，作已不妨又作，不作反成空缺也。

意似癡，心如醉，只是昨宵今日，清減了小腰圍。【上小樓】我只爲合歡未已，離愁相繼。前暮私情，昨夜分明，今日別離。我恰知那幾日相思滋味，誰想那別離情更增十倍。正恐一個半斤，一個八兩，過後自忘，當情則覺耳。小姐誤矣。

右第十一節。此又忽忽寫前之二句也。

（夫人云）紅娘，服侍小姐把盞者！（鶯鶯把盞科）（張生吁科）（鶯鶯低云）你向我手裏吃一盞酒者！

【後】你輕遠別，便相擲。全不想腿兒相壓，臉兒相偎，手兒相持。

右第十二節。一月餘夫妻，不復爲唐突語。

你與崔相國做女婿，妻榮夫貴，這般并頭蓮，不強如狀元及第？從來只知妻以夫貴，今日方知夫以妻貴。妙絶妙絶！

右第十三節。奇文，妙文，快文，至文。知此言者，獨一秦嘉；不知此言者，亦獨一郭曖。

（重入席科）（吁科）

【滿庭芳】供食太急，你眼見須臾對面，頃刻別離。

右第十四節。斗然怨到供食人，真是出奇無窮。○"眼見"妙。老杜絶句云："眼見客愁愁不醒，無賴春色到江亭。既遣花開深造次，便教鶯語太丁寧。"夫客自愁，春何嘗見？春若見，春那有眼？今止因自己煩悶，怕見春來，却無端冤其"眼見"，罵其

"無賴",是爲真正無賴之至也。此正用其"眼見"字。

若不是席間子母當回避,有心待舉案齊眉。滴滴是泪,滴滴是血。雖是廝守的一時半刻,又跌一句。○總之直到底,不肯作一停住之句。也合教俺夫妻每共卓而食。滴滴是泪,滴滴是血。○偏寫得出,豈非天分。眼底空留意,尋思就裏,險化做望夫石。

右第十五節。前文閑閑寫得"張生這壁坐,孩兒這壁坐",不意中間又有如是一節至文妙文,真乃應以離別身得度,即現離別身而爲説法矣。

(夫人云)紅娘把盞者!(紅把張生盞畢,把鶯鶯盞云)小姐,你今早不曾用早飯,隨意飲一口兒湯波。

【快活三】將來的酒共食,嘗着似土和泥。假若便是土和泥,也有些土氣息,泥滋味。奇文妙文,天地中間數一數二之句。

右第十六節。豈惟奇文妙文,便可竪作叢林,勘遍天下學者。○庵主半夜被婆子遣丫角女兒抱住,凝然説頌云:"枯木倚寒岩,三冬無暖氣。"此即"酒共食,一似土和泥"也。婆子明日便燒却庵,趕去此庵主,惡其有土氣息泥滋味也。今雙文不但似土和泥,乃至無有土氣息、泥滋味;此正香嚴"去年無立錐之地,今年錐也無"時候也。文章一道,乃至于此,令人失驚。

【朝天子】暖溶溶玉醅,白冷冷似水,多半是相思泪。

右第十七節。此節是説酒,是説泪,不可得辨也。李後主云:"此中日夕只以眼泪洗面。"便是如出一口説話也。

面前茶飯不待吃,恨塞滿愁腸胃。

右第十八節。此節是説飯,是説恨,不可得辨也。佛言:"小兒以啼爲食,婦人以恨爲食。"亦便是如出一口説話也。

只爲蝸角虛名,蠅頭微利,拆鴛鴦坐兩下裏。"坐"字妙,俗誤作"在"字，便不知與下節生起。一個這壁，一個那壁，此即上句"坐"字也。一遞一聲長吁氣。筆力雄大，遂能兼寫張生。

右第十九節。此與下二十節，皆極力描寫"拆"字也，此猶是拆開而坐也，而已不可禁當也。

【四邊靜】霎時間杯盤狼籍，還要車兒投東，馬兒向西，兩處徘徊，大家是落日山橫翠。筆力雄大，遂能兼寫張生。

右第二十節。此乃拆開至于不可復知其何在，心非木石，其又何以禁當也。

知他今宵宿在那裏？有夢也難尋覓。

右第二十一節。看他忽然逗漏後篇，即知此篇之文已畢。乃下去更作【要孩兒六煞】者，換過【正宮】，借轉【般涉】。蓋從來送別之曲，多作三疊唱之，最是變色動容之聲。又不比李謩吹笛，每一哨遍，必遞其聲以媚之之例也。

（夫人云）紅娘，分付輪起車兒，請張生上馬，我和小姐回去。（各起身科）（張生拜夫人科）（夫人云）別無他囑，願以功名為念，疾早回來者！（張生云）謹遵夫人嚴命！

（張生、鶯鶯拜科）（鶯鶯云）此一行，得官不得官，疾便回來者！此囑語妙妙！豈為官哉？豈慮張生哉？全是昨日夫人怒辭，猶在于耳，遂不覺不吐于口，必不得快也。嬌憨女兒，其性格真有如此。（張生云）小姐放心，狀元不是小姐家的，是誰家的？小生就此告別。又妙又妙，謙未必得狀元，固不佳；誇必定得狀元，又不佳。狀元原是小姐家的，精絕！

（鶯鶯云）住者！君行別無所贈，口占一絕，為君送行："弃擲今何道，當時且自親。還將舊來意，憐取眼前人。"（張生云）小姐差矣，張珙更敢憐誰？此詩，一來小生此時方寸已亂，二來小姐心中到底不信，且等即日狀元及第回來，那時敬和小姐。妙白。妙白至如此，便都作變徵之聲，親朋盡一哭矣。

【般涉】【耍孩兒】淋漓紅袖淹清泪，旁你的青衫更濕。_{改去"司馬"字。}伯勞東去燕西飛，未登程先問歸期。分明眼底人千里，已過尊前酒一杯。我未飲心先醉，眼中流血，心內成灰。

右第二十二節。妙文自明。

【五煞】到京師服水土，趁程途節飲食，順時自保千金體。荒村雨露眠宜早，野店風霜起要遲！鞍馬秋風裏，無人調護，自去扶持。

右第二十三節。妙文自明。

【四煞】憂愁訴與誰？相思只自知，老天不管人憔悴。泪添九曲黃河溢，恨壓三峯華岳低。到晚西樓倚，看那夕陽古道，衰柳長堤。

右第二十四節。妙文自明。

【三煞】方纔還是一處來，如今竟是獨自歸。_{寫到這裏。}歸家怕看羅幃裏，昨宵是綉衾奇緩暖留春住，今日是翠被生寒有夢知。留戀春無計，一個據鞍上馬，兩個泪眼愁眉。

右第二十五節。妙文自明

【二煞】不憂"文齊福不齊"，只憂"停妻再娶妻"。河魚天雁多消息，_{杜詩："天上多鴻雁，河中足鯉魚。"}我這裏青鸞有信頻須寄，你切莫"金榜無名誓不歸"。君須記：若見些異鄉花草，再休似此處栖遲。

右第二十六節。妙文自明。

（張生云）小姐金玉之言，小生一一銘之肺腑。相見不遠，不

須過悲,小生去也。忍泪伴低面,含情假放眉。(鶯鶯云)不知魂已斷,那有夢相隨。(張生下)(鶯鶯吁科)

【一煞】青山隔送行,疏林不做美,淡烟暮靄相遮蔽。夕陽古道無人語,禾黍秋風尚馬嘶。懶上車兒內,來時甚急,去後何遲?

右第二十七節。妙文自明。

(夫人云)紅娘,扶小姐上車。天色已晚,快回去波。終然宛轉從嬌女,算是端嚴做老娘。(夫人下)(紅娘云)前車夫人已遠,小姐只索快回去波!(鶯鶯云)紅娘,你看他在那裏?

【收尾】四圍山色中,一鞭殘照裏。妙句,神句。

右第二十八節。入夢之因。

將遍人間煩惱填胸臆,量這般大小車兒如何載得起!奇句,妙句。

右第二十九節

四之四　驚夢

舊時人讀《西廂記》,至前十五章既盡,忽見其第十六章乃作《驚夢》之文,便拍案叫絕,以爲一篇大文,如此收束,正使烟波渺然無盡。于是以耳語耳,一時莫不畢作是説。獨聖嘆今日,心竊知其不然。語云:"太上立德,其次立功,其次立言。"何謂立德?如黄帝堯舜,禹湯文武,周公孔子,以其至德,參天贊化,俾萬萬世,食福無厭,此立德也。何謂立功?如禹平水土,后稷布穀,燧人火化,神農嘗藥。乃至身護一城,力庇一鄉,智造一器,工信一藝,傳之後世,利用不絕,此立功也。何謂立言?如周公製《風》

《雅》，孔子作《春秋》。《風》《雅》爲昌明和懌之言，《春秋》爲剛強苦切之言；降而至于數千年來，鉅公大家，據胸奮筆，國信其書，家受其說；又降至于荒村老翁，曲巷童妾，單詞居要，一字利人，口口相授，稱道不歇，此立言也。夫言與功德，事雖遞下，乃信其壽世，同名曰"立"。由此論之，然則言非小道，實有可觀。文王既沒，身在于茲，必恐不免，不可以不察也。《西廂記》一書，其中不過皆作男女相慕悅之辭，如誠以之爲無當者而已，則便可以拉雜摧燒，不復留迹。趙威后有言："此相率而出于無用者，胡爲至今不殺也！"如猶食之弃之，戀同鶏跖，則計必當反覆案驗，尋其用心。蓋烏知彼人之一日成書，而百年猶在，且能家至戶到，無處無之者，此非其大力以及其深心，既自作流傳，又自作呵護者也。昨者因亦細察其書，既已第一章無端而來，則第十五章亦已無端而去矣。無端而來也，因之而有書；無端而去也，因之而書畢。然則過此以往，真成雪淡，譬如風至而竅號，風濟即竅虛，胡爲不憚煩又多寫一章，蛇本自無足，卿又爲之足哉？及我又再細細察之，而後知其填詞雖爲末技，立言不擇伶倫，此有大悲生于其心，即有至理出乎其筆也。今夫天地，夢境也；衆生，夢魂也。無始以來，我不知其何年齊入夢也；無終以後，我不知其何年同出夢也。夜夢哭泣，旦得飲食；夜夢飲食，旦得哭泣。我則安知其非夜得哭泣，故旦夢飲食，夜得飲食，故旦夢哭泣耶？何必夜之是夢，而旦之獨非夢耶？鄭之人夢得鹿，置之于隍中，采蕉而覆之。彼以爲非夢，故采蕉而覆之也，不采蕉而覆之，則畏人之取之。彼以爲非夢，故畏人之取之也。使鄭之人正于夢時，而知夢之爲夢，則彼豈惟不采蕉而覆之，乃至不復畏人取之；豈惟不復畏人取之，乃至不復置之隍中；豈惟不復置之隍中，乃至不復以之爲鹿。傳曰："至人無夢。""至人無夢"者,非無夢也,同在夢中,而隨夢自然,我于其事,蕭然焉耳。經曰:"一切有爲法,應作如是觀。"是以謂之無夢也。無何而鄭之人夢覺,順塗而歸,口歌其事,其鄰之人聞之,不問而遽信之,往觀于隍中,發蕉而鹿在,此則非御寇氏之寓言也,天下之事,實有之也。傳曰:"愚人無夢。""愚人無夢"者,非無夢也,實在夢中而不以爲夢,所有幻化,皆據爲實。經曰:"世間虛空,本自不有,業力機關,和合既有。"是以謂之無夢也。既而鄰人烹鹿,而鄭人爭鹿,則極可哀也已。彼固不以爲夢,故真得鹿也;子則已知是夢,而無鹿者也。若誠夢中之鹿,則是子乃欲爭其無鹿也;如將爭其有鹿,則是爭其非子之鹿也。甚矣,此人之愚也!夢鹿,一夢也;今爭鹿,又是一夢也;然則頃者之夢覺無鹿,是猶一夢也。幸也,御寇氏則猶未欲言之而盡也,脫正爭之而夢又覺,則不將又大悔此一爭乎哉?而鄭之君,方且與之分之!夫今日之鹿,其何事分之與有?如使此鹿而無鹿也者,則全歸之鄭人,鄰人本無與焉;若使此鹿而真鹿也者,則全歸之鄰人,鄭人又無與焉,如之何其與之分之者也?爲分無鹿與鄰人與?爲分真鹿與鄭人與?如分無鹿,則是鄰人今日,又夢得半鹿也;如分有鹿,則是鄭人前日衹夢失半鹿也。蓋甚矣,夢之難覺也!夢之中又有夢,則于夢中自占之,及覺而後悟其猶夢焉,因又欲占夢中,占夢之爲何祥乎。夫彼又烏知今日之占之,猶未離于夢也耶?善乎南華氏之言曰:"莊周夢爲蝴蝶,栩栩然蝴蝶也。自喻適志與,不知周也。及其覺,則蘧蘧然周也。不知莊周夢爲蝴蝶與?不知蝴蝶夢爲莊周與?莊周與蝴蝶,其必有分也。"何謂分?莊周則莊周也,蝴蝶則蝴蝶也。既已爲莊周,何得是蝴蝶?既已是蝴蝶,何得爲莊周?且蝴蝶既覺而爲莊周,而猶憶其夢爲蝴蝶之時,則真不知莊周正夢蝴蝶之蝴蝶，之曾不自憶爲莊周也。何也？夫夢爲蝴蝶，誠夢也，今憶其夢爲蝴蝶，是又夢也。若莊周不憶蝴蝶，則莊周覺矣；若莊周并不自憶莊周，則莊周大覺矣。彼蝴蝶不然，初不自憶爲莊周，遂并不自憶爲蝴蝶；不自憶爲莊周，則是蝴蝶覺也；因不自憶爲莊周，遂并不自憶爲蝴蝶；蝴蝶并不自憶爲蝴蝶，則是蝴蝶大覺也。此之謂物化也者，我烏知今身非我之前身，正夢爲蝴蝶耶？我烏知今身非我之前身，已覺爲莊周耶？我幸不憶我之前身，則是今身雖爲蝴蝶，雖未發于阿耨多羅三藐三菩提心，而已稱大覺也。我不幸猶憶我之今身，則是今身雖爲莊周，雖至發于阿耨多羅三藐三菩提心，而終然大夢也。經云："諸佛身金色，百福相莊嚴。聞法爲人說，常有是好夢。"我則謂夢之胡爲乎哉？又云："又夢作國王，捨宮殿眷屬，及上妙五欲，行詣于道場。"我則又謂夢之何爲乎哉？至矣哉，我先師仲尼氏之忽然而嘆也，曰："甚矣吾衰也，久矣吾不復夢見周公。"夫先師則豈獨不夢見周公焉而已，惟先師此時實亦不復夢見先師。先師不復夢見先師也者，先師則先師焉而已，可以仕則仕，可以止則止，可以久則久，可以速則速，可以蟲則蟲，可以鼠則鼠，可以卵則卵，可以彈則彈，無可無不可，此天地之所以爲大者也。借曰不然，而必謂人生世上，天地必是天地，夫婦必是夫婦，富貴必是富貴，生死必是生死，則是未嘗讀于《斯干》之詩者也。《詩》曰："下管上簟，乃安斯寢，乃寢乃興，乃古義夢。吉夢維何，維熊維羆，維虺維蛇。泰人占之：維熊維羆，男子之祥，維虺維蛇，女子之祥。"嗟乎，嗟乎！夫男爲君王，女爲后妃，而其最初，不過夢中飄然忽然一熊一蛇！然則人生世上，真乃不用邯鄲授枕，大槐葉落，而後乃今，歇擔吃飯，洗脚上床也已。吾聞周禮：歲終，掌夢之官，獻夢于王。夫夢可以掌，又可以獻，此豈非《西廂》第十六章立言之志也哉，而豈樂廣、衛玠，扶病清談之所得通其故也乎！知聖嘆此解者，比丘聖默大師、總持大師、居士貫華先生韓住、道樹先生王伊。既爲同學，法得備書也。

（張生引琴童上云）離了蒲東早三十里也，兀的前面是草橋店，宿一宵，明日早行。

入夢是狀元坊，出夢是草橋店。世間生盲之人，乃謂進草橋店後，方是夢事，一何可嘆！

這馬百般的不肯走呵！

妙白。○又焉知馬之不害相思，不傷離別耶？看他初搖筆，便全作醍醐灌頂真言，真乃大慈大悲。

【雙調】【新水令】（張生唱）望蒲東蕭寺暮雲遮，慘離情半林黃葉。

右第一節。只用二句文字，便將上來一部《西廂》一十五篇，若干淚點血點，香痕粉痕，如風迅掃，隔成異域，最是慈悲文字也。

馬遲人意懶，風急雁行斜。愁恨重疊，破題兒第一夜。妙絶之句。

右第二節。此入夢之因也。

【步步嬌】昨宵個翠被香濃熏蘭麝，欹枕把身軀兒趄。妙人，妙事，妙景，妙畫，成此妙句。臉兒廝搵者，妙人，妙事，妙景，妙畫，成此妙句。仔細端詳，可憎得別，妙人，妙事，妙景，妙畫，成此妙句。雲鬢玉梳斜，恰似半吐的初生月。妙人，妙事，妙景，妙畫，成此妙句。

右第三節。此入夢之緣也。佛言："親者爲因，疏者爲緣。"親者爲第一夜之張生，疏者爲前一夜之鶯鶯；第一夜之張生爲結業，前一夜之鶯鶯爲謝塵。因而因緣遂以入夢也。"謝塵"者，落謝之前塵也，即花謝之謝字也。○謝字之又奇者，莊子云："孔子謝之矣。"附識。

早至也，店小二哥那裏？（店小二云）官人，俺這裏有名的草橋店。官人頭房裏下者。（張生云）琴童，撒和了馬者。點上燈來，我諸般不要吃，只要睡些兒。（琴童云）小人也辛苦，待歇息也，就在床前打鋪。（琴童先睡着科）

（張生云）今夜甚睡魔到得我眼裏來？

【落梅風】旅館欹單枕，亂蛩鳴四野，助人愁紙窗風裂。乍孤眠，三字妙。被兒薄又怯，冷清清幾時溫熱。

右第四節。此入夢之所借也。佛言："三法和合，則一切法生矣。"

（張生睡科）（反覆睡不着科）（又睡科）（熟睡科）（入夢科）（自問科，云）這是小姐的聲音。呀，我如今却在那裏？待我立起身來聽咱。（內唱，張生聽科）

北曲從無兩人互唱之例，故此只用張生聽，不用鶯鶯唱也。須知。

【喬木查】走荒郊曠野，把不住心嬌怯，喘吁吁難將兩氣接。疾忙趕上者。

（張生云）呀，這明明是我小姐的聲音，他待趕上誰來？待小生再聽咱。

右第五節。此先寫其趕已到也。必先寫趕已到，而後重寫未趕時者，此固張生之夢，初非鶯鶯之事也。必如此寫，方在張生夢中，若倒轉寫，便在鶯鶯夢中也。

他打草驚蛇。【攪箏琶】把俺心腸扯，因此不避路途賒。瞞過夫人，穩住侍妾。

右第六節。此倒寫其未趕前也。○"瞞過夫人，穩住侍妾"，最爲巧妙，最爲輕利，不然，幾于通本《西廂》若干等人，一齊入夢矣。

（張生云）分明是小姐也，再聽咱。

見他臨上馬痛傷嗟，哭得我似痴呆。不是心邪，自別離已後，到西日初斜，愁得陡峻，瘦得唓嗻。半個日頭，早掩過翠裙三四褶，我曾經這般磨滅。沉鬱頓挫之作。

（張生云）然也，我的小姐，只是你如今在那裏呵？（又聽科）

右第七節。只寫別後夢前一刻中間，有如許苦事。

【錦上花】有限姻緣，方纔寧貼；無奈功名，使人離缺。害不倒愁懷，恰纔較些；掉不下思量，如今又也。沉鬱頓挫之作。

右第八節。上節寫一刻中間如許苦事，此又寫一刻之前，一刻之後，純是無邊苦事也。

（張生云）小姐的心，分明便是我的心，好不傷感呵！（吁科）（再聽科）

【後】清霜净碧波，白露下黃葉。下下高高，道路拗折，四野風來，左右亂踅。俺這裏奔馳，你何處困歇？

（張生云）小姐，我在這裏也，你進來波！

右第九節。又補寫起句"荒郊曠野"之四字也，必不可少。

（忽醒云）哎呀！這裏却是那裏？（看科）呸！原來却是草橋店。（喚琴童，童睡熟不應科）（仍復睡科）（睡不着反覆科）（再看科）（想科）

【清江引】（張生唱）呆打孩店房裏没話說，悶對如年夜。妙妙！真有此理。

竟不知此時，甚時候了？

是暮雨催寒蛩？ 爲復上半夜。**是曉風吹殘月？** 爲復下半夜。杜詩"北城擊柝復欲罷"，則是已晏；"東方明星亦不遲"，則是尚早。客中眞有此理也。**眞個今宵酒醒何處也！**

（睡着科）（重入夢科）

右第十節。忽然輕作一隔，將夢前後隔斷，便如老杜《不離西閣》詩所云："江雲飄素練，石壁斷空青。"眞爲絕世奇景也。○若不隔斷，則一篇祇是一夢，何夢之整齊匝緻，一至于斯也。今略隔斷，便不知七顛八倒，重重沓沓，如有無數夢然，此爲寫夢之極筆也。俗本不知。

（鶯鶯上敲門云）開門！開門！（張生云）誰敲門哩？是一個女子聲音，作怪也，我不要開門呵！

【慶宣和】是人呵疾忙快分説，是鬼呵速滅！

右第十一節。妙妙！前夢云分明小姐，後夢云是鬼速滅，眞是一片迷離夢事也。

（鶯鶯云）是我，快開門咱。（張生開門科）（携鶯鶯入科）

聽説將香羅袖兒拽，元來是小姐、小姐。

右第十二節，眞是一片迷離夢事也。

（鶯鶯云）我想你去了呵，我怎得過日子，特來和你同去波。（張生云）難得小姐的心腸也！

【喬牌兒】你爲人眞爲徹，將衣袂不藉。綉鞋兒被露水泥沾惹，脚心兒管踏破也。

右第十三節。此是夢中初接着語也，輕憐痛惜，至于如此，欲其夢覺，正未易得也。

【甜水令】你當初廢寝忘餐，香消玉減，比花開花謝，

猶自較爭些。又便枕冷衾寒，鳳隻鶯孤，月圓雲遮，尋思怎不傷嗟？

右第十四節。此是夢中細叙述語也，牽前惹後，至于如此，欲其夢覺，正未易得。

【折桂令】想人生最苦是離別，你憐我千里關山，獨自跋涉。似這般挂肚牽腸，倒不如義斷恩絕。

右第十五節。此是夢中假自作悟語也。作如此悟語，欲其夢覺，正未易得也。

這一番花殘月缺，怕便是瓶墜簪折。你不戀豪傑，不羨驕奢；這祇要生則同衾，死則同穴。沈鬱頓挫，至于如此。

右第十六節。此是夢中加倍作夢語也。作如是夢語，欲其夢覺，正未易得也。

（卒子上，張生驚科）（卒子云）方纔見一女子渡河，不知那裏去了。打起火把者！走入這店裏去了！將出來，將出來！（張生云）却怎生了也？小姐，你靠後些，我自與他說話。（鶯鶯下）

【水仙子】你硬圍着普救下鍬撅，强當住我咽喉仗劍鉞。賊心賊腦天生劣。

（卒云）他是誰家女子，你敢藏着？

休言語，靠後些！杜將軍你知道是英傑，覷覷着你化爲醯醬，指指教你變做脣血。騎着匹白馬來也。

右第十七節。是張生此時極不得意夢，是張生多時極得意事。諺云："要知前世因，今生受者是。要知後世因，今生作者是。"若使張生多時心中無因，既是此時枕上無夢也。危哉！危哉！

（卒子怕科）（卒子下）

（張生抱琴童云）小姐，你受驚也！（童云）官人，怎麽？（張生醒科，做意科）

呀，元來是一場大夢。且將門兒推開看，只見一天露氣，滿地霜華，曉星初上，殘月猶明。

何處得有《西廂》一十五章所謂驚艷、借廂、酬韵、鬧齋、寺驚、請宴、賴婚、聽琴、前候、鬧簡、賴簡、後候、酬簡、拷艷、哭宴等事哉！自歸于佛，當願衆生，體解大道，發無上心；自歸于法，當願衆生，深入經藏，智慧如海；自歸于僧，當願衆生，統理大衆，一切無礙。

無端燕雀高枝上，一枕鴛鴦夢不成。

【雁兒落】緣依依墻高柳半遮，静悄悄門掩清秋夜，疏刺刺林稍落葉風，慘離離雲際穿窗月。【得勝令】顫巍巍竹影走龍蛇，虛飄飄莊生夢蝴蝶，絮叨叨促織兒無休歇，韵悠悠砧聲兒不斷絕。痛煞煞傷别，急煎煎好夢兒應難捨；冷清清咨嗟，嬌滴滴玉人何處也！是境是人，不可復辨。

右第十八節。《周易》六十四卦之不終于既濟，而終于未濟；《春秋》二百四十二年之不終于十有二年冬，而終于十有三年春；《中庸》三十三章之不終于"固聰明聖智達天德者"，而終于無聲無臭；《大悲陀羅尼》之不終于"娑囉娑囉，悉唎悉唎，蘇嚧蘇嚧"，而終于十四娑婆訶也。

（童云）天明也。早行一程兒，前面打火去。

還着甚死急！天下真有如此人，天下真有如此理。

【鴛鴦煞】柳絲長咫尺情牽惹，今而後是"柳絲"也，非復"情牽惹"也。水聲幽彷彿人嗚咽。今而後是"水聲"也，非復"人嗚咽"也。斜月殘燈，半明不滅，杜詩："樓下長江百尺清，山頭落日半輪明。"又云："鄰雞野哭如昨日,物色生態能幾時。"與此入事,一樣警策矣。

舊恨新愁,連綿鬱結;亦復何害。

右第十九節。只要夢覺,正不必作悟語。《維摩詰》固云:"何等爲如來種?以無明有愛爲種矣。"妙批。

別恨離愁,滿肺腑難陶寫。除紙筆代喉舌,千種相思對誰說。

右第二十節。此自言作《西廂記》之故也,爲一部十六章之結,不止結《驚夢》一章也。于是《西廂記》已畢。何用續?何可續?何能續?今偏要續,我便聽其續。

卷之八

續之四章題目正名

小琴童傳捷報
崔鶯鶯寄汗衫
鄭伯常乾捨命
張君瑞慶團圞

續之一　泥金報捷

　　此《續西廂記》四篇，不知出何人之手。聖嘆本不欲更錄，特恐海內逐臭之夫，不忘膻薌，猶混弦管，因與明白指出之，且使天下後世學者睹之，而益悟前十六篇之爲天仙化人，永非螺螄蚌蛤之所得而暫近也者。因而翻卷，更讀十百千萬遍，遂愈得開所未開，入所未入，此亦不可謂非續者之與有其功也。

　　人即愛好，何至向西施顰眉；人即多財，何至向龍王比寶；人即予聖，何至向孔子徐步；人即慢上，何至向釋迦牟尼呵呵大笑？乃今世間又偏多此一輩人，可怪也！

　　我不知其未落筆前，如何忽然發想欲續此四篇；我又不知其既脱稿後，如何放膽便敢舉以似人；我又不知當時爲有人喪心病狂，大讚譽之，因而遂悟之；我又不知當時爲有人亦曾微諷，使藏過之，彼決不聽，因而遂終出之。此四不知，我今日將向何人問耶？

昔有人，自造一文且竟，適有人傳來云，近日頗聞某甲亦造，因便遲其稿不敢出。直候某甲造畢，往請讀之，不覺吐舌稱嘆，歸竟自燒其稿，不復更傳。嗚呼，此豈非過量大人哉？聖嘆嘗語斫山："惜乎其文不傳，此必與某甲一樣妙絕。"斫山問："何以知之？"聖嘆言："此是甘苦疾徐中人，渠所爭只在一字半字之間也。"寄語普天下同學錦綉才子，切須學如此人，此方是大丈夫。

嘗有狂生題半身美人圖，其末句云："妙處不傳。"此不直無賴惡薄語，彼殆亦不解此語爲云何也。夫所謂"妙處不傳"云者，正是獨傳妙處之語也。停目良久睇之，睇此妙處；振筆迅疾取之，取此妙處；纍百千萬言曲曲寫之，曲曲寫而至于妙處；只用一二言斗然直逼之，更逼此妙處。然而又必云"不傳"者，蓋言費却無數筆墨，止爲妙處；乃既至妙處，既筆墨都停；夫筆墨都停處，此正是我得意處；然則後人欲尋我得意處，則必須于我筆墨都停處也。今相續之四篇，便似意欲獨傳妙處。夫意欲獨傳妙處，則是只畫下半截美人也，亦大可嗤已！

此言神而明之之言，彼其烏知！只如章則無章法，句則無句法，字則無字法，卑卑如此等事，猶尚不知，奈何乎言及其他哉！

只如此篇寫鶯鶯，竟忘其爲相國小姐，于是于張生半年之別，不勝嘖嘖怨怒，亦不解三年大比是何事，亦不解禮部放榜在何時，亦不解探花及第爲何等大喜，亦不解未經除授應如何候旨。一味純是空床難守，淫啼浪哭。蓋佳人才子，至此一齊掃地矣！最解功名事，最重功名事，乃至最心熱功名事者，固莫如相國小姐之甚也。

（張生上云）自去秋與小姐相別，倏經半載，托賴祖宗福蔭，一舉及第，目今聽候御筆親除。惟恐小姐望念，特地修書一封，着琴童賷去，報知夫人和小姐，使知小生得中，以安其心。書寫就了，琴童何在？（童云）有何分付？（張生云）你將這封書，星夜送到河中府去。見小姐時，說"官人怕小姐擔憂，特地先着小人送書來"。

【仙呂】【賞花時】（張生唱）相見時紅雨紛紛點綠苔，別離後黃葉蕭蕭凝暮靄。今日見梅開，忽驚半載。特地寄書來。

琴童，你報知了，索得回書，疾忙來者！（張生下）（童云）得了這書，星夜往河中府走一遭。（琴童下）

（鶯鶯引紅娘上云）自張生上京，恰早半年，到今杳無音信。方得半年，何便云"杳無音信"？這些時神思不安，妝鏡慵臨，腰肢瘦損，茜裙寬褪，如許醜語，使人焉耐！好生煩惱人也呵！

【商調】【集賢賓】雖離了眼前，未成語也。或云連下"悶"字，若連下悶字，則更不通也。悶却在我心上有；不甫能離了心上，又早眉頭。豈不知其欲竊李清照"纔下眉頭，又上心頭"語，演作曲折之句耶？而無奈繚戾手，曲盝筆，寫來便至如此，哀哉！忘了時依然還又，惡思量無了無休。大都來一寸眉心，怎容得許多颦皺。此是好句，我不忍沒。○此亦尋常好句耳，然我便不忍沒。○但有一點好處，我即不忍沒古人也。新愁近來接着舊愁，厮混了難分新舊。"舊愁"，豈非謂未成婚已前耶？前亭別、橋夢二篇，固亦嘗牽連言之，然皆是脫卸之文，不似此語之坌絕也。舊愁是太行山隱隱，新愁是天塹水悠悠。

似是一節矣，因下文又不連，又不斷，遂不復能定之。

（紅娘云）小姐往常也曾不快，將息便好，此指何日？不似這番，清減得十分利害也。

【逍遥樂】曾經消瘦，每遍猶閑，這番最陡。何處忘憂？獨上妝樓，"這番最陡"，可謂出力翻起，及至讀下，只得如此接落。手捲珠簾上玉鈎。空目斷山明水秀，珠、玉、明、秀等字，皆隨手雜用。蒼烟迷樹，衰草連天，野渡橫舟。填此三語，算何文理？

又似一節矣，我絕不解其是何文情。蓋承上又不得，轉下又不得也。

紅娘，我這衣裳這些時都不是我穿的。（紅云）小姐，正是腰細不勝衣。衣寬帶鬆，語熟口臭久矣，此猶搖曳作態出之，真乃醜極。

【挂金索】裙染榴花，睡損胭脂皺；紐結丁香，掩過芙蓉扣；綫脱珍珠，泪濕香羅袖；楊柳眉嚬，人比黃花瘦。

此亦欲算一節也，真可以有，可以無有也。〇渠意豈謂疊用榴花、丁香、芙蓉、楊柳、黃花等字，便算絕妙好辭也，一何可笑？

（琴童上云）俺奉官人言語，特賚書來與小姐。恰纔前廳上見了夫人，夫人好生歡喜，着入來見小姐，早至後堂。（童咳嗽科）（紅云）是誰？亦無此禮也。潭潭相府，乃不傳雲板請小姐上堂，而使琴童自入去，童則隔板咳嗽，而紅又早接應之，皆醜極也。

（紅見童笑云）你幾時來？小姐正煩惱哩。醜語。你自來？和官人同來？醜語。（童云）官人得了官也，先着我送書來報喜。（紅云）你只在這裏等，我對小姐說了，你入來。

（紅見鶯鶯笑云）小姐，喜也，喜也，張生得了官了。（鶯鶯云）這妮子見我悶呵，特來哄我。醜語。（紅云）琴童在門首，見了夫人，使他入來見小姐。（鶯鶯云）慚愧，我也有盼着他的日頭。醜語，醜極不可耐也。（童見鶯鶯科）

（鶯鶯云）琴童，你幾時離京師？（童云）一月來也，我來時，官人游街耍子去了。（鶯鶯云）這禽獸不省得，中了狀元，喚做誇官，游街三日。醜極，亦何暇作此語。（童云）小姐說得是，有書在此。

【金菊香】早是我因他去後減了風流，不爭你寄得書來又與我添些證候。說來的話兒不應口，是何話兒？是誰說來？捷書在手，略不喜，單有怨，此何肺肝也。無語低頭，書在手，淚盈眸。

此又一節也。爲別不及半年，如此嘖嘖怨怒，乃至捷書在手，猶不解憂，此真是另從一副肺肝寫出來者也。

【醋葫蘆】我這裏開時和淚開，他那裏修時和淚修，多管是閣着筆兒未寫淚先流，寄將來淚點兒兀自有。我這新痕把舊痕湮透，此是好句，我不相沒。○既此欲用"新痕""舊痕"，則前更不得用"新愁""舊愁"也。這的是一重愁翻作兩重愁。此句雜凑不通。

此又一節。筆態翩翩如舞，瀏涼如瀉，便可云與《西廂》無二。

（鶯鶯念書云）張珙再拜，奉書芳卿可人妝次：醜極，使人不可暫注目。伏自去秋拜違，倏爾半載。上賴祖宗之蔭，下托賢妻之德，醜語。叨中鼎甲。目今寄迹招賢館，聽候除授，惟恐夫人與賢妻憂念，特令琴童齎書馳報。小生身遙心邇，恨不得鶼鶼比翼，蠻蠻并驅，幸勿以重功名而薄恩情，深加譴責。醜語。感荷良深，如許閫私，統容面悉。後綴一絕，以奉清照：玉京仙府探花郎，寄語蒲東窈窕娘，指日拜恩衣晝錦，是須休作倚門妝。醜極，不可暫注目。（鶯鶯云）慚愧，探花郎是第三名也呵。

【後】當日向西廂月底潛，今日在瓊林宴上搊，跳束墻脚兒占了鰲頭，惜花心養成折桂手，脂粉叢裏包藏着錦綉！從今後晚妝樓改做至公樓。相國小姐，何得口中自作爾語，自奚落耶。

此又一節。渠意豈謂夾語映曜，又是絶妙好辭。

（問童云）你吃飯不曾？（童云）不曾吃。（鶯鶯云）紅娘，你快去取飯與他吃。醜極。怪道紅娘滿身烟熏火辣氣也。（童云）小人一壁吃飯，小姐上緊寫書。官人分付小人，索了回書快回去哩。（鶯鶯云）紅娘，將紙筆來。（寫書畢科）

（鶯鶯云）書寫了，無可表意，有汗衫一領，裹肚一條，襪兒一雙，瑶琴一張，玉簪一枝，斑管一枚。琴童，收拾得好者。紅娘，取十兩銀來，與他做盤纏。（紅云）張生做了官，豈無這幾件東西，醜語。寄與他有甚緣故？（鶯鶯云）你怎麽知得我心中事，聽我説與你者。

【梧葉兒】這汗衫，若是和衣卧，便是和我一處宿；貼着他皮肉，不信不想我温柔。這裹肚兒，常不要離了前後，守着左右，繫在心頭。這襪兒，拘管他胡行亂走。此三語好。【後庭花】這琴，當初五言詩緊趁逐，後來七弦琴成配偶。醜極。他怎肯冷落了詩中意，我只怕生疏了弦上手。這玉簪兒，我須有緣由，他如今功名成就，只怕撇人在腦背後。醜極。這斑管兒，湘江兩岸秋，當日娥皇因虞舜愁，今日鶯鶯爲君瑞憂。這九嶷山下竹，共香羅衫袖口。【青哥兒】都一般啼痕湮透。并淚斑宛然依舊，萬種情緣一樣愁。兩泪交流，怨慕難收，此稍可。對學士叮嚀説緣由，何必休忘舊！醜。

（琴童云）理會得。

此節雖不佳，然自是一節。〇但不審其何故不一讀【雪裏梅】

【揭鉢子】【疊字玉臺】三曲耶？

琴童，這東西收拾得好者。

【醋葫蘆】你逐宵野店上宿，休將包袱做枕頭，怕油脂沾污急難綢。倘或水浸雨濕休便扭，只怕乾時節熨不開摺皺。一樁樁一件件細收留。

此節卻好，猶彷彿緒煞一曲故也。

【金菊香】書封雁足此時修，情擊人心早晚休？竟是一字不通語。長安望來天際頭，倚遍西樓，人不見，水空流。隨手雜湊為文。

此又一節，可以無有。

（童云）小人拜辭了小姐，即便去也。（鶯鶯云）琴童，你去見官人，對他說。醜極。（童云）又說甚麼？

【浪裏來煞】他那裏為我愁，我這裏因他瘦。臨行綴賺人的巧舌頭，承上二句，忽作詈語，不通極矣！他歸期約定九月九，已過了小春時候。別時，碧雲黃葉，西風北雁，則正九月後耳。今適得半年，又無經年纍歲之久，忽言有重九歸期，此是夢語，是鬼語耶？奈何至于此。到如今"悔教夫婿覓封侯"。

此又一節。特地再囑琴童，乃是如許語，不足發一笑也。○常嘆街談巷說，童歌婦唱，一經妙手點定，便成絕代至文；任是《堯典》《舜典》，《周南》《召南》，忽遭俗筆橫塗，竟如溷中不淨。只如王龍標"悔教夫婿覓封侯"詩，其妙則在第一句"不知"字，第三句"忽見"字，非妙于第四落句也。蓋其通首所有"閨中""中"字，"少婦""少"字，"凝妝""凝"字，全副皆是寫"不知"神理；而又別用"春日""上樓""柳色"等字，全副又寫"忽見"神理，此分明欲于一頃刻中，寫得此婦實是幽閒貞靜，忽地觸緒動情。所謂"國風好色不淫",其體有如此也。今遭此人獨用其落句,遂令妙詩,一敗塗地,至于此極,真使我恨恨無已也!

(童云)得了回書,星夜回話去。(琴童下)(鶯鶯、紅娘下)

續之二　錦字緘愁

前篇云:"多管閣着筆兒未寫泪先流,寄將來泪點兒兀自有。"此篇又云:"寫時管情泪如絲,既不沙,怎生泪點兒封皮上漬。"前篇云:"這汗衫,若是和衣卧。"這裹肚、這襪、這琴、這玉簪、這斑管,逐件云云,此篇又云"這汗衫,怎不教張郎愛爾",這琴、這玉簪、這斑管、這裹肚、這襪,亦逐件云云。前篇云:"你逐宵野店上宿,休將包袱做枕頭。"此篇又云:"書房中顛倒個藤箱子,休教藤刺兒抓住綿絲。"文雖二篇,語只一副,真如犬之牢牢,鷄之角角,欲求少換,決不可得也。嗟乎,本無捉縛枷栲,何煩頭刺膠盆?固知無邊苦海中,具有無量苦事,盡是無知苦人自作出來,極不足相惜耳!

看他才地窘縮,都無抽展處,于是無如何,忽然將鶯鶯字畫之妙喝采一通。夫前此張、崔月餘相處,不成純是淫媾,曾未嘗一請睹筆墨耶?真大無聊已。

(張生上云)小生滿望除授後便可出京,不想奉聖旨,着在翰林院編修國史。誰知我的心事,甚麼文章做得成!琴童去了,又不見回來,這幾日睡卧不安,飲食無味,給假在郵亭中將息。早間太醫院,差醫士來看視下藥,我這病便是盧扁也醫不得。自離了小姐,無一日心寬也呵。

【中呂】【粉蝶兒】從到京師,思量心旦夕如是,向心頭横僽着我那鶯兒。却是妙句。請醫師，看診罷，星星說是。本意待推辭，早被他察虛實不須看視。【醉春風】他道是醫雜證有方術，治相思無藥餌。小姐呵，你若知我害相思，我甘心兒爲你死、死。曲曲折折、淋淋漓漓，便與《西廂》無二。四海無家，一身客寄，半年將至。

此一節真是妙文，便與《西廂》更不可辨。若盡如是，我敢不拜哉？

（琴童上云）俺回來問，說官人在驛中抱病，須索送回書去咱。（見張生科）（張生云）琴童，你回來也！

【迎仙客】噪花枝靈鵲兒，垂簾幕喜蛛兒，短檠夜來燈爆時。若不是斷腸詞，定是斷腸詩。寫時管情泪如絲，既不沙，怎生泪點兒封皮上漬。

此一節，初咬是沙糖，再咬是矢橛矣。

（念書云）薄命妾崔氏，醜！拜覆君瑞才郎文幾：醜！別逾半載，奚啻三秋，思慕之心，未嘗少怠。昔云"日近長安遠"，妾今信斯言矣。醜殺！琴童至，接來書，知君置身青雲，且悉佳況。得君如此，妾復何言！醜殺！琴童促回，無以達意，聊具瑤琴一張、玉簪一枝、斑管一枚、裹肚一條、汗衫一領、絹襪一雙。物雖微鄙，願君詳納。春風多厲，千萬珍重！復依來韵，敬和一絶：和韵，是一部大節目，何得又犯之？闌干遍倚盼才郎，莫戀宸京黃四娘。黃四娘爲誰哉，何幸而遇杜工部，何不幸而遇此人！病裏得書知及第，窗前覽鏡試新妝。醜至于鬼止矣，世間更有醜于鬼者；臭至于屙止矣，世間更有臭于屙者；不通至于《續西廂》止矣，偏又有此兩首詩，怪哉！怪哉！我那風流的小姐，似這等女子，張珙死也死得着了。

【上小樓】堪爲字史，當爲款識。有柳骨顏筋，張旭張顛，羲之獻之。此一時，彼一時，雜湊如此。佳人才思，俺鶯鶯世間無二。【後】俺做經咒般持，符籙般使。高似金章，重似金帛，貴似金賚。雜湊，豈復成語？這上面若僉個押字，使個令史，差個勾使，是一張不及印赴期的咨示。

此一節，忽賞其字體，真乃無謂。〇後闋，亦是元人套語。

（看汗衫云）休説文字，只看他這汗衫。

【滿庭芳】怎不教張郎愛爾，堪與針工出色，女教為師。幾千般用意般般是，可索尋思。長共短又無個樣子，窄和寬想像着腰肢，二語好。無人試。想當初做時，用煞小心兒。

此猶可。

小姐寄來幾件東西，都有緣故，一件件我都猜着。

【白鶴子】這琴，教我閉門學禁指，留意譜聲詩，調養聖賢心，洗蕩巢由耳。

不通。

【二煞】這玉簪，纖長如竹笋，細白似葱枝，温潤有清香，瑩潔無瑕玼。

不通。

【三煞】這斑管，霜枝栖鳳凰，泪點漬胭脂，當時舜帝慟娥皇，今日淑女思君子。

不通。

【四煞】這裹肚。手中一葉綿，燈下幾回絲。表出腹中愁，果稱心間事。

不通。

【五煞】這襪兒，針脚如蟣子，絹片似鵝脂，既知禮不胡行,願足下常如此。

不通。上特寫張生云"我都猜着",乃其所猜也只如此,可醜也。

琴童,你臨行,小姐對你説甚麼?(童云)着官人是必不可別繼良緣。(張生云)小姐,你尚然不知我的心哩。

【快活三】冷清清客店兒,風淅淅雨絲絲,雨零風細,夢回時,多少傷心事。【朝天子】四肢不能動止,急切盼不到蒲東寺。小夫人須是你見時,別有甚閑傳示?我是個浪子官人,風流學士,怎肯帶殘花折舊枝。自從到此,甚的是閑街市。此句好絕。【賀聖朝】少甚宰相人家,招婿嬌姿。其間或有個人兒似爾,那裏取那樣溫柔,這般才思?此句好絕。想鶯鶯意兒,怎不教人夢想眠思?

此節乃可。

【耍孩兒】只在書房中顛倒個藤箱子,向裏面鋪幾張兒紙。放時須索用心思,休教藤刺兒抓住綿絲。高攤在衣架上怕風吹了顏色,亂穰在包袱中怕挫了褶兒。當如是,切須愛護,勿得因而。惜與前文"休做枕""休便扭"同耳。固是佳文,可賞也。

此節與諸寄來物中,獨加意汗衫,餘俱不挂口,何故?

【二煞】恰新婚,纔燕爾,爲功名來到此。長安憶念蒲東寺。昨宵個春風桃李花開夜,今日個秋雨梧桐葉落時。愁如是,身遥心邇,坐想行思。

此節,專爲欲填"春風桃李""秋雨梧桐"二語耳,真乃可以無有。且"春風"二語,我竟不知其如何填也。

【三煞】這天高地厚情,到海枯石爛時,此時作念何時止？直到燭灰眼下纔無泪，蠶老心中罷却思。不比輕薄子，拋夫妻琴瑟，拆鸞鳳雄雌。

此節，專爲欲填"燭灰無泪""蠶老休思"二語耳，真乃可以無有。

【四煞】不聞黃犬音，難傳紅葉詩，路長不遇梅花使。適差琴童送書回，乃又作此言。鬼語耶？抑夢語耶？孤身作客三千里，一日思歸十二時。憑闌視，聽江聲浩蕩，看山色參差。既分"聽""看"，則上押"憑闌"之"視"字，何解？

此節，專爲欲填"作客三千""思歸十二"二語耳，真乃可以無有。○凡用古，必須我自浩蕩獨行，而古語忽來奔赴腕下，斯方謂之如從舌上吮而吐之耳。若先有成句，隱隱然梗起于胸中，而我從而補接攢簇之，此真第一苦海也。

【煞尾】憂則憂我病中，喜則喜你來到此。投至得引人魂卓氏音書至，險將這害鬼病的相如盼望死。

此亦無聊之結也。○細思無此二回，亦有何害？一通報書去，一通答書來，乾討琴童氣噓噓地，而于彼張、崔兩人，乃更不曾增得一毫顔色。世間做筆墨匠做成筆墨，却只與人如此用，真老大冤苦也！

續之三　鄭恒求配

諺云："投鼠者忌器。"蓋言世之極可厭惡無甚于鼠，而無奈旁有寶器，則雖一時刺眼刺心之極，而亦只得忍而不投。何則？誠懼其或傷吾器也。今如鶯鶯，真古今以來人人心頭之無價寶器也。若鄭恒，則固人人惡之厭之之一惡物也。今也務必投之，投之務必令之立死，此亦誠爲快事，然筆則累筆，墨則累墨，獨不足惜乎哉？況于累筆墨其奚足道，細思當其時則又安得不累及于鶯鶯哉？嗟乎！惡鄭恒而至于不免累及鶯鶯，而竟不與之惜，此人之無胸無心，其疾入地獄不可懺悔，又豈不信乎？

吾亡友邵僧彌先生嘗論畫云："夫天生惡樹，我特不得盡斬伐之耳。若飯後無事，而携我門人晚凉閒步，則必選彼嘉樹，坐立其下焉。無他，亦人之好美嫉醜，誠天性則有然也。今我乃見作畫之家，純畫臃腫惡樹，此則不知其何理也。聖嘆聞之，擊節曰：人誠生而屬風，則誠天爲之也。甚可徐步雅言，持身如玉，而又必脅肩醜笑，囚首鬼面，此真不知其何理也。惟文亦然，不幸身爲盜賊，被捉勒供，與夫忽丁大故，訃告親族，則是不可奈何也。幸而窗明几淨，硯精筆良，而又不擇取妙題，抒寫佳製，而顧惡駡醜言，如土坌集，此真不知其何理也。

只如鄭恒，此亦不過夫人賴婚，偶借爲辭耳。今必欲真有其人，出頭尋鬧，此爲是點染鶯鶯，爲是發揮張生耶？既不爲彼二人，則是單寫鄭恒。夫今日所貴于坐精舍，關板扉，爇名香，烹早茗，舒新紙，磨舊墨，運妙心，煩俊腕，提健筆，攄快文者，祇爲彼是第一無雙才子佳人故耳。若鄭恒，則今盈天之下之學唱公鷄，吃虱猴孫，萬萬千千，知有何限，而煩先生特地寫之？寫之以娛人，而人不受娛，然則先生殆于寫之以有娛也。夫在他人方欲寫第一無雙之才子佳人，以自娛娛人，而猶自嫌惟恐未臻極妙也。今先生乃必欲寫學唱公鷄，吃虱猴孫，然則人之賢不肖之所喻，其相去懸遠，真未可以道里爲計也。"

（鄭恒上云）自家姓鄭，名恒，字伯常。先人拜禮部尚書，在時，曾定下俺姑娘的女兒鶯鶯爲妻。不想姑夫去世，鶯鶯孝服未滿，不曾成親。俺姑娘引着鶯鶯扶靈柩回博陵安葬，爲因路阻，寄居河中府。數月前，寫書來喚俺，因家中無人，來遲了一步。不想到這裏聽說孫飛虎要擄鶯鶯，得一秀才張君瑞退了賊兵，俺姑娘把鶯鶯又許了他。俺如今要撞將去呵，恐没意思。這一件事，都在紅娘身上。何也？俺且着人去喚他，只說哥哥從京師來，不敢造次來見姑娘，着紅娘到下處來，有話對姑娘行說。人去好一回了，怎麽還不見來？

（紅娘上云）鄭恒哥哥在下處，不來見夫人，却喚俺說話。夫人着俺來，看他說甚麽。（紅見鄭科）（紅云）哥哥萬福。夫人道，哥哥來到呵，怎不到家裏來？（鄭云）我怎麽好就見姑娘？我喚你來說。當日姑夫在時，曾許下親事。我今到這裏，姑夫孝已滿了，特地央你去夫人行說知，揀一個吉日，成合了這件事，好和一搭裏下葬去。不爭不成合，一路上難厮見。若說得肯呵，我重重謝你。（紅云）這一節話再也休題，鶯鶯已與了張生也。（鄭云）道不得個一馬不鞴雙鞍，可怎生父在時，曾許下我，父喪之後，母却悔親？這個道理那裏有！（紅云）却非如此說。當日孫飛虎將半萬賊兵來時，哥哥你在那裏？若不是張生呵，那裏得俺一家兒性命來？今日太平無事，却來爭親，倘被賊人擄去呵，哥哥你和誰說？何忍作此言。（鄭云）與了一個富家，也還不枉；與這個窮酸餓醋，偏我不如他！我仁者能仁，身裏出身的根脚，他比我甚的？（紅云）他倒不如你？禁聲！凡費如許筆墨。

【越調】【鬥鵪鶉】（紅娘唱）賣弄你仁者能仁，倚仗你身裏出身；縱教你官上加官，誰許你親上做親。又不曾羔雁邀媒，幣帛問肯，恰洗了塵，便待要過門；俱非吃緊語，不足服鄭心。枉淹了他金屋銀屏，枉污了他錦衾綉裯。【紫花兒序】

枉蠧了他梳雲掠月，枉羞了他惜玉憐香，枉忖了他殢雨尤雲。凡下"金屋銀屏""錦衾繡裯""梳雲掠月""惜玉憐香""殢雨尤雲"若干等字，而初無所謂，亦可以翻後置前，亦可以翻前置後，亦可以尚少，亦可以更多，真乃金貼蝦蟆也。

先用二"仁"、二"身"、二"官"、二"親"，次用"枉淹""枉污""枉蠧""枉羞""枉忖"，以爲好辭也。

當日三才始判，兩儀初分；乾坤，清者爲乾，濁者爲坤，人在其中相混。君瑞是君子清賢，鄭恒是小人濁民。

人言屙臭極矣，此并非屙；人言鬼醜極矣，此并非鬼。

（鄭云）賊來，他怎生退得？都是胡説！（紅云）我説與你聽。

【天凈沙】把河橋飛虎將軍，叛蒲東擄掠人民，半萬賊屯合寺門，手橫着霜刃，高叫道要鶯鶯做壓塞夫人。

我亦只謂別有妙文，忍俊不住，故定欲描寫一通，原來其苦乃至如此。

（鄭云）半萬賊，他一個人濟甚事？（紅云）賊圍甚迫，夫人慌了，和長老商議，高叫兩廊，不論僧俗，如退得賊兵者，便將鶯鶯小姐與之爲妻。那時張生應聲而言："我有退兵之計。何不問我？"夫人大喜，就問其計安在，張生道："我有故人白馬將軍，見統十萬大兵，鎮守蒲關。我修書一封，着人傳去，必來救我。"不想書到兵來，其困既解。若言爲鄭説之，則安取爲鄭説之？若言爲我説之，則我知之熟矣，又安取説之？愚矣哉！

【小桃紅】洛陽才子善屬文，火急修書信。白馬將軍到時分，滅了烟塵。夫人小姐都心順，則爲他"威而不猛"，"言而有信"，醜醜！因此上"不敢慢于人"。《論語》已醜，《孝經》尤醜。

想其意中，及以直書成語爲能，真乃另是一具肺肝。

（鄭云）我自來未聞其名，知他會也不會。你這個小妮子，賣弄他偌多！

此是佳語，調侃不少。諸葛隆中不求聞達時，幾欲遭此人白眼。嗟乎！今日茫茫天涯，亦何處無眼泪哉！

【金蕉葉】憑着他講性理齊論魯論，作詞賦韓文柳文，識道理爲人做人，俺家裏有信行，知恩報恩。

又以二"論"、二"文"、二"人"、二"恩"爲好辭。"齊論魯論""韓文韓文"等字，尤爲醜不可耐。

（鄭云）我便怎麽不如他！

【調笑令】你值一分，他值百十分，螢火焉能比月輪？高低遠近都休論，我拆白道字辨個清渾。君瑞是"肖"字這壁着個立"人"，醜極。使人不可暫注目。你是"寸木""馬户""尸巾"。醜至此哉。

《西廂》寫紅娘云"我并不識字"，却愈見紅娘之佳；此寫紅娘識字，乃極增紅娘之醜。

（鄭云）"寸木""馬户""尸巾"，你道我是個村驢㞎，我祖代官宦，我倒不如那白衣窮士？

【禿廝兒】他學師友君子務本，你倚父兄仗勢欺人。他虀鹽日月不嫌貧，治百姓新民、傳聞。【夾】醜極。【聖藥王】這廝喬議論，有向順。你道是官人只合做官人，信口噴，不本分。你道是窮民到老是窮民，却不道"將相出寒門"。

上文琴童捷報已到，此處或是鄭恒未知猶可，何至紅娘口中亦全不記"探花及第"四字耶？看其支吾抵塞之苦，抑何至于此極也！

（鄭云）這節事，都是那法本禿驢弟子孩兒，我明日慢慢和他說話。又何也？總之枯筆無聊，又欲借和尚填湊幾句，便故爲此白。

【麻郎兒】他出家人慈悲爲本，方便爲門。你橫死眼不識好人，招禍口不知分寸。

真寫至紅娘與和尚出力，真另是一具肺肝。

（鄭云）這是姑夫的遺留，我揀日牽羊擔酒上門去，看姑娘怎生發落我。

【後】你看訕筋，發村，使狠，甚的是軟款溫存。硬打奪求爲眷姻，不睹事強諧秦晉。

（鄭云）姑娘若不肯，着二三十個伴當抬上轎子，到下處脫了衣裳，急趕將來，還你個婆娘。

【絡絲娘】你須是鄭相國嫡親的舍人，倒像個孫飛虎家生的莽軍。喬嘴臉、腌軀老、死身分，少不得有家難奔。已上謂之悍婦罵街則可，奈何自命曰《續西廂》也哉？

前讀《西廂》，見我鶯鶯有春雨閉門，下簾不捲之句，我猶恐連陰損其高情；又見鶯鶯有隔窗聽琴、月明露重之句，我猶恐濕庭冰其雙襪；又見鶯鶯有壓衾朝臥，紅娘彈帳之句，我猶恐朝光射其倦眸；又見鶯鶯有杏花樓頭，晚寒添衣之句，我猶恐綫痕兜其皓腕。蓋我之護惜鶯鶯，方且開卷惟恐風吹，掩卷又愁紙壓，吟之固，慮口氣之相觸，寫之深，恨筆法之未精。真不圖讀至此處，乃遭奴才如此抵突也。王藍田拔劍驅蒼蠅，着屐踏雞子，千載笑其大怒未可卒解，我今日真有如此大怒也。恨恨！普天下錦綉才子，誰以我爲不然？

（鄭云）兀的那小妮子，眼見得受了招安了也。我也不對你說，明日我要娶，我要娶！收科之文如此。（紅云）不嫁你，不嫁你！醜醜，醜極，醜極。

【收尾】佳人有意郎君俊，教我不喝采其實怎忍。你只好偷韓壽下風頭香，傅何郎左壁廂粉。此二語却是佳句。

第三篇完矣，細思之何必哉。爲張生添神采耶？爲鶯鶯添神采耶？費筆、費墨、費手、費紙、費飯、費壽，寫得惡札一通。

（紅娘下）

（鄭云）這妮子一定都和酸丁演撒！何忍。○不惟不忍紅娘，尚不忍張生也。○我于紅娘尚不忍，我其肯忍于鶯鶯哉？俺明日自上門去見俺姑娘，佯做不知，只道張生在衛尚書家做了女婿。渠意又考得元稹夫人爲韋氏，故將"衛"字爲隱，自以爲博聞。俺姑娘最聽是非，何忍。○我于夫人猶不忍也。他必有話說。休說別的，只這一套衣服也衝動他。自小京師同住，慣曾尋章摘句，姑夫已許成親，誰敢將言相拒？俺若放起刁來，且看鶯鶯那去？且看壓善欺良意，權作尤雲殢雨心。一派狗吠聲。（鄭恒下）

（夫人上云）夜來鄭恒至，不來見俺，喚紅娘去問親事。據俺的心，只是與姪兒的是：前賴婚，乃是妙文，此則豈復成一品夫人耶？況兼相公在時，已許下了，俺便是違了先夫的言語，做一個主家不正。辦下酒者，今日他敢來見俺也

（鄭恒上云）來到也，不索報覆，我自入去。（哭拜夫人科）（夫人云）孩兒，既到這裏，怎麼不來見我？（鄭云）孩兒有甚面顔來見姑娘！（夫人云）鶯鶯爲孫飛虎一節無可解危，許了張生也。（鄭云）那個張生？敢便是今科探花郎？此處鄭又知之。我在京師看榜來，年紀有二十三四歲，洛陽張珙，誇官游街三日。第二日頭踏正來到衛尚書家門首，尚書的小姐結着彩樓，在那御街上，只一球，正打着他。我也騎着馬看，險些打着我，怕你不休了鶯鶯。他

家粗使梅香十來個，把張生橫拖倒拽入去。他口裏叫道："我自有妻，我是崔相國家女婿。"那尚書那裏肯聽，說道："我女奉聖旨結彩樓招你。鶯鶯是先奸後娶的，只好做個次妻罷。"因此鬧動京師，侄兒認得他。（夫人怒云）我說這秀才不中抬舉，今日果然負了俺家，俺相國之女，豈有做次妻的理。既然張生娶了妻，不要了孩兒，你揀個吉日良辰，依舊入來做女婿者。何忍，何忍！（夫人下）（鄭喜云）中了俺的計了，准備茶禮花紅，過門者。（鄭恒下）

一片犬吠之聲。

續之四　衣錦榮歸

《西廂》爲才子佳人之書，故其費筆費墨處，俱是寫張生、鶯鶯二人，餘俱未嘗少用其筆之一毛，墨之一瀋也。其有時亦寫紅娘者，以紅娘正是二人之針綫關鎖。分時紅爲針綫，合時紅爲關鎖。寫紅娘，正是妙于寫二人。其他，即尊如夫人亦不與寫，何況歡郎？慈如法本，亦不與寫，何況法聰？恩如白馬，亦不與寫，何況卒子？此譬如寫花，決不寫到泥，非不知花定不可無泥；寫酒，決不寫到壺，非不知酒定不可無壺。蓋其理甚明，決不容寫，人所共曉，不待多說也。故有時亦寫紅娘者，此如寫花却寫蝴蝶，寫酒却寫鹽史也。蝴蝶實非花，而花必得蝴蝶而逾妙；鹽史實非酒，而酒必得鹽史而逾妙；紅娘本非張生、鶯鶯，而張生、鶯鶯必得紅娘而逾妙。蓋自張生自說生辰八字起，直至夫人不必苦苦追求止，曾無一句一字中間，可以暫廢紅娘者也。若夫人、法本、白馬等人，則皆偶然借作家火，如風吹浪，浪息風休，如桴擊鼓，鼓歇桴罷，真乃不必更轉一盼，重廢一唾也。今續之四篇，乃忽因鄭恒二字，《西廂》中鄭恒，真只二字耳，笨伯不達，視之遂如眼釘喉刺，一何可笑！既與獨作一篇，後又覆請多人，再遞花名手本，凡《西廂》所有偶借之家火，至此重複一一畫卯過堂。蓋必使普天下錦繡才子，讀《西廂》正至飄飄凌雲之時，則務盡吹之到于鬼門關前，使之睹諸變相，遍身極大不樂，而後快于其心焉。嗟乎！杜工部《畫鶻》詩有云："寫此神俊姿，充君眼中物。"彼一何其極善與之相反如是也！

（法本上云）老僧昨日買登科錄，看張先生果然及第，偏是道人心熱，偏是高士品低，偏是大儒不通，偏是名妓奇醜。如法本買登科錄，偏是法本買登科錄也！○近日朝廷遷除的報，最是諸山方丈大和尚口中極真。除授河中府尹。誰想夫人沒主張，又許了鄭恒親事，不肯去接。老僧將着肴饌，直至十里長亭，接官走一遭。安得不人天推擁，為一代大和尚哉？（法本下）

（杜將軍上云）奉聖旨，著小官主兵蒲關，提調河中府事。誰想君瑞兄弟一舉及第，正授河中府尹，一定乘此機會成親。小官牽羊擔酒，直至老夫人宅上，一來賀喜，二來主親。左右那裏？將馬來，到河中府走一遭。（杜將軍下）

（夫人上云）誰想張生負了俺家，去衛尚書家做女婿去了，只索不負老相公遺言，還招鄭恒為婿。今日是個好日子過門，准備下筵席，鄭恒敢待來也。（夫人下）

（張生上云）小官奉聖旨，正授河中府尹。今日衣錦還鄉，小姐鳳冠霞帔都將着，見呵，雙手索送過去。誰想有今日也呵！文章舊冠乾坤內，姓名新聞日月邊。

【雙調】【新水令】（張生唱）一鞭驕馬出皇都，暢風流玉堂人物。今朝三品職，昨日一寒儒。御筆新除，將姓名翰林注。

此可。

【駐馬聽】張珙如愚，用《論語》字，最苦。酬志了三尺龍泉萬卷書；鶯鶯有福，穩受了五花官誥七香車。身榮難忘借僧居，愁來猶記題詩處。從應舉，夢魂不離蒲東路。

此可。

（到寺科，云）接了馬者！（見夫人拜云）新探花河中府尹張珙參見。（夫人云）休拜，休拜！你是奉聖旨的女婿，我怎消受得你拜？

【喬牌兒】我躬身問起居，夫人你慈色爲誰怒？我只見丫鬟使數都厮覷，莫不是我身邊有甚事故？

此可。雖非佳文，猶是官話，故曰可也。

（張生云）小生去時，承夫人親自餞行，喜不自勝。今朝得官回來，夫人反行不悅，何也？（夫人云）你如今那裏想俺家？道不得個"靡不有初，鮮克有終"。我一個女孩兒，雖然妝殘貌陋，他父爲前朝相國。此成何語，且何苦作此語？若非賊來，足下甚氣力到得俺家？今日一旦置之度外，却與衛尚書家作贅，是何道理？（張生云）夫人，你聽誰說來？若有此事，天不蓋，地不載，害老大的的疔瘡！《西游記》豬八戒語也。

【雁兒落】若説絲鞭士女圖，端的是塞滿章臺路。小生向此間懷舊恩，怎肯別處尋親去。【得勝令】豈不聞"君子斷其初"，我怎肯忘了有恩處？

略嫌"恩"句重沓，然語意自佳，不忍相没。又嫌即前【賀聖朝】語，然此乃是小病。

那一個賊畜生行嫉妒，走將來厮間阻？不能够嬌姝，早晚施心數；説來的無徒，遲和疾上木驢。

亦且可。

（夫人云）是鄭恒説來，綉球兒打着馬，做了女婿也。你不信，唤紅娘來問。成何文理？

（紅娘上云）我巴不得見他，醜極。《西廂》十六篇亦都寫女兒情事，偏覺官樣；此亦一種筆墨，偏見小家樣。元來得官回來。慚愧，這是非對着也。（張生問云）紅娘，小姐好麽？（紅云）爲你做了衛尚書女婿，俺小姐依舊嫁鄭恒去了也。何苦哉！（張生云）有這蹺蹊事！何止"蹺蹊"而已哉？

【慶東原】那裏有糞堆上長出連枝樹，淤泥中雙游比目魚？不明白展污了姻緣簿？鶯鶯呵，你嫁得個油炸猢猻的丈夫；紅娘呵，你伏侍個烟薰猫兒的姐夫；張生呵，你撞着個水浸老鼠的姨夫。此稱謂奇絶人。壞了風俗，傷了時務。此等句，儉以爲大奇，因而欲擬元詞，便都硬撰一連數十句。殊不知其最是醜筆，便一連十萬句也易。

此雖從【青山口】一曲偷來，然最是元人醜詞，聖嘆所最不喜。○元人每用或相犯，或加倍字，硬撰作奇語，一連用入四五六七八句以爲能手，聖嘆每讀每嘔之。

【喬木查】（紅娘唱）妾前來拜覆，省可心頭怒！自別來安樂否？你那新夫人何處居？比小姐定何如？如聞香口，如見纖腰。古人果有妙文，聖嘆決不没也。

北曲通常用一人唱，無旁人雜唱之例。此忽作紅娘唱，大非也。獨惠明一篇爲北曲變例，然亦换過一宫矣。然其文一何妙哉。古語："細骨輕肌，百琲珍珠。"真便欲屬之矣。雖在《西廂》中猶稱上上，不意于續中有之。

（張生云）和你也葫蘆提了。小生爲小姐受過的苦，別人不知，瞞不得你。甫能够今日，焉有是理？

【攬箏琶】小生若別有媳婦，只目下便身殂。我怎忘了待月回廊，撇了吹簫伴侶。我是受了活地獄，下了死工夫。甫能够爲夫婦，我現將着夫人誥敕，縣君名稱，怎生待歡天喜地，兩隻于兒親付與。他劃地把我葬誣。

此一段更精妙絕人，又沉着，又悲涼，又頓挫，又爽宕，便使《西廂》爲之，亦不復毫釐得過也。古人真有奇絕處，不可埋沒。

（紅對夫人云）我道張生不是這般人，只請小姐出來自問他。奇奇，真是戲也。（請云）小姐，張生來了，你出來正好問他。（鶯鶯上云）我來了。奇奇，真是戲也，何苦如此，冤哉！冤哉！（相見科）（張生云）小姐間別無恙？亦殊冷淡。（鶯鶯云）先生萬福！（紅云）小姐，有的言語和他說麼。便如《水滸傳》閻婆之于婆惜然。（鶯鶯吁云）待說甚的是！

【沉醉東風】（鶯鶯唱）不見時准備着千言萬語，到相逢都變了短嘆長吁。他急穰穰却纔來，我羞答答怎生覷。腹中愁却待申訴，及至相逢一句也無。剛道個"先生萬福"。

此亦且可，總是庸筆弱筆也。

（鶯鶯云）張生，俺家有甚負你？你見弃妾身，去衛尚書家爲婿，此理安在？豈復成鶯鶯哉？（張生云）誰說來？前已知是某人，此又問？何也？（鶯鶯云）鄭恒在夫人行說來。（張生云）小姐，你如何聽這厮！小生之心，惟天可表！何不云：小生之心，惟有小姐可表？

【落梅風】從離了蒲東郡，來到京兆府，見佳人世不曾回顧。硬揣個衛尚書女兒爲了眷屬，曾見他影兒的也教滅門絕户。

此又好,沉着頓挫兼有之。

此一椿事,都在紅娘身上,我只將言語激着他,看他説甚麽。我寫張生,則決不出此。紅娘,我問人來,説道你與小姐將簡帖兒唤鄭恒來。何忍,何忍?猪狗不發此聲矣。(紅云)痴人,醜。我不合與你作成,你便看得一般了。醜。○一部《西廂》皆鏡花水月、鴻爪雪痕之文也。苦被此等咬嚼,便成閻羅鏡臺。千年業在,恨恨!

【甜水令】(紅娘唱)君瑞先生,不索躊躇,何須憂慮?那厮本意糊塗;俺家世清白,祖宗賢良,相國名譽。我怎肯去他跟前寄簡傳書?

此又醜筆也。

【折桂令】(紅娘唱)那吃敲才口裏嚼蛆,數黑論黄,惡紫奪朱。又用《論語》,不通無理。俺小姐便做道軟弱囊揣,怎嫁那不值錢人樣猢駒。"便做道",此何語也,喪心病狂,于斯爲極。恨恨!愛你個俏東君與鶯花做主,怎肯將嫩枝柯折與樵夫。那厮本意囂虚,將足下虧圖,我有口難言,氣夯破胸脯。

醜筆也。

(紅云)張生,你若端的不曾做女婿呵,我去夫人跟前一力保你。等那厮來,你和他兩個對證。何苦費如此筆墨哉!(禀夫人云)張生并不曾人家做女婿,都是鄭恒謊説,等他兩個對證。(夫人云)既然他不曾呵,等鄭恒來對證了,再做説話。笑殺七千人。

(法本上云)誰想張生一舉成名,正授河中府尹。觀其"誰想"二字,當初房兒借得着也,便畫盡善知識。老僧接官到了,再去夫人那裏慶賀。作《西廂》初寫法本時,更不料其後來至此。這門親事,當初也有老僧來,好和尚,可謂塵塵涵入,刹刹圓融。如何夫人没主張,便待要與鄭恒。若與了他,府尹今日來,却怎生了也?(相見畢)(禀夫

（人云）夫人今日始知老僧說得是，張先生決不是這等沒行止的秀才。他如何敢忘了夫人？況兼杜將軍是證見，如何悔得他這親事？大和尚口中，早是兩位官府。今日尤甚，蓋大和尚口中純是官府，非官府便不道也。

【雁兒落】（法本唱）杜將軍笑孫龐真下愚，亦復重言。論賈馬非英物；正授着征西元帥府，兼領得陝右河中路。【得勝令】是君前者護身符，今日有權術。來時節定把先生助，決將賊子誅。他不識親疏，掇賺良人婦；君若不辨賢愚，便是無毒不丈夫。

且不說其庸醜，乃至法本皆唱，豈有是哉？

（夫人云）着小姐臥房裏去者。（鶯鶯、紅娘下）

（杜將軍上云）小官離了蒲關，早到普救寺也。（張生見杜拜畢，張生云）小弟托兄長虎威，醜。得中一舉。今者回來，本待做親。有夫人的侄兒鄭恒來夫人行，說小弟在衛尚書家入贅，夫人怒欲悔親，依舊要將小姐與鄭恒。道不得個"烈女不更二夫"。（杜云）夫人差矣。俺君瑞也是禮部尚書之子，況兼又得一舉。夫人誓不招白衣秀士。今日反欲罷親，莫于理上不順。（夫人云）當初夫主在時，曾許下那厮，不想遇難，多虧張生請將軍殺退賊衆。老身不負前言，招他爲婿。叵耐那厮說他在衛尚書家招贅，因此上我怒他，依舊要與鄭恒。（杜云）他是賊心，可知妄生誹謗。老夫人如何便輕信他？

（鄭恒上云）打扮的齊齊整整的，只等做女婿。今日好日頭，牽羊擔酒過門走一遭去。（相見科）

（張生云）鄭恒，你來怎麼？醜極。筆墨之事至于此極，真是活地獄也！（鄭云）苦也！聞知狀元回，特來賀喜。（杜云）你這厮怎麼要誆騙良人的妻子，行不仁之事，我奏聞朝廷，誅此賊子。

【落梅風】此篇有兩【雁兒落】、兩【得勝令】、兩【落梅風】。（杜將軍唱）你硬撞入桃源路，不言個誰是主。妙妙。被東風把你個蜜蜂兒攔住。妙妙。不信呵你去緣楊陰裏聽杜宇，一聲聲道"不如歸去"。妙妙。

此惜又是杜將軍唱，真乃文秀之筆，未可多得也。

（杜云）那廝若不去呵，祇候人拿下者！（鄭云）不必拿。小人自退親事與張生罷。我亦不忍。（夫人云）將軍息怒，趕出去便罷。難難，總之何苦寫此。（鄭云）今日鶯鶯與君瑞爲夫婦，有何面目見江東父老，我要這性命何用，不如觸樹身死。妻子空爭不到頭，風流自古戀風流；何須苦用千般計，一旦無常萬事休。（倒科）（夫人云）俺雖不曾逼死他，可憐他無父母，俺做主葬了者。我亦不忍也，何苦寫至此，真爲惡札，可恨恨也。想彼方復以爲快，真另有一具肺肝耶。（杜云）請小姐出來，今日做個慶賀的筵席，看他兩口兒成合者，（張生、鶯鶯拜夫人科，又交拜科，又拜杜將軍科）（紅娘拜張生、鶯鶯科）此時法本站何處？

【沽美酒】門迎駟馬車，户列八椒圖，娶了個四德三從宰相女，第三從似早。半生願足，托賴著衆親故。【太平令】若不是大恩人拔刀相助，怎能個好夫妻似水如魚。好意也當時題目，正酬了今生夫婦。自古、相女、配夫，新探花新探花路。此語輕新。

上來特續四篇，想只爲此數語故耶，乃費盡無數氣力，而此數語又只草草，真不解何意也。

（使臣上，衆拜科）

【清江引】謝當今垂簾雙聖主，妙句。敕賜爲夫婦。五字妙句。永老無別離,萬古常圓聚,願天下有情的都成了眷屬。妙句。

結句實乃妙妙。

才子西廂醉心篇

太史陳維崧其年訂

驚艷

步香塵底印兒淺
怎當他臨去秋波那一轉

借廂

穿一件縞素衣裳

酬韵

隔墻兒酬和到天明

鬧齋

我是個多愁多病身，怎當他傾國傾城貌

寺警

筆尖兒橫掃五千人

請宴

我從來心硬,一見了也留情
端詳可憎

賴婚

他誰道月底西廂變作夢裏南柯

琴心

他做了個影兒裏情郎,我做了畫兒裏愛寵
中間一層紅紙,幾眼疏櫺,不是雲山幾萬重

前後

這叫做才子佳人信有之

鬧簡

金蓮蹴損牡丹芽

　　　　　　　　　　　後候

親不親盡在您

　　　　　　　　　　　酬簡

難道是昨夜夢中來

　　　　　　　　　　　拷艷

立蒼苔綉鞋兒冰透

　　　　　　　　　　　哭宴

昨宵今日清減了小腰圍

　　　　　　　　　　　送別

四圍山色中，一鞭殘照裏

　　　　　　　　　　　驚夢

慘離情半林黃葉

　　　　　　　　　　　捷報

一寸眉心怎容得許多顰皺

寄衫

治相思無藥餌

團圓

願天下有情的都成了眷屬

步香塵底印兒淺

　　留淺印于香塵，人遠而迹未遠矣。夫猶是香塵耳，而底印之淺，則步之者爲之也。斯真絕塵者耶，猶令人想起故步云，意謂人知仰觀焉而可思者，或俯察焉而無餘慕，即奚爲其輾轉予懷也？夫縹緲之姿，原遺世而獨立，而輕微之迹，轉即境而難忘；雖全體之嫣然杳不可即，而玉步珊珊，正可于彷彿間識其遺踪已。

　　殘紅芳徑，何其善爲襯也！落紅鋪綴，已覺景物之動憐，然而紅則殘矣。試思掩映于殘紅者方新也，嬌痕如篆，能無按之而眸痴？

　　深院寂寥，彌覺庭階之生艷。然而徑誠芳矣，猶恐依約于芳徑者易迷也。纖影欲飛，得毋尋之而心醉！

　　是則未步之先，香也而已積爲塵；既步之後，塵也而遂別有香。蓋香塵也，非伊步之，而何底印兒淺有如斯也？

　　體態之輕盈，不可形也，于其步而形之。當環珮漸遠，而僅得指其脚踪以爲想像，亦無聊之極致也，然而不能已也。蓋步却則印微，亦若有天然之化工焉。天上奇葩，豈似人間凡卉。夫凌波之襪，瀟湘之裙，無非極意珍重，以護此纖巧之質，而今者護之不及護也。睹兹半折，弓樣猶存，堪與枕上之臉印而并媚已。

　　腰肢之柔脆，不可傳也，于其步而傳之。當玉容莫覿，而猶得襲其後塵以爲摹擬，亦相思之要津也，況乎其宛在也。蓋步輕則印略，亦若有無心之剪裁焉。更妙。夫束以絞綃，緣以珠綉，無非多方愛惜，以飾此嬌小之形，而今者飾之有餘飾也。顧茲一彎，鳳尖無恙，儼與花上之捻印而齊妍已。

是步也，有時悄立蒼苔，或惜露華以留迹，然不如行行且止者之若隱而若見也。綽約翩躚。香塵其何知乎？何竟巧爲之傳乎？天下深者無餘而淺者不盡，類如斯矣。古有掌上可舞者，以此當之，則誠可舞焉耳。"淺"字刻畫盡致。

是步也，有時懶逾綉户，且避月影以藏形，然不若盈盈在地者之可儀而可象也。底印其多情乎？何竟默爲之留乎？天下濃者易滯而淺者入神，大抵然矣。古有步步生蓮者，以此方之，不啻生蓮焉耳。

我于此轉疑矣，脱令御風而行，何從覓艷迹于人間也。

我于此深快矣，猶幸不能奮飛，乃得挹餘芬于地上也。巧思蔚映。噫，誰能爲之學步耶？

錦心綉口，吐辭工麗。

怎當他臨去秋波那一轉

想雙文之目于臨去，情以轉而通焉。蓋秋波非能轉，情轉之也。然則雙文雖去，其猶有未去者存哉。張生若曰，世之好色者吾知之，來相憐，去相捐也。此無他，情動而來，情盡而去耳。鍾情者正于將盡之時露其微動之色，故足致人思焉。空際描神。

有如雙文者乎？最可念者，囀鶯聲于花外，半晌方言。而今餘音歇矣，乃口不能傳者，目若傳之。妙語可思。更可戀者，襯玉趾于殘紅。一步漸遠。而今香塵滅矣，乃足不能停者，目若停之。

唯見瀅瀅者，波也；脉脉者，秋波也；乍離乍合者，秋波之一轉也。點次錯落，字字醒露。吾向未之見也，不意于臨去遇之。

吾不知未去之前，秋波何屬。或者垂眺于庭軒，縱觀于花柳，不過良辰美景偶爾相遭耳。獨是庭軒已隔，花柳方移，而婉兮清揚，忽徘徊其如送者奚爲乎？所云"含睇宜笑轉，正有轉于笑之中"者，雖使靚修矑于覿面，不若此際之銷魂矣。是"怎當"神致。

吾不知既去之後，秋波何在。意者凝眸于深院，掩泪于珠簾，不過怨粉愁香，淒其獨對耳。惟是深院將歸，珠簾半掩，而嫣然美盼，似恍惚其欲接者奚爲乎？所云"眇眇愁予轉，有轉于愁之中"者，此爲高手畫美人。雖使開羞目于燈前，不若此時之心蕩矣。

此一轉也，以爲無情耶？轉之不能忘情可知也。以爲有情耶？轉之不爲情滯又可知也。見爲秋波轉，而不見彼之心思。有與爲轉者，吾即欲流睞相迎，其如一轉之不易受何？一轉中有雙文情緒和盤托出。真屬靈心慧口。

此一轉也，以爲情多耶？吾惜其只此一轉也。以爲情少耶？吾又恨其餘此一轉也。彼知爲秋波一轉，而不知吾之魂夢有與爲千萬轉者，借一轉字，對面番出爾許奇妙。吾即欲閉目不窺，其如一轉之不可却何？

噫嘻，招楚客于三年，似曾相識；傾漢宮于一顧，無可奈何。有雙文之秋波一轉，宜小生之眼花撩亂也哉！

風流婉媚，咳唾皆芳。有此錦心綉口，乃許做《西廂》文字，不然，是唐突題目也。

穿一套縞素衣裳

厥衣惟素，與淡妝而齊妍已。夫衣裳亦何足异，然有穿此縞素者，而遂覺其异也。豈曰無衣，便妙。蓋亦猶是淡妝云耳。張若曰，大凡色之可人者，不必其盡在容貌也，即一服飾間，而雅俗分焉矣。夫濃艷之章，非不足以悦世，乃往往有寧爲其淡，無爲其艷，而轉若大异俗情者，然後知其淡也，乃其所以爲艷也。妙句。

以予今日之所見是已，丰姿嫵媚，已令人一見而生憐，然而憐其人，并憐其衣也。想曉妝初罷，幾爲開篋而躊躇也。

容光淡蕩，已令人乍遇而動愛，然而愛其衣，并愛其裳也。想蘭麝微熏，早已對鏡而安排矣。

不見夫衣裳乎？伊所穿者，非縞素乎？

衣必有裳，猶淑女侍兒之相依也，故合之而成套也。嘗有顧影自嫌，而借此以掩其陋者，茲則無容掩矣。腰肢本自柔脆，一若有人與服稱者。雅淡之至，五彩當之而失艷，縞素焉已耳。豈必紅紫之悅人乎，夫素容可掬，似不若錦衣綉裳者，逞妖冶于春風之前，然而倍覺蕭疏矣。

裳以襲衣，猶夫人婢子之相隨也，確切。故配之而成套也。不遺"套"字。嘗有芳姿過人，而借此益盛其飾者，茲則無容飾矣。體態本自輕盈，一若有色與物宜者。白賁之至，美錦對之而含羞，縞素焉已耳，豈必篡組之多事乎？夫素質婷婷幾堪與霓裳羽衣者，并逍遙于廣寒之窟，當亦別有丰神矣。文亦別有丰神。

論玉骨冰肌，應似夜月之梨花，不謂與此縞素者兩相襯也，是綺羅中之太羹元酒也。嬌容似洗，亦惟是國色天真，而不屑以競鬥紅裙。襲香奩之餘習，素風其猶存乎，何幸于襟帶間遇之也。畢竟是書生口氣。

抑香腮粉臉，應似春雨之海棠，不謂與此縞素者遙相映也，是閨閣中之元裳縞衣也。纖質無塵，亦頗似大家舉止，而并非若憔悴青衣。少林下之幽致，素心其可白乎？何幸于妝束間傳之也。

然則邂逅相逢，幸睹衣香之在目，倘得殷勤笑語，奚愁素志之難通？所見若此，所思者愈可知矣。

中幅借淑女侍兒、婢子夫人，配出"衣裳"二字，直與《衛風》"綠衣黃裳"相爲表裏。

隔墻兒酬和到天明

願酬和之久者，羹墻之慕切矣。夫酬和也，而到天明乎哉，維隔墻之故，張仍爲此不得已之計耳。且從來兩惜之相違者，天也，而兩情之相合者，亦天。天能使兩情之相合，饒有風韵。而又限之以不得合，不幾疑天之厄人甚乎？雖然，氣求聲應，已邀天假之緣，亦惟期東方之既白，以永今夕之歡，斯已矣。吾得爲今茲之酬和思之：

方其清音嚦嚦，錦囊佳句。恍如月下聞鶯，而字斟句酌，不禁取原韵而奉酬也，芳心頓作錦心。

當其環佩珊珊，颯如清風之至。幾疑花外仙來，而韵和律葉，不禁出新詩而相和也，香口兼成繡口。斯時也，此唱彼和，不過隔墙而酬和耳；朗誦高吟，亦只酬和于片時耳，敢曰依永和聲，直到天明乎哉？折落空翠欲滴。

雖然，乘彼垝垣，以望復關，固有望之而心傷者。今雖色笑未親，而音律相接，寧致賦金玉之遐心。神駿可愛。東鄰巧笑，逾墙而從，亦有從之而快意者。今雖芝顏未近。而歌咏情深，又何妨竟夜之流連！

特是月出皎兮，而柔姿競秀，羅衣豈耐五更風也。知心人能說知心話。假我欲酬焉，爾無和焉，遑日曉鐘初動乎，而况有墙以爲之隔也。折筆入神。然而爾與我已心相契矣，果爾也賦"三星"之篇，我也咏"窈窕"之章。循墙步韵，宇宙內惟我二人默默賡同調也，則雖明星有爛，而敢問夜如何其乎！

抑零露團兮，而弱姿多芳，寒潭恐濕凌波襪也。假我欲和焉，爾無酬焉，遑曰曉鷄已唱乎，而况有墙以爲之隔也。"酬和"二字那有此分明。然而我與爾已志相通矣，果爾也歌邛須于舟子，我也賦美人于西方。面墙審音，天壤間惟我兩人寂寂稱雅奏也，則雖曙色將啓，而敢卜夜于方永乎！婉合。此所以願酬和到天明也。天下賞心之處，大都不限于時，故一唱三嘆，既幸兩美之相遭，尤幸兩情之畢達，則瞻望雲衢，即東有啓明，猶惜五夜之未長耳。歡娛夜短，人有同情。

吾人得意之境，大都形之于言，故恬吟密咏，非爲見才之地，實爲寫心之語，則側耳蕭寺，即東方明矣，猶恨達旦之甚短耳。隔墙人能使"惺惺惜惺惺"否耶？

摹當時情事，作癡心妄想語。靈思妙緒，觸手紛披，覺"銀缸斜背，小語低聲"之句，猶减此風流。

我是個多愁多病身，怎當他傾國傾城貌

慕其貌之美者，轉慮身之難持焉。夫張之身，因崔之貌而多愁病耳，今一見之，能勿慮其難持哉？若曰：天之于人，誠不可解也。以素所愛慕之人，而邂逅相遇，情幾慰矣，然而情轉難持矣。何則？他鄉之客，顧影堪憐，絕世文情，一自籌焉，恐不足勝其如玉之美，而徒辱多情之顧盼耳。

彼來清醮者，乃可意種也，而我亦何幸哉！便有情。我之栖遲蕭寺也，亦謂柔荑凝脂，飄飄而欲仙者，不啻梅亭之艷妝也，證佐妙。他之貌足令我情牽耳。

我之佇立，湖山也，亦謂蟬首蛾眉，溶溶而疏倩者，不減海棠之睡足也，他之貌足令我意移耳。而不圖他之貌竟傾國傾城如是也。非香烟人氣氤氳時矣。

今既覯止，而他之貌，與我之身，兩相值也，豈非天假之緣？亦既見止，而我之身，與他之貌，不相間也，豈非兩美之合？而我不誠幸也哉，雖然，其如我之多愁多病何矣。靈活生現。

夫我之愁，何自來也？婉孌季女，望之而心焉忉忉，愁不禁自此多矣。今佳冶窈窕，覿面而相逢，向之眉上愁庶幾解乎？心中事欲于紙上跳動。然而國色天香，楊妃醉谷，恐難比倫也。睠言顧之，則愁有悒悒而頻添者，夫以我多愁之身而值佳人之在望，其何以堪此乎！

我之病，何自昉也？彼美淑姬，思之而勞心悄兮，病不覺自茲多矣。今秀質芬芳，聚處于一堂，向之心頭病庶有瘳乎！絕對解人頤。然而妒月羞花，吳宮舞女，差堪上下也。薄言觀之，則病有慽慽而轉深者。夫以我多病之身，弄影。而適玉人之遙臨，其何能自持乎。

前此梵王宮前，凝眸一眺，未嘗親炙其光耳。茲之翩躚而來者，悠揚婉轉，即欲不魂消而不得，非巫峽山頭仿佛素娥之雲雨，而我愁病孤踪，怎敢比襄王之夢耶？使吃烟火人何慮着想。

前此月下聯吟，隔墻唱和，不遇望見顏色耳。茲之裊娜而至者，容與淡

雅，即欲不腸斷而不能，非王孫堂前，恍似文君之風流，而我愁病微軀，怎能效司馬之迹耶？宛如出水芙蓉。

噫！貌傾城矣，傾國矣，可意種何時得慰我愁，而藥我病耶？秋思誰家。

心中愛，口中憂，意新穎而情天嬌。雨過春山，茂林青翠，文有此致，得不拍案叫絕！

筆尖兒橫掃五千人

信退軍之策，筆若有鋒焉。蓋筆尖甚微也，五千人至衆也，張能橫掃之，其鋒孰敢當哉？雙文意曰：以寇氛之憑陵而問策于儒生，鮮不笑其無濟矣。先作奚落語，异樣神變。然而有文事者，豈無武備？古來折衝樽俎，而決勝于廊廟者，又何必身歷行間，而親冒矢石乎？則染翰制勝，若人久有奇策矣。出師表文，下燕書信，他不真有乎哉。前此宮殿相逢，只以爲柔弱士子，徒工翰墨已耳。熱腸溫語。不意鼓掌而前，竟爲崔氏之干城，吾母子之幸也。熱情如飄梅舞雪。前此月夜酬和，只以爲風雅文人，長于筆陣已耳。不意奮袂而起，竟作閨閫之甲胄，又我一身之幸也。只爲此耳。

所可慮者，儒冠儒服，未必如輕裘緩帶者之坐鎮疆場也，妙于似憂似憐。而況群虜紛紜，幾如壁壘，堅難破矣。誦詩讀書，未必如操弓挾矢者之禦侮行伍也，而況烽烟告警，肆其猖狂，勢其熾矣。而他所恃者非此一筆尖乎？

夫匹夫尚難奪志。今群聚而呼者，居然五千人也。以筆尖之飛揚，與五千之干戈孰利？先逆慮之，女兒情性爾爾。且一夫尚可當關。今鳥合而來者，儼然五千人也。以筆尖之揮灑，與五千之劍戟孰銛，精彩。如是而筆尖能橫掃五千人乎哉？

雖然，青鳥書去，而跳梁者將雲散也，則書生毛錐遠勝熊羆之斧斨。抑白馬將軍來，而跋扈者將烟飛也，五千人不如無人乎？則學士揮毫堪媲鷹揚之猛將。

穢聚者，利用掃。人至五千，疏"掃"字好。穢亦多矣。一搖筆時，不啻搤其吭而驅之，而香閨綉幕仍然蘭麝之氣，則鳳樓豈足擬其如椽乎。鸞鳳妝樓會有期，心滿意足。積塵者，道在掃。人至五千，塵亦甚矣。一走筆間，不啻貫其腹而攻之，而梵王玉宇依然清净之區，則封侯不難償其投筆乎。

吾思筆尖兒捷于弓矢也，雨打桃花，片片飛紅。吾思筆尖兒犀于介胄也。吾思筆尖兒突于戎馬奔走，而銳于鈎戟長鍛也，洋洋灑灑，誰與爲敵，微斯人，吾能復生乎？

意興淋漓而頓挫節族，一路似憐似惜，若愛若慕，身雖兩人，心已一片。小窗女郎，真有此情景。

我從來心硬，一見了也留情

心有動于所見者，亦非無情人矣。夫心硬則情難移矣，乃一見而留情焉，張乎其亦有心于紅否耶？若曰：今而知天下之足以移情者，匪直佳人爲然，即才郎亦復爾也。意中言何即知否？蓋丰姿韶秀，無論有心者見而相思相愛焉，即漠然無心于斯，而當亦既見止，情亦有難以自主者矣。

據張生之相貌才性，豈獨引動我鶯鶯乎？鶯鶯國色天香，每對鏡而自憐，天豈獨生其貌，而不歌"好逑"于"君子"？雅倩。吟風弄月，亦搦管而自奇。天豈獨賦其才，而鮮偕折桂之玉郎？則其見張生而留情爲宜也。若夫我，則何如乎？

名門婢子，我貌亦甚平耳，謙得好。既非若傾國傾城者擅美于當時，雖有擲果之車，能不撫心而自愧？深閨侍妾，我才亦甚拙耳，又非若柳絮舞風者著聞于一世，雖有江皋之贈，百媚橫生。亦竊問心而自慚。

若是，則臨邛之琴，我不聞也。有女不懷春，多負求凰之客矣。居然貞節女。抑執拂之奔，我無與也；標梅不傾筐，無爲庶士之待矣。何也？我從來心硬故也，乃一見張生而竟何如哉？軟哈哈怎把手抬。

雙蛾不畫，默鎖春山。豈真寂然無情乎？第以心匪石而可轉，我從來如是耳。至于今而忽變于崇朝，言念君子，温其如玉，有不覺神爲往而魂爲飛也。

真情現矣。

吉士誘之，無使尨吠，豈真匪我思存乎？第以心匪席而可卷，我從來若是耳。偏露馬腳，令紅娘生色。至于今而忽易于一旦，淑人君子其儀一兮，有不禁目爲招而情爲怡也。

自見于梵宮，而此情動矣，真個動。然猶以邂逅之間，未便爲芍藥之贈，今則覿面相親，亭亭玉立，雖欲硬吾心焉而不得。夫翰苑儀容，忽下湖陽之絳紗，援古作證，狡獪女郎。向竊笑其鄙也，而今無庸矣，女子善懷，情不相遠矣。

自見于寺警，而此情又動矣，然猶以倉皇之際，豈暇爲彤管之貽。今則笑話相迎，彬彬爾雅，即欲硬吾心焉而不能。夫褚郎美秀，忽來山陰之珮瑲，向竊嘲其穢也，而今無庸矣，玉人可懷，情略相同矣。自爲供狀，好。

一見了，也留情，況我鶯鶯如之何思？反扯小妞，更乖。

口中話着，心頭想着，落花有意隨流水，不知流水有情戀落花否？料小情郎必不爾爾。

端詳可憎

極言可愛之狀，觀者無徒得其略也。夫雙文之可愛，誰不知之，而紅顧曰"可憎"，蓋言可愛之不足以盡其美耳。張于交頸之時，其真能端詳否歟？且天下負奇之物，令人一望而盡者，必非其至者也。若乃天姿迥異，媚態橫生，此在居恒無事，尚且挹之莫窮其致，絕肖小紅口吻。而況際兩情融洽之會，而漫曰："吾略觀其大概也。"

如款款輕輕，吾之爲彼計也則然，而更有爲先生計者。嬌姿婀娜，難逃才子之目，第恐燕爾新婚，雖顧盼多情，而婉兮孌兮之致爲藻鑒之所遺者，或多矣。弱質輕揚，自飽文人之眼，第恐幽會初濃，雖極意周旋，而半推半就之態，爲領略之所餘者不少也。

曩聞先生喬寓時，曾以"可憎"謂之。斯固愛之而不能言，言之而不能盡也。而吾于此，尤願先生其端詳焉。

　　從來觀人于靜，不若于其動之爲得也。靜則寂處深閨，未免拘束，動則畢之達矣。望若瓊瑤，可憎者其鼻耶？搦如弱柳，可憎者其腰耶？櫻桃紅破，可憎者其口耶？不知亂我心曲，擬議雖工者，更自在五官四肢之外，文從千思百想中來。使非潛心徐玩，奚能使一心無留良也。

　　觀人于常，不若于其乍之較著也。常則婉轉從容，猶多率意，乍則其真露矣。鶯歌清脆，可憎者其音耶？淡白梨花，可憎者其容耶？秋波忽轉，可憎者其目耶？蕭疏之致，有如洞庭初波，木葉微落之時。而不知透人骨髓而仿佛終難者，別有在聲色視聽之表，使非息心領受，奚能盡彼美之底蘊也。

　　以兩地不世之姿，比入情。一旦而天作之合，則端詳正不獨在爾。顧女子有懷，而置身汗顏之地，自顧且不暇，遑問他人歟？

　　以抵牙慢想之痴，一旦而取諸其懷，則端詳又寧容復少。夫有女如雲，而良夜迢遙之會，當前或失之，尚堪追悔歟？句句是過來語。

　　雖良姻初締，日久則無所不知，妙。而嫩蕊方開，過此正難以多得。更妙。如以余言不謬，唯先生其留意焉。

　　婉轉言之，令人如醉如痴。有此俊婢，張生得不長跽請教？

他誰道月底西廂，變做夢裏南柯

　　事而忽變，人似夢裏行矣。夫月底西廂，至"請宴"而願可遂矣，乃忽變夢裏南柯，誰計及此哉？鶯蓋深爲之痛也，曰：古人云"浮生若夢"，雅倩。爲其事之難憑也。若夫以可憑之事，而爲嘉會之舉，方且幸燕爾新婚，如兄如弟，而不謂几筵之上，頓成恍惚，遂使秦樓之鳳，化作莊生之蝶，傷如何也！愀愴蘭簡同煎，悶殺人也。

　　玉液金波，他胡爲難咽哉？他則道一入侯門，競作乘龍之客，私忖懷恨之由，實有此情。而蕭寺凄凄，可不倚西廂而恨月。他則道偎傍綉閣，常伴金屋之嬌，而黃昏悄悄可不必待月于西廂。而今變矣，第見盼高堂而無語，愴然一喚，猿啼鶴唳。望紅粉而心傷，反不如不月底西廂，倚清風而泣露。對金樽而踟躕，撫華筵而嘆息，反不如不月底西廂，隔花牆而酬和。假非愛眷，怎能道他心中意。

當斯境也，睹斯況也，古有南柯之夢，是耶？非耶？夫畫堂高會，南柯中亦有其事。然而賓主情洽，雖夢裏亦覺其歡，普天下有情人同聲一笑。而豈似此寂寞堪憐耶？抑紅裙笑語，南柯中亦常有人。然而彼此情殷，雖夢裏猶多別境，而豈如此悲愁殆甚耶？

初不意綢繆束薪，咏三星于在天者，竟作枕上之魂也，訴冤情于誰投奔。而遂令南柯中忽開此東閣。

又誰知勺勺其華，慶之子之于歸者，乃愧高唐之會也，而遂令南柯中徒設此東床。

吁，嗟乎，花外流鶯，喚不醒襄王之寐，淚珠滴碎銅壺漏。而西廂之月不依繡幕之紅絲，而依牛女于銀漢也，其奈之何！已焉哉！長絲垂柳，繫不住仕女之意，而西廂之月不照藍甲之碧玉，而照參商于天角也又奈之何！

第爲我身綽約，變做睡裏之魔，猶其淺焉者也。夫睡魔亦可驅也，而月底事徒勞寤寐，其將誰驅乎哉？奈煩也夫。

抑爲笙歌悠揚，變做譙樓之鼓，猶其末焉者也。夫譙鼓有時歇也，而西廂下徒成虛願，其何日已乎哉？

念我張生西廂之夢，知不及邯鄲之睡也。君愧盧生多矣。只將離恨退江南。

兩人仇恨，從一人口中訴出，凄凄切切，傷心自憐。流淚眼觀流淚眼，斷腸人送斷腸人，同此一樣悲楚。

他做了個影兒裏情郎，我做了畫兒裏愛寵

怨極而辭生焉，故托于虛者以相況也。夫曰影曰畫其虛焉者耳，崔之比張以自比也，非怨極而何？今夫情之積也至幽，而終不能藏也，絕也至難，而終

不能遂也。用筆幽秀。夫此若近若遠者，亦復誰堪曲訴？只于筆墨間摹擬其萬一，以爲吾兩人第有是焉，何慘目也，何愴情也！

今者夫人之有初，而鮮終若此。方其初得記也，亦可謂大快其心矣。佳期伊邇，應屈指于燈前，誰知轉盼而茫然也，而他何望也。"他"字雋。即其未誓盟也，亦可謂甚洽吾意矣，良晤可期，竊縈懷于靜夜，誰知一旦而幡然也，而我何望也。"我"字雋。

吁嗟已矣，計竭思窮，轉嘆孤身慘戚，毋乃天乎，香消粉褪，空悲薄命艱難。所謂影裏情郎，畫裏愛寵，是耶？非耶？

以他之丰韵翩翩也，設與我促膝而同吟，則綠窗風物，盡收入乎奚囊，然而無如何矣。封曲檻之凄清，恨花陰之迢遞，拋書愁坐，盡有笑語難親者，意之密矣，緣之疏矣。意惟影兒裏有斯綢繆乎，鶴唳遙空，西風颯颯。而一言允諾之後，又何爲而至此乎？

以我之含情脉脉也，投與他拂几而鳴琴，則幽室餘音且瀠洄于焦尾，然而不堪念矣。嗟雲鬟兮零亂，盼佳客兮神傷，顧影自憐，蓋有音容難接者，其室則邇，其人甚遠。意惟畫兒裏有斯繾綣乎，而一心結契之餘，又豈期其止此乎？

向者閑階花滿，岑寂無人，他或怡情圖畫，則異日之情悰，意即于影而遙想矣。至于今日，萬斛愁思，皆成流水，是有虛情而無實事也。豈非徒寄情悰于仿佛也哉？

向者綉榻風清，凄其獨對，我或留意丹青，則他時之和好，人即于畫而默會矣。至于今日，半簾皓月空映湖山，是有人工而無天巧也，佳絶。夫何取此和好于虛無也哉？

嗟嗟！情親而無著，搦管傷心，意密而難投，披圖灑泪，我夫人其真狠毒也夫！

從古佳人才子，必先有阻滯，後乃遂佳期。鍾情者，每謂佳期一遂反覺平平，不如阻滯時影裏畫。裏偏有多少妙境。此能曲曲摹繪，披覽數過，如見其人，如聞其聲。一字一低徊，一聲一哽咽，寒鴉古木，有此凄愴。何物文心，技至此乎！

中間一層紅紙，幾眼疏欞，不是雲山幾萬重

室邇人遐，宛在雲山外矣。夫紅紙疏欞，非雲山比也。然而中間人竟不可即也，何如雲山幾萬重哉。今夫人結遙情于千里，雖關河綿邈，不啻接膝于同堂，況其地非遙，其人伊邇，忒煞多情。而謂其不可親哉？然欲相親而莫遂，思覿面而無由，則芸窗相隔，渺若天涯，心中恨極。有不禁感慨係之矣。疏簾風細，幽室燈青，裏外邊明明相望也。眄彼金鉤不挂，長控西廂之月。使其并坐相依，一彈再鼓，致足樂耳，然而其中多不忍言也。知音人必斷腸悲痛。迹其孤燈明滅，半照形單之客，新句淒愴。使其操縵相隨，促膝談心，胡弗快焉。然而其中殊多離恨也。

第見其響清風而蕭瑟者，非一層紅紙耶？襯花影之扶疏者，非幾眼疏欞耶？琴韵悠揚，非一層紅紙能遮如怨如慕之情，乃何以人在中間，彼之不能破紅紙而出，猶我之不能揭紅紙而入也？其音哀，其節苦。令人讀之泣泪沾襟。明皎月影，橫斜于紙上，而所謂伊人，似在蒹葭白露中也，可奈何！

琴聲嘹亮，非幾眼疏欞能鎖如泣如訴之衷，乃何以人在中間，彼之不能越疏欞而來，猶我之不能透疏欞而往也？迷離樹色，掩映于欞間，而允矣君子，如在秋水長天外也，可奈何！何日金雞下夜郎？

當斯際也，果雲山間隔，遠莫致之，予獨何心，而為此無聊之嘆？然而不過紅紙一層，相去無幾耳，乃予美亡此，誰解眉愁恨哉！然哀怨欲不說不能。紅紙胡不為紅葉之媒，而徒蔽望眼之穿也？所謂"歷歷雲山青天半落"者，夫豈是耶？

抑果雲山阻長，愛而不見，予又何心增此悲悼之情？然而不過疏欞幾眼，相隔無多耳，乃獨坐無偶，為歡傷哉！疏欞胡空有玲瓏之竅，而不作綉幕之牽也？恨不與行方便。真情真景。所謂"雲山縹渺，不能奮飛"者，夫豈是耶？

噫！不是雲山幾萬重，而中間人竟不得身相近也。吾其如此一層紅紙幾眼

疏櫺何哉！怎得劉阮到天台愀無奈。

情倦倦，意冉冉。楊柳名謂離別樹，芙蓉號作斷腸花。含涕凝眸，形容如畫。

這叫做才子佳人信有之

美名之無愧也，情相同矣。夫才子佳人，自有相思之致也。今觀夫張與崔，不其信然乎？若曰吾今而知情之不可以已也，風前橫笛斜吹。吾今而知情之不可已，其在兩美尤甚也。當其士美德音，女歌婉孌，而別後相思兩地之情形，竟無異于一人，苟非目擊其事，幾疑君子淑女之稱，徒浪得名耳。奚落世上人。

如我鶯鶯與張生，非一樣是相思哉？思净几明窗，或游覽于古今，或歌咏于詩書，豈非儒家業也，而胡爲有此倦倦之懷？妙作逗勢，正襟而談。抑蘭閨畫閣，或拈針而刺綉，或賞花而微吟，豈非紅粉事也，而胡爲有此沉沉之思？

咦！我早知之矣。夫天下不有叫做才子耶？抑不有叫做佳人耶？香唇點破，自有幽情逸趣。書生每多謔浪，顧蕩漾猶夷，恒寓意丁風雲月露之中，而傷春悲秋，自古才子往往有之。才子佳人，風流情致，俾俏紅寫盡矣。女郎頗多情態，顧摘花映鬢，恒寄情于柳色芙蓉之内，而春恨秋思，自古佳人往往有之。然而猶未敢遽信也，及觀此兩人，而竟然果矣。

天下惟雙好爲難覯耳。宋君如玉，未聞佳偶；陸生多才，不傳内子。才子而不遇佳人，則雖吟風弄月，曾有紅顏之堪憐乎！摇曳處芳香襲人衣袂。乃觀我張生，書齋瀟灑，掩卷而心傷，其情之所鍾，恍惚于動静之間，假非才子，而何以有此纏綿曲摯之情也。

天下惟二美最難獲耳，歌舞吳宮，未遇畫眉于張郎；吹笳北塞，自恨無緣于漢主。佳人而不遇才子，則雖脂香粉膩，曾有情君之可憶乎！乃觀我鶯鶯，花月簾櫳，顧影而長嘆，其情之所戀，離迷于行止之間，請普天下相思來質證。假非佳人，何以有此綢繆固結之衷也。

夫書相思于桐葉，賦求鳳于琴中。我于閨閣中竊聞其名，而未親閱其事。今就兩人觀之，而丁香枝上，豆蔻梢頭，美秀不愧六朝風韵。才子乎，佳人乎，兩人一心。這芳名舍是莫屬矣。

抑紅葉而寄流水，紫衣而出陽關，我于侍側時竊聞其事，而未目睹其人。今就兩人觀之，而一分風雨，一分愁悶，才子兮，佳人兮，异地情同，這令名匪是弗充矣。

雖然，情之弗遂獨才廣佳人乎哉。峰青江上。

愛之慕之，敬之重之。滿口誇獎中却存自己身分。"舞低楊柳樓心月，歌盡桃花扇底風。"文有此致。

晚妝樓上杏花殘

杏花而既殘也，不及美人妝矣。夫晚妝樓上，鶯之常耳，而杏花殘矣，春日遲遲，非其時耶？紅若曰：天下美人之態，半形于妝臺。吸此清光傾肺俯。而無聊之思，多生于薄暮，何也？顧影徘徊，黃昏獨坐，已足傷矣，況飛花點點，春意不可久留，豈草木之無情，亦東風之有意，其時其事猶堪追憶也。

我之做撮合山也，豈爲張生哉？我願你今夕何夕，快三星之在天，而無如不我諒也，樓上佳期只自負耳，廣寒誰伴幽獨？我憐你牛女常睽，欲鵲橋之高駕，而今反增罪戾也，樓頭紅杏諒予心耳。你不嘗日上高眠，垂流蘇而泪落乎？則簪墜珊瑚，春山慵掃，其常也，而此非其時也。嬌女喁喁絮絮，恍如倚風三弄。你不嘗春日曉起，對菱花而長嘆乎？則綠雲繚亂，無意塗鴉，其常也，而此非其候也。

吾猶記你之晚妝樓上也。日之既夕，只堪自憐，誰與爲歡而爲此晚妝也？吾知妝成獨坐，縱足銷魂，亦不過鏡中之雙影。風雨凄悲。夕陽在山，人情多倦，誰適爲容而晚妝樓上耶？吾知妝罷低佪，縱極含態，又其如畫眉之無人。晚烟裊裊，綉不出鴛鴦逐隊，而晚妝焉胡爲者！樓閣重重，望不見巫峰十二，而晚妝又奚益者！

意者欲以羞花之貌，競花枝而比笑，而花顏易老。能消幾個黃昏！皓月照黃昏，眠猶未得。意者欲以如花之容，傍花名而增色，而東皇不情，莫禁妒花風雨。

當斯時也，啼鶯倦矣，點題趣甚。蝶影亂矣，芳草連天而柳絲拂地矣，起視杏花而杏花不已殘乎？

坊名碎錦，豈乏金釵，然不如樓上晚妝更風流而可愛。杏苑看花，名動彩樓，然不如晚妝樓上覺香艷之移人。傳奇妙境。

至于杏花殘矣，春光半去，莫挽嬌姿，吾恐與陌頭柳色，共悔夫婿封侯。杏花殘矣，韶光九十，半點香泥，即或有金勒馬嘶，知少玉樓人醉。飛絮亂紅也，知春愁無力。前此燕子初來，已覺日色融和，喜晚妝之甚。而況于杏花殘也。思前想後，真個解事侍兒。後此熏風乍拂，又覺天氣暄妍，恐晚妝之不耐，而猶值杏花殘也。

方快溫風吹而寒氣消，花柳媚而精神爽，而晚妝者，奈何猶自怯衣單也。

殘紅零落脂胭色，春恨難消；淡月矇朧妝鏡奩。黃昏怎耐？悲艷交集，情緒蒼涼。

金蓮蹴損牡丹芽

形直行之致，金蓮至今傳矣。蓋牡丹有芽，胡爲蹴損之乎？然而金蓮有情，不禁與之相觸耳。若曰：人之心有所屬者，欲求其有益也，而不覺其有損，蓋彼非實有所摧殘也。意皇皇清麗。其難已，步遲遲而不能遵。彼微行如有所礙焉，鶯鶯之行豈僅若池塘睡鴨，楊柳栖鴉哉？

當良夜之深沉，使其清燈刺綉，則停針無語，妙語解頤。宜做并頭之蓮。望月明如畫，使其高枕孤眠，則夢入高唐，恐有芍藥之贈。

今胡爲循曲檻而徘徊，望湖山而佇足，遂使窄窄金蓮，不憚跋涉之勞。胡爲尋花陰之曲徑，履芬芳之幽途，遂使小小金蓮，不惜往來之苦。

憶爾時陰陰者花墻耶？芊芊者芳草耶？俯視池塘，未見荷錢之小，仰觀楊柳，如垂繫恨之絲。襯箄百媚橫生。而于其中具富麗之質，擅洛陽之勝者。非牡丹芽耶？

謂為三春富貴，則人之視牡丹也甚重。而當其為芽，雖有可異之姿，猶未標奇于魏紫。謂為眾卉君王，則牡丹之自視也不輕，而當其為芽，雖在方苞之際，亦已推美于姚黃。

若然，則護之惟恐不深，惜之惟恐不至，扶之植之，灌漑而長養之宜也，鶯獨何心而金蓮蹴損也哉？礙月低花奈何。得毋以金屋多愁，好句似仙。妒彼西施之號，故環佩珊珊之下，踐踏加之？然而金蓮無心也，芳徑行來，精思纏綿動人。有適與之相值焉耳。得毋以玉堂人杳，空有學士之稱，故紅裙搖曳之際，蹈履及之？然而金蓮不知也，穿花而過，有偶為之小厄焉耳。疏別趣甚。

在牡丹生機未暢，忽遭意外之侵，牡丹之不幸也。在金蓮行迹匆匆，忽與國色相傍，則又金蓮之幸也。

以彼芽出翠草，我羨花嬌。頗似閨中之處子，蹴之為何？然不過蹴焉已耳。初非若笑折花枝者之不情。以彼芽尖初吐，又似情竇之相引，損之為何？然不過損焉已耳。初非若揉碎花心者之太甚，而況頭上玉簪更足關情乎？

心中事、腳下情。非不惜花枝。只緣春去得忙。思清夜悠悠，誰與共賞？故爾無心一撞。筆底寫來，奕奕動人。

親不親盡在您

深欲其親者，為之專其責焉。蓋張之于崔，親也，而非不親也，然其親豈异人任乎，紅是以臨去叮嚀耳。且以生平所甚慕之人，一旦惠而好我，吾知而時之情，濃而非淡也明甚。然以意中之事，設一意外之想，或事不可知，而柔弱書生未盡解其中況味，小婢子放刁，趣極。則此際之相愛與否，惟在身其事者實受其任。而非他人所得過而問也，肯不肯怎由他，則不由他者您也。

蕭條旅邸，忽邀仙子之會，角枕粲兮，其喜何如！以您而自揣，應知骨肉之相依。代躊躇偏入情。寂寞空齋，疑入高唐之夢，錦衾爛兮，其樂何極！代您而思維，頓覺神情之若合。

若是則親焉宜也，當其始至，則親韓壽之香，雖未顛倒衣裳，頗似解衣并臥光景。而同心者自覺其臭之如蘭。

及其既至，則親姑射之肌，雖未式食。個中情事，一一曲致。庶幾而綢繆者，又覺其甘之如薺。

思前此秋波一轉，欲携手而不能，而今之盈盈可愛者，話中帶刺，是奚落書生。其間不能以寸也，即多方親之，而豈厭其綢繆。

前此隔墻聯吟，欲促膝而不得，而今之笑語可接者，乃不違顏咫尺也，即極意親之，竟參透風流調法。猶尚嫌其情薄。

于斯時也，即無知之子猶謂千金一刻，而況于風流才士乎？即寡情者流亦幸羽化登仙，而況于相思情種乎？若是則親焉宜也，而忍不親乎哉。

或者以禮義之範，竊鄙臨邛之琴，則以引鳳簫史而爲閉户男子也未可知。嘲笑張郎實有是情。或者以多病之體，莫投桑下之金，則以擲果潘郎而爲坐懷柳下也未可知。

使來親焉，則體天地生才之心，而兩美必合，爲古今之佳話，恰似過來人。而豈其敗德。倘不親焉，則體聖賢好色之戒，而守身如玉，爲幽室之君子，而豈其負心。

欲爲佳話耶，惠然肯來，如鼓瑟琴，誰爲禁也，而令其不親乎？欲爲君子耶，人之好我，匪我思存，誰能强也，而令其相親乎？

盡在您而已矣，予亦從此去矣。輞川畫圖。

曲曲折折，恰是侍奉閨閣中女郎語，溫柔軟媚，屬望情殷。

難道是昨夜夢中來

非夢而疑爲夢，快何如矣。夫鶯既夜就則非夢中矣，張惟快之至，聊作此疑猜耳。若曰：今何幸而不才書生忽有此奇緣也。向亦曾于寤寐中作高唐之夢，無何而月照半床。孤枕單衾，琴瑟和諧，不妨真情吐露。以爲今生大抵如斯耳，乃不意今夜相逢，得邀神女之會。噫嘻！是耶？非耶？益令我惝恍而難釋矣。

我審視明白，則香埃猶是也，而何以零露瀼瀼，至今夜而生香？閒階猶是也，而何以清風颯颯，至今夜而如暖？書猶是也，而何以月色皎皎，至今夜而更融？

將以爲真耶，花影迷離，恰是新郎不懷此事情景。豈竟是天台之路？將以爲非真耶，蘭麝香幽，豈猶屬陽臺之寐？流鶯聲囀，猶在耳也，而枕畔嬌啼，胡不聞芳心一語乎？滿心歡喜，薄謂優柔。芳馥襲人，猶沾衣也，而情態含羞，胡不見彤管相贈乎？萬般愛惜，笑裏輕輕語。

方其翩然而至，以爲平昔愁思至此而可釋，然而桃花流水，轉生劉阮之疑。抑其惠然而來，以爲從前幽怨至此而可慰，然而爲雲爲雨，旋起襄王之慮。片時佳景。

意者爾時情事乃夢中耶，抑兩人歡愛乃昨夜夢中來耶？

前此情韵，今堪爲引鳳之簫，而倚紅傍翠，真乃作合自大也。情懷蕩漾無邊。第曉鐘初動，欲留焉而不能，欲別焉而不忍。我爲之微察焉，多情何自而至止，豈明明軟玉溫香，今日方知黃昏滋味。夫猶是邯鄲道上也？

前此酬和，今無異白藕之吟，而錦帳春生，真乃并蒂芙蕖也。第曙色將起，方兩情之真濃，倏歸期之甚疾。兩眸清炯，形容睡起之妙，良足動人。我爲之端詳焉，玉人何因而來思，豈明明嫩蕊嬌香，夫猶是南柯就裏也？

我方謂旅邸幽窗，難爲金屋之貯，而不意不畏多露，徒顛倒乎衣裳，遂令一夜綢繆，如在依稀仿佛間也。最是五更留不住，向人枕畔著衣裳。奈何！我方謂生花銀管，未及畫眉之候，而不意三五小星，欲肅肅而宵征，遂令三更輾轉，竟在恍惚難憑時也。

難道梅帳脂粉，是夢中陽臺耶？玉骨冰肌，是夢中佳麗耶？向來愁悶如風捲。何等快活，偏下猜疑，妙絕。溫存款洽，是夢中景況耶？而今不然矣，吾亦何幸而有今日也！

味濃趣幽。有口不盡言，心下快活自省光景，真絕世風流住製也。

立蒼苔綉鞋兒冰透

立久而鞋透，知耐此苦境之難也。夫紅之立，以待崔而立也，至于鞋已冰透，而其時尚可追憶耶？今夫凄清之境，未身受者，或漠不相關耳，否則，身受之後，而晏安無事，亦視爲固然，獨至時危事起，而向之歷歷親嘗者，一舉足而難忘，有令我不堪回想者焉。

我之悄聲于窗外也。夫亦以聲自窗內而出，斯不敢聲自窗外而入耳。豆蔻香濃之會，已忘身在人間，而豈復知袖手旁觀者弓彎最苦。抑以窗內而爲其動，斯于窗外而不得不爲其靜耳。鴛鴦睡穩之餘，恍似夢游天上，而豈復念花階久待者蓮步生寒。實實可憐。

想斯時也，憶斯境也，立蒼苔而綉鞋蓋已冰透云。

向者抱離恨于書齋，倚門凝注，赤舄而立蒼苔矣，然未若予之凄其獨立者倍覺難堪也。傍闌幹而視夜，玉漏迢迢，對簾櫳而惕情，花光隱隱，夫吾亦豈敢惜此綉鞋乎？而漸入而漸警，有難禁其冰透者，此境何能一刻安也。文情邃遠，知音者芳心自懂。

向者聽琴聲于窗外，芳徑遷延，鳳鞋而立蒼苔矣，然未若予之蕭然孤立者倍覺難忍也。睹月色之橫空，衣涼似水，數更聲而難盡，夜永如年，澄潭秋月，有此靜細。夫初亦無暇計及綉鞋耳，而愈久而愈潤，有不覺其冰透者，此境何能一日忘也。

即曰身過花間，應嘆沾濕之好，然而過者只領其趣，立著并耐其煩，甘苦則固有分矣。觸手靈通，妙緒紛來。夫金針笑拈，向亦幾費經營，乃積久而成者，一旦而敗之，我則何爲也哉？

即曰緩步香塵，也存底印之淺。然而步者留艷迹于人間，立者受凄凉于足底，勞逸則固有間矣。夫連宵佳會，此事豈堪告人，顧當境者固爲一朝失足，雙文自應無辭。而局外者亦且鳳尖多羨，其誰憐我也哉！

嗟夫！尊者宜逸，卑者宜勞。豈有怨心？而功則爲首，緻。罪則爲魁。偏成禍種。爾其謂我何！

雲斂晴空，冰輪乍涌。文心文境，彷彿似之。

昨宵今日，清减了小腰圍

形之忽异也，撫時而心傷矣。夫小腰圍而何以忽清减也？惟昨宵今日故耳。傷哉鶯鶯，何以堪此，意曰吾竊悲夫命之不猶也。淚浥西風。始謂獲佳耦以終身，庶幾骨肉相依，無有別恨之傷懷抱矣。不意歡愛伊始，忽爾睽違，而憔悴損人，差比梅花之瘦也。無情汴水向東流，那管人愁？天實爲之，其謂之何？

今者意似痴，心如醉，非似行色匆匆故耶？思昔翠被生香，嫣然而鬧春風，斯時伉儷相隨，環珮珊珊之餘，別有風光之堪挹也，曾幾何而至于昨宵矣。苦雨凄風，令人悲楚。綉閣留春，悄然而畫雙蛾，斯時琴瑟相諧，羅袖翩翩之下，別有容顏之可慕也，無限傷心事，盡在此中。又幾何而至于今日矣。

噫，昨宵今日而尚忍言哉！深可浩嘆。顧影自憐，非復曩日神形，撫膺長吁，自异從前體態，予方謂形單影隻，未長惹桂枝之香，嗟何及矣！乃背銀缸而解羅帶，覺蘭麝猶是，而鬆焉私褪者，竟不可以分寸計也。方謂薄衾孤枕難，早種並蒂之蓮，傷如何矣。抑鬱情，真正是凄涼景。乃對牙床而整榴裙，覺艷色依然，而寬焉有餘者，若竟難以大小數也。

噫，我腰圍原自小耳，至昨宵今日而胡清减一至斯耶！滴滴是血，滴滴是泪。

風前解舞，柔弱自堪憐耳。至昨之于今，曾爲時幾何而柔者復已减也，無數悲情。腰肢纖纖，別有愁懷，而非關愛月眠遲矣。小蠻楊柳，瘦影自天成耳。至昨之于今，曾流光有幾而瘦者乃竟益减也，細腰裊裊，殊多離恨，而非是惜花朝起矣。又嬌柔。

前之窗外賞音，業已相思入骨，小腰圍非不清弱也，然而暖玉生烟，清减者旋而輕盈矣，不料昨宵與今日而事不同也，何須抵死催人去，恨極，悲極。所謂雲雨巫山斷人腸，有如是心傷耶？抑病裏回文，亦幾心內如灰，小腰圍非不清削也，然而玉樓人醉，清減者轉而妖娜矣，不料今日較昨宵而悶轉深也，所謂冰雪一番寒徹骨，真不堪回首。有如是情慘耶？

斯時欲訴清減之苦，又恐灑離人之淚，自顧腰圍，說與他人掂量，千般愛惜，萬般愁悶。惟有飲恨而已。欲話清減之形，又懼嗔慈親之怒，私視腰圍只有咽淚而已。稚小女兒又極苦惱。

噫，我而若斯實命不猶！嗟我懷人，復不知何如黯然魂消也。嗚咽欲絕。

離別景況，依依不忍捨割。一是悲紅顏薄命，一是怨堂上娘親。琵琶曲未終，猿聞已斷暢，人生何事苦離家邪？

四圍山色中，一鞭殘照裏

指張生之所在，若有不堪極目焉。夫山色殘照，《行路難》之所由作也，雙文即其所在而指言之，亦曰傷心慘目有如是耶？想其謂紅娘曰：天地間之最動人歸思者，莫如山色，而最慰人懸望者，莫如殘照。何則？天涯游子，觸景增懷，對青山之無恙，久客而悲他鄉；睹落日之無多，長策而歸故里。人情往往然也，要未有傷心特甚如今日者。

汝不見他之所在乎？惜別匆匆，未問停驂于何地，然無何而其人已去矣，又無何而其人漸遠矣，則夫山起人面，何心賦翠微于江樓。文有賦心。

行道遲遲，方恨分袂之太早，乃未幾而村烟亂起矣，又未幾而寒鴉噪晚矣。則夫雲傍馬頭，徒見澹夕陽于秋色。

彼夫意淡如無，色濃似染者，非四圍山色耶？疏林黯淡？古道蒼黃者，非山色中之殘照耶？而一鞭倦舉，行行且止者，非伊人耶？

遙岑絕巘，非徒壯宇內之奇觀，夫亦天設之以限游子之行踪也。使山而果能限之，我爲山功矣。今也匹馬長征，曾不嘆其修阻，山何功乎！匪第無功也，而後乃今過山。豪莊筆意。

惜寸惜分，何爲傷駒隙之易逝，夫亦書傳之以警客子之浪迹也。女子解書，往往以錯更妙。使日而誠能警之，我甚愛日矣。今也仗策西游，曾不辭夫薄暮，日何愛乎！匪惟不愛也，而後乃今畏日。

曷爲其過山也？夫猶是山色耳。胡然而不圍之使來，真不可解。胡然而偏圍之使往，是山色亦殊不情也。雖登高作賦，只憎忉怛耳，亦安用此纍纍者爲？

曷爲其畏日也？夫猶是殘照耳。胡然而不照之使留，胡然而偏照之使去，是殘照亦殊多事也。雖日暮長吟，徒亂人意耳，又安用此隱隱者爲？

縱异日者，西樓悶倚，忽見山色中有夾道而馳者，彷彿伊人也。錦衣與山光交映，遙情逸致。而蒼翠欲滴，不且鬚眉皆綠乎？遙而望之，差慰離愁矣，而此時則人安在？

南郊極望，忽見殘照裏有揚鞭而前者，依稀伊人也。青驄與赤烏爭馳，雖昏黃欲暝，不且人歸故園乎？即而視之，實獲我心矣，而此際則難爲情。

嗟嗟！伊人去矣，悼也何如。爾爲我歸告夫人曰車中人，車中人早已心隨馬塵而俱遠矣。聖嘆所謂入夢之因。

寫景則滯，寫情則活，故自筆筆入妙。

慘離情半林黄蘖

草木無情，若助有情之慘焉。夫黃葉半林，于人何與？然而離人見之，不覺增慘矣。而謂情能已耶？意謂天下最足關情者，林間樹色耳。賞心者見之而喜，感懷者見之而悲。非物之能移人也，亦人之自爲之也。若乃睹長林之秋色，望美人于遐方，寓目傷心，未知彼何如也，而予情不忍忘矣。兒女情長，英雄氣短。

望蒲東蕭寺，豈僅暮雲遮哉？雖未嘗重巒叠嶂，聳夏雲之奇蜂，然冉冉者已不能倩西風而疾掃。

未嘗五色呈彩，慶卿雲于此夕，然磊磊者又不得伊歸鳥而偕飛。"吳山點點愁"

而況襯閑雲者又一望無涯也，聽秋風之蕭瑟，乃知聲在樹間。新愁幾許，弱絲千縷，最不忍聞。

況映征袍者又觸目無限也，睹秋光之黯淡，非是霜林醉染。

噫嘻，顧兹半林黃葉，而離情倍增矣！

既不與窗前蕉葉堪書相思之字，而徒蕭瑟林中與征夫而相對嗟哉？林葉毋亦離愁相繼，而有此黃瘦景象耶？爲知樹不害相思乎？復不與御溝紅葉預爲幽思之媒，而徒參差林間與愁人而若合傷哉？林葉毋亦離恨多端，而至于黃落可憐耶？無情生情。

夫合歡之樹今雖難見，然胡不維葉萋萋，比美于葛藟，而乃芸其黃矣，徒使人悶轉深也。連理之枝今縱難求，然胡不其葉蓁蓁，傳盛于桃夭，而乃其黃而隕，徒令人惹恨長也。人托草木以起興，良有以也。

思我離情，如之何勿慘耶？

黃葉之下此往彼來者，盡是東西南北之客，誰則無情而顧傷心自予乎？幾葉秋聲和雁聲，行人不要聽。然而予自慘矣。違顏未幾，乃不能笑攜紅袖，爲點鴉黃，而僅于一鞭殘照中，徘徊林木之間，脱草木有知，應亦傷我之腸斷矣，慘何如矣！黃葉之間度阡越陌者，悉爲楚水吳山之士，誰非離人而顧惟予情深乎？然而予更慘矣。別路無多，乃不得并倚妝臺，笑貼翠葉，而只于琴劍蕭條間，四顧秋容之老，脱伊人日擊，更未知何以魂消矣，慘何如矣！真情話不減杜鵑啼。

睹此半林，無异半床清冷，眷彼黃葉，又何异黃昏時候，趣而哀。行行且止，吾其如此慘離情何！

別後情緒，睹景傷感，愈覺悲凉酸楚。語語從血性中流出，令人泪灑天涯。

一寸眉心，怎容得許多顰皺

愁上眉心，欲不容而不得矣。蓋眉心方寸地耳，怎容顰皺哉，而況其許多也耶？若曰自伊人之遠別也，幽恨常積于眉頭，無日不思。然使積而可舒也。則對鏡自描，學春山之淡遠，予何爲此蹙蹙乎？無如幽恨偏多，雖欲舒焉而不得，其奈之何矣！

無了無休，我何時而不思量哉！

向亦謂暫離琴瑟之歡，旋獲于飛之樂，而今竟何如也？世間女子，又想誥封，又想琴瑟，痴情往往如此。遠岫參差，時橫雙黛，予情自此深矣。向亦謂一入鳳凰之池，旋并鴛鴦之枕，而今又何如也？雲山千叠，日壓秋波，予心益滋切矣。

蓋眉心之顰皺亦已久矣。

我不知風雨雞鳴，見君子而心夷者，其眉心何如也。然而得意忘家，應不效西子之顰。借他人陪襯自己情衷，妙絕。我不知三星邂逅，見良人而色喜者，其眉心若何也。然而聚首爲歡，知不作波紋之皺。

事不感懷，憂堪自慰，雖顰皺焉能幾許也，而何不可容乎。人不關心，亦可稍寬，有理。雖顰皺焉亦無多也，而胡不能容乎。

今者欲以百丈愁城，繫我相思之客，無如愁自長而眉心短也。心如結兮，而豈似眉心之結耶？今者欲以望眼連天，女媧補不了離恨天。盼我征人之至，無如眼欲開而眉心斂也。離情未斷，又幾見眉心之斷耶？

自春徂秋，計時可待耳。而許多顰皺積纍于眉心者，更多于悠悠之歲月。君門萬里，計程可至耳。而許多顰皺縱橫于眉心者，更多于迢遞之山川。

既不似芙蓉之面，尚容翠鈿之貼，而一彎新柳，恨壓三峰，冤家何事還不到？縱欲展焉，而亦烏能展乎？又不似如雲之鬢，襯得妙。堪容雙鳳之翹，而一痕初月，愁叠層巒，即欲揚焉，而亦烏能揚乎？

噫！一寸眉心怎容許多顰皺耶？嗟乎！淡掃蛾眉，獨嫌脂粉，畫眉張郎，笑倚妝臺，彼獨非人情乎，而予何爲蹙蹙如此也？

別後思量，萬難排遣。摹繪情事，真是深閣中切切自憐自傷語。

治相思無藥餌

　　望美人而不見，藥難療矣。蓋藥餌所以治疾者也，而治相思則難矣。此亦惟相思者自知之耳。且天下有情之與無情誠有間矣，而吾獨不解夫有情者何以病轉甚也。語淡情濃。蓋病因情而生，而情之莫慰，病于何痊，縱有良醫，其如沉疴之難愈何矣。

　　醫雜症有方術，亦不過恃此藥餌耳。

　　病起于有所感，或憂愁而莫遂，或勞苦而無休，雖所感不同，然因乎境而非因乎人也，雅倩。藥可治也。抑起于有所傷，或喜怒之不時，或饑寒之無節，雖所傷各異，然出于身而非中于心也，誰勸你這般心動。藥可治也。

　　若相思則不然，彼美人兮，誰與獨處，愛而不見，搔首踟躕，此病若何而謂可治耶？

　　彼思我而我不思，則彼獨思也，而非相思也。非相思，則可易矣，以藥餌易之而霍然起矣。我有思而有不思，則偶然思也，而非相思也。非相思，則可解矣，以藥餌解之而漸可療矣。

　　若乃以可意情種，而忽相隔于天涯，即未遂室家之願，飲食男女，大欲存焉。猶難免離別之傷，而況綢繆月夜者，又非朝伊夕也。則此日之相思，豈藥所能易乎？抑嬌紅粉女，既兩美之作合，即偶有一夕之暌，尚自嗟夢魂之隔，而況山川修阻者，又非俄頃事也，則此日之相思，豈藥所能解乎？

　　今使長安風景，不异蒲東，而旅邸琴書，得親蘭麝，則不嘗藥而自愈，恁般靈丹仙方。而無如其不然也，雖扁鵲乎何爲？今使夜坐挑燈，佳人一室，而梵王玉宇，移來帝闕，則不服藥而有效，自此妙用，怎耐情郎不思。而無如其不然也，雖參苓乎奚益？

　　徒以紙上功名，違我心頭姝子，即飲天池之水，藥自淡然無味了。只深鬱結。徒以花間富貴，遠我月底密約，即投青囊之劑，轉增煩悶，而于何治哉？詩云："天下有情人，盡解相思死。"韵絕奇絕。今而知非虛語矣。

　　有限不隨流水，閑愁慣逐飛花。夢魂無日不天涯，此病從何治起？情文相生，觸處痛快。

偷韓壽下風頭香

　　偷香有愧于古人，良足羞矣。夫韓壽偷香，千古美談也，而下風頭香，則未可偷矣。鄭只欲如此耳。紅若曰從來良緣之有定偶也，非分者未可忘干，而偷竊之行，久爲人所不齒矣。乃以事之無憑，欲效古人之芳躅，吾恐不能流芳百世，而徒遺臭萬年也，千古奇話，用來恰妙。計亦左矣。

　　如子今日者，以駑馬之材，妄思乘龍，不知何所挾而來思。欲效當年相如事也，須才調動文君。以斥鷃之質，仰希引鳳，不知何所恃而不恐。

　　得毋曰蘭麝可親，思以解穢乎？然而才子佳人，自有定配爾，尚欲聞風而至耶？得毋曰鷄舌可懷，欲以洗污乎？然而風流佳話，別有賞心爾，尚不望風而走耶？奚落得妙。

　　或者以美人難得，如異香之難求，既不能衣染蘭麝，故端之更妙。何妨逾牆而竊餘芬乎。或者以淑女在前，信溫香而可愛，既不得袖携幽芳，何難入室而盜幽趣乎？

　　噫！子而欲偷香乎？吾思古今來如章臺之柳。亦傳美于人間，而偷香之名，初不慮他人之攀折。婉轉一層，越顯紅娘弄巧。如臨邛之琴，亦膾炙于人口，而偷香之號，亦不歸彩鳳之求凰。

　　自夫韓壽偷香，由來久矣。當日者，閨中美秀，戀彼多情，而以異國之奇産，聊爲彤管之貽，則亦分香焉耳，而必謂之"偷"者，情以偷而轉篤。堂前佳客，得近名姝，而携大君之寵頒，尚俟瓊瑤之報，則亦懷香焉耳，而必謂之"偷"者，事以偷而更奇。

　　如爾今者，只偷下風頭香耳。不嫌搶白。

　　美惡不同年而語也，而乃思比韓壽如此乎，吾知月老之書，不作走丸之阪。冷刺熱諷，令他無地可容。薰蕕不同器而居也，而乃思并韓壽如此乎，吾恐鸞鳳之匹，不類榆枋之禽。

彼韓壽自置于雲霄，而子自托足于溝瀆，風斯下矣，是徒爲小人之羞，而難擬君子之倫矣。喜笑怒罵皆文章。

幛壽自操楫而上游，而子自乘舟而逐流，風斯下矣，是子未能好好色，而人已多惡惡臭矣。

爾請自思之。冷極。

微諷之，明嘲之，嬌鳥嫌籠會罵人，文亦似此。

願天下有情的都成了眷屬

人有同情，西廂之願溥矣。蓋有情而成眷屬，張、崔之事也。而願天下皆然，可不謂善體人情乎？且夫一己之情，天下之情也。竟是普天之下，莫非情種。我有情而不獲遂其情，安敢望天下之共遂其情？我有情而既已遂其情，又安敢謂天下之不遂其情？雖曰天作之合，然皆此一情之所鍾而已矣。

無離別，常圓聚，兩人之情如此。當其梵宇初逢，而彼此徘徊。若鳥啼花落，夜雨朝烟，從前想起，妙論驚人。皆爲慘情之具，而其情轉傷。今既得意歸來，而于飛諧老，若花飛蝶舞，燕語鶯歌，皆是怡情之物，而其情始暢。衣錦歸來，方信白頭相守。

雖然，謂兩人情多，而外此者多風月凄涼之感，彼蒼何大不仁也，而甚不願也。婉轉。謂兩情獨成，而外此者鮮魚水和諧之樂，人事何太不平也，而其不願也。

所願者，天下誰非有情之人哉？有情之人，誰不欲都成眷屬哉？以彼之待月于西廂，常恐蘭田之玉不贈于佳人，選詞雅秀貼切。綉幕之絲不牽于才子，此情恒戚戚耶，何幸賦桃夭而樂于歸者，并秀雙蓮之蒂。以彼之偷香于孤館，亦恐悠悠銀漢，難從仙客之槎；兩兩鴛鴦，莫宿荷香之畔。此情常鬱鬱耳，何幸仰三星而樂綢繆者，永結連理之枝。

且夫盼春花而含淚，望秋月而凝思，天下如此兩人者，風韵無俗諦。正不少也，而可曰吾欣謝月老矣，彼獨怨參商乎？裁鸞箋而寄字，拈鳳管而傳詩，天下如此兩人者，應不乏也，而忍曰吾已入桃源矣，彼獨夢高唐乎？幾堪絕倒。

此所以願有情者都成眷屬耳。

天下惟無情之物，當良緣不偶，或可任其孤單，而有情者流，此願何嘗匕刻忘也。惟願天下之大。相離者有以相合，而宴爾新婚，如兄如弟而已矣。舉崔、張足矣。天下雖無情之物，而偶然感發，亦欲求其配偶，況有情之輩，此事安能一刻已乎？惟願天下之衆，相疏者有以相親，而骨肉情深，夫和婦順而已矣。

至是，則內無怨女，外無曠夫，何异聖王之好色，男宜其室，女宜其家，益見陰陽之合德。將聖賢道理收拾，方知闢地開天來自有此一事。觀所願若此，而《西廂》一書亦極人情之至矣。

語語輕秀，相引如綫，無碎金之迹。讀至此，方知鳳恬浪靜，鳥轉花開，畫堂春晝，滿人懷抱。